《娃娃谷》主演照片 1

《娃娃谷》主演照片 2

奥斯卡
经典文库

[027]

Valley of the Dolls

娃娃谷

（美）苏珊●著　朱尚学●译　何亮●丛书编辑

首都师范大学出版社
CAPITAL NORMAL UNIVERSITY PRESS

图书在版编目(CIP)数据

娃娃谷/(美)苏珊著；朱尚学译．—北京：首都师范大学出版社，2016.1

(奥斯卡经典文库)

ISBN 978-7-5656-2508-4

Ⅰ.①娃… Ⅱ.①苏… ②朱… Ⅲ.①长篇小说—美国—现代 Ⅳ.①I712.45

中国版本图书馆CIP数据核字(2015)第213374号

WAWAGU

娃娃谷

(美)苏珊 著 朱尚学 译

责任编辑 刘志勇

首都师范大学出版社出版发行

地 址 北京西三环北路105号

邮 编 100048

电 话 68418523(总编室) 68982468(发行部)

网 址 www.cnupn.com.cn

印 刷 北京集惠印刷有限公司

经 销 全国新华书店发行

版 次 2016年1月第1版

印 次 2016年1月第1次印刷

开 本 880mm×1230mm 1/32

印 张 19.125 插页 4

字 数 421千

定 价 36.00元

总序：电影的文学性决定其艺术性

不是每个人都拥有将文字转换成影像的能力，曾有人将剧作者分成两类：一种是“通过他的文字，读剧本的人看到戏在演。”还有一种是“自己写时头脑里不演，别人读时也看不到戏——那样的剧本实是字冢。”为什么会这样，有一类人在忙于经营文字的表面，而另一类人深谙禅宗里的一句偈“指月亮的手不是月亮”。他们尽量在通过文字（指月亮的手），让你看到戏（月亮）。

小说对文字的经营，更多的是让你在阅读时，内视里不断地上演着你想象中的那故事的场景和人物，并不断地唤起你对故事情节进程的判断，这种想象着的判断被印证或被否定是小说吸引你的一个重要原因，也是作者能够邀你进入到他的文字中与你博弈的门径。当读者的判断踩空了时，他会期待着你有什么高明的华彩乐段来说服他，打动他，让他兴奋，赞美。现实主义的小说是这样，先锋的小说也是这样，准确的新鲜感，什么时候都是迷人的。

有一种说法是天下的故事已经讲完了，现代人要做的是改变讲故事的方式，而方式是常换常新的。我曾经在北欧的某个剧场看过一版把国家变成公司，穿着现代西服演的《哈姆莱特》，也看过骑摩托车版的电影《罗密欧与朱丽叶》，当然还有变成《狮子王》的动画片。总之，除了不断地改变方式外，文学经典的另一个特征，是它像一个肥沃的营养基地一样，永远在滋养着戏剧，影视，舞蹈，甚至是音乐。

我没有做过统计，是不是20世纪以传世的文学作品改编成电影的比例比当下要多，如果这样的比较不好得出有意义的结论的话，我想换一种说法——是不是更具文学性的影片会穿越时间，走得更远，占领的时间更长。你可能会反问，真是电影的文学性决定了它的经典性吗？我认为是这样。当商业片越来越与这个炫彩的时代相契合时，“剧场效果”这个词对电影来说，变得至关重要。曾有一段时期认为所谓的剧场效果就是“声光电”的科技组合，其实你看看更多的卖座影片，就会发现没那么简单。我们发现了如果两百个人在剧场同时大笑时，也是剧场效果（他一个人在家看时可能不会那么被感染）：精彩的表演和台词也是剧场效果；最终“剧场效果”一定会归到“文学性”上来，因为最终你会发现最大的剧场效果是人心，是那种心心相印，然而这却是那些失去“文学性”的电影无法达到的境界。

《奥斯卡经典文库》将改编成电影的原著，如此大量地集中展示给读者，同时请一些业内人士做有效的解读，这不仅是一个大工程，也是一件有意义的事。从文字到影像；从借助个人想象的阅读，到具体化的明确的立体呈现；从繁复的枝蔓的叙说，到“滴水映太阳”的以小见大；各种各样的改编方式，在进行一些细致的分析后，不仅会得到改编写作的收益，对剧本原创也是极有帮助的，是件好事。

——资深编剧　邹静之

主编的话：跟随文学人物走进各种各样的命运险境

能参与《奥斯卡经典文库》丛书的编辑工作，我感到特别的荣幸和高兴。说实话，这套丛书的编辑过程不仅给我，也给我们整个编辑团队带来了莫大的兴奋感。

兴奋之一：这是国内首次以大型丛书的形式出版经典电影的文学原著，这无疑是奉献给广大读者的一场阅读盛宴，我们相信无论何种口味的读者，都会从这套丛书里找到自己的最爱，甚至找到陪伴自己一生的精神伴侣。

兴奋之二：我们选择的书目全部是奥斯卡奖得奖或者提名的电影原著。奥斯卡本身就是全球最值得大众信赖的品牌之一，在奥斯卡异常严格的选拔标准下，这一批电影原著小说的艺术质量，还有部分原著是第一次出中文版本，我们之前也并未读过，但读过之后，深为震撼——世界一流的小说确实能带给人直击心灵而又妙不可言的独特感受。

兴奋之三：这套丛书让我们重新认识了文学原著和电影作品之间的互动关系。有的作品我们只看过小说，没有看过电影；而有的作品我们只看过电影，没有看过小说（后一种情况更多一些）。于是在编辑的过程中，我们重新补课，将同一故事的两种艺术形式尽量都补看完整。补完课才发现，文学与电影之间的关系真是太有趣了——电影或者因为时长所限、或者因为视听特性的发扬、或者因为求新求变，通常都要对原来的文学作品做出取舍和改动，电影编剧和导演如何取舍如何改动，背后其实都隐藏着电影创作者的深入思考。而很多文学名著又被不同的电影创作者多次改编，这些不同的电影版本所体现出来的电影创作者的不同趣味、不同表达以及独特个性，每每让我们生发出一种“又发现了一片新大陆”的感觉。我们作为读者和观众，往往会为哪一个电影版本改得更好而争论得面红耳赤——而对于那些两种艺术形式都没看过的朋友来说，我个人的建议，最好先读小说，充分展开自己的想象世界之后，再去看电影，收获绝对不一样。

兴奋之四：比起编剧和导演对文学作品的改编，演员、明星们对文学人物的演绎无疑更能引起大家的好奇和关注，在看完小说之后，带着悠闲而挑剔的眼光，再去评论、比较电影里的明星的表现，甚至去评论、比较不同版本的明星的表现，这给我们带来了数不清的快乐时光。

因为部分原著小说和电影也是我们第一次接触，以上所呈现的，都是我们在编辑过程中非常真实的感受。我们也非常期望我们的工作能带给广大读者同样的兴奋和快乐。《奥斯卡经典文库》为您精心挑选的这些非常优秀的原著小说，完全值得您腾出一点业余时间，全身心投入其中，跟随着那些精彩的文学人物走进各种各样的命运险境，去迎接那些意想不到的感动和震撼。

——北影老师　何亮

导读：高峰之后并不是虚无，而是另一座高峰

1918年，杰奎琳·苏珊（Jacqueline Susann）生于美国宾夕法尼亚州费城市。她父亲是一名画家，母亲是教师。她从小就聪明伶俐，父母对她的期望很高。母亲觉得她很有希望成为一名优秀的作家，而她却一心要当演员。1936年，高中毕业时，她不顾家人反对，来到了纽约，开始投入演艺事业。期间，她演过电影、话剧、电视。1962年，苏珊因为患了乳腺癌，做了乳房切除手术。大约在那个时期，她开始尝试写作。1966年，她出版了自己第一部小说《娃娃谷》。这本书成了当年最畅销的小说，并于次年被改编拍摄成电影。1974年，癌症夺走了她56岁的生命。她一生共创作了三部小说，都非常畅销。这使她成了历史上第一个连续三次进入《纽约时报》畅销书排行榜的作者。

二战结束后，美国经济迅速发展。与此同时，女性纷纷走出家庭，参加工作。她们开始在社会中展示自己的力量。这一时期，美国女权主义空前高涨。《娃娃谷》就是作者在这个背景下创作的。文中主要描述了三位女性为自己的梦想追求奋斗的一生。她们从默默无闻到功成名就，最后又被生活折磨，纷纷染上毒瘾，三人看似各自有所得失，实际却是殊途同归。她们分别是安妮（Anne）、珍妮弗（Jennifer）、尼利（Neely）。安妮属于比较传统的、纯洁的女孩儿，一辈子都在追寻自己内心渴望的真爱，最终只得到了物质生活的满

足，夜里还是要靠药丸麻痹自己。珍妮弗就像一个花瓶，外表美丽，能力不足，命运更是坎坷，对亲情、友情、爱情都渴望而不可及，最终自杀身亡。尼利有才华又巧逢机遇，一次次登上事业的高峰，但过于贪婪，一次次伤害自己最亲的人，因空虚寂寞和工作压力，也让她不断把自己交给药丸。

安妮不愿依附于男人，敢于表达自己的意见，做自己认为正确的选择。分别拒绝和离开了两个追求她的富豪，选择了自己喜欢的人。为了友情，她差一点失去了自己的男友。为了自己的工作，为了不待在老家，她失去了一次爱情。

尼利在精神病院的经历，也给我们打开了另外一个世界。当我们贪图享受安逸的生活之时，有些人却在忍受精神分裂的折磨。作者的儿子就是一名自闭症患者，终生都是在精神病院里度过。这也成为她心中永远的痛。

珍妮弗因为癌症，失去了乳房和生育能力。最后担心男友嫌弃自己，选择了自杀。这也是社会面临的关于女性的问题。我们对待她们的态度，很可能就决定了那些女性患者的人生。作者在自己身患绝症时，励志写作，其用意实在可贵。她在替那些当事人向社会呐喊。

一个明星从成名到老去，是一个轮回的过程。在每个人启程时，总是义无反顾地攀登高峰。真正到了山顶，得到的却是孤单。最难过的是成功之后，要面临更多压力和挑战。最后，不得不求助于药丸，来麻醉自己。不能真正得到解脱，就只能交给幻觉。

正如本文开篇描述的美国一样，现在的中国人也在离开家乡到大城市创业。我们都在追寻自己的梦想，攀登自己心中的高峰。我们可以通过努力工作，投资理财，得到物质上的成功。但是，更重要的是不能迷失方向，把握好自己的精神风貌。

《娃娃谷》的成功对之后的美国女性作家产生了深远影响，激励着她们继续探索女性的思想解放。

目　录

多亏约瑟芬（Josephine）[1]一直陪在我身边，我才能坚持把故事的结局写完。

哈哈，当然主要还得感谢欧文（Irving）[2]的鼎力相助！

---

① 约瑟芬：作者的爱犬。——译者注（本书除特别标示外，其余注释均为译者注）

② 欧文：欧文·曼斯菲尔德，作者的丈夫。

一、安妮：没了大钻戒，但她拥有了真爱

一九四五年九月的一天，她踏上了纽约的热土。那天，温度升至三十二摄氏度，纽约简直像一只钢筋混凝土怪兽，不知不觉撞上了这个有悖节气的炎热幽灵。但是她却丝毫没有感觉到热，甚至对脏乱的泰晤士广场也视若惘然。在她心里，纽约是全世界最激动人心的城市！

“嗯，你是新手，但很够格。当个好秘书完全可以步入稳定高薪一族。不过，实话实说啊，美女，要是有你这样的容貌，我就直奔约翰·鲍尔斯（John Powers）或者康诺夫（Conover）了。”职介所的那个女孩微笑着对她说。

“您是指？”安妮问道。

“啊，他们俩都是在城里开顶级模特经纪公司的。我想当模特，可惜身材不够苗条，身高也不行。不过，你去正合适。”

“不，我更喜欢办公室的工作。”安妮说道。

“好吧，不过我还是觉得你太傻了。”她说着话，随手递给安妮一打纸。“给，这些老板都不错，首选亨利·贝拉米(Henry Bellamy)——大演艺经纪人。他的前任秘书刚和约翰·沃尔什(John Walsh)完婚。”那个女孩见安妮一副不知所云的样子，接着说道，“别告诉我你没听说过他！他可是得过三项奥斯卡大奖，而且我听说他最近正在策划让已经金盆洗手的嘉宝(Garbo)①复出，并且指导她复出的处女作。”

听到这里，安妮的脸上露出了一丝微笑。那个女孩会意了，知道安妮这次已经深深地记住了约翰·沃尔什。

“你现在可以想想你的计划以及你将要接触到的那些人物。”那个女孩接着说，“贝拉米-贝洛斯是名副其实的大公司，手里攥着各种大客户。同约翰·沃尔什结婚的默娜在长相上还逊色于你。你可得赶紧找个这样的钻石王老五啊。”

“什么钻石王老五啊?”

“男朋友啊，或老公。”那女孩翻看了一下安妮的简历表。“你说，哦，你刚才说你是美国本地人对吗?”

“我家在劳伦斯维尔，它位于科德角②最前端，距离波士顿大约需要一小时的火车。我想先工作一段时间，不急着结婚。要不然我早结婚了，怎么会在这儿。在我老家，年轻人一出学校大门就该结婚了。”安妮这样回答。

“天呢！有这么好的地方你怎么不介绍给我？我们这儿的女孩儿们都在争先恐后找老公，我也是其中之一!”

“只要他是个男人，你都肯嫁吗?”安妮好奇地问。

---

① 嘉宝(1905—1990)：生于瑞典，美国20世纪影坛的著名女演员，好莱坞的“默片皇后”。

② 科德角：位于美国马萨诸塞州，该州首府是波士顿。

“怎么可能？他得送我河狸皮大衣，得给我找个兼职女佣，得让我一觉睡到自然醒。而我认识的那些男人，既让我工作赚钱，同时还得是厨房里穿着睡袍的卡罗尔·兰迪斯(Carole Landis)①。”听到这儿，安妮笑了。那个女孩儿继续说，“好吧，你一旦在这个城市里面遇上你的那个罗密欧(Romeo)，这些事情你早晚会见识到的。到了那个时候，我敢说你会火速赶上最快那列火车回劳伦斯维尔。哦，对了。中途别忘了停一下，捎上我。”

回家对她而言，可能性几乎为零！她不是简单地离开了劳伦斯维尔——她是逃离了那里。为了不嫁给一个呆板的劳伦斯维尔男孩，她逃出了那个一成不变、规矩颇多的劳伦斯维尔式的生活。她们家祖祖辈辈一直规规矩矩地过着那种生活，住在那个规规矩矩的房子里。那个高尚的新英格兰家庭，祖祖辈辈都在那栋房子里生活着。里面的居民被“规矩”这个破铁甲罩着，里头的空气沉闷得让人窒息。

(“安妮，女孩子从不哈哈大笑。”“安妮，女孩子可不能当众哭哭啼啼。”“妈妈，拜托了，这里是我们家厨房好不好!”“安妮，你都十二岁了，不是个小孩儿了。没看见你艾米(Amy)阿姨也在，还不赶紧回自己屋！女孩子的泪只能私下流!”)

不知何故，阴魂不散的劳伦斯维尔又随她来到了拉德克利夫。在那里，那群女孩儿可以很自然地享受生活中的苦与乐，开心就放声大笑，难过就号啕大哭，说说笑笑都很自由。

① 卡罗尔·兰迪斯(1919—1948)：好莱坞美女明星，曾和作者有过同性恋绯闻，29岁时与男友感情破裂，死于过量服食安眠药。

她们从未接纳安妮，仿佛是看见了她身上贴着“保守冷漠的新英格兰人”的巨幅标签。渐渐地，她开始把自己埋在书堆里面，并且在那里找到了许许多多相似的范例：她发现读到的每位作家最后几乎都选择远走他乡。海明威(Hemingway)接连去了欧洲、古巴和比米尼；穷困潦倒、精神错乱的天才作家菲茨杰拉德(Fitzgerald)也在国外居住；脸色发红还长满了疙瘩的辛克莱·刘易斯(Sinclair Lewis)甚至还在欧洲找到了浪漫和激情。

她并未奢望太多，仅仅想要逃离劳伦斯维尔。终于，在大学最后一年，她拿定了主意。复活节放假回家后，她把这件事同母亲和艾米阿姨挑明了。

“妈妈……艾米阿姨……我大学毕业后，想去纽约。”

“纽约不是假期的理想去处。”

“不，我想住在那里。”

“啊！这件事你同威力·亨德森(Willie Henderson)商量过吗?”

“没有，我需要和他商量吗?”

“呃，你们十六岁就确定关系了，所有人都以为……”

“这就是劳伦斯维尔，事情总是大家以为是怎样，就是怎样。”

“安妮，小点声。”她妈妈静了静心，又说，“我和威力·亨德森的爸妈以前是同学，我知道他是个好孩子。”

“可是妈妈，我不爱他!”

“男人都不值得去爱!”艾米阿姨讲道。

“妈妈，你爱爸爸吗?”这简直不像是在提问，更像是在反驳。

“我肯定爱他。”她妈妈的语气，听着有点儿像是生气了。

“你艾米阿姨的意思是，呃，男人很不同。男人在思考和行动上不同于我们女人。就像你爸爸，他就是个让人很费解的男人，很冲动，又很爱喝酒。要不是娶了我，换成别的女人，他绝对不会有好下场。”

“我可从来都没见过我爸喝酒。”安妮替父亲辩解。

“那是当然。国家规定禁酒。在家里，他也休想找到哪怕一滴酒。是我趁他还没染上酒瘾，就帮他戒酒了。他有许多坏习惯，他奶奶是个法国人，你懂的。”

“拉丁语国家的人①都有那么一点疯狂。”艾米阿姨赞同地说。

“我爸从来没疯过！”安妮突然很想知道更多关于父亲的事。在很久以前，她爸爸摇摇晃晃地往前走着，还没来得及说一句话，就一下子栽倒在地。太快了，甚至没等医生赶到，他就安静地走了。那年她才十二岁。

“你说得对！安妮，你爸一点不疯。他不仅仅是个男人，还是个好男人。艾米，不要忘了他妈妈可是班尼斯特(Bannister)家的一员。咱们的妈妈和艾莉·班尼斯特(Ellie Bannister)一直在同一所学校读书。”

“不过，你真心爱过爸爸吗？我是指，和自己心爱的人挽手、亲吻应该很愉快，不是吗？你和爸爸有过这种感觉吗？”

“安妮！你竟敢问你妈妈这种事情！”艾米阿姨说。

“不幸的是，男人想从婚姻中得到的远不止亲吻。”妈妈用十分生硬的语气说。然后，她小心试探道，“你和威力·亨德森接过吻吗？”

安妮扮个鬼脸，说道：“当然有过……只是偶尔几次。”

---

① 法语属于印欧语系拉丁语族，而英语属于日耳曼语族。

“你喜欢吗?”她妈妈问。

“我一点儿都不喜欢。”那个人的双唇太过松软、黏糊，而且呼吸中还带着一股酸臭味儿。

“你吻过其他男生吗?”

安妮耸耸肩。“哦，就在几年前，那时我和威利刚开始交往，我们一起参加过许多聚会，玩过转瓶接吻游戏。我觉得我吻遍了镇上所有的男孩，现在想想，那些吻一个比一个恶心。”她笑了笑，“妈妈，我觉得劳伦斯维尔没有一个接吻高手。”

她母亲的幽默又开始上演了。“你不喜欢接吻，正是由于你是个女孩子，哪有女孩子爱好这个啊?”

“啊！妈妈，我真不知道自己喜欢什么，甚至看不清自己到底是个什么样子。也正因为如此，我才想去纽约。”

她的母亲也耸了耸肩膀。“安妮，你爸爸走之前，给你留了五千美元，让你拿去做自己想做的事情。等到我走了，还会有更大一笔钱。我们虽不像亨德森一家那么有钱，可是生活还算滋润，起码在劳伦斯维尔还是很有身份的。我很愿意看到你将来回到这里，在这个家住一辈子。我妈妈就是在这里出生的。将来，威利·亨德森说不定还想盖间厢房，反正我们家土地很富裕。这样下来，最起码我们将有这么一个家。”

“妈妈，我说了我不爱威利·亨德森!”

“现实生活中不存在你所说的爱情，它只出现在地摊上的影碟和小说里。爱情如同友情，就是拥有共同的朋友和爱好。你肯定是把性强加到爱情的成分里面去了。大小姐啊，我这样跟你讲吧，即使世上真有爱情，但是女人一结婚，爱情就进入坟墓了。不过，你尽管去你的纽约好了，我不会挡你的路。我坚信威利也可以等。但你记住了，安妮，过不了多久，你就会乖乖回家，欣然离开那个不干净的城市。”

在她到达纽约当天，那里的确是又脏又挤又闷热。热情洋溢的船员和士兵们推推搡搡地走在百老汇大街上，像放假了一样乱哄哄的，一个个情不自禁地陷入了战后狂欢之中。当污垢、湿热和陌生感同这些画面交织在一起时，安妮感受到的是活力四射、无比兴奋。纽约人行道上随处可见的垃圾和裂缝反而令新英格兰无边的森林和清新的空气显得格外死寂和凄凉。那位不修边幅的男子收了安妮预付的一周租金，于是便将窗户上“租房请进”的标志取了下来。这个男人长得很像金斯顿(Kingston)先生——她老家的一个邮递员。见到他，她还以为自己又回到家了呢。不过，他看上去要热情得多。“这个房间不大，”他很坦诚地说，“不过天花板很高，有利于空气流动。并且我一直都在这儿，你要是需要修理什么东西，尽管找我。”她觉得他对她很满意，而且她对他也是如此。在纽约，所有人都会将她人当作一个全新的人，根本不会去调查你的来历，你也不需要藏着掖着，好像每个人都被重新归零了。

如今她已经在一排气派的玻璃大门前站着了，上面刻着“贝拉米-贝洛斯”。她希望亨利·贝拉米也一样会对她满意。

亨利·贝拉米无法相信自己的双眼。她不会真是来应聘的吧？从她的各个方面看，她属于他所见过的那种顶级美丽的姑娘，他对一般的美女已经不感冒了。她没有选用当下最流行的顶部高拢的夸张发型和坡跟鞋，恰恰相反，她任由自己的头发自然地披散着，轻飘飘的一头金发，看上去十分亲切。最能打动他的还是她的双眸，它们如天空般明亮，只是太过冰冷。

“韦尔斯小姐，你为什么会选择这份工作?”由于某些原因，他感到有些慌张。该死的，他的好奇心太强了。她穿着纯黑的亚麻布衣裳，浑身上下找不到一点首饰的痕迹，只戴着一块干干净净的小手表。她身上的许多迹象表明：她似乎不稀罕这份工作。

“为了在这个城市生存，贝拉米先生。”

仅此而已，回答得很干脆。不知道为什么，他总感觉反倒是他在察言观色。他才是面试者，提问题是他的权力。可若是他等闲视之，她或许就不会留下来了。竟然会这样想，他是不是又疯了。她不是正在那个位置坐着吗？她又不光是来喝茶的。那为何他反而看上去像是在争取给她一个好印象，好像他成了被面试者。

他瞅了瞅中介公司送来的那张表。“年龄，二十；学历，英语本科；呃？拉德克利夫；但没有工作经验。好吧，现在跟我讲讲你这些光鲜亮丽的背景资料有何用武之地？是能帮我搞定像海伦·劳森(Helen Lawson)那样的泼妇？还是能让像鲍勃·乌尔夫(Bob Wolfe)那样的醉鬼按时上交每周的广播节目稿？还是能说服某个基佬明星离开詹森·哈里斯(Johnson Harris)公司，让我为他效劳?”

“这些全是我将要做的吗?”她问道。

“不，我来做。你得协助我。”

“可是，我本以为你是律师。”

他看见她开始收拾她的手套，于是他赶紧流露出一脸释然的微笑。“我是娱乐圈的律师，和你说的律师有所不同。我负责给客户草拟合同，帮他们排除合同中的漏洞，除非是对他们有好处的漏洞。同时还帮他们理财和打理税务，对付他们的所有麻烦，比如：劝解夫妻矛盾，避免他的妻子和情人搅到一起；做他们孩子的临时监护人，负责给他们孩子喂奶，特别是当他们正在拍新剧的时候更是如此。”

“但据我所知，演员和作家有自己的经纪人啊。”

“对，他们是有。”他注意到那双手套又被重新放在了她的双膝之上。“我手里的那些‘大腕儿’们需要听取我的意见。给你举个例子吧，经纪人总是倾向于让他们选择佣金最多的活儿。他们只对那百分之十的分成感兴趣。但是我却会为他们甄别哪些活儿对他们更有利。简单地说，一个娱乐圈的律师囊括了经纪人、养母和上帝。你呢，要是从事这项工作的话，将成为他们的保护神。”

安妮笑了笑。“那娱乐圈的律师为何不取代所有的代理人?”

“要是他们都能像我这样的‘傻蛋’一样专注于这项事业，将来说不定可以做到。”他赶紧补充道，“抱歉我说那种话了，我一说话，总是不知不觉就蹦出那个词儿。”

“什么话?‘傻蛋’又是什么东西?”她好奇地重复了那个词。

那个词从她嘴里说出来，显得更加粗俗了。此时，他已经忍不住捧腹大笑起来。“那是个犹太语单词，直译出来会让你羞红脸的。不过它已经成了一个俚语，指的是笨蛋……哦，不要让我的这种怪癖或者这张颓废的圣公教教徒的脸使你对我产生误解。我生于比恩鲍姆(Birnbaum)。幼年时代，我在海航船上做过几年娱乐小编——给船上的专栏写文章。他们不喜欢比恩鲍姆这个名字，觉得挂在那些好文章前头很不协调，因此有个伙计建议我改成了贝拉米(Bellamy)。在那些航行中，我遇见过许多重要人物。一位在那次旅行中工作的歌星成了我的第一个客户。很多人都把我当成是贝拉米，我就这样被它缠住了。但我从来都没忘记给他们补充一句，我其实不叫贝拉米，我叫比恩鲍姆。”他微笑着说，“这下你已经对这份工作有了个整体的印象，觉得自己能胜任吗？”

这次，她终于发自内心地微微一笑。“我愿意一试。不过，我打字没问题，只是对速记不是很在行。”

他摆摆手说：“我这儿还有俩女人。速记对她们而言，是小菜一碟。她们都可以去参加速记比赛了。可我需要的不仅仅是一个秘书，而是高于秘书。”

听到这句话，她的笑容瞬间蒸发了。“不好意思，我没听懂。”

他把吸剩下的烟头放入烟缸，重新点燃一支。天哪，她又挺直了腰。他在椅子上不由自主地直了直身子。

“你听我说，威利小姐。‘高于秘书’是指不必遵循朝九晚五的老套路。也许有时你睡到中午都不用来上班。我要是让你晚上加班，你第二天就不用来了。但是从另个角度讲，如果遇上紧急情况，需要你到场，那么即使你工作到了凌晨四点，第二天早上还得按时上班。换言之，你可以自由排班，不过有时得上夜班。”

他稍停了一会儿，见她没反应，于是赶紧继续解释。“你看，我要是晚上九点在‘21’俱乐部同一个优质客户共进晚餐，如果晚饭进行得很顺利，谈得投机，他很有可能会签单。但是我难免得陪他狂饮下六七杯酒，听他喋喋不休地抱怨他目前那个代理人多么差劲。我会毫不犹豫地拿生命担保我不会犯他那种错误。我会向他承诺任何事情，哪怕是把他的名字贴到月亮上。事实上，我不可能完全履行我的承诺，别说是我，任何人也做不到。不过我会竭尽所能实实在在地帮他，避免他现在那个代理人所犯下的错误。只是到了第二天早上，我连一个破字儿都记不起来。这时，你正好派上用场了。你不会像我一样醉得什么都忘了，因为当天晚上你只用抿一口雪利酒，所以你对我当时说的话了如指掌。你只用在第二天把我的所有承诺列一个清单，待我脑袋清醒了，交给我斟酌一下。”

她的脸上又重新浮现出了微笑。“我成一台真人录音机了。”

“你说对了。能做到吗?”

“嗯，我的记性超好，不过，我讨厌喝雪利酒。”

这一回他们同时笑了出来。

“好吧，安妮。明天来上班可以吗?”

她点头答应了。“我是不是也要协助贝洛斯先生?”

亨利抬起头，目光停留在了半空中。他静静地说：“这里没有贝洛斯先生。哦，他的侄儿乔治(George)在这儿。不过，贝拉米—贝洛斯中的贝洛斯不是乔治·贝洛斯，而是他的叔叔吉姆·贝洛斯(Jim Bellows)。在吉姆上战场之前，我曾经捐了些钱帮他在征兵簿上除了名。我试图说服他留下，但没用，他还是去了华盛顿，在那里领了海军服和士兵证。”看来，他亲眼看见了这一切。“战争是留给年轻人的，吉姆·贝洛斯当时都五十三了。参军他显得太老了，而死对他来说又太早了!”

“那他是牺牲于欧洲战场还是太平洋战场?”

“那个‘傻蛋’因为心脏病死在一艘潜艇里了。”他之所以加进这个粗话正是出于对死者的深情厚谊。然而，他突然脸色一变，又露出了热情的微笑。“好了，安妮，我觉得我们的生活往事交流得也差不多了。我想在试用期每周给你七十五美元，你意下如何？”

这个数字远远超出了她的想象。她的出租屋只需十八美元，加上十五美元的饭钱。她向他保证会好好干。

现在是一九四五年十月。刚刚过完的九月对她来说是个好月份，找到了自己喜欢的工作，结识了关系很好的女伴——尼利和对自己很绅士、很热情的男伴——艾伦·库帕。

十月又将给她送来了莱恩·伯克。

她刚进公司，便受到了那个女接待和两个秘书的热情欢迎。并且，很快就融入了她们，每天和她们一起在街角的小吃店共进午餐。莱恩·伯克是她们最热门的闲话，秘书主管斯坦伯格小姐是这方面的专家。她已经跟随亨利·贝拉米干了十年，所以她认识莱恩·伯克。

莱恩之前已经在这家公司工作两年了，由于美国宣布参战，他于“珍珠港(Pearl Harbor)事件”发生的次日便参军了。吉姆·贝洛斯过去也曾推荐他的侄子进公司。亨利对乔治·贝洛斯并无不满，不过就是拒绝他加入。他一直坚持“亲戚不能进公司”，直到莱恩走了，亨利别无选择。

乔治并没有什么缺点，是个很优秀的律师，只是缺少莱恩·伯克的那种天赋。至少，斯坦伯格小姐是如此看待的。全体职员共同关注着莱恩在战场上的动向，当获悉他晋升上尉后，亨利专门放半天假来庆祝。他最近的那封信是在八月份从伦敦寄出的，他在信里给大家报了平安。他还活着，就是没有提复职的事情。

起初，亨利每天都会去查信。直到九月都过去了，还是没有一点儿音信，他只好气急败坏地向自己妥协了，看来莱恩永远地告别了他的公司。但是斯坦伯格小姐可没有放弃希望。事实证明，斯坦伯格小姐猜得没错，十月收到了电报。

电文简洁明了：

亲爱的亨利：战事告罄，我完好如初。曾在伦敦访数名亲友，又在布赖顿(Brighton)观海小憩，现于华盛顿办退伍。一脱下军装就回。此致。莱恩。

读完这封电报，亨利·贝拉米的笑容像花儿一样绽放出来，从椅子上一跃而起。“莱恩快回来了！该死的，我早知会有这一天！”

之后的十天里，公司被来来往往的室内装修工人、纯属猜测的各种流言蜚语，还有各种兴奋，搞得一团糟。

“我已经迫不及待了。”那个女接待叹息着，“他看上去就像我的白马王子。”

斯坦伯格小姐露出一丝神秘的微笑，似乎她的葫芦里装着许多别人闻所未闻的关于莱恩的背景资料。

“宝贝儿，他是所有人的白马王子。如果他的行为举止还不足以让你倾倒，那么他的英国绅士的口音绝对会让你神魂颠倒。”

“他是英国人？”安妮吃惊地问道。

“生在这里，”斯坦伯格小姐解释道，“他妈妈是内尔·莱恩(Nell Lyon)。那是在我和你来之前的事了。她是一名大牌的歌舞戏剧明星，来这儿进行了一次演唱，嫁给了一个叫汤姆·伯克(Tom Burke)的美国律师。她怀上了莱恩，就退休了。他们将莱恩生在美国，是想给他一个美国国籍，不过莱恩的妈妈仍然坚持自己的英国国籍。在莱恩五岁的时候，他爸爸去世了，他妈妈就带他返回了伦敦。她将莱恩送进了学校，自己又复出了。再后来，他妈妈也不在了，他就回到美国，进了这里的一所法学院。”

“我想我会疯狂地爱上他的。”那个年轻点儿的秘书说道。

斯坦伯格小姐耸耸肩。“咱公司所有美女都会对他犯花痴。安妮，我已经迫不及待地想知道他见到你会是什么反应。”

“我？”安妮着实吃了一惊。

“是的，就是你。你们俩有个共同的性情——冷淡。莱恩总是以他那令你神魂颠倒的微笑面对你，起初你还以为他是在向你示好，慢慢地，你就会发现你永远别想真正走近他。不过，别说是你，这里谁都做不到，甚至也包括贝拉米先生。实际上，贝拉米先生还有点敬畏莱恩。等着瞧好了，莱恩·伯克总有一天会在整个纽约打响。我已经注意到贝拉米先生采取了一些明智之举，不过他必须竭尽全力。因为谁都知道他有才华，都摩拳擦掌想挖他呢。莱恩走起路来嘭嘭直响，有一股英伦魔力和电影明星的派头！他的表现令你感觉他对什么都好，不过一会儿你又搞不清楚他到底喜欢什么，也不知道他是怎么看待你和他人的。我指的是，他看上去对每个人都是一样的喜欢。所以，你会感觉也许他其实并不关心任何人和事，只关心工作，为了它可以不惜一切。可是，不管你怎么看他，最后你还是一样迷恋他。”

十天后，收到了第二份电报。那是一个星期五的早晨：

亲爱的亨利：已换上工装。明晚抵纽约。将直奔你处。望为订旅馆。周一可到岗。此致！莱恩。

亨利·贝拉米批了一下午假来庆祝。安妮刚整理好一封书信，这时，乔治·贝洛斯站在了她的写字台旁边。

“我们俩也去找个地方庆祝一下，好吗?”他很随意地问了句。

她无法掩盖此刻的惊讶。她和乔治·贝洛斯的关系仅限于像“早上好!”这样的寒暄，只算是点头之交。

“我是想请你吃午饭。”他解释说。

“真不好意思，不过我已经答应和那帮美女一起去小吃店了。”

他帮她穿好外套。“太遗憾了,”他说，“这也许将是我们俩能够在这个世上一起共度的最后时光了。”他苦笑着脸，依依不舍地返回他的办公室去了。

在吃午饭时，她一面听着关于莱恩·伯克那些没完没了的闲话，一面将另一半心思浪费在纳闷自己为什么会残忍地拒绝乔治的邀约上。怕节外生枝?就一顿午饭?这也太迂阔了。出于对艾伦·库帕(Allen Cooper)的忠贞?呃……艾伦是他在纽约唯一认识的男人，他是个好人。或许真的算是对他的一种忠诚。

安妮陷入了回忆。那天，他没有预约，直接闯进了公司，根据她后来的了解，他是来销售某种保险的。亨利表现得异常冷漠，立刻就把他赶出去了。真是太快了，以至于安妮生出怜悯之心。当她送他出去时，微笑着说：“下一站，祝你好运!”他似乎感受到了她话语里的温存。

两小时后，她桌上的电话铃声响了。“我是艾伦·库帕。还记得我吗?”“那个富有激情的业务员吗?”“嗯，我想让你知道，我同亨利的会面和其他客户相比是个巨大的成功。至少我在贝拉米那里收获了你。”

“你是说你连一张单都没签到啊?”她感到由衷地伤心。

“是的。四处碰壁。我想今天不是我的吉日，除非……除非你能趁今天还没完，请我喝一杯。”

“我不会……”

“喝酒？我也不会。那么，还是让我们代之以晚餐吧。”

事情就是这样开始的，而且还在继续着。他很棒，幽默感特强。她并没把他当自己的对象，而是把他当朋友了。相当长一段时间，她下了班，衣服都不用换。因为，他从不在意她穿什么。他总是对她的垂爱念念不忘、心存感激。他们总是出没于不知名的小饭店，而且她总是挑选菜单上最实惠的菜。因为她想着和他 AA 制，可是又怕加重他的失败感。

艾伦成为一个业务员，真是完完全全入错了行。他太善良，工作上太放不开了。他问了她一些关于劳伦斯维尔的问题，还有她的学生时代和在公司的事情。他让她感到自己是世上最有意思、美丽动人的姑娘。

她一直保持着和他的来往，因为他并不苛求她什么。偶尔，一起看电影，他会拉她的手。不过，说“晚安”时，他从未吻过她。他给她的感觉是一种宽慰混合着好奇，总让她觉得少了点什么似的。无法点燃艾伦对她的激情使她感到很尴尬，不过她很乐意让事情顺其自然。一想到接吻，好像吻他的感觉会与她在劳伦斯维尔和威利·亨德森的吻给她同样的恶心，这使得她重新怀疑她爱的能力。或许是她不同常人，又或许让她母亲说对了，激情与浪漫也许真的只存在于小说里。

那天下午的晚些时候，乔治·贝洛斯又一次站在了她的办公桌旁。“我又有了一个新的想法。”他说，“一月十六日怎么样？我想，你不至于那么早就提前和别人约好了吧？”

“可是，这中间还有整整三个月时间呢。”

“哦，在那之前，我会把一切都安排妥当的。不过，海伦·

劳森刚刚打了个电话，嚷着找亨利，这使我想到她的《一飞冲天》在十六日开幕。”

“对啊，《一飞冲天》下周就要排演了。”

“那，你愿不愿意和我同去呢?”

“我当然想啊，乔治。我觉得海伦·劳森棒极了。她的音乐剧过去经常打入波士顿。我小时候，爸爸带我去看过她演的《蓬帕杜尔夫人》①。”

“好，那就这样定了啊。哦，对了，安妮，一旦《一飞冲天》开始排演，海伦肯定又要来这里大闹一场了。如果你们俩在聊天室碰上了，千万别重复你那种类似‘当我还是个小女孩时，就喜欢你’的话了。她听见以后，保证会把你臭骂一顿。”

“可当时我的确是一个小女孩。你说的话听起来怎么那么可笑呢，那已经是十年前的事了。而且就是在当时，海伦·劳森也已经是个熟女了，最起码有三十五岁了。”

“在这儿，我们都当她是二十八!”

“乔治，你多虑了！谁说海伦·劳森不会老。她是个了不起的明星，她的魅力来自于她的人格和天才。我确定她不至于傻到以为自己还是个小女孩儿。”

乔治耸耸肩。“怎么跟你说呢? 等二十年后，我给你打电话，问问你那时对自己做何感想。女人到了四十岁，想让人看上去只有二十八，这是她们的通病。保险起见，你就别跟她提年龄的话题了。请你在日程表上标注下，一月十六号。与此同时，周末愉快，好好放松下自己。下周一，等我们的英雄胜利归来，这里又要忙得热火朝天了。”

---

① 蓬帕杜尔夫人(1721—1764)：法国国王路易十五的情妇，是一位著名的交际花。

女接待员穿了一件紧身的格子花呢披肩，小秘的高梳头又向上高了两英寸，就连斯坦伯格小姐也换上了去年春季流行的女海军装。安妮坐在亨利办公室外面那个属于她的“小窝”里，想要把注意力集中到信件上，不过，和其他人一样，她的精力也被分散到了门口。

莱恩十一点到达了公司。虽然办公室里早已流言满天飞，安妮也对他有了一些模糊的概念，不过像莱恩·伯克这样风度翩翩的帅哥，着实让她眼前一亮。

亨利·贝拉米本来长得已经够高了，可是莱恩·伯克却高出他至少三英寸。他长着一头像印度人那样的黑发，晒黑的皮肤似乎永远也捂不白了。亨利带着莱恩·伯克走来走去地给大家引荐，自豪之情溢于言表。女接待员在和他握手的时候，脸别提有多红了；小秘一个劲儿对着他傻笑；斯坦伯格小姐则是直接迎上前献媚去了。

安妮破天荒发现新英格兰保守思想有了用武之地。她很清楚：当莱恩·伯克握住她的手时，她表现得异常冷静。

“亨利一直在和我提起你的事情，现在见了本人，我一下子全明白了。”英国口音果然占尽了优势，安妮客套了一句，表现出了应有的礼貌。谢天谢地，亨利·贝拉米及时把莱恩领进了装饰一新的办公室。

“安妮，你随我们进来。”亨利吩咐道。

“这里好极了，”莱恩说，“使我惶恐该用什么样的业绩去回报。”他美美地坐在椅子上，脸上露出一丝懒洋洋的笑意。安妮瞬间懂得了斯坦伯格小姐所说的话——莱恩·伯克对每个人都堆着微笑，他笑得那样随意，让人无法揣测。

亨利语气亲切地说：“还像你走之前那样，当个‘懒汉’吧，我每年都会给你装修一回。现在我们谈点儿正事，安妮，莱恩需要一所公寓。在把他安置好之前，先让他和我住在一起。”亨利解释说，“你相信吗？我们连一个酒店房间都订不到。”

她相信。不过，她很郁闷这和自己有什么关系？

“我想请你给他找个住处。”亨利提议。

“我？我帮伯克先生找住所？”

“对，你行，”亨利说，“这就是我之前讲的‘高于秘书’的一部分。”

这次，莱恩露出了由衷的微笑。“亨利，她长得的确是标致极了，她一切的一切都正如你所说的那样。可是，她又不是胡迪尼（Houdini）①。”他给安妮递了个眼色。“亨利过着一种寄养生活，近来，没有在纽约考察过房子。”

亨利摇摇头。“你听我说，这女孩刚来到纽约才两个月，连百老汇第七大街都没听说过。却在头一天就找到了公寓，还谋到了这份差事，让我佩服得五体投地。”

“呃，我住的房子算不上公寓，它小得……”

莱恩的眼神游移在空中。“幸福的安妮啊，我在战争中睡过好多次废墟，只要是带个盖儿的房子看上去都像里兹酒店②。”

“安妮总是很有办法。”亨利仍旧不松口，“试着找个离东区近一点儿的房子，前厅后卧，并且带洗澡间和厨房，家具齐全，每月租金在一百五十美元左右。如果不行，最高可以给到一百七十五美元。今天下午，就赶紧办吧。然后明天继

① 哈里·胡迪尼（1874—1926）：生于匈牙利布达佩斯，犹太人，是当时世界上最著名的魔术师。

② 里兹酒店：世界最著名、最豪华的宾馆之一。

续找，直到你找到为止……如果找不到房子，你就不要回来。”

“亨利，看来我们再也见不到这个美女了。”莱恩提醒道。

“我敢拿钱做赌注，安妮肯定行，我相信她能解决问题。”

她住在那座褐色砂石房子的二楼。今天，那两节楼梯看上去是那么高，那么遥不可及，让她感到难以逾越。她站在楼梯转台上，手里还攥着皱迹斑斑的《纽约时报》。她花了一下午时间，把上面所列的房子拜访了一个遍，结果都被别人捷足先登了。她的脚疼得实在受不了了。早上的穿着打扮是为了在办公室上班的，根本没想到要去找房子。看来，明天不得不穿上平底鞋，并且还要赶早启程了。

在“拿下”所有台阶之前，她敲了敲尼利的房门，不过无人应答。她拖着沉重的躯体，吃力地踩着嘎吱作响的楼梯往上爬，试图回到自己的房间。当她听见那台老式散热器传送蒸汽所发出的“嘶嘶”声时，心里甭提多激动了。

不论莱恩·伯克再怎么表现出“我住哪儿都无所谓”的态度，她依然不敢想象他住在这样的房子里是什么情景。并不是说这个房间差，其实，这里很干净、位置很便捷。当然，要是和她在劳伦斯维尔的大房子相比，它简直不是人住的！这张凹凸不平的单人床看起来都熬不过今年。她有时会想：也不知道有多少人曾在这张床上睡过，也许上百人了吧。正是由于她不认识那些人，她才能够把它当作自己的床。在她交了租金的那一刻，房间里的一切都归她所有了。那张破旧的小床头柜表面布满了纵横交错的划痕和年数久远的烟疤；书桌上的三个抽屉因为推不到底就被卡住了，所以在外面留下一道小小的缝隙，如果你用强力去关它，可能会碰出小碎块儿；还有那把孕妇用的安乐椅，它那被压低的靠背里塞着的弹簧已经按捺不住想要一弹而出。

本应该把它打扮得漂亮点，可惜到周末了哪有那么多钱使唤。（她银行里的五千美元不准备动用。）她还正在还布鲁明戴尔百货①的那件好看的黑色连衣裙和晚礼服的账。

她听见了熟悉的敲门声和喊声——“我进来了啊。”她头也抬不起来。

尼利进来了，一身疲惫地坐在椅子上。那椅子“呻吟”了一下，几乎要把它的“心”都挤出来了，苦不堪言。“看《纽约时报》的广告做什么？想‘挪窝’了？”

等安妮告诉她自己的新任务以后，尼利大声地笑了。“你怎么不给他在阳台上再加四个步入式壁橱呢？”然后，因为她觉得这件事太难办到，所以她就不再继续谈这件事，就此打住了。她转向那件重大的事情上。“安妮你今天找到机会提‘它’了吗？”

“它”是尼利已经聚焦两周的热点。

“尼利，我哪有空啊？今天整整一天时间……莱恩·伯克今天回来了。”

“可是我们必须得加入《一飞冲天》。不知道出于何种原因，海伦·劳森看上去好像很喜欢我们的表演。我们已经被叫去进行了三次试演，每一次海伦·劳森都在场。现在只需要亨利·贝拉米美言一句，就万无一失了。”

“我们”是指尼利和她的两个搭档。尼利的原名是埃塞尔·艾格尼丝·奥尼尔（“是不是一把手枪？”尼利这样评价它），不过尼利童年时代的外号因为一件事改变了。因为她是一个叫

---

① 布鲁明戴尔：美国著名的百货商店品牌。

做“臭皮匠”的舞蹈三人组的成员之一，所以就不必为那个不为人知的名字煞费苦心了。

安妮和尼利的相识源于一次如点头致意一样随意的寒暄，不过她们的友谊迅速升温了。尼利给人的感觉如同一个爱嬉皮笑脸又激情四射的女青年。她长着一个狮子鼻①，一双棕色的大眼睛，一脸色斑和一头棕色的卷发。其实，尼利确实是青年，一个自打七岁便参加了轻歌舞剧团四处演出的小青年。

尼利是个演员，这太让人难以置信了。直到有一天晚上，她硬拽着安妮陪她去市中心的一家酒店参加某个俱乐部的聚会。在那儿发生了一个奇妙的变化：厚厚的油彩像是给她脸上的色斑穿了一件衣服似的；那个孩子气的她在一件廉价金属亮片连衣裙的衬托下，显得格外成熟。那场戏看着还凑合，表演得很一般。两个男人各戴一顶破草帽，身穿紧身裤，动作很花哨，手舞足蹈地跳着西班牙舞。安妮在老家也见过类似的表演，不过没见过像尼利演的这样。她也不确定尼利演得好还是不好，但是如若不是特别好那就是极其差。她可不像是“三个臭皮匠”中的一员。尽管她看上去是同他们一起跳、一起转、一起鞠躬，可怎么也不像是三人组，因为你总是只看到尼利。

不过，脱了那身戏服，卸了那脸浓妆，坐进这把中心凹陷的椅子，尼利只是一个青春靓丽的十七岁小姑娘，也是安妮那时唯一的闺中密友。

“我希望能帮到你，尼利。可是，我不能因为一件私事去求贝拉米先生，我和他仅仅限于工作上的关系。”

“那怎么了？在这个城市，所有人都知道他是海伦·劳森

---

① 狮子鼻：鼻梁较短而扁，鼻翼开阔如狮鼻。

的私下情人，他讲的话对她还是很有分量的。”

“他是啥？”

“她的情人，她的男人。别告诉我你还被蒙在鼓里。”

“尼利，如此可笑的事情你是从哪儿听来的？”

“‘可笑’！老天爷啊，也就是说，没人给你提起过？那是很久以前的事了，在那之前她已经结过三次婚了，他们俩也被人们热议了好多年。要不然，你以为我是吃饱了撑的整天在你耳边叨叨着让你替我求贝拉米先生出面搞定这件事？你明天到底能不能帮我跟他提提？”

“我明天还要去找公寓呢。还有，尼利，我早就和你说过无数遍了，把私事带进工作中是不对的。”

尼利叹了口气。“那些高尚的情操是你的绊脚石。安妮，你想要什么就应该直接行动。何必多虑，只管求他。”

“要是让你失望了，会怎么样？”

尼利耸耸肩。“那也比你问都不问要强百倍，至少有一半的可能会成功。”

安妮对尼利的思维方式付之一笑。尼利没有什么学历，但她具有“小杂狗”与生俱来的天赋，还拥有让这条小杂狗从一堆废墟里发光的本领。“它”是一只笨手笨脚，性格坦荡，活力十足的小狗，天真无邪中却意外带着一丝俗气。

尼利七岁之前，都生活在一个领养家庭里。她有个姐姐，比她大十岁。她姐姐遇上了查利(Charlie)，也就是“三个臭皮匠”组合的一员，然后他们俩结了婚。接着他们一起参加了那个三人组合，于是立即把尼利从那个枯燥乏味的寄养家庭和学校教育中解救出来了，把她带入了这个三流杂戏团，过着一种四处漂泊的生活。她的学校生活就此终结了，不过好在有些人自愿帮她学习识字和算术。她还通过向火车窗外眺望，学习了国家地理；从几个欧洲历史剧里拾起了一些历史知识。而且还有一个好心的门卫替她通风报信，让她逃脱义务教育委员会的走访调查。

在尼利十四岁的时候，她的姐姐因为怀孕而辞职了，对演出了如指掌的她顶替了姐姐的位置。默默无闻地耕耘了这么多年，“臭皮匠”组合终于迎来了一次到百老汇演出的机会。

“或许我可以同乔治·贝洛斯提提。”当安妮补妆时，经过一番沉思后这样说道，“他请我去看《一飞冲天》的首映。”

“那岂不是兜了个大圈子，”尼利讲道，“不过总比什么也没有强。”她看见安妮换上了粗花呢西装。

“哦，今晚要去见艾伦吗?”

安妮点了点头。

“我一猜就中。若是和贝拉米先生一起，就得穿黑色连衣裙。哎呀，他难道没有对你那身一成不变的黑连衣裙腻烦吗?”

“贝拉米先生可是从来都不看我穿什么，我们出去尽是办公事。”

“哈!”尼利哼了一声，“好家伙，在你那家公司上班真是爽啊。相比之下，我的演艺事业真是无聊透顶了。你有乔治在等你参加首映，有贝拉米先生陪你去‘21’会所共享‘晚上九点’的大餐，遇上艾伦也是在那家公司，现在又来了莱恩·伯克！我的老天爷啊！安妮，你都有四位帅哥了，我连一个也没弄到!”

安妮忍不住笑了出来。“和贝拉米先生一起出去，可不算是约会，《一飞冲天》的首演要到一月份呢；而对于莱恩·伯克，我顶多算是他的房屋经纪人；艾伦，嗯，好吧，我和艾伦算是约会吧。”

“仍然是我的经历的四倍，因为我连一次真正的约会都没有。我认识的男人只有我姐夫和迪基(Dickie)，而迪基还是个同性恋。我的交际活动基本上就是去沃尔格林药店[1]，在那里同其他处于‘休眠期’的演员们聊天。”

“你在那儿难道就没有遇上可以约你出去玩的男演员吗?”

“哈！你会这样问，说明你根本不了解他们。还约你出去?他们连一瓶五美分的可乐钱都不会给你。这不是说他们生下来就是铁公鸡，而是指他们总是丢工作。他们中绝大多数人都上夜班，有做饭店服务员的，有做电梯操作员的，也有做接待的，等等，只要能让他们白天有时间去见他们的经理人就行。”

“你是不是很想赶紧上路，继续进行巡回演出啊?”安妮刹那间意识到她很舍不得尼利。

“我并不希望如此下去。我姐姐跟我说，她的孩子才开始熟悉自己的爸爸。这就是为什么查利现在推掉了所有的俱乐部巡回演出。不过迪基开始抱怨了，在巡回演出中，我们可以赚更多钱。有人想让我们参加一个夜店，依次去布法罗、多伦多、蒙特利尔。这也是为什么我们想在《一飞冲天》中露一次脸。海伦·劳森的演出总是很火，我们便可以在纽约待上一整个季度，或许更久。之后，我或许已经遇上一个好男人，把自己嫁出去了。”

“这就是你想去参演那部剧的原因吗?想碰上个人物，和他结婚?”

“是的，因为那之后，我也变成了一个大人物，或者叫某某大人物的夫人。我就可以住在一个安稳的地方，拥有更多朋友，让整条街的人们都知道我的名字。”

---

① 沃尔格林药店：世界上最大的药品零售企业之一。

“但是爱情怎么办？想找到你真正爱的人，可不是件容易的事。”

尼利皱起了鼻子。“你看，要是有人喜欢我，我就会喜欢他。我的老天爷啊！安妮，如果你有机会单独见到贝拉米先生……”

安妮又被她逗笑了。“好好好，尼利，一逮到机会我一定会的。你将成为下一个巴甫洛娃(Pavlova)①也说不定。”

“她是谁?”

“一个了不起的舞蹈巨星。”

尼利哈哈大笑。“那离我太遥远了，我没有明星的派头。哦，我曾经变成过一颗星，不是指这种表演，而是当我站在观众面前时，我的内心产生了某种东西。我舞跳得很棒，如果他们鼓掌再大声点，我觉得我能飞上天。其实我的嗓音不算好，但如果他们喜欢我，我就敢表演歌剧。我上台时，总会有一种感觉，就像我同他们载歌载舞似的。我把这件事告诉了迪基和查利，但他们却以为我疯了。他们丝毫没感觉到什么。”

“尼利，或许你应该继续学习，进表演学校。那样，你或许可以让自己达到顶点。”

尼利摇摇头。“那种概率太小了。在巡回演出中，我见过太多这样的老前辈，他们都说自己差一点儿就红了。”

“但是你提到的那些人都不够优秀。”安妮说。

“听着，仍坚持在演艺圈儿混的人都不是奔着工时短和工资高，每个愣头青都以为将来能出名。在极个别的玛丽·马

---

① 巴甫洛娃(1881—1931)：全名安娜·巴甫洛娃(Anna Pavlova)，俄罗斯芭蕾舞演员，20 世纪初芭蕾舞坛的一颗巨星。

丁(Mary Martin)[1]、艾索尔·摩曼(Ethel Merman)[2]、海伦·劳森之后，有上千名离成功只有一步之遥的演员们在三流演艺公司的边缘上挨饿。”

安妮缄口不言了，她无法同尼利的思维模式争辩。她在脸上轻轻地拍了最后一下，完成了她的淡妆。“好吧，尼利，我将尽我的所能帮你去跟贝拉米先生去说。尽管谁也不知道结果如何，我还是觉得你有可能得到那份工作。既然人家叫你去试了三次，说明他们还是很喜欢你们的表演。”

尼利又一次哈哈大笑起来。“这也是我所纠结的。他们到底为什么屡次叫我们回来？海伦·劳森怎么会喜欢我们的狗屁表演呢？除非城里的其他舞蹈队都长了一脸麻子或什么东西的。听着，要是我觉得我们的表演很精彩，又何必在你这儿啰唆。我真搞不明白海伦·劳森为什么对我们感兴趣，莫非她对查利起了色心。我怀疑她是不是对什么男人都感兴趣，话又说回来，虽然查利算不上美男子，可也是有模有样的。”

“啊，那要是她真看上查利了，他会怎么办？毕竟你姐姐还在呢。”

“哦，如果必须如此，他就得和海伦·劳森搞在一起。”尼利面不改色地说，“他应该明白自己这样做，某种程度上是为了我姐姐。除此之外，他也不会真正沉醉于和海伦做那种事情，她长得又不是倾国倾城。”

“尼利，就是说你会无动于衷，纵容这件事发生？要是这样，你姐姐这辈子都不能原谅你。”

---

① 玛丽·马丁(1913—1990)：好莱坞著名女演员。

② 艾索尔·摩曼(1908—1984)：20世纪百老汇音乐剧舞台上最伟大的女演员之一。

“安妮，你说话像个圣女也就算了，怎么连思想都跟教父一般。你瞧，我是个处女，可是我知道性和爱对男人来讲是两码事。为了让姐姐和孩子过得好一点儿，查利过去总是住在路边便宜的出租屋，拿出四分之三的工资给我姐。但这并不意味着他不能偶尔冒冒险同剧场里的美女玩次激情游戏。他只是需要性，根本不会影响他对基蒂和孩子的爱。我之所以一直保留着我的童贞，那是因为我知道男人把这个看得很重，我也想找个爱我如同查利爱基蒂那样的男人。不过，这对于男人来讲是完全不同的，你别指望他是童子身。”

安妮屋里的门铃响起了，意味着艾伦已经到前门了。她按下了按钮，表示她已经拿上外套和包了，正要下楼。“赶紧，尼利，我得走了。艾伦有可能正打着车呢。”

“等下——有没有给我多留点巧克力棉花糖饼干啊？”尼利开始在那个小壁橱里翻腾起来。

“把整盒都拿去吧。”安妮说着，把门打开了。

“哦，天呢！”尼利跟着她，手里捧着那盒饼干。“我弄来了一本《飘》的图书馆复印本，一夸脱[①]牛奶，以及所有的饼干。哇，真是一次盛宴啊！”

他们进了一家法国餐厅。艾伦聚精会神地听她讲述她的新任务。他等她讲完，拿起自己的咖啡，将杯中剩下的一饮而尽，接着便叫服务员过来结账。

“安妮，我想时机已经成熟了。”

“什么时机啊？”

“该让真相浮出水面了，该让你光荣地离开亨利·贝拉

① 美制一夸脱约等于 1.10 升。

米了。”

“不过我可不愿意离开贝拉米先生。”

“你会愿意的。”他的笑很莫名其妙，却又满怀信心。他的整个形象都为之一变。“我猜，帮莱恩·伯克找到一套公寓肯定会是一大成就。”

“你是指你知道哪里有一套?”

他点了点头，神秘地笑了，似乎在独享一个笑话。出来以后，他打了辆车，说去一个叫萨顿园的地方。

“艾伦，我们这是去哪儿?”

“去看莱恩·伯克的新家。”

“非在晚上这个时间去？到底是谁的房子啊?”

“你会知道的，”他说，“有点耐心。”之后便一路无话。

车子停在了东河①附近的一所高档楼房前。门卫赶紧上前说：“晚上好，库帕先生。”电梯操作员点头致意，电梯稳稳地停在了十楼。艾伦十分随意地将一把钥匙插入公寓的大门，按下灯按钮，一间装修精美的起居室出现在眼前。他按下另一个按钮，轻松的音乐声传遍了整个房间。这所房子太完美了，简直就是为莱恩·伯克量身定做的。

“艾伦，这是谁的房子啊?”

“我的，去看看其他地方。卧室相当大，壁橱的空间很合适。”他拉开推拉门。“洗澡间在这边，厨房在那边，有点小，不过有一个窗户。”

她跟着他四下里转悠，没说一句话。真不敢相信，貌不惊人的艾伦住在这里?

“现在我要给你展示我的一桩苦事。”他走进起居室，拉开

① 曼哈顿三条河流之一，因位于其东部而得名。

落地窗的窗帘，眼前出现的是邻居家，对面的窗户看上去近得触手可及。

“这真是个悲剧，”他说，“这个福地一切都好，就是风景太糟。然而我不得不承认对面住着的那位肥仔令我很着迷，他一人独居，两年内我都没见他进食过一粒米。他的早餐、午餐、晚餐，餐餐都是啤酒。快看！”就像是在演示刚才的描述：一位穿背心的壮汉摇摇晃晃地走进厨房，起开了一瓶啤酒。

艾伦拉上了窗帘。“刚开始，我还常常为他担心，我想他会因为维生素缺乏①或别的什么而戒酒，不过他看上去是以饮酒为乐。”他请她坐上沙发。“嗯，这个适合伯克先生吗？”

“我觉得好极了，就算有个胖子也没问题。不过艾伦，你为何要放弃这么好的公寓呢？”

“我找到个更好的。我想明天入住，不过得让你先过目。你是否也喜欢它，对我来说很重要。”

天啊！他这是准备向她求婚啊！善良的小宝贝艾伦啊？她没打算伤害他，或许她可以装作什么都听不懂。

安妮故意让自己表现得漠不关心的样子。“艾伦，我只是被派来替莱恩·伯克找房子的，并不意味着我就是这方面的专家。莱恩·伯克抽不开身，这样安排是为了给公司提高工作效率。如果你是按自己的想法找到的那所房子，那就不必再来咨询我了……”她也意识到她的语速有点快。

“你不是说他想出一百五十美元，”艾伦说，“而且最高可以给到一百七十美元。我跟你讲，要是我们以一百五十美元给他，意味着你将成为英雄。他可以拿走我的租约。我是空

① 过量饮酒、酗酒，会使身体受到损伤，导致体内缺乏多种维生素。

房起租的，不过这些家具就当是送他的。”

她开始替他担心起来。“不过你新家也需要家具。”她辩解道，“那肯定得花……”

“无所谓。”他兴高采烈地说，“莱恩·伯克能马上入住吗？”

“这个，我想……”

“那还用说吗。”艾伦说，“来吧，我带你去参观下我的新居。”他迫不及待地推她出门，催她赶紧下楼，全然不顾她所强调的“时候不早了……”。

刚走到路边，机灵的门卫跑过来问：“库帕先生，需要帮您打车吗？”

“不了，乔(Joe)，我们就沿着那条路走走。”

他带她出了刚才的街坊，走进另一座大楼。这座建筑好像斜倒在河面上。

新家像电影片场一般。客厅里铺了一层四十英尺①厚的白地毯，吧台区镶嵌着意式大理石瓷砖，还有一部长长的楼梯通向楼上的房间，不过，最迷人的还是外景。

打开玻璃门，外面是一个宽敞的露天阳台，将河光美景尽收眼帘。他把她拉出去，冷风吹干了她脸上的水分，但对于这美景又有何妨。不远处有座桥，桥的花边闪着光，像一个花环装点着波光粼粼的河面。她瞪眼望着，呆若木鸡，完全忘记了艾伦还在自己身边。

“为这个新家我们干一杯吧？”他问。

此刻，她方从梦中醒来，接过他递来的可乐。

“艾伦，这是谁的住所？”她轻声问道。

---

① 1英尺等于12英寸或30.48厘米。

"我的。只要我中意。"

"可是它现在是谁的啊?"

"吉诺(Gino)先生的。不过，他嫌这个房子对他来讲太大。他住在沃尔多夫，那里更适合他。"

"可是，艾伦，你负担不起这种地方!"

"我怕你知道我有多大的负担能力，会吓着你。"他又露出了那种莫名的微笑。

她回过头往里面张望了一下。"艾伦，我想是时候该回家了。我感到很疲倦，脑子乱得很。"

"安妮……"他双手抓住她的小手臂。"我是个有钱人，安妮，钱多得不能再多了。"

她默默地盯着他的眼睛。渐渐意识到，他所说的全是实话。

"我爱你，安妮。刚开始，我一直不敢相信，我们在一起这么久，你竟然不知道。"

"知道什么?"

"我是谁。"

"你是谁啊?"

"哦，我是艾伦·库帕，这个是真的，也是你唯一知道的——我的名字。只是你不知道这个名字背后意味着什么。你竟然不介意我是一个业绩不佳的小保险业务员，还愿意和我交往。"他扑哧一声笑了出来，"你不能体会我这几周干的这些事情对我的意义，带着你躲进廉价的餐馆，看着你尽点些菜单里最便宜的菜，想着你在照顾我不堪的销售业绩。安妮，以前没人真正关心过我。刚开始我以为你在和我耍花招，明明知道，却故意骗我的。哦，不过我已经试探过了。为此，我曾经问过许多如'你家哪里的'以及关于劳伦斯维尔的问题。

之后，我还请侦探调查了一下。”

他看到她气得眯着眼睛，便挽起她的小手。“安妮，消消气。你表现得过于完美，以至于使人不敢相信这是真的。吉诺对此十分怀疑。不过等调查报告出来，显示一切都是千真万确：你的家庭，你的孤母，你的小姨，你那显赫的新英格兰出身，你的出色，安妮，你真的很优秀。天啊，知道这些以后，我简直想发射火箭庆祝。我以前从不敢奢望这种事会发生在我身上——遇上一个我爱的并且真正爱我的人！难道你没看出来那对我意味着什么吗?”他拉着她在屋里跳起舞来。“你要的！你真正想要的！不是我的财产，而是我这个人!”

她奋力挣脱他，屏住呼吸。“艾伦，我怎么知道你是谁——还有你的身世——除非你亲口对我说?”

“我莫名其妙你怎么会不知道。我是报纸杂志专栏里面的常客，我想你那些女朋友们会有人认识我，你可以问她们或者亨利·贝拉米，他肯定知道。”

“我不读那些专栏报道，我除了尼利没别的女朋友，她只读《综艺》[1]。我一向不和贝拉米先生聊自己的私人生活，也没有和办公室里任何人讲过。”

“那好，你现在可以把我们的事情作为一个大新闻向他们公布!”他握着她的双臂，凑过身吻她。

她麻木地站在原地——然后突然推开了他的手。天啊，又是这种感觉！被他吻后，她感到有一股极度恶心的感觉向她袭来。

他用极其和蔼的目光看着她。“安妮，我的小心肝儿。我

---

① 《综艺》：美国《综艺》杂志是一个有关于综艺娱乐、电影评论、好莱坞报道的杂志。

知道你现在有点儿乱。”

她走到镜子跟前，用颤抖的双手补了补口红。她肯定是哪里出了问题，为什么总是感觉和男人接吻那么恶心。好多女孩即使同陌生男子接吻，也会有快感，据说这是正常反应。可是她喜欢艾伦，他不是陌生人。所以问题不在威利・亨德森以及其他劳伦斯维尔男孩，肯定是自己出问题了。

他站在她背后。“我爱你，安妮。我知道进展得太快，谁都会困惑。但是我要娶你，带你见我爸爸——吉诺。”

他把钥匙递给她。“明天把这个交给莱恩・伯克，让他去我办公室和我见面，我会立即变更租约。安妮，要是你觉得这个装修有点夸张，不合你的胃口，你尽可拆了重装。虽然是吉诺花重金布置的，不过我总觉得这不是你的风格。如果你喜欢整栋的房子，我们可以买下一所别墅。只要是你喜欢，什么都行。”

“艾伦，我……”

“今晚我们到此为止吧。我爱你，你将嫁给我，从今往后牢记着一点。”

在他们回去的路上，她一个人陷入了深思。现在她知道了真相，原来她是个性冷淡，这太可怕了，学校里的女生经常笑话这种人。有人天生就是如此——她们永远无法享受那种最高的快感，甚至无法浅尝一丝纯正的激情。她便是其中之一，天呢，连一个吻她都受用不起！从某方面看，她很走运，遇上了艾伦这种好男人。人好又能助她一臂之力，她或许真该嫁他。她母亲说得对，一个连接吻都想呕吐的女孩，还奢望什么真爱，真是痴心妄想。不过起码，她摆脱了威利・亨德森和劳伦斯维尔，有些人甚至连梦想的一半都实现不了。

到了她家楼前，他拦了辆出租车。“记着梦见我啊，安妮。”他弯下身子，在她的脸颊上亲了下，“晚安。”

她目送着出租车渐渐地远去，然后慌忙地跑回家，猛敲尼利的房门。尼利开门时，头还扎在《飘》里面。她始终没放下书，只是招呼安妮进来，接着读她的书了。

“尼利，先把书放一会儿，我有件大事。”

“我不会为世上任何事情抛开我的瑞特(Rhett)①!”

“尼利，你听说过艾伦·库帕这个人吗?”

“嗨，你又在瞎搞什么呢?”

“我从未如此正经过，到底艾伦·库帕是谁，这个名字能让你想起些什么吗?”

尼利打着呵欠将书合上，小心翼翼地将那页的角折起，把瑞特保留在那里。“好吧，要是你非要演戏。艾伦·库帕是个极好的男子，每周都会抽出三四个晚上来陪我们的安妮约会。据我从窗外的观察来看，他虽然逊色于加里·格兰特(Cary Grant)②，但起码是个看得见摸得着的。现在我可以继续找我的瑞特了吧？他真是太风趣了，可是斯嘉丽(Scarlett)③一点都不懂他。”

“那就是说，你真的从未听说过艾伦·库帕?”

“没有，我非得听说吗？他是上过封面还是怎的？我听说过贾莱·库帕(Gary Cooper)④、杰基·库帕(Jackie Cooper)⑤，

---

① 瑞特，全名瑞特·巴特勒，是著名小说《飘》的男主人公。

② 加里·格兰特(1904—1986)：美国著名英国裔影星。

③ 斯嘉丽是小说《飘》的女主角。

④ 贾莱·库帕(1901—1961)：美国知名演员，曾经获得5次奥斯卡最佳男主角奖提名。

⑤ 杰基·库帕(1922—2011)：从著名的童星成长为优秀的成人演员、导演。

就是没听说过艾伦·库帕……”她耸了耸肩。

“那好，接着看你的瑞特·巴特勒吧。”安妮开始往门口走去。

“你今晚怎么那么莫名其妙。”尼利咕哝道，“嗨，该不会是喝醉了或者怎么了吧？”

“没有。那明天再见。”

尼利心不在焉地点点头，早已开始重温她的瑞特和斯嘉丽了。

黑暗中，安妮整理着白天的事情，丝毫没有睡意。艾伦不是一个穷酸的小保险业务员——他很富有。可是他为什么说她早该认识他了呢？她是不是还能想到些什么？她要怎么才能进一步了解他呢？乔治·贝洛斯！是的，他是她了解艾伦的最佳人选，想了解谁，都可以问他。

乔治·贝洛斯吃惊地看到安妮走进自己的办公室。“嗨，你不是被安排找公寓了吗？”

“乔治，我能跟你谈谈吗？有点私事！”

他走了过来，关上门。“随时恭候，坐吧。别见外，随意一点。那个，来点咖啡怎么样？”他从咖啡壶里给她倒了一杯热咖啡。“来，有什么烦心事儿？”

她端详着这杯咖啡。“乔治，你认识艾伦·库帕吗？”

“谁不认识啊？”他睁大眼睛瞧着她，“嗨，别跟我说你跟他搅在一起了！”

“我是认识这个人，知道他很富有。”

“富有！”他很不高兴地冷笑着，“亲，还需要发明一个新词儿来代表他拥有的钱。当然，他家的商业帝国是他爸爸吉诺创建的。这里半个城的房子都是他们家的，有谣言说他们和那些富有的希腊船业巨头是合作伙伴。几年前，《时代周刊》[①]杂志上登过他的一篇报道，或许我能帮你弄到一份图书馆的复印本，上面说他们家的钱无可估量。还把艾伦的照片也放上去了，他是整个‘帝国’唯一的继承者。可想而知，这是对他们俩多大的宣传。自此，他们需要用一把‘大象枪’[②]来震慑觊觎他们财产的女人们。所以，若是你想见艾伦，我送你一句金玉良言——别给他来真的，他可不是什么好东西。”

“他看上去挺好的啊。”她固执己见。

乔治大笑起来。“哦，表面上看他透明得跟块儿玻璃似的，背地里，和他爸爸一样奸诈，自己也干了许多漂亮活儿。我听说他为了逃避兵役，竟然买下了几个给部队生产降落伞的厂子来和部队拉关系，千真万确。”

她站起身来。“谢了，乔治。”

“随时再来啊，亲。我可以为你一一罗列城里所有的‘狼’——有你这模样摆在这儿，注定个个都会被你碰上。”

一看见她，亨利·贝拉米立刻沉了下来。“别告诉我，你现在就放弃了！你看，安妮，我也知道这很难，我今天也致电了几家房介，不过你也得继续啊！”

“我已为伯克先生找到公寓了。”

“哦！谢天谢地，你棒极了！”他按响了莱恩办公室的铃，叫他过来。

“我拿到钥匙了。”她说，“伯克先生下午可以去看房。”

---

① 《时代周刊》：创立于一九二三年，是美国乃至世界知名的事实性周刊之一。

② 大象枪指 M39 反坦克步枪。

“何不早上呢？”莱恩边说边走进房间，“可不能给他们变卦的机会。安妮，你是个奇迹！地址是？”

莱恩抄下了地址。“位置不错。住得起吗？”

“共一百五十美元每月。”

他晃了下脑袋。“你是天才，为什么钥匙都在这儿？那个房主出远门了吗？”

“没呢，他还在上班。”

“他是？”

“艾伦·库帕。”她平静地说。

莱恩只顾着写下这个名字，不过亨利好奇地张望着她。“你是怎么找着的，靠广告？”

“不，他是我的一个朋友。”

听到这句话，亨利的表情放松下来了。“要是你的朋友，就不会是我想到的那个人。”

“我是在这间办公室碰上他的，贝拉米先生。”

“这儿？”亨利感到一丝惶恐。“天哪，在这儿！”他猛跳起来，连椅子都撞到墙上了。“安妮！你跟艾伦·库帕！不……”他怀疑地摇摇头。

“我见他时，以为他只是个保险推销员。”她说。

“那混蛋来这儿是想让我替他摆平一个合唱团的女孩，她是我们一个年幼的客户。他想让我用钱把她撵走，再恐吓她一下。我直接把他赶出去了！”

“亨利！”莱恩用尖锐的声音说，“安妮自己会择友。”之后，他赶紧又向这个老头儿堆出笑容，补充道，“你也太不公正了，你派她去做一件不可能的事，人家给你做了，你不表扬，反而对人家私生活指手画脚的。”

“艾伦·库帕……”亨利难以置信地重复着这个名字。“莱恩，你听过这个人吗?”

莱恩笑答：“我不想知道他是谁，我只要房子。”

“你以前没听过吗?”亨利追问道。

莱恩想了想说：“好像听过，他巨有钱，这我知道。但这不能成为攻击他的理由。”

“可是像他这样的男人，安妮玩不起。她在他们的圈子里玩不开，会害死她的。”亨利坚定地说。

她默默地站在那里，听他们一个劲儿地评论自己。她明明就站在这里，他们却当她不存在一样，这令她徒生了几分怨气。

“好吧!”亨利转身取回椅子，“不关我事。我已经完全表达了我的看法，接下来的‘比赛’，球传给你了。”

“我想她知道游戏规则。”莱恩说。他转身朝向她，笑着说：“我很愿意去看看那间房，让安妮和我一起，您不介意吧，亨利先生?”

亨利摆手示意他们可以走了，接着忙他的工作。在他们离开他办公室的那一刻，安妮听见他长叹了口气。

当出租车在市中心穿行时，她把注意力集中到了车窗外的风景。今天是个秋高气爽的好天气，太阳的光芒正在悄然褪色，造成了一种春日的错觉。过了今天，十月的这种好天气就要到头了。

“别再生气了。”莱恩镇静地说，“亨利是喜欢你才发飙的，他各方面都在为你着想，不是有意要伤你的。”

“我不生气——就是有点儿迷惑不解。”

“既然大家都这么热情地给你提建议，我也抒发下自己的观点吧。千万别盲从别人对一个人的看法，谁都不会对每个人都表里如一，对不同人可能表现出他不同的一面。”

她被逗乐了："照你说，邪恶疯狂的希特勒(Hitler)也会对爱娃·布劳恩(Eva Braun)①恩爱有加。"

"差不多就是那样。亨利八世(King Henry)②杀了他'所有'的妻子，若我没记错，最后那位终于把他'驯服'了。"

"但艾伦真是好人。"她不依不饶。

"我相信他。哦，他住在这栋楼啊，太宏伟了。"

车子停下了。执勤的是另一个门卫。"我们是来看库帕先生的房子。"安妮说。

他点点头说："库帕先生吩咐过了，请上十楼。"

她把钥匙递给莱恩。"我进大厅等着你。"

"什么？不给我做向导？来吧，美女，我还想让你为我介绍一下房子的布局呢。像衣服放哪里，怎么使用灶具，电路保险装置安在哪里……"

她的脸上泛起一丝红晕。"我也就来过一回，给你看房来的。"

"还是比我所了解的要多。"他脱口而出。

他对房子很满意，还一再强调自己很喜欢对面那个胖子。"这种感觉太友好了。下午我会打电话致谢艾伦·库帕，但先谢谢你了。我想咱们都欠了亨利一顿大大的午餐。"

他们走进一家名为芭伯丽的餐馆。她很喜欢这里淡淡的忧郁和昏暗的色调，那些小星星闪着微光，在天花板和敞扶椅上眨着眼睛。她接过一杯雪利酒。在过去二十四小时，事情发生得那么多又那么快，使她浑身无力。真奇怪，她好像

---

① 爱娃·布劳恩(1912—1945)：希特勒的配偶。

② 亨利八世(1491—1547)：英国都铎王朝第二任国王，曾经有六次婚姻，其中有两个妻子被其下令斩首。

要把持不住自我了。

莱恩没有急于和她交谈，而是轻描淡写地说些“新住所多么好啊”“军营外面的饭菜多么美味”“对重新回归社会生活多么感恩”。她渐渐感觉自己失去了束缚。她很欣赏他标准的发音，以及整个屋子舒缓的氛围。她喜欢这样看着他的脸，他富于变化的表情，他那种快意的微笑。

“你不能不让亨利介入你的生活，”他一边说一边朝她凑近，给她点香烟。“不过，他只想你好，把你置于很高的位置。”

“说的是你吧，”她说，“你这个‘擎天柱’，贝拉米-贝洛斯公司的未来。”

“四年以前，他是这样以为的，”莱恩说，“可四年把人都改变了。”

“贝拉米先生从未改变对你的看法。”

他拉住她的手。“安妮，我们能否丢开‘先生’这一套称谓？叫我‘莱恩’，叫贝拉米先生‘亨利’。”

她不好意思地笑了笑。“好吧，莱恩。我得让你知道，亨利盼着你回来，心都操碎了，他……”她突然卡在那里了。这不关她的事，以前她从不卷入他人的私事，不过今天她压抑不住要去替亨利说话。她刹那间明白亨利反对艾伦是出于对她的友谊，也使她下定决心替尼利在亨利面前说《一飞冲天》的事。她得到了一种新的解脱，仿佛她又挣脱了一条把她和劳伦斯维尔捆绑在一起的锁链。

“我能感受到亨利的期望和愿景，”莱恩回答，“或许我不会让他失望，只是，天呢！这充其量是个‘杂牌’生意，既不是律师又不是经纪人。”

“可是大家都说你是一个——‘发电机’，你得热爱上某种东西，从中得到这种动力。”

“我热爱恶仗……挑战，甚至不择手段。”

她又迷茫了。这个他和传说中那个“大神”太不相符了。

他把她的迷茫，看作是对亨利的担心。“别烦了。可能我只是有点儿战后疲惫感。”

“难道你不乐意回到亨利身边吗?”

“我回来了啊，难道没有吗?”

她看上去又迷惑不解了。“你的话怎么听起来好像你还有别的更想做的事情。”

“难道每个人可以做他真正想做的事情吗?”

“我就正在做。”

他脸上露出一丝得意的笑容。“我受宠若惊啊。”

“我指的是为亨利工作，在纽约稳定下来。你想做的是?”

他伸了伸桌底下的双腿。“如果只有一种选择，我想拥有数不尽的钱。我想坐在牙买加一个风景秀丽的景点，找几个如你一般的靓妹伺候我，写出一本有关战争的畅销小说。”

“你想写书?”

“当然。”他耸耸肩，“难道那些在沙场征战多年的战士不该对自己能写出一本真正的战争题材小说有信心吗?”

“那为何不写呢?”

“一来，替亨利卖力是我的全职工作。二来，我刚接手的房子又不是白给的。我恐怕无法同时满足文学和亨利。”

她意识到莱恩·伯克是无法被归于一类的，他总是给自己的感情带上微笑面具，或者口是心非地回答你的问题。

“你又在糊弄我，别吊我胃口。”她大着胆子说。

他眯着眼睛说：“我不明白，你说的什么?”

“不战而败。我是指——你想写，而且有真感受想表达，就去做。谁都得为自己梦想搏一搏，这是最起码的。也许将来的生活处境和家庭责任会让我们停下脚步，但现在放弃无异于‘胎死腹中’。”

他凑到她跟前，用一只手抬起她的下巴。他与她目光相会，神情专注地盯着她。“亨利真是不懂你，你可不是他说的那样。他目前唯一懂得的，是你无与伦比的美丽。天呐，你是一名勇士，真正的勇士。”

她往椅子里退了退。“不好意思，今天贱体抱恙。”她仿佛耗尽了全部精力。“我很不在状态，事情发生得太快了。换做是你，二十年来都不曾遇上什么事，一下子蹦出件事来，你也会不知所措的。我指的是……关于艾伦·库帕的那些事。我直到昨天晚上才真正了解这个人。”

“别让亨利的意见使你为难，他只是不想让你认识那么多生人，情况要是紧急，他可是会用手榴弹来把那些调戏你的人赶跑。”

“艾伦只是我的朋友……”

“这条新闻太好了。”这次他看她时，没有了惯有的笑。

她顿感羞涩。为了掩饰她的尴尬，她说：“我们刚才讲到哪儿了，关于人们应该做自己喜欢的事情。我指的是，我来了纽约就做了自己喜欢的事情。我们都不能放弃自己的梦想，一定要实现。”

“我没有梦想，安妮，从未有过。写作这个想法也是我参战之后才有的，之前一直致力于让自己成功，挣一大笔钱。不过现在我不知道自己还想不想再要那些，事实上，我都不知道自己到底想要什么。”然后，他迅速调整语气，笑着说，“对，有件事我真想做。我想珍惜分分秒秒，让每一刻都有意义。”

“这我懂，”她说，“战场上回来的人有这种感觉，这再正常不过了。”

“哦？我开始怀疑这儿的哪位女子会有战争的感觉。”

“哦，我保证谁都能感受到战争。”

“我不觉得。一旦你上了战场，你不会再奢望生活中还有别的事情可做。你根本不相信在某个角落，有人正躺在舒服的床上酣睡或像我们这样坐在饭店里。在欧洲那边完全不同，你所到之处，看见的全是废墟，过着一种提心吊胆的生活。但是我回来后，感觉那些流血牺牲那么遥远，仿佛一切根本没发生过，那只是一场噩梦而已。这里是纽约，派拉蒙[1]公司大楼依然屹立在那里，上面的钟表照常在走。那些人行道上的裂痕还是老样子，那些鸽子以及它们的同类还在广场附近出没，科帕剧场门口依然排着长龙，等待着同样的明星出场。”

莱恩继续说：“昨晚，我出去见了一个大美女，她花了两个小时向我讲述她战时熬过的苦日子。没有尼龙袜子，没有塑料口红盒子，没有发卡……太糟糕了。我想缺少尼龙袜子对她的影响最大，因为她是个模特，腿对于她至关重要。她说当她看见原子弹爆炸[2]别提多高兴了——在它爆炸的那一刻，她刚好穿完了剩下的六双袜子。”

“我认为遇上战争，什么都不重要，能活着回来就不错了。”她轻声说道。

“虽然那很遥远，可你根本不敢想。”他回答，“我日复一

---

① 派拉蒙：派拉蒙影业公司是美国影视业的龙头，制作的著名电影如《变形金刚》等。

② 美国于一九四五年八月，分别向日本的广岛、长崎投放了原子弹，使日本迅速投降，二战彻底结束。

日地想，要是我天天想着未来——自己的未来——我会失去勇气。突然间，我想起过去把时间荒废在无意义的事情上……昨日无法重现。我才明白时间最为珍贵，时间就是生命，人生不可重来。若是我失去了女友，还可以再追回，或是替换。但是一秒钟——这一秒——过去了，就不会再回来。”他的声音很温柔，让人印象深刻，她注意到他眼角那细细的皱纹。

“有个下士……我们一起在一个破烂的空房子里过夜。我们都毫无睡意。那个下士不停地抓起一把沙土，从指缝里漏下，嘴里叨叨着：‘这是些了不起的沙土。’他好像在宾夕法尼亚有自己的农场。他开始跟我讲他的那些桃树的问题，以及他回去后扩大农场的计划。伴随着孩子们的成长，他想让自己的庄园成为佼佼者。不过土质问题困扰住了他，他的土地有点贫瘠。以上就是我们的讨论。渐渐地，我发现自己很关心他那可怜的土地，甚至给他提了不少建议。我记得在我的梦里，见到了化肥以及一片片桃林。第二天非常不幸，我们误入了雷区，遇上了狙击手，天气也出现了异常。当天夜里，我统计了失踪人员名单，核对了一下遇难者，那个下士也在其中……昨晚还是个活人——一个把临终前最后一夜荒废在担心化肥和土壤上的人，如今他的血肉永远肥沃着异乡的土壤。”

他看着她，突然笑了。“我正在这儿以这些琐事浪费你的时间。”

“没有，请继续。”

他吃惊地望着她。“今天我说得够多了……这段回忆或许应该永锁于我的记忆中。”他示意服务员买单。“而且我已经占用你太多时间了。把下午时间好好利用起来，买件新衣服，做做头发——做一切漂亮女孩子该做的事情。”

“恐怕这个‘女孩子’得回办公室了。”

“没那回事。我正在宣布这个‘命令’，亨利想你多休息几天，起码这一下午的假是有的。我可以预见，你有一个两周的带薪休假。”

“我可不敢奢求……”

“毫无疑问。我想先把一个月的租金放在桌子上。我将此视为我来贝拉米—贝洛斯公司的第一件事。你呢，将放一个两周零一下午的带薪假期。”

她下午出去逛了，不过没有采纳他的任何建议，而是沿着第五大街往上走着，看了看冬季新款服饰。然后，坐在广场的一角，想到莱恩·伯克的事情。他使那些她以前认识的男人都黯然失色。她迷失在莱恩那迷人的微笑里了。不过莱恩对战争所表现的关心显然是真的，他关心那个下士。他到底是个什么人啊？

她离开了那个角落，沿着第五大街往回走。时间已经很晚了，她该回家换衣服了，因为艾伦要来接她了。艾伦！她不能嫁给他！那就违背了她前面所说过的话，真正的半途而废！现在向梦想妥协还为时尚早。

她会在晚饭上和他挑明，不过得间接地、圆滑地提出。她不可能开口便说：“对不起，艾伦，我不能嫁给你。”但是，晚饭中她肯定会往这方面努力的，既简单又坚决。

但并不像她想得那么简单。如今没有了静谧的法国小餐厅，艾伦也用不着掩饰自己的身份了。他们去了“21”会所，服务员们纷纷向他鞠躬，和他打招呼的每个人都能直接喊出他的名字，似乎这里的绝大多数人都认识他。

“顺便问下，安妮，你喜欢乡村生活吗？”他突然问道，“我们在格林尼治有这种房子……”

好戏正要开始上演。“不，我在劳伦斯维尔过够了那种生活。其实，艾伦，有些事情我想跟你解释……一些你必须明白的事情……”

他看了看表，突然唤服务员买单。

“艾伦！”

“说吧，我听着呢。”他正在结账。

“关于你昨晚说的话还有刚才的乡村生活，艾伦，我很喜欢你，不过……”

“哦，谢谢你提醒我。我已经把租约给了莱恩·伯克，下午和他谈过了。他听上去是个英国人，对吗？”

“他是在英国长大的。艾伦听我说。”

他站起来了。“我们车上说。”

“请你坐下。我想在这儿告诉你。”

他笑着拿起她的外套。“车里暗一些——更浪漫，还有，我们已经迟到了。”

她很无助地站起来。“我们去哪儿？”

“莫罗科会所。”他边向外走边付小费，同时不断地同人们亲密握手。在车里，他往座椅上一躺，笑着说，“我爸爸正在莫罗科会所，我跟他说我们也路过。好，你想和我讲什么？”

“艾伦，你把我想得太好了，我很荣幸，同时也感谢你在莱恩·伯克公寓的事情上给我的帮助，这着实帮了我大忙，使我少受了那么多罪。我认为你是一个我遇上的最好的人，只是……”她看到了莫罗科会所的发光牌子，她急忙吐出了那些话——“关于结婚……你昨晚所说的……抱歉艾伦，我……”

“晚上好，库帕先生！”莫罗科会所的门卫一边打开车门，一边向他致敬，“令尊已经进去了。”

“谢谢，皮特(Peter)。”在进俱乐部的时候，又是一次又一次的握手。她总是说不到点上——又或者艾伦有意回避？

吉诺·库帕正坐在吧台附近的一张大圆桌旁，同一大堆人说话，他向艾伦挥了挥手，表示马上来找他们。服务员将艾伦领到靠墙的那张桌子。时间已经十点半了，不过在莫罗科会所还早着呢。虽然这是安妮首次步入这家著名的会馆，但她已经在报纸杂志上见过它的照片，都是来自各方的名流人士背靠着这里著名的斑马纹图案照的。她环顾了下四周，到处都是斑马纹图案，除了一大块与众不同的空地，那儿有一支水平一流的管弦乐队正在鸣奏曲目。

吉诺立刻挤进他们之间，还没等介绍，就抓住安妮的手，用力地握了握。

“这就是她，嘿？”他轻轻地吹了声口哨。“孩子，你做得对，她值得等。她很有教养，不用等她开口我就知道。”随着他的一声响指，不知道从哪儿走出一个管事的。“拿点儿香槟。”他交代了一声，眼睛一直停留在安妮身上。

“安妮不会喝酒。”艾伦想阻止。

“她今晚要喝。”吉诺坚决地说，“今晚是个例外。”

安妮笑了。吉诺的热情感染了她。他皮肤黑黑的，身体看上去很结实，表现得很豪爽、大气。他的黑发中透着几分苍白，但他一点都不显老，而是像一个活力十足、充满热情的孩子。

香槟倒上以后，他开始敬酒。“为我们家新来的女成员干杯。”他一口咽下大半杯，然后用手背擦了擦嘴，又说，“你是天主教徒吗？”

“不，我——”安妮正待说完。

“呃，嫁给艾伦你就得皈依天主教。我会替你邀约凯利

(Kelly)神父，让他在短期内对你进行专门传授。”

“库帕先生——”她几乎用尽全身力气发出了这一声。

艾伦迅速打断了她。“我们还没有谈到宗教，爸爸。您没理由强迫安妮皈依。”

吉诺认识到自己的错误。“这个，不……要是她极力反对，那就不勉强了。只要在教堂举行婚礼时，宣誓让孩子们接受天主教教育——”

“库帕先生，我是不会嫁给艾伦的!”在此，她掷地有声地吐出了这句话。

他眯起了眼睛。“为什么啊？你对天主教有那么深的仇恨吗?”

“我不仇视任何东西。”

“那问题出在哪儿?”

“我不爱他。”

吉诺的眼前先是一片空白，然后满脸疑问地转向艾伦。“她究竟说了些什么?”

“她说她不喜欢我。”艾伦回答。

“喂，这像一个恶作剧之类的？我记得你说想娶她。”

“我是想。而且不只是想想，一定会实现。但前提是先让她爱上我。”

“你们俩是疯了，还是怎么了?”吉诺询问道。

艾伦哈哈一笑。“我不是和您说过嘛，爸爸——直到昨天晚上，安妮一直以为我是一个正在努力打拼的小小保险推销员。她需要重新调整一下思路。”

“调整什么啊?”吉诺问道，“打什么时候起，有钱反倒成为男人的缺陷了?”

“我们还没谈婚论嫁呢，爸爸。我不能肯定安妮对我是不是认真的，她总是把注意力放在担心我会丢掉工作上。”

吉诺一本正经地看着安妮。“你跟他最近几周真出入于那些他跟我讲的三流场所?”

安妮无力地笑笑。她感觉自己被万众瞩目，她敢肯定吉诺的声音吸引了半个屋子的人来围观他们的谈话。

吉诺拍了下大腿，大笑道：“这孩子是真好!”他给自己倒了更多香槟。有个吧台服务员跑过来想帮他，他手一挥让他走了。“我过去习惯用牙起开瓶盖，如今这些服务员都觉得我必须请他们帮忙。”他转过身对安妮说，“我喜欢你！欢迎成为我们家的一员。”

“可是我不想嫁给艾伦。”

他摆手无视了她的立场。“听着，既然你都能同他一起度过六周食不甘味的生活，并且接受那个一无所有的他，那么也会接受现在的这个他。喝了你的香槟，开始培养高品位，你值得拥有。嗨，罗尼(Ronnie)。”一个瘦瘦的青年不知从哪里出现在眼前，一声不吭地站在他们桌旁。

“这是罗尼·乌尔夫，”吉诺告诉她。“坐吧，罗尼。”吉诺又来了声响指，随口说了一句，“给乌尔夫先生上他的最爱。”一个服务生也不知从哪儿冒出来，端给这个人一壶咖啡。

“现在，别告诉我你没听说过罗尼——谁都读过他的专栏。”吉诺自豪地说。

“安妮刚来纽约，”艾伦急忙说，“只听说过《时代周刊》。”

“好一张白纸。”罗尼说得很干脆。他抽出一本陈旧的黑色小册子，他那黑黑的眼睛从艾伦瞟到吉诺。“好，让我记下她的名字——这条消息是由父亲还是儿子来宣布?”

“这次由我们联合发布，”吉诺说，“这个小丫头将要和我扯上关系了。安妮·韦尔斯。罗尼，千万要把名字写对了啊——她可是要嫁给艾伦了。”

罗尼吹了声口哨，换了一种尊重的眼神看着安妮。“确实是大有故事。模特界的一位新人得了项大奖，或是娱乐圈？嗨，别告诉我——恕我直言，是得克萨斯人？”

“我是马萨诸塞州的，做办公室工作。”安妮冷淡地说。

罗尼眼前一亮。“我想接下来你要跟我说，你会打字。”

“我一点都不觉得这是你专栏中的新闻，同时，我想让你知道我和艾伦——”

“安妮，罗尼是朋友。”吉诺急忙插入一句。

“别，让她接着说。”罗尼用一种近似敬佩的目光注视着她。

“噢，多喝点香槟。”吉诺边说边给她倒。

她举起杯子，抿了一口，以此来止住心头的气。她本想继续坚持自己不会嫁给艾伦，但是被吉诺制止了，也许他还会阻挠。当众被驳回，对吉诺来讲是很没面子的。等罗尼走了，她会同时告诉他们两个人——她不想嫁给艾伦。是钱给人造成了一种盲区吗？夺走了他们的视听能力？

“谁是你的老板？”罗尼问。

“亨利·贝拉米，”艾伦说，“但只是暂时。”

“艾伦！”她生气地向他喊了出来，不过罗尼打断了他们。

“你看，韦尔斯小姐——问问题是我的工作。”他以一种坦然而又友好的方式微笑着说，“我很欣赏你。一个女孩大老远跑到纽约不是来做演员或模特的，这让我耳目一新。”他又近距离观察了她，“美丽的脸颊骨，要是你愿意，肯定能走运。如果鲍尔斯（Powers）或者朗沃斯（Longworth）见过你，也会使你有钱，比你男朋友更多。”他给吉诺递了个眼色。

“她要是想工作，我们愿意给她买一家模特公司，”吉诺大声地说，“不过，她需要安安稳稳在家生孩子。”

“库帕先生——”安妮的脸已经红透了。

艾伦插了进来。“爸爸，让我们按顺序来。”

罗尼忍不住笑了。“吉诺，你朋友来了。她知道这个消息吗?”

他们看见一个高挑的美女走向他们的桌前，还没等她停住，吉诺便挪向前去，擦了擦凳子。“这是阿黛尔·马丁(Adele Martin)。请坐，宝贝儿，向我儿子的未婚妻安妮·韦尔斯问声好吧。”

阿黛尔那两行铅笔画的眉毛突然高高地弓起，她没有向安妮问好，反而是看了看艾伦和罗尼，以确认这是不是真的。

罗尼点点头，看着阿黛尔那副惊慌失措的样子，他的眼神中流露出一丝快意。不过这个女孩的表情恢复得倒是很快，接着她依偎在吉诺的身边，对安妮微微一笑。“亲爱的，你是使的什么招数把这件事办成了啊？我为了把这只‘狒狒’送上那神圣的殿堂，浪费了七周时间了，把你的绝招告诉我，我们来个双喜临门。”她含情脉脉地望着吉诺。

“你是个戏子，阿黛尔。”罗尼边说边给吉诺递了个眼色。

阿黛尔狠狠瞪了他一眼。“听着，罗尼，成为一名歌舞演员是需要天赋的，请不要随意贬低。”

罗尼笑了笑，合上他的笔记本，将它放进口袋。“阿黛尔，我觉得你是本市最好的演员。”

“这种话多多益善。”她的情绪稍微好转。“为了陪这个宝贝儿，我还拒绝了两部影片。”她倚在吉诺身上，吻了下他的脸颊。

罗尼站起身，猛转了下头，表示他要告辞了。安妮目送他去了另外一桌。她看见又有一个服务生给他重新送了一壶咖啡，而罗尼慢慢品尝着咖啡之余，随手又掏出他那个黑色小本，用他那充满期待的眼神目不转睛地盯着门口，观察着每一位新来的客人。

艾伦跟随着安妮的目光望去。“罗尼是个好伙计，不需要别人替他搜集资料……事事亲为。”

阿黛尔讽刺地说：“他是个爱管闲事的家伙。”

“因为他曾经发表了我们准备订婚的消息，把你弄疯了吧。”吉诺接着她的话说。

“呃，真把我送进地狱了，让我像个傻瓜一样。”然后，阿黛尔又笑了。“那件事想得怎么样了，亲爱的？你不会让你的儿子抢先步入婚姻的殿堂，把你的风头给抢了吧。”

“我已经进去过一回了。”吉诺说，“罗莎娜（Rosanna）走了以后，意味着我的婚姻生活已经结束了。一个男人只能有一个妻子。艳遇再多都没关系，不过老婆只能有一个。”

“这是谁规定的？”阿黛尔急切地说。

吉诺给那女孩倒了些香槟。安妮感到这已经是他们老生常谈的话题了。“阿黛尔，别再提了。”他的声音变得十分冷漠。“就算我再婚，新娘也不是你。你已经是离过婚的人了。”

听罢，阿黛尔的脸上露出一丝愠色。他赶紧补充说：“哦，顺便说下，我已经叫欧文（Irving）明天给你送去两件皮草，选件你喜欢的。”

阿黛尔的脸上上演了一百八十度的大转弯。“全都是貂皮吗？”

“还会是什么？或者是麝鼠①也没准呢。”

“哦，吉诺……”她重新紧紧依偎在他怀里。“有时你会把

---

① 产于北美，毛皮珍贵。

我气疯，不过我必须原谅你，因为我太爱你了。”

吉诺低头看见安妮的丝织外套软绵绵地搭在椅子上。“嗨，艾伦。我也送安妮一件，作为订婚礼物，你看可以吗？”这时，也不问她是否愿意，他转身便对安妮说，“你喜欢什么颜色？”

“颜色？”安妮还以为貂皮大衣只有褐色的。

“他是指饲养的还是野生的，亲爱的。”阿黛尔解释说，“我想野生貂皮更搭配你的头发。”

“我恐怕不能接受你的礼物。”安妮轻声地说。

“为什么？”吉诺严厉地问。

“或许安妮想让我亲自送他——等婚后。”艾伦赶紧补充。

吉诺哈哈大笑起来。“原来你是想等身份合法化以后，才会接受送你貂皮大衣这样的礼物啊。”

“接受貂皮大衣的礼物，跟是什么身份有什么关系？”阿黛尔问道，“真正有关系的是拒绝别人的好意。”

安妮感到很不舒服，香槟让她感觉发闷。会所里面挤满了人，随着服务员们火急火燎地摆放上硬币大小的桌子，这样一来舞池也在不断地缩小，看来有个重要人物要来了。而人们正被挤着往天鹅绒绳子旁边靠近，在他们所坐这边已经人满为患了——奇怪的是对面还有一些空位没有人去坐。艾伦跟她解释，那里是寒冷的“西伯利亚”，不受人尊敬。所以只有没身份的人和不了解情况的外地人才坐那里。若是哪个有身份的人找不到位置，只好坐那边，他会尴尬透顶。

来同他们互致问候的人群一拨接着一拨。其间，又来了一位专栏作者，和他们短暂地聊了会儿，还有人给他们照了合影。吉诺又要了些香槟。几个跟阿黛尔模样相似的姑娘来他们桌前站了会儿，对艾伦表示了祝贺，向阿黛尔投去了同情的目光。有的甚至还给艾伦一个娴熟的拥抱和火热的亲吻，大声叫嚷着对他爱无止境，或是说句“安妮，真不知道你多走运。”话里充满了无限的嫉妒和好奇。

她默默地坐在那里，平静的外表遮住了她内心一浪高过一浪的不安。她必须要在回去的路上，再次向艾伦强调自己的立场。然后，让他给罗尼·乌尔夫和另外那位专栏作者打电话解释。她必须得让他彻底明白。

她轻轻拍了拍艾伦的胳膊。“已经深夜一点了，艾伦。我得回家了。”

吉诺吃惊地望着她。“回家？看你这话说得。晚会才刚刚开始。”

“我明天还得上班，库帕先生。”

吉诺放声大笑。“小丫头，你以后什么都不必做了，只需善待我们家艾伦。”

“但是我有工作啊？”

“那就辞了。”吉诺一边说着，一边将香槟泼到了地上。

“辞职？”

“为什么不呢？”这回阿黛尔插进了这句话。“要是吉诺让我嫁给她，我会放弃我的事业，连眼都不眨一下。”

“什么事业啊？”吉诺哈哈笑着，“每晚在舞台上一站就是两个小时？”他转向安妮。“这儿的美国女孩不得不下贱地工作。她也是一家演艺公司的演员，不过这种苦差事与你无关。”

“我喜欢我的工作，我不会和任何人谈恋爱。”安妮回答道。

吉诺耸耸肩。“你很有个性，某人得擦亮眼睛了。这话你跟他说去，给他个机会明天另寻新欢。”他边说边示意服务员买单。“我想今晚我们不得不改为早早回去睡觉了。”

安妮披上她的外套，满脑子想着坐上回家的车子之后，单独和艾伦在一起时，会把这一切扭转过来……

外面没有停一辆出租车，唯一停在那里的是一辆加长的黑色私家车。吉诺喊他们进去。“来吧。”他说，“让我先送勤于工作的大忙人回家。”

当他们到了她家楼前，吉诺和阿黛尔在车内等候，艾伦送她到大门口。

“艾伦，”她低声说道，“我有话说。”

他搂着她，轻吻了她一下。“安妮，我知道今晚有些鲁莽，但我向你保证以后再不会发生这种事了。我必须让吉诺见你一面，而这已经结束了，他已经见过你了。从明天开始，我会单独约你。”

“我觉得吉诺很好。不过艾伦，你得跟他说清楚！”

“说清楚什么？”

“艾伦，我不想嫁给你！我从没说过要嫁给你。”

他轻抚她的发梢。“对于你制造的紧张局面，我不会多说什么。你今晚可是吓坏了所有人，不过明天一切将会不同。”他拉起她的双手。“不管你相不相信，你注定要成为我的女人。”

“不，艾伦。”

“安妮……你莫非爱上了别的男人？”

“没有，不过——”

“知道这个已经够了，给我一次机会。”

“嗨！”吉诺从车窗内探出头。“废话少说，和她吻别吧！”

艾伦凑到她跟前，轻轻吻了吻。“明晚七点半，我会来接你的。”他转身，走下了台阶。

当车子启动后，她仍站在原地瑟瑟发抖。呃，她已经努力过了。一旦罗尼·乌尔夫已经印出来了，那他肯定不会再撤回的。她一口气跑上楼梯，来到她屋门前。她看到门上贴着一张白纸，上面用小孩儿那种印刷体文字写道：无论有多晚，你一回来，就叫醒我。事关紧要！尼利。

她看了看表，已经深夜两点了，可是“事关紧要”……她慢慢走下楼梯，轻轻地敲了敲门，一半希望着尼利听不见。她听见床在“吱吱”响，门底下突现一丝亮光。门打开了，尼利揉了揉眼睛。

“我的老天爷啊！这都几点了？”

“很晚很晚了，不过字条上写着……”

“哦，是的。请进。”

“能等明天再谈吗？我快累死了，尼利。”

“我现在可是清醒得很，而且快冻死了！”尼利光着脚在冰冷的地板上踱来踱去。当安妮跟她进了房间以后，她立刻又回到了床上，迅速坐进了被窝，蜷起两个膝盖，开口笑着说，“你猜是什么事！”

“尼利，你要不说，我可就回去睡觉了。”

“我们赢得了演出！”

“很好。尼利，你现在要是不介意的话，我想回去……”

“就这一句？很好？然后，晚安？我有史以来最大的一件事啊？我们搞到了《一飞冲天》的演出，你却视而不见？”

“我为你感到高兴。”安妮试着在自己的声音里强加几分热度，赶紧补充说，“只是因为我今晚过得太糟糕了。”

尼利立刻关切地询问：“发生什么事了？是艾伦对你动手动脚了，还是怎么了？”

“没，他让我嫁给他！”

“那糟糕的事情是什么？”

“我不想嫁给他。”

“那直接跟他说得了。”

“我说了。可是他不听。”

尼利耸耸肩：“那明天继续跟他说。”

“问题是明天这件事就要上专栏了。”

尼利用一种奇怪的眼神看着她。“安妮，你又在这儿胡搞。究竟为什么会有专栏作家把你要嫁给一个小小的笨蛋保险员的消息印到报纸上?”

“因为这个小笨蛋保险员是个百万富翁。”

当尼利终于明白真相时，兴奋得要死。“安妮!”她从床上跳了下来，围着屋子跳来跳去。“安妮，你成功了!”

“可是尼利——我不爱他!”

“他有那么多钱，相信你很快会学会爱他的。”尼利坚持道。

“但我不想结婚，也不会放弃我的工作。我刚开始为自己而活，可不想就此放弃才过了两个月的自由生活。”

“自由！你把这个叫自由?”尼利尖叫起来，“住在这间蜗牛屋，七点就得起床赶去上班，中午到小吃店吃点午餐，跟着贝拉米和几个客户偶尔去几次‘21’会所，裹着你那件黑色丝织的外套冻得瑟瑟发抖？你想为了这些‘荣耀’放弃艾伦?明天就是十一月一号了，你还要熬过一月和二月。伙计，纽约的二月真是‘棒’极了！无非是一地肮脏的雪泥。你屋里那个小小的暖气机将变成一根柔弱的火柴。你到底会失去些什么？我倒是很想听听!”

“我的个性，甚至我的未来，我全部的生活。这些都还没来得及出世，就会因此而‘流产’。尼利，我们家祖祖辈辈的女人们许多事都没来得及经历，她们就是找个人结婚，生个孩子，仅此而已。我想多经历一些，我想体味生活，去——”

“但这发生了啊!”尼利喊出来，“你中了头彩。你还发愁什么呢？是无法再成年累月辛苦工作，不能再穿六美元一双的鞋子和便宜的衣服？安妮，如果你这次放弃了，它就不会再有了。你以为等你厌倦了过这种秘书的生活，还会有另外一个百万富翁突然出现在你眼前对你说‘好吧，安妮，该结婚了?’哈哈!”

“我没有刻意要找个有钱人，那不是最重要的。”

尼利讥笑道：“那是你没穷过。”

“尼利……让我们这样讲好了，因为你赢得了《一飞冲天》的演出，所以你很高兴，但假如经过几周的排练，有一个像艾伦一样的人走入你的生活，让你嫁给他，让你在演出还没成形前就放弃。你会吗?”

“我会吗？怎么这么快你就变成榆木脑袋了。瞧，比方说我真有一身才华，比方说有一天我抓住了一个证明自己才华的机会，就算我努力在工作中打拼数年，最后我又得到了什么？钱，地位，尊严。一切的一切，也就仅此而已。而且这些需要花费许多年的艰苦奋斗才能换来。可是你看，艾伦正用一个大银盘子给你白白送来这些东西。”

安妮无法相信自己的耳朵。尼利有一张纯洁的脸，一副看上去比她十七岁这个年龄还要年轻许多的外表，可她分析起事情来，却显得那么世故。此刻，安妮疲惫的双眼痴痴依恋着门口。是啊，她太累了，无法再和她争辩下去了。“晚安，尼利。我们明天接着聊。”

“什么也不说了，嫁给他！或许等《一飞冲天》火了，我们又能一起生活了。”

时间到了一九四五年十一月。当闹钟响起时，安妮一如往常，心灵十分宁静。但当她伸起懒腰，找回自我时，突然感到一阵不安，好像出现了什么问题……

艾伦！昨晚！罗尼·乌尔夫！之后，她的不安转化成了愤怒。可是，她已经尽力了，她都已经试了许多种拒绝艾伦的方式了！

她赶紧穿了起来，心想着一到公司就给艾伦打电话。这一次，她想把这件事一劳永逸地确定下来。

她刚走进来，发现有许多人站在公司门口的走廊上。他们准备让她过去，突然有个人喊，“嗨，就是她！”照相机的闪光灯开启，各种提问向她扑面而来。从混乱中，她听到了艾伦的名字。她推开人群，但是他们追着她进了公司，不断叫着她的名字。安尼觉得自己仿佛又陷入了童年时的噩梦，被四处追赶，却没有一个人来帮她。那个前台女接待在向她微笑，还有那个秘书和斯坦伯格小姐，她们都在向她致意。最后，当她坐在自己的办公桌后面时，浑身还在不停哆嗦着，而那些记者们一拥而上把她一个人死死围了起来。“你是什么时候认识艾伦·库帕的，韦尔斯小姐?”闪光灯在她背后不断闪烁。“嗨，安妮，看这里好吗……长得真好看……笑一个，安妮……”闪了一下……又一下……“韦尔斯小姐，你们将会在教堂举行婚礼吗?”“嗨，安妮！成为一个灰姑娘是什么滋味啊?”

她想尖叫。她疯了似的从他们中间开始“突围”，奔向了亨利·贝拉米的办公室。当她踉踉跄跄地朝里挤时，莱恩·伯克正好也赶了进来。她正准备说话，门开了。那些记者们紧跟着她，一窝蜂地进来了！这时，亨利笑了……问候了他们。莱恩也笑了起来。

亨利像父亲般亲昵地把胳膊架在她肩上。“安妮，你现在必须得适应这种局面。一个女孩不可能每天都会和百万富翁订婚。”他的手感觉到了她身体的抖动，于是掐了掐她的肩膀。“振作起来，放松一点，来段演讲。毕竟，这群哥们儿得靠这个吃饭。”

她面向这些记者：“你们想知道什么？”

“他们想知道这个故事的后续事宜。”亨利回到了他的办公桌前，取出一份晨报。她盯着首页那张巨幅图片。她在上面，微笑着……还有艾伦……那个斑马纹墙面。它有一个黑色的大字标题：百老汇最新的灰姑娘——艾伦·库帕将娶一位秘书。

亨利又把手放在了她的肩上。“好的，伙计们。再加一个标题。你们可以写上，‘亨利·贝拉米恭贺他的百万富翁秘书’。”

接着，又亮起更多的闪光灯，有人叫她微笑，有人叫她换姿势，有人爬上一把椅子来拍她，各种声音让她‘这边看’，他们的声音仿佛是从遥远的地方传来。她的耳畔像是大海在怒吼，透过所有这些混乱的画面，她唯一能看到的，就是莱恩·伯克淡淡的微笑。

之后，亨利一边领着他们往外走，一边不停地同他们握手，扮演了一个热情款待的东道主。在他们关门的一刹那，她听到他说：“是的，他们是在这间办公室认识的……”

她麻木地盯着那扇紧紧闭合的门，虽然她的心依然是七上八下的，不过办公室突然安静下来了，这更加让人感到异样。莱恩走了过来，递给她一支香烟。她深吸了一口，咳嗽了一声。

“放松点儿。”莱恩愉快地说。

她瘫坐在椅子上，眼睛盯着他。“我该怎么办？”

“你干得很漂亮。你得习惯这种生活。时间久了，你会爱上这种生活。”

“我不想嫁给艾伦·库帕。”

“不要被这个吓倒，谁上了头版头条都会表现得异常惊慌失措。”

亨利匆匆忙忙返回了办公室。“哦！”他带着一种由衷的骄傲看着她。“哎呀，你昨天怎么让我落得那么愚蠢呢？早知道那家伙是认真的，我就不会说那些东西了。”

“安妮有种稀世之才，”莱恩说，“真有点‘桃李不言，下自成蹊’的感觉。”

她感到她的喉咙开始哽咽。（女孩子怎能在大庭广众之下抽泣。）太疯狂了。莱恩竟还是带着他那冷漠的微笑，亨利更是扮演了一个骄傲的父亲。

“我马上会给中介打电话的。”亨利说，“你的日程肯定已经排满了。安妮，公司的事情就不用你操心了，我们能应付，另外还会再找人的。”

她感到一阵头疼。一种很不爽的虚弱的感觉开始从她肚子下面袭来，好像要把她的头和身体分开似的，所有人都在拽她。亨利正用手指翻着他的电话本，显然是在找劳务中介的电话！

“你想解雇我吗？”她的声音在颤抖。

亨利抚摸着她的肩膀，热情微笑着说：“亲爱的，我想你还没有清醒过来。等你开始制作婚礼上的礼品单，写邀请函，置办家具，安排各种会面……之时，你自己都得找个秘书了。”

“亨利，我有话说。”

“我先出去了，”莱恩说，“亨利得和你有个私人告别。”他向安妮点点头，递了个眼色。“运气不错，不过你也理应得到最好那个。”

她看着门关上了，便对亨利说：“我真不敢相信，你们一点都不关心。”

亨利听了这句话，有点儿摸不着头脑了。“关心？我们当然关心了。大家都在为你高兴。”

“但是照你刚才所说的，是想把我撵出去，不想再见我了。无所谓。你再找个女孩接替我，日子照样过。”

“有所谓，”亨利轻声地说，“就跟进地狱似的。你觉得有人能取代你吗？你以为我想吗？但若是我介意的话，我还算个什么朋友啊？你还是不是朋友了？你想离开这儿，再也不见我了？哦，不是这样的！我不会那么容易就让你走的。我想被邀请参加你们的婚礼，当你第一个孩子的神父。该死的，我想做你全部孩子的神父。我也会学着喜欢艾伦，事实上，我并不是有意抵制他。主要是他太有钱了，我怕你被他玩弄。但是今天不一样，我现在很喜欢他的钱！”

她觉得自己的喉咙更加哽咽了。“莱恩也不关心。”

“莱恩？”亨利不解地看着她，“莱恩为什么会关心？他的信件不归你管，而且——”他突然停住了。他的表情为之一变。“哦，不……”那简直是一声吼叫。“安妮，这可不是你的范儿。一顿饭就把你搞定了？”

她扭了下头。“不是你说的那样，我们只是谈了……我觉得我们只是朋友……”

他深深地坐进他的皮沙发里，对安妮说：“到这儿坐。”她坐近他身边，他抓起她的双手。“你看，安妮，要是我有个儿子，我愿意看到他成为莱恩一样的人。不过我要是有个女儿，我会对她说，‘离他越远越好’!”

“那并不能代表什么……”

“亲爱的，虽然有些男人也不是故意为之，但他们对女人就是祸害。艾伦过去对你来说就是这么一位，不过现在他对你而言已经不是了。”

“什么样的祸害?”她问。

他耸耸肩。“总是有人送上门。对于艾伦来讲，她们是奔着他的钱去的。而对于莱恩来说，得手的原因在于他有一张漂亮的脸。我可以用一种方法来给你解释，既然他们可以不费吹灰之力地得到所有姑娘，又怎么会在一棵树上吊死呢?不过安妮，你已经拥有了艾伦，全城人都不敢相信这是真的。你不去烧高香，还在这儿犹豫什么?”

“亨利，我不爱艾伦。我和他约会这六周以来，我们都是以最普通的方式度过的。我甚至连他是谁都不知道。我是说，我以为他只是个卖保险的。然而，突然，就在前天晚上，一切发生了。”

亨利眯缝着眼。“他对你来说就像个陌生人，对吗?”

“是的。”

“可是，只用一顿饭时间，你和莱恩就情投意合了?”

“不是你说的那样。我现在是在说艾伦，我不爱他。莱恩跟这没关系。”

“你撒谎。”

“亨利，我发誓。艾伦对我来说什么都不是。”

“那你为什么还和他共度这几周? 莱恩没回来的时候，你和艾伦很好。”

“不是这样。我和他约会是因为我在这儿不认识其他人。我对他只有同情。他没有什么情调，我们之间没有说过一句情话。为什么呢，他连说晚安时都不吻我一下。然后，直到前天晚上……”她停顿了一下，以便让自己稳定下来。她的声音压得很低，又继续说，“亨利，我跟艾伦说过我不爱他，也跟他爸爸说了同样的话。”

“你已经和他们说过了?”他听上去好像不太相信。

“是的，两个人都说了。”

“那他们怎么说?”

“那正是我所纠结的。我从来没见过像他们这样的人。他们似乎想要无视任何他们不想得到的结果。艾伦不停地说他爱我……并且我也会爱上他。”

“这是有可能的。”亨利轻声地说，“有时，被爱是种最好的爱。”

“不！我要的不只是那样。”

“对……比如待在这里!”亨利厉声说，“想让我对你做个简单的描述吗？你把艾伦放弃掉，为何不能放弃？等着结婚的百万富翁大有人在。过不了多久，这阵风就会过去。艾伦又开始找别人约会。然后，你估计着莱恩该来约你了。这就是你的想法，对吗？哦，刚开始可能会很棒……不出一个月，等我再见你的时候，看见你两眼通红。你该告诉我，最近头有点疼，话虽如此，却无法掩饰哭红的双眼。接着我去找莱恩谈话，他耸耸肩说：‘亨利，我是跟这个女孩约会过，我喜欢她的一切。但她不能占有我，你跟她说说，好吗？让她从我背后消失。’”

“听上去你很有经验吗?”她不痛快地说，“你是不是总这样跟你的那些秘书说?”

“不——不是对我的秘书说，而且我们从来没有遇见一个像你这样的。不过你说对了一半，我以前的确说过这样的话，甚至不止一次，但我教育的那些女孩可比你机灵得多。不幸的是我总是亡羊补牢，当我介入时，他们燃起的火把比整个中国都要大，爱得正如干柴烈火。但至少，她们不会主动甩掉百万富翁。”

“你把莱恩说得跟个魔鬼似的。”她说。

“什么魔鬼？他是个男人，自由单身的男人。谁看上他都是合法的——现在就是个机会。并且这种机会多得要死，这个城市合法的姑娘也是多得要死。”

“我不信你们都是这么想的。”

“莱恩·伯克不是‘我们所有人’，正如纽约不是‘所有的城市’。对，也许有一天莱恩得到了满足，愿意系在一个女人身上，但那也是很多年以后的事了——并且即便如此，他也不会真正全身心对那个女人。”

电话铃响了。安妮不由自主地准备去拿听筒。亨利把她挡在一边。“你请坐，小富婆。记住，这里的工作不需要你来做了。”他走向桌子，“你好……对，让她讲话。嗨，珍妮弗(Jennifer)。是的，都已经就绪……什么？对，那怎么样？事实上，她正坐在这儿呢。是的，万分欢喜。你真应该来看看她——她正在我的地毯上欢呼雀跃呢。”他转向安妮，“珍妮弗·诺斯给你送上了她的祝贺。”他又回过头去听电话了。“是的，你说得很对，她太幸运了。听着，亲爱的，那些合同今天就能弄好。一旦我做好了，我就立刻把它们送给你签字……好，宝贝儿……五点再跟你确认。”他挂了电话。“刚才那个就是个机灵鬼珍妮弗·诺斯。”

“她是什么人？”

亨利呛住了似的。“哦，不会吧！你没读过那些报道吗？她刚甩了一个小王子。她最近几乎每天都上头条。这姑娘也不知道是从哪儿冒出来的，就像一阵飓风——其实，她来自加利福尼亚，年龄与你相仿——嘭的一声！又带出一个小王子。实打实的，同样很有钱。他使尽浑身解数追求她——貂皮大衣、钻戒。包括美联社、合众社，诸多媒体都报道过这件事。据说新泽西州的某个市长给他们主的婚，城里的各界名流都参加了。四天前，头条——她想废除婚姻。”

“你又不是管离婚的律师。”

“不。她找了个好律师在处理那件事，不过他那位律师介绍我做了他的商业顾问。她确实应该找个像我这样的。作为一个聪明的姑娘，却做了件傻事。她签了一份类似婚前协议的东西，上面写着要是离婚，就一分钱也得不到。但她还是要离婚。什么也不说——就是非离婚不可。所以，她还得继续工作。”

“她很有才华吗？”

亨利笑了笑：“她不需要才华。只要她愿意，拍电影再容易不过了。你不敢想象她多么擅长接吻，还有她的体形……我敢说珍妮弗·诺斯是这个世界上最美的女孩。”他停顿了一下，“其实，也不对，你更美，安妮。男人对你越看越着迷。不过珍妮弗的美——让你一见到她，就会感到一种视觉上的冲击。看她的第一眼，她就给你发出一千伏的电压。她一办完离婚手续，就加入到了《一飞冲天》。我很容易就能给她揽一部大片，给她在电影中谋个角色。”

“她会唱歌吗？”安妮问。

“我不是说了——她不用做任何事情。”

“但是要是她加入《一飞冲天》……”

“我只给她安排了一点点事情，可以说是一个荣耀的舞女——在海报上宣传她将出演。海伦赞同了。这种事情我早就教过海伦。让自己的表演充满魅力的同时，还要让自己的周围有靓丽的风景铺垫。但我之所以提到海伦和珍妮弗，反而是在关心你。之后，我同样会去解决她们的问题。”

“亨利，我想继续为你工作……”

“换言之，‘亨利，我想跟莱恩·伯克出去浪漫一会儿。”他毫不客气地戳穿了她的话中之意。

“你要是不放心，我以后看都不看他一眼。”

亨利摇摇头。“你在向我乞求一条不归之路，我是不会帮你自讨苦吃的。现在你可以出去了——你被解雇了！去嫁给艾伦·库帕，找你的幸福去吧。”

她站了起来。“好。我走。那我也不会嫁给艾伦·库帕。我会再找份工作。”她假装想要出门。

“尽管去好了。要是你想亲手摧毁自己的生活，我可不想隔岸观火。”

“你不是我真正的朋友，亨利。”

“我是。而且是你最好的朋友。”

“那就让我留下。”她恳求道，“亨利，你不懂。我不想嫁艾伦。但如果我走出这个门，换份工作，那肯定不会是我喜欢的工作。而且，艾伦会给我施压，媒体也会追踪我的下一份工作……艾伦的父亲便会给我制造更多的问题。你不知道如果吉诺和艾伦行动起来会发生什么。亨利，求你帮帮我。我不要嫁给艾伦·库帕!”

“安妮，他有数百万，乃至数十亿。”

“我是从劳伦斯维尔和威利·亨德森的婚姻中逃出来的，亨利。或许他不如艾伦的数十亿资产多，但他也很有钱。我对威利还有他的家庭一清二楚。钱对我来说没有太大意义，你明白吗？我在乎的不是钱。”

他静了一会儿："好吧。"他最终说，"你可以留下……但有个条件。你得同意同艾伦的订婚。"

"亨利！你没吃错药吧？你到底有没有在听我说话？我不要嫁给艾伦。"

"我没说让你结婚。只是订婚！这样你才安全。"

"安全？"

"是的。至少可以让我不再担心你会和莱恩搞在一起。莱恩交女朋友的一个特点——他不会调戏别人的女朋友。"

她感觉有点好笑："起码你还给了他一丝好评。"

"这算什么好评？他用不着惹那种麻烦。有的是单身女青年对她投怀送抱。"

"那我怎么办？要是继续和艾伦保持关系，我拿他怎么办？"

"敷衍他，你可以搞定的。既然你能捉到他，稳住他就更没问题了。"

"那样不诚实。我不要嫁艾伦，但作为普通朋友我还是很喜欢他的。这样做对他不公平。"

"从长远来看，这再公平不过了。首先，对我公平。最起码在那场演出到来之前，我不必操心你的事了，可以专门对付演出。其次，对艾伦也是公平的……是，你对他绝对公平。因为至少，给他了一个机会去好好表现。最终，对你自己公平才是最重要的，因为你现在除了莱恩·伯克什么也看不见了。"他抬起一只手让她静下来，不要急着反对。"我不管你是怎么想的，你反正是已经被他迷住了。请你稍作休息，抽空读读百老汇的专栏，看看他换女友的速度有多快。这样，那次迷人的午餐的光辉就会黯然失色。你也就保住了你的贞洁，免去了一大堆的心碎。"看见她的脸色有所好转，他微微一笑。

“你看，安妮，你太弥足珍贵了——我们可得好好看管。”

她沉思了一会儿，还是摇了摇头。“我做不到，亨利。那岂不是活在谎言之中。”

“安妮……”他的声音十分轻柔。“随着时间的推移，总有一天你会明白世上有些事并不是非黑即白。你可以告诉艾伦，不需要骗他。就说你刚来纽约，想一个人生活一段时间，还不急着步入婚姻的殿堂。你什么时候过二十一岁生日？”

“到五月。”

“好。让他等你到那个时候。”

“那到时候怎么办？”

“到了五月，又会有一颗原子弹爆炸，艾伦会遇上另外一个姑娘，或者莱恩·伯克变成了同性恋。没人知道将来会发生什么事，也许你会爱上艾伦。不过，在五月份到来之前，你随时可以改变主意。记住，在没有步入那神圣的殿堂之前，你都是自由的。就算在婚礼上，只要最后那句话没有说出口，你仍然可以开溜。”

“你说的听起来很简单。”

“当你正在爬珠穆朗玛峰时，每一步都不是那么简单。你只能一步一个脚印，永不回头，死死瞄准山顶。”

当她回到家时，发现门口站满了记者和摄影师。她抱着头，冲向台阶，穿过人群，顺利地进入大楼里面。此时，尼利正站在大厅里等她。

“安妮，哦，天哪——姐姐早上给我打电话时，我差点儿晕倒了。给——”她骄傲地展开一个平整的包裹。“这是我送你的订婚礼物。”

那是一个很大的剪贴簿，上面贴满了关于安妮的新闻故事和照片。“我花了一整天才做好的。”尼利骄傲地说，“我粘贴了六页，这仅仅是个开始。等到婚礼时，所有……天啊，你要出名了啊！”

当天晚上，艾伦开着豪车来了。“我们单独吃个晚餐，”他说，“不过吉诺会和我们一起喝咖啡。我知道我答应过你，以后我们单独见面，不过他坚持让我们去参加托尼·波勒(Tony Polar)在拉龙德的首演。”

“托尼·波勒？”

他笑着问：“安妮——别告诉我你是他的粉丝？”

“我从未听说过这个人。”

艾伦笑了。“他是继西纳特拉(Sinatra)之后，歌坛最红的明星。”他往前靠了靠，对司机说，“利昂(Leon)，我不让你停，你就只管让车子在公园里行驶。”他摇上了车窗。“你肯定饿坏了，但我不让停车是有一个特殊的原因。”

他拉起她的手，她把他的手拿开了。“艾伦，我得和你说清楚。”

“先别急，闭上眼睛。”只听“咔”的一声，他打开一个天鹅绒的软盒子。“现在可以看了。我希望它适合你。”

即使在黑暗的车子里，仅靠那若隐若现的路灯的微光，那个钻戒仍然焕发着生机，它简直无与伦比。

她把手缩了回去：“我不能要这个！”

“你不喜欢？”

“喜欢！这是我所见过的最好的戒指！”

“十克拉，”他惬意地说，“不过它只有这么小一块儿，并不算夸张。”

“那倒也是。”她慌忙地说，“每个秘书都戴着一个。”

“你倒是提醒了我——你跟亨利·贝拉米打过招呼了吧？”

“没，我不打算那么做。艾伦，你听我说好不好，我们没有订婚——”

他顺手把戒指戴在了她手上。“刚刚好。”

她神情专注地看着他。“艾伦，难道你听不懂我跟你说的话吗?”

“当然能。你不爱我。”

“那你为什么还要继续如此行事呢?”

“因为这个世界上没有任何东西是你得不到的，只要你足够想要。我从未真正想得到过任何东西——在没有遇见你之前。我现在决定拥有你，安妮。给我一次机会，这是唯一需要你给我的。你过去几周见到的那个蹩脚的笨蛋不是真正的我，你只有和真正的我相处一周，你才能真正明白到底是爱我还是讨厌我。我会好好表现。”

他把车窗摇了下来。“好了，利昂，现在带我们去斯托克俱乐部。”

她沉默下来了。他真以为事情会改变吗?无论是富裕还是贫穷，他给她的那种感觉不会变。艾伦就是艾伦，无论是在廉价的法餐厅还是在莫罗科会所。

她感觉自己被整个世界所抛弃。亨利·贝拉米坐在办公室帮她条分缕析搞出来的最佳选项，说起来那么容易。他又不用跟人打交道，又怎么能体会她此刻看着艾伦活生生的面容那种滋味。

她这一路上都萎靡不振的，也找不到什么话说。就这样一路来到了斯托克俱乐部，他们被一群高级服务生领进斯托克俱乐部的最小的一间被称为“宝宝房”的屋子(“就剩这间了”)，又被赠予了一个包装精美的盒子(“里面是香水——谢尔曼给他所有要好的朋友都送这个”)，还有香槟(“我们最好喝了，不然谢尔曼会难过的”)。

吉诺在十点的时候到达。他到处转着和朋友打招呼，声音很大，这使得艾伦微微皱起了眉头。最后，吉诺来到了他们桌前，喝起了香槟。

“爸爸，你别一桌接一桌地打扰别人，”艾伦轻声细语地说，“你知道的，他们不喜欢你这样。”

“谁管他们那么多?”吉诺大声叫嚷，“孩子，你记着，这儿就是你自己家，你想怎么做都行。我不吃那一套，什么狗屁礼节。有人乐意挣我的钱，我怎么舒服怎么玩……才不理睬那些邪门儿规矩。你怎么表现，那是你自己的事情。”

当他们离开斯托克俱乐部前往拉龙德时，艾伦才感到一丝宽慰。

从那些服务员对吉诺热情的欢迎可见，拉龙德也是他经常出入的场所。他还跟其中几位拥抱了一下，然后当他们一路来到舞台边一个做工精致的桌子旁时，他们还以老乡称呼。时间已经是十一点了，会所里面的人已经塞满了。吉诺要了些香槟和一瓶苏格兰威士忌。“阿黛尔喜欢喝苏格兰威士忌酒，”他说，“她会在她的演出结束之后就过来。她说香槟容易让她变胖。”

安妮看到有人往前面桌子跟前挤，他们为了找个好位置，私底下给服务员手里塞钱。俱乐部请来采集新闻的摄影师们上前给安妮和艾伦拍了照，然后又回到门口等待更多名流到场。

阿黛尔十一点半带着舞台妆来了。

“你带着一张脏兮兮的脸来干吗呢?”吉诺询问道，“你知道我最恨这种东西。”

“啊呀，亲爱的，我都已经清理过粉妆了，还摘了假睫毛。要把这些妆卸干净，再化一个妆，可能就来不及看整场演出了。”她一边说话，一边环顾着整个房间。“神啊，这真是本季度最盛大的首演了。这些人全都在这儿。”她疯狂地向一个专栏作家挥了挥手。

“几年前是西纳特拉，”艾伦说，“现在女人们又被托尼·波勒搞得死去活来。我真是搞不懂。”

“别攻击这个。”吉诺咧嘴笑着说，“他们俩都是我们的‘合作伙伴’。”

“嗨，看哪……”阿黛尔指着说，“门口那不是海伦·劳森吗？看看她的貂皮大衣，似乎已经发红了。我敢说那是十年前的旧货了，真不知道她要那么多钱有什么用。我听说她抠得不能再抠了——嗨，那一定是珍妮弗·诺斯！”

“圣母玛利亚①！”吉诺不停拍打着桌子，“这就是我所指的天然尤物！嘿，阿黛尔——跟她站一起，你就像个男孩。”

安妮也把注意力放到了珍妮弗·诺斯身上。现在，她身边围满了摄影师。那个女孩有一种无法掩饰的美，高高的个子，优美的身体轮廓。她身穿一条白色的长裙，胸前的“V”字上闪烁着晶莹的水晶珠，这个“V”字很深，真真切切露出了她那惊人的乳沟。她金色的长发被白皙的皮肤衬托得也有些泛白。她的脸蛋更是深深吸引着安妮，这是一张多么天然无瑕的脸啊，同她那压倒一切的秀发和体态之美形成惊人的对比。这张完美无瑕的脸蛋上长着一个美丽的方方正正的下巴，还有那高高凸起的面颊骨和聪明无比的前额，充满了友好和热情的双眸，以及美丽少女似的短而直的鼻梁、洁白的牙齿、甜美的酒窝。这是一张天真无邪的脸，面对一切都激动得想要窒息，热情信任着每一个人，丝毫没有觉察到周围

① 圣母玛利亚是耶稣的生母。

那被她的身体引起的骚动。所有人都想夺得她的回眸一笑，而他们发自内心的兴趣和激情已经被她这张脸点燃了，同时也被回报以热情的微笑。她的身体和身上的装束依然在为那些注视她的人们和发着闪光的相机摆着各种姿势，不断起伏晃动着。但她的脸上充满了想在聚会中结识几个新朋友的热情，而不愿停留在这些摄影师身上抑或为她狂热的人群中。

不知使出了什么样的解数，服务员当即穿过屋子，成功将她领到了舞台前的桌子旁。安妮一直没见亨利·贝拉米，直到宴会上一切安顿妥当。

“哟，你老板的同伴真是精挑细选出来的啊，”艾伦说，“海伦·劳森和珍妮弗·诺斯。手气真好。”

“哦，不，还有个帅哥呢，”阿黛尔说，“快看，他刚坐下。那肯定是珍妮弗的对象，喔，他长得真俊啊！”

“那是莱恩·伯克。”安妮平静地说。

“哦对，是伯克。”艾伦说。

安妮点了点头，同时她看到莱恩正在帮珍妮弗调整好搭在椅背上的皮外套，而珍妮弗更是回敬他以迷人的微笑。

艾伦吹了声口哨。“我很好奇那个‘金色的维纳斯’今晚会不会到我那张旧床上翻云覆雨。”

“她是贝拉米先生的客户，”安妮冷冷地说，“我猜莱恩·伯克正扮演一个护花使者。”

“对。像这样下贱的工作，又是在八小时之外，他肯定得找亨利加钱。”

“嗯，亨利是靠着海伦·劳森致富的，”吉诺说，“那老女人挣钱比美国电话电报公司还容易。她得了不少利润，但我还是不得不花五十美元找人买两张座位。她那种铿锵有力的歌声真是太悦耳了。”

艾伦给她一一指出了接二连三赶来的贵宾们，还给她讲述了那些人完完整整的私生活。安妮假装很感兴趣来敷衍他，她真正的注意力集中在亨利那一桌上。你说像珍妮弗这样的女孩怎么会高兴得笑成那样？莱恩到底跟她说了些什么？显然他不是在给她讲那个被炸毁的谷仓以及那个下士的故事。她见他正仰头大笑，这不像是他在芭伯丽餐厅的那种微笑。不，没想到她以前居然是公司里那么乏味的女孩，竟然还催他去写小说，让他不断想起他曾被卷入的不堪回首的痛苦回忆。她在看到他给珍妮弗点烟的时候，才转过了身子。

灯光突然暗了下来，服务员们完成了最后的一道命令。渐渐地，一切活动都停止了，观众席变得异常的安静，屋里漆黑一片，管弦乐队演出了一首托尼·波勒的歌。聚光灯投射在舞台中央，然后托尼走上来了，台下响起了热烈的掌声。他向人们鞠躬，以愉快而谦卑的方式接受了掌声。他个头高大，面容俊朗，那种小男孩般的气质使他显得娇弱而更具魅力。女孩想要委身于他，女人想要把他疼爱。

虽然他出场时很腼腆，但歌唱得好极了，观众的心弦被他牢牢地扣住了。当首轮曲目表演完毕，他松了松领结，似乎在说他表演得确实很卖力。他拿着一个手麦在屋子里面来回走动，把目光投向各界名流，对着他们唱歌。他把那些新闻记者逗得前俯后仰。另外，他还挑选了一些夫人们一起唱，帮助她们完成一部分亲密的歌词，当她们情不自禁地表达内心的狂热之时，他只是害羞地一笑而过，很显然是为了避讳她们在场的老公。

当他经过珍妮弗身边时，他们四目相对。他竟然漏唱了一句歌词，迅速往前靠近。然而，他似乎还是不敢相信自己的眼睛，缓缓地后退了几步，目不转睛地盯着珍妮弗唱完了那首歌。观众们全部变成了偷听者，用一种渴望的眼神观望着他们。他唱完歌以后，给大家鞠了一躬，回到了舞台中央，完成了剩余的曲目，期间再没有看她。

观众不放他走，他只好再三鞠躬。灯已经打开了，但是掌声依旧。里面还夹杂着跺脚声，以及“再来一首！再来一首！”的强烈要求。管弦乐队不知所措，又凑了几首他的主题曲目，像是在等着一个命令来确定。掌声变得更加热烈，他站在那里，感激地送上他那童真的笑脸。然后，他指指他的喉咙，做出一个疲惫的手势。但掌声却愈加响亮了。他耸耸肩，露出善良的本性，召集他的伴奏师开了个紧急会议，然后重新回到了舞台中央。

当音乐响起的时候，他转过身来，直接面向珍妮弗唱了起来。那是一首流行情歌，正如许多流行歌曲一样，字里行间流露着极深的个人情意。这首歌仿佛正是为他而写，好让他告诉珍妮弗和这屋里的八百多个听众，他此刻找到了真爱。

唱完那首歌，他向观众鞠了个躬。然后又转过身，神情专注地看着珍妮弗，十分尴尬却又久久无法自拔。最后，他走下台去了。此时，响起了更加持久的掌声，不过，灯光已经打开了，管弦乐队开始演奏一套响亮的舞曲。

艾伦邀请安妮跳舞。她刚站起来，发现莱恩也带着珍妮弗往下面走，并且他也看见她了，在向她招手。

“安妮！还有艾伦，我的房东。”他又露出了他那热情而快意的微笑。他们一边跟着音乐晃动着，一边做了自我介绍。安妮偶尔会被那些凑上前来欣赏珍妮弗美貌的人挤到一边。

珍妮弗热情地对安妮说：“这不是要害死我吗？我每挪动一步，这条裙子不知要蹭掉几百个珠子。”

安妮挠破头皮也想不出该如何回答她，只好做出一个僵硬的微笑。最后，他们分开了，艾伦和她跳着舞，去了另外一个小舞池。

人群一下子稀少下来，只剩些散兵游勇为了凑够最低消费，还在那儿喝酒。安妮发现珍妮弗坐的那张桌子已经空空如也了，估计他们是头一批走的。她在想他们去哪里了。也许是换了个地方，去更大的舞池里跳舞了。一阵头疼袭来，她实在是待不下去了，可是吉诺还是意犹未尽。

"我们再去莫罗科会所喝点睡前饮品吧。"在服务员来结账的时候，他说道。

安妮暗暗地为阿黛尔祈福，因为她说自己明天有个午场演出，不能熬得太晚。

没过几天，安妮又回到了专栏里面。罗尼·乌尔夫在里头提到了那个订婚戒指。她刚踏进办公室，就看见斯坦伯格小姐领着一群女生站在那里激动得直哆嗦。

"给我们见识见识!"那个前台女接待询问起她，"什么时候给你带上的?"

"这真的有十克拉吗?"斯坦伯格小姐问。

安妮很不情愿地伸出了那只手，她们对着那只戒指不住地赞美。她没有把戒指戴在左手无名指上，以此避免泄露这一消息。这个钻戒价值连城，放在她那出租屋里太危险。她早就期盼着赶紧把它归还给艾伦，只是眼下时机还未成熟。

她还在整理信件，这时莱恩·伯克过来了。他倒在她的桌子上，拽起她戴戒指的那只手，吹了声口哨，又松开了。"很有分量，不是吗?"他又补充道。"他看上去不错，安妮。"

"他是很不错，"她称赞着说，"珍妮弗·诺斯看上去也挺好的。"

一种充满好奇的表情布满了他的脸。"珍妮弗·诺斯是我见过最好的姑娘之一，”他平静地说，“是真的好。”接着他便向自己的办公室走去。

她痛苦地往椅背上靠了靠，怎么感觉自己说的话那么别扭。珍妮弗是个好姑娘，她就是想表达这个意思。也许由于太慌张，说的语气不太对。

她回避了和那些姑娘们一起吃午饭，而是把时间都用来在第五大街上瞎溜达。她神情恍惚地盯着礼品店，想到了尼利。昨天，她给尼利送了一只兔脚[①]——《一飞冲天》的排练今天上午已经开始了。她很嫉妒尼利，那么单纯，那么有朝气。坏事情从来不去找像尼利这种人。

她回来时候，发现有份报纸搁在她的桌子上。可能是哪个女孩放在那儿的。也许又是关于戒指的一些绯闻。她正准备将它丢弃在废纸篓里，就在这时，她看见报纸的一角用曲别针别着一个公司内部的便条。上面清楚地写着，“莱恩·伯克写的便条”下面一行用他潦潦草草的笔迹写着，“安妮·韦尔斯小姐可能对第二页讲述的故事感兴趣”。

那是一张珍妮弗的靓照——还有托尼·波勒！下面有个黑色标题赫然写道：百老汇最新的恋情。故事中半开玩笑地写道：“有一个闪电将我击中”托尼说的话被引用了上去。珍妮弗的爆料没有那么强的震撼力，不过她也羞羞答答地承认他们是两情相悦。他们的媒人——莱恩·伯克在表演结束以后，为他们俩引荐的。

“莱恩直接到后台把她交给了我。”托尼接着说，“他对我

---

① 兔脚是一种幸运符号，许多文化都认为兔脚是能带来好运的护身符。

说，‘托尼，我说过在你的开幕演出上，将给你送份大礼。’”

安妮合上报纸，坐回椅子上，一瞬间浑身酥软，像是有一种莫名的甜蜜感觉向她袭来。“莱恩将她交给……”她不断地在脑海里回放这行字。

“安妮……”

她从她的白日梦中清醒了过来。尼利站在了她面前。

“安妮，我知道这不是我该来的地方，但我回不了家了，我只有找你了。”尼利的脸上还闪着泪花。

“你怎么不去参加排练呢?”安妮问。

尼利一下子又忍不住呜咽起来。

安妮有点担心地往亨利的办公室望了望，门紧锁着。“尼利，坐下。”她把尼利扶到一把椅子上。“先坐着……试着让自己稳定下来。我去取外套，我们回家。”

“我不想回家，”尼利哽咽着说，“我再也无法面对那间屋子了。早上出门的时候，我甭提多高兴了。我用口红在镜子上写道：‘臭皮匠组合杀进百老汇了!’现在，让我以何颜面见它?”

“但是尼利，你更不能就这样坐以待毙。”

“谁说我不能? 我又没去过拉德克利夫，才不要默默地私下里流眼泪。如果我感觉到将要崩溃，那我随处都可以爆发。此时此地，我的情绪上来了。”眼泪顺着她的脸流到了裙子上面，她哭泣的声音更加响亮，“你瞧，我的新裙子，全被我的泪水染脏了。它毁了，对吗?”

“扣上外套，就不会那么脏了。”她看着尼利听话地开始扣起外套。背地里，她一点不怜惜那条裙子。它简直糟糕透了。

(“尼利，没人穿紫色塔夫绸[1]裙子去上班。”她在尼利刚把它带回家的时候，就已经跟她说过了。“你是不会穿，”尼利争辩着说，“可是我想在排练上脱颖而出。”)

安妮也坐了下来。“那好，尼利，要是你执意如此，那就在这儿好了。和我说说是怎么回事，声音小点。你为什么没有去排练?”

“安妮，我被踢出局了。”

“你是指他们没有起用臭皮匠组合?”

“哦，安妮，真是糟糕透了！他们有——他们没有……”

“呃，从头开始，发生什么事了?”

“我今天早上到那里时，还提前了五分钟。我把所有的事情都打理妥当，把你送我的兔脚放进了我的包里。然后，进来了几个瘦得皮包骨头的变态，和一个拿着剧本的平头。迪基和查利紧接着也来了——”

“尼利，请说重点!”

“哪儿有什么重点，我正跟你讲事情的经过。接着，舞女们也来了。我虽然还特意穿了件新裙子，但我还是感觉寒酸死了。你真该去看看人家那些舞女们的那身行头：其中六个人穿的是真貂皮外套，其他几个有穿河狸皮的，还有穿银狐皮的。没一个穿布衣的！除了我们仨大家都很熟悉彼此。过了一会儿，珍妮弗·诺斯来了，让人还以为是丽塔·海华丝(Rita Hayworth)[2]入场了。这时，那个副导演赶忙冲上前去跟她轻声细语地嘀咕着，看他那样子就像是在对她说，‘您的

---

① 用优质桑蚕丝经过脱胶的熟丝以平纹组织织成的绢类丝织物。名称来源于英文 taffeta 一词，含有平纹丝织物之意。

② 丽塔·海华丝(1918—1987)：美国 20 世纪 40 年代红极一时的性感偶像。

加入，真是让我这里蓬荜生辉似的’。她明明迟到了足足十分钟，而他却表现得跟她能来就已经让他喜出望外了。我感觉太别扭了，就跟我们不配参加似的。我们看上去像是小丑和土鳖。查利的胡子剃得不干净，迪基看起来比往常更像娘们儿了，而我的塔夫绸裙子一下子变得一文不值。接下来的十五分钟里，大家都在互相慰问，谈论着她们最近一起出演的节目。就连合唱团的孩子们都彼此认识。紧接着导演也到了，我觉得他也跟个娘们儿似的。”

“尼利……”安妮想帮她掩饰她的气话。“你只需要告诉我发生了什么就行了。”

“我不是正说着么！不曾遗漏只言片语。之后，海伦·劳森像英格兰女王一样走了进来。导演给我们介绍了她。‘全体注意，这是你们的明星——劳森小姐。’我感到接下来我们该全体起立，唱《星条旗永不落》①了。导演带她四处走动，认识那些她没见过的人。接着，她看见了我们……”尼利停了下来。两眼又涌现出新的泪水。

“接下来怎么了?”安妮追问道。

“她向迪基和查利点点头，却略过了我，就像我不存在一样。她给人感觉冷冰冰的，然后很粗鲁地向迪基和查利说，‘嗯，对。你们是臭皮匠组合。我们会一起跳一段舞。你们俩最好多吃点菠菜，因为你们需要把我掷来掷去’。”

“怎么是她?”

“对，竟然是她。我站起来问她，‘嗨，劳森小姐。你知道的，一共三个臭皮匠。还有我——尼利……”她甚至没有正眼瞧我，就回头对导演说，“我想一切都安排好了。”于是，她

① 美国国歌。

转身离开了。大约过了几分钟以后，导演把查利单独叫到了一边，进行了一次简单的对话。不难看出导演对查利的态度好像不太好，查利正试图在解释什么。一会儿，查利回来了，对我说，“尼利，你看，他们挑选我们来，不是跳我们自己的舞蹈，而是让我们照着咱们的舞蹈演一段喜剧。那是一个梦里的片段，我们负责把海伦·劳森掷来掷去”。

“那你怎么办?”安妮询问道，“你也签合同了啊”。

尼利摇摇头。“查利也提到了合同，那家伙只是说，‘臭皮匠组合’合同写的是每周五百美元，他和迪基每人两百，我一百。现在查利说即使我什么也不用干，照样可以拿到一百美元。但我不相信他说的话。那家伙那么容易就把我踢出去了，怎么会给我付钱？除此之外，我还能做什么？眼睁睁地看着自己坐在那个破屋子里，独自郁闷？我谁也不认识——我已经将全部生命献给了那个表演。”

“太糟糕了。”安妮感同身受。“查利的两难处境可想而知。如果他们冷不防给他出这样的难题，查利为了那些钱，也只好就范。为了不让自己闲下来，你不妨再找份工作。”

“做什么?”

“呃……我们回家，好好商量下。我们会想到一些事情的。我可以推荐你去我以前去过的那家劳务中介公司，并且——”

“我不会打字，也没有大学学历。我什么都不会做。另外，我想参与那个演出!”尼利又开始歇斯底里地哭泣了。

“好了，求求你了，尼利。”安妮开始求她别哭。她发现斯坦伯格小姐和其他女孩都在盯着看，最糟糕的是莱恩·伯克办公室的门开了。她苍白无力地挤出一丝笑容，因为莱恩正盯着一直叫个不停的尼利看。

"这是尼利，她有点小失落。"

"我得说，你这个描述相当有趣。"

尼利抬起头。"唉，我只要一哭，就控制不住。"她看着他，眼睛睁得大大地说。"你应该不是亨利·贝拉米，我说得对吗?"

"不是，我是莱恩·伯克。"

尼利破涕为笑。"哟，那我可知道安妮刚才是什么意思了。"

"尼利今天遇上了一个大大的挫折。"安妮赶紧插进一句话。

"挫折！我都准备去死啦。"尼利的眼泪又跟瀑布似的一泻而下，像是在证明自己没有说谎。

"好吧，死在外面那个直背椅子上，真不是一个舒服的死法。"莱恩说，"弥留之际，何不转移至我的办公室呢?"

舒舒服服地躺在莱恩的皮椅子上，尼利重复了整个故事，中间时不时会哀号几声。

当她说完之后，安妮看着莱恩说，"这件事发生得太突然了，这个演出对她很重要。"

莱恩同情地点点头。"但是我真不敢相信，海伦会做出这样的事情。"

"她是一个刽子手。"尼利大声喊道。

莱恩摇摇头。"哦，我不是在维护她。那样真是太粗暴了，但这可不像海伦。她通常会让别人帮她撵人，除非遇上了什么意外。"

"事情正像我所说的那样，我没有撒谎。"尼利坚决地说。

莱恩点上一支香烟，像是沉思了一会儿。然后他说，"要是让你参加演出，但不是演那个臭皮匠，你接受吗?"

“那些混账家伙！自从他们如此把我丢下，我就决定不管以后做什么，都不会再和他们一起合作了。但是在那个演出中，我还能扮演什么呢?”

“一部音乐剧是很有弹性的。”莱恩说，“现在就由我们给它做一个小小的扩展。”他拿起电话拨了出去。她们都听着他给那个演出的制片人吉尔伯特·凯斯(Gilbert Case)讲话。莱恩非常友好地和他互致了问候，讨论了下即将到来的足球赛日程。然后，几乎是最后才想起来重点，他补充说，“顺便吉尔，你签了个表演组合叫臭皮匠……是的，我知道，海伦想跟他们搞一个诙谐的舞蹈。但是你肯定知道其中有三个臭皮匠……是的……当然，那不关你的事……”他用手捂住话筒，那边吉尔伯特·凯斯还在侃侃而谈，他微笑着对尼利说：“你姐夫那个混蛋，在签合同之前就把你出卖了。”

尼利跳了起来。“你是指那个混蛋让我来彩排，把我当成一个傻瓜！为什么，我要——”

莱恩示意她安静，但是尼利眼里燃烧着愤怒的火焰。“我要杀回去，宰了他。”她小声咕哝着。

“你看，吉尔，”莱恩用一种轻松的语气说道，“我知道这确实不是你该管的事情。严格意义上说，你是清白的。如果那两个男的答应了你，他们会好好照顾他们的搭档，你自然不会怀疑他们。”

安妮看见他瞪着尼利，她知道他正在拖延时间。他又用手捂住了话筒，微笑着说，“尼利你多大？要真实的！”

“十九——”

“她十七岁。”安妮小声说。

“在某些州，为了工作，我不得不说自己十九岁了。”尼利辩解道。

莱恩的脸上显露出胜利的微笑。“你看，吉尔，”他兴高采烈地说，“我们真的不想找任何麻烦，我们的演出中有海伦·劳森在呢，加上编舞者和珍妮弗·诺斯。我们绝对可以做到有条不紊。最令我们意想不到的是我们会吃一场官司。是的，我说官司。吉尔，被臭皮匠组合丢下的这个小搭档年仅十七岁。那些家伙早就开始带着她在国家许多地方演出了，隐瞒了她的年龄。现在她想和他们打官司，事情该乱套了。我想象得到，合同只是同臭皮匠组合签的……并没有做出拆散他们的表演的决定。吉尔，我知道他们跟你说一切都没问题，可是事实是有问题。我怎么知道她要打官司？因为她现在就坐在这儿。”他给尼利递了个眼色，惬意地重新点燃一支香烟。

“吉尔，当然了，现在已经很难再去寻找一支新的舞蹈队了。不过我觉得我们完全可以在电话里将这件事解决。臭皮匠组合有一份五百美元的正规合同，对吧？在前五天中，你不用支付他们一分钱，就可以让他们走人，我说的对吧？那时，你给他们讲述一些生活中的道理，再给他们重新发一份四百美元的新合同。接着，再给他们那个小搭档发一份一百美元的合同。把她放进合唱队里，让她做个替补，尽绵薄之力——或者任何事，只要能让她进演出。这样不会多花你一分钱，皆大欢喜……当然。是的，我会让她明天到排练场报到……那太好了……科帕会所？什么时候，今晚？很高兴一起玩。好的，到那里见。”

他挂了电话，对尼利笑笑。“小美女，你可以进演出了。”

尼利冲向他，双臂紧紧环抱住他，发自内心地感激道：“哦，伯克先生……天哪，你太厉害了！”然后又跑回安妮身边，抱住她。“哦，安妮，我爱死你了！我永远不会忘了这件事。你是我唯一的朋友。连我的姐夫都跟我反目成仇了。我姐姐——那个坏蛋肯定也知道这件事！查利没胆量向她隐瞒这件坏事。哦，安妮，只要我能成功——或得到点儿地位——或是你遇到任何需要我帮助的，我一定报答你。我发誓，我会——”

安妮逐渐让自己从这狂热的拥抱中解脱出来。“我为你高兴，尼利。是真的。”

电话铃声又响起了，莱恩接了起来。“还是吉尔·凯斯。”他微笑着，一只手捂着话筒。安妮不安地将身子往前倾斜着，直至莱恩大笑起来。

“我不知道，吉尔。”他回过头问尼利，“顺便问一下——你的名字是？”

她那孩子般的眼睛睁得大大地说：“尼利。”

“尼利，”莱恩给电话那头的人重复了一遍。“是的，拼作N-e-e-l-y。”转身看着尼利，请她确认。她茫然地点点头。然后他又问，“你姓什么？”

她瞪着他。“哦，天呢……我不知道。我意思是我从来不愁没有名字，因为我是臭皮匠组合的一员。我不能用埃塞尔·艾格尼丝·奥尼尔。”

莱恩用手捂住电话。“我能否对他说等你明天想好了再告诉他？”

“然后给他个机会改变主意？这辈子都别想！安妮，我该叫自己什么呢？我能不能借用你的名字？尼利·韦尔斯？”

安妮笑了：“你可以想出一个更好听的。”

尼利迅速把目光转向莱恩：“伯克先生？”

他摇摇头。“尼利·伯克没什么创意。”

尼利愣了一会儿。突然她眼前一亮。“尼利·奥哈拉（Neely O'Hara）！”

“什么?”莱恩和安妮同时惊讶地吐出同一个词。

“尼利·奥哈拉。恰到好处。我是爱尔兰人，斯嘉丽是我最爱的偶像——”

“她正在读《飘》。”安妮解释道。

“尼利，我确定我们还能想出更悦耳①的。”莱恩建议。

“更什么?”

“是的，吉尔，我仍然和她在一起。”莱恩说，“我们刚才在开‘董事会’，讨论一个名字。”

“我想成为尼利·奥哈拉。”尼利倔强地坚持说。

“她叫尼利·奥哈拉。”莱恩咧嘴笑着说，“是的，奥哈拉，没错。明天彩排的时候把合同给她吧，她是个急性子。对了，吉尔，把它做成一份白色合同——演员协会标准合同，别用合唱团的合同。我们让这个女孩用合法的身份开始她的表演工作吧。”他挂了电话。“尼利·奥哈拉小姐，你最好去一趟演员协会，立马加入协会。需要交一笔相当高的会费——大概高于一百美元。要是你需要借钱……”

“我存了七百美元。”尼利骄傲地说。

“那太好了。要是你真的打算取这个名字，我很乐意帮你填写一些表格，让它合法化。”

“你是指这样就没人可以把它从我这儿偷走了?”

他笑了笑。“呃——比如说，这样你办些事情会更容易。像你的存款账户、社会保险……”

“存款账户? 哟，我什么时候才会用到存款账户啊?”

电话又响了。“哦，哎呀，”尼利嘟哝着说，“我估计他改

① 原文中使用了“euphonious”一词，是悦耳动听的意思。尼利的文化水平低，所以不认识这个字。

变主意了。”

莱恩拿起话筒。“你好，哦，嗨……”他的声音变了。“是的。我在报纸上看到那则报道了。我从头到尾都在跟你说，我只是扮演丘比特①……现在过去……”他笑了起来。“你让我感觉自己如此高大。听我说，戴安娜(Diane)宝贝儿，我办公室里有几个人，她们还在等着我呢。这件事我们今晚再说。你想去科帕看表演吗？吉尔·凯斯邀请我们一起去……太好了，我八点左右去接你……真是个好姑娘。再见。”他回头对尼利和安妮说，“刚才不好意思打断了一会儿，请你们原谅。”

安妮站了起来：“我们已经占用你太多时间。非常感谢，莱恩。”

“你不用谢我，这是我应该的。我欠你一份大礼。其实，我现在每天睡觉的窝都是我欠你的。起码，这次还了一个小小的人情。”

当她们走出莱恩的办公室，来到公司的办公大厅时，尼利做了一个皮鲁埃特旋转②，疯狂地抱住了安妮。“安妮，我真是太高兴了。此刻，我能吼出肺部的最强音！”

“我很为你感到高兴，尼利。”

尼利瞪着她。“嗨，发生什么事了？你看上去有点不开心。我这样冒冒失失地打扰了你的工作，是不是快把你搞疯了？对不起。不过，莱恩没发火，而贝拉米先生甚至连见都没见到我。你看，一切完好如初。求你了，安妮，说你没有疯，否则我这一天都毁了。”

“我没疯——只是有点累。这绝对是真心话，尼利。”安妮

---

① 罗马神话中的小爱神。

② 芭蕾舞中的单脚尖旋转。

坐到了她的办公桌旁。

她看着尼利蹦蹦跳跳地离开了公司。这时，她机械地把一叠空白打印纸放入打字机。突然，墨水弄脏了她的订婚戒指，而她只是小心翼翼地将它重新擦亮，然后就开始打字了。

安妮发现自己活在《一飞冲天》中。最先，她接触到的只限于每天排练的细节，因为尼利待在合唱队里，这三天来，她给安妮展示了每一个步骤。其次，一个惊人的消息被宣布：尼利参演了一个"角色"——在一幕群众场面中有三句台词。但是，她最高的成就是成了一个替补角色。

"你经受得住这个消息吗?"尼利问道，"我——替补苔瑞·金(Terry King)！苔瑞是二号主唱，通常海伦身边总是挑选最枯燥乏味的女演员。不过，苔瑞·金很性感、很美。想象一下，我也要把自己打扮得性感美丽!"

"那他们为什么会选你?"

"我猜他们是别无选择，因为我是合唱团中唯一会唱歌的。除此之外，他们通常是在演出临近时，才会去找真正的替补。我只是演出的一个备用演员。"

"你唱得好听吗，尼利?"

"什么？哦，我唱歌水平和我跳舞是一样的。不过不得不说，我唱得比合唱队里其他姑娘快那么一点点。"她做了个高踢腿，差一点让她们损失一个吊灯。"现在我唯一缺少的就是一个男朋友，我会得到的。"

"剧组里有让人着迷的男人吗?"

"你在开玩笑吗？音乐剧就像一顿性感盛宴——除非他是个变态。迪基差不多把合唱队里的那些女孩玩了一遍，都玩疯了——跟吃自助餐一样随便。男一号倒也率性、英俊——

但他老婆总是坐在他旁边，一分一秒都注视着他，长得跟他妈差不多。那个跟苔瑞·金演对手戏的帅哥是个秃头，连个假发也不带。唯一正常的是那个扮演海伦爸爸的老色鬼。如果他还能再活上一天的话，他就要六十五岁了，可是还装作一副很有感觉的样子。但是舞蹈队里面有一个姐们儿很给力，因为她男朋友带来了一个叫梅尔·哈瑞斯(Mel Harris)的伙计，听说他是一个新闻发言人。她想安排我同他们三个一起参加一个共同约会。我希望在那期间能发生点什么……要是在自己演出的开幕夜没有对象和自己约会，那真是糟糕透顶了。你还会不会和乔治·贝洛斯一起参加纽约的首演?"

"当然不会了。我已经……呃……我已经同艾伦订婚了。"

"那让我给你们买两张首映的票吧。当作我送你的订婚礼。"

"难道你弄不来免费的票吗?"

"你是说着玩儿吗? 谁都搞不到，包括海伦·劳森在内。但是我听人说，她准备每晚内购四张票，等演出火了的话，再把票卖给黄牛党，发笔小财。"

"可是尼利，我不能让你给我买票……艾伦会搞到的。还有，尼利，万一梅尔那件事不成功，等首映结束，我们带你出去。"

第二周，尼利和梅尔·哈瑞斯进行了一次约会。他太棒了，尼利一直这样坚持。他带她去了图茨绍尔餐馆，跟她交了个底：他今年二十六岁，毕业于纽约大学，现在只是个新闻发言人，不过将来希望成为一名制片人。他住在市中心一家小旅馆里面，每周五晚上到布鲁克林同家人共进晚餐。

"你看出来没有，犹太男人很有家庭观念。"尼利解释道。

"你真的喜欢他吗?"安妮问。

“我爱他！”

“尼利，你才和他约了一次。你怎么那么快就爱上了？”

“你还有资格说我，你不也是只跟莱恩·伯克吃了一顿午饭就变成这样了。”

“尼利！我和莱恩·伯克之间什么事也没有。我甚至都不想提起这个人。事实上，我变得越来越喜欢艾伦了。”

“那，我很明白自己喜欢梅尔。他帅极了。虽不如莱恩那么标致，不过也是有模有样。”

“他到底长什么样？”

尼利耸耸肩。“或许有点像乔吉·杰赛尔（Georgie Jessel）①，不过对我来说他好极了。并且，他从不对女人无礼。我都不敢跟她说我十七岁了，怕把他吓跑，而是说我二十了。”

门开着，尼利昂着头走了出去。她们坐进了安妮的屋里。电话在尼利的屋里。对她既是一种便利，又是一个祸害。她经常不得不给这里住的每个人捎他们的留言。

“这回是找我的。”当她听到刺耳的电话铃时，尖叫道。

五分钟后，她蹦蹦跳跳地又回来了，气喘吁吁地凯旋。“是他！他今晚要带我去马提尼克，因为他得去协助几位歌手。”

“他的工作一定很棒。”安妮说。

“不，他每周只挣一百美元。他为欧文·斯坦纳（Irving Steiner）工作，欧文有十二个大客户。不过他很快就不干了，准备自己做。虽然如此，但他还是想和电台保持联系。你知

---

① 乔吉·杰赛尔（1898—1981）：他多才多艺，是美国著名演员、歌手、歌词作者以及奥斯卡获奖制片人。

道吗，犹太男人是好得不能再好的好丈夫。”

“我是听过。不过他们是怎么看待爱尔兰姑娘的？”

尼利皱起了眉头。“看，我可以对他讲我也有犹太血缘，之所以取奥哈拉这个名字是为了舞台需要。”

“尼利，你永远别想甩掉这个名字。”

“如果我乐意，我随时可以。我要嫁给他。你等着瞧。”她两手抱怀，在屋里跳起舞，轻声地哼起歌来。

“这个很好听。这是什么歌？”

“演出里面的。嗨，安妮，你何不接受艾伦爸爸送给你的貂皮大衣，然后把你的黑外套卖给我？我需要一个黑外套。”

“尼利，再把那首歌唱一遍。”

“为什么？”

“叫你唱，只管唱好了。”

“那是苔瑞·金的角色。不过我想海伦·劳森准备把它搜刮走。她已经占了苔瑞的一首歌了。可怜的苔瑞现在只剩两首歌了，这首和另外一首。那是首伤心情歌——海伦不能从她手里抢走。海伦的角色在表演中不能唱那首歌，因为那会违背故事情节。”

“唱那首歌，尼利。那首你刚才唱的。”

“如果我要是唱了，等你得到你的貂皮大衣后，你会把那件黑外套卖给我吗？”

“我送给你……前提是我接受那件貂皮大衣的话。快唱那首歌。”

尼利叹了口气，像一个被强迫背书的孩子。她站在屋子中间，唱着那首伤感的情歌。安妮简直无法相信。尼利的嗓音十分优美，清晰得如同水晶一般。她的低音部分分外悠扬浓重，她的高音阶部分美妙震撼。

“尼利！你真的可以唱歌!”

“哦，谁不会唱歌?”尼利笑着说。

“不是说那个。我在性命攸关的时刻连一个调调都哼不出来。”

“你要是在杂技团长大，肯定会。我会跳舞，玩杂耍，甚至会变一些戏法。你多在台下站站，你也能做到。”

“不过尼利你唱得很好，真的。”

尼利耸耸肩。“那，赏我五美分，够我喝杯咖啡了。”

在第二周的排练即将结束的时候，安妮自己也被卷入了《一飞冲天》。她正准备离开办公室，亨利打电话来了。

“安妮，谢天谢地你还在。你看，宝贝儿，你能救我的命。我被困在了国家广播公司。艾德·豪森(Ed Holson)剧今晚九点直播，不过最后的二十分钟必须得重写。艾德是个闹事鬼——那些编辑准备辞职，他已经把制片人赶跑了。我脱不开身。海伦·劳森还想让我给她捎去她最新的股份投资文件。就放在我办公桌上。”

“你是让我找送信的人送过去吗?”

“不，亲手交给她。千万别说我在国家广播公司。告诉她我被一个董事会会议缠住了，是关于她最感兴趣的那个大房产生意，实在抽不开空。只要她知道我正给她挣美元，那她就不会介意了。一定要亲自给她，为防万一，把话说圆一点。”

“我会竭尽所能。”安妮保证道。

“把它送到布斯剧院的后场入口，我想他们应该随时都有空。对她讲，明天我会跟她详细谈。”

安妮感到很沮丧，被亨利抓去干这个。她要是早走一点点该多好啊，因为她太不擅长干这种活。她平日里见过海伦·劳森，但从未想过直面她。

她到达剧院的时候，心里分外紧张。害羞地将那扇黑漆漆的、锈迹斑斑的门推开。甚至连那个坐在暖气片旁，看演出表的老门卫都看上去吓人。

他抬头看看她。“呃？你想找谁？”

她开始怀疑那些艳丽的歌女们在电影里描述的那个所谓的父亲般的门卫“老伯伯”，而这个人像看到警察分发的通缉犯照片似的盯着她看。

她一边解释，一边指指她拿的文件，予以证明。他猛动了下头说：“在那儿。”接着，又回去看他的那张纸了。

在那个老头儿所指的“那儿”，她不经意地撞到一个手持剧本的男人，他看上去十分厉害。“喂！你究竟跑这里干什么？”他很生气，虽然声音很低，但是语气很重。

她又将刚才跟老头儿陈述的话重复了一遍，暗自诅咒起亨利。

“呃，她们正在排练着呢。”他发着牢骚说，“你不能站在舞台两边，去，走到那个门，坐在观众席等我们休息了再说。”

她在这漆黑空荡的剧院里面，摸着黑往前走。吉尔·凯斯正坐在第三排的过道边上，他让头顶上的帽檐使劲地向下倾斜着，来遮挡自己的眼睛，避免被舞台上绚丽的灯光闪到。那些歌舞队的姑娘们三五成群地靠着墙坐在光秃秃的舞台上，显得疲惫不堪。有几个在小声地互相嘟哝着；有几个在放松她们的小腿，来控制抽搐的肌肉；还有一个在织东西。尼利笔直地坐着，两眼紧紧地盯着海伦·劳森。海伦站在舞台中央，正和一个帅高个儿合唱一首情歌。

她正以她著名的唱腔，热情地唱出那些歌词。她的笑容那么愉快、灿烂，即使在这首情歌中，她依然透露出一贯的矫健和飒爽的英姿。当歌词进入喜剧环节时，她的眼神里闪过一丝喜悦的表情。当唱到有情人最终成为悲剧时，她的面部表情庄重严肃。她身体的轮廓展露出中年的迹象——不断发粗的腰围，不断下坠的双臀。回想起过去海伦在演唱会上的形象，安妮感觉自己好像隐约看见一座丰碑无情地坍塌下来。岁月给普通人徒增了一份魅力，但是对那些名流——尤其是女明星——时间成为一把行凶的斧头，破坏了一件艺术品。海伦的容颜一度是她最大的亮点。穿着最高标准的行头出演广播剧，已经是海伦·劳森的标志。她的脸虽然不是那种传统美，但那一袭乌黑浓密的长发足以使她活力四射、魅力无限。

海伦已经五年没有参加百老汇的开幕演出了。她上一个节目足足在百老汇演了两年，然后进行了一年巡演。她上一任丈夫就是在那次巡演中认识的，在内布拉斯加州的奥马哈上演了一场如飓风般迅猛异常的热恋，然后举行了一场大型婚礼。她对媒体说，等巡演结束了，她就到他的牧场里定居。她将在那里扮演一个最伟大的角色，也是她最后一个角色——一个妻子。她那个块头高大、满脸微笑的丈夫雷德·英格拉姆(Red Ingram)也向媒体证实他的牧场将会是海伦的家。“我还没看过这丫头的演出。”他向世人宣布，“无妨——我早该掐断她的事业。她只属于我。”

海伦安安稳稳地过了两年。之后，她的图片又一次出现在美联社和合众社的电文里面，因为她向世人宣布说，在那个牧场里跟在地狱里没什么两样，百老汇才是她真正的归宿。

亨利迅速完成了一个“里诺离婚”[1]的所有安排工作。作曲家和编剧们蜂拥而至，为海伦推荐他们最新的歌词曲谱。现在海伦回到了属于她的地方——为《一飞冲天》排练。

恋爱不是她这样的人感兴趣的，安妮对此十分肯定。真搞不明白她下巴上那些赘肉是怎么长的，看上去真是跟两个下巴似的。她还在唱着一支情歌，愉快地眨着双眼，宝刀依然未老，那袭浓密的黑发依然齐肩长……从那些歌词里，安妮意识到她在装嫩寡妇，想寻找一份新感情。好吧，也许这会奏效——但是，海伦投入这场演出之前，为什么不先减下十五磅[2]呢？莫非她没有意识到这些年的时光对她的改变？也许岁月的流逝发生在丝毫之间，让你无法觉察。安妮想：我已经八年未见她了，所以这之于我是很大的震惊。或许，在海伦看来，她容颜依旧。

当她看海伦演出那首歌时，脑海里漫无目的地涌现着这种不着边际的想法。同时，她意识到海伦的吸引力不局限于她的脸蛋儿和外在轮廓。有种东西迫使你把目光停留在她的身上，使你很快就会忘记她渐宽的腰围、凹凸的下巴，感受到的是她那无与伦比的热情与不拘一格的幽默。

当她结束那首歌时，吉尔伯特·凯斯叫了出来：“好极了，海伦！不能比这再好了！”

她走向舞台边缘，向下瞧着他说，“这算个屁！”

---

① 里诺是美国有名的“离婚城市”，在内华达州西部，凡欲离婚者，只需在该市住满三个月，即可“无责任离婚”。一九三一年起，更是缩短为 6 周。一九七一年美国州法律全国统一委员会公布了美国统一结婚、离婚法。里诺的离婚业就此衰败下来。

② 英美制重量单位，一磅合 0.45359237 公斤。15 磅约等于 6.8 公斤。

他面不改色地说，“你应该学会爱自己的表演，好姑娘。你一开始演唱这类少年男女情歌，就表现出这种不喜欢的感觉。”

“你是在开玩笑吗？我喜欢那首我和休·米勒(Hugh Miller)合唱的《俏佳人》。我一听就喜欢。休是个音盲——那个笨蛋不得不让我领唱。起码鲍伯(Bob)还能跟上节拍。”她把头甩向她旁边那个英俊的“木头人”，向他打招呼。“所以，别对我说我会喜欢这种东西的，演得太臭了！我无语了。我也讨厌把喜剧和恋爱结合在一起。曲子还行，不过你最好让卢(Lou)再想出些更好的歌词。”

她转身走下了台。那个副导演大声呼喊道：“明天十一点过来。还有就是，请注意下公告栏，需要试工作服的演员名单已经张贴上去了，为保万一，请及时到布鲁克斯试衣。”眼前一片狼藉，似乎没有人关心海伦刚才对那首歌的攻击——甚至包括吉尔伯特·凯斯。他缓缓地从座位上起身，点燃一支香烟，向戏院后面走去。

当舞台被清完场，安妮小心翼翼地从原路返回。那个拿着剧本的伙计给她指了指海伦的更衣室。

安妮轻轻地敲了敲门，还是那个著名的沙哑音在嚷道：“进!”

海伦吃惊地抬头望着她：“你是谁啊?”

“我是安妮·韦尔斯，我——”

“你没看见我又忙又累。你想做什么?”

“我来送这些文件。”安妮把它放在了梳妆台上。“贝拉米先生送来的。”

“哦，那该死的亨利在哪儿?”

“他被一个非常重大的地产项目董事会议拴住了，抽不开身。但他说了，你有什么不懂的地方，他明天会当面给你解释。”

“好吧，好吧。”海伦又回头看镜子了，摆了摆手示意她可以走了。安妮正要出门，海伦喊道，“嗨，等一会儿。难道你是我读到的那个女孩？那个和艾伦·库帕好上的姑娘，还有关于那个戒指，以及所有相关的事情？”

“我是安妮·韦尔斯。”

海伦笑着说：“嗯，嘿……见到你很高兴。请坐。我刚才不是有意表现恶毒的，不过你也知道，有那么些人总是趁看门人不注意溜进来见我。他们全都是来卖东西的。嗨，让我瞧瞧你的戒指！”她抓起安妮的手，艳羡地吹了声口哨。“哇，太美了！我有一颗比这个大两倍的，不过那是我自己给自己买的。”她站了起来，钻进她的貂皮大衣里面。“这也是我自己买的。没有男人给过我像样的东西。”她很直白地说。然后耸耸肩。“呃，依然还有明天。或许有一天我会遇见我的白马王子，可以送我一大堆礼物，把我从这竞争激烈的行当里解救出去。”

她对安妮的惊讶付之一笑。“对，我指的就是这个意思。你觉得这很有趣，完成这为期四周的恶心的彩排，还不是得继续去外地做该死的试演？结果就算火了，那又能怎样？有啥大不了——最终演出结束后，你得到的也就是《消息》和《镜子》的采访。”她开始往门口走去。“你准备去哪儿？我有车，可以送你一程。”

“哦，我走路就行了。”安妮迅速说，“我正好住在附近。”

“我也是住在附近，不过我合同里面有这个待遇——制片人在预演以及之后在纽约演出期间有义务给我配司机，车接车送，除非我有幸被约会。”她加入一个幸福的微笑。

当她们走出舞台大门时，天上飘着濛濛细雨，所以安妮接受了海伦载她的邀请。“先送我。”海伦对司机嚷道，“然后不管韦尔斯小姐想去哪儿，你只管送就好了。”

当她们停在海伦的公寓大楼前，她任性地拉起安妮的手，说：“上来陪我喝一杯，安妮。我最恨一个人喝酒。才六点钟。你可以直接在我这儿给你的相好打电话，他会来接你回去。”

安妮想回家——今天过得有点太漫长——不过海伦的话里强调了“最恨一个人”。她跟海伦走进了楼。

走进公寓里面，海伦的表情变了，她环顾四周，骄傲地说：“喜欢这儿吗，安妮？是个同性恋贱男帮我装饰了它，花了我一大笔钱。那边有一幅弗拉曼克（Vlaminck）①的真迹……还有那是雷诺阿(Renoir)②的。”

“我从头到脚，压根儿就不懂艺术。”海伦继续说，“不过我喜欢让我身边的一切都是最好的，起码是我此时此刻负担得起的最高标准，所以我让亨利给我挑选了一些和这房子相配的好画，一来可以装点房子，二来可以拿来投资升值。雷诺阿的画是不错，不过那个雪景——狗屁！可是亨利说雷诺阿的画可以升值三倍以上。过来进书房看看，那可是我最中意的房间……吧台在那边。”

书房的墙壁上贴满了海伦演艺生涯的一系列照片。光滑

① 弗拉曼克(1876—1958)：全名莫里斯·德·弗拉曼克，法国画家。他和安德烈·德兰(Andre Derain)、亨利·马蒂斯(Henri Matisse)被认为是野兽派画家的代表人物。

② 雷诺阿(1841—1919)：全名皮耶尔·奥古斯特·雷诺阿，法国画家。他和克劳德·莫奈(Claude Monet)一样是法国印象派画家的代表人物。

的照片装裱得整整齐齐，如同经过了一道精密的流水线一般。其中的照片有：在海伦二十岁左右时，一头卷发身穿迷你裙的她给贝比·鲁斯(Babe Ruth)在棒球拍上签名的照片；满脸微笑的海伦和纽约的某任市长在一起……海伦同一位著名参议员……海伦和一个闻名于世的作词者……海伦荣获百老汇最佳明星奖……海伦正和第二任丈夫航行欧洲……海伦和其他几个演绎名人的真情留影。还有许多牌匾、奖状和框起的卷纸，这一切都显示出海伦多么才华横溢。

里面有个书架，上面摆满了用皮纸包装的各种全套书籍——狄更斯(Dickens)、莎士比亚(Shakespeare)、巴尔扎克(Balzac)、莫泊桑(Maupassant)、萨克雷(Thackeray)、普鲁斯特(Proust)、尼采(Nietzsche)。安妮推测这些书架也是亨利布置起来的。

海伦注意到她正注视着那些书。“都是些最好最经典的垃圾货，对吧？我跟你说，亨利什么都懂。不过你休想使我相信会有人真心喜欢这种狗屁东西。我曾试读了几页……神啊！”

“其中有一些确实比较难懂。”安妮赞同地说，“尤其是尼采。”

海伦把眼睛瞪得大大的。“你真的读过这些书？知道一些？我这半辈子，从没读完过一本书。”

“你是在跟我开玩笑吗？”安妮坚持要这么问。

“不。我工作起来非常努力，演出工作结束以后，要是幸运的话，能有个约会。不然，演出结束，我就得独自回家。之后，我洗个澡，看看与我有关的报纸和专栏，然后就准备休息。我一直睡到晌午，起来读读下午的报纸，查查信件，跟我的朋友吹吹牛……紧接着就要准备晚饭了。

我演出期间，从不出去吃晚饭，直到演出结束，才会去喝一杯。其实演出结束后，我喜欢吼一吼。哦，对了……在上次婚姻中，我差一点就读完一本书。就在那一刻，我终于醒悟到我的婚姻开始变质了。你想要杯什么样的香槟——加冰吗?”

“要是你不介意的话，我想喝可乐。”安妮说。

“哦，来嘛，来点儿我最爱的泡沫香槟。这是我唯一的饮料，要是你不帮我喝，我就一个人灌一整瓶。我跟你说啊，葡萄增肥。”她有意地拍拍自己的腰围。“我还在减肥，在牧场里面长了不少呢。”她给安妮递了一杯。“我的天啊！你有没有在牧场里面住过?”

“没有。我家是新英格兰的。”

“我还想着自己要在那个牧场过一生呢。来这儿……”她拽着安妮进了卧室。“看见那张床了吗？它宽八英尺。它是我和弗兰克结婚时，我专门定做的。他是我唯一爱过的男人。当我嫁给雷德后，我把这个破玩意儿一路带到了奥马哈。现在，我又把它运回来了。我敢说，我来回花的运费比买它的钱还多。那个就是弗兰克。”她指着床头柜上放的照片。

“他太有魅力了。”安妮咕哝道。

“他死了。”正说着，海伦的眼泪已经流了下来。“我们离婚两年后，他在一场车祸中丧命。都是那个他后来找的臭女人害他出了这种事。”海伦的痛苦之情袭遍了她的全身。

安妮瞄了一眼床头柜上的钟表。已经六点半了。“介意我用下你的电话吗?”

“去吧，电话在小书房里，到那儿打吧。在那儿打着更方便些。”

在安妮打电话给艾伦时，海伦又倒了许多香槟。

“你在哪儿?”他问，“我已经给你打了三通电话了，每一次都是尼利接的。她都快被我烦死了，尤其是正换衣服赴她那伟大的约会的时候。哦，对了，我和吉诺在一起。他想让我问你是否介意他加入我们的约会晚餐。”

“我很乐意，艾伦。这你应该知道的。”

“那太好了。我们半小时后去接你。”

“好吧，不过我不在家。我在海伦·劳森家。”

谈话突然中断了几秒钟，然后艾伦说：“这件事你在晚饭上再跟我解释吧。是让我到那里接你吗?”

他记下了地址。“她在海伦·劳森家。”她听见他在跟吉诺说话。“什么？你是在开玩笑吧!”是吉诺在说话。然后艾伦又回来跟她讲，“安妮，不管你信不信，吉诺说带上海伦·劳森一起吃晚饭。”

“哦！他们认识吗?”安妮问。

“不认识，但那有关系吗?”

“艾伦，我不可能　　”

“你问她!”

安妮踌躇了一下，暗想：“你怎么可以让一个像海伦这样有地位的女人陪你一起去和一个她不认识的人约会，竟然还是吉诺。”艾伦注意到她在犹豫。“安妮，你还在吗?”

安妮赶忙转身对海伦说：“艾伦想让我问你，愿不愿意加入我们，可是他爸爸也在。”

“赴他爸爸的约会?”

“呃……总共也就我们四个。”

“行啊!”海伦叫道，“我在莫罗科会所见过他。他看上去还有那么几分性感呢。”

“她很乐意加入。”安妮十分冷静地对着电话筒说。然后，她把电话挂了对海伦说："他们半个小时后来接我们。"

"半小时？那么短，哪够你回家换衣服啊？"

"我不换，就这样去。"

"不过你穿了件波鲁外套[①]和一套粗花呢西服。"

"艾伦以前已经像这样带我出去过，他不会介意的。"

海伦的脸鼓了起来，嘴撅了起来，活像一个胖宝宝。"哎呀，安妮，我得打扮得漂漂亮亮的。我现在可不能和你一样了。要是穿成那样，我肯定像一棵圣诞树。我还想给吉诺留一个好印象呢。他可是块儿活宝。"

这发生得太不可思议了。谈到和吉诺约会，海伦·劳森表现得跟一个高中女生似的。这突然袭来的害羞不是海伦的个性，她个性粗鲁、自尊心很强。她感觉这个很希望自己像孩子一样噘嘴的海伦，是她本性里难得的另一面。

"再回去给他们打个电话，让他们晚点再来。"海伦建议道，"这样，你就可以跑回家换衣服了。"

安妮摇摇头。"我太累了。已经工作一整天了。"

"你知道我一天究竟都做了什么吗？"海伦的语调就像一个被逐出游戏的孩子。"我早上六点起的床，花了三个小时和臭皮匠组合跳了一个常规的舞蹈，期间，我的屁股至少被摔了六次。还有那首破歌，我至少唱了一百多遍。尽管如此，我还是乐意去约会。还有，我还稍微比你大几岁。我……三十四岁了。"

"我没有你那么精力充沛。"安妮说道，尽量掩盖自己的惊讶。三十四了！乔治·贝洛斯说得很对。

"你多大了，安妮？"

---

① 一种面料为毛呢料，色彩以驼色为主的宽松外套。

“二十。”

“别瞎说！我在报纸上都看到了。你到底几岁啊？”安妮眼神里透露出的表情使得海伦改变了她的语调。她露出了小女孩儿般的笑容。“咳，你不会也是那种女人吧，听到那些个脏字就会晕倒？我们家那个老女人听见我用那种脏话都想发疯。怎么跟你说呢，我正在努力杜绝。今晚我要是再用这种脏话，你尽管用你这种冷冰冰的表情对我。”

安妮笑了。海伦骤然改变的语气中有某种吸引她的东西。她是诚心诚意的，尽管她处于那样的地位，仍然是那么脆弱。

“安妮，你真的只有二十岁吗？”然后她赶紧补充说，“真是太不可思议了，你这么快就成功了，捕捉到像艾伦·库帕这样的人物。我准备穿条黑裙，只戴一点首饰。”她进卧室换衣服去了，但是始终没有停止和她谈话。“咳，进来和我待在一起。我的嗓音是百老汇最强的，可是却无法在那里遇上好男人。”

海伦一边穿衣服，一边连珠炮似的讲个不停。大部分是关于她的丈夫们的，说丈夫们对她如何不好。“我想要的唯有爱。”她不住地重复这句话，语气异常悲凉。“弗兰克是真心爱我——他是个艺术家。老天啊，要是他能知道我有雷诺阿的真迹该多好啊。倒不是说，弗兰克的艺术风格和雷诺阿相似。他的梦想是有朝一日可以不再靠画插图谋生，可以画出自己的风格。”

“哦，你们那时是刚刚开始好上吗？”

“哪里，不是！我们结婚时，我正在领衔主演《赛迪宫》，也是我主演的第三部节目。当时，我每周挣三千美元，而弗兰克每周一百美元。所以，你可想而知，我真的是因为爱而结婚的。”

“那为什么他不能画自己想画的?”

“我应该资助他? 你不是在开玩笑吧? 如果我那样做了,我怎么知道一个男人娶我是为了爱而不是为了我的钱? 我以一种公平的方式对待他。我那时有一个大公寓,我喜欢住得好一点。我说,‘弗兰克,你可以住进来。租金由我来付。不管怎么说,我出了钱了。而且我还得自己为那些主要开支买单。比如我的衣服、喝的和吃的。但是我们出去的时候,你付账。’他那时常常抱怨,出去两晚上就花光了他整周的薪水。你看,房子不用花他的钱,以及所有那些东西。天哪,我爱他。我甚至想和他生一个孩子,那将意味着一个演出季都吹了。由此可见,我多么爱他。可惜我就是怀不上。过来,帮我拉上拉锁。我看着怎么样啊?”

海伦看上去很好。安妮觉得她还是有点太珠光宝气,但毕竟,她可是海伦·劳森,她受之无愧,恰如其分。

车笛声响起了。海伦拿起一件火红的丝织外套,上面镶着许多亮片。她看着安妮问:“太亮了吗?”

“为什么不穿你今天下午那件貂皮大衣呢?”安妮问。

“我怎么能穿得那么传统呢? 一身黑裙,外披棕色外套。看,我相信你是拿起什么,就穿什么。我可不是你们那种想象奇特的丫头了。”

汽笛声又响起了。“好吧,好吧!”海伦吼道。她迟疑了一秒,拿起那件貂皮大衣,笑着说,“你赢了,小可爱。我相信你的品位。”

吉诺和海伦的会面像是罗马焰火筒爆炸似的,异常热烈。他们决定去莫罗科会所,那是他们都爱去的会所。在那儿,他们点了同样的饭菜,分享着彼此的笑话,一起不停地狂笑,畅饮着喝不尽的香槟酒。专栏作家们来到桌前,向海伦致敬;

乐队一再奏响海伦过去最红的曲目。安妮很快融入了这种狂欢的氛围之中，甚至发现连自己也被海伦讲的某些流氓笑话逗笑了。海伦真是叫人不得不喜欢。

吉诺大声地赞美道："我喜欢这个姑娘!"他一边喊，一边拍着她的背。"她有什么说什么，在她面前无须刻意做作。怎么跟你说呢，海伦。我们将举行一个晚会，来庆祝你的开幕夜。"

海伦的个性被完全颠覆了。她腼腆地笑着，以一个妙龄少女的口吻说："哦，吉诺，太棒了！我好喜欢我的开幕夜有你相约。"

吉诺猛然露出一丝警觉。安妮意识到他在指阿黛尔到时候也会在场。他本来还以为海伦会有她自己的约会对象。

"确切的日期是?"吉诺话音很慢地问。

"一月十六号。我们先去纽黑文两周。然后三周在费城。"

"我们将去纽黑文。"吉诺迅速地说，"我、安妮和艾伦——"

"别啊!"海伦哀叫道，"纽黑文很糟糕。我们只在那里进行三场表演，主要是为费城的演出排除一些问题。"

"我们可以理解和体谅。"吉诺很随意地说。

"不是那样的。"海伦撅起嘴，她脸上皱起了孩子般的褶子，表现出不愿奉承的样子。"不过，我们周五晚上开幕，第二天有个午场演出，而且总是要在前一天的上午进行一次排练，来插入一些新东西。要是你来了，我得熬夜到很晚，还会大声嚷嚷。我在午场演出之前是不可以大声叫嚷的。"

"明年一月对我来讲太遥远了，不好安排事情。"吉诺坚决地说。"由于生意上的原因，我那时可能已经不在国内了。纽黑文还差不多——除非你不想让我们来。"

海伦凑到吉诺身边，把胳膊伸进他胳膊内侧，羞答答地给他递了个眼神。“哦，不……我不会让你脱钩的。我会布置好纽黑文的事情。等你回到市里，你也要去参加我在纽约的开幕之夜。”

“你指参加两次？”

“听着，你这个王八蛋，有的人来看我的演出五次都不止呢。”海伦用和善地语气说。“安妮，我们去下化妆间，擦擦脸。”

化妆间的服务员把胳膊搭在海伦身上。“她是我第一个服装师。”海伦对安妮说。

“你应该去看看她以前的样子。”那个妇女亲切地说，“她那时有双修长的美腿，而且像一只小狗一样友爱。”

“我的腿依然很棒。”海伦说，“不过我得再减下几磅。啊，等我们出去演出，自然就瘦下来了。”海伦坐下来，涂了涂脸。当那个服务员扭头帮助新进来那位时，海伦说：“安妮，我喜欢吉诺。”

她说得很平静，她那张不动声色的脸，似乎在强化话语之外的情感。海伦玩弄着自己的头发，把目光投放在镜子里的影子上。“我说的是真的，我真的看上他了，安妮。你觉得他看上我没有？”

“我保证他喜欢你。”安妮说，试图把自己的声音压得更低些。

海伦急切地把身子转向她：“我需要一个男人。说实话，安妮，我唯一需要——有人爱。”

安妮的心被重重一击，这是一张值得同情的脸，一种为了得到安心而流露出来的恳求的眼神。安妮想起了所有那些她道听途说的关于海伦的激情故事，那些故事无疑是一大堆低级的人传的，出于对她成功的妒忌，或是被她的粗鲁所吓怕了。不过很难找出一个真正不喜欢她的人，因为在她粗俗的个性下面，掩盖着的是多愁善感的本真，以及对感情的极度渴望。

“啊，我爱你，安妮。我们将亲密无间，而且还会有许多四人一起约会的机会，不过我很少有机会交到几个女朋友。嗨，阿米丽娅(Amelia)——”，海伦大声地对那个服务员喊了声，“给我一支铅笔和一张纸。”

那个服务员拿来一个便签本，“劳森小姐，既然什么都齐了，你能给我的侄女写个签名吗?”

“我上周不是给你写了三个了。”海伦边发牢骚边匆匆写上自己的名字。“你拿它做什么，卖了?”她把那张纸交了那个服务员，然后又写下一串数字，交给了安妮。“这是我的电话号码。不要弄丢了，这个不能公开的。上天保佑，你别把它给任何人——除了吉诺。要是你能做到，最好文到他的身上。在这儿，写下你的号码。”

“你每天都能在亨利·贝拉米的公司找到我。”

“对，是啊。我知道，不过万一你在家的时候我想找你怎么办?”

安妮写下了第二大街西区五十号的大厅电话。“不过我从九点半到五点都在公司。”她重复道，“并且几乎每晚都和艾伦在一起。”

“好的。”海伦把那张纸塞进了钱包。“我们最好赶紧回去，他们肯定该以为我们掉进去了。”

当那辆黑色轿车驶入安妮租住的屋子时，时间已经快三点了，因为他们先送海伦了。吉诺几乎已经睁不开眼了，艾伦看着也很疲倦。可是安妮结束了这次激动人心的夜晚之后，内心依然欢欣鼓舞。尼利的门缝依然露出淡淡的灯光，所以安妮轻轻地拍了下门。

“我一直在等你。”尼利说，“本小姐也去赴约了！我跟梅尔说了实话，说了我只有十七岁。他不介意。他说我比二十岁的女孩还有见识。我还对他说，我是个处女。”然后她补充道，“你这么晚回来，去哪儿了？”

安妮说自己去剧院里见了海伦·劳森以后，一晚上都和她在一起。当她说完，尼利不信地摇摇头。“你好像表现得蛮享受的。接下来，你不会是要告诉我，你喜欢她吧。”

“是啊。尼利，我非常喜欢她。那些关于她的传言都是那些可能连认都不认识她的人散布的。一旦你懂她，真正读懂她，你不得不爱上她。罪过啊，既然现在你已经不再埋怨她头一天把你‘踢出’演出了。既然现在你已经和她工作在一起了。难道你不是真正喜欢她？”

“哦，你说得对，她很令人敬重。”

“我指的那个。”

“你病了吧？”尼利跨出门，把手放在安妮的额头。“她是只母老虎。没人喜欢她。”

“那不是实情。那些抨击她的人都是些不懂她的人。”

“你看。只有坐在观众席的人才会真正欣赏她，那是因为他们之间隔着乐队和舞台。那不叫喜欢她，只能算喜欢她的表演。听着，但是人们忽视了一点——海伦既是一个音乐剧明星，又是一位了不起的演员。这都是因为海伦在台上扮演的角色都是一些热情的、心地善良的姑娘，所以让你们这样以为。其实真正的海伦——在舞台之下——她冷若冰霜。她就是个机器。”

“尼利，你不懂得她的本心。”

“哦，伙计！你杀了我吧，安妮。你跟艾伦出去整整一个月了，居然还叫嚣对他‘一无所知’。但是，砰！才跟海伦·劳森出去一夜，你都成了‘专家’。甚至还想对抗所有那些和她一起工作、懂她、恨她、鄙视她的人。她简直是粗鲁、刁钻、麻木、野蛮、恶心。也许今晚她意外地向你显示了礼貌友好，或许她对你别有用心。不过，你听我说，只要有一天你碍她事了，她肯定拿你当作一只虫子一样践踏。”

“这就是你对她的认识。你听了太多关于她的传说，甚至不想去真正接触她。我对她在工作时表现的苛刻并不感到意外，那是她的工作。她得为自己追求的东西奋斗。不过抛开她的工作，你会发现一个多愁善感、寂寞的女人正渴望一份真正的友谊和一个爱她的人。”

“爱！”尼利高喊道，“安妮，真正的海伦是我在排练上见的那个怪兽。不过这跟成为一个明星没有什么关系。她天生就是如此，而你就不会像她那样似的。为什么呢？因为，要是我有天成了明星，我会万分感激那个喜欢我的观众……那个花钱来看我演出的人……那个为我写作品的作者。哇！我会走出去亲吻整个世界。听着，即使是只在一次义演上见过她一次的梅尔也称她为‘开膛手杰克’①。”

“我不和你争辩了。”安妮不耐烦地说，“不过我不想听你在我面前攻击她，尼利。我喜欢她。”

“天啊啊啊……”

门外的电话铃声刺耳地响起。“哪个疯子这个时候打电话？”尼利问，“肯定是打错了。”

---

① 开膛手杰克是一八八八年八月开日到十一月九日间，于伦敦东区的白教堂一带以残忍手法连续杀害至少五名妓女的凶手代称。至今他依然是欧美文化中最恶名昭彰的杀手之一。

“我出去接一下。”安妮走向了电话。

“嗨，美女……”海伦愉快的声音萦绕在电话中。

“海伦！出什么事了吗？”

“海伦！”门开着，尼利从那边喊道。“天啊。你还真不是开玩笑。你们当真是黏上了！”

“我只是打电话和你道声晚安。”海伦兴高采烈地说，“已经解下衣服，刚才洗了洗短裤和长筒袜，抹了抹脸，做了做头发，现在已经在床上了。”

安妮想到了海伦正舒舒服服地躺在她那八英尺宽的床上，自己却站在这个没有暖气的大厅过道里时不时地发抖。然而，尽管尼利还在她旁边徘徊，她还是禁不住好奇地问：“海伦，你是说你自己洗了袜子和短裤？”

“噢，你肯定是在胡扯。”尼利小声说。

“是啊，是我。”海伦回答道，“说实话，这是我家那个‘老女人’教我养成的习惯，虽然我有私人保姆，但我还是每晚睡前要做这些事情。我想这可能跟我的爱尔兰血统有关，奥利里(O'Leary)家族。”

“那是你的真名吗？”

尼利实在受不了了。“我现在就要回去。如果你们还有话说，我得回去穿上我的睡袍了。这外面冻死了。”她跑回自己屋里去了。

“不——我的真名是劳克林(Laughlin)。”海伦回答道，“这是个苏格兰名字。我是苏格兰和法国以及爱尔兰人。不过我把劳克林改成了劳森。我觉得这个名字放在霓虹灯上更好看。”

“你这话听起来好像在说，你早就觉得自己的名字将要闪烁在霓虹灯上了。”

“全让你猜对了。我十岁时，就在地方上的义演里唱歌。十六岁时，开始学习音乐课程。两年后，开始试镜。我参加了一个百老汇的演出，担任了一个小角色，唱了一首歌，竟抓住了所有人的眼球。大家都很意外，但我并不惊讶。如果我要是不把自己当成天生的歌唱家，我就不会去试镜那个角色了。”

“那你就没为找工作发愁，没再遇到任何麻烦吗？”

“她一下子就成功了。”尼利站在了后面，裹着一个暖暖的睡袍，啃着一块儿无花果酱面包。“这正是为什么她对像我这样的人那么卑鄙的原因——不懂什么是奋斗。”

“没有。我很容易就成功了。”海伦继续讲，“我承认这并非对每个人来说都那么容易。但你抓住了，你就成功了。一句话！是金子就不会被埋没，只是或许需要等待更长时间罢了。我最听不惯把一切都归咎于狗屁运气不好……有才华的人总是怀才不遇。成功需要的不只是一副好嗓子。会唱歌的女孩多得堆到天上去了。我曾听说过许许多多乐队主唱每周才挣七十五美元，她们的嗓子都比我好。可惜她们抓不住机会。”

安妮跺了跺脚，直打哆嗦。她把外套脱在尼利房间了。“海伦，我得到床上去了。暖气关了，我冷得直发抖。”

“我等你。”

“不过我不能……我是指……电话……”

“电话线不够长吗？”

“电话在大厅呢。”

“什么，什么？”

“它在大厅里面。我住在出租屋，没有自己的电话。”

“你一定在胡说！你指的是自己手指上戴着一个五万美元

的宝石，却连一部电话都没有？你到底在哪儿住啊？”

“在第二大街西区五十号——在利昂和艾迪（Eddie）家附近。”

“可那是个很糟糕的街区！”海伦大声说道。一会儿她的语气改变了。“可是，天哪，你快要结婚了。你房里连个私人电话都没有，怎么活啊？”

“其实我并不需要它。”

“好吧，神啊！”安妮听见一声呵欠，还有报纸的沙沙声。“哦，我发现自己上了两个专栏。”海伦瞌睡地说，“好吧，小美女，睡吧。明天下班到排练场来找我。”

“呃，我下班很晚。之后，还得跑回家换好衣服见艾伦。”

“是，你最好那样。我指的是换身衣服。你确实长得很漂亮，安妮，不过，你那身波鲁外套和那套粗花呢西服该换了。记住，‘女为悦己者容’。明天我给你们办公室打电话。”说完，电话挂了。

安妮走回尼利的房间，拿起她的外套和包包。尼利跟着她走到了门口。“我真是不明白，安妮。”她站在那儿不住地摇头，“我真的搞不懂。要不是我亲耳所闻，我是不会相信这是真的。”然后，她的表情变了。“但我还得说，她是别有用心的。”

“不，她不是。她今晚很愉快……她真的是太寂寞了。她还喜欢吉诺。”

“这就对啦！”尼利尖叫着说，“她只是利用你去接近吉诺。”

“不是那样的。我没带她去约会时，她就已经变现得很热情友好了。她已经让我去她家做客了——”

尼利咧着嘴笑道：“或许这匹老战马到了老年变成了同

性恋。”

“尼利!”

“这时有发生。听着，某些这样的大明星——尤其是像海伦这样‘饥渴’的女人——她们太害怕在男人那里碰一鼻子灰，所以她们把精力用在了女人身上。有一个在夜总会和我们一起演出的没落女电影明星，她——”

“尼利，海伦显然是个正常人!”

尼利打了个呵欠，又说：“好吧，我不想在这件事上跟你吵架。她十分放荡，饥不择食。这是人所共知的。也正因如此，她失去了第一任丈夫。他有一次回到家，看见她正跟一个她在回家路上遇见的一个恶棍做那种事情。”

“尼利，那不是真的。她爱她的第一任丈夫。”

“安妮，我每天都跟那些女孩坐在一起闲聊。每个人都知道海伦以前在托尼·拉杰塔(Tony Lagetta)开的一家地下酒吧唱歌。她对他十分疯狂。但他是意大利人，并且是个天主教徒，还有一个老婆和七个孩子。他把她那个了，这是当然了——不过仅此而已。当她的首次演出成功了以后，亨利·贝拉米介入了，让她离开了托尼。她变得越来越有名，如果托尼的妻子起诉她，会有损她的形象。她跟亨利有一大堆风流韵事，不过她私底下还是会和托尼厮混。这件事人尽皆知，就亨利一个人还蒙在鼓里。他只是热衷于把她纳入自己的麾下，让她成为明星，变成个百万富翁。之后，托尼又找到个新欢，海伦气疯了，所以她嫁给了一个偶然出现的人，也就是她的第一个男人——那个艺术家。到了这个时候，已经不再有地下酒吧了，托尼经营了一家正当场所——一个意法餐厅——海伦经常带着那个同她结婚的艺术家光顾，和他卿卿我我，来引起托尼的嫉妒。我想这个很奏效，因为有一天那个艺术家回到家里，发现海伦和托尼又勾搭在一起……他离开了她，性格为之大变。他再婚了，却成了一个醉鬼。”

“你是在哪儿听来的这种绯闻？”

“她和托尼那段往事是我许多年前就知道的。咳，不管是谁提起海伦的名字都经常说成‘托尼的女人’。有关亨利和她丈夫的事，是我从参加演出的那些女孩那里听来的。每个人都知道——”

“是的‘每个人都知道’。”安妮不耐烦地打断道，“都是像你这样通过谣言知道的。就和每个人一样，你也会向你遇到的人散布同样的故事。它就流传得更广了。但是你当时在场吗？你见到海伦和托尼在一起吗？我和海伦谈过话。我知道她对她丈夫的感情。你看，尼利，海伦有一些缺点，这我相信。我认为她成功得太快了，以至于自己的某些东西没有来得及跟上自己的才华。成功使她踏上人生的顶峰，可是在她内心里，她仍然是一个来自新罗歇尔的小姑娘。她之所以假装刁钻刻薄是为了保护自己免受伤害。”

“好吧，我投降。”尼利说，“她很了不起，她很亲切。因为看上去你们俩似乎已经难舍难分，既然你是唯一理解她的人，那何不将你‘第二好’的朋友的才华说给她听，也许她还能在演出中给我施舍半个角色呢。”

安妮笑笑说：“尼利，没有人可以取代你的位置。”

“好，我拭目以待。我们三个人聚在一起，小叙一回女孩子家家的私房话。”

“有何不可？尼利，明天你到彩排场，然后走到海伦跟前，说你是我最好的朋友。”

“哦，可以吗？”

“为何不可？”

“因为根本就没人走过去，跟海伦聊天。”

“你试试，肯定会大吃一惊。”

“好吧。或许我得让她分享一下洗袜子的经验。她用的是力士[①]还是象牙[②]？或许她的精力和激情全是由此而来。我很乐意把自己的薄裙给她洗。”

“晚安，尼利。”

“晚安。不过安妮，我是当真的。要是你这份光鲜亮丽的友谊可以持续的话，你就见缝插针，给我美言几句啊。一定试试啊……求你了啊——”

“看，这就是我所说的四人组。”乔治·贝洛斯一边说，一边将一份晨报放到安妮的办公桌上。她瞪着报纸上那张照片，是昨晚在莫罗科会所被拍下来的。海伦看上去荒诞不经；吉诺在哈哈大笑；艾伦竟然有一部分身子都跑到镜头外面了；而她的形象却愈发美丽动人。

她挤出一个微笑。“谁是尼克·朗沃斯(Nick Longworth)?”她一边看着桌上的留言，一边问。

“市里一家顶级模特公司的名字。为什么朗沃斯让你给他开价?”

“我也不知道。我进来以后，发现桌上有个留言，说让我给他打电话。”

“那才是你该做的工作，因为你天生就是一个模特。‘命里有时终须有’，命该如此啊!”他看着她的戒指说。

① 力士是联合利华公司的清洁用品牌子，这里指力士香皂。

② 象牙是宝洁公司早年赖以一举成名并饮誉全球的清洁用品——象牙香皂。

她桌上的电话响了。乔治挥了挥手，踱步走进了他的办公室。

是艾伦。“你从昨晚的状态中清醒过来没有?”

“那次真是太有意思了，你有这样以为吗?”她欢呼雀跃地问。

他沉默了。

“艾伦?”

“我不敢相信我听到的是真的。”

“我喜欢海伦·劳森。”她辩护道。

“你喜欢她什么？她讲的那些‘优雅’的笑话？她‘贵妇人’的礼貌？你看，吉诺已经让人很难容忍了，但我还得接纳他，因为他是我爸爸。可是海伦呢?”

“我喜欢你爸爸。”

“你不用那么客套，安妮。我一直跟你说，你无法选择你的亲人——但是你可以选择你的朋友。”

“艾伦，你那样说的话，就太吓人了。”

“为什么？我只是实话实说。要是吉诺没有和我绑定这种关系，只是认识，我会觉得他太招摇、太讨厌了。我欣赏他的经商天赋，正如我钦佩海伦的舞台天赋一样。在社交场合，我不想和他们任何一个在一起。一旦我们结了婚，我们将结交一批新朋友，适合我们的朋友。今晚我会好好给你讲的。”

她的头像是被锤子击中一般，骤然抽痛了一下。“艾伦，我昨晚睡的时间太短了，所以我想今晚就别出去了。我想下班直接回家睡觉。”

“我们还有另外一件事要商量。你准备再过多久辞去眼下的工作？莫非要一直干到结婚?”

“我想工作，艾伦——我不想结婚，不是已经和你说了吗?”

艾伦强挤出一丝微笑,“你确实是累了。好吧,我给你一晚上的时间。不过安妮……我知道我答应不催你,不过你也要开始往结婚上想。只是让你想想……这是唯一的请求。”

这一天过得很慢。朗沃斯经纪公司又打电话了,但是她跟他们说自己不想当他们的模特。她若是改变主意了,随时可以给他们打电话。

亨利在午饭时间过后进来了。她把信送进他的办公室,不过被他扔到了一边。“请坐。”他点燃一支香烟。“呃,我们的艾德·豪森剧获得了诸多好评。不过那个王八蛋是个挨千刀的。”

“您是指表演本身,还是指艾德·豪森?”她将头靠在皮椅上,双手揉着她的太阳穴。

“豪森。要是你有个醉汉客户你该怎么办?真是极好的天才,可惜是个酒鬼!”他摇摇头。“刚演出结束,在赞助商面前,他已经醉得飘飘欲仙了。当然了,我不得不谎称他这是头一次。每周两万美元,让他在赞助商面前喝得酩酊大醉。我还算走运——这还是轻的,等他犯起酒疯来,又要骂人家是犹太佬了。”

“那你还要他做什么?”

“你算算我那百分之二十五的提成是从哪儿来的,你会找到答案的。他同时也是块真材实料。我找朋友凭自己的爱好,我找客户看他们的才华。”

她的头疼渐渐消散,后脑勺似乎又被击了一下。“我想,人不可能在任何事情上都忠于本心。”她疲惫地说。

“这跟人性的忠诚没关系。这是生意上的忠诚。你忠诚于最好的收益,却不能被你的心情左右。”

他桌上的私人电话响了起来。“你好。哦，你好，宝贝儿。一切顺利吗？是的，我当然看到了。你看上去很好，亲爱的。当然可以，她正坐在这儿呢。”她把电话递给了安妮。她充满疑惑地瞪着他。“是海伦。”他说。

“嗨！”海伦兴高采烈地吼着，“工作女，感觉怎么样啊？”

“有点累。”

“我也是。到十点，我还得排练。现在仅有五分钟休息。听着——有一个新节目今晚要在科帕开幕。我已经给吉诺打过电话了，建议我们四个一起去，他完全赞同。我们准备看第二场。这样我们都有时间稍微先休息一下。”

“艾伦知道这件事吗？”

“我怎么知道呢？”海伦停顿了一下，她那小女孩般的声音又传了过来。“你难道不想去科帕么，安妮？”

“呃……想啊，我猜那一定很有意思。特别是我们还能提前小憩片刻。”

“对啊。穿上最棒的衣服——所有人都会去那儿的。”

“你指的是一条长裙吗？”

“不，一条漂亮的短裙就可以了。对了，一个皮夹克。那个驼色外套最好扔掉。”

“我有一个黑外套……”安妮突然抬起头，莱恩·伯克进来了。

“太好了。哦，等你回到家，会收到我的一个小礼物。”

“一个礼物？可是为什么呢？”

“那是皆大欢喜的事。呃，我想我该回去挣钱了。”电话挂了。

“安妮是海伦·劳森的新伙伴。”亨利对莱恩说。

莱恩坐下来，伸开双腿。“安妮是健壮的新英格兰出身。

她能应付得了。”

安妮无力地笑了笑。“我几乎已经厌倦了这样说，不过我真的很喜欢海伦·劳森。”

“太好了。”亨利快速地说，“海伦需要一个知心朋友。我觉得她在内心深处是孤独的。”

莱恩笑了笑说：“海伦每一季都会遇见新朋友。”

“她从来都没有一个真正意义上的朋友。”亨利固执己见。“绝大多数女人试图利用海伦，甚至是在旁边取笑她。她进步得太快了，从而忽视了对一些细节的学习。城里半数以上的女人还在起步时，都缺乏对品位或礼节方面知识的学习。不过她们成长于化妆间，从其他姑娘身上她们了解到该去学的书，或者说她们所学过的书，都只是如何打扮自己。等她们有朝一日成功了，她们已经磨平了那些棱角。海伦在地下酒吧荒废了两年，她什么也没学到。然而，在她首次登台时，像一支冲天火箭一样发射出来。人们可以接受当红的人物所有的事情。海伦突然之间跟所有人拉开了距离，没有人可以告诉她，她应该有什么样的着装、什么样的谈吐。他们友善地对她粗俗的语言风格付之一笑，使她感到那些东西很有趣。继续和她在一起吧，安妮，她需要像你这样的人。”

亨利另一部用来办公的电话响了，那个女接待通知他接电话。亨利拿起电话，点了点头，把它交给了安妮。“是艾伦。”

“我可以去外面再打。”她迅速说。

亨利摆摆手。“别拘束，这里坐的都是朋友。”

她接过电话，意识到莱恩在注视着她。

“你不是说太累了，连一个安静的晚饭都不想和我一起吃吗？”艾伦的声音通过电话线嗡嗡作响。“现在我却听说，我们要一起去科帕。”

“海伦和吉诺安排的。”她苍白无力地说。

“我懂了。我很好敷衍，你却不能对海伦说不。你这算什么，取悦名流?”

“艾伦，我现在正站在贝拉米先生的办公室。要是你愿意，我们今晚可以取消。”

“不……等下。我不想扫大家的兴，还是去吧。”

此时，亨利的私人电话响了。

“我晚些时候再打给你，艾伦。”

“安妮，对不起。我知道你在为亨利工作，她是他的客户。但是过了今晚，让我们丢掉她。如果你非要再见她，那么你可以和她一起购物，一起吃午饭——只要别把她扯进我的生活。”

亨利正在听电话，那端肯定是海伦了。

“艾伦，晚上见。”她挂了电话。亨利又递给她一个电话。“看样子我们要给她请个私人秘书了。”亨利一边说，一边给莱恩递了个眼神。

“你的地址是?”海伦欢快地大叫，“我必须得知道，这样才能让我们的‘皆大欢喜’送到你那里。”

安妮给她说了一遍。

“哦，不妙，这儿没笔。等下——”

“海伦，”安妮急忙说，“你去问下尼利·奥哈拉吧。”

“谁?”

“尼利·奥哈拉，她在你的演出中。我们在同一个楼里生活，让她给你写地址吧。”

“她是做什么的?是合唱队的吗?”

“是的，她以前是臭皮匠组合的一员。”

中间有个小小的停顿。“哦，那个人。”

“她是我一个很铁的朋友，海伦。她才十七岁。她只在演出中跳舞，不过她也很会唱歌，她真的很有才华。”

“好。”海伦很爽快地说，“我会向她问地址的。你说她会唱歌，嗯哼？或许我可以给她些帮助。她受到了不公平的待遇。说实话，这事儿也不赖我。不过别担心……或许，我现在能做点什么。我已经想到了办法。”

安妮返回自己的位置，把自己埋进了工作。直到这一天熬完，她的头依然感到阵阵的疼痛。等她回到家，她什么都不想干，只想赶紧小憩片刻。尼利的房门敞开着，她突然冲了出来，跟着安妮上了楼。

“我真的很累，尼利。我们晚点再说。”

“我不会久候。只想看看你见到海伦送的礼物时，是什么表情。就在你房间里。我找排练场的跑龙套演员，打开了你的门锁。”

安妮在屋里四下张望。她并没有发现任何包裹，没见哪里有什么新变化。

“那儿呢!”尼利指着那个快要散架的床头柜。安妮目瞪口呆地对着那个闪亮的黑色电话机。

“她会为你付安装费，还有头两个月的话费。她说在那之后，你或许就已经嫁给艾伦了。”

“可是我不能让她这么做。”

“听着，她反正已经做了。我真不明白，安妮……或许你给她施了什么魔法。你跟她说了我是你朋友以后，她对我的态度确实好了许多。”然后，正当安妮开始笑时，尼利又厉声说道，“尽管如此，事情也不会有任何改变，我依然觉得她就是个畜生!”

今夜，科帕的夜宴同往常一模一样。所有的注意力都围绕在海伦周围。她的尖叫、她的喝彩、她用那粗犷的吼声不停地呼喊着每一个她认识的人。吉诺催促着她，又给她添满香槟。在海伦热情的关怀下、在第二杯香槟的刺激下，安妮也表现得很放得开，自然地融入了他们当中，显得兴奋异常。而艾伦却保持着他的冷淡，不苟一笑。

“我们先送安妮回去吧。”海伦和大家一起停在那辆豪车前，向大家提议。

“对，我离得最近。”安妮赶紧回答，以掩盖艾伦试图盘问的眼神。当车子停在她家门口时，她没等司机给她开门，自己已经跳下车了。“坐在那儿，别动。”她对艾伦说，“外面太冷。”她一边挥手，一边快速跑上台阶。她觉察到艾伦不高兴地绷着下巴，他脸上的愠色即使在灰黑的夜里也是那么清晰。

二十分钟后，她的新电话叫出了它出世后的第一声哀鸣。

“我必须得发起这段对话。”海伦兴高采烈地说，“我吵醒你了吗?”

“没有……不过我已经在床上了。”她感到非常奢侈，甚至在劳伦斯维尔都没听说过谁的床头有一个电话。

“很棒，是吧?”

“我过得非常愉快。这是我一生中最难忘的夜晚。”

“是啊……”海伦停顿了一下。然后声音变了。“安妮，我和吉诺没有任何进展。”

“他也玩得很愉快。”安妮实话实说。

“但他和我说晚安时，都没有吻我。”海伦哀诉道，“送走你以后，我们把那个小宝贝儿也送回去了。我想着吉诺肯定特想上去陪我喝一杯，所以，我依偎在他身旁，说我有一瓶冰镇的唐·培里侬香槟王①。但当我们到了我住的地方，他只是在我背上拍了下，说，‘晚安，小家伙’。”

“呃……”安妮思索着恰当的词。“那说明他对你很尊重。”

“谁想要尊重？我想和他发生关系！”

安妮的喘息之声分外清晰，但海伦还在继续。“你看，小可爱，等你到了我这个阶段，你就会知道这是唯一能证明他对你有意思的方式。”

“你怎么能那样想，海伦。事实上，截然相反。”

“狗屁相反！那他还能怎么证明？”

“可以带你出去，和你共度时光——去玩乐。”

“你是在开玩笑吗？在我的字典里，如果一个男人喜欢你，他就想钻进你的被窝。甚至雷德·英格拉姆那个杂种，在我见他的第一天晚上，就把我放倒了。我们结婚以后，才开始慢慢消减，每周三四次。之后变成一个月一次，再后来竟然一次也没有了。就是在那个时候，我才找了些侦探去调查他，结果发现他骗了我。”

“可是海伦，我已经和艾伦约会无数次了，他从未……试图非礼我。”

“不要再瞎扯了！”

一分钟的沉寂之后，海伦用她那小女孩般的嗓音打破了这种沉静。“千万别发疯啊，安妮宝贝儿。我相信你，可是天啊，难道你不想？我指，你怎么知道你想跟这个男人结婚？他可能在房事上表现不佳。你得跟她先来一回合，难道不是吗？”

---

① 法国名贵香槟酒。

“我敢肯定我不会。”

这次海伦立刻哑口无言了。然后，在她生硬的语气里揉进一丝莫名的钦佩，她说。“那么，你只是看上了他的钱。”

“我跟艾伦已经好了六周了，那个时候，我还以为他仅仅只是个小小的穷酸保险业务员。”

又是一个短暂的停顿。“呃，天哪！你不会是那种传说中的性冷淡吧？”

“我感觉我不是。”

“你为什么说‘感觉’！接下来，你不会要跟我说你还是个处女。安妮？你还在吗？哦，神啊，我敢打赌你就是个处女。”

“听你的口气，这跟是什么病似的。”

“不，不过即使是在二十岁，大部分姑娘已经不是……我指，天啊，如果你喜欢一个男人，你就会想让他扑向你，迫不及待。”

“这就是你对吉诺的感觉吗？”

“当然——我还没有爱上他，不过我相信我会的。”

“那么，把它交给时间吧。”安妮漫不经心地说。

“明天晚上我还会努力的。拉马提尼克还有一场开幕演出。”

“你和他约好了吗？”

“还没有。我打算明天上班的时候给他打，约一下。”

“海伦……为什么不等呢？”

“等什么？”

“给他个机会，让他给你打。”

“但假如我等不来怎么办。”

“但是如果你总是刻意如此，慢慢就不会愿意和他一起出去了，对吧?”

她听见海伦打起了呵欠。“为什么不呢? 有时你得把跟一个男孩一起出去当成一种习惯，不管他一开始想不想和你出去。”

安妮感到吉诺是不可能一连三个晚上都推掉阿黛尔的。但是最重要的是，她不想看到海伦被羞辱。“海伦，帮我个忙。明天别给吉诺打电话。给他个机会打给你。”

“假如他没跟我打呢?”

“他或许不会。他或许在几天——甚至一周都不会给你打。”

“一周！哦，不。我可等不了那么长时间。”

“你也许不需要这么做。但是请试一下……明天不要打。或许吉诺做不到连续三天晚上都约会。”

“好吧。”海伦叹了口气，“但我依然觉得我的方法是最好的。我只给他一天时间，让他主动给我打。只剩我一个人去参加拉马提尼克的首演了。”

“就没有别人能带你参加吗?”

“哦，我总是找人充数。我的设计师可以带我去，或者波比·伊夫斯(Bobby Eaves)，我的伴奏师，不过他们都是变态。这就是问题所在——这个年代没有真男人了。到处都是变态，没有爷们儿。我讨厌带着一个变态去看演出，就好像被贴了个标签：‘我最多也就是找个这样的’。”

“我愿意认为你能拥有自己喜欢的男人。”

“每一个第一次在纽约打响的女孩都是这样想的。在过去有禁酒令[①]的那个黄金时代，这再正常不过了。我想，他们

① 美国联邦政府于一九二〇年到一九三三年间曾颁布禁酒令。

让暴饮合法化有他们的根据，不过当时真的是一段好时光。那些地下酒吧都很棒——像派克大街酒吧、哈哈酒吧。不再有夜生活了。我喜欢那些时候，那个时候你把自己打扮得花枝招展，那个时候爱迪·达钦(Eddy Duchin)在公园小屋里表演，那个时候查理斯社团(Society Charlies)的人坐在场边议论，那个时候你去哈勒姆(Harlem)吃早餐……在那些日子里，托尼会很随意地掏出五十美元的小费。今天，如果一个男人花二十五美分，给你买罐饮料，他也会觉得自己是个冤大头。天啊，我是多么爱那个托尼啊！那个他才是爷们儿!”

“我想你曾说过弗兰克是你唯一爱过的男人。”

“他确实是。但托尼太令人刺激了——床上的伟男——但他的心是一摊狗屎。弗兰克是个好人，很善良，并且……”说到这里，海伦突然哽咽起来。“哦，安妮，我真的爱弗兰克……实话……他是我唯一曾经爱过的男人，不过现在他走了。”

“但是海伦，起码你曾经拥有过真爱。”安妮结结巴巴地说。

“我猜也是……”海伦兴许得到了一丝抚慰。“我猜我很幸运地拥有过一个真正爱的男人。有些女人从来都没得到过。”

“你爱过亨利吗?”

“你指的是什么?”

“呃，你曾经和亨利·贝拉米相爱过，难道不是吗?”但话又说回来，安妮觉得自己不该提这件事。

“是他那样跟你说的吗?”海伦冷冰冰地说。

安妮被这突如其来的语气吓得直发抖。顷刻间，她们亲昵热情的友谊似乎悄然消逝了。

“不，我只是从他提到你时那种热情的口吻中，想象出来的。”安妮不卑不亢地说。她的头在困惑和疲惫中回旋。

“嗨，等一下！天啊，你太敏感了。对，我很久以前就已经认识亨利了。但是为什么人们不能把这件事忘了呢？我们一起上过床，但并不意味着什么。至少，对我来说是如此。我从没那样喜欢他。当时我太年轻，亨利对我的事业很重要，而且我身边也找不到别的可以陪我抛头露面的人，还有——哦，该死的，那是个太久远的故事。我几乎已经忘了我们中间还发生过像那样的事情。但他仍然是我的生意管家，所以为了确保万无一失，你别给他说这件事。”

“哎，海伦，我为什么要去说呢？我喜欢亨利。我是不会去伤害他的。”

海伦又打了个呵欠。“很有趣，大约一年以前我们一起出去过一次。我那时情绪跌落到了谷底，所以亨利陪我一起回了家。看在以前的份上，我们决定试试。一无所获！我无法掩饰，亨利那玩意儿也起不来。不过，毕竟亨利年事已高　　他已是天命之年。我猜他那方面能力已经不行了。”

安妮赶紧捂住嘴，差点就不由自主地惊叫出来了。然后，她说：“不过吉诺也已经五十了……”

“他是意大利人，那些‘大黄蜂’每时每刻，内里都像一堆熊熊燃烧的干柴烈火。吉诺啊！我等不及了！听着，我这就给他打电话，跟他说晚安……让他梦里和我相会。”

“海伦！不可以！这都凌晨四点了。你会吵醒他的。”

“不会，因为刚才我意外地想到他了。你懂这意味着什么吗？那是指他在想我。无论什么时候，只要你意外想到某人，那就意味着那个人也在想你。”

“这不叫意外。”安妮断然否定了她。海伦的热情又一次重塑了安妮对她们友情的信心。“我们已经在谈论吉诺上几乎一小时了。你现在就是不能给他打电话，海伦。”

“好吧。”海伦承诺道，“我听你的。我会一直等到他给我打电话。”

“这就对了。”

“好了，我的天使。”海伦睡意浓浓地说，“明天再和你说。好梦……”

三天过去了，吉诺还是没有给海伦打电话。海伦不断地给安妮重复这个事情，每天都要好几遍。她在上班时候打，在安妮更衣去见艾伦时也打，甚至在深夜两点的时候还打。

尼利也在逼她出主意。她正准备去布鲁克林，去和梅尔的家人共进晚餐。她把整个衣柜都拽了出来；安妮不得不帮她做决定。尼利自然是觉得那件紫色塔夫绸是不二选择，她只是想被肯定一下。接着引发了一场激烈的争论，因为安妮坚持让她穿一件棕黄色的毛衣。“哟，那件毛衣已经两年了。”她们陷入了无休无止的争论之中。尼利最后终于投降，穿着那件棕黄色的毛衣出去了，大大地违背了她的眼光。

办公室里充满了艾德·豪森广播节目的活跃气氛。不过安妮却对她周围那些激动人心的事充耳不闻。她忙于工作；亨利需要她；海伦和尼利需要她；她像是在攀登珠穆朗玛峰，那里空气真棒，令人充满活力，每一秒都面临危机，然而这也是生活的一部分——不能只是站在台下观看。

在吉诺杳无音信的第四天，海伦下决心采取行动。“听着，我不管他多忙。”她在电话里吼道。“如果一个男孩喜欢你，他起码也该打个电话，问个好吧。”

“呃……也许我错了。我指……也许他根本不在乎。”安妮小心翼翼地说。艾伦已经买好了电影票。时间不早了，她该回家换衣服了。

“他喜欢我，我能感觉到。”海伦固执地说，“我现在就给他打电话。”

“海伦，请……”

“听着。你的建议有个鸟用。我听你的，结果什么也没得到。”

“可是你说过，要是他在意你，他会给你打……”安妮耐心地说。

“我让事情拖得太久。要是我早打几天，也许我已经成为他的习惯了。天哪！这就是我的悲情生活。我总是被整得伤痕累累……”她开始呜咽，“说实话，安妮——我曾经对一个男人一往情深，结果被他抛弃了。我被伤得比任何活着的女孩都要重。我什么也没得到。只是一味地工作，工作，工作——给所有人挣钱——我却很孤独。我想吉诺是喜欢我的。你那晚在莫罗科会所也是这么说的。那为什么他没有打电话呢，安妮？”

安妮的心为那个女人碎了。她感受到一种责任感——她引荐的他们。吉诺连一个电话都不给海伦打，真是太不对了。去见她一次，就见一小会儿，是不会伤到他什么的。这是他的荣幸。

“海伦，再给一天时间……求你了。”

那天晚上，从电影院出来后，安妮建议去莫罗科会所。吉诺坐在他常坐的位置。他向他们热情地招手，强烈要求他们加入。阿黛尔穿上了新貂皮大衣，容光焕发，她的胳膊硬是和吉诺挎在一起。安妮瞬间开始搞不懂自己究竟是想来完成什么任务的。她以前遗忘了阿黛尔那无与伦比的美貌。罗尼·乌尔夫也加入进来。阿黛尔提到一个新夜店明晚开张，吉诺极其热情想要组织一个聚会，邀请安妮和艾伦一起。

看来到莫罗科会所这一趟是白来了。她为什么要来呢？莫非她是痴心妄想着自己会在吉诺面前提起海伦？她看着他的手抚摸着阿黛尔的肩膀，想起了海伦，想起了那张浮肿的脸和体态。她对那个中年明星感到一阵怜悯和心痛。

“来吧，安妮，和我跳个舞。”

是吉诺，拖着他那一贯粗鲁的腔调，从桌子后面叫嚷道：“我还没跟我未来的儿媳妇跳过舞呢。”他瞟了一眼罗尼·乌尔夫。“这种机会可不容错过。”

他们在底下跳了一个来回，吉诺和所有碰见的人点头致意，之后他压低声音说：“听着，安妮，你得帮我个忙。让劳森女士从我身后消失。”

“我没搞明白……”她故意装作没听懂。

“她今晚给我打电话了。想问我什么时候和她一起去市里。你知道她说了什么？！她竟敢问我是不是病了，就因为我没给她打电话。”

“那你为什么不给她打电话？我还以为你喜欢她呢。”

“是啊。她是个好伙计。我喜欢带她出去，她很招人喜欢。我还会带她出去——如果她只是玩玩而已。”

安妮的声音开始变得冷漠：“我想你加入了一些莫须有的东西。”

“安妮……”他把声音压得很低，“我本不想跟你提这件事情，不过现在必须让你知道，这样才能让你明白。那晚，我们把你和艾伦送走以后，那个疯婆子竟然摸了我的——我的私处……还求我上去喝夜饮，我假装不懂。丫头，我逃过了一劫！”提起那段回忆，他不禁打了一个寒战。

“我认为她很……有魅力。”安妮漫不经心地说。

“那是因为，她大得都能当你妈了，你是在尊重比你年长的人，你在尊重她的才华。但你听我说，安妮，对一个男人来说，她不够吸引人。哦，对，当她走上舞台，热情演唱的时候，她无人能及。但是当回到浪漫艳遇方面……”她向桌子旁边的阿黛尔瞟了一眼，“我只对我怀里的那个女人感兴趣。”

安妮深吸一口气。看着海伦被赤裸裸地羞辱了一番，她实在无法忍受。随着时间的推移，在出城演出中，海伦也许会忘了他。但是到了那个时候，海伦的自信心也危在旦夕。

“嗯，我对你感到很惊讶，吉诺。”她冷静地说，“你这种男人……一个创造了一个帝国的男人。你是指，你会爱上一个女孩，仅仅因为她长得好看？为什么？海伦是一个真正的传奇人物。她想见你，是你的骄傲。她是一个很有声望的人。”

“看，宝贝儿，你完全搞错了。我哪有说到爱了？你以为我爱上了那边的那个傻女人？我只爱过一次——艾伦的妈妈。她是一个良家妇女。如果一个像我这样年纪的人还在想着爱情，那他是自找苦吃。现在谁还要爱呢？我只想找一个好看的女人，一个身材出众的女人，她用不着很聪明或出名。她只要好看，能满足我就行。我只需要给她买一些毛皮大衣和饰物，让她高兴。”他耸耸肩，“我要海伦·劳森做什么？她像一只发情的公牛。好了安妮，帮帮我——叫她离我远点，否则我就对她无礼了。”

“但是你还要去纽黑文参加她的首演。”

“纽黑文？”

“吉诺……这是你的提议。你答应的！”

“纽黑文。天哪，那得坐好几个小时的火车。我那时肯定是喝醉了。看——不管怎么说，她也不急着让我们去那儿。

告诉她我会去费城。”

“你会去吗?”

“不会，不过那是很久以后的事了。到时候我会想到一些其他的事情。”

“不，吉诺。她是我的一个朋友，我不会帮助你像那样骗她的。”

“好吧，那我去告诉她。我会对她说，她是一头老牛，让她离我远点。”

“你要是那样做，我是永远不会原谅你的。”安妮的声音很低，眼里却蒙着一层怒火。

吉诺看着她的样子，笑了：“安妮，安妮。你想让我怎么做呢？我也不想伤害她，但是我也不想做她的情人。”

“你可以去参加在费城的首演。”

“那之后怎么办？这样只会纵容她。”

“我可不会把自己太当回事。”安妮冷冷地说，“你是一个很吸引人的男人，但是我不觉得没有你，海伦一定会凋零。只是因为是我介绍你们认识的，而且我觉得我们要遵守自己的诺言。一旦她的演出在百老汇开幕，你们必须排队站在舞台门口去迎接她。”

“好吧，好吧。但愿此事再也不会发生，我理应为我未来的家庭成员营造一个好的环境。我愿意去费城——当天晚上就可以乘坐晚班火车回来——不过你得保证，那以后，让她远离我。可以成交吗?”

“好的，成交，吉诺。”

海伦变得越来越难对付。安妮编了一个故事，说吉诺被卷入一些新的生意里面了。他太忙了而不能来见她，但是他会去费城参加首演。

“你说他正在生意里面忙活着是什么意思?”海伦尖叫着，“那你说我又是在做什么？削土豆皮吗?”

“不过你不是想在费城，而不是在纽黑文见面吗?”

“是的，不过说自己忙于生意真是老掉牙了。听着，不管我有多忙，我都能抽出时间去见我喜欢的人。”

“好嘛，那你忘了吉诺吧。”安妮不耐烦地说，“他不值得你费这么多事。”

“我需要一个男人，而且别的我谁也不想要。安妮。”她的声音很小，“所以我只想得到吉诺。”

“海伦，或许吉诺不是想要一个固定的情侣……”

“对，他确实是这样。我掌握他所有的劣迹。他跟一个舞女在一起，一个很大牌的女人，叫作阿黛尔的一个人物。”

“你知道那个?”

“当然，我读了那些专栏。不过，你看，他是在他们两个正好着的时候带我出去的，对嘛？所以他对她，不是那么亲密。我听说他跟她已经拍拖了六个月了，但是你注意到没有，他还没有让她辞职，专职在家陪他。所以我估计他已经想换人了，而且那个人肯定会是我！两个夜晚我们都在一起玩得很开心，我敢保证他喜欢我。我感觉可能是因为我的身份，让他感到有点小害怕——那些谣言，都是胡扯的。我现在就给他打电话!”

“海伦!”

“看在上帝的份上，天呐，行行好吧！要是他说不，我大不了今天晚上见不到他。只是坐在这里瞎等，不去打电话，是永远不会让他来到我身边的。”

“海伦，他会去费城的。”

“我怎么能确定呢?”

“因为我和艾伦也去，我向你保证他会去的。”

“好吧。”海伦又高兴起来了，“也许那样是最好的，接下来的十天会有一点忙。等在费城的开幕演出结束了，会有一个大聚会。我和吉诺会在舞会上短暂地露个脸，然后我们就溜进我的住处，痛痛快快玩一场。姐们儿，安妮，一旦我把他卷进被窝里……”

“动身日”的前一周，也就是尼利标记的那个“纽黑文开幕演出”的最后一个礼拜，危机四伏，无休无止。办公室不断上演了关于艾德·豪森广播剧的吵吵闹闹的会议，因为那些编剧们总是来来回回，进进出出。海伦每天也打几次电话给安妮，有时只是闲聊，不过大多数都是在抱怨吉诺。他连续三个晚上在莫罗科会所和阿黛尔·马丁一起玩乐，她的设计师亲眼所见。他办的是哪门子的生意?

“不过海伦……他不也是过了十一点才见的她嘛，或许那只是简单地喝喝酒。”安妮解释说。

“我也是想简单地和他喝杯酒。”

“我想他这也是出于对你周到的考虑，不想让你那样子久等……”

在这混乱不堪的日子当中，艾伦竟然表现得异常活跃。由于海伦被暂时排除在外，他们两个又回到了轻松愉快的关系当中。他们去了斯托克会所(Stork Club)。她正百无聊赖地拿着一个木制的搅拌棒搅着香槟，似乎给她找到了一个小口喝的借口。

突然，他问道：“安妮，我们还得这样下去多久?”

“你这话什么意思啊?”

“我们什么时候可以结婚?”

“结婚?”她用呆板的声调重复了这个词。

“呃,我们的事已经人尽皆知了。”

“不过艾伦……我以为你已经明白了。我是指……”

“我是说过我会等,并且已经等了。时间都又过去一个月了。”

“艾伦,我不想结婚。”

他用一种奇怪的眼神看着她。“我想向你了解一些东西,好让我的内心得到平静。你是不喜欢婚姻,还是不喜欢我?”

“你知道的,我并不讨厌你,我知道你人很好。”

“哦,天呐……”那是一声长叹。

“如果我不爱你,又怎么能对你说我爱你呢。”她痛苦地说道。

“那你给我说说,你到底有没有爱过一个人?”

“没有,不过　　”

“你认为你有爱人的能力吗?”

“那是当然!”

“可惜不是我。”

她又开始搅动香槟,盯着杯子里面泛起的泡沫。她不敢看他的眼睛。

“安妮,我觉得你害怕性。”

这时,她才抬起头看着他。“我敢假设,你接下来想对我说,我那方面还没有觉醒……那个能够改变这一切的人就是你。”

“没错。”

她抿了一口香槟,来躲避他的眼睛。

“我猜以前已经有人跟你说过这句话了。”他说。

“没有，我是在下三烂的电影里面听到的。”

“许多话是老生常谈了，那正在于它们是真理。但真理总是容易被人嘲笑。”

“真理?”

“那是因为你在担心你的生活——和生存。”

“这就是你的想法吗？仅仅因为我不急于和你结婚?”她的脸上露出一丝微笑。

“你认为女孩子二十了，还是一个处女，这正常吗?”

“处女又不是什么折磨人的事。”

“也许在劳伦斯维尔不是。但是，你不是说，你不想像那里的人一样。给你讲述一些事实吧，大部分女孩子到了二十岁都已经不是处女了，事实上，大部分和她们上床的，并不都是她们特别迷恋的人。是她们的好奇心和性欲驱使她们这样做的。我觉得你连一个像样的颈吻，都未和一个男人做过。你连试都没有，怎么知道你喜欢不喜欢呢？你有没有对任何一样事情有过感觉和冲动啊？有没有人使你感觉跟他在一起很随意？你曾经有没有主动把你的胳膊搂在别人身上？一个男子，一个女子，或一个孩子？安妮，我必须把你拿下，我爱你。我不能让你就这样凋谢了，变成另外一个新英格兰老处女。”他抓起她的手。“你看——忘记我一分钟。你还有其他关心的人吗？有时候我想使劲儿地晃你，想看我能否给你完美无瑕的脸蛋上摇晃出一些表情。上星期四对你有什么意义吗?”

“星期四?”她开始在脑海里回放。

“那天是感恩节，安妮。我们在‘21’俱乐部一起庆祝的。天啊，你那天，都遇见了些什么事？我本来还想着你会带我去劳伦斯维尔过感恩节。我想见见你妈妈和你阿姨。”

“周五办公室必须有人，斯坦伯格小姐去匹兹堡和家人团聚了。”

“那你呢？你是家里唯一的孩子了。你和你妈妈联系了吗？她是怎么看我们的？你没发现你从不提起她？”

她又开始玩起搅拌棒了。起初，她每周都写信。但是母亲的回信总是显得在敷衍，尽母亲的责任。所以又写了几封，她就把信停了。她母亲确实对纽约、尼利、亨利·贝拉米都不很感兴趣。

“我们订婚的消息被刊登在报纸上以后，我跟妈妈打了一个电话。”

“那她是怎么说的呢？”

（“呃，安妮，你应该清楚他们是做什么的吧。劳伦斯维尔的每个人都在波士顿报上读到了。我敢说所有纽约人都是大同小异的，谁都不知道他们家到底是什么背景，我可不敢说他是来自普利茅斯的那个库帕家族。”）

安妮很敷衍地笑着说：“她说我有我自己的想法，像往常一样，她错了。”

“我什么时候可以见她？”

“我不知道，艾伦。”

“你是不是想把你的余生都用来为亨利·贝拉米工作？这就是你的最高追求吗？”

“不。”

“那你想要什么，安妮？”

“我不知道。我只知道我不想要什么！我宁可去死，也不想再回到劳伦斯维尔。”她颤抖着说，“我不想结婚——除非我坠入爱河。而且我很急切地想要落入情网。艾伦，我不顾一切地想要。我想要个孩子，我想要个女儿，我想要呵护她、亲近她……”

他开心地对她说：“好姑娘。这是我认识你以来，第一次见你畅所欲言。你或许不爱我，但你我的追求是一样的。我们会有那个小女孩儿的——现在没有任何异议。”当她刚要开口的时候，他把他的手指按在她的唇上。“这个小女孩儿会上最好的学校，在那儿登台亮相。我会找一个社交新闻代言人，宣传一下你们家的背景。你看着——我们真的可以开始出发了。纽波特、棕榈滩①——我们的世界里不再有迈阿密、科帕。”

“但是我不爱你，艾伦……”

“但你也没爱过任何人。当我听说你渴望爱……想要一个孩子的时候，我的眼里出现了一个火花。我看见你被深埋在那里，竭尽全力想要出来。你就是那种会在床上变狂野的女人，一旦你尝试过——”

“艾伦！”

他笑了起来。“别急着攻击那些你没尝试过的事情。我不是在吹牛，我的能力确实很突出。让我把你唤醒，让你求着我再来更多次。”

“我不会坐在这儿听你说这种话了！”

“好吧。我不会再多说一句了。我不会逼着你结婚……在圣诞节前。到时候，我们会定下日子。”

“不，艾伦……”

“我总是能得到我想要的，安妮——我要你，我要你爱我。你会就范的！圣诞节前，我们就什么也不再提了。”

---

① 佛罗里达州东南部濒临大西洋海岸的一个度假村。

以上这些发生在星期二。

星期三，《一飞冲天》的剧组出发前往纽黑文，为星期五晚上的首映礼做准备。

星期四，亨利·贝拉米说："哦，顺便说一下，安妮，我们将坐明天下午一点钟的火车去纽黑文，我已经在塔夫塔旅馆给你订好了房间。"

"我？"

"你不想去吗？我和莱恩必须去参加开幕式，我还以为你会乐意去那里呢。毕竟，海伦是你的闺蜜，你不是还和剧组里面的那个叫奥哈拉的孩子关系很好嘛。"

"我喜欢！我还没参加过开幕演出呢。"

"好吧，'系好你的安全带'，因为纽黑文的开幕演出实在没什么。"

一九四五年十二月。他们在中央车站碰头。那是一个清冷的冬日。亨利剃得干干净净的下巴有些浮肿，使他整个人看上去有些疲惫。莱恩·伯克用一种热情快意的微笑问候着安妮。

他们坐上了豪华铁路客车；两个人都打开公文包，俯下身开始查看那些合同和法律文书了。旅途时间，只是他们工作时间的一个延伸。

安妮使注意力集中在她手里的杂志上。明媚的阳光透过车窗投射进来，一幅冬日乡村万物凋零的画面映入眼帘。这时，她回忆起了劳伦斯维尔。纽约使你遗忘了冬天的寒冷和萧条。那霓虹灯，那拥挤的人群，那占满了整条街道的出租车，这一切迫使白雪变成了烂泥，又从泥浆变成了废水，迅速消失殆尽。使你忘记了光秃秃的地面和荒凉的外部世界。那个无聊的冬季，在那个干干净净的大厨房里面，同母亲以及艾米阿姨一起熬过无数个漫漫长夜，偶尔去看看电影，打打保龄球，玩玩纸牌。哦，我的神，她祈祷着，谢谢你给了我力量，让我跑了出来。请再也不要让我回去了——永远不要！

火车驶入朦胧的纽黑文火车站时，他们都“啪”的一声合上了公文包，两个男人起身松松双腿。亨利的脸上露出一丝忧郁的疲倦。

“呃，我们走吧——上前线去。”他说。

莱恩挽起安妮的胳膊。“来，我的美女，你马上要开始在纽黑文享受你的第一次开幕演出了。我们别让亨利玷污了它。”

“已经来了不下五十回了。”亨利悲惨地说，“一到这儿，我就想起我是多么恨它。纽黑文就是个糟糕透顶的城市。要不是有一场海伦·劳森的演出——这里简直就是一个彻彻底底的失败！”

塔夫塔旅馆看上去倍感忧郁冷清。“洗洗脸休息一下，我们在酒吧见。”亨利对她说，“如果我是你，就不会给海伦打电话，她在纽黑文简直就是一个杀手。她或许还在剧院呢，我得过去一躺，和她碰个头。正好就在隔壁。”

安妮迅速卸下她的包。房间很小，让人发愁。但没有任何事情能让她的热情冷淡下来。她感觉自己是在进行首次个人旅行，充满了期待感——似乎任何一秒钟都可能会发生惊奇的意外。

她走近那个小窗户，向下面的街道看去。早冬的黄昏已经临近这个城市，中心街道的路灯开始发射出微光。在这家酒店对面，有一个小旅馆的霓虹光标志在模糊地闪烁。听到刺耳的电话铃声，她迅速转过身。

是尼利，“我刚排练回来。贝拉米先生现在正在剧院见海伦。是他告诉我你也在这儿！我可高兴透了！”

“我也是，事情进行得怎么样了？”

“糟糕透了！”尼利屏住呼吸总结道，“昨晚我们进行了一个彩排一直持续到凌晨四点。海伦准备砍掉苔瑞·金的另一首歌。苔瑞愤然跑出了剧院，她的经纪人今天下午跑来和吉尔摊牌。苔瑞说海伦不能砍她的歌，还说同臭皮匠们跳的舞糟糕透顶。我真希望她们的戏被砍了，让查利和迪基砸了饭碗。”尼利兴高采烈地补充道。

“听上去太糟糕了，海伦回来了吗？”

“没有，她依然在剧院里，和亨利·贝拉米一起锁在她的化妆间里。我看不出来他们将怎么解决这些问题。”

“你是指，今晚的首演可能演不了了！”

“哦，无论如何等到明天他们就会让事情水落日出。”尼利高兴地说，“那肯定是场轩然大波。嗨，安妮，梅尔也来了。”

“他可能和我们坐的是同一趟火车。”

“不，他昨晚就来了。”经过一个短暂的停顿，尼利又说，“安妮……我……我们做了。”

“做什么了？”

“你懂的。”

“尼利，你指的是……”

“呃，嗯。那里伤得有点重，我没有达到……不过梅尔用另一种方法让我达到了。”

“你都在说些什么啊？”

“他靠嘴来帮我……”

“尼利!”

“好了安妮。不要表现得那么大惊小怪，不要因为你跟艾伦打得不火热，就说我是个荡妇。我和梅尔已经坠入了爱河。”

“那么说，你们那样做也没什么不对。”

“我们做得太对了！我们都需要彼此，现在的人结不结婚都可以做。梅尔还是一如既往地爱我尊重我。甚至是更好，因为他现在真的爱我，我也爱他。除此之外，我们还不能结婚。他现在还在补贴着家里，不过等我的演出成功了，我每周就可以挣一百美元，那时我们就可以结婚了。”

“不过尼利，你们到底做了什么?”安妮尴尬地哽咽着说。

“你指的是他对我用嘴？听着，梅尔说两个相爱的人在一起做什么都是正常的。再说，那种感觉妙不可言！哦，呃，我对夜晚已经迫不及待了。还有，安妮……当他揉搓我的乳房时，我深深地感到一股向下流出的快感。我敢打赌，用另外一种方式的话，不会及它二分之一的美妙——”

“尼利，看在老天的份上!”

“等到你尝到了，你就明白了。演出上见。来看我哦，我在第二幕上有三句台词。”

莱恩正恭候在吧台前面。“亨利还在戏院。”他带着一丝同情向她做了一个鬼脸。“我订了一杯姜汁饮料。不知合不合你的口味?”

她面带微笑看了看那杯饮料。“或许我应该少喝点苏格兰威士忌，因为我感到连那些服务员都在用鄙视的目光在看着我。”

“那以眼还眼。绝不能因为任何人的鄙视，而选择做自己不喜欢做的事。坚持自我。”

“我不觉得我有自己的个性。”

“每个人都是有个性的。一半是给自己看，一半是给别人展示。我宁愿认为，你喜欢扮演这个冷漠的秘书角色是给别人看的，然而你在寻找真正的自我。”

“我想起你曾经说过，我是一个勇士……”

“我想你是个勇士——不过只是针对别人。”

她抿了一口手里的姜汁饮料。他给她点了一支香烟：“我说错什么话了吗？”

“我想你捅出了一个大实话。”她兴奋地抬头说，“我正在为一件事情奋斗。我——”

“是的，你来了纽约。但跟我说实话，安妮，这算得上是你生活中的一个辉煌成就吗？”

“那你呢？”她的眼睛里突然冒出了一腔怒火。“战争结束了，生活还在继续。你还会继续战斗吗？”

“我眼前就正在战斗。”他脱口而出。

“我们在一起时，我从来就不能轻松随意地说任何事情。”她苦笑着说，“但这回我要改变。我想我需要一杯苏格兰威士忌。”

他给服务员领班打了个手势，要了两杯。她举起酒杯准备干杯。“或许，我喝完这杯，会说出一些让你大笑的事。”

“我很乐意笑。你不需要喝那杯苏格兰威士忌酒。”

她咽下了一半的酒。然后虚弱地说：“味道太难喝了，不过我还是想不到一些有趣的话说。”

他从她手里夺走了酒杯。“你为什么说那个事情说了会让我大笑？”

“那晚我在拉龙德见你——和珍妮弗·诺斯。你们笑了一大堆。我还以为……”她伸手去够酒杯。她到底在说些什么啊？她又吞下一大口。

“继续，把它喝完。那是个不错的主意。起码，你也正在为自己奋斗。”

“那你是为什么奋斗呢，莱恩？”

“你。”

他们四目相会。“你用不着奋斗。”她轻声细语地说。

他不失时机地抓住她的手。艾伦的钻石像是自发出一股愤怒，切入了她的指头里面。但是看不出来，她是否感觉到了它锋利的边角。莱恩的眼睛凑得很近……

“我想你们两个已经吃了点儿了。”亨利·贝拉米兴高采烈地向他们走来。他向服务员示意，要了杯饮料。

安妮仓促地收回自己的手。戒指真的切进了她的肉里。亨利坐了下来，嘘了一口气。

“接着拉你们的手。”他很随意地说，“不要因为我，打扰了你们。嘿，你们都正当年，尽情享受。我指的是——当你年轻的时候，你总觉得自己会永远年轻。直到有一天你幡然醒悟，那时你已经白发苍苍了。讣告栏里的名字已经不是那些陌生的老人，竟然是自己熟悉的同辈和朋友。”酒来了，他一口气都没喘，拿起来一饮而尽。

“好了，亨利。”莱恩笑着说，“事情没那么糟。”他的手在桌子底下继续前进，重新夺回了安妮的手，温情地抚摸着。

“比想象中的还要糟。”亨利固执己见。“事实上，在这次的麻烦面前，以前所有的困难都成了孙子。真不知道是我变老了，还是海伦越来越难对付了。”

"海伦在纽约首演开幕之前，就是一只梭鱼[1]。"莱恩十分肯定地说。

亨利掏出一本笔记本，盯着一张潦草的清单。"想听听她发的一些牢骚吗？并且这些只是个开始。节拍音乐的灯光太差劲儿；第二幕的晚礼服糟透了；情歌伴奏声音太大了；苔瑞·金的情歌耽搁了演出，而且她把它唱得跟挽歌似的；梦境的那首合唱太冗长；我所有的歌都是以灭灯收场——我想至少有一首是以鞠躬结束；我想把情歌对唱改为独唱，因为那个家伙是个音盲；苔瑞·金演出的角色太强硬了，和演出格格不入。"他一边摇头，一边又叫了一杯。

"上帝啊，我讨厌这个酒吧。"他一边说，一边向四周张望，殷勤地和几个赶来参加首演的经纪人和制片人挥手致意。"我恨那些跑来想看我们笑话的王八蛋们。"他朝着某个正在穿过房间向他走来的人微笑。"吉尔·凯斯吸引了他们所有人的目光，他们想看这个'绅士'制片人落败。他张口闭口总是不离他的哈佛背景，这使得别的人抢不到话语权啊……"他又一次重重地叹了一口气。"这是世界上最令人头疼的酒吧了，我这条贱命已经在这里度过许多个不眠之夜了。"

安妮和莱恩像恋人般给彼此一个亲昵的微笑。她的目光向四周漂移。这真是世上最温馨的小屋，如果能永远停留在这一刻，该多好啊。安妮这样在心里对自己说。且不论我的余生还会发生什么，我只知道此刻是我有史以来最开心的瞬间。

他们在那间陈旧的旅馆美食厅里，吃了个短暂的晚餐。亨利和莱恩看上去好像认识这里的每个人。没有看到一个演

---

① 是一种金梭鱼科鲟属的条鳍鱼，个性凶狠且具侵袭性。

员。也许她们正一手抓着三明治，一手忙着重整夸拉着的头发。穿过闲聊的人群，透过这热闹的场面，她时不时地观察着莱恩。偶尔她们的眼睛会在空中相遇，并做短暂的停留，只属于他们俩的停留。她几乎无法相信，在她身上会发生这种事……这一切正如她所愿……这感觉正如她所梦……

亨利示意服务员买单。“安妮，我对你观看首演前夕的紧张一览无余。你竟然没动叉子。呃，你晚些时候再吃吧。吉尔·凯斯在演出结束后，将送上一顿盛宴。”

剧院的票卖光了。伴随着一大批演员的出场，观众们露出了激动的神情，那种喜悦之情和一场纽约首演那么相似。安妮坐在亨利和莱恩之间，他们位于第三排。灯光暗了下来，乐队奏响了演出的序曲。莱恩够到了她的手，使她重温起那种压迫感，醉倒在幸福之中。

演出以一曲欢快的音乐开场。她们的穿着整洁一新，她们的戏服绚丽多彩；合唱团的姑娘们在她们桃色粉底下面，个个显得美丽动人，而一小时前，她们看上去还是一副无精打采、枯燥乏味的样子。几分钟之内，空气就遭遇了一次电击——在观众和演员之间传递了一股无形的电流。

当珍妮弗·诺斯走上台时，立刻从那些女孩中脱颖而出，一声喘息响彻整个房子。她缓缓向前，身体随着音乐的节拍慢慢摆动，身穿一条金色珠饰长裙，仿佛是为她那傲人的体形量身打造的。

“美极了。”亨利屏住呼吸发出了这声感叹。他将身体向安妮身上倾斜。“莱恩，机不可失。二十世纪福克斯①的韦斯(Weiss)和派拉蒙的迈耶斯(Meyers)都来了。她拿下一份五年合约是小菜一碟。”

“那确实是一桩大生意。”莱恩回答道，“她太依赖托尼·波勒了，除非那份合约足够诱惑，让她不忍心错过，否则她是不会离开他的。”

“托尼绝对不会娶她的。把这事交给我。”

“那不是你那位小姐妹儿么。”莱恩赶忙对安妮说道。安妮刚看到尼利，她已经在两个男演员的陪伴下从舞台上消失了。

当海伦出场后，所有行动都被迫停止了，因为观众们争先恐后地欢迎她，极尽疯狂。海伦静静地站着，半笑着迎接人们的喝彩。舞台上所有人都是为她服务；满座的观众都是为她而来；角落里的乐手都是为她伴奏；整个故事都是为她而编的。隔着脚灯，海伦感受到了数不尽的爱。如果吉诺在，他也会像他们一样欢呼鼓掌。不过等演出结束了，他又该求着安妮“让她从我背后消失”。不过在这一刻，她是所有人的爱。

从头到尾都是海伦的演出。每一首歌结束以后，都会引起新一阵更加热烈疯狂的掌声。他们不再是观众，他们变成了崇拜海伦·劳森的狂热信徒。那种刺耳的笑声，让安妮当众捂着耳朵，但是，穿过舞台前面的那串脚灯，它却变得健康而有活力。尼利零星的出场，微不足道。珍妮弗·诺斯新换了一身暴露的礼服，重新出场，观众们爆发了雷鸣般的掌

---

① 二十世纪福克斯：一九三四至一九八五公司名字为 Twentieth Century-Fox Film Corporation，是美国主要的电影、电视制作和发行公司，卡梅隆导演的《阿凡达》就是该公司制作的。

声，以示赞叹。苔瑞·金的两首歌也为她迎来了赞美的掌声，她的歌声比海伦更加甜美动人。但是海伦是不可抗拒的；她的权威本身就是一种艺术。

“我觉得苔瑞很棒。”安妮小声对莱恩说，“不过她不会威胁到海伦。她只是个一般歌手。”

“不幸的是，她的长相可不一般。”莱恩回复说。

在幕间休息时间，所有人都涌向那间小休息室。吉尔·凯斯给亨利打了个手势，他们都跟着他进了隔壁的酒吧。

“吉尔，这是海伦最火的一次演出了。”亨利边说边同他们一起抿了一口淡淡的苏格兰威士忌酒。

“我想的正如你所说，老伙计。”吉尔露出一丝由衷的微笑。“这儿砍一点，那儿剪一点，它就这样问世了。我看不必到波士顿了，我们只用在费城再来四场这样的演出就完全可以定型了。”

“小事一桩，只要裁剪得当。”

他们默默地望着彼此。然后凯斯强颜欢笑地说：“又来了，亨利，你知道我也是左右为难。我不能砍了苔瑞·金。她签的是连续演出的合同。”

“她是怎么得到的?”莱恩问。

他耸耸肩。“这个问题问得好极了。你觉得哪个纯情少女在出演一部海伦·劳森剧时不这样跟你签合同？看看记录吧！贝蒂·莫比尔(Betty Mobile)——在波士顿被辞退，报刊评论过高。谢丽·海恩斯(Sherry Haines)——在费城被安排下场，报刊评价过高。还需要我继续吗？你找不到一个纯情少女在出演一部海伦·劳森剧时不跟你签连续演出合同。除非你愿意跟一头猪签合同。”

“我可以跟你保证，海伦不会让她在纽约首演的。”亨利平静地说。

“亨利，我求你了——跟她说说。”吉尔恳求道，“如果我把苔瑞炒了，我如何向我的赞助商解释？我这个季度，已经排好了两场演出。要是我把苔瑞赶走了，我必须每周给她支付四百美元，直到六月一号，同时，我还得给代替她的女孩儿付同样的薪水。还有海伦的工资，加上她的分成……呃，我只能说这样的事情我无法接受。”

“要是留下苔瑞，那将浪费你更多的钱，加上一大堆危机。一旦苔瑞·金还呆在这儿，海伦会抱怨歌曲和配乐。你将不得不再去波士顿预定三周演出，交通费和差旅费算下来，那你每周可能要损失八千美元。那时，海伦突然又开始对她的戏服不满意，还可能让你辞了作词者们。在这一块儿，我还给你算出了两万五千美元。不过，要是把苔瑞踢出去，海伦会开始爱演出上的一切，包括你。那么，费城的演出结束以后，你就可以介入进来。事情就是如此简单。”

吉尔忧心忡忡地说：“呃，事情总是会有相反的一面……”

亨利点点头，没有说话。

吉尔叹口气：“我可以试试。不过在‘枪毙’她们这种事情上，我是越来越下不了手了。”

亨利在吧台上撇了些钱，他们重新回到剧院了。

第二幕戏更加激动人心。海伦大声地一连唱出了两首歌，并且还被强烈要求加演了三次。演出惊人地火爆，观众一再要求她留在舞台上。直到最终落下帷幕，他们掌声依旧。

亨利在计划表上用钢笔将需要裁剪和修改的地方进行划线和注释。当他们站在拥挤的休息室时，他的前额皱出一道道波浪线。

“从你那脸上的表情看，演出彻底失败了。”安妮笑嘻嘻地说。

“不，亲爱的。我只是想到了马上会有一场恶战。”说着他也笑了。“这是她迄今为止最红的一次。她超越了自己。”他灭了他的烟。“好了，让我们挤进后台。”

通往海伦化妆间的那个入口人山人海的。大厅里面挤满了前来祝福的人们，他们站成一队，耐心地等待着和那个明星来个轻轻的吻，并送上他们的祝福。海伦站在门口，台下的她被那脸浓妆搞得十分荒诞。她微笑着，用一种虚假的热情接受人们的嘉奖。她看见了亨利、安妮还有莱恩，当时他们正在穿过人群。“嗨!”海伦乐呵呵地叫道，“进去吧。”她朝她化妆间的入口处点点头。当安妮从她身旁经过时，海伦小声说，“我把这堆琐碎的事情搞定了，我们立刻就去参加吉尔的晚会。”然后，她继续回头高兴地迎接下一个在队伍中等待她的人。她的脸上闪露出喜悦的微笑，继续用她近似吵闹的声音问候着人们。

等他们到的时候，晚会已经进行得热火朝天了。不过等海伦入场后，所有活动都停了下来，大家都注视着门口。一瞬间的寂静后，爆发出热烈的欢迎。海伦用一个微笑回应着他们，优雅地挥挥手，要求他们重新回到当前的庆祝活动当中。演出的新闻发言人跳上前来，引领着海伦同当地的新闻人士和几个重要的赞助商见面。莱恩带着安妮走到一个安静的角落，给她端了一杯姜汁饮料，还有一碟看上去不是很可口的硬邦邦的鸡肉三明治。

“房间那边有热食。”他边说边在她旁边坐下，“等人稍微少点的时候，我再去那边给你弄。”

“我其实不是很饿。”安妮一边婉言谢绝，一边啃了一口不太美味的三明治。她用眼睛环顾了整个房间，“我怎么没见尼利呢。”

“恐怕只有重要人物才被邀请参加这个晚会。那些合唱团的和伴舞的有她们自己的派对。”

“为什么，太差劲儿了！”

“你不能那么说。她们可以自己举办晚会，去熟食店搞些更好的三明治，躲在某个人的房间里，说着上司们的坏话，度过一个美好时光。”

屋里突然又安静下来了。安妮的目光不自觉地转向了门口。一个叫吉姆·泰勒(Jim Taylor)的当地首席专栏作家刚刚陪同珍妮弗·诺斯进来了。安妮每次见到珍妮弗·诺斯那惊艳的美，都如同初见般的震惊。她看到那些赞助商们蜂拥而上，渴望做个介绍。她又一次加倍对珍妮弗·诺斯的热情和平易近人感到惊讶。

海伦漫步走来，拉了一把椅子坐下。“你们两个太聪明了，溜进了这样一个角落。天啊，我真是讨厌这些聚会。不过这是吉尔伯特回报赞助商们的方式，让他们和演艺圈交往。”她在说到“演艺圈”时，咧着嘴笑了起来。

吉尔·凯斯加入了他们。“那边有青椒蘑菇奶油鸡呢，也有几道中国菜。”

“吉尔，你为什么总是在这种宴会中，上这些不入流的东西呢？”海伦问。

“这都是好菜。酒店力荐的。”

“我敢说他们也给你推荐烤牛肉了——只是那太贵了。”

“好，海伦。”吉尔惬意地说，“这是你的晚会。玩得高兴！”他消失在了喧嚣的人群中。

“嘿，吉尔！”海伦尖叫道，“我们还有些话得说呢。”她跳起来，去追他了。

“他无处可逃。”莱恩笑着说。

“你觉得她会坚持如此吗——关于苔瑞·金，如我所说？”安妮问。

“她不会让半步的！”

“或许我得找海伦谈谈。”安妮心事重重地说，“苔瑞·金唱得很好，理应给她这个机会。并且她威胁不到海伦，我敢肯定我能说服她——”

“安妮，别试了。你的头会被碰断的。”

“不，莱恩，我们是朋友。这就是问题所在，没有人把她当人看。她其实是很平易近人的，我知道她会听我的。”

他拉着她的手，看着她的眼睛。“我知道你指的是那个，安妮……好安妮……怎么能让你这样一个可爱的人，卷入到职场斗争中了？你单纯地以为你懂海伦。在浓厚的油彩下面，是一块坚硬的生铁。”

“你错了，莱恩，我真的懂海伦，我们夜里聊天到很晚，整整几个小时——当我们褪去面具——她的话发自内心。她是一个很棒的女人，粗暴只是被涂抹在外表。没有人喜欢无事生非，去它下面挖掘。”

他摇摇头。“我可以赞同她有这样美好的一面存在——但那并不是海伦。它也许只是很小的一个方面，一个很少展现的一面，也许一不留神就会消失。但是她的粗鲁，却总是在那里呈现。”

“哦，莱恩……”

突然，人们蜂拥至门口。一个信差进来了，他的双臂吃力地捧着提前复印出来的晨报。海伦匆忙地抓起一份，浏览了一下影片的短评。吉尔·凯斯大声地将它们读了出来。

演出获得了巨大的成功。评论员称赞了音乐，对剧本极力夸奖，对海伦赞不绝口。她是一个活生生的传奇，一个当代最伟大的音乐喜剧明星，一个多才多艺的演员，等等。苔瑞·金也受到了一些很好的评价。珍妮弗·诺斯荣获了最佳形象的称赞。每个人都在互致祝贺，赞助商们傻里傻气地走来走去，和海伦握手，对她不住地夸奖。

“这是我们逃跑的最佳时刻。”莱恩建议。

他们刚走到门口，就被亨利挡住了路。“你们这是要去哪儿?”他装作若无其事地问道。

“我们想去对面吃晚饭，弄点好菜。”莱恩回答。

“哦，不。我的伙计——你可不能把我一个人撇下处理这个。”

“处理哪个?”莱恩故作不知地问道，“演出不是大功告成了吗?”

“是的，只是海伦坚持要和吉尔伯特召开一个紧急会议。”

“什么时候?”

“十分钟以内，在吉尔的套房。我需要你，你只需要给我精神上的支持，别的什么都不用做。”

安妮用一个微笑掩饰她的失望。“去吧，已经很晚了，我真的不太饿。”

“绝对不行。”亨利把她的胳膊塞进了他胳膊肘内侧，“你懂真正的海伦，或许你能在今天晚上让我们彻底了解她。”

套房里面的气氛，和晚会上庆祝活动的气氛形成了强烈的对比。海伦坐在一个沙发上，抿着一杯香槟，像一个坦率的孩子，噘嘴生着闷气。她的舞台妆已经在她脸上结成了硬块，并早已流散开来，加深了她的皱纹，在她脸上形成了难看的小纹路。

“真是太疯狂了,”吉尔·凯斯无比激动地把他的双臂抛向天花板。“我们获得了巨大的成功，我们是这个季度最火的。”

“你可以绝对肯定地说这是个巨大的成功!”海伦咆哮道，“我出演的每一场戏都是成功的，我将让你变成一个有钱人，吉尔。你将从影片销售中赚一大笔，我就可以坐在后台看蓓蒂·葛莱宝(Betty Grable)或丽塔·海华丝做我的节目。好吧，就是这么玩的。但是，我没有必要坐在后面，看着像苔瑞·金这样的婊子，借助我的努力得到一张好莱坞的入场券。”

“海伦，她刚刚被提名表扬了。”

“哦，是的。有家报纸说了，她演电影是小事一桩。她还在演出中演唱了最出色的歌曲。”

亨利开口了:“海伦，我们认真讨论过了，那首歌已经无法再为你的角色而改写了。那些家伙们为此已经努力了两个通宵了。那是个天真少女角色唱的歌曲。”

“他们也说珍妮弗·诺斯演电影也是小菜一碟。”吉尔补充道。

“珍妮弗·诺斯不唱歌!”

“海伦——苔瑞·金不会伤害到你。”亨利恳请着说。

“我完全赞同她不会！因为她都没有这个机会。这是我的演出，我不是圣诞老人。从劳森剧中走出的明星，只能是劳森。”

“但是那个姑娘唱得很好。”吉尔很肯定地说，“她唱的两首歌的确帮了演出很多。对演出好就是对你好，正如你所说，这是你的演出。”

“好。要是她那么好，让她到你下一个剧里面担任主角好了。真不知道你的那些赞助商们会为她拿出多少钱?”

亨利站了起来。“海伦，你在里面实在是太重要了，那个姑娘伤不到你，而且也理应给她一个机会。你也有过刚开始起步那一天，还记得你第一次演出吗？假如南茜·肖(Nancy Shaw)坚持要在纽黑文解雇你，你还会有今天吗？”

“今天你上哪儿找南茜·肖？”海伦厉声说道，“听着，我当时去的时候，她那时已经接近四十了。要是她那时聪明的话，早把我赶走了。不过她太高傲自大了——她是个大美人，所有这些大牌美女都很自命不凡。她算计着像我这样其貌不扬的人不会成为她的竞争对手。也许我是其貌不扬，不过我成功地从那部剧脱颖而出了。并不是说同样的事情可以发生在苔瑞·金身上，因为她不是海伦·劳森。同理，南茜·肖也不是海伦·劳森。但是我从她的错误里面吸取了教训——没有人可以借助我或者借着我的演出做借鸡下蛋的事。”

吉尔耸耸肩。“她取得了一份连续演出合同。”

海伦很难看地笑着说：“我完全知道连续演出合同的事。”

“不过海伦，她获得了很大的好评。我不能对我的赞助商说，她演得不好我才花钱让她走了。”

“我很赞同。”海伦善解人意地说。

“并且让别人知道她被炒了，对你并没有半点好处。”

“对啊！”海伦同意地说，“这是我们都想处理掉的事情。起码，这件事就这样定了。”她眯缝着眼。“现在你可以去办了，让她走得合情合理。你能做到，你以前做过这个。”

吉尔·凯斯看样子向后退缩了足足三英寸。然后，重重地叹了口气说：“好吧，但是这件事最好等到费城首演结束以后进行。”

“哦，你不能那样！”海伦大声说道，“让她再得到一系列好评？我想让她最晚这个周末就走！”

吉尔失去了一些耐心："我的好姑娘，然后呢？谁来接替她周一在费城的首演？"

"让佩妮·麦克斯韦(Penny Maxwell)来。她试唱过那部分歌曲，而且她学得很快。除此之外呢，我一开始就是中意她的。"

"她正在为马科斯·赛勒(Max Seller)的另外一个新剧排练呢。"

"你开什么玩笑！天啊！她的声音很尖，她就是头猪！"

"那就这样定了，"吉尔说，"苔瑞参加费城首演。不得不选她。即使我明天早上给纽约每一个经纪人都打电话，那也没人来得及打扮好进入角色。"

"我知道谁可以。"安妮突然说。每个人都转向她，瞪着她。"我知道这跟我无关。"她紧张地补充道。

"你指的是谁，宝贝儿？"海伦和蔼可亲地问。

"尼利·奥哈拉。她是苔瑞的替补，了解每一首歌，而且她唱得真的很好。"

"这还谈不上。"吉尔目中无人地说，"我把她放在替补的角色上，是给我们各地试演的路上加个保险。我打算等在纽约打响的时候，找个真正的替补。她太微不足道了，让我想起了'孤女安妮'。"

海伦的眼睛又眯了起来。"那么，一个天真少女的角色应该找个什么样的人？一个长着两个大奶的红发贱妇？"

"海伦，那是个大角色。我不能冒险让一个黄毛丫头为我们参加费城首演。"

"她长在杂技团里，"安妮介绍着说，"她能把握住观众。真的，凯斯先生，尼利肯定会很棒的。"

他犹豫了一下。"呃……我们可以试试她，我只能这么说。要是她不奏效，我会花三周时间在费城另外找人。”

海伦站了起来。“那么一切搞定了。我们都可以回去睡觉了。”

“就像只任人宰割的羔羊，”吉尔生气地说，“只有我一个人还得去处理苔瑞·金的事情。”

“我敢肯定在和她签约之前，你已经干了无数回了。”海伦大声吼了出来。接着，她向门口走去。“让所有人明天早上十一点去排练——除了我。从那时就开始重新开始运作吧。我得好好休息了，明天我们还有午场演出。”她转向安妮。“亲爱的安妮，很高兴你今晚能来。等我回去躺床上了，再和你详谈啊。”

吉尔在海伦走后，便关上了房门。“你们这些家伙一点用处都没有。”他怨恨地说。

“我尽力了。”亨利耸起双肩。“不过我知道那没用。”他看看莱恩和安妮，“继续吃你们的东西去吧，我还要留下来和吉尔商量卜那个‘杀戮’。”

他们按下电梯的时候，莱恩说：“我们去街对面的小吃店尝尝怎么样？”

“我不饿。”

“累了？”

“不，一点也不。”她的眼睛闪闪发光。

“我想我还是能够抵御些个寒风。怎么样，想不想勇敢地出去面对纽黑文的寒冬？”

他们走在空寂无人的大街上。“他们会怎么对待苔瑞·金？”安妮问。

“强迫她放弃。”莱恩的呼吸在黑暗里冒着白烟。

“但是怎么做？”

“如果你有足够的承受能力，明天来排练场。”

她颤抖着：“好嘛，起码尼利会有一个机会。”

“你太棒了，做你的朋友我感到很荣幸。”

她突然看着他。“你是怎么看我的？你是不是觉得，我之所以跟你一起走在这十二月份的寒冷冬夜里，只是来享受严寒？”

“我出来走走，是因为我是你的朋友，安妮。我是一个现实主义者，纽黑文就要结束了，但是你的手指上戴着一颗大钻戒，还有一个好男朋友。有你这样一个好姑娘一起出门浪漫，真是太好了。”

“这就是所有结果吗？”

“可以有更多吗？”他停下来，低头看着她。

“只要你愿意，什么都可以。”

他一句话也没说，将她抱着在空中转了一圈。他领她回到了旅馆，在他们进屋之前，一路无话。这里，简直就是她登记的那个屋子的复制品，一样的陈旧暗淡。他脱了她的外套，有一分钟的时间，他含情脉脉地瞪着她。然后他伸出双臂，她一下子钻进了他怀里，吻着他的双唇。夜里空气很冷，他们冰冷的嘴唇紧紧地用力相互吸吮着。她的胳膊在他身上滑动着，对于自己这种急切的渴望，她感到十分惊讶。在这种欲望的召唤下，她继续吻着他，似乎这就是她一直所期待的那个吻一样。她紧紧抓住他，她的全部思绪深深地陷入了那个美妙的吻里面。

当她和他分开，她带着眼泪看着他。“哦，莱恩，谢谢你使我相信了……”

“相信什么？”

“我——我不能解释……只管抱着我。”她伸开双臂环抱着他。他又吻了她一下。她祈祷着这一切永远不要停止。她整个身体都在颤抖，从他的抚摩中，得到了纯粹的欢愉。

突然，他把她推开。他们之间有一臂之遥。他的声音嘶哑但又温和："安妮，我非常想要你，但是你必须做出决定。"他向下瞧着他的戒指。

"你可以认为，你想怎么样就怎么做。但要是最后变成——仅仅是因为纽黑文——这我可以理解。"他继续说道。

"莱恩，我不想让它成为一次外出浪漫。"

"坐下，安妮。"他轻轻地把她扶到了床边。"如果我知道你是当真的，我是不会挑起这件事的。如果我只是想找一个女孩玩一个周末，有一大堆儿的女孩等着我去挑，我没必要去招惹一个已经心有所属的人。因为纽黑文首演，使你的情绪有点失控。今天晚上会过去，星期一会到来……到了星期一，你就可以返回纽约。那将是另一个世界，这整个周末，会变得不现实。我想让你知道，如果将来事情如上所说……我可以理解。"

"那你呢?"她问，"你这也是情绪失控吗?"

他笑了。"哦，我的上帝，你知道我去过多少次纽黑文、费城和波士顿吗？这只是众多夜晚中的一个——有一个美丽的意外，你在这儿。"

她伸出手臂，用她的指尖，摸了摸他的脸。"我爱你。"

"我同时也不苛求你说这句话。"

"你难道不相信我吗?"

"我想，这一刻，你是认真的。我不认为，你是一个随随便便就和一个男人上床的女孩，除非你是真的爱他。"

"我从来没有向任何人说过这句话，莱恩，我真的爱你。"

他站起身，点了一支香烟。当他转过头的时候，他的神情是那么坚定。“我准备把你送回你的房间。”他说着便走过去，拿起她的外套。

她还坐在床上。“莱恩……我真的不理解……”

“这种事情可以慢慢想，到周一再看你是怎么看待这件事情——在纽约。”

“我还是一样看。”

“我不能乘人之危。”

她缓缓地起身。“你真的想让我走吗?”她的视线开始模糊。

“我的天呢，安妮，这是我最不想看到的事情。但是出于对你的考虑……我……”

“莱恩……我想留下来。”她几乎是低声下气地在说。

他好奇地看着她，仿佛在揣测她话里的意思。然后，他突然闪现出一个快意的微笑，抛开他的夹克，穿过房间，伸出双臂。“过来，你这个美丽的金发小娼妇。我试着让自己高尚，但是你却扯下了我最后一丝遮挡。”

她感觉到，自己的嘴唇骤然一颤，像是在逢迎他的笑。他轻轻地将她抱住，然后又放开她。现在做什么呢?他开始脱掉领带。那她该怎么做呢?她真的想和他上床，但是这里面肯定有一套规矩，不能像一个脱衣舞皇后那样，直接脱掉她的衣服。哦，主啊，她为什么没有穿她的新衬裙——为什么她没有问别人该怎么做这种事情。现在他又开始脱衬衣了。她必须得做点什么——不能只是站在那里……

他解开了腰带的搭扣，不动声色地指了指洗手间：“是想找一个脱衣服的房间吗?”

她默默地点点头，冲了进去。关上了门，把自己脱光了。然后怎么办呢?她不可能赤身裸体、昂首挺胸地走进卧室。

她在梦里梦到过这种时刻，把自己献给她深爱的男人，但不是在纽黑文小旅馆的房间里面。在她的梦里：她眼前浮现出了一个豪华的双人床，看见自己在漂浮。她穿着一身轻薄的睡袍，投入丈夫的怀抱。光线应该是昏暗的，她轻飘飘地、悄悄地钻进被单，来到了他爱人那柔嫩的臂膀里。她的梦从来没有超出这个，但还没有进入过实战——她只是在精神上，梦见了这种浪漫的情景，爱人只是一个模糊的，看不清脸的男人。现在的他有一张脸——她也没有那件轻薄的睡袍。她光着身子站在那里。洗手间的灯光无情地暴露了她的全身，她颤抖着，不知道下一步该怎么做。

“嗨，那边的！一个人孤单单地在这里很没意思啊。”莱恩叫道。

她疯狂地向四周张望，抓起一个大澡巾，围在身上，羞答答地打开了房门。

莱恩在床上躺着，被单刚好及腰。他灭了烟，伸出他的双臂。她试图寻找洗手间灯的开关。

“让它开着吧。”他说，“我想看见你……从而相信，你真的在我怀里。”

她刚来到床边，双手被他拉了起来，浴巾刹那间掉在了地板上。“哇！我的大美人儿，安妮。”他温柔地说。他的赞叹，以及这种对她的身体脱口而出地、发自内心地评价，大大地消除了她的尴尬。他将被单掷于一旁，将她拉入怀中。他们身体碰在一起的那种力量，突然之间，好像碰撞出了这世上最具本能的感觉。他发了狂似的，迫不及待地把嘴贴在她嘴上，很深情、很投入地吻她。他的拥抱使她感到万分狂热，她从来没有想到自己身上蕴藏着这种东西。她的嘴想要更多，更多。她无比深情地吻着他，双手抚摸着她的身体，十分轻柔，十分亲密。她激动的内心支配了整个身体知觉，双臂把他和自己搂在一起……很紧很紧地，肆意亲吻着他的眼皮、眉毛、嘴唇……来体会他对她的需求和体贴……

接着那件事真正临近。哦，天啊，就是这一刻！她很想取悦他，不过那疼痛使她突然哭出声来。他赶紧起身，放开她。

“安妮……”她看出了他惊讶的眼神。

“继续，莱恩。”她祈求道，“没事。”

他呻吟了一声仰躺在了床上。“天啊！那该不会是……”

“但是，莱恩，没关系的。我爱你。”

他侧过身子，轻轻地吻了她一下。然后，双手抱头又躺下了，凝视着昏暗的屋子。

她一动不动的。他伸手去取香烟，还递给她一根。她没有要，而是用一种痛苦的表情默默地看着他。他深吸一口，说：“安妮，你一定要相信我。要是早知道，我肯定不会碰你，你是——”

她从床上跳了下来，冲进洗手间，甩上门。她用一条毛巾捂住脸，开始抽噎。

他立刻随她过来，推开门。

“别哭了，我的心肝。一切都还完好——你仍然是一个处女。”

“我不是为这个而哭！”

“那是为什么？”

“你！你不想要我！”

“哦，亲爱的……”他揽她入怀，“我当然是无比想要，不过我不能。你知道的，我从未奢望……”

在她泪汪汪的眼睛里迸发出一丝愤怒。“你想要什么？我不是妓女！”

“你当然不是。我只是单纯地以为在过去的某个时候——在大学——或者肯定和艾伦……”

“艾伦从未碰过我！”

“好像也就是这么回事。”

“我是处女，这对你来说真的那么不一样吗？”

“在这个世界里，一切都不一样。”

“对不起。”她几乎不敢相信自己会说出这样的话。整个处境都显得十分错乱。洗手间那个破旧的小电灯连个灯罩也没有，他们光着身子站在下面，为一件本应该十分神圣的事情而争吵着。她抓起一条毛巾，将自己围起来。“请你出去，让我穿衣服。我从未想过还得为这种事道歉——没有经验。我以前以为我爱的男人应该是……高兴的……”她的话音断了，转过头，想要遮挡刚刚涌上来的屈辱的泪水。

他用一个很快的动作将她抱起，带回了卧室。“他很高兴。”他小声说道，“刚刚克服……把这件事办得像一个白痴。”

他轻轻地将她放在床上，然后躺在了她身边。“我会试着轻一点。”他轻声地说。“如果你感到不能继续了，只管跟我说一声。”

“我想要……”她把头埋进他的脖子旁边。她的声音很低沉。“我爱你，莱恩。我想让你高兴。”

“但是那得两头努力——这对你可不是那么容易。我感觉头一次可能都是这样。”

“你难道不知道吗？我指，你以前没有——和一个处女做过？”

“从没有。”他面带微笑地承认道，“所以，你也看到了，我也和你一样紧张。”

“爱我，莱恩，只属于我——这是我全部的要求。”

她抓着他。她一点都不在乎伤和痛——把自己交给这个极好的男子，是自己从未有过的快乐。当疼痛袭来，她便咬紧牙关，不发出一丝呻吟。突然，她感到他的身体紧绷起来，她感觉很惊讶，他已经从她身体里抽出了。不过他心满意足地呻吟了一声……然后，她突然明白过来了，加倍高兴起来。在他激情的巅峰时刻，竟然还想着要保护她。她翻到他身上，用双臂将他抱住。他的背很湿，全是汗水。她马上意识到——这次取悦她爱人的伟大使命，已经顺利完成。此刻，她感到自己是世上最重要、最强大的女人。她被淹没在新一轮性快感当中。

不久，他亲切地抱住她。“今晚没能让你尽兴。”他说，“我向你保证——会越来越好的。”

“快点把我抱紧就好了。哦，莱恩，我太爱你了!”

“我太欣赏你了。我会用余下的这几个晚上让你知道，你是多么棒的女人。”他轻抚她的秀发。“你太美了……可惜我们都得休息一会儿了。明早十一点还有排练呢。”

“排练?”

“哦，就是啊，她们都是这么叫的。你过来，跟我说说你是怎么叫它的。”他向下够了够，把被单拉了上来。“好了，让我睡吧。”他轻轻地抱住她，合上了双眼。

“莱恩……我不能睡在这里。”

“为什么?”他的声音已经昏昏欲睡了。

“我不知道……万一明天早上海伦或者尼利打电话了呢。”

“别想她们了。我想要在我醒来的时候，有你在我怀里。”

她吻了下他的脸，他的眉毛，他的眼睛。然后溜出了他的怀抱。“我们以后还会有许多许多这种时光，不过不是今晚。”她进入洗手间，快速地穿好衣服。

并不是因为海伦和尼利——而是因为才一次，就发展了这么多。若是躺在他旁边，恐怕她连半刻也不能安歇。并且到了早上……呃，像这样的事情应该搬上舞台。男人在这件事上，比女人看得淡得多。不过世上最重要的事情已经发生了，她懂得了爱的滋味——她明白了这是活着的全部意义。

她走出了洗手间，来到床边。她刚准备开口，却看见他已经熟睡。她笑了笑，走到书桌前，找了一张旅馆的信纸，在上面草草地写道：“晚安，睡美人。明天见。我爱你。”她把便条压在电话旁边，静静地离开了房间。

回到自己房间，躺着睡不着，因为太兴奋了。她的思绪不断重现整晚的故事，复述着他说的每一句话，回想着他脸上的每一个表情。“我保证——会让你更舒服。”会吗？我也会像他那样带着那种销魂的感觉，开始颤抖、晃动、僵硬吗？那都无所谓。她只在意莱恩，只要能抱他在怀中，取悦他——来证明自己可以感知——个卓越的男人对她身体的渴求。她迷迷糊糊地进入了轻松的、黑暗的梦里。

她九点就下了床。那是一个大晴天，外面吹着凛冽的寒风。她从窗外往下观看：看见一个男人正御风而行，一只手扶着自己的帽子；一个女孩正在等公共汽车。她对他们感到十分同情，同情世上所有人，因为他们无法感受自己体会到的那种感觉。“哦，可怜的人们啊！你们以为这只是普普通通的另一个冬日。抬头看看我——我想告诉你我有多开心。全世界都归我所有。正是在这个楼里住着一个男人——世界上最棒的男人——他是我的！”那个微弱的霓虹灯牌子站在路边的小饭店门口向她不住地眨巴着眼睛。她也向它们眨了眨自己的双眼。这真是美好的一天啊！美好的小吃店！美好的城市！

她洗了个热水澡。当水渗入她内里的痛处时，唤起了他对他真实的记忆。她的情绪顿时高涨。

她耐心地梳着头，换了两次口红。眼睛不停地在钟表和电话之间徘徊。

已经十点一刻了，她开始不安起来。他不会是想在剧院见她吧？不过他说了，“我们一起去”。难道他说的不是“一起”？

当电话铃响起时，她冲进了屋里。是尼利的电话，“演出结束后，你至少也应该向我问声好吧？”她说。

“我以为你会出现在晚会上。”

“我？我只是个唱合唱的。不过现在又要我去彩排了。这还有完没完，午场演出之前还要彩排？可怜的梅尔——他被吓坏了。”

“他在哪儿？”

“楼下的咖啡店。我会去那儿见他。”

“我们排练上见啊。”

“你为什么要来啊？那是件再无聊不过的事了。”

“尼利……先别说话……有一个机会，让你取代苔瑞·金。你会唱她的歌，对不对啊？”

“会唱她的歌？”尼利尖叫起来，“退一步说！我还会唱海伦所有的歌呢。安妮，你是在取笑我吗？”

“不，有些新的计划，我旁听了昨晚的会议。不过我没说一句话，就是牢牢地坐着。”

“哦，天哪！我实在无法相信。哦，老天啊，等下让我告诉梅尔！再见。剧场里见啊！”

差一刻钟就要十一点了。莱恩还是没有打电话。她已经有三次想要给他打电话了，但是又果断放弃了。她点燃一支香烟，伫立在窗前，望着外面寒冷的日光。时间一分一分地过去……某处教堂上的钟表已经报了时。呃，现在该怎么办？难道她要一整天都这样在这个屋里踱来踱去吗？要是他已经去了，没有给她打电话，那就会显得她在追他。太荒唐了！这又不是劳伦斯维尔，莱恩不只是她的约会对象。现在已经没有那些愚蠢的规矩了。她毅然拿起了电话，询问他房间的电话号码。

刚开始他说话迷迷糊糊、有气无力的，过了一会儿，才显得有了一些力气。“天啊，亲爱的！现在真的十一点五分了？我想我给旅馆要了今天早上十点的叫醒电话！”

“我真不知道你怎么做到的，除非你是半夜时分醒了，起来要的。”

他带着浓浓的睡意说：“我刚看了你写的纸条。好丫头，我是加拉哈德骑士[①]！赶快来吧，来陪我刮胡子。”她从电话里听到他在伸懒腰。“我准备给我们要些咖啡。”

她轻轻地敲了敲门，门是微开着的。他开心地叫道：“进来吧！”他穿着那条短裤，站在洗手间里。他搂着她，小心翼翼地亲了下她的脸颊，因为怕自己脸上的泡沫沾到她身上。然后，他又回去刮他的脸了。他表现得如此随意，可能是想加深他们之间的亲密感，就好像她站在这里看他穿着短裤刮胡子是理所当然的事情似的。她坐在那张凌乱的床上，心里比以往任何时候都开心。他把脸上残留的泡沫洗干净，走了进来。这次他弯下腰，给了她一个温柔的吻，然后开始穿他

① 亚瑟王的圆桌武士之一，只有他幸运地找到了圣杯。

的衬衣，吹着口哨，打着领带。幸福的她感觉到自己变得柔弱了许多，她从来没有体会过这种感觉。

她陷入了深思：不知道莱恩有没有感受到这种亲密。他恐怕不会。是啊！或许，许多女孩都见过他这样穿着短裤刮胡子……她迅速将这种念头抛开。有所不同的是，没有哪个女孩体会过她所感受到的滋味。任何东西都无法摧毁她生命中最美好的时光！

服务员推着一个餐桌进来了，莱恩草草地在那张支票上写上了自己的名字。他给她打了个手势，示意她坐下，自己却站着将他的橙汁一口喝完了。然后，他把自己的咖啡端到了电话机旁，他坐在那里打电话问亨利·贝拉米房间的电话号码。

亨利看起来也迟到了。莱恩大笑道："好吧，胆小鬼，我们对一下表。我的表是十一点半了，我们到十一点四十一起进去。"他挂断电话，转身向着安妮咧嘴笑着说，"你觉得自己能面对这场'杀戮'吗？"

"我可不想错过。会发生什么？"

"也没什么。也就是几个身强力壮的汉子联合起来对抗一个柔弱的女子，强迫她放弃。"

"看样子你以前经历过。"

"是啊。那真是太伤感了。你时不时地会遇见一个像苔瑞·金这样的女孩儿，她有可能成为下一个海伦·劳森。就是这样一颗幼苗，你向她背后下刀，而且'白刀子进去红刀子出来'，才算你赢。"

他们在电梯口见了亨利。不知道他是不是视而不见，反正他对他们俩同时出现表现得毫不惊讶。

除了海伦，整个剧组的人都在剧院里面。合唱团的姑娘们，有的穿着宽松的便裤坐着，有的蜷缩在她们的皮外套里，戴着墨镜，遮挡住了没有来得及化妆的眼睛。她们抿着纸杯里的咖啡，一副很不开心的样子。尼利坐在一把椅子的边沿，焦急地等待着“春天”的到来。

安妮同亨利、莱恩坐在第四排。只见珍妮弗·诺斯急急忙忙地赶来，向大家道歉说自己睡过头了。正在和乐队首领开碰头会的导演转过身来，友善地向她点点头，说：“你的戏没有任何改动，我的小公主。你要是想走，还可以回去继续再睡几个小时。”

珍妮弗·诺斯微笑着向剧院更黑处走来。亨利跟她打了个招呼，让她坐到我们旁边。她认出了安妮，脸上露出了热情的微笑。“太棒了。”她满腔热情地说，“我们取得了巨大成功！我不该说‘我们’——我什么都没做。不过这真是一个伟大的演出，我很高兴自己能加入进来。”

“你在里面可爱极了。”安妮由衷地说。

“谢谢。不过我觉得不会有哪位观众会冲着我的名字去票房买票。”

“不要只卖自己的短处。”亨利答道，“一旦这部剧在纽约火了，报纸上不会少了你的名字。我保证不出六周，你就能摊上一笔电影单子。”

珍妮弗脸上浮现出两个酒窝，说：“哦，亨利……亲爱的，我很愿意。”接着她又皱起了眉头。“我只要大单子，那些打下手的我可不干。”

“打下手的也会有成为明星的一天。”亨利认真地说。

她那两根眉毛皱得更深。“做打下手的需要有才华，我没什么才华，亨利。所以我应该接个大单子。既然他们出了那么多钱，就必须用你。所以就得花时间教你，对你进行培训。”

“这件事你听我的。要是报酬不多，但是公司好……我说可以接，那你就接。随着电视越来越流行，他们不会那么轻易签大合同的。”

“那或许我离开纽约会有更好的发展。鲍尔斯和朗沃斯公司已经邀请去做模特，在这一块儿我也能赚一笔，同时还可以演那部剧。”

亨利突然转向她。“你跟我说句实话，珍妮弗。你想接电影吗？或者说你把这个当作自己的事业了吗？要是你自己不在乎，我可不想自找苦吃。你和托尼·波勒是怎么回事？你们是认真的吗？”

珍妮弗笑了笑。“报纸把那件事吹得太大了。我欣赏托尼，不过我们双方都没想过结婚。除此之外，我和米拉洛(Mirallo)王子还没断绝法律上的关系。”

“判决你们婚姻无效的文书事实上已经签好了。上法庭之前，你一定要熟记这几句话——你是一个信仰天主教的女孩，你想要孩子，可是这个杂种不想要。”

“你是天主教徒吗？”莱恩问。

珍妮弗耸耸肩。“我妈妈是，爸爸不是，他们离婚了。我从来没有接受过洗礼。不过不会有人去查，是不是啊，亨利？”

“就按我说的做就行了。你是一个天主教徒，你想让牧师主持你的婚礼，不过那个王子却选择了一种民间仪式。从那时起，你就起了这个念头，然后就说你想要孩子那件事。安妮会为你作证。”

“我做什么？”安妮突然打断。

“我们必须得有个证人。我早就想和你说了。别担心，是闭庭审理。你只需要说，你是她的朋友。在她和那个王子结婚前，就曾对你吐露过，她很狂热地想和那个混蛋结婚，甚至想到意大利居住，而且她还想生一大堆孩子。但是千万要记住孩子那部分话题。”

“那我岂不是要在法庭上说谎?”安妮争论道。

“祈祷吧。”亨利说道。然后把目光移到了舞台上。他小声地说，“大家注意了……我们走!”

苔瑞·金正站在舞台中间，用一种十分怀疑的眼神盯着导演。

“剪了我的情歌!”她大声吼道，“你不是疯了吧？报刊上的评论你读了吗?”

“演出显得太长了，亲爱的，我们的情歌够多了。”导演很随意地说道。

“那又怎么样？删点别的情歌。你知道得比谁都清楚，我的歌是演出中最好的。”

“这是我接到的命令。”他不耐烦地说。

“吉尔·凯斯在哪儿?”

“他不在这儿。他正在忙着对付那些编剧们。比尔！嘿，比尔·托利(Bill Towley)!”一个瘦瘦的扮演少年角色的演员出现了。“比尔，你和苔瑞的爱情戏出局了。我们正在给你排一个新的独舞套路，让你给菲利(Philly)伴舞。你不用再向苔瑞表白你多么爱她，而是自己跳一段舞。这样会加快演出的节奏。”

比尔高兴地点头接受，然后欣然离去了。

“那他去跳舞了我做什么呢，坐在我的化妆间?”苔瑞颤抖着说，“你难道不知道，如果那首情歌被删了，我剩下的就是只有第一幕里的几行对白和第二幕中的一首韵律歌，就这些吗？”

“那首韵律歌仍然保留，”导演回答道，“不过我们把合唱团放在你身后。她们自己给第二首合唱伴舞。”

“那我做什么？”

“你不用唱第二首合唱了，直接走到舞台左侧。你就在那里站着……等灯光从你身上消失，你就悄悄回到后台，让合唱团接替你。”

“你们就是这样想的！”她抓起外套，冲下舞台，从剧院扬长而出。导演继续进行他的裁剪和混合，仿佛这一切都没有发生。

十分钟以后，苔瑞又重新出现了，胳膊里挽着一个像浣熊一样的矮男人。那头浣熊顺着过道匆匆走来。“这到底是怎么一回事？”他质问道。

导演转过身，低头看着他。“什么怎么回事儿？”他佯装无知地反问道。

“听着，勒罗伊(Leroy)！”那只浣熊大声喊道，“你别以为长着一张无辜小妞一样的脸就可以糊弄我了。我对你们的套路一清二楚。苔瑞刚走了点小运，海伦就来吓唬她。你们别告诉我，那些家伙们眼睁睁地看着海伦从演出中剪了她最好的歌。”

“给他们打电话。”勒罗伊给他提议。

“已经打了。他们在和吉尔·凯斯开会。除此之外，你是指凯斯情愿付苔瑞四百美元，只让她讲两句对白，唱半首歌？”

“如果她愿意留下来，按我说的做，我想那是她应得的。”

“哦，那么这就是你们的如意算盘。一条公平的妙计。你们太想让她放弃了。之后，你们可以花点小钱找别人顶替她。但是，如果你解雇了苔瑞，你仍然必须支付她工钱，一直都明年六月，额外多出了她继任者的工钱。”

“没人说要炒苔瑞·金。”

“你担不起这个责任。所以，你想让她自己放弃。”

那个导演在舞台边沿坐了下来，十分耐心地说：“没人想迫使苔瑞·金放弃。在这件事情上，我们不带任何个人恩怨，而是从演出的全局观看。你作为一个代理人，只会为你的客户着想，我不多说什么，阿尔，因为那是你的工作。而我的工作是为整部戏考虑，它拖得太冗长。我是按照吉尔·凯斯和那些编剧们以及我们所有人的共识，剪掉那些该剪的，不在乎会影响到谁。”

那只浣熊将扔在剧院那条厚厚的地毯上的烟头踩灭。“别给我说这些鬼话！你听从了海伦·劳森给凯斯的指令。他别无选择——他只有保护老铁甲①。她发出的声音刺耳得很，正需要一个优秀的歌手掩护。”

“不要把这件事牵扯到某个人身上。”勒罗伊厉声说道。

“为什么？你我都知道，她已经老了，过时了。如果那个老女人敢打今天开始剪，她连第一次试演都过不了。”

“我想我们可以将它剪掉！”亨利从黑暗中发出这一声吼。

那个经纪人四下张望。“我没看见您，贝拉米先生。嗨，瞧，我不是针对个人的。我只是在为我的客户争取——正如二十年前，你为劳森小姐做的。”

“我是帮过海伦，可从未在背地里去攻击一个伟大的明星。”亨利狂飙出来，“你算什么东西——一个在西区第四十六

---

① 指一八一二年美英战争中建奇功的美国“宪法号”军舰。

大街仅有立锥之地的黄鼠狼。你哪儿来的胆量站在此地辱骂一位当代最伟大的音乐剧明星?”

那个小矮个儿畏缩了。“贝拉米先生……换了是你，你会怎么处理这件事?”

“那得看我的客户是谁了。如果是海伦·劳森，我们会交了辞职报告，光荣地退出。因为有海伦·劳森在——即使是刚起步的海伦·劳森——也会有另一部剧和更好的角色等着她。但要是像你的客户这样，我会饥不择食地吃光所有残羹剩菜。我会赖在这里出演那两行对白和半首韵律歌，向制片人榨取我的工资。那她要是在百老汇首演中，成为所有制片人的笑柄该怎么办?那将是她的葬礼，但不关你的事。或许等你埋葬了她以后，还可以找到另外一些人。不过你最好让她留在剧里，抓住你那微薄的百分之十的分成，因为你很明显已经被吓怕了。这或许是她有史以来第一部剧，你不会放过轻易到手的每一美元。”

苔瑞·金突然间回过神来。“听着，我到哪儿都会比海伦·劳森唱得好!我和阿尔才不怕呢。这部糟糕的剧不是我的唯一——我会变成比海伦·劳森更大的明星。你说得没错，我要退场!带着尊严!马上!”她已经是惊呼了。

“亲爱的，等等……”阿尔恳请着说，“这正中他们下怀!”

“那你想让我怎么办?”她大声吼道，“像一个小演员一样参加费城和纽约的首演?这样你可以收到你那肮脏的十分之一的分成!”

“那与此无关。你知道的，我们在俱乐部赚的钱是这里的两倍。百老汇的演出会给我们吸引来一部电影的单子，这是你我的共识。”

“电影单子!”亨利又开口了，“天啊，那样的想法是从鲁比·基勒(Ruby Keeler)的一系列电影中产生的。所有的经纪人都以为进了百老汇，一份电影单子就近在咫尺了。是的，百老汇确实有用，但是你得在百老汇闯出点名堂。除非你的客户想要一份股份合同——没有这部剧——我依然可以给她提供这种合同。不过一部真正的电影单子，没有。只有一个明星才有这个机会。一个经理人要想打造一个明星，只有通过将她视为一个明星去出演角色，不管是在百老汇还是在酒吧，都要保证让她演明星的角色。但是，正如我所说，你别幻想你的客户会拥有那种单子了，因为，你想让她以一个小角色出场。”

苔瑞抓起阿尔的胳膊。“来吧，阿尔。让我们离开这里。”

“等一下。我们还有份合同，你还有一个午场演出呢。”阿尔提醒她。

“我不会以这种剪过以后的角色登台的。”

“我想你必须这样。”亨利回答，“你还有两周的辞职报告时间，必须在费城出演。”

“我不会让你们那样子羞辱。”苔瑞执意说，“我不会出演费城的演出，让人批评我是个小角色。”

“这都是在嚷嚷什么?”吉尔·凯斯一边喊一边走在过道上。“谁不想演了?”

“凯斯先生!”苔瑞冲向了他，眼泪几乎要落下了。“你剪了我的角色。我不能以一个小演员的身份在舞台上出现。”

“我已经跟她说过了，她必须这样，”亨利慢慢说道，“就算她现在就交辞职报告。”

“先等一会儿。”吉尔和蔼地说，“若不是情非得已，谁也不想伤害任何人。”他充满同情地看着苔瑞。“我亲爱的孩子，我没看出来那个角色剪过以后有多小，看来真是所剩无几了……”他看上去十分关切的样子。

“我不能演了。”苔瑞固执己见。

他突然微笑着说：“你不必勉强。”

“那么午场演出怎么办?”亨利问。

吉尔摇摇头：“忘了它。我们可以换上替补。就剩那么小一部分了，那实在无伤大雅。”他搂着苔瑞，说，“我们去我屋里说——还有你，阿尔。苔瑞得写一份正式通知，我会给她支付两个月的薪水，作为额外津贴。”他突然停下来，想了想。“我会告诉你该怎么做。我会给我的新闻发言人打电话，让他通知纽约各大报纸，你可以将此事公之于众。我的好姑娘……等到了下一周，市里的所有制片人都该追着你签约了。从海伦·劳森剧中走出来，给了你一个好声望。”

他领着她穿过过道，走出了剧院，那个浣熊拖着步子跟在后面。

等他们走了以后，亨利走向舞台，和导演简单地说了句话。他点点头，开始走动。“尼利·奥哈拉!”他叫道。尼利向他冲了过去。“两点半之前，你能学会一首合唱的韵律歌吗?”

“我现在已经会两首合唱曲了。”

他露出一丝微笑。“好吧，我们准备演出一首合唱曲，并且加入舞蹈。来吧，孩子们，我们该工作了。尼利，你去衣柜看看，看苔瑞的戏服有没有适合你的。现在起，合唱团的姑娘们，让我们重新起头。”

亨利站起身，“我们走吧。我想我们需要换些新鲜空气。”

出了剧院，他们尴尬地站在那里，沉默了良久。“我想我该去小憩片刻了。”珍妮弗说完，便向旅馆走去。亨利默不作声地站在那里，两眼向空中望去。莱恩按着安妮的手掌。

“我感觉太恐怖了。”安妮说。然后，挤出一丝苍白无力的微笑，她说，“但是我想这就是演艺圈。”

“这不是演艺圈。”亨利哼了一声。“事情办得太臭了。无论怎么下手，总是这个臭结局。我想吐。让我想到了乔·路易斯(Joe Louis)①跟两个跛脚的侏儒围在一个拳击场打比赛。天啊！呃，我得去给海伦打电话，告诉她这个好消息。”他也向旅馆挪着脚步。

莱恩带着安妮穿过街道，来到小吃店。他给他们俩买了两个鸡蛋。“亨利错了。”他坚持说，“我们抓伤了那只小猫咪，可她并未回击我们。那个经理人也是个凡夫俗子，不是亨利·贝拉米。亨利是个赢家，他在二十年前已经如此了。如果在二十年前，你要是敢动海伦·劳森，他会折断你的手指。亨利并不卑鄙——只是他们不匹敌。”

“但是，他们已经把那首情歌和半首合唱曲都剪了。苔瑞还有什么回转余地？亨利所说的话很有道理。”

莱恩磕了下鸡蛋。“你真心以为那首情歌就那样被删了吗？一旦苔瑞的协议签好了，她坐上了返回纽约的火车，一切都会复原。如果苔瑞忍得了一时，他们只能推迟到在外地的演出结束。海伦会把每个人弄得痛苦不堪，但是一切都得回归到首演之夜，那么苔瑞就赢了。这就像玩扑克牌，苔瑞也有赢的可能，但是亨利把她吓唬出去了。”

十五分钟后，亨利和他们共进了晚餐。强压着自己咽下了一块儿干巴巴的鸡肉三明治，说是自己的口腔又出现了溃疡。在一点半钟，几个合唱团的姑娘慢悠悠地走进来，要了一个速成的三明治。她们三三两两地坐在一起，闲聊着那条

---

① 乔·路易斯(1914—1981)：美国职业拳击手，蝉联世界举重冠军长达12年。

新闻。尼利成为了当天最大的新闻。

安妮决定在午场演出之前，不去见尼利。尼利的处境可想而知，她肯定忙得不可开交。演出过程中，她和莱恩站在拥挤的观众席后面。尼利很轻松地完成了那个角色，就像一个专业演员一样。就安妮的眼光来看，尼利对演出的影响不大。因为那个角色已经被削减成那么小的比例，它的意义微乎其微。

“安妮，我知道这事与你有关。”尼利气喘吁吁地对赶回来祝贺她的安妮说，“海伦今天把一切都告诉我了。哦，安妮，我太爱你了。你简直就是我的亲姐姐。哦……这是梅尔。”

安妮朝那个小帅哥望去，他一直站在一个角落里，怕人看见似的。他迎上前来，同安妮握了握手，又原路返回，靠在了墙上。他身材瘦高，一双警觉的黑眸子目不转睛地盯着尼利，透露出赤裸裸地爱慕。他的热情立刻感染了安妮，使她突然为尼利感到高兴。

“她唱得是不是很美妙啊？”梅尔骄傲地说。

“只能用精彩绝伦来形容。”安妮热情洋溢地说。

“下周一到费城，我还将演出那首情歌，那个爱情场面。”尼利语无伦次地说，“海伦·劳森还说她会做主给我弄套新戏服参加纽约首演。她觉得苔瑞的戏服穿在我身上显得太成熟。”

海伦对尼利够热心的。“你那个小姐妹儿很棒吧！”当安妮停在她门口时，海伦向她吆喝了一声。

安妮对此很惊讶。尼利是可以胜任，但是海伦的热情有点过火。“她完全把那个臭女人比下去了。”海伦接着说，“尼利正是那个角色所需——一个漂亮纯真的孩子。你等着瞧吧，当她周一演唱那首感伤恋歌时，会让观众产生共鸣。一个纯真的悲情女孩儿向他们走来。”

安妮开始向门外走。

“嘿，你这究竟是往哪儿跑啊?”海伦严厉地询问。

“莱恩·伯克正在楼下等我。”

海伦用种怪怪的眼神看着她。“听着，昨晚在舞会上，我见你们拉着手。要是你只是想在纽黑文过两天放荡生活，那随你。但你记着，你指头上戴的钻石才是货真价实的。”

“我会把它退了。”

“什……什么?”海伦吼道，“听着，小安妮——看在上帝的份上，别把一夜露水之欢太当真。”安妮转过身子去了。海伦立刻软了下来。“看，亲……你还年轻。我懂的，莱恩是个性感魁梧的汉子。去吧，玩得尽兴，人生难再来。但是不要因为这个闪电般的罗曼蒂克而放弃艾伦。”

安妮露出一丝微弱的笑容，开始出门。

“你要回纽约了吗?”海伦问。

“对。”

“明天早上，我们就要前往费城了，还要排练。把一些剧情排得紧凑一点，将那首悲情恋歌又添上了。等到周一晚上，我们肯定会演一场更加娴熟的节目。你那个小姐妹儿会得到一个很好的角色。我已经跟吉尔·凯斯打过招呼了，我很满意尼利，不让他再安排别人参加纽约首演了。”

“祝你们周一旗开得胜。”安妮说，听上去很没有信服力。

“我到时候还会见你的。你要带着吉诺和艾伦一块儿来啊，记着，演出结束后，我们有一个盛宴。”

艾伦！首演！吉诺！

“到时候见。”海伦乐滋滋地说。

莱恩一直等在外面。“所有的公务都安排妥当了?”

她点点头。他挽起她的胳膊，“我给我们申请到了通行证。”他说，“我们可以坐下一班火车回去。我还担心我们得在这儿逗留，但是亨利说他留下。他会直接去费城，我们周一在那儿和他碰头。”

莱恩从容的担当使她焕发出一股勃勃的生机，自此以往，她顺理成章地将与此君携手共度。但是她的灵魂却又沉陷了下来，面对艾伦在所难免。她人生头一回感受到分手信的妙用。那将多么轻松啊，如果只塞给他一个纸条，上书：艾伦吾爱，启信可见内有一颗十克拉的钻石戒指。你在我心里无上好，可惜我心已属他人。一切发生于你我这四十八小时的久别中。

他们在火车上用的晚饭，一路无话，下车直奔莱恩的寓所。进门时，她的身体发出一丝自然地抖动，这里对她似乎已经很熟悉。

仿佛是会读心术，莱恩说：“这果然是你自己的房子，我一直都是这样想的。”

“你是说，你已经把我放在心里了……在……之前。”

他挽起她的胳膊。“安妮，你以为我第一次见你是在纽黑文？”

“我不知道……我从未想过你以前有注意过我。”

“那，你有对我抛过媚眼儿么，我的记忆里似乎不曾见过。”他说。

“我想，我爱你，从见你第一面起。”她说，“我一直不承认这件事，连对自己都不承认。”

“想想那些浪费掉的时间吧……”

“都怪你。人家毕竟是女孩子，你指望一个女孩子跟你说？她不可能走到你身边，对你说，‘顺便说下，虽然我们刚认识，但是我觉得你正是我期待已久的白马王子’。”

“这个主意妙不可言，听我的，第一个这样做的女孩肯定让人眼前一亮，要是长得像你一样，那就更不必说了。好了，你坐在沙发上静一静，我去给我们弄点喝的。给你喝杯淡淡的苏格兰威士忌吧，它会帮你消除些紧张。”

“我看上去紧张吗？”

他把酒递给她了。“一点也不。不过你心里肯定多少有些不安。一切对你都是新的……我对你是新的……性对你是新的……”他坐在她旁边，轻抚着她的发梢。

她依偎在他的怀抱。“我对你的感觉，比对我身边任何人都亲近。我想了解你的所有。我们是一体的，莱恩，是彼此的另一半。我是你的。”

他挪了挪身子，若有所思地抿了口酒。“我怀疑自己能否经得起那种爱，安妮。我不想伤害你。”

“不会伤害我的，莱恩。你已经给了我很多，要是以后你给不了我更多，我依然感激我生命中最美好的那两天。”

他微微一笑，拉起她的那只手，拍拍她戴钻戒的那根手指。“我们是否落下什么了？”

“那已经成为往事，我正要归还它。”

“安妮……我对你的感觉……千真万确，你一定要明白这一点。但是我能给的，已经毫无保留地给你了。我——”

“这就够了！我唯一渴望——你的爱。我和艾伦没有真感情，从未有过，从没想过真的嫁给他。只是一切都太快了，将我裹挟走了。但是，就算没有与你相遇，我依然不会沿着那条路走下去。”

“我愿意相信你，安妮。我的良心可以得到一丝慰藉了。”

“你的良心？莱恩，难道你不爱我？”

他放眼空中，似乎在寻找一个答案。他看见她的双眼突然泪水模糊。“安妮！”他抓起她的双肩。“是，是，我对你是真心的。我爱你，想要你。不过你那种爱让我心悸——我担心我的爱是否可以满足你。”

她获得了一丝慰藉，合住双眼。“哦，莱恩，你真的吓死我了。当然了，你不可能像我爱你那般爱我，我也不奢望。那么深的爱，不是每个人都能给予的。”她靠近了盯着他说，“我要你爱我，尽你所能地爱我，也让我可以爱你。”

第二天，她从他的怀抱中醒来。她只管躺在那里，一动不动，扫视他坚实的侧影。他的睡姿好美。昨晚还是很疼，不过她陶醉在了她带给他的那种满足感之中。这是她头一回感到自己心有所属。以往那些羞于同那些姑娘讨论的话题——那些不可告人的私密，连和尼利都没提起过，她却已经和莱恩公开地、无拘无束地聊了，身体变化，避孕方式……

她轻轻挪开他的胳膊，下了厨房。她煮上咖啡，煎上鸡蛋，然后看了下闹钟。已经是下午了。

当她把鸡蛋端上餐桌后，他渐渐醒来了。他对煎蛋赞不绝口，还说咖啡简直是一件艺术品。吃过他们所谓的早餐，她去洗澡了，他这时坐下看起了《时代周刊》。

当看到她穿戴整齐从洗手间出来，手里还拿着外套时，他感到万分惊讶。

“要离开我吗？”他将她拉倒在沙发上，“你是我经历过的最短暂的浪漫邂逅。”他在她的脖颈留下一个香吻，使她感到浑身酥软。她抖擞精神，挣脱出来。

“莱恩，我明天不可能再穿这身衣服去上班了。我得换换长筒袜……内衣……我必须回家。”

他看看表。“很有道理。我七点去接你，一起吃晚餐。然后，就等着明天从这儿去公司。”

她感激地吻了下他，因为刚刚还在担心他不会让她再回来了。她打了一辆出租车，感觉有点奢侈；已经是下午三点了，她要在七点之前做完这么多事情。

在她进屋的那一刻，这片天地包围了她。她的书桌上放了一大瓶玫瑰花。艾伦留了张卡片：希望你对我的思念如我对你一般。一进屋就给我打电话。爱你。艾伦。

一直到周五，这个房子还被她当作是她的新生。现在在它面前，她感到自己变成了一个陌生人，她像甩掉劳伦斯维尔一样又把它甩掉了。她看着那些玫瑰花，感觉已经拖延不下去了；明天她就要和莱恩一起去费城了，并且艾伦和吉诺肯定也会去！

她拨通了艾伦的电话，不过没等接通，她就挂断了。也许她可以给他发份电报。可是，还要还戒指。那个东西在指头上，毫无生气，而且还很沉。

她又拨了一遍，这次他接住了。“呃，纽黑文和你的那个老铁甲女友怎么样？”

“演出很成功。”

“我知道。吉诺昨晚在莫罗科会所遇见了几个去纽黑文的人。”

“莫罗科会所怎么样？”

“我没去。忘了我了？我可是订了婚的人。这两晚，我都待在家里读着一本好书，等着我的女人归来。”

“艾伦……艾伦，有些事我得跟你说清楚。”她的嘴里快速蹦出这句话，也许这种话就得突然爆发，或者是她情绪失控了。“艾伦，我不是你的女人，我没和你订婚，我要还你的戒指。”

电话里沉默了良久，之后他说：“安妮，我马上过去。”

“不，艾伦……我会在另外一个地方见你……我会在那里把它给你。”

“我不想要戒指，我和你面谈。”

“没有什么可谈。”

“没得谈？天啊，安妮，我已经爱了你三个月了。你现在就想用一个电话打发我。发生什么了？是不是在纽黑文有人向你诋毁我？听我说，我过去是有过许多疯狂的事。我过去偶尔会表现得不是一个好男人——但那都是我在遇见你之前的样子。你不能拿当时的我来衡量现在的我。遇见你，一切都不同以往。肯定有人吓唬你了，我要去见你，查明真相。我是不会就此放弃的，而且我有权利表明自己的立场。”

“艾伦，没有人在纽黑文诋毁你，而且找我也是徒劳，说什么也已经没用了。”

“我马上到。”

“艾伦，别来！”她尖叫道，“我恋爱了！”

电话那头又沉默了，这次更久。最后，她迟疑地问：“艾伦？你懂了吗？”

“他是谁？”

“莱恩·伯克。”

他笑了起来，听上去很不高兴的样子。“你指的是那个无家可归的伦敦佬？就是住在我老房子里的那个家伙？那……很高兴为你们提供了一处蜜月小屋。”

“艾伦，这是刚刚发生的。”

“对啊，一下子就发生了。你突然之间就不再爱我了。”

“我从没跟你说过我爱你。还记得不，是你硬要说我们订婚了。”

“好吧，安妮。祝你好运。”

“我怎么给你还戒指?”

“我都不着急，你急什么?”

“我只是想尽快还你。”

“你是说莱恩·伯克很反感看见你戴着它，或者他已经给你换了一个？据我对他的了解，他能给你的戒指，就是你每天吸进鼻子里面的东西。”

“艾伦，我们不要像这样子分手。”

“你到底想怎么样？让我给你发份歌颂的电报？伙计，这真是份大奖。我生平第一次这么认真对待一个女孩，最终我就得到了个这玩意儿？不过我会拭目以待，看你们有什么下场。跟莱恩·伯克在一起，想要步入神圣的殿堂无疑是一种痴心妄想，你如同是刚踏上了一次长征。”

“求你了，艾伦……我明天午饭时见你，把戒指还你好吗?”

“不，你这个冷若坚冰的家伙，拿着它吧。”

“什么?”

“拿着！你这个贱人……我不稀罕那个戒指，我能买一大堆。不过，你也许需要它。它可是能在当铺当不少钱。你带着它，那样才更刺激！当某个男人和你亲热的时候，都如同我们已经做过，让那枚戒指切入你的指头肉里。我有种预感，莱恩·伯克将会是第一个!”电话在她耳边“砰!”地响了一声。

她立即给他拨了回去。“艾伦，你现在正在生我的气——你所说的话，都是气话。我想保留我们的朋友关系。”

“我喜欢和别人做朋友。”他冷冷地说。

“好的，但是我不想要戒指了。”

“如果你打过来，就是为这个，那你忘了它吧!”

“艾伦，等下!”她意识到他又准备挂。“我想给你提醒下关于吉诺的事，他答应明天去费城。”

“你是指那件事我们还要继续?”他话中嗅出一丝希望。

“呃，不是我们。我已经不能和你一起了。但这并不说明吉诺不能去了，海伦正期待着他呢。”

“哦，不!你肯定是在耍我!”他感到很抓狂地笑着说。

“为什么?海伦已经给他订好了房间。他完全可以区别对待，我找不出理由让海伦因为我们而被冷落。”

“你还不信?好吧，现在我什么都知道了。你觉得吉诺还会乐意去吗?你以为他很乐意跟那个‘老铁甲’在一起吗?”

“别再那样叫海伦了!她魅力四射，你爸爸应该因为她愿意和他在一起而感到高兴。她是个大明星，并且——”

“并且是个厚脸皮的讨厌鬼!城里哪个女孩我爸爸得不到?这是个男权社会——女人只在年轻时候拥有。等到你的‘某个好日子’来了，你就会明白。你的海伦·劳森在百老汇也许是最大的明星，不过在她走下舞台那一刻，她仍是个浮肿、没教养的臭女人。对，他以前是准备明天去……可是别以为他没想过取消，那是我在逼着他。是不是很好笑啊?我让他为你而去做这件事。我花了整个周末彻夜谋划如何让他不动摇。他同意去，但是他叫嚣一看完演出，就立刻返回。我最后说，他对海伦一晚上的屈服，将变成给我的结婚礼物。你能想象吗?一个男人为了取悦他的女人，竟然如此低三下四地求自己的爸爸!我整个周末都在做吉诺的工作，而你整个周末……”他戛然而止，他的话音几乎要像玻璃一样碎掉了，“不过，起码生出了一件好事，吉诺解放了。现在，我把球掷给你和莱恩·伯克，让他的爸爸去满足你的女友吧!”电话筒里传出了嗡嗡声。

《一飞冲天》在费城的首演比纽黑文更显得平稳流畅了。安妮十分惊讶，这些变化在这么短的时间内就完成了。她坐在莱恩旁边，辨认着台上的演员，而不是向观众席张望。莱恩握着她的手，她很想知道他有没有发现没有了那个大钻戒。它正在一个平展的马尼拉信封纸内的一个小首饰盒里就寝。把它孤孤单单地丢弃在那个冰冷的锡包盒子里面，实在是太残忍了。它似乎在里面愤怒地闪着光芒，似乎是在进行无声的抗议。

莱恩小声嘟哝着，将安妮的思绪打断，使她的注意力重新回到了舞台上。现在正是尼利的重大时刻，那首悲情恋歌又被重新放回了原位。安妮将身子挪到了椅子边上，因为尼利开唱了。这是种完全不同的表现风格。苔瑞·金身着她那紧身红丝裙的样子给不了人们太多幻想，只是赤裸裸的肉欲。尼利穿了一条带着彼得·潘(Peter Pan)衣领①的蓝色长裙，令人感到悲凉、孤独和难忘。她的声音里透露着一种充满生命力的哀号。现在，它真的成为一首悲情恋歌，很与众不同，更加凄婉悲凉。她赢得了震耳欲聋的掌声。

在演出当中，她时不时地向第四排那三个空座位张望。那些座位是海伦特意保留的，她应该坐在那里，在吉诺和艾伦中间。她并没有把这件事告诉海伦，怕影响她的演出。

到了十一点一刻，演出终于落下帷幕。演出毫无疑问获

---

① 一种围着脖子一周的衣领，前方突出两个圆形的端。

得了巨大成功，甚至连一向脸上布满忧郁的亨利·贝拉米也面容一新。当莱恩和安妮向后台走的时候，亨利从他们身旁走过时说："晚会将在沃里克举行。"

莱恩看看表，对安尼妮说："你并不那么想去那里，对吧？"

她没有想到会是这样。她还以为亨利已经给他们预订了旅馆。他们下了火车直接就来了剧院，她随身还提着一个特大号的手提包，里面装着她的睡袍和牙刷。她突然意识到莱恩没有带他的公文包。

"要是我们冲刺到后台，快速祝贺下海伦和尼利，我们有希望赶上十二点二十五分回纽约的火车。"莱恩说。

"都听你的，莱恩。"

"我看只能在餐车里面和你共饮了。"

"我们都得好好睡一觉，那个晚会肯定要持续到天亮了。"

他们在人山人海的化妆间过道中奋力向前挤。安妮直奔尼利的房间，发现她正站在门口，被几个记者包围着。还有几个剧组里面的人停在那儿祝贺她。梅尔默默地站在她旁边，洋溢着自豪的表情。

安妮拥抱了她。"尼利，你太棒了！"

"我有吗？是实话吗？等我习惯这些后，可能会好些。这些都是临时的服装，到纽约我会有套新的。"

莱恩也送上了自己的祝贺。尼利看来是大吃了一惊。"艾伦呢？"

"咱们换个时间再说。"安妮轻声说。

"出什么事了，对吧？"尼利执意问道，"哎呀！海伦因为吉诺今晚会在观众席上，表现得跟个学生妹似的。你应该和艾伦在一起才对。"

安妮感到自己万分羞愧。尼利清澈的嗓音几乎要传到客厅去了。

“艾伦不在这儿。”安妮从牙缝中挤出这句话。

“太明显了嘛。”尼利说，“嘿——那个戒指！”她抓起安妮的手。“戒指上哪儿了？”

“尼利，我们换个时间再说。我们得赶紧过去祝贺海伦。”

“要是吉诺没来，我想你还是越快离开这里越好。”

他们突破重重人墙，来到了海伦的化妆间。海伦摆脱了几个人，挥舞着手臂向安妮走来。“嗨！”她高兴地说。然后她热切的目光从安妮身旁向后飘移。当她看见了莱恩时，充满疑问地看着安妮说，“大家在哪儿呢？”

“他们没有来。”

“什么？”

“这事说来话长，海伦。”

“那个王八蛋！发生什么了？”

“晚些时候，我会跟你说的。”

“那最好是好事。来吧，我边换衣服，边听你讲。”

“海伦……我们要——我和莱恩——我们要乘坐十二点二十五分的火车回纽约。”

“你在开玩笑吧！”

安妮默默地摇了摇头。

“你是说，你不参加晚会了？”

“我明天还得上班呢，海伦。”

“胡扯！要是我说让你留下，那你就得留下！帮我办这件事对亨利来说再容易不过了。他今晚回去，所以你可以留下了。”然后，她转身向屋里的所有人喊道，“嘿，晚会在沃里克举行，你们赶紧去吧，因为我得换衣服了。”

还是一如既往，大家欢呼着一边说再见，一边恭喜海伦。

当人群退去，海伦转向安妮和莱恩。“莱恩，你去大厅等着，安妮在这儿等着我换衣服。”

他看了看手表。“我们最好赶紧走吧，安妮，我们还得赶末班火车回去。”

“哦，好极了！难道亨利走时没有跟你说把你换下来了吗？接下来，我想他是想把那个长着猫头鹰脸的乔治·贝洛斯派给我。他真是找骂！究竟谁来护送我去参加晚宴？”

“为什么亨利不留下来？”安妮问。

“因为我给他说吉诺会来。”海伦咆哮着说，“我不想听这些，给我说到底发生了什么？”

莱恩又瞄了眼手表。“我去找辆出租车，安妮。”他对着海伦微微一笑，离开了屋子。

“好妹妹，今晚我是不是嗨翻了全场？”海伦说。她坐在化妆桌旁，开始卸妆。

“海伦，今晚的演出真是太棒了。”安妮说，“对不起，我真的得走了，莱恩想坐那趟火车……”

“看在上帝的份上，那让他走好了，与你何干？”

安妮绞尽脑汁找借口。“我没有预订旅馆。”

“那又怎么样？我房间有两张床，你可以和我睡。”

“但是，我是和莱恩结伴而来的。”她用急切的目光看着那扇门。

海伦瞪大眼睛说：“哦，我懂了。原来你还和莱恩在私通。天啊！你和她们一模一样。你堂堂一个大家闺秀——我最喜欢的闺蜜——我志同道合的朋友——现在也要把我抛弃。请继续！见鬼！我就是这种命。我全身心地投入……总是太容易相信别人……”她脸上的泪珠滚滚而来。“亏我过去那么相信你，把你当朋友。结果你和那些人都是一路货色，人前一套，背后一套，真是‘锦上添花易，同甘共苦难’。我如今站在这儿，这个我自己的首演上，没有一个男人陪伴，孤苦伶仃，甚至连唯一的女伴也想溜之大吉……”

“海伦，我的的确确是你的知己。或许还有更晚的火车。我去同莱恩说说……”

“不，十二点二十五分以后，就只剩下慢车了。”海伦用手擦擦脸上被眼泪冲得到处都是的睫毛膏。“不过，我希望你去！哦，我又犯傻了，竟然还奢望你与众不同。”

“你等着……我去和莱恩说。”她一个箭步夺门而去。

莱恩拦了一辆出租车，正等在路边。安妮匆匆忙忙地奔向他。“莱恩，我们不能弃她不顾，她已经很受伤了。”

他的眼睛直勾勾地瞪着她。“安妮，海伦可是刀枪不入的。”

“你不懂她。她现在已经泣不成声了，可想而知，这个属于她的首演之夜，她有多寂寞。”

“海伦的眼泪是来也匆匆去也匆匆。听我说，安妮。世上所有的海伦·劳森们的寂寞，都是她们自找的。”

“但我们这样对她就不对了。”

“海伦只是我们生意上的伙伴，除此之外，我们什么也不欠她。我们对她的帮助，只限于像吓唬苔瑞·金这种小事。这个她是知道的——她才敢执意提出。但是，我的合约里可没有规定我得护送她参加舞会。”

“只是，莱恩，我和她是朋友。”

“你非要留下吗?”

“我想我们理应……”

他笑了笑说：“那好。再会，朋友。”他轻描淡写了两句，之后，便跳上了车。

她起初还不信，但是出租车已然走远了。此时，她无从知晓自己是气还是怕。她是不是让莱恩对她心灰意冷了？抑或是她对莱恩寒心了？但是，她要是跟莱恩回去，那海伦的心就该凉透了。她已经让上天知道，她把艾伦伤透了。刹那间，泪水湿润了她的眼睛。她身边的一切全部坍塌下来，所有人都被她伤了——尤其是她本人。

沃里克的舞会和在纽黑文举行的那场如出一辙，唯一不同的是尼利也来了，而且是以一名正式主演的身份出场的。这次有更多的人从纽约赶来，前来采访的记者也换了一批——海伦喝酒喝得很猛，依然是那个和蔼可亲、率性天成的大腕儿，丝毫没有改变。当安妮回到海伦的化妆间时，里面已经聚集了一屋子人，她这会儿还无法向海伦解释关于吉诺的事。她一动不动地坐在那儿，虽然眼睛还在眺望着，但她早已是心猿意马了，一种麻木的感觉贯穿于整个庆祝活动始终，心里一直担心着莱恩。深夜两点时分，她看到尼利和梅尔正在悄然退场，一种嫉妒之情在她心里油然而生。莱恩现在可能正好已经抵达纽约了。她很想知道，他是在生气呢——还是说，也如她一般内心无限悲凉呢？

时间已经是凌晨三点了，她们终于来到了海伦的住所。海伦起开小小的一瓶香槟，竟然把一大杯都倒给了她自己。“可以了，赶紧给我说——吉诺到底出了什么事？”

安妮绞尽脑汁在寻找着一个恰当的说法。“我想这都赖我。”她提心吊胆地说，“你听我说，我已经和艾伦吹了。”

“为啥？”

“那个……我和莱恩……我已经把自己给了莱恩……”

“然后呢？”海伦问，“我早发现你和莱恩在纽黑文打得十分火热。但是，那跟艾伦是怎么扯到一块儿了？”

“我不会再见艾伦了，因为我已经爱上莱恩了。”

海伦的眼睛眯成了一条缝儿。“你瞎说什么？你该不会蠢到以为那家伙把你搞了，他就会娶你吧？”

“当然他会——”

“他难道说起要娶你了？”

“海伦，我们是从三天前才开始的。”

“你那了不起的罗密欧去哪儿了？我怎么发现他没跟你一块儿回来。”

安妮哑口无言了。海伦一针见血地说：“听好了，一个真正爱你的人，会时时刻刻地黏着你。艾伦一直黏着你——他肯定伤透了心。我敢打赌，吉诺就是因此才不来了。他肯定觉得我跟你一样贱。”

“海伦！”

“你自我感觉很淑女，装得有模有样的。实际上，却戴着别的男人送你的戒指，跟那个英国佬拱进一个被窝！连我跟吉诺的好事也被你毁了。对，他觉得我们是一丘之貉。他再也不敢见我了——唯恐我会像你伤害他儿子那样伤害了他。”

“我怎么对待艾伦和你没半点儿关系，没有影响你跟吉诺的事。”

“既然如此，那他人呢？他对我甚是喜欢，我一清二楚。我们在一起甭提多开心了。要不是因为你红杏出墙，对莱恩投怀送抱，吉诺现在已经出现在这里了。我之所以失去了自己中意的男人，都是因为你这小娼妇。”

安妮飞快地穿过屋子，揪起她的外套。

“你这是想往哪儿走？”海伦一边问着，一边又把酒杯添满。

“去哪儿都行，只要别让我跟你待在一起!”

“哈哈!”海伦挖苦着说道，“亲，你不老老实实在这儿待着，你还能去哪儿？你真以为有人会管你吗？你以为会有人看上你这个装得一本正经的清教徒？起码我是清清白白的，有一说一。而你呢，把自己打扮得跟个大家闺秀似的。对，若是你还戴着那枚钻戒，那还称得上人物，我姑且忍你一忍。我当时想着，要是艾伦·库帕能看上你，说明你肯定还是有那么点儿能耐。那可算是你成名的唯一机会，你现在一无所有——充其量就是莱恩·伯克搞过的又一个小骚货。”

安妮狠狠地瞪了她一眼。“亏我还把你当朋友——”

“朋友！真不知道你究竟是怎么得出这个结论的，我凭什么做你的朋友？你以为你是谁啊？一个烂秘书，外加一个臭婊子！甚至由于你，还让我损失了一个爱我的男人!”海伦说着站了起来，双腿抖个不停。“我可是要睡了——要是你赖着不走，可以睡沙发。”

安妮盛怒之下，反而冷静了许多。“海伦，刚刚那一刻，你失去了一个有生以来唯一的好朋友。”

海伦哭丧着脸。“我的幸福和快乐若是全得依赖你，那我还活不活了。”

安妮信步往外走去。“永别了，海伦，祝你好运。”

“不，不，妹子，需要祝福的是你。在莱恩·伯克对你激情退去之前，你也最多不过就是能再被他搞几次，况且，他很快就对你审美疲劳了。这个我清楚得很——早在六年前，我就和他大战了好几回合了。”她见安妮的眼神中带着一丝轻蔑的怀疑。“千真万确，就是我跟他。想当年，他刚来亨利·贝拉米公司，我也正举办一场新舞台剧。他玩得很高明——给了我一场爱情盛宴。他太想让人们看到我跟他好上了。但我至少不像你那么笨蛋。我只是逢场作戏——在床上翻云覆雨也就够了，下了床，就当什么也没发生过。你应该相信，我能帮他的，比你这个不值一文的烂秘书要多得多!”

安妮拉开门，飞奔而出，内里澎湃着一股恶心感和一腔怒火。她跑到电梯门前，立马止住了脚步。她慌慌张张地把包翻了个底朝天。她一分钱都没带。她匆匆忙忙地去见莱恩，走得太急了，以至于忘了去银行取点现金了。她又仔仔细细地搜索了一回，最后终于找到了八十五美分。现在已经是黎明时分了——她不能在这个时候给尼利打电话。但是，她更不能徒步回纽约。

她在电梯附近的过道里，找了把椅子坐下。看来她只有坐在休息室里，等到上午九点钟，然后给尼利打个电话。哦，天啊！全都被海伦毁了。她内心涌现出一股无比巨大的挫败感。海伦已经不是她的好朋友了。但是话又说回来，海伦压根儿就不是她的好友……大家都警告过她。同时，大家也警告过她小心莱恩。莱恩同海伦……不，这怎么可能！但是海伦不会捏造出那种离谱的瞎话来骗她。哦，我的天啊！海伦为什么要跟她讲？她又开始抽泣，她将手捂在嘴上，以免发出声音。

她听到电梯来了，赶紧拿出手巾去擦拭眼泪，将头埋在腿上。从电梯里面走出一个女孩，当她从她身旁走过时，突然站住了，还把身子转了过来。

“安妮，是你吗?”

安妮又开始更加使劲儿地擦眼泪。眼前站着的是珍妮弗·诺斯。

“出什么事了?”珍妮弗问。

安妮抬起头，看着这个容光焕发的美女说：“我想，恐怕天都塌了。”

珍妮弗十分同情地对安妮笑笑。“像你这样失魂落魄的遭遇，我早就切身体会过。振作起来，那边就是我的房间，走吧，让我们去那儿再说。”她将安妮的手牢牢地握在自己手心，带着她沿着走廊大步走去。

当她们来到房间，安妮坐在床头，接连吸了好几支香烟。她慢慢地对珍妮弗一五一十地讲起了整个故事。

听完整个故事，珍妮弗咧开嘴笑了。“哇，你过了个什么样的周末！”

“真是不好意思，给你扯了这么一大堆。”安妮说，“看看这都几点了！”

“这不算什么，而且我也经常失眠。”珍妮弗微笑着说。“那已经是我的老毛病了。但是不管怎么说，你的问题解决了，今晚就睡这儿吧。”

“不——我现在唯一想做的就是回纽约。你借我一些钱好吗？明天我就给你把支票寄过来。”

珍妮弗伸手在提包里找了找，把她的钱包抛到床上。“你请自便吧。但是我还是感觉你太疯狂了。你看，我这儿有两张床，你不如在这儿美美地睡一晚，明早赶一趟舒适点的火车回去。”

“我现在就想回去。”安妮在那个鼓鼓的钱包中拿出一张十美元的纸钞。“我会给你寄支票的。”

珍妮弗摇摇头。“不必了，等我赶回纽约之后，还想让你请我吃午饭呢。我很想知道这件事怎么收场。”

“事情到此为止了。”

珍妮弗微笑着说，“对的，那只是跟海伦——或许艾伦也没戏了。可是你和莱恩还有戏哦，因为在你提到那个人的名字时，你的眼神已经告诉我了。”

“但是海伦已经跟我说了那件事了，你让我如何回去面对他？”

珍妮弗看上去很迷茫。“你是说你还介意那事儿？你不会蠢到还当他是童子身吧？”

“没有，但是海伦……他几乎都没有把她当女人看。”

“或许六年以前，他把她看得很女人吧。他可能被她迷住了。正如你所知，他在为亨利·贝拉米效劳，刚开始很想让人另眼相看。我是不会怪他跟海伦之间发生那种事的——他或许是情非得已。但是我觉得海伦太不厚道了，她知道你很介意这个，却当着你的面下刀子。”

“但是海伦说莱恩就是个花花公子，随处拈花惹草……”

“安妮，我相信任何人都是对海伦玩玩而已。她之所以说天下的男人都是这样，是为了给她自以为了不起的精神世界一丝抚慰。她还用同样的方法让自己觉得吉诺看上她了。安妮，我敢断言莱恩是真的黏上你了，或许这不能算爱，但是起码是想要跟你在一起。”

“但是我现在把一切都毁了。他离我而去了。”

“他或许以为是你离他而去了。从另一个角度来说，你就是这么做的。你选了海伦，舍弃了他。”

“我从未做任何选择。我那时和海伦还是朋友，我很为她难过。”

“她算什么朋友!”珍妮弗给她扮了一个鬼脸。“你看，等你明天和莱恩见面了，好言好语的，最好噙着泪水。你就跟他说，自己真是傻到家了，竟然还幻想着跟海伦那种人维系友情。说得尽量甜言蜜语，表现得很受伤。为保万一，别提海伦给你说的他们的往事!”她把安妮送至门口。“切记，只有一种方法可以抓住男人的心——让他对你产生依赖。这不是靠嘴的，你回去好好琢磨吧。其实，我最应该把你拴在这儿几天，以免你让这件事更加恶化。”

“不，我最好还是赶紧回去吧。”

“安妮……”珍妮弗在门口依依不舍地说，“我很欣赏你，你将来一定是我的好朋友，因为我太需要你这种朋友了。相信我——你要是真的爱莱恩，就用我的办法。”

安妮露出一丝淡淡的微笑。“我会努力的，珍妮弗，我会努力……”

回纽约的路漫长无边。当她最后抵达纽约的佩恩车站时，太阳已经从地平线上露出了头。清晨来了……人流从长岛那一块儿喷将出来。她上班之前的时间已经所剩无几了，就够她冲个澡，吃个早餐。坐上出租车之后，她开始觉得眼睛进了沙子似的很难受；在爬她家的楼梯时，她觉得两条腿儿沉重如铅。

她发现有人从门底下的缝隙给她塞进来一份儿电报。莱恩！没错，肯定是他！她将它启开。

艾米姨昨夜逝于睡梦中，周三下葬，望你参加。爱你。母。

她死死地盯着手里的电报。这正是她的母亲，没有“请一定来”，也没有“没你我应付不了”，只有“望你参加”。

那好，她也不准备回去了。她母亲不是真的没她不行，不会介意她是否会回去。即使她回去了，对劳伦斯维尔来讲，也不过是面子上更好看些，仅此而已。但是她应该把自己给这里……把自己给莱恩。她来到电话机前，不假思索地按了他的号码。接连打了四个电话，他终于接了。他说话的声音听起来还是睡意蒙眬的，顿时，她燃起了一腔怒火。她坐了一整夜的火车，车厢里那么冷，她甚至没合一下眼。而他一觉睡到……

“喂?”他终于清醒了，听上去很气愤的样子。她这才回过神儿，原来她一直握着话筒默不作声。

“嗨……有人吗?”莱恩的声音在听筒里噼里啪啦地响着。

她被镇住了。他生气地说：“你是伊丽莎白(Elizabeth)吗?”

伊丽莎白！安妮傻傻地盯着电话机。

“好了，这样搞，未免太幼稚了吧。”莱恩冷酷无情地说，“伊丽莎白，要是有话，那你就说，否则我可是要挂了。”

一分钟后，只听咔嗒一声，他把它挂断了。

伊丽莎白？这个人又是谁？一转眼，她才意识到自己对于莱恩的认识简直就是白纸一张，这使得她感到忧心忡忡的。事实上，她才和他真正相处了四天的时间。老天啊！难道只有那短短的四天时间！对了，还有个伊丽莎白——或许背后还有无数个伊丽莎白。

她给西联①打了电话，代她发电报给母亲，说她即刻动身回去。然后，她查了下火车发车时刻表，发现下一班去波士顿的火车是九点半——她还有时间去银行取钱，只是公司还没有开门。她得告诉亨利她上不了班了。所以，她只好又给西联打了电话。

你好，亨利，因家事需速回。周五回禀。安妮。

她急匆匆地前往波士顿了，做梦也想不到她那么普通的一份请假电报会被人们错误解读。

---

① 美国西部联盟电报公司。

亨利气急败坏地把那份电报撕了个粉碎。“真该死——她十有八九是跟艾伦那家伙跑了。”他在心里默默揣测着，可是他感觉自己看斯坦伯格小姐和其他公司员工越来越不顺眼了。终于熬到了周五，当他一踏进门，看见安妮坐在原位不慌不忙地办公时，便喜出望外地瞪着她。

“你又来了！”他情不自禁地喊道。

“我已经说了周五回来的。”

“我当时几乎都已经确信你已经结婚了。”他说。

“结婚了？”她大惊失色地瞪着他。乔治·贝洛斯在这个时候也走进来了，他和亨利看见她的表情如出一辙。“结婚了？”安妮重复了一遍。“和谁结婚？”

“我只是觉得……”亨利看上去稀里糊涂的。“我还以为你和艾伦跑了呢。”

“我和他跑了？我阿姨过世了。我必须回波士顿。公司门还没开，于是，我只好给你发了份电报。是谁造谣说我跑了？”

亨利把双手放在她的腰间。“别想多了。你回来就好，可把我高兴坏了。”

他话音刚落，莱恩进门了。在他看到安妮的一刹那，戛然止住了脚步。亨利赶紧将抱安妮的双手拿开，带着一丝孩子气的欣慰转向莱恩说：“她又回来了，莱恩……”

“没错，我也见了。”莱恩的声音听起来毫无感情。

安妮收缩了视线。“如果让你们都误解了，我在这里向大家道歉了。”

“她阿姨过世了。”亨利眉飞色舞地说。之后，他努力使自己看上去很认真的样子。“真不好意思，安妮。”然后他回头对莱恩说，“她仅仅回波士顿办丧事了。”

莱恩终于露出一丝微笑，扭头回了自己房间。

“来吧，进来坐。”亨利强烈要求她坐下。“坐这儿，来杯咖啡吧？还是想要块儿丹麦面包？或者你想加薪？尽管开口——我高兴——开口吧。”

他桌子上的语音对讲机响了。他按下开关，莱恩清晰的话音传入了安妮的耳朵。“亨利，你跟安妮谈完以后能让她把尼利·奥哈拉的经理合约拿给我吗？”

亨利给安妮递了个眼色，关掉了内部对讲系统。他拉开档案柜，在各种文件中乱翻一通。“我们正在接手你的那个小姐们儿。她现在连个经理人都没有。她的前途不是很远大——也就只能局限于舞台上——我们之所以接纳她，全是看在了你的面子上。”他将那份合约交到安妮手中，让她去莱恩办公室。

她刚把脚迈进门，莱恩就站起身来。“我猜亨利已经跟你说了，我们将尼利接手了。她非要如此——她说这样才能使她感到她是个明星。”

安妮的目光始终停留在那份合约上，“没错，亨利跟我说了。”

他朝她走来，拿走了那份合约。“还有，他难道没跟你说我这四天是怎么在失魂落魄中度过的吗？”

她终于抬头看他了，这时，他使劲儿将她拥入怀抱。“哦，莱恩，莱恩……”她将身子紧紧地贴在他的身上。

“关于你阿姨的事，我表示很难过。我们没有一个人知道你没来的原因——亨利表现出一副你从此一去不复返的样子。我简直无法相信。我无论如何也不信你从此在我的世界里消失了。我意识到自己错了，那天表现得太差劲儿了，安妮——那晚，我应该陪在你身边。海伦是你的好友，再说……”

“不，错的是我。从此，我要把你摆在我心中最高的位置，任何东西都不能高于你。海伦不配拥有，我再不会为任何人做那种傻事。哦，莱恩，我爱死你了。”

“我爱你，安妮。”

“你当真！哦，莱恩，你对我是真心吗?”她搂他搂得更紧了。

他在她的前额上吻了一下。“千真万确。”他轻声地说。但是当她抬头看他的眼神时，她相信他是认真的、坚定的。现在她又可以对自己说，此刻是她这辈子最幸福的瞬间。

她把那个周末全花在了莱恩的公寓里。她心潮澎湃地回应着莱恩的爱抚。最后一夜，她完全瘫在了床上，不住地抽动着，变得浑身无力。莱恩将她搂入他温暖的怀抱，轻抚着她的秀发。

“哦，莱恩——它出现了。”她的身体又抖了一下。

“这种感觉对你很新鲜。”他说。

“我刚才还怕自己来不了。”

“那都不是事儿——很少有女人在一开始就敏感或是荣登高潮。”

她急不可耐地吻起他的脸。“我行，莱恩——我是真女人!”

当晚，她在房事上迎合得很积极。她做梦都想不到，自己的肉欲能和意欲携手并进、极尽欢愉。与此同时，她是又爱又怕。因为她现在不仅要莱恩的心，还依赖他的身体。她的爱欲成了无底深洞。

这个周末过得实在是太完美了，美中不足的是有件事令她十分纠结，时不时地在她脑海中闪现。周一，她将为珍妮弗的离婚判决提供证词。

“我知道你对这种事十分反感，安妮。”亨利曾经对她说，“但是你是我唯一可以信赖的人。珍妮弗刚来纽约不久，她还没来得及认识一个女朋友。这件事很好搞定，你还没回过神，它就已经结束了。不用把它太当回事儿，你记住上午九点半到公司就行了，因为珍妮弗要在当天从费城专程赶来，并且在上法庭之前，我们会在公司把整个过程再演练一遍。”

周末期间，她不止一次地提到这件事。甚至在海伦和莱恩抱在一起的时候，还是想个不停。

“看着，要是你对它如此反感，就别做了。”莱恩说。

“我知道这样子很傻，莱恩，不过心里七上八下的。这不是在作伪证吗?”

“严格地说，可以这样理解。但话又说回来，这种事天天都在上演。我指的是，没有人在这种事情上较真儿，甚至法官也是放任自流。可是这要是与你的原则相左，你可以如实跟亨利讲。如果没有办法的话，他会找斯坦伯格小姐代劳。”

“那他怎么不把她当首选，在我这儿兜什么圈子啊?”

“他又不是没想过。拿她当首选本来是顺理成章的事儿，只是无论遇上多么仁慈的法官，你觉得我们能进展到什么程度? 像珍妮弗那样的女孩儿怎么会和斯坦伯格小姐成为闺中密友或知音呢?”他准备去拿电话。“但是你也别为此忧心忡忡了。让我给亨利去个电话，因为你又没有欠珍妮弗·诺斯一丁点儿人情，所以你犯不着——”

“哦，神啊!”她顿时惊坐起来。“莱恩，停! 别给亨利打了?”

“有什么不妥吗?”

“我欠下珍妮弗太多——别的就不提了，至少还欠他十美元。我怎么全给忘了。我从费城坐火车回来，是借她的路费!”她曾经跟他从头到尾说了一遍她同海伦之间的那件事，当然神不知鬼不觉地隐瞒了海伦提到他的那部分，但是她却遗忘了珍妮弗对她是如何的同情，如何帮她解了围。“我打算把钱还她来着，可是等我刚迈进家门，就看见了那份儿电报，于是便火急火燎地动身去了劳伦斯维尔。”

“好吧，你放轻松点。我很确定珍妮弗不担心你欠她那十美元。我明天替你还她便是。”

“还有，她那晚对我好极了，为她出庭作证，不能报效万一。”

“这样一来，你们就两不相欠了，那再好不过了。”

她抬起头，瞪着他。“多么无情的结束语啊，莱恩！如同结账一般，就像你从此和某人理清了关系。你曾经也这样对待过我，令我记忆犹新，简直就像在我面前关上了那扇门。”

“我对你？是什么时候的事?”

“在我替尼利感谢你为她争取到那份工作的时候，你对我说，那件事算是偿还了找到这套公寓时欠下我的人情。”

“如今这成了咱俩的公寓了。”他说。

她听着跟云里雾里似的：“咱俩的公寓?”

“有何不可？莫非你对西区五十二街那间屋子还恋恋不舍。在我看来这儿的壁橱完全可以供咱俩用，再说，我很洁净，很适合同居相处。”

她伸开双臂将他抱住。“哦，我的莱恩！虽然你我真正相处还不算太久，但在我看来，很久以前我们就彼此相属了。自打我第一眼见到你，我就意识到今生非你不嫁。”

他温柔地把她推开。“目前——我唯一能奢望的就是让你住进来。仅此而已。”

她赶紧扭过头，背对着他。和受到的伤害比起来，更多的是羞愧难当。莱恩将手放在她的双肩，慢慢地将她转向自己。“安妮，我爱你，千真万确。”

她试图通过眨眼的方式，将眼泪收回，可是话语已经哽咽而出：“结婚是所有人，爱的归宿。”

“或许在劳伦斯维尔是如此——在那儿，所有的事情生下来就已经命中注定了，我们的未来要万事俱备才行。”

“你的未来不也万事俱备嘛。亨利信赖你……”

“我对是否继续替亨利卖命，还摇摆不定呢。刹那间，一切对我来说都是未知数——但我想要的绝不是亨利所过的一类生活。”他看上去心事重重的。“如你所知，战后归来，我下定决心，不再回到亨利身边，也不再过以前的生活。不过我的确还是回来了，亨利对我太热情了。我几乎已经陷入了那种旧模式里面，正在这时，我们俩在芭伯丽餐厅共进了午餐。是你让我为之一振——给我以思考。之后，是纽黑文的那个周末——和苔瑞的那件事儿。”他摇摇头又说，“接下来，就是你的不告而别，几乎把我整个人都给摧毁了。自此以后，我做任何事情都认真审时度势——再做决定。我准备试着写写那本儿书。”

“好极了，莱恩。不过，结婚对此有何妨碍呢？”

“退一步说，我内心还保留着一些传统思想。我双手赞成婚后的男人应该养活他的女人。假如我和你结了婚，我就不得不把自己百分百地投入到为亨利卖命当中。我是会变得很有钱，但是咱俩不会有幸福美满的婚姻。”

“你想离开亨利？”

“不幸的是，我不能。我的储蓄足够对付一阵子了，只是那样风险太大了。我准备，边替亨利打工边著书。晚上抽几个钟头……每个周末……虽说不是最佳途径，可是当下，也别无选择——我也没有可以退守的农村老家。我对自己将要面临的危险处境，早已未雨绸缪。就算我的书被出版社看上了，但是像我这样默默无闻的写手，也得不到太多预付款。而且，等它面世，怎么说也得七八个月，再者说，哪怕写得再好的书，作者也落不到多少钱。能够一举成名的畅销书更是凤毛麟角。所以，我只能二选一——要么继续留在亨利身边，利用八小时之外写作；要么找个有钱的老女人吃软饭。”

“我不是老女人，也不算有钱。但手里也有一些积蓄，再说我还能继续打工。”

他将手指插入她的头发，凝望着指间那光滑、浓密的发丝。“把你挣亨利的那点儿可怜的工资和我的存款加在一起，我们仍然无法摆平这间公寓。”

“不过你听我说，我手里还有些钱。我爸爸走后给我存了五千美元，还有，我前不久又从我阿姨那里接手了七千美元，加起来一万两千美元。莱恩——这已经绰绰有余了。”

他的嘴里，响起了一声口哨，“神啊！我为自己找了一个千金小姐。”他热情地吻着她，“安妮，我完全被打动了。可是现在，我还不能立刻运作，当下，我还不确定自己到底水平如何，而且也不敢肯定这本书会成功。因为在这个黄金时刻，世上正有数十万复员老兵坐在打字机旁边，敲打着他们在‘诺曼底登陆’‘冲绳岛战役’‘伦敦大轰炸’的亲眼所见。我们每人——都有许多真东西可写。我们比的是，谁最先写出来——谁写得最好。”

“我对你写书很有信心。”她坚定地说，“我很确定。”

“这么说，你懂的比我还多。你令人赏心悦目，为人忠诚——我爱的就是这个你。”

“莱恩……你把书写完以后，就该娶我进门了吧?”

“要是说，它是本好书的话，我很乐意这么做。”

经过一个短暂的停顿，她又说:“正如你刚才说的，即使是一本好书也很难挣到钱。”

“我可没说，用钱来衡量。只要它是本好书，哪怕挣不到一分钱，我也会坚持写下去。甚至说，我会倍加努力，因为那意味着那件事对我来说不是梦了。那样一来，我们的日子怎么着也能将就下去。话又说回来，万一没有出版社看中，那我只好跑回去跟着亨利重操旧业了。到那个时候，我只有做回老莱恩·伯克，重拾被荒废的光阴——到时候，我想你已经不会再爱我了。”

“那个老莱恩·伯克是个什么德行呢?”

经过片刻的思索。他说:“‘弹无虚发’。没错，这个词用得恰如其分。我干每一件事儿，都要思前想后。甚至连这个，也不例外——”他用手轻揉着她的乳房。

她的耳旁又响起了海伦的尖叫。现在看来，那是真的——“老莱恩”肯定跟海伦有一腿。他其实已经供认了。

他将她揽入怀抱。“不过那个莱恩·伯克早就在战斗中牺牲了，或者在那个伙计讲述他的桃林的那个夜晚就死了。如此看来——或许那家伙临终的前夜不算是虚度光阴。”

安妮将他紧紧地抱住。“你再也别想回到以前了，照你现在这句话，你肯定不会了。哪怕是这本书失败了，那你也要屡败屡战，还会有许多本书。你会像这样一成不变的，一切都不能再将你改变。要是你还想继续留在亨利身旁，兼顾著书，我可以等。我会一如既往地等着，哪怕需要等上一打的书都在所不惜。我只求你坚持住这个自己。”

“我不清楚自己能否有幸成为那种大人物，不过，起码比成为亨利·贝拉米好太多了。那也是我过去一直努力的方向。事实上，我早就应该超过亨利了，因为我不像亨利那样心慈手软。亨利太优柔寡断，总是分心去考虑别人。而我的脑瓜子只有一根筋。我早该成为一个更大的亨利——事业如火如荼，生活一塌糊涂。”

“这就是你眼里的亨利吗?”

“亨利苦心经营了整整三十年，才有了今天的成绩——我想你会称其为巅峰。这个词已经过时了。他称之为珠穆朗玛峰。若从他的财富和事业方面来衡量，他当之无愧。但若论私生活呢?假如有人想写亨利的名人录的话，可能会有很大的篇幅来论述他的戏剧生涯和财富传奇。——不过他的私生活一句话概括——单身，举目无亲。总之，除了生意，他的生活一片狼藉。偌大的珠穆朗玛峰唯独他一人。”

“如你所说，正合我意，莱恩。亨利迟迟不肯结婚，你现在就跟他一模一样。”

“不。在珠穆朗玛峰上，婚姻的价值已经黯然失色。许许多多像亨利这样的人，有老婆孩子的大有人在，可他们的私生活和亨利别无二致。退一万步讲，我们就当亨利结过婚了，娶的是生意圈外的窈窕淑女。算下来，他们的孩子也都应该结过婚了，还养育着他们的孩子。他的妻子应该正在佛罗里达过冬。她已经不再抱怨亨利作息时间紊乱，此时的她已经习惯了没有亨利陪伴的生活——一种全新的生活。她已经对亨利耗尽毕生精力换回的享受习以为常了——大套房、别墅、真皮衣物和生活格调。这许许多多结过婚的亨利们，也不得不在峰顶孤独终老。孤独是他们自找的，因为他们不愿与别人同行。在这场有你没我的激烈斗争中，你得卖色、撒谎、欺诈，只要是能帮你达到亨利那样的高度，你会无所不用其极。生意场都是如此，但这也是我大声疾呼所要抵制的。亨利不是一个简简单单的个例，而是在这一行混久了，所有人无一例外。”

他们突然都默不作声了，僵持了几分钟，莱恩率先打破僵局。“不好意思，我又在这儿瞎嚷嚷了。”

“不，我很乐意听。这样反而让我更懂你了。我只挂念一件事。”

他用温情的目光看着她。“什么？”

“你什么时候娶我？”

他听罢哈哈大笑。她私底下在想，这么迷人的笑容，不知他本人是否知晓。像这样的笑貌，她只在他一人身上见过——头高仰着，任其尽情挥洒，其间有种美妙的回响。

“我这样跟你说好了——那时，你肯定是第一个读到我完完整整的文稿，然后由你来告诉我。”

她躺在他身边，抱着他说：“我必须睡了。”她轻声说，“明天有一大堆事儿等着我呢。”

“哦，是啊，那个离婚判决。”

“呃……莱恩……你这间公寓还有多余的钥匙吗？”

他使劲儿搂着她。“我正要配呢。那你真的要住进来了？”

“不，我只是想明天给你弄台打字机还有一摞儿稿纸。一台闪闪发光的全新的打字机，当作是我婚前聘礼。”

“我收下了……有个小要求，你和它一起来。”

“不。你若需要，我随叫随到。而且我会与你共度周末，替你打打字。但是我不会和你一起生活，我会为你而生活……耐心等待。”

他在她的前额上亲了一下。“站在律师的角度，我有义务提醒你，在这个买卖上，你可是处于劣势。可是站在情人的角度，我向你保证，我会拼尽全力，不会让你看错人的。”

在法庭上露面的时间很短。当安妮发现一切都是按那个事先演练过的步骤进行时，她之前的所有恐惧都消失了，如拨云见日一般。亨利交给法官一些文件。那个法官走过场似的，看了一眼，然后提了一些问题。珍妮弗用她们演练过的话予以回应，安妮把自己该说的也大声吟诵而出。珍妮弗不到十分钟时间，就得到了她的离婚判决书。

亨利领着她们俩共进了午餐。他像一只饿狼一样，吃得很快。“还有事情等着我回去处理。”他解释道，“不过，你们两个小女孩可以静静地坐下来，慢慢回味发生的事情。安妮，下午剩下的时间给你放假了。”

亨利前脚刚走，珍妮弗便忍不住把脸朝向安妮问道：“现在你该告诉我了吧，我教你的办法用在你和莱恩身上效果怎么样？”

珍妮弗仔细地听安妮把整个故事从头到尾讲了一遍。安妮惊讶地发现她在这么短的时间内就和珍妮弗熟了，说起话来如此之随意，好像在珍妮弗身上，潜藏着一种值得信赖的东西。

珍妮弗对她摇摇头。“他听上去很野，恐怕你永远别想驯服他。”

“不过我从未想过驯服莱恩……”

“你误会我了。我是说男人总以为他们掌控着一切，不过你要是能把握住自己，你也就能把他驯服。想尽一切办法，让他给你的指头上戴上戒指，然后你要是还想给他当牛做马，就随你了。”

安妮看看她那只摘了戒指的手。“那东西不算什么。我已经有一枚戒指被放在一个保险箱里面，它是你见过最大的戒指。”

珍妮弗的目光立刻紧盯着她，眼神中多了一分尊重：“你指的是，你顺利地摆脱了艾伦，却成功地把戒指留了下来？”

“是他自己不要的。”

珍妮弗使劲儿地摇头。“你肯定是在床上做了什么特殊文章，我想我找到了其中的答案。”

“我和艾伦没干过那种龌龊的事儿。”

珍妮弗瞬间无语了。一会儿，她咧着嘴笑了起来，“文章的特殊之处正在这里，艾伦把你当作了一种挑战。”

“呃，我可能在莱恩眼里，一点儿挑战性都没有。”

“不过，我依然得为你祈祷了。最起码，你有件事儿做得很对——没有和他同居在一起。托尼·波勒遭受的也是我给的这种待遇，他还想让我放弃演出，专门陪他一起四处奔波。他也没跟我谈婚论嫁，真是把我当成了营妓。顺便问一下，你的公寓大吗？”

“是个单间。我住的是出租屋——和尼利是一栋楼。”

“等回到这里演出时，我连住的地儿都没有。”珍妮弗说，“要是能找到一个合租的地儿就再好不过了。”

“听起来是不错，不过我连半个房子都租不起。”

“对！”珍妮弗突然眼前一亮。“有个绝佳的主意。你不是说尼利住的也是单间嘛，要是咱们三个一起租，你看怎么样？那样一来，我们就住得起了。”

“我双手赞成。”安妮说。

“距离我们返城还有三周时间，或许那时你可以摆平一些事情。”

"我试试看，不过这种事儿很棘手。我一出马就帮莱恩找到了公寓，不过是艾伦出手帮的我。"

珍妮弗听罢，当即将她那双蓝宝石般的眼睛眯成一条线。"安妮，你准备如何处置那枚戒指?"

安妮耸耸肩。"依我看，它只有永远沉睡在保险箱里了。我无论如何也不想再戴它了。"

"白白扔在那里？那它什么时候能为你出力?"

"可是它如何给我出力?"

"把它卖了，然后把挣的钱投资出去。"

"可那实际上不是我的。"

"你给他，可他不要，那它就归你所有了。话说回来，这也是你应得的。你跟一个男人委曲求全地相处了那么长时间，当你有一天终于忍无可忍的时候，你应该做出点儿什么事情来解恨。卖了它。"

安妮想了想莱恩。或许珍妮弗是对的。等到年终，假如莱恩那本书失败了，她是有一点儿钱……"可能你是对的。我会把那个戒指卖了，然后把得来的钱存入银行生利息。"

"你可别做那种傻事儿。"珍妮弗说，"戒指还是要卖，只是你最好把赚来的钱拿去让亨利·贝拉米去市场上投资。不出几年时间，你的本金就可以翻倍了。战后，总是会出现牛市。"

"可是那样子风险会不会太大?"

"目前，肯定不会。再说，有亨利帮你料理呢。他跟我说，市场即将繁荣起来了。我现在做梦都想让手里有现钱。可惜我穷得叮当响——就身上这件儿衣服值点儿钱，还有就是演出的薪水。等我手头一有钱，我立马就给亨利，让他拿去投资。"

二、珍妮弗：为了远离故土，她宁愿辗转他乡

一九四五年十二月，《一飞冲天》在费城还余下三场演出。正如亨利料想的那样，他们完全可以撤掉波士顿的演出，以便可以缩短将演出打入纽约的时间。整个剧组对纽约首演都已经迫不及待了，对演出的成功更是信心满满。然而她们的心弦依然紧绷着，毕竟纽约评论员的态度变幻无常，一切都不能想当然地下结论。

显而易见，珍妮弗正百感交集地忍受着演出前的这种煎熬，毕竟费城是她有史以来签约报酬最丰厚的演出。此时的她正百无聊赖地站在旅馆大厅里，笑容可掬地看着费城那位执着的律师。他正在恳请她再共进一杯夜饮。

"都凌晨三点了。"她露出一丝乞求的表情说，"我必须得休息一下。"

"你可以白天睡一天呢。走吧，我知道一家夜里不打烊的酒吧——正好就在这条大街上。"

“天凉了，我也太瞌睡了，真的，鲍比(Bobby)。还有，我不喝酒，而且现在一杯可乐也不敢再喝了，我肚子快撑爆了。”

“有那件儿大衣穿在身上，你还冷吗?”他似乎话里有话，目光停留在她身上的那件河狸皮大衣上。

她饱含深情地轻抚着它。“你把它送给我的，它穿起来比我的貂皮不知道要暖和多少呢，你真是我的天使。可是，我真得睡会儿了。”

“我陪你一起。”他充满渴望地请求她。

“昨天夜里，你不是已经得逞了，鲍比。”

“再睡一晚又有何妨?”

“当然有，在我工作期间就是这样。要不，明天打给我。”她像是在向她保证似的，对他微微一笑。

“几点?”

“晚上六点多吧。演出前，我们可以共进晚餐。”

“之后……?”

“之后，对。”她说完就点点头，给他飞了一个吻，跨进电梯去了。

她屋门口的地上躺着几张信纸。其中一张是一个专栏作家写的，有两张是让她打电话给克利夫兰的二十四号话务员。可是，现在已经太晚了，不能再给母亲打电话了。她看了下克利夫兰最后一次来信的落款时间——一点半。母亲再有耐心，恐怕也不会为了一个回电等这么长时间。最后一张是安妮的。她把一切都安排妥当了，公寓已经找到了，并且合约都签好了。安妮真是个极好的姑娘。珍妮弗对她十分妒忌，羡慕她对莱恩的那份儿深情厚谊。那种真情品味起来一定美妙绝伦，只是有得必有失。她的手游走在那件河狸皮大衣的绒毛之中——只需和鲍比一夜春宵。这真是一身货真价实的肉体的妙用，女人靠它捕获心仪的猎物。她的内心充满了好奇，爱上像莱恩·伯克这种人，真心地心疼他，那会是什么样的一番天地。爱上莱恩很容易……她的脑海中浮现出了第一眼见到他时的画面。

“今天晚上，我们去观看托尼·波勒的首演。”亨利说，“你必须不断曝光，保持在大众的视野内。我让莱恩·伯克给你护驾，而我会带着海伦，一切都安排妥当了。”她对莱恩这种男人喜出望外。她整个人浑身都散发着一种兴奋，因为她意识到自己遇上了她想要的男人，因为这是一个她除了想要别无所求的男人。她本想着当晚就把他要了，哪承想托尼·波勒从天而降。那真是个两难的抉择。托尼站在聚光灯下；他向她深情献歌；现场万众瞩目；冰封了她的笑容；她感到一面是莱恩·伯克强烈的吸引，一面是托尼·波勒的公开示爱。从一个伟男的角度看，托尼无法与莱恩媲美。一样的年龄——估计都在三十左右。可是，一个跟个小孩儿似的，那一个却已经长成参天大树了。不过，莱恩·伯克只是个小小的经理人，托尼·波勒却是明星，所以她做了决定……这再简单不过了。

她卸下全身衣物，把它们随意丢弃在椅子上。她明晚可能真的要留宿鲍比了，因为她想要一身儿晚礼服。她皱起了鼻子。他十分枯燥乏味，连呼吸都那么困难。不过，她得添置几件儿衣裳，而鲍比这样的人十分豪爽，当然也没让他们白给。而现在的莱恩·伯克……却是她扛不起的包袱。在她的脑海中，仿佛有一个自动运行的装置在支配着她的意识，以一台 IBM 电脑的精度及时地帮她清理掉所有垃圾念想，防止她的感情像澎湃的海水一样将她淹没。

在过去，事情并非总是一成不变。起初，她那汹涌澎湃的情感还会进行反扑，不过那早已成为过往，如今做决定已经自动化了。此刻，她又回忆起了莱恩·伯克。遗憾的是——当晚没有遇见幸运的时机。当时，她只能在莱恩和托尼之间挑一个，其结果一点儿悬念都没有。

莱恩看上去对此没有任何异议。忽然间，她的脑海里闪现出一种新的想法。“我和他一模一样!”答案肯定是这个。她是他享受不起的负担，可安妮——安妮肯定不合他的人生规划。她的脑海里又产生了一种全新的念头，又或许她没有把莱恩迷倒。不过那也太荒唐了。她的身体对每个男人都勾魂摄魄。她解除了身体上剩余的最后两道防线——乳罩和内裤，直接扔在地上，一丝不挂地站在落地镜前。她从人体美学的角度认真检查着自己的身体，实在是太完美了。她又将身子侧对着镜子，审视她双峰的侧影。它们一如既往地汹涌挺拔。她对折双臂，一步一步共做了二十五次胸部舒展运动。之后，她打开医药箱，从里面取出一大罐可可油，接着以外科手术似的精度，将那种油按摩进她的双乳，揉得很温柔但又带着几分力度，自下而上涂抹完毕。完了以后，她给脸上的妆以同样高水准地呵护，小心翼翼地卸下。下一步，她又打开一个罐子，涂了些护眼霜。再下来，她从一个小盒子中取出一张“V”字贴，粘在两眼之间的鼻梁上。最后，她重做了一遍胸部舒展运动，套上了睡袍。

她抬头看看闹钟。天哪，都快四点了，她依然没有睡意。这家破旅馆啥时候才开暖气？她被冻得瑟瑟发抖，赶紧拱进被窝，浏览了几张晨报。其中，有两张图片是关于她的，一张是报纸的资讯服务一栏提供的她和托尼在一起的照片。托尼！都是被他那个姐给害的，要不然他早就向她求婚了。当她想到米里亚姆(Miriam)时，不由自主地皱起了眉头。这时防皱贴突然将她扎了一下，似乎是在发出警告。她赶紧舒展开脸上的皱纹。她该如何对付米里亚姆？他们不可能甩掉她。若不是托尼按捺不住心中的欲火，她想和他享受二人世界简直就是妄想。想到这儿，她发现这是他们唯一见不到米里亚姆的时间。

桌上的电话突然发出了胆怯的铃声，似乎是怕吵到别人，因为确实已经太晚了。她像是在绝望中看到了一丝生机一样，一把提起电话。因为托尼有时也会熬夜到天亮。可惜是克利夫兰的话务员。她长出一口气，等着接听那个正在转接中的电话。

“珍(Jen)……”传来她母亲的唠叨声，“我在这儿等了你一整夜。”

“我也是刚回来，妈。我想着，太晚了就没给你回电话。”

“你让我怎么睡得安稳？我快烦死了，克利夫兰报纸上写了一篇关于你的长篇报道。上面提到你和那个王子离婚了，而且离婚判决中说你没得到一个子儿。”

“那是真的。”

“珍，你是不是疯了？明年约翰(John)就要退休了。指望他那点儿退休金，我们全家都得饿死。照这样下去，我们岂不是就要吃了上顿没下顿了。”

“妈，上周我不是给您寄去了五十美元。而且等这周的工资发了，我还会给您再寄五十美元。”

“你说得没错，可是你外婆病了，需要看医生。还有咱家的燃油炉泄漏了，再者——”

“妈，我会再想办法看能不能再多搞点儿钱。”这时，鲍比又在她的脑海里出现了。“可是如果再减去社保和个税，我的工资只剩——一百二十五美元了。”

“珍，妈妈省吃俭用供你到瑞士上学，可不想眼睁睁地看着你只当一名舞女，挣那么点儿小钱。”

“妈妈，你儿时饿着了。还有我的学费也是用的爸爸留给我的钱，你把我送去瑞士的真正原因是为了让我和哈里(Harry)断绝关系。”

“那是因为，我下定决心不让你嫁给一个汽车维修工人，以一个可怜兮兮的小珍妮特·詹森(Jeannette Johnson)的身份，了此一生。”

“哈里不会永远是个汽车维修工，要知道他正在努力成为一名工程师，我爱他。”

“呵，他还在做汽车维修工，满指甲的黑泥，还有三个脏兮兮的孩子。哈丽特·艾恩斯(Harriet Irons)，以前可是十里八村内的一个大美人儿，年龄跟你差不多，嫁给了他，现在看上去跟四十了一样。”

“妈，人家一个二十五的小姑娘怎么就跟四十岁的妇女一样了?”

“一个穷女孩，要是为了真爱结婚，那她就得老得快。没有永不褪色的爱。男人就爱一样东西。想想你那爸!”

“妈，这可是长途。”珍妮弗不耐烦地说，“你不是为了向我抱怨爸爸才打给我吧。除此之外，约翰好极了。我都快忘了我爸了，当然他肯定比不上约翰。”

“你爸，他就不是个东西。虽然腰缠万贯、玉树临风，可惜他不是个东西。但我就是爱他。我的家族从没富裕过，但我们可是名门。记得不——你外婆可是维吉尼亚·特里蒙特(Virginia Tremont)。所以，我还是认为你应该取特里蒙特做艺名，不应该叫那个愚蠢的诺斯。”

“得起一个稀奇古怪的名字，不让别人追踪到我的过去。这不是我们俩达成的共识吗？我要想冒充十九岁，我只能是珍妮弗·诺斯。要是我叫特里蒙特，弗吉尼亚的某些人就会认出我。要是我姓詹森，克利夫兰的所有人都会想到是我。”

“以你现在的知名度，他们都知道你是谁了。从你那次私奔起，整个镇子的人都对你议论纷纷。还有一家报社攻击你冒充十九岁，不过他们都折服于那个王子，所以不敢声张。我还以为你顺利结了婚，事情就过去了。没想到，不顾一切地跑了，没落下一分钱。”

“妈，您凭什么说是自己女儿跑了？在我们准备去意大利的时候，我发现他根本没有钱。”

“你这话是什么意思？我可是在报上都看见那些照片了！有钻石项链、貂皮大衣……”

“钻石项链那是他家祖传的。他给我买了貂皮大衣，但我总觉得他是从我们做宣传的那个皮货商那里拿的。在沃尔多夫他拥有一层楼，不过那是一家葡萄酒公司出的钱。他就像在给他们做代言人。他的爵位是合法的——万分高贵——可惜徒有其名，实无一文。墨索里尼(Mussolini)上台后，没收了他们家所有的财产。在那不勒斯近郊，还有他们阴森恐怖的城堡。我能在那儿居住，在国际组织中乞讨，在他们家那些珠宝中……过着上等人的贫穷生活。幸亏我及时查明了真相。他之所以对我说他是个有钱人，那是因为娶到一个美丽的美国女人，回去后将成为巨大的财富。我也是在婚后才得知了这一残忍的真相。渐渐地，他开始向我介绍他们那里几个腰缠万贯的葡萄酒庄的老板们，让我取悦他们——让他们对我为所欲为。妈，你仔细想想，他就是个上等社会的皮条客。我能落下那身儿貂皮就是万幸了。”

“那好，托尼·波勒又是怎么回事?”她母亲问。

“他可爱极了。”

“珍!”

“妈，他真的可爱至极……我真心喜欢他。再说，他也很有钱。除此之外，妈妈，我可能要签约拍电影了。”

“忘了电影吧!”

“凭什么? 说不定我能成功。”

“已经来不及了，你以为你还是十九岁? 听我说，幸运的是——你有一张好脸和一个好身材，这是所有男人都向往的……尽管这些身体特征不会永驻。你是怎么跟托尼·波勒介绍你的家境的?”

“那是个无懈可击的故事，基于部分实情。我老爸很有钱，可惜在英国死于一次爆炸袭击。但是，他把所有财产都留给了他的二婚妻子——”

“这些是实情……剩下的呢?”

“我爸留给了我一小部分遗产，让我得以完成瑞士的学业。由于我得装作十九岁，所以省略了在欧洲度过的五年时光。”

“你没跟他提起我吗?”

“我对他说您已经去世了。”

“什么?”

“妈，那我该怎么说呢? 我身边还有个妈妈、继父、外婆，他们现在住在克利夫兰，但是迫不及待想要搬来与我们同住，这样说吗?”

“既然如此，等你嫁给他以后，你打算怎么向他解释我的事情?”

“我就说您是我的姨妈，是我妈妈最要好的姐妹，需要我照顾。”

“那好。最近称重了吗？”

“我苗条得很，妈……”

“这我知道，不过你得保持好，或增或减都不行。那都会对你的两个乳房不利。乳房长成像你身上那两个一样大的话，下垂得很快的，到时候就难看死了。趁现在它们还好好的，赶紧让那些男人们出价。男人如牲畜——他们就爱女人的乳房。我之所以失去了你爸，就是因为我的胸太小。要不是因为这个，我早就过上好日子了……”她说着说着，便开始呜咽了。“哦，珍，我再不想过这种日子了，我要离开这里，去和你生活，宝贝儿！”

“妈——你眼下不可以不管约翰和外婆。”

“怎么不能？有约翰陪你外婆。就他那种不值一提的工作和他那样子，还指望他能上哪儿？他一辈子都别想买得起房子。”

“妈！”珍妮弗咬咬牙，拿出了点耐心。“妈，求您了。先让我嫁给托尼，之后我一定会孝敬您的。”

“他有说要娶你吗？”

“目前还没——”

“还等啥呢你？珍，不出五年你就三十岁了，我刚二十九岁，你爸爸就已经喜新厌旧了。珍，你得抓紧点儿时间。”

“哪有那么容易，妈。他家的财政大权掌握在他的一个姐姐手里。他们的妈妈在托尼刚生下来的时候，就已经去世了。是她这个姐姐一手把他养大的。虽然她很爱他，不过她不喜欢我。”

“珍，你得表现得强势一点，把她赶走，把自己扶上她的位置。要是你跟他结婚了，千万别跟她住一起，她非得让你活得狼狈不堪，再说，她肯定不会让我住进去。宝贝儿，动动脑子，学得精明点儿。只要女人掌握住钱袋子，就什么也伤不了她了。宝贝儿，我说的一切都是在为你着想的……”

暖气片“噼啪……”开始响了；阳光透过百叶窗，悄无声息地溜进屋子。珍妮弗还在失眠。她倒不是被母亲的来电困住了，因为她对此早已习以为常。不过她却害怕失眠本身，因为充足的休息时间是锁住容颜的不二法门。哪怕是睡不着，只躺在床上休息也是一样的效果。这些都是她私下里从一些书上看到的。她重燃一支香烟。话说回来，只是整晚地在屋里走来走去，每晚吸一包香烟，这叫哪门子休息？她步入洗手间，又在眼底抹了点儿护眼霜。眼下，皱纹还没长出来，但是这又能保持多久呢？她像这样每晚睡眠时间不超过三小时已经持续了很久了，是打——是打她在西班牙待的最后几周。她深深地叹了口气。这之前，她睡得很好。其实，睡觉是她寻求自我解脱的绝佳途径。每当她遇见解决不了的烦恼时，她就会盼望夜幕早点降临。直到即将和玛丽亚(Maria)告别的那几周……

玛丽亚是学校里最漂亮的姑娘。珍妮弗和其他那些初来乍到的留学生们对这个冷艳的西班牙美女视作偶像。玛丽亚是高年级学生，从没主动和别人说过话。她似乎不知道自己在留学生中间的女王地位，要是她知道，那只能说明她不为所动；她竟然没一个朋友。她这种孤芳自赏，徒增了她对那些低年级同学的吸引，这也使得她的同年级同学对她更加猜疑和妒忌。玛丽亚的毕业时间临近了，她即将离开瑞士，没有允许任何人捅破她那张女王般的窗户纸。直到那天，在图书馆……

珍妮弗放声大哭地看着母亲的信。她们家已经山穷水尽了，她这个学期末，就只能返家了。她在学校争取到了什么有用的关系了吗？尽管欧战给克里夫兰工业带来了一丝新的生机和活力，可是那里依然萧条。哈里娶了哈丽特·艾恩斯，还在加油站奋斗。她的眼泪正是为哈里而流……

“算了吧你，有什么大不了，值得你哭成这样。”

珍妮弗抬眼一看，眼前站着玛丽亚。高高在上的玛丽亚，竟然和她说起了话！玛丽亚坐在她身边，对她表示万分同情。她不厌其烦地听珍妮弗倾诉苦水。

“我妈，她到底想让我做什么？”珍妮弗在结尾时，不耐烦地说，“该不会是把我的英语老师想象成了有钱有势的大地主了吧……”

玛丽亚忍不住笑了。“爸妈们……”她英语讲得十分生硬，不过很流利。“我今年二十二了，而我的终身大事已经被我爸爸定下来了。那将意味着我们两家的土地合二为一，或者说别的共同利益的结合。西班牙内战以来，我的祖国百废待兴。残留下来的有实力的家族有义务齐心协力共渡难关。因此，完全赞同那些决定，可不幸的是，我堂堂一个自由的女人，却被迫和那头猪同床共枕……”

“我和哈里两情相悦。”珍妮弗伤心地说，“可惜我妈瞧不起他。”

“你几岁了，珍妮特？”珍妮弗那时的名字还是珍妮特。

“十九岁。”

“你占有过一个男人没？”

珍妮弗的脸一下子红了起来，赶紧低下头，两眼盯着地板。“没，但我和哈里……我们走得相当近。我是指——他揉过我……我摸了一次他的……”

“我已经和一个男的做过一次了。”玛丽亚十分明确地说。

“彻底交代了？”

“很对。那是去年的一个夏天，我和一个姨妈在瑞典度假时，遇见了一个英俊潇洒的男人。他曾经参加过奥运会，当时在做游泳教员。我对我爸爸准备给我挑选的那些男人一清二楚。他若不是一个携带着许多艺术珍宝叛逃出来的德国肥佬儿，就是一个卡里罗(Carrillo)家族的人。卡里罗家族的男人全没下巴。所以下定决心，最起码我的初夜得给一个外表俊美的男子。”

“我好想也和哈里做过，可惜他现在和另外一个女孩结婚了。”

“庆幸吧你！那真是太吓人了！那家伙……他用嘴咬你的两个乳房……他一步步挺进你的身体里。那里破了。最后，他累得汗流浃背，像一只动物喘着浓重的气息。而我流了不少血——结果还怀上了。”

珍妮弗无法相信眼前发生的一切。玛丽亚，全校无人可以高攀的女神，居然信任她！

“欧伦(Oren)！”玛丽亚愤然吐出那人的名字。“那些事儿都是他料理的，一个医生……疼死了……最后孩子打掉了。接着，我就发了高烧，得了重病。我被送至了医院……手术……从此，我再也不会怀上孩子了。”

“哦，玛丽亚，听了这些，我真为你难过。”

玛丽亚俏皮地笑笑。“不，这样很好！这样一来，我会让我爸按他的愿望，随便怎么安排。完了，我再把这件事告诉那个男人。没人会娶一个生不了孩子的女人。所以，我就不用再嫁了。”她说着，脸上露出一丝胜利的喜悦。

“那你爸爸没有责怪你？”

“哦，我姨妈帮我搪塞过去了。真相必须让她知道，不过她当时是我的监护人，必须对我负责，所以她就得做我的后盾。我会告诉他，我得了子宫瘤，只能切除。”

“真的?”

玛丽亚点了点头，“没错，我的子宫是没了——子宫内膜炎恶化所致。不过真棒，我再也不用担心我的例假了。”

珍妮弗想对她说抱歉，可是她却不能向她表示同情，因为她竟然不可思议地把那次伤害当成一种幸运。“那好，起码你的事情都已经有了着落。”她说，“不过我还得回克利夫兰。”

“你没必要回去。”玛丽亚斩钉截铁地说，“你有这么美丽的身体，怎么能让你的人生白白浪费在等待上。即便是等来了你的白马王子，他还不是会伤害你。”

“那我该怎么做啊?”

“再过两周，等这个学期到头了，你陪我去西班牙过夏天。相信我们一定能想到点什么。”

“玛丽亚!”听上去好极了。“可惜我没钱——我只够买一张回家的车票。”

“你将要到我家做客——我的钱绰绰有余。”

离校前的两周，是她入学以来在个人问题上，最成功的时光。小珍妮特得到了玛丽亚的照顾——这条新闻不胫而走，传遍了整个校园。那些姑娘们快嫉妒死了，眼睛瞪得老大了。玛丽亚依然保留着她女王般的面纱，隔离着别人，即使是珍妮弗，也只限于偶尔在大厅里碰见时，做个短暂的停留，给句简单的问候。

在她们离校的那一刻，玛丽亚对她的态度来了个一百八十度的大转弯，热情高涨、分外友好。她们就这样坐上了去洛桑的出租车。“我们眼下去不了西班牙了。我爸的电报……”她说着把那封电报交给了珍妮弗。上面给玛丽亚提议去瑞士过暑假，因为西班牙依然弥漫在战火和硝烟之中。死亡人数达到了一百万，伤员还有数十万之多。正因为如此，他们家里找不来佣人，索性举家搬进了旅馆，直接把家给封了。不过，这一切很快都会过去的。但相比之下，她待在国外会过得更好。电报里还附上了一个瑞银的账号。

“我们拥有了充足的钱。”玛丽亚说，“我们环游世界都绰绰有余，可惜整个欧洲都在打仗，所以没有法兰西，没有德国，也没有英格兰。”

“我们到美国去吧。”珍妮弗提议说，“我们能到纽约去，我从未去过纽约哩。”

“怎么去？我又不是美国人。战火席卷了整个欧洲大陆，自由的旅行成了空谈。当然了，你或许可以坐国际红十字会的救济船——你是美国人，会被优先考虑——可是，还是会出现水雷和潜艇。话又说回来，我不稀罕去纽约。就让咱们在这儿度过这个夏天吧。我想希特勒迟早要赢的，那时候一切都会过去的。”

就这样，她们继续在瑞士熬了整整三年。

第一夜，她们发展成了恋人。虽然珍妮弗对这个建议有点出乎意料，但至少她并不讨厌；其实，她甚至对此还有些好奇。玛丽亚依然是学校里的那个女英雄，再加上玛丽亚合乎逻辑的解释彻底洗去了这种畸形之恋的所有污浊。“我们两情相悦，我想教你性知识，使你体会那种巅峰的快感——而不必通过某些残忍的男人对你进行蹂躏。我们一点没有错。我们不是那种把头发剪了，打扮得跟个爷们儿似的，被称为‘蕾丝’的人。我们只是互相吸引的两个女人，而且我们懂得似水柔情和深情热爱。”

那一夜，玛丽亚一丝不挂地立在珍妮弗面前，对自己的身体无比自豪。她的身子的确很棒，不过珍妮弗发现自己的比她的更曼妙无比，这使得她内里隐隐地涌现出一丝喜悦。她怯生生地让衣服全部落在地板上。玛丽亚对她胸前那两座巍峨的山峰大吃一惊，发出的惊喘之声清晰可辨。

“你比我想象中的更美。”玛丽亚用柔软的嗓音说。她饱含深情地用手在珍妮弗柔嫩的双乳上轻轻抚摸着。接着，她俯下身子，又用她的脸蛋儿挤压着它们。“你看，我是多么怜香惜玉。要换作是一个男人，早把它们蹂躏得不堪入目了。”她用手指快速地在珍妮弗的全身上下过了一遍。珍妮弗出乎意料地感到一丝敏感的兴奋……她浑身都颤抖起来……

“来吧。”玛丽亚牵着她的手。“咱们躺下，吸根儿烟。”

“别啊，玛丽亚，别停下来。”珍妮弗恳求道。

“等下，我会抱着你、抚摸你，让你心满意足。只是我想使你感到和我一起做，会很舒服。所以我想渐渐的、温柔的……。”

玛丽亚正是像她说的一样做的，很温柔，很有耐性——每晚进展一点儿，越来越自由，教导珍妮弗渐渐反应，让她丝毫没有尴尬。“你不能一味被动索爱，必须学会主动施爱。”玛丽亚强调着说，“取悦我，正如我取悦你那样。”每晚玛丽亚都如此鼓励她，到最后，珍妮弗惊奇地发现她自己的激情已经不在玛丽亚之下了，领略了无数个做梦都没想到能够达到的极乐之巅。

她享受的是同玛丽亚的二元关系。夜里，她对玛丽亚万分渴望，极尽奢求，心醉神迷；白天，她把玛丽亚看作朋友，看不出一点儿暧昧。玛丽亚和她一样，只是个女孩儿，她们牵手逛街，一起去探索陌生的小镇。她们的友谊十分纯洁。

时不时，她们会遇上几个魅力十足的男子——滑雪教员和练习者——珍妮弗发现很难和那些人发生艳遇。玛丽亚始终对他们的挑逗退避三舍，不过珍妮弗却发现有几个俊小伙还是相当吸引人的。好几次，在和他们跳舞的时候，她都能感觉到自己的身体在那种雄壮体魄的紧紧拥抱中兴奋地颤动着。她一听到男生们在她耳畔轻声地说出一句情话，就会发现自己十分渴望能够回应他。

曾经有一回，她悄悄跑出去同一个分外帅气的巴拿马男孩溜达了一会儿。他是个医科学生，想等战争结束以后，到纽约接着进修。他对她渴望至极。他吻着她，而她依偎在他身上，以同样的热度回报着他的吻。搂着男人这种坚实的臂膀，挤压着彼此彼此的胸膛，这种感觉太美妙了……完全不同与玛丽亚那双嫩手的力度，男人的手更有力量……男人的嘴唇更加结实。她虽然非常想和他在一起，不过她还是挣扎着离开了他，回了咖啡厅。玛丽亚早已觉察到她失踪了，当天晚上，当她们回到二人世界的时候，有些冷场。珍妮弗发誓是因为她的头有点痛，所以一个人出去换了换新鲜空气。最终，玛丽亚上了床，才得到了一丝宽慰……

她们在一起的绝大多数时间还是很棒的。玛丽亚很舍得花钱。她给珍妮弗买了一大堆好衣裳，带她学滑雪，让她的法语变得很流利、讲得很随意。后来她们在洛桑玩腻了，于是去了日内瓦。

在瑞士这三年过去以后，玛丽亚接到了父亲让她回西班牙的消息，但她没有听从。终于，到了一九四四年，他把她的支票停了。她除了回家，已经没别的选择了。

“你跟我走吧。”她跟珍妮弗说，“可是我们得花掉你回美国的路费，因为我的钱不够我们两个人用。”

珍妮弗意识到，她即将把自己的自由也一并交出去。在过去的一年，她逐渐已经开始厌倦玛丽亚对她身体的渴望了。不过，相比之下，克利夫兰和她母亲对于她来讲更枯燥乏味。西班牙！说不定，她可以在那儿遇上一个出身尊贵的英俊的西班牙男子。她不过才二十二，从严格意义上讲，她现在还是一个处女……有何不可呢？

珍妮弗已经在西班牙逗留了一年多了。她确实碰上了很多称心如意的男人。有几个似乎还行得通。可惜玛丽亚如老鹰般监视着她的一切活动。她们去哪儿都被玛丽亚的一个姑姑陪着。玛丽亚对珍妮弗的好事更是横加干涉，来确保她在那件事上不能有任何进展。珍妮弗开始感到绝望。玛丽亚对她的占有让她感到窒息。她终于明白母亲为什么害怕贫穷。只有钱才能解放人。在西班牙，无论她的生活多么奢侈，她的服装多么艳丽，她还得依附于玛丽亚。要是回克利夫兰，她也同样面临形式不同的关押——嫁给一个三等男，让他以相同的方式蹂躏她的身体。归根结底，没钱，你就等着给别人当俘虏吧。不过，总会有出路的！

她开始彻夜难眠，麻木地承受着玛丽亚对她身体的侵犯，还要装出一副很满足的样子，直至玛丽亚累得气喘吁吁，这时，她就意识到自己安全了。然后悄悄下床，坐在窗户跟前，不停地抽烟，遥望着满天的星星，陷入了无尽的思考……

钱！她一定得有钱。答案就是她的肉体——它将为她工作。它已经为她服务这么久了。她想去纽约，换个名字，掩盖她的真实年龄……也许可以做模特。只要能赚钱，干什么都行。她再也不想被人捕获了。

当原子弹被投放到战场的消息不胫而走时，整个马德里都极度兴奋地期待着那些新闻。就连玛丽亚也屏着呼吸，坐在收音机旁，聚精会神地等着听广播公报。珍妮弗利用这一机会，给母亲发了一封私信，教她写封信谎称自己病了，必须让珍妮弗回去照料。

她母亲顺从了她的要求，玛丽亚别无选择。临行前，她们互表忠诚，发誓对彼此的爱，至死不渝，珍妮弗承诺母亲身体复原后，立刻回来。当玛丽亚给她手中塞进那本旅行支票时，她心头涌现出一阵羞愧。“这些值三千美元。如果你省着点儿花，应该够你返程的路费了，要是万一不够的话，给我发电报。我把我的命都交给你了，你一定要回来。”珍妮弗将她的大部分衣服仍然放在了西班牙作抵押，来进一步消除玛丽亚的怀疑。离开西班牙，她直奔了纽约，在一个商务旅馆落了脚。她给母亲寄了五百美元，并让她转寄全部西班牙那边的来信，还告诉她在任何情况下，都不能把她的行踪和新取的名字透露出去。

起初，珍妮弗每天都能收到玛丽亚的来信，但她一封也没有回。她刚踏上纽约的热土，就遇见了一件走运的事——撞见了那个巴拿马的医科学生。真幸运，他很清楚地记得他们当年已经认识，而且他对她十分中意。他很自然地接纳了她的新名字，对她的过往只字未提。接下来的三周时间，他们每晚都要在床上翻云覆雨一番。之后，他把米拉洛王子介绍给了她……

时间已经是早上七点了——她把最后一根香烟熄灭。她必须得睡会儿。她想把鲍比侍奉得好一点儿。然后，她就可以得到她的晚礼服以及寄给母亲的钞票。

三、尼利：非同寻常的个人首秀

一九四六年一月，《一飞冲天》受到了纽约评论界的一致好评。海伦·劳森的公众知名度又达到了新高；尼利也被给了了几次优秀提名　　那种强度还不至于遭受海伦的敌意，但其光芒已经超出了尼利最高的期待。

尼利对此吃惊不已。一个评论家称其为好几个演出季以来最棒的舞台新秀。她受到如此吹捧，加上她有了新公寓，真是好事成双，所有这些使她觉得自己马上要成为一个有身份的人了。

新公寓分外奢侈浮华，令她简直无法相信。安妮真是太传奇了！这姑娘啊！她总是能交上好运。说来也巧，事情总是和艾伦脱不了关系，可这次却是和艾伦父亲沾上了边儿。吉诺把阿黛尔甩了。她一气之下，去伦敦做舞女了，入住了多切斯特旅馆。正在她将要动身的时候，安妮与之相逢，拿下了她美轮美奂的公寓。尼利摆弄着卧室里的一切——那床罩、那台灯……竟然还铺着一条白色的地毯，这些东西她以前在梦里都没见过。

话又说回来，这只是一次短暂的转租。等到六月一号，阿黛尔就会重新把这个公寓收回去。不过到了那个时候，珍妮弗或许已经嫁给托尼了，安妮可能已经嫁给莱恩了，她也该嫁给梅尔了。尤其是梅尔的新工作有起色的话，那真是一个豪华的圣诞大礼包从天而降！约翰尼·马伦(Johnny Mallon)给了他两周的试用期，担任一个广播剧作家！要是他在那件事上有所作为的话，他们就发财了。梅尔说过，写广播剧每星期可以赚五百美元。梅尔在试用期能拿到两百美元，同时，她每周也能挣两百美元——并且由于她们不需要去波士顿了，演出比预期提前三周进入了纽约。老天爷呀，一切简直完美至极！

她准备去买几件上档次的衣裳。毕竟，她那件紫塔夫绸裙子前前后后穿了上百次了。老天爷啊！珍妮弗从费城带回来的衣裳把整个衣柜都填满了。怪不得她总是一贫如洗。她还说托尼·波勒一毛不拔呢，人家送了她那么大一个美丽动人的蓝戒指，她怎么还说那种话？珍妮弗竟然说它只不过是蓝宝石。老天爷啊！要是她能收到一个蓝宝石戒指，早就心花怒放了。不过，眼前的首要任务是买件冬衣。奥尔巴克百货公司①正在进行大减价。

她和梅尔被约翰尼·马伦邀请参加他的新年夜宴，不过他们必须在海伦的化妆室里等待新年钟声的敲响。“十二点的钟声不响，你们别想着离开剧院，去参加什么夜宴。”海伦边说，边倒香槟。

---

① 美国一家服装百货商店，销售中等价位的服装和饰品。

约翰尼的夜宴热闹非凡。尼利还是第一次参加这种群英荟萃的聚会。所有人都认识她！真是太让人意想不到了——没有一个人不知道她是谁！她简直要按捺不住心中的激动了。刚才，约翰尼·马伦还告诉梅尔，他的试用期已经结束了，可以把自己当作永久的一员了。我的老天爷啊！那真是太好了。她的嘴上总是挂着“我的老天爷啊！”这句话。听见她这句话，有些人会忍俊不禁，但都是善意的笑……大家都以为她是在开玩笑。不过，也许等她和梅尔那些有涵养的朋友打成一片以后，她肯定会掌握一些优美的表达语句。她在后台，只能学到那些上不了台面儿的词儿，除此之外，她一无所获。梅尔肚子里很有墨水儿……他是个大学生。我的老天爷啊！像梅尔这种大学生——竟然看上了她！

那个新年前夜令她终生难忘。梅尔说也会让他永远铭记。她一回到他住的旅馆，就投入了他的怀里，紧紧地抱住他。“我好开心，梅尔——又很担心。”

“一九四六年，我们迎来了开门红。”在他们俩准备上床时，梅尔说，“你也知道，这让海伦·劳森感到一丝悲伤。在我们从她的化妆室出来时，她看着是那么的孤独。”

尼利皱起鼻子。“你听着，从来没有人陪海伦·劳森约会。今晚有她那个变态设计师陪着她，已经算她走运的了。我的老天爷啊！梅尔，你的旅馆也太破了——这都已经是清晨了好不好，竟然没有暖气。我们那儿整晚都吹着暖气。”她爬到床上，钻进了他的怀里，依然浑身哆嗦。

“那好——你挑个日子，我这就搬走。若是你愿意，我们随时可以结婚。我一定给咱俩找个好公寓。”

尼利紧紧地依偎在他怀里，两条腿死死地夹着他的腿，以便使自己可以暖和一些。

“感觉如何，尼利？今晚约翰尼跟我说的，你都已经听见了。我已经定下来了——现在每星期赚两百块。”

“我们一样。”

“那么咱们结婚吧。”

“行。到六月一号。”

“我们有必要等那么久吗？”

“主要是我们几个女孩搞到的那间公寓到那天才到期。要是我早走的话，还得贴进去那三分之一的房租。正因为我们都快要结婚了，所以大家当时都同意那个协议。”

“我们付得起。咱们把钱给她们。”

“你不是在开玩笑吧？想让我交双份租金？”

“可是，尼利，我想要你。”

她咯咯笑着，“你已经得到我了，来，要我……现在……”

“但是尼利——”

“我们到六月一号结婚。赶紧，梅尔，把我变成你床上的羔羊。不，不能做那种套路——我没戴子宫帽。换另外那一种路数……来吧，求求你了，梅尔……”

一九四六年二月的一天，安妮和珍妮弗目不转睛地盯着尼利，她正指导几个搬运工摆放一架大钢琴，这让她们俩看得呆若木鸡，对此实在难以置信。

“我刚签约了詹森·哈里斯经理公司。”尼利向大家公布了这个消息。

“亨利怎么了？”安妮问。

“呃，昨天我们进行了一次长谈。我一跟他说詹森·哈里斯经理公司来找了我，他立马就给我解约了。我跟他说，我现在的地位还用不上经理人，还得依靠一家有实力的经理公司做后盾。亨利对此毫无异议。你们看啊！看看出了什么事……”

“他们送你了一架钢琴？”珍妮弗问。

“不是，不过他们掏的租金。他们还把我安排进了拉鲁日会所——再过三周就可以开演了。”

“可你不是在演《一飞冲天》吗？”安妮说。

“我准备两面开弓。我只会在拉鲁日会所参加午夜秀。这样一来，我每周就可以挣到三百美元了！这棒不棒啊？你们猜我还得到了什么？詹森·哈里斯代理公司把我交给了齐克·怀特(Zeke Whyte)——钱也是他们付的——他对我进行统筹安排，指导我的演出。齐克只为大牌明星服务。当他听完我唱的歌，说稍加一点儿火候，我就能很了不起。他还说我是朱迪·加兰(Judy Garland)①和玛丽·马丁(Mary Martin)②两者的完美结合。”

“那好，千万别让某个海伦·劳森也悄悄溜进你的灵魂深处，否则我们就把你这‘三位一体’全扔出去。”珍妮弗边说边向安妮递了个眼色。

“这架钢琴是不是很耀眼夺目啊？”尼利一边问，一边饱含深情地用手滑过带着斑驳痕迹的斯坦威③。“齐克非得要这一架。它着实让这个屋子添色生辉了不少，对吧？”

珍妮弗点点头，“那是自然。给它营造了一种现场的气氛——简直就是一个排练厅。”

尼利那稚嫩的脸色突显出一丝愠色，“天啊——你不愿意

---

① 朱迪·加兰(1922—1969)：美国著名女电影演员、歌手。

② 玛丽·马丁(1913—1990)：美国著名女电影演员、歌手、百老汇明星。

③ 斯坦威：世界顶级的钢琴品牌。

让它摆在这儿吗?”

珍妮弗笑了笑。“不，我就是很好奇，将来你准备把芭蕾舞吧搁在哪儿？这就是你接下来的打算，没错吧?”

安妮哈哈笑了起来，“别约束她的小野心，珍。有个明星在这个家里，会令它蓬荜生辉的。”

尼利做了个鬼脸，“我这样做都是为了挣钱。到了六月，我和梅尔就要成亲了。我想多挣点钱，将来还住一处和这个一样好的房子。”

“他哪有时间给约翰尼·马伦写剧本?”珍妮弗问道，“我看他是你的特约新闻发言人。我还从未见过谁有你这么大的宣传力度。”

“他难道不该如此吗?”尼利强调说，“不管怎么说，我的全部努力都是为我们两个人的将来而奋斗的。”

“你真的毫不在乎成功——做明星那档子事儿?”珍妮弗问。

“图什么？混到最后只图能和几个臭变态们过一个寂寞的新年前夜？哦，我在婚后还得工作——可是，婚姻才是最重要的。还有，这话从你嘴里说出来可真有意思——是谁为了托尼，竟然拒绝了二十世纪福克斯电影公司那份合约?”

珍妮弗耸耸肩。“那份合约很不怎么样，每周才赚一百五十美元。”

“不过亨利觉得你应该签约。”尼利继续说，“要是钱再多些，你是不是就签了?”

“可能……我猜我会。我没真才实学，尼利，你货真价实。”

“是的，可那凭的不只是才华。嘿，让我们给这里收拾一下。齐克随时都有可能出现。”

“这里光秃秃的跟一根针似的。”安妮强调道。

尼利四处跑着倒烟缸。“珍，这里的烟缸被你用了一个遍。齐克说，他很庆幸我不是烟民，哪怕是吸二手烟，都不利于歌手的发音。”

珍妮弗挑了挑眉毛。“你将要开唱的那个会所也禁烟吗？”

“没有，可是我没理由让自己的家被污染吧？”

之后的三个星期里，齐克·怀特接管了那个公寓。他开始对尼利进行无情地排练。安妮和珍妮弗没有一次回来见不到他。他具有一种女性的柔美魅力，把自己当成了一个严格的督导和杰出的音乐家。他无情地鞭挞着尼利。

“他到底想要怎样？”尼利大声盘问道，随后，满脸泪水地跑进了房间。“以前，我就算一节音乐课也没上过，可歌唱得也很好。猛然一下，他就想把我变成莉丽·庞斯（Lily Pons）①——在三周之内！安妮，你过去告诉他，让他给我滚得远远的！”

这时，齐克总会在门口出现。“可以了，尼利……闹够了，让我们接着干活吧！”

“不，”她就会支支吾吾道，“你太刻薄了。”

“我理当如此。能做到最好，谁还愿意退而求其次呢？”

尼利最后不得不返回，不断地重复着“返回”……“更高的要求”……“更多的闹腾”……“更高的要求”……无穷无尽。

就在第二周末尾，他们之间爆发了最激烈的争吵。尼利痛苦不堪地来到贝拉米—贝洛斯公司。“他呢？”她向安妮盘问道。

---

① 莉丽·庞斯：（1898—1976），法裔美国大都会歌剧院杰出的花腔女高音歌唱家、电影演员。

“谁呢？”

“亨利！我想让他重做我的经理人。我急需他的帮助。他必须帮我把齐克撵走。”

“亨利在国家广播公司。齐克现在又怎么你了？”

“他想让我将我现在的衣服统统烧掉！”

“什么？”

“你全听见了。统统烧掉！他还说我的衣服太烂了，甚至我拿去送人都不行。连这身新外套都不例外。”她一边说，还一边顺手深情地抚摸着她衣领上的红狐。“我在奥尔巴克百货掏了七十美元才买到的。”

安妮在心底笑了笑：“呃，这身外套穿在你身上不太潮。”

“听着，打我生下来起，就一直在穿我姐姐不要的衣服。如今，我想穿什么衣裳，终于可以自己做主了。”

“齐克说他想让你穿啥衣裳？”

“天知道？待会儿，他想让我到某设计师那儿见他。这就是我为什么急着让亨利——去跟他说——去跟他说我有自己的权利。”

“尼利，现在你不必靠亨利，你自己去跟他说。”

“不，我不想顶撞他，那样他就会离开我。我的老天爷啊！安妮——他给我的歌喉带来了惊人的改变。有时，连我自己都无法相信它是我的。并且，这才用了短短的两周时间。要知道，我有史以来头一回对自己的走红感到了一线生机。我现在都能顶起那些自己做梦都没想到的我能顶起的音阶，并且把它们掌握得游刃有余。他简直是个天才。”

“如此看来，他对着装的看法想必是对的。”

尼利长吁一口气。“那好，我把首演的服装全交给他打理。它的设计很独特，因为在某些歌曲中，他给我安排了舞蹈和一些其他的动作。不过这件外套我是不会扔的……”

在紧接着到来的一周，她将那身外套，还有那条紫色塔夫绸裙子，连同参加演出以来新买的六件新衣裳都给了她姐。齐克迫使她买了一身首演时穿的晚礼服、两身日常出去逛街穿的毛衣，以及一身紧身的蓝色海军服外套。她满怀怨恨地盯着那个空空如也的大衣柜。自此以后，她交替换穿着那两件毛衣，穿着它们，她连饭都不敢吃——沾上一点儿污渍，她的半个衣柜就“下岗”了。

“你敢想么，就这身儿衣裳，值一百二十五美元。”她一边和梅尔说，一边小心翼翼地将纸巾盖在她的蓝色毛衣上。他们正坐在萨蒂斯会所，在这儿，尼利可以坐前排桌子——这总是让她感到受宠若惊。

“它看上去漂亮极了。”梅尔说，“不过看起来值不了那么多钱。”

“齐克说，我必须塑造出自己的形象，并且一直把它保持下去。”

“就凭这身衣裳，他指望你能塑造出什么形象呢?”

她耸耸肩。“我也不知道。依你看，它给你的感觉怎样?你上过大学。”

梅尔啃了口三明治，眼睛打量着那件衣服，心里沉思了片刻:“呃，我敢肯定，你穿成那样，一点也不像百老汇里正在升起的新星。”他认真端详了她。“更像一名学生妹。是的，这个比喻恰到好处——你就像一个名牌女子专科学校里刚毕业的学生。”

“这样好看不?”

“亲，这个我也说不出来。无论你穿任何衣服，我都爱你——即使是那件吓人的紫东西。”

“梅尔，我可从未听你说过你讨厌那条塔夫绸裙子。”

“我第一次遇见你的时候，你就是穿的它，我不想打击你。”

“那我的那身黑色的红狐领子大衣怎么样?”

“呃，它的确是个一般货色……而且穿在你身上，让你显老。”

“这身朴素的海军服外套看着就不一般吗?”

“我不太懂，亲。不过我个人感觉它和你很搭。那些变态们的品位确实都很高。”

“哦，好吧。”她长出了一口气，小心谨慎地吃起了她的三明治。

一九四六年三月。所有人对尼利的个人首秀产生的巨大反响都始料未及。安妮是陪莱恩和亨利一起到场的。珍妮弗坐在对面那张大桌子上，陪着托尼·波勒、他姐姐、他的词作者以及几个歌曲推广人。海伦·劳森和她的舞台经理人助理一起来的。她向亨利招了招手，却对安妮熟视无睹。

这是场司空见惯的会所里的首演。记者是为工作需要而来；各界名流是为了在记者面前曝光而来。没人对尼利抱太大期望。人们对此早已习以为常——一个黄毛丫头，想通过参与一部轰动的演出，来充实一下微不足道的收入。他们带着对她充沛精力、远大抱负的尊重而来；他们将留下自己疯狂的崇拜而去。

安妮无法相信自己的眼睛。她在演出中，时不时地捕获珍妮弗的目光，然后，互致以惊喜的对视。亨利·贝拉米的屁股已经挪到了椅子的最边沿儿。

尼利给人的感觉令人分外赏心悦目。舞台上的光线把她稚嫩的小脸映衬得格外美丽，还有她的服饰——一身朴素的白缎子衬衣，搭配一条迷你海军式缎子裙——秀出了她那双不可思议的美腿。安妮惊呆了，以前她怎么就从来没有发现它们，还有她那近于完美的小蛮腰和胸前那一对儿刚刚冒出来的小蓓蕾所营造的娇小身姿。

“流失了一颗璀璨的新星。”亨利低声耳语道，“天呐！莱恩——我们是如何让她溜出了我们的五指山？”

莱恩摇摇头。“在我们疏忽大意的时候，哦，她真是个尤物!”

“她实在是太好了，是不是啊?”安妮轻声细语地说。

“岂止一‘好’字,”莱恩回答说，“她简直无人能及了，太令人难以置信了。”

自此以后，尼利引起的轰动，使得那栋公寓一下子陷入了混乱之中。屋里的电话不停地叫着，客厅变成了供采访、照相、排练的场所。所有的广播剧都邀请尼利做嘉宾。她签约了一家主流唱片公司。米高梅①看中了她，二十世纪福克斯也想与她合作。海伦·劳森和她翻脸了，从此和她一句话也不说了。

尼利的心情一下子跌至了谷底。“试想，她装作跟不认识我似的。”她对安妮说。

珍妮弗咧着嘴笑了起来，“那正是因为你是明星了。直到现在，她仍对我喜爱依旧。”

“下一季，我本想要留在这部剧里。”尼利解释道，“不过

---

① 米高梅：米特罗是洛氏公司旗下的一家子公司，洛氏后来相继收购了高德温和梅耶两家电影公司，早在一九二四年已经成立了米高梅。

我现在不会了。吉尔伯特·凯斯给我续签了一份合约：从六月一号起，我将饰演一个更大的角色，并且工资上涨一百美元。但要是海伦·劳森以那种方式对我，我就干不下去了。”

安妮忍不住笑了。“行了吧，尼利——你们两个又不在同一幕里出现。你只是想以此作为你六一时离开那部剧的借口，好让自己的良心得到一丝慰藉。”

“为什么我会感觉欠凯斯的呢？如果不是因为你，我绝不会得到那份工作，安妮——再者是海伦要排挤苔瑞·金。”

最后，她签约了二十世纪福克斯电影制片公司。“她同其他那些电影制片公司相比小了一点儿，”她进行了说明，“不过詹森·哈里斯公司认为它是我的最佳选择。他们有两部电影去年入围了奥斯卡金像奖。所有的新星都被纳入到了他们麾下，我会成长为一颗真正的明星。”

她接拍电影这件事，并没有给梅尔带来一丝喜悦。“可是你不觉得这很棒么，”尼利坚决地说，“我必须在那部剧里演到五月的最后一天。阿黛尔来信说她的六月中旬将要回来，无论如何都要把房子收走，因此——”

“那珍妮弗还有安妮将何去何从？”梅尔问。

“呃，《一飞冲天》会继续演出一年。珍妮弗会留在剧里，直到嫁给托尼。可是没有迹象表明他们要结婚了。他们只是约会——还没谈及婚姻。”

“可是她们准备住哪儿呢？”

“哦，事情现在已经有着落了。她们或许要暂时搬到奥温旅馆。在那儿，她们可以租到一个价格公道的套间儿。”

“那我们呢？”

“我们要结婚了——六月一日，恰如我们的计划。”

梅尔笑开了花。“老天爷啊！我原本以为你再也不想了呢。”

她紧紧地攥着他的手。“那时，我们会直接到加州度蜜月。‘老大’正在给我准备房子。”

“老大?”

“哦，我都忘跟你提他了。”尼利叽叽喳喳地说了起来。“上周，他来市里了。西里尔·H. 比恩(Cyril HBean)——不过没有人叫他西里尔或比恩先生，而是叫他老大。他是一位亲切的小老头，五十岁上下，皮肤分外黝黑，长着一头鹤发。他太和蔼可亲了——真像一位慈父。他说要在好莱坞给我租个房子——一月三百美元，还带个游泳池。只是他告诫我不能再在太阳底下暴晒了，因为我脸上的雀斑早就很多了。之后他还说，要是苗头不错，我大获成功的话，我就可以收获一栋比弗利山庄①的房子。”

“有区别吗?”

“我哪儿知道。或许它处于街上环境不好的那一面。房子安排在了好莱坞，他为此对我感到有些抱歉，我装作心领神会了。不过你想象一下，梅尔——一栋房子还带泳池。”

“尼利。”梅尔伸出手去，一把拉住了她的手。“你是知道的，我爱你——”

“并且，梅尔，我起步每周就能挣到一千美元！你想，我们能挣多少钱啊。”

“尼利……约翰尼·马伦剧在纽约。”

“放弃它。”

“仅此而已?”

---

① 比弗利山庄：美国洛杉矶好莱坞的一个高级住宅区，许多好莱坞明星的豪宅都在那里。

“梅尔，你没疯吧？你每周才挣两百美元。”

“到了明年我就能挣到三百美元了。”

“到时候，我还挣一千呢！并且，唱片挣的钱，我还没算在内。詹森·哈里斯公司说，我明年仅唱片收入，就将达到两万五。想象一下吧你！”

“那么我干吗？坐在那个游泳池里？”

“梅尔，你得跟着我，我们是合体。我离不开你，离不开你的宣传，竭尽全力替我做公关——要比现在多得多。”

“电影制片公司会给你派人的。”

“对，他们是会。可是他们怎么能跟你比，那些新闻发言人要兼顾我和所有其他的明星。我想让你只为我一个人工作。还有，梅尔，所有的钱都交给你管理。我活到今天，一张支票还没写过呢。就连跟我那两个女友一起住在那家公寓里，也是她们跟我说我得出多少钱，然后，我给她们掏现金。而且，我的老天爷啊！我还不懂怎么和女佣和厨子们打交道，甚至连怎么聘请他们都不会。我还从未有个属于自己的家，只能靠你搞定所有事情。梅尔，你必须与我同行。没有你，我到那儿寸步难行。”

“不，尼利。我不能那样做。”

“为什么？不管怎么说，这一切你都脱不了干系。我当初是凭借什么进了拉鲁日？”

“詹森·哈里斯公司定的。”

“可是梅尔，詹森·哈里斯之所以对我产生了好感，还不都是因为你给我做了那么多的宣传。他们没有在我参加完《一飞冲天》首演后，就跑来和我签约，可能是因为当时我还不是今天这种水平的歌手——这个归功于齐克——不过，是你让我得到了他们的关注。”

他抓住她的双手。“赐予你完美歌喉的人不是齐克，也不是我，而是它天生如此，不过是被我们挖掘出来了而已。”

“那么，一如既往地帮助我，梅尔。我离不开你……我爱你。”

“可是尼利——我对它一无所知，不知道它行不行得通。虽然我还从未到过好莱坞，不过对那儿的运作模式还是有所耳闻的。我会变成尼利·奥哈拉先生，不会有人看得起我。”

“你不会是以为我会参加那些奢华的好莱坞的盛宴，或者跟那群人打成一片，对吧？那儿和这儿差不到哪儿去。我总是会接到各种首演的邀请电报，我们偶尔会参加。也没见他们叫你奥哈拉先生。”

“这儿跟那儿不一样，尼利。”

“但是，我依然是那个我，我们依旧是那个我们！看吧，梅尔——我想努力工作，挣大钱，或许五年之内，会抛开一切事情。所有人都会知道，你对我很负责任。求你了，梅尔。你要是不和我同行，我也不去了。”

“现在，尼利——”

“梅尔……求你了……”

他伸手，压在她手掌上，“那好。我也向往晒成黝黑的好莱坞皮肤。宝贝儿，我会让整个布鲁克林记住我……”

四、珍妮弗：如愿以偿的托尼太太

一九四六年十二月的一天，珍妮弗站在一把椅子上，想把那个帽盒塞进衣柜顶层的格架上。可是，有两个手提箱突然间落下来了，幸亏她躲得及时，差一点儿就砸中她的头了。

她发起了牢骚："这个破衣柜太折磨人了。"

安妮协助她把那两个手提箱重新放回原位。"我的衣柜可以借给你用来放衣服，只是它也装得挺满——全是你的衣裳。"

"就这么两个小破衣柜，这种旅馆还指望让人住呢？为什么阿黛尔不在伦敦找个英国阔佬，留在那儿呢？上帝啊！那间公寓太让我怀念了。"

"这两个衣柜已经够大了，珍。按理说，没有人会有这么多衣服。"

"它们，我一件也看不上。"

"珍！你可别再买衣裳了！我的衣柜已经成了全城最好的

了，因为一件新衣服刚穿到你身上，还没等脱下来，你就嫌弃它了。由于我总是变换不同的服装露面儿，莱恩那两颗大眼珠子瞪得可大了，都要从眼窝子里跳出来了。”

“呃，要是托尼送我新貂皮大衣做圣诞礼物的话，你就可以把我那个旧的拿走了。”

“旧的！去年你刚刚得到！”

“我恨死它了——它总是令我回忆起那个王子。除此之外，它是野生貂皮。它和你的头发很搭，不过我需要一件深色的。”

“到那时，我从你那儿买下来。”

“别傻了！”

“我有钱，珍。那个戒指换的钱以及我那一万两千美元都让亨利拿去投资了。”

“你们进展得怎么样？”

“呃，那个戒指我们仅仅换了两万。它可不止值那点儿钱，可人家说市场不属于卖方，不能讨价还价。亨利将全部的钱都投资了美国电话电报公司。它也没涨多少，不过我得到的红利还不错。”

“不过，不要动你那些股票。”

“你还好意思说。这个月，你的照片登上了《时尚》①和《哈泼氏》②，却一个子儿都没存住。坦白讲，珍，你同朗沃斯代理公司签约以来，一定赚了一大笔钱。哪承想，都让你花在衣服上了。要是你把那些钱打理好，肯定是另外一种

① 《时尚》：始于一八九二年，是美国康泰纳仕集团出版的一本综合性时尚生活类杂志。

② 《哈泼氏》：始于一八五零年，是美国第二家不间断发行的周刊，内容涵盖了文学、政治、文化、财经、艺术等领域。

光景。”

“除了衣服，我还得给我妈妈寄钱，叫我上哪儿存钱？做模特每周进账三百、四百的，算哪门子钱啊？不，我把宝押在了托尼身上。我都二十六了，安妮——我的时间所剩无几了，也没有那么多将来了。托尼对我的衣服很着迷，媒体都称我百变魔女。我把这视为一种投资，拿我全部的钱冒这个险，在托尼身上孤注一掷。要是能掷出个婚姻，我就能飞出生活的鸟笼了。”

“还是没理由把你的貂皮大衣免费赠送出去。”

“我都穿它超过一年了，所有人都见过。要是我嫁给了托尼，弄上十几套都不在话下。而你呢，除非莱恩那本书惊人地畅销，否则你的那件貂皮大衣还不得等到猴年马月。”

“呃……谢天谢地。上周，他就已经完成了那本书。”

“好极了！你们现在能成亲了！”

安妮笑了。“哪有你说得那么容易，得先过出版商这关。他将它交给了贝丝·威尔逊（Bess Wilson）——一位著名的文学作品经理人。要是她能看上它，并且愿意接手的话，莱恩就算是抓住了一半的胜算。贝丝·威尔逊介绍给出版商的稿子，会自发地引起他们更加浓厚的兴趣。”

“他几时才能收到回信？”

“打今儿起，每一天都有可能。他盼望着在圣诞节前得到回复。嘿！尼利被卡住了！”安妮一个箭步冲到留声机前，将针头往前送了送。

“那张唱片都被你听坏了。”珍妮弗说。

“它太美妙了！我真为她感到骄傲。我迫不及待地想欣赏她即将完成的电影。”

珍妮弗猛地一下甩上了柜门。“介意我把它关掉吗？我想看书。”

安妮把那台留声机关掉了。“珍，现在都凌晨两点了。我们俩都该去睡觉了。”

“我的小夜灯碍着你了吗？”

“不，是你睡眠不足碍着我了。有时，我在半夜醒来，发现你的床上空空如也。”

“我跑去客厅里吸烟了，以免影响到你。”

“你在烦什么呢，珍？因为托尼？”

珍妮弗耸耸肩。“从某种程度上说，是这样……不过，我孤枕难眠都一年有余了。可是，我确实被托尼搞得心烦意乱的。等到了二月，他就该去加州录制一套广播节目了。”

“在他走之前，也许会向你求婚。”

“只要米里亚姆还在我们身边晃悠着，就不会有那种好事儿。当我俩单独相处时，他对我言听计从的。但那也只限于在床上。我不可能一直守着一个被窝里的太平绅士度日。”

“私奔怎么样？”

“这个我何曾没有想过——计划去马里兰①。可事情不像你说的那么轻巧。当他躺在你的床上时，满口答应了你，一旦下了床，他的眼里就只有米里亚姆。”她转身往卫生间走去，对安妮说，“好了你睡吧。用不着你也为我担心，我自己可以想办法应对。”

“睡一觉试试。”安妮边说，边用手将自己的枕头拍平。

“我会试的。不过，在这之前，我要先做保健操，全身擦点润滑膏。”珍妮弗说罢，关上了卫生间的门，很无力地取出那瓶可可油。借着卫生间刺眼的灯光，她仔细端详着她的脸，

① 马里兰：美国一个州，属于美国中大西洋地区。

已经有少许极小的皱纹在她眼皮底下悄然生成。再过四年，她就将进入而立之年啦！《一飞冲天》演到六月才结束，可是她已经在里面熬过了整整一年。一年了，却仿佛一无所获。当然了，她随时都可以和二十世纪福克斯电影公司签约。可如果她签了那个合约，和托尼一同前往西海岸①，她将再也得不到他了。那么，要是他不带她去，他会苦苦思念她，会派人来接她吗？痴心妄想！米里亚姆会让他看清形势，他四周有数不清的美女，年轻的美女！

对，托尼觉得她才二十。不过，一旦他真的见到一个二十岁左右的女孩儿，她看上去就有点逊色了。米里亚姆近来总是盯着她看——还问些有趣的问题，想从她的嘴里套出她的入学时间。多亏托尼是个傻蛋。她突然停了下来，没错——托尼就是个傻蛋。要不然，难道是米里亚姆管得太宽了，压根儿就不用他动脑子？他做起音乐来，一点儿也不马虎。乐曲里面稍微有点跑调儿，都逃不过他的耳朵。不，仅仅是米里亚姆从不给他思考的机会。米里亚姆！她使劲儿地往眼底抹了好多油。她必须得睡了。她又回到了卧室。安妮几乎已经睡熟了。于是，她坐到床上，熄了灯。

一小时的时间已经过去了，她仍无丝毫睡意。一如往常，这还是那种不眠之夜。静静地，她来到了客厅。她可以睡——只要她够勇敢。她拿起了她的提包，从里面掏出一个小瓶。她盯着那几个长得跟子弹一般的药丸儿，这是厄玛(Irma)昨晚把它们送给她的。（“只需小小一颗，保你睡上几个钟头。”）

---

① 西海岸：美国西海岸。指的是美国西部最西边、位于太平洋沿岸的州，以加州为核心。

厄玛只给她了四颗速可眠[1]。(“它们也是我的命根子。我不敢再多给你了。”)厄玛在剧中顶替尼利的角色。她断言是这些红“娃娃”拯救了她的生命。(“我也很想再多给你一点儿，珍妮弗，可是你得有医生开的药方。我每周才能买来十颗。”)

她该不该试一颗呢？想想都吓人，像它一样小的红药丸就能把你催眠。她走进那间小厨房，倒了杯水。她取出一颗药丸放在手中，看了一会儿，她的心扑通直跳。这是麻醉剂——不过也太荒唐了！厄玛每晚都吃一颗，她看上去毫发无损。厄玛自打加入演出起就很焦虑，七个月下来了，她还是烦躁不安。(“我感觉所有人都拿我唱的歌跟尼利比。她的歌迷不计其数，她的专辑火得很。”)

看来，一颗不会有什么大碍。于是，她将它吞下，将那个瓶子重新放进了提包，赶紧跑回了床上。

不知道得多久它才能显灵？她还是感觉清醒得很。她连安妮微弱的呼吸声都听得一清二楚，还有床头柜上那个闹钟滴滴答答的响声，还有街上的汽车声——其实，一切反而变本加厉了……

突然，她感受到它了！哦，天啊！太棒了！她整个人都感到轻飘飘的，她觉得自己的头很沉重，又轻如空气。她正在进入梦乡，睡吧，哦，美好的小红药丸……

第二天，她就去看了亨利的医生。他冷酷无情地把她拒绝了。她身体好得很。真是无稽之谈！不，他是不会给她开那个叫速可眠的药的。别老喝咖啡，少抽烟。她可以睡着的。要是还睡不着，那说明她不需要睡那么多觉。

---

① 速可眠：医学上称司可巴比妥，服用后 15 分钟左右即能发挥催眠与入睡作用，久用可产生耐受性和成瘾。

“事情可不是那样做的。”几天后，厄玛跟她讲解道，“你不能看那种好大夫，更不能进去就问他们要那种药。最好的办法是找个下九流的大夫——有点黑心的那种。”

“可上哪儿寻啊？厄玛，在那些小红‘娃娃’的保佑之下，我一连睡了四个囫囵觉，简直如临仙境。自从它们用完了，我又有两晚都没合眼了。”

“去西区那些下三滥的旅舍寻寻。你总会在一个布满灰尘的窗户上瞧见一个行医的牌子。”厄玛向她讲解道。“千万别一进去就问人家要药，你得给他兜兜圈子。你进去跟他说，你是从外乡来的——最好是加州。那件貂皮大衣就别穿了，否则他准该狮子大开口了。跟他说你老失眠，然后，他会走个过场，听听你的心跳，此时，你只管一个劲儿说，你只求睡几晚安稳觉。接着，他就该给你开一个十美元的药方，够你用一周。私下里，他肯定在想，你用完了，还得来找他。他还会喜气洋洋地以为每周十美元赚大发了。不过听我的，这绝对是物有所值。或许为了找到那个理想中的大夫，你会碰好几次壁——我也曾碰过两次壁——不过你最终还是会如愿以偿的。你可别再去麦克利旅店了——那是我看病的地方，会引起那个医生怀疑的。”

珍妮弗的医生是在西区第四十八大街找到的。当他神情麻木地翻出一个脏兮兮的听诊器，三心二意地给她听脉搏的时候，她就已经意识到她要找的人就是他了。而当他掏出他那本儿空药方簿时，她就完全确定了。“宁眠泰尔①还是速可

---

① 宁眠泰尔：此药品的商品名为耐波他，学名为戊巴比妥，一种巴比妥类药物，用于充当癫痫发作时和手术前的镇静剂，也可作为一种短效的催眠药物使用。

眠?"他问。

"那种红的。"珍妮弗含糊其辞地说。

"这是一周的速可眠。"说罢，他将方子交到她手里。"这些足以缓解你的症状。要是没有好转，下次再来。"

看到珍妮弗的情况有所好转，安妮很替她高兴。她对药丸儿的事一无所知，所以才为珍妮弗彻夜都能安枕而欣喜若狂。她还在想是不是托尼那边，出现了什么令人意想不到的转机。

然而，在圣诞节前夕，就在安妮整理着行李，打算像往常一样去莱恩那里过周末时，珍妮弗终于做出了一个重大的决定。

"就这么着了。"她宣布说，"今晚，我准备让托尼开车载我到埃尔克顿[①]。如若不然，他就休想再见到我了。昨晚，我已经想通了。要是不奏效的话，起码我还余下六周的时间可以和他周旋。趁着他还有六周时间在城里，我就到处露脸，和别的男人打成一片，非把他逼疯。等他疯到一定程度，就会服软，把我给娶了。你让我眼睁睁地看着他去西海岸，还不如让我死了算了。"

"今晚米里亚姆会在哪儿?"

"她还不是我们在哪儿，她就跟到哪儿！拉波巴会所今晚有场首演。我已经跟托尼说过了，等我从剧院出来以后，要回家换身儿衣服，所以叫他来这儿接我。米里亚姆将跟他的团队一起在拉波巴会所等着我们。这样一来，我就能和他单独在一起了，整他个措手不及。要是我好好表现……"

---

① 埃尔克顿：是美国马里兰州塞西尔县的一个小镇。

托尼进来时，她穿的是睡袍。

“嘿……赶紧穿好。十二点半演出就要开始了。”

她来到他跟前，“先抱下人家嘛。”她的话里充满了柔情蜜意。

当他从他们拥抱中挣脱出来以后，急促地喘着气说，“宝贝儿，让我换口气。天啊！只要是一靠近你，我就感觉自己需要输血。”他的双手轻抚着她的一对乳房。他的手指十分笨拙地在解她缎子睡袍上的那排扣子。“天啊……为什么你非得穿带扣的睡袍?”他将她的睡袍从双肩往下拽，直到腰间。他禁不住靠后挪了一步，他的呼吸来得更加急促。

“珍，你这对咪咪无人能及。”他将手轻轻地放在上面。

她笑着说：“它们全是你的，托尼。”

他慢慢屈下膝盖，将脸埋藏于它们之间。“哦，天啊！太让我不敢相信了。每当我摸它们时，我都无法相信这是真的。”他的嘴贪婪地吸吮着。她轻轻地把他的头往上抬。“我不想动。”他的嘴一边工作着，一边咕哝着。

“托尼，咱俩结婚吧。”

“好的，宝贝儿，没问题……”他正忙着撕扯掉其余的扣子，终于，它自然地脱落到了地板上。她急忙往后撤。他顾不上站起来了，紧跟着她，用两个膝盖往前爬。她又往后撤。“托尼，全部这些，”她的手自上而下轻抚着她的身子，“全不是你的……它归我所有!”

他立即又跟了上来，她再次躲开了他。她轻抚着她的大腿，手指摸到了两条腿之间的位置。“这还是我的，”她用柔软的声音说，“可‘我们’都需要你，托尼。”她嘶哑着嗓子低声说道，“脱了你的衣服。”

他扯下他的衬衣。上面有几个扣子被拽掉在了地上。最后，他赤身裸体地立在了她的眼前。

“你这身材也挺好的。”她渐渐地笑着说。她随后又退了退。“不过我的更好。”她不慌不忙地揉搓着她的胸部，像是乐在其中的样子。他立在那儿，眼巴巴地看着，喘着急促的气息。于是，他冲向她，可她硬是躲开了。

“你只能看，”她用柔软的声音说，“不能摸。直到它属于你……”

“可它就是我的——你是我的！”他发出一声低沉的怒吼。

“只是租。”她甜甜地笑着说，“而我现在要收走了。除非你真心实意想要。”她重新对她的胸部耍弄了一番。“想要永久保留。”

他跟着她，身子不住地颤动。“我愿意。快来我身边儿……立刻，马上！”

“可不是现在。等到你娶我那天。”

“一定的，”他声音嘶哑着说，“我会娶你的。”他接着去捉她，可她还是躲着他。她的脸上始终挂着微笑，她的手不停地在自己身上游走，时而把弄她迷人的双乳，时而抚摸她的大腿，享受着自摸的乐趣。她那双勾魂摄魄的眼睛眨也不眨地盯着他。

“你到底什么时候娶我，托尼？”

“稍后，我们会谈的——一干完……”他在她身后不停地追，完全掉入了她布下的陷阱。她终于让自己被他捉住……他揪住了她的两个奶子……如饥似渴地将嘴放在上面吸吮起来……他将手伸进了她两条大腿的中间。她突然躲开。

“珍！”他喘着粗气说，“停！你在干什么——杀我？”

“娶我，不然你以后就别想再碰我——永远！”

“我愿意，我愿意……”

“马上，今夜。”

“怎么能在今夜结婚呢？我们还要验血……还要领证。从明天开始，我们就着手办那种事情。我保证。”

“不。到那时，米里亚姆又要让你打退堂鼓了。”

提到米里亚姆是走了一步错棋。猛然间，将他带回了现实。他熊熊燃烧的激情开始慢慢退潮。说时迟那时快，她赶紧穿过屋子走动起来，扭着腰，深情抚摸着她的一对乳房。“我们会想你的，托尼。”她低声细语道。

他迅速在屋子里穿过，一把捉住她。

“今夜就把‘我们’娶了，托尼。‘我们’都是你的……”她摩擦着他的身体。

“我能怎么做呢？”他哀叫道。

“开上你的车。我们可以去马里兰州的埃尔克顿。”

他两眼直勾勾地盯着她。“你指的是他们可以让我——像那样结婚？”

“就是那样！”她打了一个响指。

“可是米里亚姆——”

“米里亚姆，交给我，我会跟她说的。”她说，“我们结完婚，我就给她打电话，告诉她这一切。她有什么不满，叫她对着我嚷嚷。你以后就能搂我在怀里，我浑身上下都是你的……永远。”她又将身子在他身上摩擦。“摸我，托尼——它将归你所有。你以后可以对我为所欲为，托尼。所有——连那些以前我不愿意你干的事都可以。”她挣脱出他的怀抱，站在那儿，扭动起来，屁股动得很有节奏。“还有，我会为你做所有你过去求我做的那些事儿……等我们婚后。”

“现在，”他恳求道，“现在，求求你——做完之后，我们就去埃尔克顿。”

“不。去埃尔克顿回来以后。”

“我忍不住了。我已经等不到那个时候了！”

她走近他。“你能。因为我们今夜把婚一结，”她让自己的手指在他的身体上来回抚摸，轻轻地咬着他的耳朵——“到那时，我们可以玩个痛快。”

他的双唇已然干涸。“那好，你赢了。就看在老天的份儿上，让我们赶快走吧。”

她伸开双臂把他抱住。“不会让你后悔的……我会让你如痴如醉的。”

门口传来了一阵刺耳的敲门声。珍妮弗从他怀里钻了出来。“我想不到谁会来。托尼，你没有给谁说过你来这儿了吧？”

他摇摇头。她穿上了她的睡袍。是一个带着满脸歉意的旅馆男侍者，手里拿着一份电报立在外面。

“是找安妮的。我得赶紧给莱恩打个电话，找到她。事情肯定万分紧急。”珍妮弗说。

她坐在床头开始给安妮打起电话。托尼尾随着她进了卧室。哦，天啊！这真是在干傻事！她站起身来，把睡袍裹在她身上，用手紧紧地握着。安妮跑哪儿了？怎么没人接？

“你好。”是莱恩，太好了，他去请安妮接电话了。托尼正在扯她的睡袍，她一把将他推开。

“嗨，安妮？刚来了份儿你的电报。好，你稍等。”她把它撕开了。托尼下手很轻，但还是牢牢地将她按在了床上。她一手拿电报一手拿电话，不敢出声，试图把他推走。她用一只手捂住话筒。“不，托尼！这会儿不行。不！”他已经骑在她身上了。她看了看电报。托尼的嘴找着了她的双乳。哦，天啊……“安妮……对，我还在……安妮……我的天啊！你妈妈过世了！”她感到托尼正火急火燎地进入她，在她体内不停地野蛮冲撞。她紧紧地咬住牙齿，尽量保持声音的流畅。“对，安妮。这是电报的全部内容。我难过极了。”她把电话挂了。托尼已经横躺在她身上了，满带着疲惫的喘息，露出了心满意足的神情。

“托尼，你这个混蛋。太不公平了。你在用不正当手段占我便宜。”

他慵懒地笑着说，“宝贝儿，谁让你天生具有那么诱人的——一对这个东西。”他轻轻弹了一下她的乳房。

“我们得赶紧把衣服穿好。安妮正在往这儿赶。”

他穿上他的衬衫。“天啊！我多为你痴狂，是不是啊？衬衣上连一颗扣子都没了。我得赶紧回旅馆再换一件新的。”

“顺便把行李打包好，托尼。”

“干什么？”

“我们得去马里兰州——忘了吗？”

他笑笑说，“这会儿可不行，宝贝儿。我们要是能快一点儿的话，仍然能赶上拉波巴会所演出的一部分。现在，你赶紧穿好衣裳，我马上就回来——二十分钟之内。”

“托尼，要是今晚你不和我私奔，就再也别想见我了。”

他走到她身边，戏谑地捏了捏她的下巴。“你肯定还会见我的，宝贝儿。我是最好的，有谁可以取而代之？”他向着门外走去。“穿得好看点——许多媒体的朋友们会到场。”

她眼睁睁地看着门被死死地关上了。真该死，真该死！时机多好啊！安妮妈妈真该死！天下的妈妈都该死！连死了还照样蹿出来糟践你。刹那间，她记起——这周，她还没给她母亲寄钱。圣诞节马上要来了。她母亲早就相中了一件波斯糕羊皮大衣，她非得要。她不想这辈子连一套皮大衣都没穿过。她赶紧冲到书桌前，潦草地签了一张五百美元的支票，将它塞入信封，外面写道："圣诞快乐！波斯羔羊快乐！珍妮特。"总之，她母亲起码还能过个愉快的圣诞节。该死的！什么时候才能轮到她过一个呢？

之后，她赶紧穿起衣服。托尼马上就要回来了，她不想再在这儿见到他了。她必须给他施加压力，因为时间已经不多了。

她准备和安妮一起去劳伦斯维尔。她是安妮的好朋友，这是应尽的友谊。她给亨利·贝拉米打了电话，把这个消息告诉了他。当他听到这个消息以后，昏昏欲睡的声音突然如被惊醒了一般。她完全可以陪安妮一起走，不用担心，关于吉尔伯特·凯斯那儿的事他自会处理。她还能租一辆汽车，记在他的账上。坐汽车去劳伦斯维尔比火车省事多了，免得还要中转。安妮太可怜了——一前一后，在一年内，失去两个亲人。

当安妮与莱恩赶到时，什么事情都已经被安排妥当了。就连安妮的小旅行包都被珍妮弗收拾好了。"我给你装了两条黑裙和你的深灰色西服。"

"我们坐清晨的早班火车回去就行了。"安妮说。

"不。刚十二点半，我晚上总是睡不着。我开车——你就睡在车里。明天一早，我们就到那儿了。汽车我已经订好了，它随时都能赶到楼下。"

"我会去参加葬礼的。"莱恩说。

安妮转身对他说："不，莱恩，你又不认识我妈。我一个人回去就行了。把你的时间放在那本书上。"

"你到了，立马打电话给我。"

珍妮弗催着他们下楼。一个服务员已经站在一辆闪亮的黑色小轿车那里等着她们了。他给珍妮弗填写了一张登记表，交给她一串钥匙。就这样，五分钟后，她们就上路了。莱恩目送着她们远去，直至汽车尾灯消失在车流中。这一切进行得如此之快。他对珍妮弗这种担当精神感到十分诧异。他以前冤枉她了，她并不光只有一个肤浅外表。他沿着那条街走着，正好和刚从出租车里跳出来的那个喜气洋洋的托尼失之交臂。

葬礼被安排在周一举行。他们刚到劳伦斯维尔，安妮就接管了一切，十分冷静地安排着各种事情。那是一场十分愚蠢的事故，是母亲的过错。她一直患有白内障，以前总是艾米阿姨开车，可是艾米走了以后，她非要自己开。那天晚上，天下着大雨，她一如往常玩过桥牌后，从教会回家。半路上，没看见那辆拖车，当面与之相撞，安妮的母亲当场就死了。

葬礼举办得平和而又十分严肃。莱恩和亨利每人送了一个巨大的花束，斯坦伯格小姐同其他女孩一起都献了花圈。当天晚上，安妮进行了例行的接待。全镇的人都来表达哀悼，捎带偷窥珍妮弗的美色。

周二清晨，珍妮弗提及了返回纽约的话题。她们坐在充满阳光的早餐室内。珍妮弗非常喜爱劳伦斯维尔的生活。这个镇上那些人的眼珠子，都快要被她吸引出来了，这种赤裸裸的赞美把她逗得前仰后合的，不过最令她难忘的还是安妮名下的这座大房子。

“我必须得回去继续演出了，”她说，“不过我想，你可能还要在这儿再住上一些日子。”

“住这儿干什么呢?”安妮问。

珍妮弗四下张望了下。“呃，这座房子，你肯定对它还恋恋不舍。”

“我已经和我的律师交代好了。我让他把它卖了，带上家具以及其他全部家当。”

“它是多美的房子啊，安妮。我想你该把它留下……租出去。”

“我讨厌它。我讨厌这个镇子。我想跟过去的一切做个了断。要是我还留着这个家，难免还得回来。但要是我将它卖了，我就彻彻底底地不必再回来了。”

“你的童年时代很糟糕吗?”

“不能说是糟糕，只能说是一无所有。”

“我感觉你不爱自己的妈妈。”

“对，我是不爱她。可我也不厌恶她。无论是爱还是恨，她都没有给过我那种机会。这不能怪她，要怪就怪劳伦斯维尔。哦，珍妮弗，我宁愿一辈子住在第五十二号大街那个我曾经住过的阴沉沉的单间里，也不想待在这儿。劳伦斯维尔快把我闷死了。我能体会到它——正向我逼近。”她不禁颤抖了一下，“你可以想象，我以前的全部生活都是在这儿度过，我至少认识三十个这儿的姑娘，但一个知音也没有。我才去纽约一年多，就得到了你、尼利和莱恩。”

“呃，你得到了莱恩和我。我们已经好几个月没有我们的大影星的消息了。”

“等到三月，她的影片就要上映了。你想——她的处女作影片要在音乐厅开幕!”

“在那方面她确实做得不错。我了解到她已经不知道在什么地方又开始拍第二部了。真好奇，她何时才会要孩子。还有梅尔，你觉得他能胖到哪儿去?”

她们齐声笑了出来，珍妮弗添了点儿咖啡。“不过，今天下午，我就得走了。如此一来，我今晚就可以到了。起码，我还能赶上明天的午场演出。”突然，她皱起了眉毛，“天啊！托尼可能以为我让人绑架了。我走时也没给旅馆留句话，米里亚姆一定正在暗自庆幸呢。”

在她驾车返回纽约的乏味旅途中，不停地思索着托尼。就算一切顺利——哪怕他们结成了婚——米里亚姆还是会阴魂不散。托尼对此是无知的。“她养育了我，为我付出了她一生的心血。”每当珍妮弗被米里亚姆没完没了的干扰所绊住的时候，托尼就会吼着对她说，“她是世上唯一一个一心一意对我的女人。”

可惜米里亚姆不能和他同房。珍妮弗的脸变得僵硬下来。她并非只是奔着他的钱和一个安稳的生活而去的。她还想当个好妻子。她想生个孩子。托尼不仅得到了他预期的收获，还能得到意想不到的好处。她不是在欺骗他。欺骗？为了什么？世上的男人还不是都一样。托尼能够满足她，大部分的男人都做得到。玛丽亚调教过她的身子，使她懂得了如何唤醒它。它很容易……

回到那家旅馆，她发现自己的信箱里塞满了信件。有些来自朗沃斯代理公司——哦，天啊！她忘了跟他们打声招呼了——不过剩下的全是来自托尼的。接线员通知她，波勒先生刚才打电话过来了——已经是当天第十次打过来了。珍妮弗露出一丝满意的微笑。时间已是深夜两点了。她进了自己房间，脱了衣服，不过没吃速可眠。她躺在床上，静静地等候着。

电话铃声在二十分钟后，响了起来。当她接通电话时，托尼欣慰的叹息声清晰可辨。之后他便吼道：“你究竟是跑哪儿去了？”

“去了外面一趟。”

“别胡扯了!”说着他换了种语气，他的感情像突如其来的潮水一般，汹涌澎湃。“你听着，宝贝儿，我都急得快要灵魂出窍了。你跑哪儿去了?”

当他听完她的解释后，心头那阵汹涌的潮水并未完全平息。也不完全相信她的话。

“从什么时候开始你也会跑出城参加什么葬礼了?”

“安妮是我最要好的朋友。”

“好吧，不过你在外面都快待到猴年马月了。出什么事了? 抬灵的人中是不是有一个靓仔?”

“他们一个个全是,”她甜甜地说，“说实话，我还从未在哪个市里见过如此多靓仔。”其实五十岁以下的男人，她连一个都没搭过腔。

“珍,”他的声音里充满了柔情。“我现在去找你怎么样?”

“托尼，现在已经快凌晨三点了。”

“不出五分钟，我就能到。”

她张开嘴，假装打呵欠。“不好意思，我困了。”

“那，明天吧。下午早点过去。三点钟，我有个录音时间，不过四点就结束了。”

“我还有午场演出呢。在周三——记得吗?”

“那好，午场演出退场，我去你家。”

“不。你是知道的，演出之间我得保持装束。我害怕弄乱我的头发。”

他长吁一口气说，“那好，那好! 那我到那儿，接你去吃晚饭。”

“到时候看吧……”她把电话挂了。

午场演出过后，她没回家。在夜场演出之前，她硬是逼着自己坐下来看了一整场电影。在夜场演出时，她吩咐看门人，要是托尼在演出退场时来接她，就告诉他说她走了。她一直坐在化妆间里，直到那个看门人进来锁门。对，波勒先生来过，他按她交代的话给他说了一遍。她给他了掏五美元，便往家走去。

她刚走进公寓，就听见电话在响，她没有搭理。它每隔二十分钟便响一回。每次她向接线员查对——都是波勒先生。到了早上五点钟，三声电话铃响后，她终于抓起了话筒。

他已经火冒三丈了。“你跑哪儿去了！”

“演出之间，我在那儿看了场电影。”她故意说得跟在蒙人似的。

“哦，很对！晚上是怎么回事儿？你肯定是火速逃离了那里吧！”

“我一直都在那儿。看门的老头儿肯定是搞错了。”

“你是想让我说，你整晚都待在家吗？”

“嗯——”

“那好，告诉你吧，打十一点半时起，我每隔二十分钟去一个电话。所以你是刚到家！”他的声音听上去很得意，像是他取得了胜利似的。

“我肯定是睡得太沉了，没有听到电话铃声。”

“我敢肯定，或许是和你在葬礼上混上的一个波士顿靓仔一起吧。”

她把电话挂了，带着天使般的微笑躺下了。那个计策很管用！她走进卫生间，取出一瓶塞得密密麻麻的红药丸。真是个额外惊喜！在劳伦斯维尔，她故作无知地将她失眠的毛病说给了罗杰斯(Rodgers)医生。她灿烂的微笑蒙蔽了他的双眼。他很有同情心，还很善解人意。葬礼经常令人失眠。第二天，他来时带了一个装了二十五颗速可眠的小瓶子！

她又听见电话在不停地叫着。估计托尼会打到天亮。她交代接线员不用再转接了，就说她今夜不再接任何电话。为保万一，她还拉上了门上的保险栓。之后她扭开了那个瓶子，并从中倒出了两颗。一颗就见效——何况两颗！这真是普天之下最让人醉生梦死的感觉了。她轻轻地将头放在枕头上。她感到周身飘逸着一种轻柔的麻木感。哦，天啊！要是离开了这些伟大的红“娃娃”，她该怎么活啊！

她和托尼又玩了两天猫捉耗子的游戏。每天夜里她都饱含深情地望着那瓶速可眠。要是离开这些‘娃娃’，她无论如何也做不到。她只会度过一个个无眠之夜，吸烟、发愁——之后她就会失去勇气。

在周五晚上，当她来到剧院时，发现托尼在舞台入场处站着。他粗野地抓起她的胳膊。“好了。你赢了。”他咆哮着说，“我把车开来了。我们今夜就前往埃尔克顿——立刻。”

“可是我有演出，而且明天也有午场演出。”

“我会进去跟舞台总监说你生病了。”

“可是一旦咱们私奔了，他们还是会从明天的报纸上读到这个消息的。我会被炒了，或许还会被指控违约。”

“那又能如何？你都快成托尼·波勒太太了。你肯定不打算再在那部剧里演出了，你说是不是？”

（肯定不会了！她疯了？除此之外，亨利会把摆平一切的。就是这样！）

她抓着他的胳膊。“去跟他们说我病了，托尼。说实话，我的确开始觉得头晕……”

珍妮弗欢欣鼓舞，托尼神魂颠倒。他们真的结婚了！埃尔克顿的各大媒体都接到通知了。他们向当地的记者和摄影师们微笑着摆着各种姿势，还接受了美联社、合众社的采访。到最后，他们驾车出了城，入住了那个城市郊区的一家小旅馆。

现在，当托尼坐到了床上时，当他看着珍妮弗正在从行李里面取出物品时，那种冲动的激情给他带来的麻醉开始烟消云散。他突然变得惊恐万分。

“米里亚姆会把我杀了。”他吞吞吐吐地说。

珍妮弗走到他身边，伸开双臂将他抱住。“你又不是三岁小孩，托尼，你现在是我老公。”

“等我们跟她说这件事的时候，你一定要陪着我。”他支支吾吾地说。

“我都成你老婆了，亲爱的，我会永远陪在你身边。”

“可她会发疯的，珍。”他的眼泪夺目而出。这时，他一下子将头埋到了枕头里，呜咽起来。“我好怕……哦，我好怕……”

珍妮弗一动不动地立了一会儿。一阵恶心的感觉像浪涛一般向她袭来。她体会到自己有种想要转身逃跑的冲动——可去哪儿？为什么？这种事情没有人懂。他们也许还会觉得她有毛病。她必须担当起这个责任。托尼是明星，天才们总是有特殊的癖好。或许是这样——他比大部分男人感情更脆弱。

她坐上床，把他的头搂在她的怀里摇晃着。“事情总会好转的，托尼。”她用柔软的声音说道。

“可是米里亚姆会发疯的，她会发飙的。”他满眼泪花地看着她。“全是你的错。是你把我逼到这个份儿上的。”

“我早跟你说了，由我出面应对米里亚姆。”

“真的？你真会这样做吗？”

“对。”她轻抚着他的头。“只要别忘了我是你的老婆就行。”

他伸出双手，捉住了她的那对乳房。渐渐地，他开始擦拭眼角的泪花，破涕为笑。他色迷迷地看着她。“那现在，我可以对你为所欲为了。”

她挤出一丝微弱的笑容。“对，托尼……”

他快速将她的睡袍剥下。“把身子翻过去。”他大声吼道。

在他狠狠地进入她时，她顶着剧烈的疼痛紧紧地咬着牙关。她感到他的指甲在她背上狂挠乱抓。微笑，珍，她在心里自言自语。你做到了——你已经是托尼·波勒太太……

米里亚姆将那张电报揉作一团，目光呆滞地停留在半空中。埃尔克顿！呃，出事了！她已经严加看管了，用上了各种手段——她还给那个奥恩斯比每周发两百美元！她急忙抓起电话，用她那粗粗的手指一个劲儿地按着号码。

“不好意思，影响你睡觉了，奥恩斯比先生。”她咆哮道，“可你竟然拿着我的钱，睡你的觉！”

他的心一下子提到了嗓子眼儿上。“八点时，我跟踪他来到了舞台入场处。他一直在那儿等那个女人。八点——哦——零一分钟，她来到了他身边。他们开始站在那儿谈话。他们谈了大约半小时，我知道她该进去了，所以我才离开了，去吃了几口饭。我知道自己有三小时的自由时间——她得参加演出。我再次出现的时间是十一点，但是在那儿没见到他。要是他去接她的话，最晚会得在十一点一刻到那儿。我在那儿一直蹲到十一点半，之后我回到了他的旅馆蹲点儿。我是在几小时前才离开那儿的。他没进去。我把所有的会所排查了一遍——他不在附近。因此我估计，她今晚或许有别的约会，他跑去跟别的小姐鬼混了。她已经躲了他连续好几夜了，每次退场都是一个人跑回家的。”

“可是，她今晚压根儿就没参加演出。”米里亚姆厉声说道，“他们已经私奔了！”

电话那头儿开始陷入寂静之中。

“我每周给你两百美元，就是想破财免灾的。你算哪门子侦探啊？”

“最好的。”他尖锐地说，“可那俩家伙都是疯子。我夜复一夜地冻着屁股在他的旅馆外面站岗，他们两个却舒舒服服地躺在暖暖和和的床上翻云覆雨。不过，女士，该死的是，我又不是联邦调查局的。我得吃喝拉撒。我断定自己唯一自由的时间，就是那个女人登台演唱的时候。谁能料到她竟然跳过了演出？”

米里亚姆砰的一声把电话挂了。不过他说得没错。珍妮弗也太狡猾了。她长长地叹了口气。她已经非常小心了，可如今全都灰飞烟灭了。截至目前，媒体大众包括所有人在内都被糊弄了。他们接受了托尼孩子气的行为举止，将其视为他迷人的一面。甚至还有人把它看作是明智的伪装。只有米里亚姆知道真相，但她向所有人掩饰了它——包括托尼。从身体上说，和一个女人比，他具备男人的功能。他的表演才华是天生的。他很自然地就能唱好一首歌。不过从智力上和情感上讲，托尼才十岁。

现在该如何是好？只要每次采访中有她在场，她总能替他圆场。不过现在珍妮弗出现了。

珍妮弗对他掌握多少？其实，她看珍尼弗没什么不顺眼。她或许真是被托尼吸引住了。怎么不可能？他长得英俊潇洒，又有一身才华，那方面的能力赛过一匹种马。又或许她对他一无所知。毕竟，他们从未单独相处过——除非是在床上。她对此了如指掌，总是跟着他们，为了看住他，至少派一两名他的编辑跟着他。她是这样培训托尼的——“一个明星身边必须带着几个跟班儿。”她曾经一次又一次地重复，他已经对结伴而行习以为常了。这样一来，就没有人能跟他插上几句嘴了。

在珍妮弗之前，那很容易办到。他生理上的需要不能得不到满足。米里亚姆认为这也是情理之中，也支持此事，一直将它控制在露水之欢的范围以内。在一个他们演出的会所里，总会有一个排队等候的舞女乐于陪他出去鬼混。他只需送她一个像香水一样的礼物，再添一句至死不渝的誓言，不但能使她感到满意，甚至她还觉得光荣。在珍妮弗出现之前，事情总是逃不出这种模式。为了拆散他们，她什么手段都用上了。在他们每次出城以后，她几乎将那些绝世美女塞进了他的怀抱。他也领了她们的情——可是最后还是又回到珍妮弗身边。她以前还幻想加州之旅可以让他们的好戏收场。只差两周时间就上路了——现在到了这步田地！

米里亚姆深吁一口气。大部分人都觉得，她跟着托尼是想沉浸在他反射的荣光之中。多好的荣光！她早就该让自己颐养天年了。可是她舍不得离开托尼。所以，她只能是现在这样，自己都四十四了，还是个处女，却一手打造了一个无比成功的托尼。这一切都是为什么呢？是父亲造的孽，她无可奈何地苦苦思索着。然而，它们现在报应到托尼身上了，没错——只是他不知道这一切。她正在经受一次沉重的打击。可是它又不像是父亲造的孽，倒像是他们肮脏的流浪汉母亲！有那么多秘密，她都隐瞒着托尼和全世界。她过去虚构了一个凄美的场景：一个英俊潇洒的父亲死于一场火车事故，那个时候，托尼还没有出生；还有一个楚楚可怜、身子虚弱的母亲。当她听到这个噩耗后，身体更加虚弱了，所以当她生下小托尼以后，由于经受不起这个沉重的打击，便带着慈祥的笑容投入了那些天使的怀抱。从此，撇下了年仅十四岁的米里亚姆来抚养他。媒体觉得它合情合理。托尼也信以为真。他永远不会知道谁是他的生身父亲，和米里亚姆的生身父亲一样。这一直是个谜，连他们的母亲也不知道。

他们并非一个父亲所生，而是夜夜和母亲寻欢作乐的陌生人的。其中造托尼的那个肯定是个靓仔！之后，她母亲又对其他臭男人投怀送抱。严格意义上讲，一个在科尼艾兰[①]卖唱的女招待并不可能勾搭上社交名流。她母亲曾经发誓说，米里亚姆的父亲是个体面的匹兹堡人。或许是吧。可托尼的父亲——那个臭男人无论是谁——一定是相貌堂堂的。托尼带着双亲的最好的基因诞生了。他长着母亲那样的深棕色眼睛和长长的眼睫毛，他的鼻子短而直，嘴巴看着很性感，个头儿高挑。米里亚姆截然不同，遗传了别人的长相。她露出一丝苦笑。那位匹兹堡小伙或许也很潇洒，不过一定比不上罗伯特·泰勒[②]。其实，要是她哪天在匹兹堡碰上一个五短身材、臂膀坚实的男人，要是还长着一双蓝色小眼和一个球状鼻，她就会大声吼出："爹地。"

她取名"波勒"是饱含了深情的。一个叫波勒斯基(Polarski)的男人，是同她母亲来往最密切的情人，也是最心地善良的一位。他是真心实意喜欢她这个矮墩墩的小姑娘，每次

---

① 科尼艾兰：美国纽约布鲁克林区的一个地名，以娱乐业闻名。

② 罗伯特·泰勒(1911—1969)：美国米高梅影业公司的演员，好莱坞著名影星，电影《魂断蓝桥》的男主人公。

来都不忘带给她小礼物，并且摸一下她的下巴。他在她的心里留下了不可磨灭的印迹。多年以后，作为一种默默的回敬，她把他的名字缩短，取作她和托尼的姓氏。

向托尼和媒体来掩盖他的实际身份很容易：他们的母亲是一个颠沛流离的艺人。无论在哪个城市，像贝尔(Belle)一样的小妇人随处可见。一个刚刚走过妙龄的所谓的少女，在当地一家鸡尾酒屋，一边弹奏着一架老旧的钢琴，一边用沙哑的嗓音演唱。贝尔最先是在托尼·帕斯特会所演出的，不过那也成了她职业生涯中仅有的一段闪光。之后她便沦落到了鸡尾酒屋和啤酒屋，漂泊了一个又一个城市，邂逅了一个又一个男人。

米里亚姆出生于费城的一家福利医院的病房里。贝尔将她交给了一个领养家庭，一直到她长到八岁。那时，贝尔在科尼艾兰好像是找到了某个比较持久的工作，于是，派人把米里亚姆接走了。在接下来的若干年内，米里亚姆体验了一个有两间屋子的平房的“奢侈”生活，还享受到了波勒斯基先生的疼爱。可是，波勒斯基走了以后，如走马灯似的换了一拨又一拨男人。但贝尔容颜渐老却突然发现她又怀上了孩子，这让她们俩感到天旋地转。天啊！她一连几个月的月经都没有来——唯一的代价就是一个改变她命运的孩子要出生了。

她一声不吭地又在那份工作上干了六个月，之后，她的戏服再也无法遮挡她的大肚子了，她被炒了鱿鱼。为了缩减开支，她们换租了一个单间；米里亚姆年仅十四，但不得不辍学，谋了一个理货员的差事。她们在那儿举目无亲。一天深夜，伴着急救车刺耳的警笛声，贝尔被火速送至了医院，还有失魂落魄的米里亚姆哆哆嗦嗦地陪在她身边。刚刚听到一个男婴响亮的哭喊声不到五分钟，贝尔就永远地合上了双眼。

米里亚姆独自把那个婴儿带回家去了。她当时谎称她有个奶奶会养活他，那个神情麻木的主管医生想都不想便相信了。那个十四岁的小姑娘从此便开始单独抚养托尼。每当她回首往事，她都想不到自己是怎么扛过来的——刚开始那几周，想想都叫人害怕：她要学会喂奶粉、换洗尿布；她要节省她和贝尔以前存的两百美元，使它可以养活他们更长时间；抽出几美分买牛奶；就靠罐头水儿和大盒装饼干过活。

当小托尼长到四周时，得了第一次抽搐。救护车的警笛声又响了起来，他们又进了医院。做了许多项检查，医院里最好的医生对托尼进行了会诊。他们决定让他住院观察一年。米里亚姆害怕得要死，不过这样一来，她至少能找份正式工作，存点钱。之后，托尼回到了她的身边。他看上去健康得很。随后，他抽搐得更加厉害，只好又住进了医院。期间，就像这样反反复复。最后一直等到他五岁的时候，终于不再犯病了。于是，他入了幼儿园，勉强通过了一年级。可是二年级时，托尼让学校开除了。他们推荐他上特教学校，可是她把他安排在了家里。她不会让她的托尼跟那些“特殊”的孩子待在一起。她十分耐心地亲自教他，根据他的接受能力，一步步地教他。

没错，万事开头难。不过，人到十五，就可以自力更生，克服一切困难了；人到二十，肩膀就可以扛起整个世界了。可是现在，困难又扑面而来。米里亚姆早已筋疲力尽了。

曾几何时，她也有想过去和珍妮弗摊牌，把托尼的实际情况告诉她。如此一来，珍妮弗就会意识到想和托尼过婚姻生活就是“竹篮打水一场空”。不过这样做，要担巨大的风险。假如这女孩和他们两个翻脸，把这个故事闹得满城风雨该怎么办？那不仅会把托尼的事业毁了，还会把托尼的人给毁了。

此时，她不能缴械投降：多么漫长的战斗她都扛过来了，多么艰苦的日子她都熬过来了。神啊！甚至连美国陆战队都曾经被她打败过！当托尼收到了入伍通知书时，高兴得手舞足蹈的——那对他来讲，好比是去扮演戏里的士兵。他的事业刚刚起步。他无从知晓自己那次秘密的华盛顿之旅，也无从经历部队上那无休止的烦琐的手续，更无从体会那些部队高官的冷酷无情。她几乎准备放弃了，正在这时她遇上了博克曼(Beckman)少校——他有个和托尼病情类似的弟弟。他读了托尼的医学报告，发现都仅仅局限于装在那个破旧的马尼拉信封里的，来自科尼艾兰的那家医院所做的证明。所以，他又请他的精神病主治医师给托尼又检查了一下。最终，米里亚姆又把这张新报告加入了那个马尼拉信封里，托尼终于被部队坚决地拒绝了，但这件事并未声张出去。博克曼少校向媒体谎称，托尼是因为耳膜穿孔才被免除了兵役。

不！现在她不能言败。她已经打败了部队、媒体以及这个混蛋世界——一个狡猾的小妖精别想把这全部给毁了！她会寸步不离地跟着他们。再过几个周末，他们就该前往加州了，她还会和他们住在一起。天知道——可能会找到一种方式让事情圆满收场。她一边拿起睡袍包住她那不成形的身体，一边坚定不移地梳理着其间的千头万绪。她必须去知会媒体和那些专栏作者——她应该先告诉哪家媒体？不，别使偏心眼儿了——电讯社的专稿肯定已经从埃尔克顿得到了那个消息。等他们回来后，她得举行一个新闻发布会，安排珍妮弗和托尼接受采访……

五、安妮：谢谢你曾陪我左右

一九四六年十二月的一天晚上，安妮返回了纽约。她发现屋里一片狼藉。她在床头柜上发现了一张纸条，上面是珍妮弗潦草的笔迹。

“那场仗打得很艰苦，可还是让我打赢了。当你读到它时，我恐怕早已是托尼·波勒太太了。祝福我吧。爱你。”

虽然她很为珍妮弗高兴，可珍妮弗取得的胜利貌似使她的处境显得更加悲凉了。

在劳伦斯维尔时，莱恩早已跟她打过电话了。他激动地告诉了她那个重大的消息：贝丝·威尔逊很爱那本书——觉得它的前景广阔——只是在她将它拿到出版商那里亮相之前，需要将它撕了重写。莱恩豪情万丈，虽说注定还会有六个月的时间继续坚守在那个打字机旁——只要贝丝·威尔逊看上它就好，毕竟贝丝很难伺候。

她已经尝试了很多办法来掩饰她的沮丧——六个月的重

写，如今珍妮弗也不在了，这间套房一下子变得分外冷清。

她一个人也可以养得起它。她早已不缺钱了，更确切地说，要是不出意外的话，她就再也不用为钱发愁了。美中不足的是，要想切断和劳伦斯维尔的一切联系，不是只将那些钥匙交到沃克(Walker)律师手里就能彻底搞定的。有数不清的法律规范必须她亲自出面。那份遗嘱必须得到正规检验。而且那些家具——她不能将它们随意地堆在走廊上。沃克先生说，它们各个都物有所值。得将它们明码标价，送去纽约或波士顿拍卖。这样一来，她又将得到一笔为数不少的钱。她母亲已经给她留下了大量的债券、现钱以及股票，折合在一起，得有五万美元。在她母亲走后，艾米姨妈留下的另外两万五千美元遗产也被她继承了。沃克先生估计，仅那栋宅子就值四万美元，因为它拥有一英亩[①]半的良田。对！她马上会相当有钱——十万美元不在话下，还不计家具——不过与此同时，她依然要花上一周，甚至更长时间，重回劳伦斯维尔。她不禁打了个冷战。哪怕只是待在那个家里片刻，也会让她感到异常难受。

她简单地洗了个淋浴，就换了身衣裳，乘坐出租车直奔莱恩的公寓。当她到达那里时，他还坐在那台打字机旁。“进地牢来吧。”他一边说着，一边上前给她来了一个热情的拥抱。接着，他赶紧爬到地上，去捡那些被他揉作一团抛在那儿的废纸，嘴里说道：“别被这些垃圾吓着。我每晚都在干活，事情进行得非常顺利。”

她吃力地挤出一丝微笑说：“我很高兴，莱恩。我知道它将成为一本好书。”她拿起一沓新写的几页纸，浏览着。“我最

---

① 1英亩约等于4047平方米，相当于我国6亩的大小。

近会被劳伦斯维尔的事情缠住，在这儿的时间不多了——不过我能带走一部分，将它打印成一个清晰的副本。”

“离开你，我还能做什么？我打出来的东西跟象形文字似的。”突然间，他高高地皱起眉头说，“这对你太不公平了——已经让你等很久了。可是眼下又要推迟——倒霉地重写。”

她笑着说：“我早就已经说了，我会永远等下去——如果必要的话。别被我和我的情绪所左右，莱恩——全是劳伦斯维尔给整的。”

之后，当她枕着他的胳膊时，劳伦斯维尔立刻被抛至九霄云外了。几乎就跟一切都没发生过似的。到了这个时候，她才想到将珍妮弗的新闻告诉了莱恩。

“我为她感到高兴。”他说，“不过，那岂不是使你的处境变得很尴尬吗？一个室友也没有了。”

“我有钱，莱恩。我妈给我留下很多钱。”

“别跟任何人讲。小心某个猎艳高手把你洗劫一空。”

“莱恩，为何你不能和我结婚？我的钱足够养活我们……呃，过好长一阵子。”

“是。你每天清晨还得爬起来，去上班——”

“别再斤斤计较了。要是我们俩都挂在这一棵树上，我们的生活会有点捉襟见肘。不过，一旦有一天你一鸣惊人了，到时候，我就能替你打工。我会替你打印手稿，整理你那些粉丝们的来信……”

“那样行不通，安妮。你也知道贝丝说了什么。就算它是一本好书，那也不过是给我赢得一个小小的名气。之后，我又要投入又一年的工作，这一年，还是没有一分钱进账。所以，别想着我能全职写作。刚刚过去那几夜，使我发现了一些东西——当你连续几个小时专注一件事的时候，你就能把握住它固定的节奏。”

“那么让我说对了。”她一下子坐起身来。

“可也不对。我手里现在是有些钱，安妮。可是当我投入到第二本书的写作时，它就会被我用完了。最后，我连烟钱都得跑去向你要。我会为此感到丢脸，进而放弃写作。不，亲爱的，那绝对行不通。”

“可我又能做什么呢？眼睁睁地坐在那里，等着你获普利策奖？”

“不，你只管坐等着看这本书能不能被认可。就算它得到了认可，我仍然无法确信它最终能够被出版。”

“你能。我确定你能。并且我能等。”她看起来心事重重，“我很想知道，一本书要想出版，需要多久？”

他哈哈大笑起来，一把将她揽入怀中。

安妮的脚踩着劳伦斯维尔火车站的那块厚厚的实木地板，踱来踱去。一如往常，那趟普列晚点了。可怜的莱恩。在他前往波士顿的五小时车程中，肯定得沉闷死。而且那个没有暖气的普列站站都停……

过去的三天对她来说异常烦闷。她十分感激威利·亨德森，是他开着他那新雪佛兰轿车载她到处奔波。每一件琐碎的小事都得让人大费周章，并且有时还让人感觉是白跑一趟。下周，她将不得不继续留在这儿几天，以便和那个波士顿商人对那些家具进行当面议价。还有许多事情需要商议——法律程序执行得很慢，使她每前行一步都步履维艰。劳伦斯维尔死死地将她困在了这里。

好在莱恩正在赶来陪她过周末。这两天，他们会共度一段美好时光。而且因为这两天的美好时光，就连劳伦斯维尔都会令人感到很美妙。她母亲的四柱床①将首次接待一对真正两情相悦的恋人。在她对它进行收拾的时候，她开始纳闷：她父亲过去不知道经历了多少个令人沮丧的夜——他不知道被她那个在精神上是个处女的母亲拒绝过多少次。“那好，今夜保证让你大开眼界。”收拾到最后，她在那个羽绒被上拍了一下，说了这样一句话。只听它“咯吱”响了一声，像是由于被这个消息给镇住了，而发出的抗议。

可是眼前，当她在车站焦急地踱着脚步时，她在怀疑这个决定明智与否。劳伦斯维尔所有的人，全会听说莱恩来了，还在她家里过夜。那又怎么样！一旦房子也被她卖了，那她再也用不着回来了。可恶的镇子！随他们怎么想吧！

突然，她听见一声轰鸣，接着那趟普列便沿着那两条轨道缓慢地驶入了车站。她一下子就在人群中发现了他。当他走下月台时，一片轻盈的小雪花从空中飘下，它正好落在了他乌黑的发梢。顿时，她奇怪地感到一阵胸闷；每次一见到莱恩，她就有这样的感觉。她不禁想知道有没有这么一天，她可以合法地拥有他，他可以属于她，使她轻轻松松地享受这一切？如今，当她看见他的脸上又浮现出那种快意的微笑时，她又一次体会到了那样的惊奇，是的，这个出色的男人的确是她的。他不远千里赶到劳伦斯维尔只为和她在一起。

“简直不敢相信，我有幸来这儿。”他边说边给她一个简单的拥抱。“我们路过了许多小镇。天啊！我敢打赌肯定没人知道马萨诸塞有个叫‘罗马’的地方。”

---

① 四柱床：起源于古代欧洲贵族，他们为了保护自己的隐私便在床的四角支上柱子，挂上床幔，后来逐步演变成利用柱子的材质和工艺来展示主人的财富。

“或劳伦斯维尔。”她说。

“劳伦斯维尔无人不知，无人不晓——它因你而出名。我们坐什么去你的祖传大宅？乘雪橇吗？”

她带他上了一辆出租车。她紧紧地依偎在他身上，而他却把目光投放在了窗外迷人的乡下风景之中。

“我们用不用跟他说去哪儿？”他小声问道。

“这个小镇上的人，谁家在哪儿，希尔（Hill）一清二楚。要你是自己一个人来的，他一准儿已经把你送到旅馆了。”

他哈哈笑了起来。“哦，这一点我很喜欢。确实跟纽约的出租司机略有不同。就说嘛，这个乡下很美。”

“全是下雪的缘故。”她的语气中竟没一丁点儿热情。

“它何时开始下的？纽约还是万里晴空。”

她耸耸肩。“可能是从八月起吧。这儿的天空每时每刻都飘着雪花。”

他一把将她搂住。“你不会妥协的，对吗？一旦你决定恨某种东西，你肯定是不撞南墙不回头。”

“我二十年的青春都给了劳伦斯维尔，和任何其他的小镇比起来，这已经够长了。”

莱恩将上身往前倾斜些。“你爱劳伦斯维尔吗，希尔先生？”

那个司机歪着头听完便说，“是啊，为何不呢？我生下来就在这儿。它确实是个好地方。安妮小姐仅仅处于成长的叛逆期。我相信她早晚会回心转意。一旦她回来多待些日子，她会——”

“我不是早跟您说了嘛，我是为了更好的生活而离开的，希尔先生！”

“我估计，等你真来卖那座老宅子时，你一定会变卦。我记着你妈就是生在那个家里，而且我敢打赌你的小宝宝也会生在那儿。这是因为，我们现在又在韦斯顿新建了一家大医院，离干线公路仅八英里，比你纽约的很多医院都更加的好。理由是，在小儿麻痹流行时，波士顿还不得不派人来我们这儿调人工呼吸器呢。”

出租车嘎吱作响地碾过马路上的积雪，最后停在了她家门前。莱恩钻出车门，顿时目瞪口呆。

“这是你的?”他转身，用一种羡慕的目光看着她。“安妮……它美极了!”

“是雪把它妆点起来的。”又被她泼了一盆冷水。

他给希尔先生掏了车钱，顺便祝他圣诞节快乐，接着便和安妮走了进来。安妮必须得承认，噼噼啪啪的炉火将这间大客厅变得暖和宜人。她带他四下看了一回，每到一处，总能看到他欣赏的目光。她看得出，他不只是在客套，他打心里喜爱这座宅院。

在那间宽敞的厨房里，他们一起煎了牛排，之后在客厅里就着炉火吃。莱恩非说要把卧室的炉子也点着，他对火炉工具的熟练运用让她大吃一惊。“你忘了，我过去的绝大多数时间是在伦敦度过的，在那儿，他们觉得集中供暖系统不可靠。”他给她提了个醒。

之后，他说：“这座宅子很棒。你真是‘身在福中不知福’。知道吗，你和它很搭。看你的样子就属于这儿。”

“不许这样说，开玩笑也不行。”她威胁着说，“我不把这种话看作是对我的夸奖。”

周日，不再下雪了，于是他们进行了一次漫长的徒步旅行。他们已经转了半个镇了，刚刚离开教堂。她一路上跟人们挥手致意，却从未停下脚步，她觉得在他们往回走的一路上，接二连三地有许多双好奇的眼睛盯着他们看。

当他们回到家时，莱恩去给火炉生火，安妮给他倒了点儿雪利酒。“在我们这个家里，这已经是我唯一能找到的了。”她带着一丝歉意说，“一丁点儿威士忌也没有。”

“你是个伤风败俗的女人。”他抿了一口酒，说，“我都已经看见了，你的街坊邻居都在朝你瞪眼。他们会去那家旅馆确认的，一定会发现我没在那儿登记房间。看来我不得不抓紧时间娶你，帮你重塑在这个镇上的名誉。”

“我才不介意在这个镇上是否有名誉。”

他在她身旁坐下。“好了，我固执的小新英格兰人，别再固执了，承认这的确是一座不可思议的宅子吧。多棒的房间啊！壁炉上方悬挂的那张肖像画是萨金特(Sargent)①的杰作吗?”

“我觉得是。画上的是我外公。我正准备把它送进纽约的一家画廊。他们给我出了个很诱人的价钱。”

“留住。它肯定能升值。”他迟疑了片刻。“安妮，严肃地说……坐在这儿，你再美不过了！这儿真是你完美的衬托——我从你的脸上看不出一丝忧郁。劳伦斯维尔看起来太适合你了。”

“全是因为有你在这儿，莱恩。”

“你是指，只要有爱在，哪里都是家……”他将她紧紧抱住，接着，他们不约而同地将视线集中在炉火上。过了片刻，他一边出神地盯着火炉里的干柴烈火一边说，“或许只能这样搞定它……”

---

① 萨金特(1856—1925)：美国画家(生于意大利)，以他的写实肖像画闻名。

“搞定什么?”

“我们。”

她抱得更紧了。“我早就说过会的。你用不着再奋斗了。上天已经注定了。”安妮说。

“我有六千美元左右。安妮，这儿的房产税[①]如何?”莱恩问道。

“这儿?”

“不会高到哪儿去。记得我说过我不能在和你结婚以后，还让你来养活我。不过，住在这栋漂亮的房子里，我还是可以接受的。凭借我的六千美元，我们完全可以对付一年。要是我那本书能给我赚到数目可观的预付款，那么我就能着手写第二本了。安妮——这能行得通!”他一跃而起，将两手拍合在一起，两个眼珠子巡视着整间屋子。“老天有眼啊！这真是好极了。是的，我在这儿可以专心写作。”

“这儿?”这句话卡在了她的喉咙里。

“安妮，”他单膝跪地，“我们俩的爱，一直不很般配。可是在此，在这个环境优美、得天独厚的房子里，我想用最正式、最浪漫的求婚——用单膝跪求。请问，你愿不愿意嫁给我?”

“当然了。可是，你是指，让我留下这房子，让你来这儿写作？我是很愿意——可你每个周末都得长途跋涉……”

“我们将在这儿定居！安妮，它是你的宅子，而我可以替你交房产税，负责一日三餐。我养活你。等有一天我钱挣够

---

① 全美50个州都征收房产税，它是地方政府的主要收入来源，联邦政府和州政府不征收房产税，每个地方的房产税不同，而且每年都会变化。

了，就会想尽办法让我们的生活变得更好。可能你爸也是这样做的。听希尔先生说，你妈生在这里。我们将在这儿扎根儿，安妮。并且，我肯定会成功的，会成为一名很优秀的作家。你等着瞧吧!”

“定居在这儿?”她看着他，简直都快疯了。

“我将到纽约替我们向亨利递交辞职报告。要是你想在纽约结婚也未尝不可。珍妮弗在那儿——”

“一切的一切全在那儿!”

“没有我们离开了就活不了的东西。”

“可是莱恩，我恨死这儿了！我痛恨这个镇子——这个家……”

他头一次见她如此惊慌失措。“有我在也不行吗?”他小心地试探着问。

她开始在屋里踱来踱去，竭尽全力想整理出一个思路。她必须设法向他解释清楚。

“莱恩……你说，在这儿你能专心写作。你或许一天写八个钟头都没问题。可我能干什么？加入那个妇女协会？每周玩一回宾果游戏？同那些和我从小一起长大的、枯燥乏味的姑娘们恢复那种所谓的友情？还有，她们不可能那么快就能接受你，莱恩。你是外乡人。你要在劳伦斯维尔有三辈儿的祖先，才能在这个趋炎附势的镇子上站住脚……”

他的表情放松下来。“原来你是担心这个吗？我会被人排挤。可是，别担心。我脸皮厚得很。我们会去教堂做礼拜，四处露脸。等到大家发觉我们是真心留在这儿的，人们就会消除对我的偏见。”

“不——不！我不想那样做！我不想在这儿生活!”

“为什么呢，安妮?”他十分镇静地问道。

“莱恩，难道你还搞不懂吗？正如你有你的某些原则——不想在纽约靠我养活——然而，我也有我的底线。不多——其实就一个——劳伦斯维尔！我恨透了它！我很爱纽约。去纽约前，我就活在这个活死人墓里。我一文不值，虽生犹死。当我踏上纽约的热土，就像被掀开了遮挡耳目的盖头。我头一回感受到了活生生的自己，可以自由呼吸。”

“可是如今我们彼此拥有。”他用充满疑问的目光直视着他。

“可这儿不行。”她说着又喃喃地说，“不能在这儿。你真搞不懂吗？我会彻底失去一部分自我的。”

“那么，如我所料，你只爱纽约的我。捆绑经营的爱。”

“我爱你，莱恩。”眼泪一下子哗啦啦地流下了她的脸庞。“到哪儿，我都爱你。你的事业在哪里，我就随你去哪里。除了这儿，哪儿都行……”

“难道你连试的机会都不给么——一两年……”

“莱恩——我准备把它卖了……我可以把得到的钱全给你……我情愿陪你住单间。就是不能在这儿！”

他转过身去，拨了拨炉火。“我看一切已经说定了。”随后他又说，“在我离开前，最好多加一根木棒。它快要灭了。”

她看看自己的手表，“时间尚早。”

“我最好是坐下午四点的火车。明天公司里肯定忙得焦头烂额，因为圣诞节周三就要来临了……”

“我送你到车站。”她走到电话机旁，给希尔先生打了电话。

当她返回后，看见柴火基本上已经灭了。莱恩一走，屋里立刻回到了以前的荒凉与阴暗。哦，神啊！莱恩真的理解了吗？去车站的一路上，他一声不吭的。“我周二就回去。”她向他保证。“无论如何都不能阻挡我回去陪你过圣诞节。”

然而，他头也不回就上了车，也没有将手伸出车窗向她告别。她仿佛感到自己要生病了。可恶的劳伦斯维尔！它就像一只章鱼，想把她拽倒。

第二天，珍妮弗打电话来了。她与托尼住在埃塞克斯豪华大酒店①的一间高级套房里，米里亚姆在酒店一楼大厅旁边一个房间住着。米里亚姆对这件事表现得很友好。他们现在准备提前前往加州，一月二日启程。明晚，他们将在圣诞前夜举办一个盛大的舞会，她希望安妮能参加。

“我一定到场。”安妮向她保证。“不过，这儿的破事看起来没完没了的。几天前，我已经跟亨利请假了。他人很好——他说，让我想待多久待多久。可我想回纽约过圣诞。莱恩今晚一给我打电话，我就跟他说舞会的事儿。到时，我们去找你。”

当天晚上莱恩并未打电话，他可能还在生闷气。自费城那次误解以来，这可是他们第一次冷战。可是，她不会轻言放弃的。不过，明天他上班时，她会打电话到公司找他，把她准备在中午坐火车返回的消息告诉他。

十点钟，她打通了电话。亨利不在公司——莱恩同样也不在。她询问了乔治·贝洛斯。

“我也不知道莱恩去哪儿了，”乔治对她说，“这里没人跟我交代过任何事情。昨天莱恩来过，中午就离开了。周五的时候，亨利就已经去了加州——吉米·格兰特(Jimmy Grant)剧遇上点紧急情况。或许他把莱恩也调去了。正如我所说，

---

① 埃塞克斯：始建于一九三一年，坐落于纽约曼哈顿中央公园南160号。是一家拥有44层509个装饰派艺术风格房间的豪华酒店。

没人跟我交代过任何事情。”

她把包里的东西重新倒了出来。不用急着回纽约了。遗憾和欣慰交织出了她的心情。莱恩可能去了加州——因此，他才没给她打电话。起码，他没生气。当天晚上可能他就会打过来解释了。

她过了个一个人的圣诞节。莱恩并未打电话。她于凌晨三点试着往他住的公寓拨了一次电话。说不定，他并没去加州。可能他真在生闷气。可还是没人接。

那是她记忆中最恶心的圣诞节。她把责任全归咎于劳伦斯维尔。供壁炉烧火的干柴用完了，她索性把烧油的火炉点着了。房间里是暖和了，可心里却冷得令人窒息。她就着一杯香茗，嚼了几片饼干。收音机的声音无力覆盖从教堂里传来的连绵不绝的钟声，而圣诞颂歌使她感到更加失魂落魄。这本该是一个与家人共同庆祝的快乐时光，而她却只落个形单影只。珍妮弗有托尼陪伴，尼利和梅尔相伴在加州，却只她一个人被遗弃在劳伦斯维尔。

剩下的几天时间，她一直和沃克先生待一起。每件物品都标记好了，渐渐地，已经获得了一些订单。这个周末，她就有望离开这个伤心地了。可莱恩去哪儿了？又逝去了五天。无奈之下，她追踪到了亨利在加州所住的比弗利山庄酒店。

“亨利，莱恩呢?”

“这正是我想问的。”他的话音在电话那头噼里啪啦地响起。

“他不是和你一起去那儿了吗?”

“不！我还以为他陪在你身边呢。”

“从周日起，我就再没有他的消息了，更别说见过他了。”

“你在胡说吧!”亨利一下子担心起来，“昨天下午，我打电话到公司时，乔治说莱恩自打周一起，就没再来上班了。我自然而然地以为他跑去陪你过圣诞节了。”

“亨利，我们必须去找他！”

“为什么？有什么不妥吗？我是指——能出什么事儿？一个大活人不会人间蒸发。我已经连续三个晚上都给他公寓去了电话。他没在那儿。”

“我明天就回。亨利，找找他！找找他！”她突然变得惊慌失措。

“你现在需要冷静。你俩小情人拌嘴了？”

“不算。一个小误会——可是我真没想到竟然这么严重。”

“我明天也赶回去，”亨利跟她说，“只要别碰上坏天气。我订的是下午四点的航班。现在，别紧张了。莱恩不会一声不吭地抛开我们走掉。等到周一，他可能就会现身，给出一个合理解释。你何不在那儿安心过个周末呢？”

“安心！我迫不及待要逃离这里！”

她一到纽约，便发现等着她的，是莱恩留在她旅馆房间里的那封信。

安妮：

亲爱的！谢谢你让我有了那片刻的清算时间。准确说是五小时的清算。那趟返程火车真是一次漫长的旅行，使我有了充足的时间将一切厘清。要是我想写作，只能一心一意做一件事——写作。一直以来，我不断在给自己找借口。首先是为亨利工作，之后是你的宅子——那个绝佳的安身之地。我似乎是想将一切整齐地捆绑在一起——想让全世界都顺从我，以便使我能够专心写书。我现在成了什么东西？那种厚颜无耻的东西，还想让你过那种躲躲藏藏的日子，跟书上看到的那种自我牺牲的小作者的妻子一样。依我之见，我现在正值青黄不接的时期。我既不是亨利以前认识的那个野心勃勃的莱恩·伯克，也不是那个一腔热血的作者。我看不见未来，除了那些半成品——一半作家、一半经理人；我不断拖延离开亨利的时间，是由于我还没有成为收入可观的作家；我不断拖延婚姻，是由于我做不到一个全职丈夫；我不断拖延著书，是由于我得替亨利工作。直到现在，我把自己分成三份儿，分别给了你、亨利和写作。明显我不能同时满足你们三个。既然如此，至少我应该退出我最珍视的两个人的生活。我给亨利也写了一封观点类似的信。乔治·贝洛斯是个很好的人——他是亨利急需的人才。我至爱的宝贝儿！在你挚爱的纽约的某个角落，你的白马王子正在那儿等你发现。

我跟你说过，我手头儿有点钱。在英格兰北部，我也能弄到一所很大、没暖气的房子，它是我亲戚的，可没人住，我可以占几间房。只需几英镑，我就能在那儿活上很多年，一直写到指关节都发紫。这里的冬天昼短夜长。和这里相比，劳伦斯维尔简直成了热带。不过，我待在这儿，无人干扰。

我把我那间公寓的钥匙装在了信封里，我最爱的安妮。这是我能为你办的比较实际的一件事。珍妮弗已经结婚了，你肯定很孤单，再说公寓很不好找。而且我能租到这样一个家具齐全的好公寓，也是拜你所赐。我觉得最后把她转到你手里最为合适。我能给你的实在是太有限了。我还把你送的贵重礼物带走了，那一台打字机。要是你中意那间公寓，可以续租。千万别做那种像继续等我那样的蠢事。我提前跟你说——我将随便娶一个丰满的英国少女，只求她管我一日三餐，懂得伺候我。再过上几年，要是我真能写出一本小有名气的书，我们俩都有权说，“起码，他一心一意地付出了。”

我爱你，安妮。可是，你那么好，不能只让你得到一个不起眼的小人物的小小一部分，但他不得不把自己分散到方方面面。因此，我选择了一心写书——这样一来，我顶多伤害自己，不会伤害其他任何人。

谢谢你陪我度过了我一生中最精彩的一年。

莱恩

六、珍妮弗：不是不爱，只是不能爱

一九四七年五月的一天，珍妮弗坐在泳池旁边的遮阳伞下。她将安妮的信重看了一遍。她的心情看来好了许多——这是她寄来的头一封没有提到莱恩的信。可见，她最后还是翻篇儿了。可她怎么还能住得下去他的公寓呢？莫非她还幻想他有一天会再走进那里？在这五个月以后？你想，他竟然杳无音信！这正表明了，谁也搞不懂男人一天到晚究竟在想些什么。就拿珍妮弗和托尼拍的这些照片来说，他们看上去那么开心——像好莱坞的模范夫妻！

太阳照进了伞里，珍妮弗伸手将遮阳伞支架往下降了降，以便将自己遮住。毫无疑问——一个一晒太阳就生红疹子的美女，若是来了加州，绝对不会有好下场的：她恶狠狠地瞪着那个耀眼的火球。它每天都出来，这是在加州唯一能够预见的事情。清晨，时不时地会出现一阵朦胧的雾气，可那个柠檬色圆盘总是会如期而至，起先只是一个娇羞的少女；没过一会儿，能量自发倍增，越来越亮，吞噬了雾霭和云朵，打败所有对手，独霸于那片湛蓝的天空。

她又叹起气来。打她一月来到这里起，天天都如同在过七月最热的一天似的。要是这儿不会下雨，这些该死的柑橘是怎么活的？纽约此时恰逢五月，在东部地区，你会激动地道一句，晴天终于来了！她的思绪飘回了纽约。空气中开始弥漫第一缕芬芳。脱下厚厚的冬装，人们三五成群地在中央公园里的那家自助餐厅门口坐着。在纽约，你可以自由散步！在你来加州之前，散步对你来说并不稀罕。即使是夜深人静的时候，你依然可以在纽约的街道上行走。你要是闲得慌，可以行走在第五大街上，转转商店，或者去看午夜电影，还可以去逛百老汇大街，吃热狗。在这儿，要是深夜你敢在比佛利大道闲逛，等待你的只有警察的巡逻车。

还好，安妮至少还拥有纽约。根据她信上写的，她经常出去逛，可就是从不提有没有遇上什么特殊的人。可能她对莱恩仍心存侥幸。不过，起码她还有个充实的念想可以期盼。

可珍妮弗的奔头是什么呢？得过且过吗？今天还有个晚会。她对它没一点兴趣，可是比和托尼打牌强多了。他连牌都不能自己打，都是米里亚姆一直缠着他，指挥他怎么出牌。但愿米里亚姆能给他一次独立思考的机会，哪怕一会儿都行。

她拿起她的可乐，又抿了一小口。里面的冰全化了。可乐一升温，怎么有种泻药的味道？她懒得一动都不想动，更不会回屋去换新鲜的。其实，她已经懒得什么也不想做了。至于那个晚会——更是了无生趣。它是生意上的交际。托尼获得了迪克·米克新影片的主演提名，因此她必须表现得招人喜欢、有礼貌。“愉快些，礼貌些。”米里亚姆不厌其烦地往她耳朵里灌输这几句话，“别在这儿要大牌，想都不许想。在这儿你啥都不算。今晚来的都是大人物，所以，你只用礼貌地招待就可以了。”

她总是竭尽全力去表现，就像一具笑容满面的僵尸，穿梭于各种聚会之间，一个朋友也没有。米里亚姆是对的，美女在好莱坞再寻常不过，那些默默无闻的美女一抓就是一大把。那些出入施瓦布会所的女孩都美若天仙，连路边餐厅的服务员都长得超凡脱俗——然而绝大多数巨星却不见得能惊艳全场。简·怀曼(Jane Wyman)①小巧玲珑，芭芭拉·斯坦维克(Barbara Stanwyck)②和罗莎琳·拉塞尔(Rosalind Russell)③皆时尚典雅，琼·克劳馥(Joan Crawford)④妩媚动人。好家伙！这真是当头一棒！许多年来，她一直自命不凡，仗着自己有一口洁白靓丽的牙齿，一个挺直的鼻子，两个傲人的大奶。大奶已经不是主流时尚了。艾德里安(Adrian)和特德·卡萨布兰卡(Ted Casablanca)以及其余所有的顶级设计师都在塑造宽肩潮流。大奶只会显得碍事。

今夜注定还是了无生趣。她什么都不是，只有一个身份——波勒夫人——一个前程似锦的好莱坞新贵之妻。哦，没错，他上过电台，会有人这么说。但在这里分文不值。你必须得拍电影——而妻子就更值得一提。其实，一个妻子和

① 简·怀曼(1917—2007)：美国著名演员，一九四九年凭借影片《心声泪影》，获得奥斯卡影后(最佳女主角)。

② 芭芭拉·斯坦维克(1907—1990)：美国著名女演员，一九九九年被美国电影学会评为“百年来最伟大的女演员”第十一位。

③ 罗莎琳·拉塞尔(1907—1976)：美国著名女演员，曾获得4次奥斯卡提名。

④ 琼·克劳馥(1904—1977)：美国著名的好莱坞女星，曾凭《欲海情魔》获得第18届奥斯卡最佳女演员奖，《惊惧骤起》获得第25届奥斯卡最佳女演员提名。

一个剧作家的角色十分类似——必不可少却默默无闻。她还不如一个崭露头角的新演员引人注目。新演员们时刻蓄势待发，准备着出各种风头。她们很了解制片人，总是有说不完道不尽的令人捧腹的荤段子——某某银幕巨星每次一达到高潮，嘴里就会不停地呼喊“妈妈！妈妈！”还有某某电影大亨想让他的妻子观看……没错，新演员可以在各种聚会上汇聚许多人气。可作为妻子——一个活在地狱里的妻子，太受敬重而无友与交，太平凡而无人敬重。在绝大多数聚会上，她只能沦落到吧台前，同那些来自纽约的吧员们，十分怀旧地讲述着萨蒂斯会所和林迪会所。相比之下，这要比和那些无所事事的家庭主妇们聊起来惬意得多，她们的心思都用在了对付下人和打网球上。

她再也不能像结婚以前那样做购物狂了。已经来了五个月了，就只许她买了件晚礼服。“你衣服够多了，整间公寓都装不下。”米里亚姆哼着鼻子说。表面上看，她的确如此，但她早已嫌弃它们了。米里亚姆是真的不懂新衣服的妙用吗？话又说回来，米里亚姆还真就三身装束，而且它们看上去一模一样。米里亚姆竟然穿一条几百年前的蕾丝蓝裙和一双白色矫形鞋①！

米里亚姆每周才给她五十美元零钱，全让她寄给她母亲了，她母亲每次来信都说不够用。她多次想和托尼讲钱上的问题，但总是找不着他。他要么在录音，要么在练新歌，还有就是在排演广播剧。而晚饭时间总有米里亚姆在场。到了

---

① 矫形鞋：矫形鞋（矫正鞋）的作用是改善患者站立、步行时足部的受力状态或免荷，消除疼痛，防止畸形，矫正足部的功能性变形，为永久性畸形患者提供支撑，以达到平衡。美国有家著名的矫形鞋公司，于二零一零年十二月，登陆我国厦门，进入中国市场。

夜里，那张大床上只有他们两个人，托尼依然还是以前的托尼，贪婪地占有着她。不过，激情过后，她就再也抓不住他了。她曾多次表示，如若她可以有机会成为他生活或事业的左膀右臂的话，她愿尽心竭力。可托尼看上去一点也不开窍。“米里亚姆总揽全局——和她说去。”

当她提到钱时，他的回答如出一辙：“和米里亚姆说去，她会满足你的一切需要。”而米里亚姆的回答毫无新意。“你拿钱做什么？你想出去高兴高兴，五十美元的零花钱够你用了。”

不能再这样混下去了。她还能在这个泳池旁再坐多长时间？今儿才周五，可她已经看完三本书了。太阳又照进了伞里，她终于一跃而起。她必须有所作为，必须走出去。尼利可能已经回到家了。她的第二部影片已经大功告成了，摄制组承诺让她休一个月的假。珍妮弗回到屋里，换了条便裤。她很为尼利高兴，她的第一部电影就好评如潮，而且珍妮弗已经看过新片预告了——好极了。然而，她很少见到尼利，也就是不经意地在电话里说两句话。尼利最近又把电话号码换了，珍妮弗还不知道她最新的不对外公开的号码。

她驾车穿过了那八个街区——在加州无法步行。话又说回来，如果尼利没在家，她开车去施瓦布会所也方便些。或许西德尼·斯科尔斯基(Sidney Skolsky)会在那儿，那么，他们能坐那儿聊一会儿。西德尼虽然喜欢好莱坞，不过他对她的处境感同身受。

到了尼利家，是梅尔开的门。他穿着泳裤，看上去比以前胖了不少，黝黑的皮肤使他更显康健。他将珍妮弗带到游泳池边。“来点儿午饭？我正在吃三明治。”

珍妮弗摇了摇头，坐在了遮阳伞下。他们家的游泳池和她家的简直是一个模子刻出来的。同样是肾形，同样是这种阳台，同样是这种网球场和支杆。她朝远处层峦叠嶂的紫山放眼望去。莫非梅尔也是每日都闲坐在这儿吗?

“尼利在摄制场,”他解释道，“试衣。”

“我还以为她可以放松一个月。”

“对，电影开机前有一个月假。那指的是一个月的试衣、试妆和拍宣传镜头。但她随时可以回来。嘿！你听说没有?特德·卡萨布兰卡正在给她设计时装。”

“她的确已经跟那些一流明星比肩而立了,”珍妮弗说，“特德向来只服务顶级明星。”

梅尔耸起他瘦骨嶙峋的肩膀。“只有好莱坞才会发生这种事情。不就是一些变态赏脸给她们设计衣裳，至于把女人们乐晕成那样。在别的任何地方，要是你舍得花钱，想要什么，还不是你说了算。纽约的大设计师会在意客人们怎么看待他们的设计吗?可在这里，一切都和身份挂钩。尼利正在节食——是不是一个笑话?”

“为什么?莫非她发福了?”

“她一直以来都是那个体重，一百一十八磅①。她身高五英尺半②，和这个体重非常协调。可卡萨布兰卡这家伙——他还想让她再减下去十五磅。他说那样子的她，脸型更正点，更能穿出范儿。她在吃小绿药丸……别的什么也不吃。”

正在这时，尼利回来了，还是以前那个死气沉沉的样子。看见珍妮弗来了，她高兴得喜出望外。“你听说没有?”她扯着嗓子说，“特德·卡萨布兰卡是我的服装师！哦，珍妮弗，他

① 2.2046磅约等于1千克，118磅约等于53.5千克。

② 5.5英尺约等于1.65米。

太不可思议了！我将被回炉重造成一个大美人。他正在给我带来许多迷人变化——一点都不带夸张。我的老天爷啊！真不敢回忆我那条糟糕的塔夫绸紫裙！特德说要把我塑造成野孩子的形象，一个俏皮捣蛋的小丫头。不过得时髦。不管怎么说，我现在刚十八——恰逢其时。"

"我听说你现在正在节食中。"

"对啊。梅尔，给我取些脱脂牛奶。你呢，想喝点什么，珍?"

"一杯可乐。"

"我们只有汽水儿。我身边不放一切可能导致增肥的东西。梅尔，给珍妮弗一杯柠檬水。行吗?"尼利见他出去了，便回头面向珍妮弗，她眼睛睁得大大的，还是很孩子气，不过带着一丝惆怅。

"哦，珍，我真不知该咋弄。他跟换了个人儿似的——一点儿都跟不上时代的潮流，什么事情交到他手里，他都给你办砸。"尼利埋怨。

"我不以为然。他帮助你提高了很大的知名度。《荧屏世界》的运作真是一个大手笔。"

尼利摇了摇头。"那全是摄制组的功劳，他们不让他多管闲事。他老是碍事儿。他们不让他在拍摄现场出现——他们说，他一来，我就容易分心，演得就不自然了。特德·卡萨布兰卡说他成了全城的笑料。"

"我不会将他们说的话当回事儿。你是知道的，那些变态们恶毒得很。"

"变态!"尼利眼睛里顿时燃起了熊熊大火。"不许你这样叫他！因为他——他很出色，千真万确！他刚三十，却已经坐拥三百万资产。而且他不是'变态'!"

“真的？”

“真的。你觉得我今天做什么去了？试衣？那是骗梅尔的。就在他那个带空调的气派的工作间里，我们办了那事儿——我和特德——用各个体位。我跟你讲啊，他没……”她突然把嘴闭上了。因为梅尔正端着她们的饮品走来。

“我已经减下去五磅了。”尼利一边接过梅尔递给她的牛奶一边说。她掏出来一个瓶子，向嘴里倒入一颗带斑点的绿胶囊。“真是个了不起的发明，”她说，“它们真是太不可思议了，珍，让你真的没有了食欲。美中不足的是，它们让我激动得无法入眠。”

“试下速可眠。”珍妮弗向她提议。

“那玩意儿管用吗？”

“太管用了！它们是美妙的小红‘娃娃’，能带走你全部烦恼，每晚送你一场九小时的极致体验。”

“你没哄我吧？我必须得尝尝。梅尔，赶紧给我打霍尔特(Holt)医生的电话。叫他给我送来一百颗。”

“一百？”珍妮弗的话被卡在了喉咙里，“尼利，它们不是阿司匹林。每晚只能进食一颗。没有哪个医生敢一次给你多于二十五颗的量。”

“他们不会？是吗？敢和我打赌吗？霍尔特医生可是我们剧组专用的医生。我不管要什么，他都会给我。梅尔，立刻给他打。”梅尔亦步亦趋地朝着电话走去。“每晚只能吃一颗，对吧？”

珍妮弗点了下头。她没理由把自己有时甚至也吃三片的事儿告诉尼利。一颗就解决尼利的问题了。并且，只要她一处理完她和托尼之间的事情，也会立即把用量减下来。

梅尔已经出去打电话了。尼利看着他直至在她眼前消失。

之后，她将自己的椅子往珍妮弗身边挪了挪。“我想要再换一个子宫帽带上。在上个月，梅尔竟然有两次都没及时抽出。我猜，那王八蛋想把我肚子搞大。”

“我还想着你愿意生孩子呢。”

“那也不是和他。我正想把他甩了。”

“尼利！”

“你听我说，他就是个包袱。坦白讲，珍妮弗，他彻底变了。他现在没有一点劲头。我已经和老大谈过了，他很支持我。梅尔只会成为我的绊脚石。他一味地说我不用减肥，总是大呼小叫地说，让我就这样安于现状就行了。不过，你看我现在，人也开始更加苗条了，也开始散发出大腕儿的魅力了。你再看看梅尔，墨守成规。他还是成不了大气候，跟不上时代的步伐，一成不变。我可得当心了。看，在这儿财产共有，梅尔可以剥夺我半数家财。”

“你有什么打算？”

“我都谋划好了。”尼利窃窃私语道，“老大正谋划让梅尔去东部的一个高级公关公司任要职。我会设法让他答应。然后老大想办法把梅尔抓住——你懂得——和一个姑娘一起。之后，我就离婚①。”

“尼利！那样不行！”

“呃，那怎样才行？上周，我含糊其辞地提到离婚，知道他怎么回应吗？他竟然跟个婴儿似的大哭了一场。他说没有我就没法活了。这不是包袱是什么？我需要一个男子汉在背

---

① 美国在20世纪70年代以前，离婚方式为过错离婚，即配偶出现包括出轨、精神疾病等才允许离婚，而尼利所在的加州在一九七零年通过了无过错离婚法案，为全美首个施行无过错离婚的州。

后给我出谋划策，让我可以依靠，不需要一个吃软饭的伪男人。而我唯一的下场就是，被他搞怀孕，之后，他再也不用离开我了，甚至不会再回纽约。”

“你凭什么相信他会接受那份工作?”

“我会骗他上当的。我就跟他说，要是他能兢兢业业地干——能出人头地的话——我会去找他，重返百老汇舞台，接着给他生个胖娃娃，一起在纽约稳定下来。”

“真的吗?”

尼利十分诧异地看着她。“放弃加州？这一切？你疯了吧？我好不容易在这儿闯出了这片天地。等我下一部影片一出来，我就能成长为真正意义上的明星了。”

“不过在纽约的百老汇，你同样能成为一个大明星。”

“百老汇大明星！很牛！呸！太微不足道了。等成了大电影明星，你就可以红遍全世界了。知道我的影片将在伦敦上映吗？想想吧！我的名字将传遍伦敦的大街小巷！一部电影——轻松地超过了海伦·劳森摸爬滚打一辈了所获得的知名度的十倍。而且，你要是成了电影巨星，他们必须真正拿你当大爷，对你百依百顺。我记着海伦必须像我们一样，坐火车去纽黑文，在四处透风的化妆间里瑟瑟发抖。我的老天爷啊！我现在摄影场里的卫生间都强过剧院里明星的化妆间。我的化妆间和海伦那个位于派克大街上的公寓一样大。当你成了抢手货——就像我这个样子——你让他们往东，他们不敢往西。我只要跟老大说一声儿——我们都叫他老大，他是C·H·比恩(C. H. Bean)。一个很好的矮个子男人……很亲切，和他交谈起来，就跟自己爸爸似的。我生下来就没了爸。就像我前面所说的那样，我仅仅和他提到过我想减肥。我的老天爷啊！知道他做了什么吗？他竟然在我房子里做了个蒸汽房，还为我请了位私人女按摩师。钱全是他们掏的。当我出去走动时——比如参加首映——他们就会派专人专车来接送，还得为我借裘皮大衣和裙子。假如我下一部电影也像前两部那样红的话，老大说他会给我再签一份新合约——工资大涨，说不定能达到每周两千美元。”

“那真是个诱人的数字，尼利。”

“不，詹森·哈里斯代理公司说我的身价远不止这个数。其实，他们想再插一杠子，重新议价，没准儿每周两千五也不在话下。这对我而言也是小菜一碟。我只需动动手指头，想要什么都可随心所欲。老大还说，不出一年，或许我就能把租赁的这个房子抛弃掉，去比弗利山庄买一套别墅。那儿的房子才叫上档次!”

“为什么不再等等，先把钱存住呢?”

“为什么？我现在天不怕地不怕。懂吗？我有才，珍。我过去在东部时，竟然没有发现。我还觉着唱歌跳舞人人都会。而到我拍第二部电影时，我还发现我也会表演。你看见我在电影里哭的那一幕了吗？那不是假的。导演仅仅是粗枝大叶地和我讲了讲那个女孩的遭遇，我就被感化了。一会儿工夫我真的哭了起来。”

珍妮弗点头肯定。“我也被你感动哭了。上周，我已经看过预告了。”

尼利饱含深情地张开双臂，“我太爱这里的生活了。这片天地正是为我开辟的。”

梅尔来了。“药很快就到了。霍尔特医生说，这个想法太妙了。”他边坐下来，边说，“今晚去看电影怎么样，尼利?”

“不可以。明早六点起床，要去试妆呢。”

他垂头丧气地看着泳池，“我睡到日上三竿都没人催我起床。我快被圈疯了，整天闲坐着……”

在驾车回家的途中，珍妮弗的心里一直在想梅尔。她突然很想知道托尼是怎么看她的。她也是个包袱吗？要是托尼与那部影片失之交臂的话，她准备无论如何也要让他带自己回纽约。他可以在那儿继续做广播剧。可那部电影已经是他的囊中之物了，她感到那是十拿九稳的事。可她只好困在这里。托尼迟早会像尼利对待梅尔那样对待她。在拍电影过程中，肯定有许多和他共同出演的女明星和新演员们对他投怀送抱。她现在这个如花似玉的模样还能绽放多久？她都快二十七了，而且那团火很快就要包不住了……

终于，让她想到了一个办法，幸亏刹车及时，差点闯过一个红灯。一个孩子！她可以要个孩子！为什么之前没有想到？有了它，托尼就会和她更亲密。有了它，她就可以寄托她的牵挂、表达她的爱。哦，神啊！她会多么的爱它……她们会很亲近的。会是个女孩，一定是的！那她就是个很棒的母亲。她兴高采烈地回到家了。那将是她的一个秘密。

她把自己收拾得漂漂亮亮，去参加那个舞会。她的行动从今晚起，就要拉开帷幕了。

时间到了一九四七年九月。珍妮弗在八月已经错过了一次月经。第一次她只在心里默默地激动，但并未向人提及。九月，她又一次错过了。第二次，她万分肯定；因为她的腰围足足大了两英寸。

她去看了医生，医生的结论正合她意，还恭喜了她。托尼正在闭门录音，她不能让他分心。可她必须得让人知道这件事。她现在就想把这件事吼出来，让那个执勤的交警听见；

她想去施瓦布会所，把这个喜事叫嚷出来，让那儿的所有人都听见。不过这样做，不合适。托尼肯定想开个大型新闻发布会。尼利！她可以和尼利分享！时间还不到五点，尼利估计正在拍当天的戏呢。

她驾车到了拍摄基地。门卫瞅了一眼她的证件，给她指了指尼利那栋富丽堂皇的休息室。尼利事先得到了通报。

“嘿！赶紧进来。”她喊道，“你真会挑日子，我正想今晚给你打电话。猜是什么——一切就绪！明天，梅尔就要去纽约了！”

“你还和特德在一起？”

“那是！你把我当什么了？妓女？我可是个感情专一的女人。我跟特德——”她说着说着停住了，把话锋一转，对那个女按摩师说，“行了，差不多了，下去吧。我想跟我的闺密说说悄悄话。”

女按摩师离开以后，她除去裹在身上的毛巾。“呃，你觉得这个精简过的新尼利怎么样？现在的我拥有二十一英寸的腰围、九十八磅的体重。”

“你瘦得跟柴火似的，特德喜欢吗？”

“他当然了！”她边套上她的睡袍边说：“连我这对核桃大的乳房，他都不嫌弃。它们又缩进去了点儿，不过，他说大奶容易使他想到牛的奶。而且还和宽肩装背道而驰。一搞定梅尔，我们就结婚。你能想到吗？我要和他签婚前协议。这是老大的妙招……这样一来，就可以证明我们是因为爱走到了一起，谁也不用担心自己的家产。”

珍妮弗听罢，虽然很不高兴，但还是强颜欢笑地说：“尼利，你能想到吗？我已经有两个月的身孕了。”

“哦，我的老天爷啊！”尼利一下子紧张起来，“巴萨迪纳市有个医生，医术应该很高明。我们这儿的姑娘肚子被搞大了，老大都把她们送那儿。起先，他尝试药物注射。要是不奏效的话……人流也很容易，他会为你全身麻醉。”

“尼利，你是不会懂的。我需要这个孩子，这是我精心策划的，这对我而言是好事。”

“哦，说得好伟大，妙不可言！知道不，你这一说，我发现它已经开始显现了。你那妙不可言的腰围正在离你远去。”

“谁还管那么多，只要我有一个妙不可言的小宝贝儿就好了。”珍妮弗用同样的语气将尼利用的那个词模仿了一遍。

尼利善意地笑着说，“等你把它搞定了，我把我的绿娃娃借你一些，让你的魔鬼身材失而复得。”

“你吃了它们之后，还真是有效。”

“没错，可问题是你不能停，一停，我就开始吃得跟一只饿狼似的。不过这种感觉很爽——欲火焚身，跳几小时舞都没问题。因为你给我推荐了那种红的，我夜夜都在为你祈祷，它们就是我的再生父母。哦，嘿！有种黄的，你尝过吗？叫什么宁眠泰尔。要是你每种吃上一颗——一颗红的一颗黄的——哇！那你睡得才叫过瘾。我的亲身体验：红的见效快，不过最多六个小时就失灵了；黄的见效慢，但药效持续时间特别长。因此我想，何不合二为一？我也就休息日这样搞，最长我睡过十二个钟头。”

“我有孕在身，不敢有任何奢望。我可不想让它伤到我的宝宝。”

“对啊，可你总失眠的话，会影响你的容貌，对不对？”

“这是我命里破天荒头一回，对自己的相貌做出牺牲。我想让我的宝贝儿完美。哪怕彻夜难眠，我也在所不惜。”

尼利露出两排洁白的牙齿，大笑起来。“你怎么听上去那么保守，不过我想我将来也会有那种想法。我嫁给特德以后，再把新合约定下来，然后我也想整个大肚子。但与此同时——谢谢上天赐予我这些红的、黄的和绿的娃娃们。”

珍妮弗期望托尼今晚别再有别的应酬。她想去位于峡谷里的那家小餐馆——甩了米里亚姆——在那儿告诉他。

她看到车道上增加了一辆车，它是迪丽姬（Delia）的车，她是她们家额外请的业余女仆。哦，该死！也就是说，今天晚上还有安排。

米里亚姆正在等她。“今天托尼签约了！”她朴素的脸上热情洋溢，“他们仅看了他试镜的几个电影样片，就让他拿到了米高梅影业的五年期合约，再过两周，电影就要开拍了。今天晚上，收拾得淑女点儿——导演带着他的太太将要来咱家吃晚饭。我请的音乐指挥还有其他的人一会儿就来了。”

珍妮弗把自己仔细地收拾了一下。那好，她准备在晚宴上将此时公之于众！当她吃力地拉裙子上的拉链时，她隐隐地感觉到此事已经迫在眉睫了。托尼用不了多久就会发现的。

晚饭前，珍妮弗饮了一杯马提尼酒。这让米里亚姆大为震惊，瞪大眼睛看着她。珍妮弗脸上春光灿烂，又是陪导演太太闲聊，又是给大家夹菜、递点心——真是个完美的好莱坞模范妻子。终于等到晚宴上的酒被呈上来了，她缓缓站起身来，高高地举起酒杯，同时小心谨慎地躲开米里亚姆敌对的目光，说道：“我想敬一杯酒——给自己。”接着她开心地笑着又说，“我指的是，为我肚子里那位。我和托尼将要迎来一个宝宝了。”

所有人开始欢呼雀跃，酒杯被碰得叮当响，而托尼更是跳下凳来，给她一个深深的拥抱。可珍妮弗清楚地看到米里亚姆的嘴里喘着粗气，脸上一副痛苦的表情。当这种热闹的局面稳定下来以后，她又看了一眼米里亚姆，这时，她那胖嘟嘟的脸上只留下了愉快的微笑。

曲终人散后，米里亚姆来到珍妮弗跟前，微笑着说：“先上楼吧，小妈咪。你得好好休息，多多益善。我还要就那部电影的一些细节再跟托尼商量一下，之后我立刻将刚当上爸爸的人给你送还。”

珍妮弗刚一离开，她便扭过头对托尼说：“我想，我有说过让你使某样东西了。”

“我们使了。”托尼露出两排白牙害羞地笑着说，“我想它是个意外。”

“你说的是哪门子意外？”米里亚姆嘘声说道，“那些胶套结实得很，我还给你买了最好的那种，不会泄漏。”

“哦，早在几个月以前，我们就停用了。珍说，我用不着再戴了，她戴着子宫帽呢。”

“我早跟你说过，再也不要相信女人的那种鬼话，它会给你传染一种病。”

“被珍传染？”他哈哈大笑起来，“再说，不用那玩意儿，更有快感。”

“孩子是对你的一种束缚。”

“不。我们有的是钱，不是吗？再加上那部电影以及其他一些东西。另外，我很想要孩子，那会非常有意思。”

透过眼角微弱的光线，米里亚姆隐约看到珍妮弗正往楼下走。于是，她说：“要是有了孩子，你将不得不多花时间在家。”

珍妮弗停在了台阶上，睁着耳朵听了起来。不过，因为托尼是背对着楼梯，因此看不见她。

“那我就多在家。”他耸耸肩说。

“你不要那个红发歌女了?”

他大惊失色:“谁跟你说的?”

“你听我说,我什么都知道。但你放心——我不去和珍妮弗说。”

“不和珍妮弗说什么?”她走进了那间屋子。

米里亚姆装作一副很吃惊的样子。托尼却是真的吓了一跳,“什么也没有,珍。”他说,“米里亚姆之所以有那种荒唐的想法,都是由于我和贝琪(Betsy)说了几句俏皮话。你懂的——贝琪就是那个红发歌女,她在我广播剧的歌唱组里。我们就说了几句俏皮话,仅此而已。”

“就说了几句俏皮话?”米里亚姆厉声说道,“这小子每周得跟那个丑女人在她工作室的更衣室里搞三个下午。他可能不跟你用那些胶套,珍妮弗,可我一周给他买一大盒,全被他用光了!”

看见珍妮弗狂奔出了那间屋子,托尼哭泣着说:“看你现在都干什么了!”

“听我说——让她将孩子打了。你听我说,托尼。它对你的前途很不利。许多医生能办这事儿。”

“我想要它。”他斩钉截铁地说。

“托尼……”她现在转为好言相劝,“你想想自己在电影中的形象。一个年轻、帅气的男主角——摄制组准备将你说成二十四岁。一个孩子将有损你那个形象。”

“一派胡言!辛纳特拉(Sinatra)①不止有一个孩子,克罗

---

① 辛纳特拉(1915—1998):美国著名歌手、演员、电影制片人和乐队指挥家。

斯比(Crosby)也有孩子。你别想从我们身边把它抢走!”他说完便上楼找珍妮弗了。

当他迈进房门时，珍妮弗正倒在床上，埋头痛哭。

“宝贝儿。”他坐下身来，用手轻轻地抚摸着她的脖子。“别在乎米里亚姆说的话，我们要保住我们的孩子。”

“别在乎!”她突然坐起来，她满脸都是睫毛膏和泪水混合而成的纹络。“别在乎！我们还得继续靠她营生——连避孕套都让她买？还有，这些日子里，当我整天在这儿无所事事，无聊得要死，在这种日子里一天天老去的时候，而你一直在和某个歌女逍遥快活！我却只能坐视米里亚姆一天天更胖更专横!”

“我又能怎样?”他痛哭流涕地说道。

“你让她走人。从今儿起，我给你管这个家。”

“我不能对米里亚姆做出这种事情。你让她去哪儿?”

“随便！只要别和我们缠在一起。你将半壁家产都给她，我也不在乎，只求我们可以过自己的生活。就算只有一次，做丈夫和妻子——不要做被米里亚姆玩弄于股掌之中的俩小孩儿!”

“那这一切谁来打理？谁替我写支票，替我签合约?”

“哦，托尼，大家都请职业经理人——你也应该如此。”

“可我怎么能寻一个生人，万一他把我出卖了怎么办？我姐比谁都好，她总是处处为我的利益考虑。”

“但是我跟她过不到一起。”

他一下子紧张起来。“莫非你想让我将我亲姐逐出家门?”

“托尼,”她祈求道，“我们这些日子过着一种什么生活？若不是应酬，我们一点儿乐子都没有。米里亚姆说举行宴会太浪费钱，可她现在却想将这座恶心人的房子买了。她也不问我喜不喜欢它。只有鬼才知道这房子对我们有多大用！像我们眼前的生活方式，两间屋子的公寓绰绰有余，因为咱们这压根儿就不叫生活。”

“我每周有三天要排练，”他吼道，“我要举办演出，我要反复听新歌、学新歌、义演、参加宣传画的拍摄。你想让我做什么？傍在你周围，陪你玩？在你选择和我结婚那刻，你就已经很清楚我的生活了。米里亚姆几乎就没出去过，连我们到过的地方的一半都没有。我们上月共同参加的那三场义演，她可是一个也没去，可你听过人家抱怨了吗？”

“没，可我听到她为了再要一张票，竟然在电话里跟人家死磨硬泡了好几个小时。我们之所以能摆脱她，那是因为剧组就给我们两张票。我感觉很意外，她怎么不和我们同床共枕。”

“在你还没来的时候，她就已经为我用尽了毕生的精力。我是被她一手养育成人的，而她从未有过任何抱怨。她是个无私奉献、心地善良的好人，但你竟然好意思说让我撵她走！”

“我和她，你只能选一个，托尼。”

他们僵持了一分钟，四目相对，鸦雀无声。最后，他的脸上浮现出一种天真幼稚的笑容。“你不是这个意思，宝贝儿。你都该有小孩儿了——听我说，我在这件事上，还是支持你和孩子的，对吧？好了，我们睡吧。”他说完便要宽衣解带。

屋里还是一片寂静，而且漆黑一片。他张开双臂爬上床，想要抱她。

“事儿还没完呢。”她正经八百地说。

“什么事儿？”

“米里亚姆。”

“米里亚姆和你统统留下。”他已经扯下了她身上的睡袍——他的嘴已经摸索至她的双乳之间。她想要将他推走。托尼继续说：“不，我想要它们。用不了多久，里面就灌满乳汁了。么么么……到那个时候，你还让不让我吸它俩了？”她开始默默地呜咽起来。他把正在忙碌的头抬了起来，“兴奋一点儿，我们开始做吧。你哭啥呢？”

她更是梨花带雨，泣不成声。

“别跟我说，你难过是因为我和贝琪出轨？”

她从床上跳了下来。哦，神啊！他究竟是个什么男人！

他也坐了起来，将灯打开。他表现出一副不知所措的样子，“我和贝琪之间没有爱情……”

她瘫坐在一把椅子上，抱着一丝不挂的自己，瑟瑟发抖。

“那你还这么干，为什么？”她呜咽着说。

他耸了耸肩：“一时兴起，可能吧。”

“但我每时每刻都在这儿候着……”

“当时正排练呢，我不能飞回来寻你，可她却无时无刻不在……可你听我说，这什么也不算。我保证和她再也不会发生那种事了。该死！我会让米里亚姆明天将她炒了——如何？好了，来嘛，到床上来。”

“不光是贝琪，托尼，还有你——我太不懂你了。你脑子里都想些什么？你的内心是什么感觉？”

“我想要的是你，立刻。我的内心感觉就是这个。来嘛，宝贝儿……”

她也不知该如何是好，只好又上了床，甚至还倒向了他的怀抱。他自己享受了高潮以后，便翻身朝向自己一侧，没过一会儿，就沉睡过去了。珍妮弗则走下床，吃下三颗红药丸。可当她最后睡着那刻，天已经蒙蒙亮了。

隔天早上，等到米里亚姆同托尼出去参加排练之后，珍妮弗给亨利·贝拉米通了电话，将事情原原本本地告诉了他。

“看这架势，你最好赶紧逃命吧。”亨利说，“她会使尽浑身解数让你丢了孩子——但愿情况不再加剧。”

“我该何去何从？”

“看情况了。你对这个家伙是什么感觉？”

“我不知道的太多。有时，我也很同情他，因为是米里亚姆给他灌了迷魂汤。有时，拿昨晚来说，我完全是憎恶。不过，托尼也有讨人喜欢的一面，他不是坏人。这正是他很有意思的地方。他天真无邪，似乎永远也长不大。全怪米里亚姆，她让他以为整个世界都属于他，他只要不停唱歌，他便能够随心所欲。我以为只要我能将他从她身边带走，我们就能找到一种属于自己的生活，可是我和他讲不通。”

“你还小，珍妮弗。我的建议是见好就收。”

“我没你想的那么小，亨利，我——我对你隐瞒了我的真实年龄。”

“那又如何？你的人生依然还很漫长。据我观察，你在那儿已经走入了一个死胡同。就算你真能在那儿死扛到底，成功生下那个孩子，米里亚姆也会将它夺走。”

“不！”

“那你回纽约吧。假如托尼够男人，追回纽约的话，就让我想办法说服他，接管他生意上的事，还有对付米里亚姆的事。我们给那个老太婆一笔退休金，让她退休，那么你便能够将托尼转变成一位顶天立地的男子汉了。要是他不同意，那你一无所失。”

“你是对的，亨利。显然我不能继续这样下去了。”

“我将在皮耶尔大饭店给你预定一间套房。你给他们留张字条，说纽约那边来电话让你去试演一部剧。你将大部分衣物撇在那儿，这样一来，米里亚姆就不能扣你个离家出走的罪名了。”

“可托尼与米里亚姆已经知道我有孕在身，是不可以接舞台剧的。”

“当然了，他们确实如此。不过这只需要在技术上稍作处理即可。一定要一本正经，然后弄张一模一样的字条给其他人——给安妮——这样如果有这个需要，可以把它当成证据。之后，向我发封电报，接受我的工作来东部。”

珍妮弗按那个建议，写了那封信。让她喜出望外，托尼乘坐飞机，追随她来了纽约。他在她的套房里的客厅中踱来踱去；哭得跟个泪人儿似的；使尽全力去哀求；他最后还发誓，他真的爱她，愿意为她做任何事情，只要不撵米里亚姆走。

“但我除了那个，别无所求。”她固执己见。

托尼也是铁石心肠，“她替我打理财务，经营事业。米里亚姆之外，我再无可信的人。”

“我呢？难道你不信我？”

“别激我，珍。你是我有史以来遇见的最好的性伙伴，不过——”

“性伙伴！仅此而已！”

“你当自己是谁啊？天啊！米里亚姆是对的。你想霸占我，想吸干我！我把自己全给了我的歌。”

“那么你给我什么？”

“我的老二！那应该绰绰有余了。”

托尼返回了加州。亨利草拟了一份暂时分居协定。孩子生下来之前，珍妮弗每周将取得五百美元的生活费；孩子生下来以后，她每周将取得一千美元，外加她的日常开支以及孩子的抚养费。在她肚子明显鼓起之前，她怀孕这件事必须保密。孩子一出生，她就同托尼离婚。

她跟托尼两地分居成了各大报纸的头条新闻。头一周里，她一直憋在皮耶尔大饭店，在那些红药丸的帮助下，几乎从来没睡醒过。最后，安妮介入了进来，果断地和她住在了一起。她强迫珍妮弗去剧院，几乎每天都同她共进午餐，可是珍妮弗依然意志消沉。

她的身心只有在夜里才能得到解放——借助那些红娃娃。

时间一晃到了一九四七年的十月，此时珍妮弗早已怀孕三月了。米里亚姆来纽约了，她在机场已经给她来电话了，她十万火急要见珍妮弗。

珍妮弗的情绪骤然高涨。米里亚姆现在已经吓不倒她了，说不定是米里亚姆被吓怕了。看她在电话里那样子，她似乎已经穷途末路了。可能托尼开始变得闷闷不乐——可能连歌也唱不成了——因此她来求她同他重归于好。然而，风水轮流转，这回该看她颜色了。米里亚姆必须滚蛋。托尼必须上门道歉。

珍妮弗并没有对托尼冰释前嫌，可她依然怀揣着希望，想把米里亚姆撵跑，让托尼变成一个独立的男人。再者，肚子里的孩子——也迫使她委曲求全。她想让自己闺女有个父亲，而不能跟她似的，围着一群女人长大。托尼会长大的……他依然年轻。

当她将米里亚姆迎进门时，她刻意将自己打扮得十分漂亮，屋子也收拾得分外干净。她表现出一副女主人的架势，甚至还在脸上堆出一丝微笑。“请坐，米里亚姆。来点儿咖啡吧？”

这位女士舒舒服服地将她大块头的躯体落座在椅子上，靠着椅背挺直腰板儿，而她的目光始终停留在珍妮弗的腰间，“咖啡就免了。我们别把时间浪费在客套上，直奔主题吧。”

珍妮弗的脸上笑容依旧。“不知道又发生什么事了？”

米里亚姆将眼睛收合成一条缝儿：“你确定他是托尼的宝宝？”

“不信等他生下来，你自己看，”珍妮弗厉声说道，“我敢保证他会和托尼是一个模子刻出来的。”

米里亚姆立即从椅子上站了起来，在屋里踱来踱去。突然，她转身对珍妮弗说：“你开个价吧，多少钱你才肯把孩子做掉？”

珍妮弗的目光冷若冰霜。

“你听我说，要是你只是想要钱，我可以给你，”米里亚姆说，“我可以给你一大笔和解费，签书面协议。虽然孩了没了，你依然能够得到每周一千美元的生活费，只要你把孩子做了。”

珍妮弗一脸茫然：“托尼知不知道这件事？他也是这个意思吗？”

“不，托尼对此事一无所知。我跟他说我到芝加哥见他的广播剧赞助商，谈一桩更大的买卖。我是代表我个人来的，来恳求你。孕期达到四个月，就不能再打胎了。”

珍妮弗用紧张而低沉的语气说，“你听着，米里亚姆，我从没像此刻这样恨你。我还总以为你只是自私，可至少你全是为托尼着想。可如今我算是看透你了，你就是个恶魔！”

“你和全美国的妈妈一样！”米里亚姆哼着鼻子说，“每天在公园里光是推童车，就会使你喊苦叫屈不已了，我说的对吧？”

“我要定这孩子了。”珍妮弗一本正经地说，“米里亚姆……这半辈子以来，从未有人真正关心过我。在我小时候，我妈和我外婆就将我视为包袱。耳朵里充斥着她们的抱怨：嫌我吃得多；嫌给我买鞋子太花钱；嫌我长得太快，东西还没用多久，就得换。所以，当我把鞋子穿小时，心里无比害怕，因为我明白噩梦又要上演了。然后，我长大了，就变成我能给她们寄多少钱——给我，给我，给我。因此，我嫁给了那个王子。可能那不是爱的结晶，可我以为那样可以养活妈妈和姥姥——我想努力当个好妻子。但他对我漠不关心——他也想利用我。我爱托尼，做一个妻子是我唯一所求，可你根本不给我机会。你践踏我，打压我。好在我现在要有自己的宝宝了，他将爱我，归我所有。而我要为他打拼，努力工作。我已经开始储蓄了，甚至连新衣服都省了。等到宝宝降生，我会去做模特……把钱存下来……我会让他拥有一切。”

米里亚姆站在那儿，默默地注视着自己胖乎乎的手指，伫立良久。随后，她说：“珍妮弗，可能我误会你了。要是如此，我向你致歉。”她沉重地长出一口气，“那好，回托尼身边吧。我把那个家交给你……我会试着和你好好相处。我可以做出任何让步——只要你肯将孩子做了！”

“米里亚姆，请你离开。我不想侮辱你。可我要保住我的孩子，而且还要把托尼争取回来。只要他听说他的孩子生下来了，他肯定想看她，想要我们俩，孩子和我——你走着瞧。”

“珍妮弗。”米里亚姆用近似和蔼的语气说，“听我说，听好了。你离开托尼，不辞而别，他那时当你是他最爱的人。对吧？因此他才天真地试图把你再带回去。仅此而已。打你们吵完架以后，他夜夜都换女人。只用了三周时间，他就把你忘得一干二净了。”

“请你离开，米里亚姆，”珍妮弗泪如雨下地说，“你已经伤我够深了？为什么还死咬着不放？”

“我可是在帮你。”米里亚姆恳求道，“如果我不是为你好，早就让你把孩子生了。我又能失去什么？经济上已经成交了，抚养费还省了不少。因此，我今天专程为你打算的。我已经使尽浑身解数来劝你将孩子做了，想保护托尼，可你冥顽不化。”她又开始在屋里踱来踱去，“听我说，为什么我要将托尼与别的女人之间的事儿说给你听，你知道吗？想揭你的伤疤？不，是想为你止痛，不让你的伤口继续恶化。因为在你真的扛起一个孩子之前，你是永远无法体会那种心酸的。它将成为你生命的一部分，而你做梦都想不到那是种什么样的爱——而且要是那个孩子出了什么问题，它带给你的伤害远远超过了一个负心汉给你的伤害。珍妮弗，莫非你从没怀疑，托尼有点太……呃……太幼稚吗？”

珍妮弗莫名其妙地看着她。米里亚姆的话中带着一种陌生的东西。“托尼或许是过于孩子气，”她坦然说道，“可这也许是拜你所赐，米里亚姆——”

“珍妮弗——托尼从智力到情感上都只是个幼儿。”

“都是你溺爱的结果。”

“不，那正是我护着他的原因之所在。也正因为如此，我反对你为他生孩子。我是为了让你们俩都好。”

“我不懂……”

米里亚姆坐在她的旁边，“珍妮弗，听我讲。在托尼还是个婴儿的时候，他患过几次抽搐。他出生时，头脑就存在问题。当时那个医院里的医生跟我解释过，可我刚开始太年轻，理解不了。我当时坚信世上没有无法挽回的事。他们告诫我，他再也不可能像正常人一样了，可他刚满一岁，长得那么好看。所以，我当时无法相信。可是当他七岁后，连一年级学业都无法通过，我才开始慢慢理解。那时，我已经年长了许多，我就为他做了所有幼儿测试。直到这时，我才恍然大悟。”

“难道你从未觉察到么，珍？托尼几乎连漫画书都读不了。五十以上的加法，他也力不从心。不过，他对自己的残缺一无所知。我为了保守这个秘密，总是替他做任何事情。我努力让他觉得，他之所以这个也不懂、那个也不会，全是我为他代劳的结果。正因为如此，我不断跟他灌输，唱歌是他唯一的任务。”

“可正如你所说，他在幼年患过抽搐。可能它就是罪魁祸首。这不足以证明，我们的后代也会出现那种情况。”珍妮弗据理力争。

“他出现的那种情况是遗传下来的。连医生都查不出到底是怎么引起的，不过，托尼在他五十岁时全疯的可能性极大。而他的后代也会遗传同一种病。如果幸运的话，他能达到十二岁孩子的智力水平，不过也可能会更低。”她停顿了一下，做了个短暂的回忆。“珍妮弗，你不晓得当时那种情形。当我查明了托尼的病情，我开始信主。当时，我常常祈祷。我经常去教堂——所有教堂——还拽着托尼去。我将他安排到了一个唱诗班。也正是在那时，我开始察觉他的歌喉十分美妙。我立刻明白这是绝无仅有的一线生机。我将自己挣来的每一分钱毫无保留地投入到了他的学习中……”她叹了口气。“不过现在已经时过境迁了，你肚子里那个孩子可能不会遗传他的妙音——可必然会遗传他的病。”

“你呢?”珍妮弗问，“你会发疯吗?”

米里亚姆摇了摇她的头。“我们是同母异父。这件事，托尼也不知情。求你了，珍妮弗。为你自己想想，把孩子打掉吧。”

“我如何知道你说的是真是假?”

“我随身带着医检报告。”她笨手笨脚地在她包里翻了又翻，取出一本厚厚的信封。“我想你还是不会信任我。你不相信我是理所当然的，是吧？我从来都没有好好待你。”她把那个信封交到了珍妮弗的手里。“拿着它去随便找个精神病专家。不过，请帮我一个忙，珍妮弗，请不要将此事捅出去，搞得满城风雨。那样不仅会终结托尼的事业，连托尼本人也完蛋了。我很清楚他迟早是要被送入疯人院的，可万一这件事流传出去，他立刻就得进去。这正是我存钱的原因。你曾经觉得我很抠门儿，那是因为我在为他建立一份养老金。我竭尽所能，多存每一分钱。我不愿意自己走后，他沦落到某个可怕的福利院。我想让他在那些日子里，有足够多的钱，住在一个好的场所。可是，可能他的美好时光就剩短短十五年了——我希望，无论如何……”

珍妮弗把那个信封又交还到她手里，“我信你，米里亚姆。谁也编造不出如此可怕的故事。”

米里亚姆的眼角泛起了泪花。“珍妮弗……我真的想让你幸福。你愿意重回托尼身旁，我会很欢迎，不过你理所应当得到一个更美好的生活。还有，请一定替他守住这个秘密。你肯定会寻到一个好人。请善待托尼，做掉孩子，把托尼忘了。”

米里亚姆走后，珍妮弗呆呆地坐在原地，目光在空中停留了好几个钟头。然后，她吃了三颗红药丸，进入了梦乡。

对于这个突如其来的决定，她从未对安妮与亨利做出任何解释。她私下找了位心地善良、穿着整洁的新泽西医生。他有张干干净净的手术台和一名得力的护士。这件事花了她一千美元。那名护士在她胳膊上打了一针麻醉剂——喷妥撒钠，这是它的学名，它甚至要比速可眠的效果还强。当她醒的时候，全部都搞定了。两周过后，这件事就翻篇儿了。她的腰围回归正常了，而且她还飞到墨西哥办理了离婚手续。她返回以后，便融入秋季各种开幕典礼的喜庆氛围之中了，又做回了那个购衣狂人。裙子是越做越长了；还出现了一种被称为电视的一个八英寸屏幕，迷倒了成千上万的人。上面什么也没有，只播出摔跤比赛、球类比赛和轮滑比赛，可是到处都有人说，它将取代收音机。

珍妮弗重新签约了朗沃斯代理公司，重操旧业干起了模特。没过多久，安妮的大衣柜又一次被珍妮弗淘汰的衣服塞得柜门都关不上了。电话总是没完没了地响着，而珍妮弗牢牢地稳定住了她的新社交活动，还把安妮扯了进去。

珍妮弗会了好几个男人，可她最看中的是克劳德·查多特(Claude Chardot)。他是一名法国的电影制片——高卢人，英俊却放荡。安妮讨厌他，可珍妮弗却坠入了激情的热恋。他们竟然用了三个小时的午餐，还飞吻，并在瑞吉酒店①跳舞。克劳德很少说英语，而安妮对珍妮弗法语的流利程度大

① 瑞吉酒店：它是世界最高档饭店的代表，由阿斯托上校于一九零四年在纽约开办。酒店采用全欧洲化服务招待宴会上的客人，在业内独树一帜。

吃一惊。

在圣诞前夜，珍妮弗同安妮一起布置了一棵小圣诞树。克劳德同他的几位朋友要来拜访。

“十天之内，他就要离开了。”珍妮弗黯然神伤地说。

“你是真关心他吗？我指的是，真心？”安妮问。

珍妮弗皱了下鼻子。“呃……他很与众不同。你怎么看他？现在可以实话实说。”

“我也说不准。我的半数时间浪费在了听他讲鸟语上了；另外半数时间，当我坐在那儿试图理解他那位好友结巴的英语时，你俩在那儿叽叽喳喳地用法语叫个不停。不过，我还真从他那个叫弗朗索瓦的伙计那里破译了一些情报，你那位克劳德背后还躲着一位老婆呢。”

“理所当然。或许也是情人。”珍妮弗说得分外轻松。“我每次总是看上那种贱男人，这一点你可以肯定。他还想带我去巴黎。”

“你才不会动想去的念头！”

珍妮弗耸耸肩。“他想把我捧成那儿的电影明星。说我棒极了，一张美国脸，一口法国腔。”

“可你总是说自己不能演。”

“他想请我出演性感电影。艺术片只是需要半裸。”

“什么？”

“那儿的人都能接受它，安妮。做那个的著名影星大有人在。它没什么。哦，我说的不是色情电影——我说的是带有真实情节的影片。只是在你一个场景中洗澡的时候，他们跟着拍摄。”

“可你凭什么非要去？”

“我凭什么不去？我在这儿得到了什么？我在上一季，炙手可热。可我马上要二十八了，并且背负着两次糟糕的婚姻。我是不可能在这儿邂逅一个好男人了。我如今早已是名声在外，先嫁了一个王子，接着又给一个歌星做老婆——男人们都感觉和我在一起太奢侈了。可能巴黎是我最好的归宿。我也很清楚克劳德是虚情假意，他给我制造这一连串的艳遇，全是为了使我和他签约。他把我当作挣钱的工具，可这又如何？我赔一毛钱了吗？”

“可你在纽约只是初来乍到——何不再给自己一次机会呢？”

“我再清楚不过了。在这儿，我不会有奇迹发生。哦，我能进另外一部剧，可那个角色也好不到哪儿去。之后怎么办？我也不是什么了不起的模特。我的赡养费绰绰有余，可我对莫罗科和斯托克这种无聊的会所以及那些同样无聊的人们感到恶心。你呢？在纽约度过的这些个年头，你对那种风流韵事还保有激情吗？”

安妮摇摇头：“没了，自从莱恩离开以后，它就泛不起一丝波澜了。我在《时代周刊》上了解到，他的书将于下个月发行。可能他正在写他的新书。”

“从那以后，你跟别人睡过吗？”

“没。我办不到。我也知道这听起来很愚蠢，可我的心依然和莱恩贴在一起。”

七、安妮：埋葬相思和过往

时间已经到了一九四八年一月。“21”会所又搞了次三小时午餐会，来为克劳德饯行。当安妮到场时，聚会已经开始了。桌上摆了一大罐伊朗鱼了酱，还有 桶加冰的香槟，那个桶大得惊人。珍妮弗看起来容光焕发，为克劳德、他的伙计弗朗索瓦和另一个安妮没见过的人扮演一个女招待的角色。

“我是凯文・吉尔摩(Kevin Gillmore)。”那位新人说。

珍妮弗露出那两排洁白的牙齿笑着说：“安妮，你肯定早已对凯文・吉尔摩有所耳闻了。吉琳化妆就是他的公司。”

“当然。你们公司的产品好极了。”她一边说，一边吃着鱼子酱。

“你也去巴黎?”他问。

“不，即将轰动巴黎的是珍妮弗。”

“她将在那儿掀起一阵飓风，”克劳德用他的法式英语说，“不过，拜托你了，安妮……还请你送她上船。她在月底准能到那儿。”

珍妮弗对克劳德莞尔一笑，紧紧地依偎在他怀中。“只要我拿到了护照，把一些事安排妥当，立刻就去那儿。”

“太令人激动了，对吗？”安妮同凯文说，同时努力掩盖住她无动于衷的表情。

“我想是吧。这全是你的牙？”凯文突然问道。

“什么？”

“真牙，还是假牙？”

他说得有点直接，不过没什么敌意。安妮微笑着说：“我自己长的。有何不妥吗？”

“你这头发是？”

安妮感到脸上泛起了红晕，“天生的。”她平静地说。

“我知道。从色彩上足以得出这个结论。问题是它们全都是你的吗？”他抓住她的长发稍微往下拽了拽，“我指的是，你戴没戴半假发？”

“什么？”

“半假发。就是垫在头发下面的假发，它能让你的头发很浓厚。”

“我戴它做什么？”

突然，他微笑了起来。那种微笑与他提的那些冒犯性的问题八竿子打不着，是一种十分谦卑的微笑。“由于太多女孩为了得到那种样子，而采用那种方法。”他悲哀地摇了摇头。“想找出一个理想的女孩困难重重——好不容易找着一个头发靓丽的，结果发现牙齿不好；终于找到一个头发和牙齿都好的，结果发现鼻子不好。我估计你早已成为被各大公司竞相追逐的抢手货了。我是指，你不可能做我们的独家代言，对吗？”

“做什么?”安妮把脸朝向珍妮弗，向她求助。可她根本抽不开空，她用喃喃细语同克劳德说着亲热的法国话。

“呃，你看，随着电视的出现，我估计不出一年，收音机就被淘汰了——随着大型节目得到更加广泛的关注。我需要一个‘吉琳女郎’，让她出演我的全部广告——洗发用品、指甲油、口红和其他产品。我早已见了几个我比较中意的女孩——”他滔滔不绝地说出了五个顶级模特儿的名字，“可她们的收入都很高，不可能只为我一个人做代言。但我不想让我的吉琳女郎在《时尚》杂志上宣传特德·卡萨布兰卡的时装，或者在《哈泼氏》杂志上替香奈尔香水儿宣传。我只想让她为吉琳产品代言，但我首付每周只有三百美元。”

安妮抿着她的香槟。她拿不定主意，只好默默无语了。

他将她的沉默视作婉然拒绝。“我将给你做份一年期合约，将后半年增加到五百美元。若是我们需要将你搬上电视的话，还会给你额外的报酬。”

正在这时，珍妮弗如梦方醒，“我似乎听到了票子?”她问道。

“是我在同你朋友讲，我想让她做吉琳女郎。”

珍妮弗瞪大了双眼。“当然！安妮是个不二人选。”

“不错。她很美丽，而不妖艳，标准的‘美国女孩儿’。”凯文说道。

克劳德把两只手高高举起，表示反对。“还是这个词儿！你们美国人！你们老是想要将所有人都整成邻家小妹，根本不懂得美女的妙用。要是世人想看的是那种东西的话，谁也不去看电影了。选珍妮弗——她一定会引起轰动的，因为她不是小家碧玉——她是所有男人梦寐以求的女人。”

“我很赞同。可这在广告领域行不通。”凯文固执地说，

"哦，我们需要性感——只是采用一种润物细无声的方式。安妮长得很美，可她那种美是女人们可以复制的。女大学生或小主妇们可能觉得只要她们用了我们生产的产品，她也能长得跟安妮似的。可她们不会觉得她哪一天会长成像珍妮弗一样。你卖的是虚拟的电影——我卖的是产品。安妮和我的产品结合得十分完美。谁也不会闲得没事儿去揣摩，揭发出她的美来自于巧妙的骨形构造、合理布局的双眼抑或天生就厚的眼睫毛。她们会觉得只要他们也用一样的产品，她们也能拥有她的容貌。安妮的美不会令她们恐慌，可珍妮弗的一定会。"

"那好，让我把这种令人恐慌的美带到巴黎吧。"珍妮弗说，"不过，安妮，我想你可以接了凯文的活儿。你得把自己变一变，我们俩都需要一个全新的舞台。"

安妮将眉头高高皱起。"我又不是模特儿，况且，我对目前的工作很满意，我在为——"

珍妮弗用胳膊肘捅了她一下，站起身来。"我想我们俩是时候去补妆了。走，安妮。"她在安妮后面走着，在她要出房门的那一刻，她回头给凯文使了个眼色，好像是在宽慰他。他会意地点了点头，将双手合十举在胸前，像是在祈祷。

她们坐在大化妆镜前，那名化妆师站在她们身后，无精打采地给她们修着妆。

"好了。"珍妮弗立即向安妮发起了攻势，"为何不去？"

"我对模特儿一窍不通。"

"我对电影还不是一样一无所知，可那拦不住我。巴黎还不是一样！"

"你会火的——"

"别转移话题。跟亨利干，你能赚多少钱？"

“眼前是每星期一百五，可这无关紧要。我才把那个宅子卖了，赚了一大笔钱，还委托亨利拿它投资了，而且我的股票扶摇直上。钱在我眼里早已不是第一位了，有可能是最后一位。”

“可是这将会很刺激。”

“我离不开亨利。”

“亨利？”珍妮弗的眼神中充满着责备，“安妮，你在跟我说呢，好不好，我是珍妮弗。你之所以不想离开那家公司，是因为你还是忘不了莱恩·伯克。可他不会和你破镜重圆了，别再做那种春秋大梦了，不要再幻想着他有一天又跑回来，把你解救出去。那都已成往事！灰飞烟灭了！”

“你如何知道？我是指，下周他的书就出版了……呃……他会到这儿为它宣传的。大部分作者不都是这么做的吗？”

珍妮弗端详着她的手提包，漫不经心地玩弄着它的提手。“安妮，我当时想着不告诉你了，可如今我想应该告诉你——他已经返回英国去了。”

“回了？”安妮感到口内很干，恐怕该大病一场了，“你是指他已经来过这儿了？”

珍妮弗郑重地点点头说：“整整一周时间。他来会见了他那位出版商。他翻天覆地地重新写了一回——他几乎将所有在这里写的东西全扔了。然后，回到那儿从零开始写。因此，才花了他如此长的时间。不过它是本很不错的书。这是亨利跟我讲的，他见的莱恩。”

“亨利见的他？”

“他们共进了午餐。莱恩早已进入他下一本书的写作了。他从那个出版商手里，得到了一笔数量可观的预付款。接着，他返回了伦敦，还在那儿弄了一间公寓呢。”

“他见过亨利……他已经来过这儿了……”她已经说不出话了，早已是泪如雨下。

珍妮弗赶紧过去将她拦腰抱住。“安妮，别用这种方式惩罚自己。亨利说，莱恩心无旁骛，一心写作。那是他唯一所爱。”

“可亨利最了解我的心情。为什么没听他跟我提起莱恩来这儿了？”

“别忘了他是男人，男人还是跟男人近。安妮，你一丁点儿都没有亏欠亨利。你需要改变自己。这真是命运的安排。今天，克劳德压根儿就没请凯文・吉尔摩。他只是一个人来这里溜达的，不经意间加入了我们的聚会。我想这是机缘巧合。”

“可能你是对的。”安妮慢条斯理地说，“我必须搬出那个公司，它像一个活人的祠堂。”

“你可算走上正道儿了。那个公寓也别住了！眼前……先修饰下脸蛋儿。到嘴边儿的肉，可别没吃到嘴里，就让它跑了！”

乍一听，亨利暴跳如雷。可他还是很不情愿地承认吉琳公司的活儿是个美差。“全是你一手操办的。”他向陪同安妮来辞职的珍妮弗说。

“你也很清楚，那对她最有利。”珍妮弗兴高采烈地说，“好了，亨利。你准备将安妮在这儿继续拴到什么时候？她和斯坦伯格小姐可不是一路人，你心里比谁都清楚。”

“那好，在你签合约之前，一定要先给我过目一下。”他嘟囔着说，“让我瞧瞧能不能在协议中得到一些附加的东西。电视正强势来袭，我不想给今后的磋商留下什么隐患。要是他今天让你给他拍广告，那他必须确保将来的电视广告也要用你。”

“可是，亨利。”安妮谢绝道，“我看着电视摄像机会头晕。”

“它可能同摄影师的相机差不了多少，而且到那个时候，你可能已经有一年的经验了。顺便提一下——”他在便签纸上潦草地写出一人名。“开始着手去见利尔·科尔(Lil Cole)。你最起码每星期得参加两堂私人课程。它可不便宜，不过对你来说是九牛一毛。”

“利尔·科尔是什么人?”安妮问。

“最棒的言语和发声学方面的教师。”

“我用她做什么?”

“因为直觉告诉我，将来的电视广告最终将突破无声的形式。你必须去掉那种波士顿腔。”

“亨利，我不过是做个模特儿，不是演员。”

“听我说，安妮。”他用严肃的口吻说，“要是你想做某件事，就应该全身心投入。无论做什么工作都不能做得半生不熟。以前，你是个了不起的秘书——今天，若是你当吉琳女郎，依然要成为最好的那位。除此之外，你还有其他事可做吗?可能，保持一个忙碌的自己，对现在的你是最为有益的。”

刹那间，他的表情看起来人困马乏的，像是用尽了最后一丝力气。安妮突然心血来潮地伸出双手将他拦腰抱住，“亨利，我爱你。”

他赶紧绷起脸，来掩盖他内心汹涌澎湃的情感。“你会相信这个吗?”他向珍妮弗说，“我狠狠地剥削了这女孩儿整整两年，现在她终于可以离开了，居然对我讲，她爱我。”

“我是真心的，亨利。我永远会的。求你了……做我一辈子的朋友。”

“学着适应失去我吧。你属于万里挑一，安妮。没人像你。立刻走吧，我要给那些职介所打电话，再招一个秘书。天晓得，说不定另外一个安妮·威尔斯就该来了。”

“在你寻到继任者之前，需要我留下来吗？我可以协助她熟悉工作。”

“不，赶紧走吧！珍妮弗在这儿剩下的时间不多了。你俩一块儿出去狂欢一阵儿吧。顺便提一句，珍妮弗，你的赡养金交了税之后剩余七百美元。我对你再了解不过了，我会立即将税上交。这次的电影合约会把你的事情复杂化。要我把你的支票给你寄去吗？”

“不，把我的钱放在这儿。把它拿去投资，把我变成和安妮一样的有钱人。”

他哈哈大笑起来。“我在这儿遇上了俩洛克菲勒。究竟是谁说这是个男权社会？”

“我的钱可是来之不易。”珍妮弗冷冷地笑着说。

“对。你在泳池里挥洒了五个月的汗水，实在是艰苦卓绝。”

珍妮弗的脸上闪现出她最灿烂夺目的微笑，“是的，全是享乐。”

“听我说，我对你接下来的生活只有一个要求，漂漂亮亮地回来。”亨利坚决地说，“你现在要打入巴黎了，你最终将成为法国的拉娜·特纳(Lana Turner)①。不过，帮我个忙——

① 拉娜·特纳(1921—1995)：美国著名影视两栖明星，一九五七年，凭借影片《冷暖人间》荣获第30届奥斯卡最佳女主角提名。

别把你的钱挥霍一空。你还欠着我两千美元。我将从你的赡养费中扣掉。看在老天的份儿上，千万别来找我要钱。给我一个机会，替你囤积一些资金，你们俩是我不可或缺的客户!”

“多谢提醒。”珍妮弗甜蜜地说，“再预支一千美元给我，亨利——”

“哦，行行好了，珍妮弗……”

“人家得买衣服呢。不管怎么说，我得在巴黎搞个盛大的入场式。”

一九四八年二月的一天，安妮火急火燎地冲进“21”会所，来到亨利的老地方——位于前排的桌子。“真对不起，我来晚了，利尔·科尔真是个奴隶主。”她也入座了。

亨利看到这里的每个男士都曾回头瞟过她一眼。经过凯文·吉尔摩的化妆专家三周的打扮，已经创造了一种无可形容却分外抢眼的变化。他们没有干扰到她自然之美，但不知为什么却又对其进行了深化。如果之前，它是靠点点滴滴渗透进你的心里，那么现在，你会对她一目了然。她涂了眼影，头发更显浓密，宛如狮子的鬣毛。她浑身上下还是以前那个淑女范儿，但如今的她更激动人心。

“上午，我收到珍妮弗寄来的长长一封信。”她说，“但没从中感觉到，她去了以后创造了什么轰动。”

“我收到的是一封短信，向我要钱。安妮，她的钱如何能花那么快呢?”

安妮笑了笑，要了份沙拉。“她挣再多钱，都改变不了借主的命运。珍妮弗是个无法自拔的挥霍者。我也莫名其妙——她貌似对自己买的物品没有半点儿兴趣，十之八九都被她抛弃了。”

亨利摇了摇头。“我渴望她可以找个小伙儿——一个棒小伙儿——在那边。依我看，她算不上一个了不起的演员，可她有一张完美的脸庞和一个迷人的身段儿。我希望她榨干她的身体，因为那是她唯一的财富，而且当它被时间蒸发殆尽……珍妮弗的末日就临近了。”

“亨利！我真是瞎了眼了。原来你也同其他所有人一模一样，你也是用那种肤浅的眼光来衡量珍妮弗吗？她其实是一个了不起的姑娘，可惜没一个男人愿意不厌其烦地去挖掘她。我还想着你与众不同呢。珍妮弗是个绝世好人……是个真心朋友……还是个小甜甜。她是有史以来遇到的最甜的姑娘之一。”

“甜？那好，继续这个话题。甜是裹在外表上的，微笑是粘在脸上的。不过跟我讲讲，安妮。她的感情流淌得有多深？”

“这不是一两句话能说得清的。珍妮弗从不爱嚼舌头。你知道吗？我没从她嘴里听到过任何攻击别人的话。她真的对所有人都很甜。我很清楚拿这个词儿来形容珍妮弗看上去似乎不恰当，其实却恰如其分。我们在一起生活——我对她了如指掌。目前，你可能以为尼利很甜，但恰恰相反。尼利很清新、很有活力，可她不甜。珍妮弗是真甜。她从未说过那个王子半句坏话，你知道吗？她只说他们吹了，没有去攻击他。抑或是托尼——甚至还有米里亚姆。她只说自己受够了加州的无聊生活。她光鲜亮丽的外表下面裹着一颗被孤独占据的心，热切盼望着一个真心爱自己的男人。因为珍妮弗真心想拥有一个男人，还有一个正常的生活和一群儿女……”

“既然如此，她怎么还亲手毁了她的孩子？也是打那以后，我对她失去了好感。她心急如焚地从加州给我打电话说他们企图害了她的孩子——起码她老公的姐姐确实想如此。她想保住孩子。然后，我费尽心机给她赢得了一笔可观的赡养费，而她竟然把孩子做了。你给我解释一下，对于一个爱孩子的良家妇女有每周一千美元的生活费，还活不下去吗?”

“她从不提起此事，更没说明缘由。”安妮慢条斯理地说，“可能是接下来的某个时间，她一定是丧失了勇气，担心自己无法独立抚养它。我确信如果她当时遇上了一个心仪的男人，她会组织一个家庭，定居下来的。”

亨利仔细打量着她：“你呢?”

“哦，一切顺利。我们已经做完了全部试镜。从下周起，我就要拍吉琳的春季首轮广告了。”

“我指的不是那个，安妮。我指的是你的将来。你知不知道，做了吉琳女郎后，你会有翻天覆地的变化。只要你的脸一出现在那些杂志和户外广告牌儿上，激动人心的事儿便会纷至沓来。”

“我已经是过来人了。”她给他提了个醒，“还记得那个我吗?也就是在两年以前，我早已上过头条了，而且是出现在每个专栏——艾伦·库帕的灰姑娘。可我还不是一如既往。”

亨利压低声音说，“不，她对你还是有所改变的。你没嫁给莱恩·伯克，是吧?”

她端详着色拉碟，“我当时是想嫁的，亨利……放弃全世界，我也想嫁给他。过去如此，现在亦然。”

“那你为什么在肉到嘴边的时候，却放弃?”

“他要我定居劳伦斯维尔。”

“这正是我所指的。”他不慌不忙地说，“自打你走入我公司的第一天起，我就知道你是一个为了自己爱的人可以去天涯海角的女孩。也正是因此我才录用了你。我当时以为你很难被打动，不会随便掉入情网。出乎意料的是，莱恩回来了。在他走进公司的那一刻，我说，‘别了，安妮——到此为止了’。很不幸，无论男女，都不可能真正走进莱恩的内心深处。我和你，我们俩十分相似——当我们为某些人敞开心扉时，他们就成了我们心中的神。”

“莱恩以前爱我……我知道他当时真的爱我。”安妮斩钉截铁地说。

“但更爱他自己。一个男人若是和莱恩一样同自己的过去一刀两断，那么这个男人即使会爱，也不会深爱。莱恩和珍妮弗从某种角度上讲，如出一辙。那些莱恩和那些珍妮弗无法在爱情中全身而退，因为爱情在他们心里不是第一位。记住了，安妮，你还有大把的青春，睁大眼睛看清楚。而且，当你遇上一个真心待你的男人，一定要将他牢牢抓住，带他遁入山林。不要在这种灯红酒绿的地方徘徊太久。”

“我在这个世上已经了无牵挂了，”她说，“除了莱恩。”

“莱恩已成往事，”他十分生硬地说，“结束了……完了！”

“我懂，只是这依然无法让这个身体内的我为之改变。我不能随便遇上个人就听天由命。我是想在将来的某天可以结婚、生孩子，可我想要个我心仪的男人。”她重重地叹了口气“再者，我不会再深爱莱恩以外的任何人了。”

“听我说。”他说，“不要做和我一样的白痴。我以前也曾真心爱过。我这一生只有一个女人——海伦·劳森！该死的，我再清楚不过了——从一开始——她就没爱上我。她不会爱上任何人。是我一手把她栽培起来的，而且像我一样聪明，我一直以为我对她的爱永无止境。可能是我一直没给自己一个机会，去寻一个真心的姑娘。你看我最后落了个什么下场？

孤苦伶仃。”

“可能你跟海伦依然能够——”

“开什么玩笑!”

“可你说了你像过去一直爱着她。”

“我以前是这样。我过去一直爱的是我幻想出来的她——被我的意识所支配的那个她。可是如今看清楚了她的真实面目，可惜为时已晚，我老了，再也找不到合适的人与我一起共筑爱巢了。不过，在这一点上，我倒是可以和她齐头并进了。她渐渐开始‘表里如一’了——容颜将逝的‘老铁甲’！谁敢在我面前叫她这个，我不杀了他才怪呢。但在你面前，我敢叫。我对海伦已经死心了，可我这个习惯已成自然。它总会在不经意间控制你的灵魂，安妮——那种习惯。等情感如潮水般退去，逻辑夺回政权，习惯依旧还潜藏在那里，在以后的日子里永远都在。你就不同了，正当二十二岁的妙龄，习惯还未养成。莱恩连一分钟都不会白白浪费在对你的相思上，相信我吧，而你也该埋葬对他的相思!”

安妮露出一丝苍白无力的笑容。“我会尝试一下。我只会试……”

八、尼利：二度婚姻失败，贵为影后却连连失利

时间一晃到了一九五零年。尼利百无聊赖地将剧本合上。用不着再看了，她早已倒背如流了。她在她那张豪华大床上躺下舒展着身子，接着，小酌了一点儿苏格兰威士忌。再过半小时就到十二点了，她依旧合不上眼。可能她得再来一颗“娃娃”。她都用了两颗了……可能得再来颗红的。她必须在早上六点到摄制现场。她溜达到洗澡间，往嘴里扔了一颗红药丸，“加油，你这个小娃娃，卖力些干活。”

她磕磕绊绊地回到床上，却看见自己的记事本张开着。莫非有什么事怕她忘了吗？她瞅了瞅，文字已经不太清晰了，可她还是看出了特德的字迹：今天回来早一些，巴迪（Bud）和茱迪（Jud）要过第一个生日！

哦，神啊！我的老天爷啊！肯定是今天。她在早上时，甚至连看都没看那个本儿。那时，她整个身体都被那些药丸

给石化了，好不容易才爬下床，靠着两片得克西得林①，才清醒过来。可如今她已经与那个生日聚会失之交臂了！讨厌的电影重拍！她从床上一跃而下，踩着脚尖来到宝宝房里。一看见那俩睡梦中的金黄小脑袋，她的自豪感油然而生，通体涌现出一股狂喜的热浪。“巴迪和茱迪啊，”她黑暗中小声对他们说道，“妈咪没来参加你俩的生日，可她是爱你们的。哦，神啊！她对你们的爱多么深啊！妈咪是没看见那个本儿，否则她保证已经出席了——真的。”

她又蹑手蹑脚地出去了，跌跌撞撞地回到自己的屋子。特德可能已经气炸了，跑出去生闷气了。呃，天啊！也不全怪她。她没看见那个讨厌的小本儿。就是怕她看不见，因此他才将它张开放于她的床头柜上。可哪个白痴会在清晨五点看任何东西？她又躺了下来，将头靠在枕头上。他们一定吃了一个蛋糕，蛋糕上肯定插着一支蜡烛，谢尔曼小姐和特德可能还给他俩唱了生日歌。一颗晶莹剔透的大泪珠夺眶而出，硬是在她满脸的护肤霜中杀出一条路来。可是，我的老天爷啊！他们只是个宝宝，他们还不懂什么是生日。他们不会受伤……

不过，特德现在正在迁怒于她。这家伙到底跑哪儿去了？八成又去乱搞了，这个男女通吃的王八蛋。她回忆起了头一次当场捉住他时的场景。天啊！他和那个英国男演员抱在一起，他们的舌头都快要探入对方的喉咙里去了。当晚，她咽下了一整瓶的药丸。医生只好给她洗了胃。她对着过去的回忆，苦笑着扮了个鬼脸，永远不再做那种傻事了。

不过从那以后，特德对她倍加疼爱。头天晚上一回来，

---

① 得克西得林：一种刺激性药物。

他便将她紧紧搂住，向她解释说他之所以做出那样的事情，全是缺乏信心的缘故。她连续两年被奥斯卡奖提名——即使说还没得最佳女演员奖——可这已足以让他对自己很没信心，有失一个男人的尊严。她正是在那天晚上怀上了一对双胞胎！育儿室里那俩帅气的金发男孩儿是她生的，出自她的身体！她的内心无比温暖而又虚弱。年仅二十二岁，是世纪影业众多明星中最红的明星。在比弗利山庄买了自己的别墅，而且有对双胞胎！

那些药丸儿不管用。她很好奇珍妮弗有没有一次服下过三颗。她敢打赌她做过。若不是吃了点什么的话，谁也拍不出珍妮弗演的那些电影！哇！最近那部着实火了一把。在拉霍亚①的影院门口，你必须排上几小时队才可以买到入场券。电影里面出现的珍妮弗裸露着她的两个大奶，讲着一口地道的法国话。或许巴黎人民对此不以为耻，可你把目光从光屁股移到它下面的那行英文字幕，也无法将它和艺术联想到一起。并且，我的老天爷啊！那个刊登在《瞭望》②杂志的上重大新闻——或同样一篇刊登在《生活》③杂志上——展示了珍妮弗在巴黎的那间装修精美的公寓。它其实是说她和那个法国制片人克劳德·查多特混在一起。

她很好奇安妮是怎么看待此事。我的老天爷啊！她还欠

① 拉霍亚：位于美国加州南端圣地亚哥北部的一个海边小镇。加州阳光充足，紫外线很强，而这里的海风能给人们带来清爽，是旅游的圣地。

② 《瞭望》(1937—1971)：美国一家著名的双周刊综合类杂志，内容以摄影图片为主。

③ 《生活》(1883—1972)：美国一家著名的一周刊杂志，在一九三六年之前杂志内容为幽默段子和大众娱乐主题，后被《时代周刊》杂志的老板收购，改为以摄影为主题。一九七二年以后开始断断续续发行。

安妮一封信呢。安妮送她了一本莱恩的新作，尽管人们对它的差评很多，她还是应该谢谢安妮。业内异口同声地说，他走了商业化路线——或者说是本想如此，却适得其反。不过，真是该死，他可能需要钱，想着这种货色的书好卖。话又说回来，他头本书赢得了很大反响，却没赚一分钱。她在想安妮现在心里还有没有莱恩。她心里肯定是有所触动，要不怎么还非得让她的朋友也要读他的书呢。可那会儿，专栏里都隐约其词地暗指安妮是凯文·吉尔摩的女友。我的老天爷啊！想象一下，安妮变成了吉琳女郎！她的照片在各种杂志上随处可见。哦，是的……周日晚上。她歪着身子趴在床头柜上，在笔记本上潦草地记下。她一定得记着看才行。安妮马上要在"巅峰喜剧时刻"节目时段，为吉琳电视广告做代言。安妮要上电视了！

电视……我的老天爷啊！看看加州的人们对那个小臭盒子的言行举止，就跟它肯定会损害这里的电影产业似的。不过他们确实很惊慌失措，大多数电影公司的合约演员十之八九都被停止续约了，而且他们不再和那些人再签长期合约——仅签一两部电影。好在她是个大腕儿，噢，他们争先恐后地找她签约。五个愉快的、充实的年头……在接下来的五年里，钱会分别在五十二个星期打入她的户头……

她希望特德早点回来，她想让他明天替她出头。那组舞蹈镜头太难应付了，虽然她会跳舞，不过这太可笑了。她得让特德去跟他们解释，这种服装影响舞蹈，然后他们就必须把舞步排得简单点。今天，她被折磨得上气不接下气的。那些绿药丸太棒了，使你神清气爽、身轻如燕。只是它们也导致你心跳加速，导致你搞不定一个长达两小时的舞蹈套路。特德可能在他的工作室，他可能没有疯，只不过是在熬夜加班。她准备去拿电话。不，要是他没在工作室，她就不愿去追查了。究竟怎么了——它究竟意味着什么？他也许正在他工作室里搞基。神啊！她为什么要如此爱这个臭男人？他根本就不是个真汉子。不过梅尔也有点儿疲软。为什么总是让她喜欢上像这样的贱男人？他们总是初见时，来势汹汹——帮她提升能力、指点一切——异常勇猛。没想到去也更是匆匆，一下子就退潮了。

她看了下闹钟——半夜了。那些药丸还没见效。她得再来多来点儿苏格兰威士忌帮帮它们。讨厌——它在楼下放着。她发现酒精可以帮助那些药丸更快发挥作用，这一发现对她来说，无疑是极大的幸运，她很好奇珍妮弗是否也学会了这一招。没有酒精，那些"娃娃"根本兴奋不起来。那好，她只有下楼，再多取些回来。

她匆忙往楼下走去，两只光光的脚丫轻轻地踩在大理石铺砌的台阶上。此时，那些下人们都已睡熟了，客厅里的灯，早已熄灭。她在黑暗中，摸索着灯光的开关。忽然间，她听到从泳池那儿传来一阵落水声。于是她向院门走去，究竟是谁在她泳池里？浴室里亮着灯，光线打在泳池里。特德！她立刻露出了欣慰的笑容。我的老天爷啊！真是个疯子——都这个点儿了还在裸泳。她慌忙地解着睡衣的纽扣。她想跳进去，给他一个惊喜。不，那样她就彻底清醒了，可她需要早起。她正准备喊他，没想到从浴室里走出一个姑娘。她手里紧紧地抓着围在身上的毛巾，看上去很害羞的样子，犹犹豫豫地不敢下去。

"快来，把毛巾扔一边吧。水温已经上来了。"特德冲她喊道。

那女孩儿朝那座模糊的、格局凌乱的房子望了望。"万一她醒了怎么办?”

“你在开玩笑吗?只要她吃了那玩意儿，地震也别想把她叫醒。快来，卡蔓(Carmen)，再不来我会把你拽下来!”

那女孩儿羞涩地除去毛巾。虽然灯光有些昏暗，尼利依然可以看出那是一副完美的身材。尼利将眼睛眯成一条线。她似乎在哪儿见过这个女孩儿……是的!卡蔓·卡弗(Carmen Carver)。她是某个选美比赛的冠军，公司正在对她试用。

特德向那女孩儿游了过去。尼利突然听到一声抗议。“哦，特德!不能在水里……别!”

“有何不可?我们就差这种方式没用过了。”

尼利感到胃又开始胀痛。哦，神啊!不——不能这样!偶尔出去搞搞基，她已经放了他一马了。精神科医生已经跟她说过了，那是特德自己的一种病，算不上背叛她。可这!

她抓起那瓶苏格兰威士忌，踉踉跄跄地往楼上爬。她喝了一杯烈酒，又服了一颗药丸，之后便爬到床上睡觉了。特德和那个娼妇一起下地狱吧!我的老天爷啊!她明天这头要被这该死的酒给毁了。并且还得在五点起床。

她猛然坐了起来。要是她明天不去，会出现什么情况?这么多年以来，不管是排练也好、试衣也好、采访也好，她都是兢兢业业，迟到从未超过五分钟。可她得到的回报是什么?对，她如今每周能挣五千美元——可她为什么非得做那些事情呢?这座房子还没付钱——钱是摄制组贷给她的。米歇尔(Mitchell)医生说，这个房子有助于提升她的安全感，使她彻底告别童年的漂泊生活。一次要二十五美元，却换回这么个建议!明天我去找他算账——让他给我一个解释!既然她想到了这个，那个混账特德付出了什么?那些下人、汽车、他的工作室以及吃的喝的。她或许不该签那个狗屁婚前协议。他的生意蒸蒸日上。《时尚》杂志一直为他保留大幅的版面。她挣到了什么？除去摄制组每周扣去花在她房子上的一千美元，她还要负担她的经理人、个人所得税、她的私仆、秘书……神啊！她存不住一分钱！还好，三年以后，她就能结清房款了。她又吞了许多苏格兰威士忌，一种飘飘欲仙之感席卷全身。她一旦清空了所有债务，一切都会安好……

安好！我的神啊！让特德跟另外的女人在“她自己的泳池”里鬼混？她气急败坏地从床上一跃而下，感觉头晕目眩的，可她必须把那个女人从“她的泳池”里扔出去。她抓着楼梯护栏，笨手笨脚地摸索着走下楼。她摸到了灯光开关，泳池里瞬间注满了灯光。

她提着一瓶苏格兰威士忌，步履蹒跚地走了出来，看见特德和那个女孩儿正在从泳池里往外爬。

“你们玩得开心吗，孩子们？”她大声吼道，“在‘我的泳池’鬼混？你出来的时候，一定要把脏水给我放出去。没忘吧，特德——你的孩子们天天都得下去嬉水呢。”

那个女孩儿简直要被吓疯了，慌慌张张地藏到特德背后。尼利认认真真地将那瓶酒统统撒进了泳池。

“这样或许能给它杀杀菌。”她以嘲笑的口吻说道。之后，她过回头，盯着特德，“哎哟！现在换女流氓了，男的又不合你的口味儿了。我想米歇尔医生又该跟我说，你们男人也少不了这个。”

特德直挺挺地立在那儿，一声不吭，只是将双臂背在身后，护着那位正在不住颤抖着的女孩。而这一保护性的举动更激化了尼利内心的那腔怒火。“你在保护谁！一个脏了我泳池的妓女？知道不，宝贝儿，他才不稀罕你呢。他的性取向是男人。噢，莫非正是如此……或许你没有奶子——要么你是个‘女同志’?”

那个女孩突然挣脱出去，逃进了浴室里。特德依然淡定地站在那儿，即使是一丝不挂，也不想失去尊严。刹那间，她好想冲到他身边，向他承认错误，对他说她爱他。他高大的身材、古铜的肤色……可是她也不甘心就这样不了了之。

“好了，变态——开始解释吧!”

他的脸上竟然浮现出了一丝微笑，“我看你得配副眼镜了。我可不认为她长得像男孩。”

她被气得上下嘴唇打架。“我会好好考虑——”

“我保证你会的,”他慢条斯理地说，“我现在这样都是你一手造成的。”

“我造成的!”

“你几乎让我把自己当成了一个娘们儿。对，我跟几个哥们儿睡过。我感觉这种疯狂的举动不算对你的背叛，而你却使我误以为自己不够吸引女性。尼利，你还记得起来上一次‘需要我’是什么时候吗?”

“为什么，你是我的男人。你说‘需要你’是什么意思？我一直都需要你。”

“你是需要我围着你转！需要我替你对抗电影公司、为你设计服装、护送你参加首映。可我身为一个堂堂的男儿……你从事业上的战场，拖着疲惫的躯体回到家，根本就没有心思再投入另一个战场。你还能记起上一次需要性是在什么时候吗?”

“你这个狗东西!”她叫嚷了起来，“行了，别想岔开话题。我把你们当场抓获，你的那长满茂密树木的幽谷正吹拂着微风，还有那个一丝不挂的臭女人藏进了我浴室里，你还敢在这儿教训我！也不想想这个泳池和这座房子是谁花钱买的？”

“当初是谁非要买？”他若无其事地取了一条毛巾围在腰间。

“我们不能住在你以前的那间公寓。”

“怎么不能？那儿有八个屋子。可你非得要按摩室、放映室和整体布局。”

“我一直都没个房子。”她开始呜咽起来，“我过去一直想有一个，为了它我愿意花钱。”

“那你怎么还一天十次地在我面前没完没了地重复？而现在又是谁想岔开话题？”

“然而……”她的双眼仿佛是要罢工了，他的话音就像是从天边飘来的。讨厌的药丸，这个时候它们才开始兴奋起来。她发现他十分惬意地坐在一把海滩椅上。

“特德……我每天从摄影棚回来都六点了，今天更是八点才回来。我好累。我还得温习下一天的台词，还要做按摩。你还指望我怎么产生‘性趣’呢？”

“你为什么还签那个新合约？”他平静地问。

“那都过去半年了，你仍在斤斤计较吗？”

“尼利，你都已经红透半边天了。我的事业也是蒸蒸日上。我情愿毁了那份儿婚前协议，让你就随便在镇上找个电影公司，签个一年两部影片的合约就行了，多留点儿时间给自己，好好享受生活。而且就算你不去上班，单靠我挣的钱，也完全能养起这个家。可是你居然背着我，自作主张签了个新五年合约。”

“为了这个房子，我欠了摄制组一屁股债。再者，我的老天爷啊！特德，电视让大家人人自危，能搞到一个长期合约已经是我的万幸了。一旦你拥有了一个长期合约，你就成为……你的背后就站着一个影视公司。”

“那好，你已经有了你的房子和合约了，我也该回归我正常的生活了，和你在一起过日子，让我变成了一个伪男人。是你把我搞成这样的。从某种程度上讲，是你耗尽了我的激情，尼利。不过，一切都过去了。我如今已经全整明白了。”

“通过那个小骚货?”

“她使我感到自己依然有伟男风范。”

“特德，我不能没有你。”

“你确实很需要。但绝不是一个男人。”

“性！你满脑子全是性？我也喜欢性，可是得挑时间。”

“就像一个月一遇的某个下雨的星期天？不过加州可是从不下雨。”

“听我说，别说这些没用的了。那个不要脸的臭女人在那里，快跟她滚吧!”

“正有此意。”他熄灭手里的烟头儿，径直朝浴室走去。

“完了以后，立刻给我上楼，我有话要说!”

她跑回了屋内，重启一瓶酒，喝了一杯，就上了床。或许她应该对这件事儿睁一只眼闭一只眼；或许她更应该装得再性感些。神啊！她对他很爱、很崇拜。可你要是整天待在摄制场的话，晚上如何能性感起来？她看着她身穿的这件儿平展的睡衣，心想可能她得换件带褶皱的袍子。可是，老天爷啊！她满脸的护肤霜，头发也是很黏糊，而且向四面八方翘着。每天清晨，她都要在摄制场洗头发，因此在晚上，她必须给它抹上绵羊油。她的头发很棒也很厚，可是他们在上面喷了许多用来反光的发胶和金粉，要是带着它们睡觉，她早晚会变成秃顶。所以，她每天晚上都必须把它们除去，再搽上油。

她想到了泳池里的那个全裸的女孩儿。于是，她摇摇晃晃地站了起来。对面的墙镜，照出了她自己的样子。“哦，兄弟，”她想，“我看上去跟万圣节的鬼一样。”可是，老天爷啊！人家那个女孩为什么不能打扮得好看？她每周拿不到五千美元的薪水，更不是银幕上最热的一位明星，只不过是一个正在为这些东西奋斗着的小丫头片子。如果她是一个明星，那她也必须每晚九点上床，也得搽油、抹护肤霜！这时，眼泪已经忍不住流下了她的脸颊。神啊！这是她一生的梦想——一座大宅子，一个你爱的男人和孩子们。这一切她都已拥有……唯独没有享受的时间。

她来到洗手间，将脸上的护肤霜洗去。但愿她能不这么困。她开始翻箱倒柜。那些好看点儿的袍子上哪儿去了？有了，就是这件黄色的了。她将它披在身上。老天爷啊！她的头发！她寻到一条黄丝巾将它绑了起来。如今再一看，就不是太差劲儿了——一点儿都不差。她赶紧又躺在了床上，特德随时会走进来。她听到大门外传来了汽车轮胎碾压路面上石子的声音。好了，那个婊子已经滚回自己家了；他是时候满脸羞愧地上来了。她得先让他忏悔一会儿，然后给他一个大大的惊喜。她会紧紧搂着他，和他进行一番云雨。她好好表现，就和很早以前做得一样，而不是一动不动地躺在那里。想想他们初见之时，多起劲儿——可是彼时的她没有如此操劳。她差一点儿睡过去……神啊！他上哪儿去了？她飞快地跳下床，向楼下冲去。

“特德。”泳池那里一片黑暗。她将大门推开，跑向车库，地面上的碎石扎伤了她光光的脚丫。他的车开走了！可能他必须送她回家。她肯定是被他载来的，她没车。胡说！他完全可以找出租车载她回去！当他回来时，她得质问一下他。

她又开始呜咽起来。可能他再也不会回来了。哦，神啊！瞧瞧她都干了些什么?

现在已经是一九五三年了，三年的时间一晃而过，而她也陷入了三年旷日持久的离婚斗争。泳池事件爆发之后，特德便收拾东西走人了。而她在之后的一周时间里一直在家旷工，把剧组彻底激怒了。在巴比妥药物的麻醉中，她迷迷糊糊地陷入了遐想：去他的狗屁剧组，他们爱咋咋地！去他的该死的特德！起初，她一门心思非离婚不可——他竟然敢如此对她！可是老大坚决反对他们离婚。这不利于她的银幕形象。她是邻家女孩……她是全民女神，还生了一对儿双胞胎。他们早已将她的影片和她的家庭生活串联起来了，而且已经将她和特德还有那对儿双胞胎……完美婚姻的广告图片刊登出来了。不行，绝对不能离婚。老大根本就对他们俩的感受漠不关心，一心只在乎她良好的公众形象。要她学会适应。

老大也同特德说了一样的话。他同二十世纪福克斯电影公司有合约，因此他别无选择。他要陪同尼利去首映礼，拍电影宣传照，以及其他一切用于维护他们形象的活动。

她过了三年炼狱般的生活。电影一部又一部，节食，“娃娃”……幻想着特德和那个姑娘在外面某个地方鬼混。当然，他只能养着她了，因为她现在没有了工作，剧组把她开除了，想以此来安慰尼利。消息一出——再也没有哪个电影公司会碰她了。

在奥斯卡奖的庇护下，一切问题都不再是问题了。这是她人生中最伟大的时刻。她做梦也没想到自己真正得到了它。当他们喊出她的名字时，她吃惊地喘了口气。然后回头看了看特德——他的脸上洋溢着热情的微笑——他是真的在为她高兴。她沿着过道往领奖台上跑去。然后，摄影师以及各种相机——特德站在身旁，同她挽着胳膊。一切都会好的——她荣获了奥斯奖，连特德也站在旁边，向她微笑。

他一直陪在她身边，直到听见最后一声相机的快门声和尼利最后一次回应完别人对她的祝贺。之后，他开车把她送到家门口，道了一声晚安，便扬长而去了，离开了她——奥斯卡最佳女演员——去找那个贱人吧！就像上次干的那样！

翌日清晨，她给老大打了个电话，请他务必到她别墅见她。她终于可以耀武扬威了。而且连老大也得来！这一回换作她来下命令了。她想离婚——立刻——她还想让摄制组把特德开除了。老大恭恭敬敬地同意了她的要求。神啊！奥斯卡的魔力！

她还发现，偶尔不去片场报到也不是什么关系生死存亡的大事。奥斯卡奖完全能够证明她是全好莱坞最大的明星。要是哪天晚上她睡不安稳了，去他们的！她可是尼利·奥哈拉！要是她因为鱼子酱吃胖了的话，去他们的！那得花上一周时间才能再减下来——那又怎么地！他们全仰仗着她的电影发财。

她坐在片场的空调屋里，气得浑身直哆嗦。这是她五周之内第三次擅自退场。那个约翰·司迪克斯(John Skykes)真是太可恶了！他可能是全世界最优秀的导演，可他简直是想用这部电影折磨死她。她撕下那两条假睫毛，粗暴地擦拭着脸上的面霜。

“奥哈拉小姐，别这样！再化一次妆还得需要一小时呢。”那位女佣恳求道。

“今天到此为止。”她冷冰冰地说了一句，便继续清理脸上厚厚的粉妆。

“可我们已经耽误拍摄进程了。”

“我们!”尼利转过身子，面向她。“你从哪儿搞来的‘我们’这种东西？神啊！谁都觉得是自己的戏!”

外面传来了一声敲门声。进来的正是约翰·司迪克斯。他很英俊，是那种饱经风霜的英俊。“别闹了，尼利，我们出去吧。”他说。

她注意到了他看见她的素面时的那种绝望的眼神。“没错，我的克星——咱们今天到此为止了!”她咧着嘴恶意地笑着。

他找了个凳子坐了下来。“那好。已经三点了，我们提前下班吧。”

“我觉得上一个场景拍得很不好。”她厉声说道。

“哪里不好?”

“你再清楚不过了。所有的特写都放在了我们的脚上。”

“尼利，剧组用五万美元找来查克·马汀(Chuck Martin)与你共同跳那支舞。对待他这样优秀的舞蹈家，我们不拍他的脚，难道要我们拍他的耳朵吗?”

“不，该死的，你们应该拍我！全身镜头——我的脚赶不上他的步伐，我没他跳得好。”

“我开始怀疑自己的两只耳朵了。”他假装吃惊地说，“你指的是，你是在承认有人可能比你还要优秀吗?”

“听我说，查克·马汀已经在百老汇的演出中做了三十年舞蹈了。不过，他也就这点儿本事——跳舞。他那岁数都可以给我当爹了，而我现在才二十五，就已经是歌曲、舞蹈和表演全能了。我会把我的歌唱能力和表演能力提高到比他们任何人都强。谈到唱歌，不会有人能够和我比肩。没有人!

但对于舞蹈而言，好吧，我不是琴吉·罗杰斯(Ginger Rogers)或者埃莉诺·鲍尔(Eleanor Powell)，但查克·马汀就会跳舞。他简直和阿斯泰(Astaire)不相上下。可是，这并不能说明我跳得不好!”

“既然你承认他那么好，何不让我们花上五分钟用在他的脚上呢?”

“因为它是我的影片！这种经验，我是在我的百老汇首秀中，从一个资深明星那儿学到的。‘谁也别想利用我的才华借鸡下蛋’。听我说，谁非得要查克·马汀帮忙？我总是喜欢在我的影片中，挑选合唱团里的舞伴儿。”

“查克是老大点名要的。”约翰·司迪克斯点燃一根香烟。尼利也抽出一根，他连忙给她点着，“你几时也抽起烟了?”

“在我的离婚判决下来的那天，我来了一根儿。后来，我发现吸烟可以控制我的食欲。”

“影响你的发音，尼利。”

“我每天最多吸十根。”她狠狠地抽了一口。“那么，现在这事儿就这样定了吗?”

这位导演瞪了一眼那个女佣人，“尼利，我们可以单独谈一会儿吗?”

“当然了。”她给她递了个眼色，让她下去。“你今天的工作到此结束了，雪丽(Shirley)。明天七点到，明天见。”

当屋里仅剩他们俩的时候，约翰(John)的脸上露出了一丝微笑，“知道你明天不准备缺席，我很高兴。”

“我为什么要那样？你今天晚上熬个通宵，把那个场景用一种新的方法去拍，把我当成主演——而不是，而不是查克·马汀的脚。”

“尼利，你自己寻思过没有，老大这回为什么不用合唱团的演员？”

“我当然想过。电视！这些日子所有人都在担心电视，可这关我屁事。要是老大觉得多花五万美元，请查克·马汀出马可以击败电视，这是他自己的如意算盘。只是不要算计到我头上就行了。”

“尼利，你前两部影片亏损了。”

“别装了！我早就看过《综艺》了。我读到了它们的票房。它们太厉害了！我上部影片收获了四百万美元，并且它还没在欧洲地区上映。”

“可那部电影耗资六百万美元。”

“那怎么了？《综艺》上报道说，我那部影片将成为全年的票房冠军。”

“对，要是它是按照原计划，用两百五十万美元制作的话，公司肯定还能发一笔财。只可惜是剧组把真实数据掩盖住了，没人知道那部影片超支了多少钱。老大害怕万一让媒体公开，他那些股东就会召开紧急会议，所以，他只能靠这部电影来填补那个损失。你第一次的亏损不算严重，可上一部……宝贝儿！一部耗资六百万美元的影片是史无前例的。”

“我当时患了流感。人一生病，谁也无能为力。”

“尼利，你当时连续十天没来上班，整天在家服用安眠药。”

“之后，我才得的流感。”

“虽然那部影片我没有参与，可我还是了解一些底细的。你当时在酗酒而且还吃……好了，因此累垮了，还生了病。但在你身体复原以后，又花了三周才把体重减下来。直到这时，你依然比以前重了十磅，所有的戏服都得重做。”

“好吧！我当时的情绪跌至了冰点。那星期，我刚办完离婚手续，再加上，我最喜欢的摄影师萨姆·伯恩斯(Sam Burns)病倒了。萨姆不在，我也没办法继续干活。我还没超重到十磅那么多——我才九十八磅。只是那些戏服太垃圾，让我看上去很重。”她突然停住了，用一种粗暴的眼神看着他。“还有另外一点，他们应该给我请个新设计师，这些衣裳太烂。特德从来没让我穿过这样的破烂玩意儿!”

“埃伦·斯摩尔(Ellen Small)获得过九次奥斯卡奖。”

“好吧，就让她继续为她的奥斯卡们做衣服吧，别为我做。”

“尼利，我很喜欢你，才来好言相劝，要不然早捅到老大那儿了。你今天罢工的事，我不会泄露出去的。哦，他肯定会得知我们今天早退了，不过，我会说咱们今天比我们的预期提前完工了，可是时间又不够继续演下一场了。可是你觉得他还能忍这件事到什么时候?”

“忍什么事?”

“你平白无故地罢工，还有你的坏脾气……”

“为了成为一个明星，我过去不知道付出了多少努力，而且还要担惊受怕被领导开除。但是，有朝一日，你一旦成了明星，就该换所有人为你担惊受怕了。你掌控一切。我是从海伦·劳森那儿学会的。”

“海伦·劳森是个很有专业精神的人。”他厉声说道，“这正是你所没有的。”

“那她现在上哪儿了?”

“她无论什么时候都能在百老汇当明星，只要她——”

“百老汇算什么? 她也就那点儿能耐。”

“很对。她很有自知之明。不过，海伦·劳森的一生中没有一次排练迟到过，哪怕是一秒。她只有一个制胜法宝——

浑厚的嗓音。她很有自知之明。在别的事情上，她或许一无是处，可是有了她那种嗓音，她在生意上就可以一帆风顺了。你和她是两种截然不同的怪兽，尼利——”

“怪兽！你为什么……你……”

他大声地笑了出来，在她的鼻子上拧了一下。“你当然是个怪兽，”他善意地说，“明星们个个都是怪兽。不过海伦是个死板的明星，徒有好嗓音罢了。你有……呃，有时，宝贝儿，我觉得你离天才人物只有一步之遥。你对有些事情——有时用情太深。”他凑上前来拉住了她的双手。“尼利，你和她们都不一样，你是独一无二的。可这并非艺术领域——这是真金白银。那些股东们感兴趣的可不是天才和精英，他们关心的是票房收入。听我说，宝贝儿，我们还有十天时间，可要是你肯配合，我们还可以挽回。我们可以将夜店里那场戏由三天缩减为一天。我已经将明天的事情全布置好了。临时演员都叫上了，我知道如何轻松搞定它。我要埋头苦干几夜……用你的替身完成那些人多的镜头。我们可以倒着拍。尼利，我们会拿下它的。我们依然可以按计划完成任务。”

尼利愣了片刻，突然给他抛出一个金灿灿的微笑。“你几乎说进了我的心窝里，约翰尼。你这番激励人心的话使我以前听过的所有话都黯然失色。正如你所说，我是一只怪兽——怪兽们看问题更全面。要是在七年前某人跟我说这样一番话，我一准儿会蹦着说，‘是，长官！是，长官！是，长官！’我会撅着屁股，拼命地干……结果，电影公司赚大发了。”

“那你不是也让自己成了明星？”

“对，这又给我带来了什么呢？”她说。她走到屋子的另一边，给自己倒上半杯的苏格兰威士忌。“来一杯？”

“要是你这儿有啤酒的话，可以。”

她来到吧台前，在小冰柜里取出一些啤酒。“这就是我的下场，”她边给他递去啤酒，边说，“这可是城里最好的酒——可惜，我不能喝，因为它增肥。同时，我还有个泳池，可惜我不能用，因为我不能黑了皮肤，黑了的话，在彩色电影中会很难看。我有两箱子衣裳，可惜没空儿也没地儿穿，因为我每晚都窝在家中温习下一天的台词。约翰……”她跪在了地板上，然后在他脚边坐下。“怎么会发生这种事？”

他将手放在她的头上，来回抚摸着。“只是这一切对你来说，拥有得太快了。”

“不，这并不是答案。我是在杂技团里到处漂泊着长大的。我不是那种选美比赛的冠军，剧组必须教她们怎么说话、怎么走路以及怎么表演。他们是由于我具有才华，才和我签合约的。没错，他们曾经也对我进行了一些培训。我的舞蹈跳得越来越好了。我也读完了几本儿——老大给我推荐的书。你懂的，自学成才。如今，在接受访问时，我说起话来不再跟个笨蛋似的了。可是，我整个人，跟随我的才华，并驾齐驱地往前冲。我才二十五，可在我心里，我已经恍如九十岁了。我已经失去两个老公了。我只知道学习台词、歌曲、舞蹈套路，我只会节食、睡也靠吃药、醒也靠吃药……还应该有比谋生丰富多彩的事情。”

“退回到你早期，混杂技团的日子，你当时比现在更有趣吗？”

“不，有人会说她过去那些食不果腹的苦日子很棒，而我最不愿意听人这么说。那种日子恶心透顶！一夜的站台，麻木的训练，弱智的观众……不过，确实有‘某种东西’推动着你，使你内心感觉很好——希望。正是因为一切都太差劲儿了，因此你才会相信自己无论如何都会更好。走红、让自己的安全有保证，这些就是你最大的梦想，哪怕能分到它的一点儿剩菜残羹，你也会将其视为上天的眷顾。你一直为这个梦想努力着，因此你感觉不出来有什么不好。可当你有空坐下来整理思绪的时候，我的老天爷啊！就是这儿……这就是我的梦想……而现在这么糟糕。之后呢？”

“你得到了孩子，尼利。明星是一个相当耗费时间的职业，而你当下正深深地陷在其中。不过你还会再遇上一个更适合你的男人——那时，你将不得不在万众瞩目的爱和自己的私生活之间做出你的选择。想要舍弃影迷的爱，跟一个男人好好过日子不是说说那么简单。尤其是在你已经得到这些以后，更是不舍得放弃。你必须把这些全盘考虑进去，加以衡量，然后，再扪心自问，你的才华给你带来的爱够不够抵消你失去的东西。”

“不，不对。我无法享受其中。我指的是，上帝给了我才华，而我的才华给了我什么？我做的所有事情，都是拿它来取悦别人。就这样完了吗？我拥有过，却必须无止境地付出——到头来，还是一场空。哥们儿，我这是疯了吧？等我见了米歇尔医生，得把这个告诉他。”

“你的顾问？”

她点了点头。“其实，他形同虚设。那是另外一件令人发疯的事。他是给特德做顾问的。你想想！我——全世界最正经的女孩——我会跟精神病医生扯上关系！我只是在跟特德发生危机的时候，才去咨询他，可到了后来，我发现遇上点儿事儿我就去找他。一开始，全是特德方面的……可后来，他开始挖掘我的过去，看起来像是特德的问题全是因为我的不对引起的。不过，我按照他说的做了——然后，我也的确更加透彻地认识了自我。约翰，我没体会过母爱，他说这正是我必须做明星的原因——我需要万众瞩目的爱。”

“一派胡言!”约翰被这荒谬的解释给激怒了。“你听我说，有许许多多喜欢被万众瞩目的明星们，同时也有分外疼爱她们的父母。你之所以是明星，这归根结底是因为你有才华，不能归结于母爱的缺失。我受够了那些冠冕堂皇的医生，总是不放过世界上那些可怜的妈妈。照他那样说，你老妈走得早，是故意报复你的吗？听我说，尼利，要是你能忘了你那位神经病医生，会让自己得到很大的解脱。你能有今天的地位，全是靠自己的双手打拼出来的。”

“可我真是个神经病患者，约翰。我已经发现，所有的神经病类型都适合我。”

“怎么了？你之所以是明星，可能正是因为这些。要是让他给治好了，或许就不是你了。我也有我心里解不开的疙瘩，可永远别想让我掏二十五美金，请哪个混蛋来对我说，我被老爸虐待过、我缺乏母爱。哪怕我发现真是如此，我又能怎么办？回明尼苏达州①将我老爸打得鼻青脸肿？他已八十岁高龄。还是说，给自己找个银发的妓女，请她轻抚着我的头，拿奶瓶喂我？听我说，‘无论昨天发生了什么，那都是昨天报纸上的新闻’，只有今天和明天——是我们前途之所在。”

她长吁一口气。“听你说着，一切都很容易。可换做是你，一个人守着漫漫长夜——神啊！无数个糟糕的夜——你找到了一个可以倾诉的对象……啊，约翰，一个精神病专家不偏不倚。他随时准备着倾听你……帮助你。他是这世上，

① 明尼苏达：美国大陆最北的一个州，与加拿大接壤，同时也是美国中西部地区最大的一个州，首府是圣保罗。

我唯一信赖的人。”

这时，他站起身来。“那好，你今晚继续找他去吧。对了，尼利。卖个人情给我吧！别再提戏服的事儿了，明天记得来演夜店那幕戏。温习一下歌词，好让我们按时把这部电影搬上大银幕。”

她眯起两只眼睛。“哦，这番长篇大论的背后，就是这么个目的啊！想让我束手就擒，然后被你送上刑场。”

他“咣当”一声，将玻璃杯掷于茶几上，“可能你讲得没错——你的确需要一个精神病医生。他就是这样教你的吗？让你不要信任任何人？听我说，我之所以跟个父亲似的和你聊了那么多，是出于对你的关心——因为，我不愿眼睁睁地看着你和你的才华前功尽弃。”

“我为什么会前功尽弃？只是因为，我不愿穿那件糟糕的戏服？”

“不，因为你要是继续做赔钱电影的话，纵然你有普天之下的全部才华，在这件事上，你也无回天之力。”

“我是当前最有力的票房保证，在今年各个排行榜都是第一名。”

“尼利，在股东们汇总数据时，他们才不关心无线电城音乐厅外面的观影长龙和电影杂志票选结果。一部影片拍得再火，要是赚不到钱，这对于他们而言有意义吗？”

“我才不信他们赔钱了呢。”她固执地说，“电视给他们带来了莫大的恐慌，所以，他们想让我的影片挑起整个公司的重担。是的，没错……想让我拼了命替你们干活，以便老大可以在他的王宫清闲或者去他的沙滩房搞那些二流女明星。是谁在替所有这一切买单？我与我的才华。”

“尼利，我们去年还制作了三部没有明星出演的小成本电影，都比你前两部影片获利丰厚。其中有一部花了八十万美元，票房达到了四百万美元。要是你还是不信你的电影赔钱了，尽管去问你的经理人好了。”

“他们的话，谁信啊？他们和剧组是穿一条裤子的。他们还得推销别的演员，所以和那些掌握生杀大权的人走得更近。”

“那你相信我。努力试试……”

“可以，那我信你了。这也就是说，我明天必须穿那身儿衣裳，打扮得像个蛋卷冰激凌似的去摄制现场？”

“尼利，你穿上那件衣裳好看极了。”

“我看是糟糕透顶。”她边说，边又倒了杯酒。

“不，你只想穿特德·卡萨布兰卡设计的服装，其他谁的设计都满足不了你。可惜你弄不来。”

“瞎说。”她一下子呜咽起来，把手放在眼睛上揉着。“哼！你刚才所说的话，居然和米歇尔医生以前说的一模一样。”

“真的？你信任他，他显然跟你说过同样的事情。”

她破涕为笑：“好了，或许你说得对。”

“好姑娘，你明天会来吗？”

她向他点点头。他在她的脸颊上吻了一下，离开了那个屋子。

她坐在那儿，又倒上一杯。时间已经将近六点了。在她离开片场时，她已经和米歇尔医生通过电话了，相约九点见面。九点——等忙完就到十点了，也就意味着十一点才能到家，十二点才能睡觉。要是她还想温习夜店那幕戏里的歌词……她又打过去，取消了和医生的会面，径直回家去了。

她坐到了床上，她的晚饭，已经在她眼前的盘子里了。

她努力想要记歌词。为什么先前她喝了那么多苏格兰威士忌？她已经无法转动大脑了。或许她应该先睡一觉。是的！就该如此。九点进入梦乡，订一个五点钟的叫醒服务。五点到七点之间的时间，两个小时来记那些台词，对她而言，是小事一桩。睡上八小时，会让她神清气爽的。

她的晚饭一口也没吃，便把盘子送回去了。或许也不该吃这顿饭，因为当天早上，她的体重已经是一百零三磅了。除此之外，空腹，更有助于那些“娃娃”发挥作用。她用了两颗红的、一颗黄的。然后倒进半杯苏格兰威士忌。美妙、惬意的朦胧睡意立刻浮现出来。她抿了一口酒，等着最佳境界的来临。麻醉感将渗入她的全身，将她拽入梦乡。只是那种感觉就是上不来，仅有那一丝朦胧的睡意。这还差之甚远。她依然可以组织思绪——只要她的脑子继续转，她便会孤独。接着，她便会想起特德和那个女孩。她没有人陪。她好孤单——和她在“臭皮匠组合”里时一样孤单，跟查利和迪基四处漂泊演出，一个人住在一个又一个陌生旅馆的房间——无人关心她。

汗水湿润了她的脖颈，在她的背上顺流而下——使她感到黏糊糊的。她磕磕绊绊地爬下床，换了身儿睡衣。米歇尔医生一语中的——她正在对那些药丸产生抗体。或许应该再来一颗黄的……不，那样做的话，她早上起来的时候，就会感到头疼、浑身无力，而她要记歌词呢。神啊！为了应付今天早上的拍摄，她已经服用了三颗绿药丸了。她又满上了一杯苏格兰威士忌。或许她应该再来颗红的……是的，它们很快就会在体内消失的。她迅速吞下一颗。她不想把苏格兰威士忌一饮而尽，只想就这样每次小酌一点儿，一直到那些药丸大显神威。或许她应该看点儿东西，看着看着她就瞌睡了。

安妮又送给她一本莱恩的新书，这是本带有文艺色彩的书。她浏览了几页。这本书好评如潮——可是评价好又有什么用？这本书几乎无人问津。

她突然很希望安妮陪在她身边。安妮总是能拿主意。很遗憾，安妮现在可是电视上的红人儿。要是她没有现在的成就，她就可以把她接过来，每周发两百美元，给自己当私人秘书。老天爷啊！这不是在做白日梦吧？但是，安妮肯定是走狗屎运了。只要你打开电视，一定能看到安妮在宣传发胶或者口红。但是，她能成功，并没有什么大惊小怪的，尤其是，那个关于她跟那位吉尔摩先生之间的流言蜚语属实的话。但就算是这样，安妮也还是上得了台面的。不跟珍妮弗似的。你想想——小道消息说，好莱坞正在向她伸出橄榄枝，她竟然让他们惨遭拒绝。珍妮弗居然把好莱坞拒绝了！那个小骚货在那些法国影片中通过露屁股露胸，发了一大笔不义之财。什么艺术殿堂里的一颗璀璨明珠，简直是艺术殿堂的一泡狗屎！要是好莱坞也搞出这种电影，肯定会被骂成下流电影。而且，好莱坞最近的道德观是愈加高尚了，不能穿低胸装，不能真实接吻，道德条款必须加入每一份合约里。而就是这样的好莱坞，正在低声下气地求珍妮弗给他们做明星。对，他们将让她裸露的胸和屁股重新回到衣服里面。可他们竟然想把她包装成明星，给她支付同货真价实的明星一模一样的片酬，只因为她在银幕上炫耀过她那对大胸。

她举起酒杯，又灌了半杯酒下去。她并不瞌睡，只是开始醉了。并且，肚子开始咕咕叫了。老天爷啊！她正在忍饥挨饿！她好想自己那时没把晚饭送走。在冰箱里面，还有一些鱼子酱。不……她坚决不能吃。可恶的特德，是他让她爱上了鱼子酱！可是戏服穿在她身上，越来越紧了。那就让酒来代替吧！我的老天爷啊！她已经是一粒米都没进了，那现在，要是把这瓶酒全灌下去——不，那样做的话，就对不住约翰了。今天他表现得好极了。真有意思……她竟然从未发现，在他黝黑的肌肤里，藏着两颗蓝宝石一样的眼睛。他估计有五十了，可他很英俊。约翰……在这里……陪在她身旁。老天爷啊！那将会无比美妙。要是可以躺在他怀里，她就会感到有了依靠。

她看了一眼墙上的时钟，才十点半。约翰或许还能出得了家门，他完全可以跟他妻子说，是来商量电影里的事儿的。他可能正坐在那儿，为她发愁呢，害怕她明天不来参演。她想到这儿，脸上露出了一丝笑容。不，她今夜不能再让他来了，因为她早已把绵羊油抹到头发上了。不过，她明天会像一匹老马一样任劳任怨地埋头苦干，只求他晚上可以和她一起吃个冷餐，和她共同工作。而且，可不是短短的一次野合那么简单，她还想让他留宿，抱她在怀，哄她入睡。又或许，他能够经常留宿。她将全力配合他，使影片可以如期上映。她要把自己所有的电影都交给他一个人执导。他的孩子们都长大了——可能他可以在她身上多花时间。她想给他去个电话，让他知道她正刻苦学习着。这将是一个美好的开端——最起码，他将会想着她入眠。

她先给剧组打了个电话，弄到了他不对外的私人电话号码，接着打到了他家里。一个妇女接到了。尼利用她最优美的语气问道："您是司迪克斯(Skykes)太太吗?"

"不，我是夏洛蒂(Charlotte)——家里的女佣。"

"哦。司迪克斯先生在家吗?"

"没有，女士。他们晚上一起出去了。需要我带什么话吗?"

“不，没事了。”尼利挂断了电话。

出去陪他妻子了！或许这会儿，他正在罗曼那夫会所坐着向他妻子讲述，他今天是怎么驯服尼利·奥哈拉的。她的耳边似乎已经传来了他的话音，在说，“我把她玩弄于股掌之中。对付她真是小意思——她在台上是个明星，可在她明星的躯体里面，藏着一颗胆小如鼠的心。你只用学会如何驾驭她就行了。”然而，谁也别想操纵尼利·奥哈拉！她可能天生就是一只小老鼠，可她如今是一个明星！只要她喜欢，她可以为所欲为，该死的！

她还是像往常一样，踮起脚尖儿，爬下了床。突然间，她来了个急刹车。“为什么我要偷偷摸摸地靠脚尖儿跑来跑去呢？这可是我家！”

厨房里一个人也没有。她把冰箱打开，从中取出很大一罐鱼子酱。“尼利，让我们尽情狂欢吧！”她高声呼喊道。她手持一把小勺，开始从罐子里挖鱼子酱，放进嘴里。她把一整罐都吃光了。“现在该怎么办呢？振作起来，尼利，你可以为所欲为，因为你是个明星……一个大他妈的天才……屁，不对……是一个他妈的大天才。你无所不有。”她东倒西歪地爬在冰箱上。“让我看看。再弄点儿鱼子酱？有何不可呢？我花钱买的。”于是，她又启开一罐儿。“哈哈！我们现在还要再捎点儿肉酱到楼上，以备等会儿又想吃了。尼利，为了你，我在所不惜。”

她顺手从吧台摸出一瓶还未启开的苏格兰威士忌，跌跌撞撞地往楼上爬去。她重新给酒杯加满酒，然后来到卫生间的储藏柜前面。“尼利，现在，你还想干什么——红娃娃、黄娃娃或者蓝娃娃？要什么都行，宝贝儿。”她吞下了两颗红药丸。之后，她便摇摇晃晃地回到了床上。她伸手抓起电话，电话铃声响了起来，她的男管家接到了电话。“听着，查理，把我清晨的叫醒服务电话取消了。你明天给剧组打个电话，跟他们说，奥哈拉小姐的……喉咙……喉咙发炎了。而且，我任何电话都不想接听。我只想睡……吃……睡……吃……过上大约一周。等明天我醒了，我想要夹心甜饼，多放黄油、多放糖浆。我要痛痛快快狂欢一回!”

一晃到了一九五六年。尼利把自己从上到下，仔仔细细地收拾了一下。下身穿一条白色便裤，上身穿一件宽松的衬衫。她想用这件衬衫来遮挡腰上的赘肉。老天爷啊！这回，想瘦下来十磅，咋这么困难呢？新电影这几天就要试衣了。而且，让人意想不到的是，老大又在这会儿想和她见面。她很想知道到底出了什么事。在她驾车往片场去的路上，这件事一直纠缠着她的思绪。

昨天下午后半晌的时候，她接到的那个电话。他的一个叫埃迪·弗兰克(Eddie Frank)的手下，向她传的话。他用一种恭敬的、但漫不经心的语气轻描淡写地说：“哦，奥哈拉小姐，要是您方便的话，老大想在明天与您共用午餐。”

要是方便的话！哈！要是老大传唤，似乎所有人都再方便不过了。噢！他们这些人可真是贵人多忘事啊！她在三年前荣获奥斯卡奖时，可是他跑来见的她。不过，这部新电影会力挽狂澜。我的老天爷啊！这是一个多好的角色，加上那些歌曲……她必将得到奥斯卡奖提名，甚至可以再拿一回奥斯卡奖。

她在那张宽敞的早期美式桌的对面坐下，努力让自己看起来年轻而富有朝气。老大很欣赏那样的她。她敢确定，老大肯定天生就是个老头儿。他还是老样子——还是那头蓬松的鹤发，还是那身交织着许多干硬的、雀斑的、永远黝黑的肌肤。他那一双眼睛愉快地眨巴着，两只小手玩弄着放在他桌子上的那份儿影评报纸。

“小乖乖，知道我找你有什么好事吗？”

“不，先生，我不知道。但是，每次见你总是会有令人开心的事。”(哦，她说话多懂礼貌啊！)

“昨天的影评你读了吗？”

(哦，神啊！那个奖。那个丑奖。)

“‘一九五六年的片场毒药’——尼利·奥哈拉。不太好听，对吧？”他和颜悦色地向她问道。

她开始坐不住了。“哦，这些破奖，你是知道的。”她使出非常小女人的口吻说，“一看到那个，我的心，好伤心。可我也听人说，那个并不代表什么。那些媒体每年都会在一起起哄，搞出一个代罪羔羊。他们去年竟然还将这个帽子扣到了斯图瓦特·雷恩(Stewart Lane)的头上，他可是二十世纪福克斯最棒的明星。”

“不，他不配。”他的声音和蔼依旧。“战后，他再也没有重现雄风了。他的电影，部部赔钱。不过他们和他签的合同还有两年，因此才默默忍受下来了。”

“可是，我的影片大受欢迎。”

“票房如此，我们却不然。”

她开始局促不安起来。看来，那一幕又要重演了——拍摄延期、排练缺席、激励式的对话……

“这部新电影耗资巨大，”他指出，“经费不断飙升。我们正在和电视打得不可开交，人们都不想跑出去看任何电影了。看看现在，他们可以在自己家，看免费的娱乐电视，而且电视已经不是个小小的盒子——它的屏幕已经相当大了，并且还会变得更大。”

她抠起了她的手指。真是该死——那玩意儿又不是她的发明。想嚷嚷，他应该找那个萨尔诺夫将军（General Sarnoff）①。

“《一夜销魂》是我们有史以来投入资金最多的一部影片，不能有半点儿延误，否则我们就死无葬身之地了。所以，萨姆·杰克逊(Sam Jackson)必须争分夺秒地拍摄。”

“萨姆可是我最看好的制片人中的一位。”她说。

“我同萨姆达成了一份协议。他的拍摄进度比预期每早出一天，我就给他每增加一千美元的津贴。”

这场游戏真是太卑鄙了。

“但他要是敢拖延哪怕是一天，那这部戏以后就不用他操心。”

“你指的是，你会让萨姆从一部电影中被换掉?”

“只要满足不了我的要求，不管他是谁，我都不会心慈手软的。好莱坞已经大不如前了，小乖乖。我们刚刚处理完了最后一位签约艺人，而你最新的合约再过一年就到期了，而且当……如若我们还愿意和你续约的话，也会同以前大不一样。”

她想：“你说的真她娘的对，是不会再一样了。我要建立起一个法人，再敲你一杠子。我会要回一些东西的。”她的律师顾问早就给她上过课了。

“不一样了，小乖乖。”他长吁一口气。“已经变天了。而

---

① 萨尔诺夫将军(1891—1971)：戴维·萨尔诺夫是他的全名。俄国犹太移民。“美国无线电广播之父”，美国国家广播公司董事长，是美国无线电和电视事业的先驱。因为在二战中被艾森豪威尔将军聘为通讯顾问，并领准将军衔，故在后来被人们成为“萨尔诺夫将军”。

我现在总不能跑去对我的股东们说他们的生意黄了。我现在必须给他们一个满意的答复，而利润是他们唯一想要的答复。”

她只是不住地点头，而心里却在抱怨这次会面还有完没完了。这只是一次老套的动员会谈！他真是神经病，就为这件事儿，把她拽倒这儿来了。她好饿——起码他应该叫了午饭吧。她连早饭还没吃呢，只服用了一颗“安非他命”①。

“因此我将把你撤下来，你不用再参演这部电影。”他说。

她听了以后，犹如当头一棒，眼睛都快瞪出来了。

“小乖乖，我实在是伤不起了。要是萨姆·杰克逊能力不济，很容易就把他换了。但若是要换你，那将不得不从头开始……一切都得重拍，所以，你不能出现在这部电影了。”

“可你——你不能在我还没开始演，就换了我。”她结结巴巴地说。

“有何不可啊？你瞧瞧，你都又胖了。下周，已经开始安排试衣了，你使尽浑身解数也无法就位了。不行，风险太大了。我准备换上詹妮·劳德(Janie Lord)。”

“詹妮·劳德！凭什么，她才刚刚起步。”

其实他并非当真，仅仅是想吓吓她。他继续说道：“她已经拍了三部小制作电影，而且都挺赚钱。本月的所有电影杂志上，都刊登了关于她的报道。这部影片能使她变成一个明星，大红大紫。为了做到万无一失，我找来了布瑞克·纳尔森(Brick Nelson)和她搭档。”

提到布瑞克·纳尔森，她心里犯起了嘀咕。他很贵的，

---

① 安非他命：一种药物，具有抗疲劳、呼吸兴奋、食欲抑制等作用。会上瘾，过服将严重威胁生命安全。

而且在她的影片中一般是没有另外的高薪明星的。影片从头到尾，就只有她一个明星。她的思绪又跳到了她的合约上。他不像在开玩笑，不过，如今她做主演的消息已经公布出去了，在这种情况下，他能平白无故地取消她的角色吗？

“在法律方面，你也无能为力了。”他说。他简直会读心术，把她的心思摸得一清二楚，“我们把那个角色改了，她现在变成了一个小女孩儿。”

“小女孩儿！听我说，我刚二十八，还正如花似玉呢。”

“可你看上去跟四十了似的。”他随口便说了出来。

“我只是没化妆罢了。”她想要维护自己。

“看看你眼皮底下的黑眼圈，马上双下巴就长出来了。你整个人都毁了。”

她的眼泪连珠似的，从她布满雀斑的脸蛋儿上，滚滚而下。用上一周充足的睡眠，再加上节食，她又能变得神采奕奕。他对此再清楚不过了。他为何非要这样侮辱她呢？

这时，他的秘书插了进来，说是巴黎的电话已经打通了。他接过电话，顿时浮现出一脸溜须拍马的神色。“您好！”他喊话的音调高的震天响。“是。”他这才把嗓门儿降了下来。“我听得很清楚，简直跟钟声似的。美极了，难道不是吗？是，查多特先生……是，我今天上午接到了您的信。我打电话也是为了这件事。您的条件……呃……”他挤出一丝浅浅的微笑。“保守地说，这不可能。我自然是非常愿意同诺斯小姐合作，并且我完全赞成让您参与制片。不过，仅仅签一部电影，并且把一半的海外经营权给你很不切实际。毕竟，您这位明星——我们要让她重新回到衣服里面，包得严严实实的。我们上那儿知道她是否还美丽依旧呢？是，我也有所耳闻，她最近拍的三部片子全是包着身子的。可是，您不得不承认，查多特先生，她没有表演天赋。什么？呃，她可能真的得过那些殊荣……可能是由于我不会法语。现在换成了英语，你让我们如何知道她能不能和以前一样呢？再者说，在您提供的方案中，我连选择再拍一部电影的机会都没有——这对我公平吗？啊！我舍着命往里头砸钱做广告，完了以后别的电影公司捡个现成的，拍她的下一部电影。我想签一份三部电影的大单。这样一来，我可以满足您刚才提的条件。她可以拥有自己的制片机构。我会把钱存入瑞士银行……多少？……哦，你真是我的老好人，请问你是从哪儿搞到的这些数字？你的要求太过分了，恐怕没人满足的了，查多特先生。”

他手里握着话筒，沉默着，一种痛苦的表情浮现在他的脸上。“查多特先生，有个叫路易·埃斯特沃德(Louie Esterwald)的人，等会儿会和您取得联系……什么？哦，你们那儿已经是晚上八点了。我一向都搞不懂时差。那好，就明天上午吧。他会就细节问题和您谈判。他的法语很棒，将用你们的语言。还有就是，请问到九月份的时候，我能有幸在这儿见到您吗？……查多特先生，要是等到明年的二月份，那部片子给我们带来的利润占到总利润的百分之五十七的话，我就向我的股东们汇报说，我们将拿出百分之五十六的钱投入到珍妮弗·诺斯的电影中……太好了，我也是这么期望的。你现在开拍她的新影片了吗？……你们要在十一月之前再拍两部电影——神啊！你太让我嫉妒了。我能在十一月之前，再拍出一部，我就得烧高香了。不过话又说回来，你们那儿不牵涉工会问题和那个该死的电视。拭目以待吧——几年以后，你就会和今天的我有一样的感受。它就像一个扩散的肿瘤一样，迅速蔓延，无孔不入。”

他刚挂了这个电话，马上又打出了另一个跨越大西洋的国际长途。尼利十分耐心地在那儿等着他，把眼光放在他那只旋转着铅笔的手。他最后生气地将电话使劲儿地挂上了。“再等二十分钟！”

刹那间，他仿佛重新记起了她。“好了，你赶紧走吧。”他冲她挥了挥手。

“我还想着，你是请我来吃午餐的呢。”她呆呆地说。

“你的午餐就免了吧。从这个肚子来看，你可是很逍遥啊！若不是我见过你这个样子好多次了，我还以为你跑出去玩了四个月了。我必须等路易·埃斯特沃德的电话。”他叹口气又说，“你可以想象一下我办的这些事情！我必须不远万里、低声下气地求那个赤裸的婊子给我拍电影。十年前，她在这个产业中根本无立锥之地。然而，事到如今，各大电影公司争先恐后都要她。国家的风气正在悄然改变，我们的道德也在走下坡路。电视就是罪魁祸首。我一直竭力主张保持美国电影的纯洁，但如今受形势所迫，为了和电视血拼到底，我们只好借助一切可以借助的力量——大胸、美臀、法国婊子。”

“她才不是法国婊子，”尼利说，“她是一个美国女孩，为人很好。我们曾经在一个屋檐下住过。”

他发自内心地对此产生了兴趣。“你和珍妮弗·诺斯过去在一起住过？”

“那是十一年前的事了。我们俩都在《一飞冲天》中演出。她仅仅是个光鲜亮丽的歌舞女郎，没多久就嫁给了托尼·波勒，她是从这儿走的。”

“是啊！波勒娶了个太太叫珍妮弗……”他又摇摇头。“不，应该不会是同一个女孩儿。这个女孩儿刚二十三。”

尼利讥笑道："法国电影中的女孩，个个二十三。她肯定是我的室友珍妮弗。珍妮弗现在是……我的老天爷啊——我也不知道——我十七时，她是二十一……"

"这样算下来，她都三十二了。"他感到大吃一惊。

"太对了，"尼利说，"人家才二十八，你就吵着说人家是黄脸婆了。"

"那个女孩肯定是擅于保养自己。并且她太值得信赖了，十一月份之前，还能再拍两部影片。"他晃动着脑袋，"她因为在几个外国电影节上得过奖，所以她现在感到自己像个演员了。我真是太幸运了——那个法国人在她赤身裸体、一无所成的时候，遇上了她……而我必须在她成为一名演员的时候得到她。"说完，他急促地叹出一口气，发出一声惊颤，使得全身都抖动起来。

"那这样一来，要我做什么？闲着吗？"尼利问。

"你就闲着，减减肥，每周的薪水照发。"

"那我啥时候才能继续拍电影？"

"到时候再说……"

在她的眼睛里，燃起了熊熊怒火，"你把自己当谁了，敢如此对我？"

"这个电影公司的老大。在我把你培养成明星以前，你也不过就是一个黄毛丫头——可惜眼下还没跟你结清薪水。那你就继续闲着，好好给自己上一课吧。眼睁睁地看着像詹妮·劳德那样的新明星们成长起来吧。或许这样可以使你长长记性。现在给我出去！我手头上还有更要紧的事情等着我处理。"

她离开座位，一下子立了起来。"我可以离开这里，而且永远也不回来了。"

他微微一笑。“请便！只是你以后别想再指望哪家公司还会用你。”

在她回家的一路上，泪水不停地往下滴。她驾着汽车，不顾一切地疾驰在大峡谷边、飞奔在千回百转的山间路上。她真的是不顾一切了。还有谁指望她做什么呢？回家，待在那个牲口棚里无所事事吗？事实上，甚至连她的双胞胎都不需要她。他们更爱他们的乳母，并且他们正在学习读书。她在那部电影中被人顶替的消息一旦公之于众——加上“摄制组毒药”的获奖冠军——她就真成了孤家寡人了。不会再有人起用一个曾经一败涂地的人。我的老天爷啊！为什么人们如此刻薄？她以前在工作中，多么拼命地工作，多么艰苦地奋斗——事到如今，所有人都想置她于死地。

回到家后，她从吧台里拽出一瓶苏格兰威士忌，接着走进卧室，合上百叶窗来隔绝外面的太阳光，连电话也被她切断了，紧接着就咽下五颗红药丸。五颗红药丸如今也只是杯水车薪。她昨晚服用了五红二黄，只让她睡了短短的三个小时。她解开了衣裳，倒在床上睡了。

大约在午夜时分，她清醒过来了。她走到窗户跟前，将白天合上的百叶窗重新打开。夜……没有任何事情可做。她溜进了卫生间，不自觉地站到了秤上。她掉了两磅。嘿，这倒是个主意——要是她只睡觉、吃药加上节食，一眨眼儿工夫，她就可以减十磅。她服用了一片维生素——有了它，就能让她保持健康——接着，她又多咽下了一些红“娃娃”，用满满一杯苏格兰威士忌将它们冲进肚子里去了。

在她醒过来的时候，太阳早已从那些窗帘的缝隙中偷偷地照进了屋子。她磕磕绊绊地走进卫生间。此时，她感到浑身虚弱无力，却没有一丝睡意。不，她还不想称重。她想等久一点，好给自己一个惊喜。她突然觉得肚子里空荡荡的，最好来两片儿维生素……对啊！他们里面富含各种所需的元素。她还给脸上拍上了一些护肤霜，往头发上擦了点儿绵羊油。可能她是想同时把这也当成一次对美貌的修复，等到她最终醒来的时候，自己也将变成一个活生生的“娃娃”。这回，她用了五黄二红，这会让它们更快开始“工作”。正好剩余的苏格兰威士忌，够再美美喝上一回……

当她再次睁开双眼时，进入她视线的所有东西都是那么的干净和明亮。她的胳膊上面扎着针，这究竟是在干什么？而且还有那个倒悬的瓶子又是怎么回事儿？神啊！这里是医院的病房！她努力想要坐起身时，一个护士急急忙忙冲了过来。

“放松，奥哈拉小姐。”那个护士带着职业性的微笑，和颜悦色地催促她道。

“我怎么会在这儿？出什么事了？”

那个护士急忙塞给她一份报纸。神啊！报纸头条上——有张她以前演出的剧照，容光焕发、笑容可掬。不过，挨着它的是一张更大的图片——一个女孩儿后仰着脑袋、光着脚丫子，被两个男人拖着……神啊！竟然是她！她赶紧看了下大标题——“明星过服药物”，副标题是“影视公司负责人称其为偶发事故”。看下老大是怎么救的她，她笑了，这是她醒来以后，第一次笑。对，他当时一定吓坏了——怕她从此就醒不过来了。他肯定不敢说他已经把她踢出了那部片子。她又开始如饥似渴地往下看。

“我同奥哈拉小姐在五天前谈过一次话，”老天爷啊！她跟这个世界脱离了这么长时间吗？“我劝她说，继续投入下一场电影，她的身体会吃不消。她反而跟我保证说一点问题也没有，休息几天就没事了。显而易见，她所说的‘休息几天’肯定指的就是这个。想通过重塑身材，来适应新电影的要求。要是她能活下来——”老大的话语哽咽了，肯定是要停下来，擦拭眼角流出的泪水。泪水！这个狗东西演戏演得比任何一个明星都好，他的眼泪“啥时候想要，啥时候就有”。可能他是担心她遗留了什么不好应付的自杀证明。她又埋头看了起来。“要是她能活下来，她将出演我们公司最大的一部片子，在里面担任主演。我们从未想过让詹妮·劳德取代她，如果有这种传闻，那肯定是假的。尼利·奥哈拉是谁也无法取代的。我们以前之所以会打算修改剧本，是为奥哈拉小姐做备胎。詹妮·劳德或许确实能够胜任，不过我们唯一的期盼就是尼利能够康复。毕竟，尼利这样的巨星一代人才出现一个。”

她感到非常不可思议。所有她以前合作过的、没合作过的明星，见过的、没见过的明星都参与到对她的歌颂之中。甚至那些前不久把她说成是‘毒药’的媒体也开辟出了几个专栏对她进行赞美。她感觉到自己好像经历了一场自己的活人追悼会。这种感觉让她飘飘欲仙。老天爷啊！他们肯定想她死都想疯了。这样一来，老大铁定是自己让自己走进了死胡同。这次，他必须把这部电影拱手给她了。

“我的病严重吗？”她问那个护士。

“重！数小时前，我们都不敢奢望你能像现在这样醒过来。你在氧气帐里度过了整整二十四小时。”

“可我只不过是吃了几颗药丸，因为我真的是需要一点儿睡眠。”

“多亏了你家那位管家给我们的医生打了电话。你都连续三天没进一粒米了，这让他很担心。因此，他上楼去看你，发现你的呼吸十分微弱。”

她张嘴便大笑起来。“我敢肯定，现在的我很靓丽、很苗条。”

听见她说这话，那名护士立刻转身离开了。一眨眼工夫，医生来了。“我是基冈（Keegan）医生。”她认出了那个名字——老大的个人医生。

“太好了，我们大获全胜！”他精神抖擞地说。

我们当然大获全胜了，她想。不过，一想到老大会要一份全面检查报告，她脸上的微笑变得虚弱无力了。

“看你做的傻事，你这又是何苦啊？”他问。

“我因此挽回了那部影片，蠢货。”可她整出一脸伤感的微笑，为了达到最佳效果，又挤出几滴泪珠。接着用她那柔软的声音说，“我……这部影片要是没有了的话，我也活不下去了。”

“哦，是……是……那部影片。我们得好好观察一下。你能否胜任那部电影还很不好说。”

她竟然坐起来了：“我肯定能胜任！”

“你刚刚和死神擦肩而过，我们必须格外小心。要是我的结论是你的身体达不到要求的话，我将通知剧组。不会让你旧病复发的。”

就是想这样做！这就是他的托词。老大会让他的私人医生说她的身体不能胜任。

她露出甜美的微笑。“那好，让我们祈祷你检查的结果是我已经可以胜任了。因为这个主意是老大出的，他想让我减肥，还得是越快越好。我的身材还不够苗条，我第一次认识那些绿药丸儿是老大给我介绍的——我那时年仅十八——就已经没有了食欲。并且，有许多次连续一周一粒米都没进，就去上班了——全是他的命令。因此，我认为你应该判定我完全可以胜任。让我想想……这几天肯定就要开始试衣了，而我已经够苗条了，因此搞定它们对我来说是小事一桩。之后，在影片开机之前，我还有足足一周的时间能够尽情地休息。”

第二天，她的律师和经理人齐聚床前。此事易如反掌，她如今是不可能再被踢出那部影片了，绝对不会，因为有老大在报纸上发表的声明在那儿摆着呢。它可是强过任何一份合约。并且社会同情心也能助她一臂之力。不过，整个拍摄任务，她一天也不敢错过。她的经理人警告她说，“一天……甚至一小时，你只要延误拍摄，你就玩完了。他肯定被你整疯了，不会放过你的，为此他甚至不惜牺牲电影。你给他要了小聪明，可他从不喜欢认输。”

第一天的拍摄就使她感到分外紧张。她看到萨姆·杰克逊在剧组人员中间站着，神情和她一样紧张。所有人都是紧张兮兮的。不过，她已经把台词背得滚瓜烂熟了，对这幕戏的场景更是一清二楚。

“我们将进行一次演练，之后就上镜，”萨姆提议，“我们就从你同夜店里的观众们进行的对话开始。你请求他们静下来，之后你就可以唱了。”他说完后，便转过身喊道，“临时演员们各就各位！我们准备开始！”

场面已经布置妥当，她过了一遍，非常成功。但为什么所有人都如此紧张呢？还有，为什么萨姆老是逃避她的目光？这不是他的作风。他的尴尬来自于对他正在接受的考核和对他随时会被撤换的担心吗？众所周知老大就是个混蛋。她想等到今天收工以后，好好和萨姆谈谈。

她看见他们开始往舞台上放置麦克风的长杆支架，摄像机的镜头也拉到了位置。萨姆果真上赶着要挣每天一千美元的津贴吗？谁也不可能每个镜头只拍一次。神啊！他们要是能在一天之内拍完整场戏，那真算是“神拍”。

舞台的灯光照亮了全场，开拍板[①]在她眼前“啪！”的一声响起……神啊！只演练一次就上镜，这对她来讲是史无前例的，从未有人这样做过。

事情进展得相当成功。她只是掉了一两句尾白，可是对于第一次镜头……老天爷啊！他甚至可以从中裁剪一部分加入实际影片中。当拍摄结束时，她朝他微微一笑。

“你的歌唱跑调了。”

她耸耸肩。“两句而已。录音早就做好了，所以，对错了口型……下回——”

“那好。我们重来。我希望这将是最后一次。”

神啊！他病了吧！以这种威胁的方式，他永远也别想拍完这部影片，而且这是他自掘坟墓。

她回归舞台之上。这回，她脚踝崴了下，结果踢到了手麦的线，因为她本该把麦克风拿在手里的。

“咔！”他吼道。他走上前来，“你还行不行了？尼利。”

“我好着呢。嗨！别紧张，萨姆。你又不是想试拍两次就把电影拍成了。”

“我想一次就拍成。”

“萨姆，你没疯吧？你急得跟热锅上的蚂蚁似的，不过别搞得人心惶惶的。你那样子，跟我们是在拍‘激情快餐’似的。

---

① 开拍板：开拍板是黑白相间的板子，是拍摄电影时，使图像和声音能够同步的一种工具。

就连老大听了也会哈哈大笑的，谁能一次把整部戏拍出来？”

他对她说的话全然不顾，转过身子，径直回到了剧组人员当中。“第三次准备。”

她想要愤然离去，却又站住了。我的老天爷啊！这正中老大的下怀。于是，她又拐了回来。她的浑身都在颤抖。尼利·奥哈拉居然要受制于这个危言耸听的破导演。他很清楚整个剧组的人都看热闹呢。她还从未受过此种待遇，靠她吃饭，还给她脸色。她给别人脸色才对！

她逼着自己回到舞台上。当那个姑娘为她补妆时，她正立在聚光灯下瑟瑟发抖。开拍板“啪！”响了——第三次。刚一开始，她就把一段台词说错了。摄像机又停下来了。第四次，又说错了。第五次。第六次……

直到下午后半晌，他们竟然整到了第十五次。这实在是太可笑了。在她的演艺生涯中，还从未超出过八次。萨姆竟然把这个记录破了！他这是在拿她出气。要是硬要拿她的生命开玩笑，她连一句台词都记不住了。

“晚饭休息时间到了——全体人员在七点回来报到。”他下达了这道命令。

晚饭休息时间！从她刚来公司的时候，都没有上过夜班，并且他竟然事先也不和她打招呼。她跟着他出去了，“我估计你应该是要拍我以外的场景吧！”

他的眼睛始终盯着那个取景器。“我要拍的还是和上次一样的场景，一直等到你给我演出满意的戏。”

“别指望我，老兄。我已经很合作了。我按时上班，按时下班。我可不会累掉自己的屁股，给你挣每天一千美元的津贴。”说罢，她便扬长而去了。

“要是你敢擅自离岗，我会将此事向上头反映的。”

“爱咋咋地,”她愤怒地吼道,“我有我的权利!”

剧组的所有人员全部在七点钟返岗,他们眼巴巴地等到了十点钟。又给尼利家里去了一个电话,结果被告知,她已经进入梦乡了。萨姆·杰克逊这才起身,让大家解散。“明天不用来了,等候下一个命令。”

他坐进他的车里,开往海滩。下车后,他走到一间小屋门前,按了下门铃。门被打开了。门内站着一个美丽动人的姑娘,她有一袭黑色的长发,包裹在一件毛绒绒的浴袍之中。她跟他打了声招呼,他便走进了屋里。

“大功告成了,詹妮(Janie),那个角色是你的了。”

她的嘴巴一下子就张开,一个美丽的小脸迎面而来,捎带着展示了她那两排整洁的牙齿。“噢!萨姆,你搞定了!我高兴死了!”接着她把身子转向那位正在一把椅子上静静地坐着吸烟的,满头鹤发的矮个子男人,“你听见没有?萨姆已经将她踢出去了。”

那个矮个子男人笑了笑,说:“好极了!”他站起身来,将她蓬松的睡袍上的那根丝带拉开。它张开下去,她曼妙的身材一下子映入眼帘。那个老头儿站起身来,还不及这位年轻貌美女神的肩膀。他将那双黑乎乎的手轻轻地放在那两座傲然挺拔的双峰之上。

“赶紧来瞧瞧,萨姆。可是别摸——这个尤物属于我。”

萨姆点了点头,“是,先生。”

“我是想让你心中有数。你还是年轻人——年轻人总会生出某种念想。”

那个女孩听罢,赶紧掉转身子,一把抱住那个矮老头儿。“可是我爱你,你是知道的。”

那个老头儿点了点头。“那好,萨姆——干得漂亮,现在可以走了。让全体人员后天返工。我会发出任免令，再给尼利去封电报，让她不用去报道了。我亲笔签名。”

萨姆点了点头，出去了。这位鹤发的男子，回头面向这位漂亮的女孩。“好了，你眼下就要变成明星了，詹妮·劳德。你要成为专属王后了——但你要永远记住……我是你唯一的国王!”

“是，主人。”接着她便在他面前双膝跪地，开始为他服务了。

安妮：广告界的新贵

现在是一九五七年的一天，安妮刚刚挂断电话，看起来一副满怀心事的样子。凯文·吉尔摩迎面走来，一把抓起她的手。“还是尼利?”她默默地点了点头。他拍拍他的床，说，“跟我一起躺下，让我们合计合计，一定有办法的。”

她却躺到了自己那张床上。“没你想的那么容易，凯文。”

“我听你在电话中说起话来遮遮掩掩的，所以我估计她是想搬来和你同住。”

看见安妮默不作声的样子，凯文哈哈笑了。“你还是那个保守的新英格兰人，是吧？你怎么不直截了当地跟她讲，‘是，尼利，我家里是放了两张床，不过我的男友常常要在夜里来和我缠绵’。”

安妮拿起她目前正在学习的剧本。“我怎么可以那么说呢。凯文，我现在心急如焚的。尼利目前处境很糟。”

“为什么？就因为他们一直不起用她？从七个月前到现

在，她一直屁股坐在凳子上，就把大把大把的钞票给挣了。现在这个年头儿，签不到长期合约也不是什么丢人的事儿，因为没有一家影视公司敢出手了。”

“可是她听上去怪怪的……走投无路的样子。她说她必须逃出那里。”

“她的机会多如牛毛。只要她进入到纽约的地界，百老汇制片人就会三五成群地追在她屁股后头求她签约。她可以演电视——只要她愿意，无所不能。”

“不过我早就听说了一些很‘有意思’的流言蜚语……”安妮说着顺手摸出一根烟。

凯文拉住了正要点烟的那只手。“来吧，到我这儿来，这样我们就用不着在这儿‘尖叫’了。”

安妮微微一笑。“凯文，要是不赶紧把这些台词记牢，恐怕我得在镜头前面‘尖叫’了。”

“用提示卡。”

“要是不用它，我会发挥得更好。我只在万不得已的时候才用它们，要是我能靠自己记住，那会更好。”

“你在意我吗，安妮?”他问。

“我很在乎，凯文。”她将手里的剧本扔到一边儿，耐下心来等待着即将发生的事。事情总是这样发生的，她对此已经习以为常了。

“可你爱我爱得不狂野。”

这句话使她忍俊不禁。“那种爱，年轻时才有，只存在于最初的浪漫。”

“你的心还在为那个穷酸作家燃烧?”

“我都许多年没见莱恩了。关于他的最后一个消息是他正在伦敦从事电影剧本的写作。”

“那你为何还是无法与我相爱呢?”

她走过来，将他的手握在自己手心，“我喜欢有你作陪，凯文，我喜欢床上的你，我喜欢为你工作。可能这就是爱。”

“要是娶你进门，那你是否会多爱我一点?”

她言辞谨慎地说：“起初我相当地介意。我不想被别人当作是某个人的‘情人’，可事到如今，木已成舟，损失已经酿成……”她面无表情地说出以上那番话——像这样的场景他们已经上演了不止一次了。

“什么损失？你现在已经名扬天下了。全世界的人都晓得你是吉琳女郎。”

“还有‘吉尔摩女郎’。不过这些现在已经不重要了。我想生个娃娃……我还有这个能力……”

“安妮。”他从床上跳了下来，在屋里踱来踱去。“你都三十一了，生孩子已经晚了。”

“我还听说过四十岁生头胎的女人呢。”

“可我都五十七了。我的儿子都长大成人了，女儿都结婚了——外孙都两岁了。要是我和你结婚，再生出个比我外孙还小的孩子，那像什么话?”

“晚年结婚生子的男人大有人在，完全可以组成一个新家庭。”

“我和伊芙琳(Evelyn)有二十五年的婚姻生活——愿她安息——我已经辛辛苦苦地走了一遭了——夏令营、喂养、安抚、看病。我可没心思再受一回煎熬。我现在终于有了余日不多的自由和绰绰有余的资金，所以我想让自己无拘无束地生活，跟一个自由自在的女孩一起游山玩水，尽情享受。我以前的婚姻生活一片狼藉，那时只顾在生意上摸爬滚打。我主外，料理生意；伊芙琳主内，养儿育女。我们从未出过远门，只是偶尔会有一个周末到大西洋城[1]，在那时，她依然要挂念孩子们，不放心把孩子交给家里的下人，害怕会有孩子生病。最后，等我把生意发展起来了，孩子们也长大成人了，可为时已晚，她病倒了。在我们剩下的五年——我眼睁睁地看着她在我面前闭上了双眼。之后，我邂逅了你——她就是在去年的那天走的——我当即意识到你正是我要找的女孩。”

她迫使自己挤出一丝敷衍的微笑。“我很荣幸达到了你计划中的要求。可是对一个女孩儿来讲，她的计划可不是只做某个男人的情人——她想做一名妻子、一名母亲。”

“这个我也不是没想过，安妮——可我的孩子们不会喜欢这件事的。”他坐在她的床边，轻声地说，“除此之外，这样子我更加放心你。一旦我们结完婚，你就不会再拿我当回事了。”他走回自己床上，拿起一份儿报纸。没过多久，他便沉迷在《时代周刊》的经济类版面了。

安妮继续回头看自己那个剧本。在几个月内，他一次次提起此事，而每一次的结局都是同这次一样。凯文对因为不能和她步入婚姻的殿堂而深感内疚。可是对她而言，那已经无足轻重了。可能想生孩子现在为时已晚了。一张结婚证也不可能拴住你的爱人，也无法保证你一辈子开心——珍妮弗和可怜的尼利就是前车之鉴。

不错，人们都把她当作是凯文的女人，可她更是吉琳女郎……而他正是使之成为可能的推手。她喜欢自己的工作，很赚钱又很充实。她也乐于和凯文在一起——不！她对他不只限于喜欢，可能还是一种爱。这种爱，不同于她从莱恩那

① 大西洋城：美国新泽西州的一座城市，是美国东岸最大的赌城。

里体会的爱，和凯文的爱不是那种无止境的爱。他们身体上的结合并未使她的心灵有一丝颤动，她常常怀疑自己浑身上下哪个地方令凯文如此痴迷。当她的记忆把她带回到她对莱恩的那种不顾一切、那种野蛮放纵的感觉中时——深深的热吻、火热的拥抱、彻夜紧锁的合体——她对凯文有种"曾经沧海难为水"的感觉。

最初，他们仅仅限于生意上的关系，不久后，渐渐开始一起参加社交活动。她乐于让他陪在自己身边，并且她意识到把自己固定在一个男人身上，要比不断地去拒绝一大堆男人连绵不断的求爱要容易应对得多。她是他公司的无价之宝，他对她在摄像机前面表现出的生涩显示出了极大的包容，也正是他对她的包容才造就了她最终的成功。每逢她要排练，他都会到场，在摄影棚来回穿梭着检查每一个灯光，同她商议她演出的各种动作套路，协助她找到适合自己的服装。她养成了对他无比的依赖，习惯了征求他的意见和决定。她察觉到那些标致的小模特有意向他投怀送抱，也见过一些富有的离婚妇女和客串的小明星来找他出去约会。她甚至还知道有位刚刚年过半百、打扮入时的著名前影后几次三番地给他发出邀请。是！凯文·吉尔摩可以任意选择。可他想和她在一起。她拖了他整整一年，在这期间，她还是没碰上能点燃她的激情和浪漫的男子。因此，她最后将自己献身了吉尔摩。

她想起了他们的第一次。她无法给他更多，只是一味地顺从。她为了能够使他满足，允许他对自己做任何事情——仅此而已。不过，他一直也没有太多别的要求，只是她有时强迫自己不冷不热地给他一些回应，而凯文竟当作是激情的表现。她不久便意识到，他十分俗气，他对身体上的爱的理解也十分简单。显而易见，在他同他的妻子结婚时，一定还是个处男。他妻子肯定是一样单纯、一样没有开拓精神。他们的爱或许从未超越过那些业余的吻加上机械的、一成不变的做爱。在他妻子走后，他肯定还试过其他女孩儿，甚至其中会有一些女孩儿为他做过所有套路——可惜他可能把这跟那些女人们沦丧的道德观关联起来。安妮就是个“好女子”，和他曾经的妻子一样，很传统。正因如此，他将安妮在性爱上的冷淡表现视为良家妇女的风范，而他是名绅士，他不计较这些，更不会有更高的期望。

不！和凯文一起做，感觉没有高峰也没有低谷，或许这便是所谓的‘成熟的爱’。有时，她跟自己说，她其实是幸运的。许多女孩一辈子也没有享受过莱恩·伯克式的爱，很少数女孩能体会到凯文那种坚如磐石的爱。而他不愿意陪她走入婚姻的殿堂，也不算什么实际问题。她并不想强迫完成这件事，但她完全有办法让凯文娶她——以分手相要挟。不！她对于他们目前的情况完全心满意足。她确信凯文会一辈子陪在她身边。

第二周，尼利来了。安妮竭尽全力来掩饰自己又一次看到尼利时的惊讶，因为她的容貌有了翻天覆地的变化。她的身体胖了，脸也鼓起来了，纵然着装高档奢侈也掩饰不住她浑身的落魄。指甲上的油彩残缺不全，长筒袜上有块儿跳丝，她看上去蓬头垢面的。而她脸上至关重要的某样东西好像已经永远消失了。尼利失去了以前的勃勃生机。以前那双灵动的眼睛，现在即使在她说话时，都聚焦不起来。

安妮还是那个一如既往的殷勤倾听者，听尼利无休止地倾诉她对自己灾难的咒骂——老大恶毒的诡计、美满婚姻的破裂、好莱坞的种种罪孽……

至于她自己，安妮并未多说什么，只是提了提她的工作以及她跟凯文亲密友谊。尼利用一丝很小女人的声音试探着问她，有没有被“那个”，安妮点头笑了笑。尼利似乎对这个答复很受用。

凯文把自己当成了一个彬彬有礼的东道主。如果尼利的到来，影响了他私生活的话，他丝毫没有把不满表露出来。他护送着这两个女孩穿梭在全城个个演出中和夜店里。尼利所到之处，必有惊人回响。她在这种欢呼雀跃的氛围中，大放光彩。没有了整天的迷茫，也不再有无尽的暴饮。她又给自己添置了许多新衣裳，两周内便掉了十磅，并且每晚睡眠前的药量从未多过三颗。她灵动的眼神又开始闪现——又是那个安妮以前认识的那个活蹦乱跳的女孩。

在九月一个闷热的晚上，在他们将要从一家剧院离开的时候，突然从舞台大门蹿出一群人，向尼利冲了过来，使得他们无法坐上出租车。他们的脸上荡漾着激情的欢笑，热情地挥舞着手臂，推推搡搡地向前索要签名。尼利被这群友善的人们蹂躏着，最后在凯文和一个警察的共同努力下，才杀出一条通向街边的路。

上了出租车，凯文一边擦着满脸的汗水，一边半信半疑地摇摇头。“也太棒了吧！要是他们只是看见你就疯狂成这样，那要是你唱起歌来，他们会怎样？”

“他们会因为太过狂喜而立刻晕倒。”尼利哈哈大笑起来。“我的粉丝对我一直是这么痴狂。”她补充着说。突然，她圆圆的眼睛一下子认真起来。“无线电城音乐厅外面到处都是排队看我电影的影迷，可惜我的电影制作起来花了太多该死的钱。可是从未有一部电影演砸过，而且我演的全是大片——”

凯文目不转睛地瞪着她，好像她说的话很深入人心似的。

他内心的那丝激动使他的话音有点颤："你说得没错。你演的电影一直很火爆。你的粉丝们的心还在你这里，他们在等着要你。尼利——让我们掀起一个巨浪！我要打造这个局面——我想在电视上买一小时黄金档。神啊——这肯定很火了！"

"你不是开玩笑的吧？我——上电视？直播一小时，没有重拍？我的老天爷啊！我想死的心都有了。"

"要是你在引导下唱歌，就用不着重拍，"凯文不死心地继续说，"用不着要什么花招，也不需要别的动作，你只用立在那儿放声歌唱就可以了。"

"忘了它吧，"尼利回复说，"我对那些电视镜头把人拍出来的样子早有耳闻——最起码看着胖了十磅、老了二十岁。除此之外，我上电视有用吗？詹森·哈里斯代理公司和米高梅谈得正起劲儿呢，马上我就会有三部影片的合约了。"

尼利在公共场合引起的轰动不断被推向新高，凯文对自己那个想法越来越坐不住了。"帮我劝劝她，"他恳求安妮说，"我可以给她四周的排练时间。我们将推介一个新产品。这种宣传将给吉琳赢得数百万利润。"

"要是她对此事心存疑虑，那我也不能强人所难，"安妮态度坚决地说，"万一有了什么闪失，我可担当不起。"

"会有什么闪失？她看上去可不像是被好莱坞养在温室里的花朵，不是那种没有真才实学的演员。尼利从小成长在杂技团里，而且还有百老汇舞台的演出经验——她是个实力派演员。那些没有真才实学的演员在电视里面层出不穷，差不多天天都有你闻所未闻的人在电视上横空出世，变成一个大明星。正是由于像尼利这样才华横溢的明星对电视敬而远之，才使得她们这些人钻了空子。而且，我并未打算让她连续做一周节目，只需一次，一炮打响。再者说，对她本人也是大有裨益的。”

“我很赞同，凯文。可你才是超级推销员——能不能说服她，全取决于你。我和她只是朋友关系，我不往里头掺杂其他东西。”

凯文时不时地就把这个话题拿出来说一说，可尼利却一次又一次地婉言谢绝了他。她眼下正尽情享受在她有史以来遇到的头一个真正的休假、第一次和那些疯狂追捧自己的粉丝们打成一片，这正是对她长年累月地在那个与世隔绝的电影工厂艰苦奋斗换来的回报。

凯文不失时机地让尼利卷入各种表演现场，试图复活以前那个她。他买了几张海伦·劳森最新音乐剧的开幕夜入场券，盼望着海伦的演出可以重燃尼利的雄心壮志，再现她为观众们演出的激情。

海伦的开幕夜是重大事件。她前段时间退出了百老汇舞台，投入了另一段失败的婚姻，她这次成了牙买加的一个大庄园主的女人。在她告别舞台时接受的采访中，她兴奋难耐地说，“我找到了一生中唯一的真爱”。曾经还有他们的合影——残花败柳的海伦单手搂住一个其貌不扬、头发灰白的男人。她那时打算把纽约的房子带家具全卖了，到牙买加当个家庭主妇，过一种愉快的生活。她这种愉快生活持续了六年，海伦就又回来了，又有了许多故事上了头条。牙买加被她说成是“位于热带地区的一个遍布着养尊处优的富人和混蛋的小城镇”。那里的人们整天只会喝酒、说闲话。她那位绝世好男人成了“一个花天酒地的浪子”。她办理了一场“墨西哥式离婚”，很快就进入一部新音乐剧担任主角。

海伦·劳森的首演一如往常，观众席上坐满了喜欢她的人，迫不及待地要为她欢呼、迎接他们的一代歌后重返舞台。在她走上舞台的一刹那，响起了震耳欲聋的掌声，可是十分钟之后，全场的气氛变得焦虑不安。凯文看见尼利的屁股坐到了椅子边上，像是从心里升起了对海伦的敬意，这使他的内心涌现出巨大的希望。不过他的希望最后还是成了泡影。尼利低声地说："她刚上台的时候，我就感觉她老了。我的老天爷啊！以前的她跟现在的她比，简直是一个是孩子一个是老人。"

凯文必须承认尼利是对的。海伦现在不是"快进入中年了"，她是"已经中年了"。她身上的肉又添了许多，可她的小腿美丽依旧，她甩来甩去的那头长长的黑发浓密亦然。

"噢！难道她没有查看染料瓶?"尼利低声说，"我爱黑发，可她那种颜色太夸张了，黑得有点儿过头!"

"她应该使用吉琳的黑发素，"凯文自卖自夸地说，"送她一头乌黑浓丽的自然靓发。"

"什么都帮不了她，"尼利唏嘘道，"她现在连一部适合自己的好剧本都没有。何苦还来演这部剧呢？她不是早就赚得盆满钵满了。"

"她还能做别的事情吗?"凯文小心翼翼地说，"只有登上舞台，演员才能找到她的生机和活力。"

"什么!"尼利推开他，"还是你那老一套。"

"这只是个开始，"安妮低声说，"可能会好起来的。"

"我已经嗅出来了，她注定不会成功。"尼利这样回复。

尼利是对的。安妮看到，海伦唱得十分拼命。看着这个不堪入目的老女人还得装嫩，她的内心油然而生了一种同情。海伦的声音有些颤抖，不过依然是宝刀未老；可是，她不是唱错歌词，就是跟不上伴奏。伴随着演出的发展，她精力愈发旺盛，就像是在拿自己的生命拯救这个濒临死亡的演出。

观众几次三番地阻止演出谢幕。观众们在现场给他们的天后忠实的敬意。不过当他们排队从剧院里出来时，才说出了他们更真实的评论。“海伦首次砸场。”……“这不怨海伦，是剧本写得太烂。”……“指挥太糟糕。”……“啊！不过以前的海伦完全可以摆平。想到《阳光小姐》了吗？没剧本，也没配乐——只要海伦在，就行了。”……“听我说，谁都有权失败一次。”……“是，不过以她现在的岁数，复出是没有希望了。她何不急流勇退呢？”……“那些赛马们能够得到更加仁慈的待遇——起码那些冠军马可以牵出去配种。”……“对！据我所知，海伦就是这么想的。”……“可是这个老女人想跟谁睡啊？”……“呀！她的美腿依然那么诱人，她的头发还是那么飘逸。”……“还好，她还留下了一些东西。”……“还有。亲爱的，我上大学时研究过嗓音，她的嗓音有点颤抖。”……

“我不敢去后台，”尼利说，“我觉得她肯定知道我也坐在观众席上，但是，我的老天爷啊！我能怎么说？难道说背景布置得很棒？”

“想去莎蒂会所吗？”凯文问，“她将去那儿享受人们的敬意。”

“想和我打赌吗？”尼利这样回答他。“听我说，海伦比谁都清楚她这回死得有多惨。她绝对不会出现在莎蒂会所，《时代周刊》和《芝加哥论坛报》[①]发行的抢先版报纸马上就要出来了，她可不想在那儿等着别人拿鸡蛋砸她的脸。再说，弗兰

---

① 《芝加哥论坛报》：创办于一八四七年，是美国重要报纸之一。（本书英语原文中，报纸、杂志的名字都为简称，翻译为汉语时改为全称，以帮助读者理解。）

克·萨拉(Franco Salla)今夜要在波斯会所举办首演。他在希罗会所很红，我每晚都去，更不会错过他的纽约首演。”

凯文一脸疲倦地打电话到波斯会所订了一张桌子。挤在这里的，还是海伦首演时来的那群专栏作家和大部分观众。那个服务员领班看见尼利来了，赶紧又在舞台边儿上的地方重新给他们安排了一张桌子。这样一来，把那些花了一大笔小费才坐在前排的那群观众甩在了后面，这使得他们很不高兴。但当尼利走进门时，观众席上一片呼喊的热浪。

凯文要了几杯香槟，不过尼利基本没怎么喝。安妮的眼睛盯着人群，而心里却惦记着明天的电视广告。时间已经不早了，看来今晚的演出不能准点开始了，她明天只有使用那个“笨蛋卡片”了。她望了望大门口，那里已经是人山人海了。开幕会永远都是这样——那些急躁的人们像以前一样，为了坐个视线好一点的位置，一个劲儿地塞着小费；那些服务员和以前一样累得满头大汗，匆匆忙忙地在舞台前面临时摆放上许多桌子，毫不理睬后面那些桌上的客人对他们的抱怨。最先坐在舞台边上的客人，如今已变成了第三排。舞台缩小成了以前的一半。这间屋子恐怕已经再也加不进一人了，但安妮却看见一个服务员又在舞台边上快速地加进另一张小得不能再小的桌子。这张桌子恰好和她们相对。

海伦在一个骨感的小伙子的陪伴下闪亮登场。陪她来的那个小伙子是她音乐剧里的小舞蹈演员，给人一种柔弱的美感，而他似乎很天真地以为自己是人们关注的焦点。海伦肯定知道这个娘娘腔喜欢跟什么人为伍，但是他确实是护送她的最佳人选。他牵着她的手，聚精会神地听着她所说的每一个字，并且适时地赔上一个微笑。海伦不断地转身给他介绍四周桌子上的朋友们，而她也大声问候着朋友们，一副自鸣得意的样子。海伦大嚷着召唤那个服务员领班，他装出一副很有耐心的样子做出一个回应。安妮在对面都能听见她扯着嗓子在喊："我知道你们这里也是一家爱扯淡的会所，演出期间不上烈酒，那你赶紧给我上几瓶葡萄酒，快！"

室内的灯光终于开始变暗。弗兰克·萨拉据说是一名很豪放的歌手，尤其擅长演唱意大利歌曲。观众们早就看过外地关于他的介绍，迫不及待地想要追捧他。他一再被观众要求重唱了好几首歌。唱完之后，他进行了一段精彩的演讲，表达了自己对观众的感激之情。接着，他加强了语气，一本正经地向舞台边上望去，表现出一种很庄重的样子，介绍道："音乐剧伟人、天后中的天后、璀璨明星舞台数十年之久的了不起的女性……海伦·劳森！"

海伦敷衍出一丝死板的微笑。她站起身来，向观众们热情地挥手致意。观众席上响起了雷鸣般的掌声，向她致以由衷的尊重。

接着，弗兰克把身子转向尼利，观众们的眼神随着他的目光移动。他的声音柔软下来了，目光中揉进强烈的敬意变得更加柔和。"下一位，千载难逢的巨星……全民情人……歌星们的歌星……"他的话音中断了，摸索着，似乎再也找不出恰如其分的词来描述尼利了。接着，他笑了笑，只说了一句："尼利·奥哈拉小姐。"

观众们的掌声震耳欲聋。有几个人起身喝彩，所有观众紧随其后，一下子全站起来了，不断地叫嚷、鼓掌，执意让尼利献唱一首。凯文也起身响应。安妮表现出一副惊慌失措的样子；现在除了海伦·劳森和她那位小舞蹈演员，会场里的其他人全都起立了。海伦在那儿呆坐着，她的脸上露出了机械的微笑，轻轻地鼓着掌。那个小舞蹈演员默默地看着她，等待她下一步的指示。

尼利最终还是立了起来，来到麦克风前，言行优雅地对全场热情的观众表示了感谢，接着就想退场。等观众们坚定不移的要求变成一股强大的飓风向她袭来时，她无奈地耸耸肩，走向管弦乐队。商量好曲目以后，她回到舞台中央，开始了她的即兴演唱。

她确实很有才华。那是一种清晰而且响亮的歌声，那些狂热追捧她的观众们像复活节上的教徒似的。她一直演唱到第六首歌曲，才勉强下了舞台。她兴奋难耐地回到他们的桌上，眼眶中充盈着激动的泪花。那些专栏作家们前来祝贺她，许多衣着华丽的妇女来找她给“自己的姑娘”要签名。尼利热情地把名字签在菜单上、卡片上和小纸条上。当人潮退去以后，她拿起一杯香槟一饮而尽。“你看，我能做到这个。”她说。

“在一家高级会所唱歌?”凯文充满期待地问。

“不，喝香槟。香槟真棒。”她又倒上一杯。“最安全的做法是只喝苏格兰威士忌或伏特加，不过今夜可以例外。但愿别养成这个坏习惯——太容易让人发胖了。看看那边那个‘老铁甲’——那些脂肪全是陈年老酒堆积出来的。”

“尼利，你今夜的表现太了不起了。”凯文又准备发起进攻。

“那是！唱以前那些经典歌曲谁都可以了不起，可惜现在他们不再写那种歌了。”

“在我筹划的‘轰动’中，就是让你演唱那种歌。”

她露出两排洁白的牙齿笑着说：“哦！我们又绕进那件事里面了?”

“尼利，所有人都很崇拜你的——”

“是的！他们同样崇拜我的影片。我的电影成本太高，甚至连好莱坞都被搞得入不敷出，都是我的问题吗？”

“他们认为原因不只是费用问题，尼利。”

她把眼睛眯成一条线，表情变得严肃起来。“那他们是怎么说的，‘骨头先生’？”

“他们说你是费用飙升的元凶……你背信弃义……你美妙的歌喉已经没有了。”

安妮神情紧张地挪动了一下，想给凯文递一个眼神，以示警告。可凯文对她毫不理睬，目光死死地锁定在尼利身上。

尼利努力挤出一丝微笑。“不过，我刚才唱的歌你也听到了。就别再信那些报纸上的胡言乱语。”

“我当然不信，因为你的歌喉我今夜已经亲耳听到了，而且到场的所有人都不会信那些不实报道。不过这些人太微不足道，社会大众都会对那些报道深信不疑，尼利，一大批的电影制片人也是这样以为的。”

她脸上仅存的那丝敷衍的微笑也荡然无存了。她质问道：“听好了，‘扫兴先生’，我眼下高兴得很，我刚才是起身为我的晚饭唱歌助兴的。你到底对我有什么图谋？”

“一场‘轰动’。”

她长吁一口气。“怎么又是这件事，你这个混蛋。”

“我说的是真的，尼利。你今晚已经向这儿所有的人证实了你仍然是那个能唱歌的天使，何不让世上所有人都知道呢？你知不知道电视可以传播给多少人？我将提前在全国范围内给你做几周广告——全国人民都将观看——”

“你给我忘了这件事吧。”她拿起了香槟。“嘿！酒喝完了，我们再要点儿吧。”

凯文给服务员打了个手势，让他们上酒。安妮把目光投向自己的手表，这一举动被尼利看见了。她热情地捉住她的手臂，“行了！可别扫兴啊！今晚可是我最精彩的一夜。”

“可是现在都一点半了，明天我还得参加节目，很早就得去演练。”

“那怎么了?”尼利哈哈大笑起来。“安妮，只是小小的广告看把你紧张成啥了。你又不是跟演德米尔(Demille)①的大片儿当主演，再者，我跟你老板很熟——我会替你说句好话。”她说着，跟凯文递了个眼色。“我们得喝完刚要的这瓶……行不？但是，让我们先去补补妆吧。”

安妮长吁一口气，拖着脚步进了化妆间。那个服务员滔滔不绝地和尼利聊了起来，还有几个来补妆的妇女也围上来，不住地夸赞她。尼利得体地、谦虚地应对着。安妮就这样耐心地站在一旁，等着屋里的人慢慢散去。最后，尼利坐在化妆镜前，梳理起头发。

“听我说，安妮，让凯文离我远点儿。他非常好，哪里都好，但他跟张烂唱片似的，喋喋不休。彻底地，一劳永逸地告诉他，我不会上电视的。”

“他有权利争取，你不能因此责备他。”安妮说。

“可是，我已经受够了，除此之外——”

突然有人推门，海伦不可一世地大步走了进来。她用冰冷的眼神目不转睛地瞪着安妮，那一刻气氛异常紧张；没多久，海伦一下子转变了想法，点点头说：“很高兴见到你，安妮。我听说你现在可是电视上的大明星了。”

安妮挤出一个微笑，绞尽脑汁想着怎么回答。海伦省去

---

① 德米尔(1881—1959)：全名塞西尔·德米尔，从美国好莱坞默片时代起就是著名导演。

了她的苦恼，坐到了尼利旁边，欣然地在她的背上拍了一下。“今晚在舞台上很了不起啊，小美女。我今晚那场失败的演出要是加入了一些科尔·波特(Cole Porter)①或欧文·柏林(Irving Berlin)②的作品就好了。我听说你也在观众席坐着——怎么也不去后场和我打声招呼？”

“啊……我们那时正……啊……急着上这儿来呢，你也知道，想保住预订的座位有多难。”尼利结结巴巴才说出这句话。

“行了吧！别再装蒜了，”海伦说，“不过没关系，一场失败的演出是不会有人去后场祝贺的。我怎么能被人说服来演这种砸场子的音乐剧呢……可我这一生就是这种命。我当时是想给那两位默默无闻的作曲家提供一个机会。”

尼利张开嘴友善地笑着说，“是应该给他们一次机会，可要是连您都扶不起他们，谁也帮不了他们了。”

“我经常像这样冒险——正因如此，才‘生出’了像你这样的人。我冒了很大风险，挤兑走了一个没用的夜总会歌手，给了一个黄毛丫头一次机会。最后没有一个人对我说声‘谢谢！’——你就是其中之一，宝贝儿。”

尼利脸上的笑容荡然无存了。“我打进好莱坞靠的不是你的音乐剧，海伦，我靠的是自己在会所里的精彩演出。”

“那场演出你是咋搞到的？还不是把我当成了跳板。”

“那好——谢了，海伦。我还记得，我过去每天晚上都要在夜里感谢你好几次。我太感激不尽了。我们走！安妮。”

“别给我装腔作势。那些报纸，我可是都看过了。眼下可

---

① 科尔·波特(1891—1964)：美国著名男音乐家，经典作品《吻我，凯特》。

② 欧文·柏林(1888—1989)：美国作曲家，曾八次荣获奥斯卡最佳歌曲提名，代表作品《白色圣诞》。

是没人跟你签约了。你已经不是我当时赏你机会那个到处要饭的小破孩儿了，已经在这条道上走了很远了，但是——”

尼利一下子暴跳起来，眼冒金星地瞪着海伦。那个服务员往她们跟前凑了凑，仿佛她这份枯燥乏味的工作被这场突如其来的热闹搞出了一丝趣味。

“我们赶紧出去吧，尼利，”安妮赶紧说，“凯文正在那儿等我们呢。”

尼利将安妮伸来的胳膊一把推开，死死地盯着海伦说：“你刚才叫我啥了！”

海伦一下子立起身来，正对着她的脸说：“沿街要饭的！你还能是谁啊？在一个三流杂技团乞讨，连校门都没进过。我真想不明白你是怎么认识那些歌词的。我当时是看在我的好闺密——安妮的份儿上，才给了你那次机会。”

“‘好闺密’！你只是想让人家为你拉嫖客罢了。”尼利厉声说道。

“你胡扯！我和安妮是交心的好友，当时只不过产生了一次误会。可我仅仅是从一个朋友的角度出发，想让她远离某个英国杂种。我所做的全是为她好。”她转身对安妮说：“最后证明他就是个杂种，对吧？我说得没错，不是吗，安妮？在我心里，你永远都是我的一个知心好友。”

“我们走！安妮，”尼利说，“这种话从你嘴里说出来，真让人恶心。”她边说边拍着自己的胸口。

海伦开始不搭理尼利了，让自己的脸上重新堆出往日那种微笑对安妮说，“我是当真的，安妮。我一直都没交到真心朋友，所有人都是在利用我，完了以后就过河拆桥。我对你一直没有变，小可爱，看到你的成功，我真为你高兴。我如今也回到了纽约，我们多走动走动，一起狂欢，回到以前的日子。”

“安妮，咱们走吧！”尼利厉声说。

“你急什么？”海伦一脸天真地说，“你还想往哪儿走？根据我了解到的情况，你一无所有，只能虚度光阴了。”

“你那场音乐剧的评论一出炉，你也有许多光阴等着你虚度。”尼利回复说。

海伦耸耸肩。“我的节目可能会招致差评，可我明天中午就将迎来六出新剧。在你的日程表上安排了什么？继续多混几个跟今夜一样的免费音乐会吗？”

“你的声音已经开始颤抖了，过不了多久，你免费给别人唱歌，都不会再有人想听了。”尼利回应着说，“再者，刚才我可没听见有哪位观众呼喊着让你给他们献唱。”

海伦被气得脸红脖子粗的。她尖叫着说：“你以前是红过一阵儿，不过你现在已经倒下了，而且是再也爬不起来了，你有什么资格在这儿说我的声音开始颤抖了，你懂什么‘颤抖’啊？我已经在舞台上红了整整三十年了，而且我想红到什么时候就能红到什么时候。不过你最好还是接着免费唱，因为你也就剩这点儿能耐了。是啊！你肯定还可以得到观众们的掌声——反正是白看的，鼓鼓掌算什么。不过你也就到此为止了，再也别想东山再起了。”

“好了，让开，你这个过时的家伙。你也许没地儿去了，可我还有个男人在外头等我呢。”海伦说。

“男人！”尼利很不以为然地笑着说，“那也被你叫成了男人？你最好别让人家在外头等太久，因为从今以后你只能找到一个变态陪你参加聚会了——前提是，每次都由你来买单。”

“你在这方面比谁都有更深的体会吧！你曾经还嫁给了一

个变态,”海伦歇斯底里地说,“神啊!你连那个变态都看不住,亏你手里还攥着一对双胞胎,竟然毫无还手之力。嘿——你那俩孩子不会也是变态吧?”她说完便要走,可尼利死死地拦住了她。

“你管我的孩子们叫什么?”尼利的声音已经颤抖起来了。

“有一对变态双胞胎有什么不好?据我所知,那俩孩子对两个妈妈都很喜欢。赶紧给我让开……”她使劲把尼利推到了一边,奔着房门走去。

“给我站住,你这个老女人!”尼利吼道。她一跃而起,从海伦的背后抓住了她的头发。海伦用力想要拽回来,可尼利拉得很紧。

正在这时,尼利突然发出一声惊人的喘息,眼睛直勾勾地瞪着她手里抓着的东西。同时,海伦惊恐万分地用手掠过头顶。

“一头假发!”尼利吼了出来。她提起那头乌黑的长发让安妮看,“天啊!她披的这头头发和她这个人一样假!”

“还我头发,你这个泼妇。”海伦大声吼道,“我花三百美元买的!”

尼利将她的假发扣在自己头上,围着屋子跳舞,“嘿!我扮黑发小妞搞笑吧!”

海伦在她后面不停地追赶,“把它给我,你真该死!”

“你戴上它看起来很糟糕,海伦。依我看,你这个样子更有趣——平头。”

海伦抓着她自己长得很短很乱的头发说,“我正在让它长呢,”她垂头丧气地说,“牙买加那里的理发师真是垃圾,竟然不懂得如何正确使用染色剂,结果当我回到纽约烫了个卷发以后,我的头发全都脱落了。行了,尼利——把它给我吧!”

说时迟那时快，尼利冲向一个封闭的卫生间。海伦也向她猛扑过去，可惜尼利实在是太快了。尼利进去以后，在里面把门反锁住了。接着，她们便听见了冲马桶的水声。

“嘿！该死的，你究竟在里面干吗呢?”海伦尖叫着说。她回头对安妮说，“神啊！我敢打赌，尼利把我的头发扔进了马桶。我要杀了这个泼妇!”

海伦在一旁大声咒骂着，安妮和那个服务员在那儿苦口婆心地试着说服尼利。尼利在里面一言不发，她们听见的是一次次的冲马桶声，这使得她们产生了一种不祥的预感。海伦在外面用力地砸着门，而尼利却在里面咯咯笑。尼利又冲了一次马桶，可这回发出的声音听起来很陌生，先是潺潺的水声，接着就是哗啦啦的溢水声，水声连绵不断。一眨眼工夫，有一大摊水开始从门下涌了出来，在屋里扩散开来。

这时门开了，尼利小心谨慎地踮着脚尖从里面走出来了，脸上依然在歇斯底里地笑着。“哦……该死……”她出了口气。“那个没用的东西连厕所都进不去!”

那位服务员小心翼翼地举起那一团湿了水的东西——它活像一具溺水的动物尸体。

“完了!”海伦惊呼道，“我现在怎么办啊?”她把目光投向了安妮，脸上飙着眼水。“我现在还能出去吗?”安妮默默无语地看着她。只见水还是继续在屋内扩散，那个服务员清嗓子的声音突然打破了这一刻的沉默：“奥哈拉小姐——这样做不太好吧！水路管道都可能被您破坏了。”

尼利笑笑说，“我来买单，花在这上面的每分钱都物超所值。”她掏出钱包，往里面翻了翻，取出一张五美元的钞票。“给，你这个厕所在城里排第一。”她回头对安妮说，“我们走吧，留下老秃鹰一个人在这儿掉眼泪吧。我希望那个变态孤零零地站在外面别着凉了。”她用一种很甜蜜的语气向海伦说。

安妮跟着尼利出了门。来到外面以后，安妮说：“你那样对她不公平，尼利。”

“公平！我应该杀了她。”

“可那样做不对。她只能等到所有人都散了，才可以出来。”

“好吧，她只是今晚会被困住了，明天可以再买一身假发。可我明天还是忘不了她对我和我的孩子们的侮辱。我再也站不起来了——只能免费给人唱歌，嗯哼？为什么，太糟糕了……”她迈着大步回到她们的桌上。“凯文，你还想让我出演那个‘轰动’节目吗？”

凯文的脸上笑开了花。

“那好，成交了。”尼利说。她一屁股坐在了椅子上，又倒了点儿香槟。“你起草一份合约，交给我的经理人和律师，让他们过目一下。”

“这将是明早的首要任务。”凯文兴高采烈地说。

在他们谈那个电视节目的时候，会所里的人慢慢散尽了。尼利和安妮看见海伦桌上的那个小帅哥还在，他看上去十分焦虑，眼睛死死地盯在化妆间的门上。

“我猜海伦·劳森遇上事儿了，”凯文一边买单，一边说，“可能是被她的几个歌迷缠住了。”

“是啊！说不定有个歌迷掀了她的头皮。”尼利天真无邪地说。

在她们走过化妆间时，安妮回望了一眼几乎空无一人的屋子，目光落在了海伦那张桌子。那个小帅哥正在慌慌张张地在身上每个口袋里乱翻，看样子是想在身上搜出钱，给那位站在他面前的服务员领班买单。凯文高高兴兴地搂住安妮的胳膊，“上电视这件事，你不会反悔吧，尼利？”

她喜气洋洋地挽起凯文的另一只胳膊。“不会。我会全身心地替你和你可爱的小产品唱歌的——只是，你得多给我出钱。”

“很愿意。”凯文回答说。他默默地望着安妮，内心充满了感激。女人们真是有趣——你费尽口舌都一筹莫展的事，仅需让她们一起在化妆间里待上十分钟，一切都不是问题了……

凯文为那场电视“轰动”所做的宣传席卷了各大报纸。尼利接受了几家主流杂志的采访，电视专栏作家们预测这将成为一个重大突破，电视媒体时代到来了。观众们最终将收获一场精彩纷呈的演出节目。

凯文把全城最好的舞蹈设计师、导演和制片都请来了。为了迎接这个节目，他加紧生产新产品；为了让安妮能够更完美地展示新产品的形象，他为她打造了许多特殊的演出场景。这个节目将从十一月开始直播，它有望成为那一季度的收视冠军。

尼利住进了一家旅馆，屋里还摆放了一架钢琴。她每天除了待在旅馆里，就是去诺拉(Nola)演播室，在那儿重复着以前的工作套路、演练和节食。她下定决心向好莱坞证明自己，同时也让海伦·劳森打脸。什么叫她已经玩完了？什么叫靠不住？什么叫她只配免费给人唱歌？她很想看到海伦看到那些报纸上报道时是一副什么表情。所有的报纸都说她从这个节目中获得的收入，是电视节目有史以来单笔最高的片酬。尼利勇于转战新媒体之举，令那些评论员赞叹不已。

尼利并不害怕。是的，电视直播无法重拍。不过，这反而更好。她将证明给好莱坞——向他们所有人证明。在她所接受的采访中，她变得紧张、高兴、急切。“是的，她很害怕。”……“是的，她有可能会在做节目时，经常中断。”其实私下里，她知道那只是小菜一碟……暗箱操作的把戏。她怎么会跟不上呢——十二首流行曲目，其中的六首是她唱过的；没有什么陌生的表演项目，连一个场景都不用你去学习——你只用按照那些“白痴”卡上的引导语读出来就可以了。老天爷啊！要是让好莱坞的人知道如此简单，他们全该涌进电视台了。不过这个主意，她只留在了自己心里。

在那个伟大日子来临的前夜，尼利服用了三颗速可眠。预定于上午十点进行彩排，她按时到场了。精力充沛的她迫不及待地要开始。她花了一小时用来试妆。最后，彩排在十一点半正式拉开了帷幕。她十分流利地说起了开场白，很有年轻人的热情。接着，她开始演唱第一曲。她唱到第三节时，导演叫了一声，“咔!”他从监控室出来，下了走廊。“尼利，你对错摄像机了。”

“我听不懂你的意思。”尼利很客气地说。她的任务就是唱歌。摄像机应该由摄影师负责才对。

“你讲开场白时，对着第一台摄像机。不过，你唱歌时，要对着第二台摄像机。”

“第二台摄像机指的是哪个?”

“发红光的那个。歌曲前半部分朝着它唱，中间合唱对着第三台摄像机，后八节拍还对着第二台摄像机，直到你把整首歌唱完。”

“老天爷啊！要想掌握这些，我不得不去上麻省理工学院了。我们为什么非得用这么多台摄像机啊?”

“宝贝儿，听上去有点儿难，其实很容易。你只用记住那个红光——那台正对着你的摄像机。你这样就不会搞混了。”

她又开始了，这回认真地观察着摄像机。进行得还不错，只是她找不到提示卡在哪儿了。又一次，她聚精会神地看着提示卡，又把摄像机搞混了。

“别操心那些卡片，”导演恳求道，“放卡片的人会配合你移动，你只用配合摄像机就行了。”

“可是以前都是摄像机配合我。”她痛苦地说。

导演看上去很有耐心，“你能行。让我们再来一次。”

又来了两次。导演这回看上去一脸疲惫，隐约显现出一丝绝望。“尼利，你有两次越过了粉笔线，超出了摄像机拍摄区间。”

“可是我一唱歌，就得移动。”

“很好，宝贝儿。不过，我们得把你活动的区间事先标好，如此一来，我才能安排好那些摄像机。”

“我办不到。我是跟着感觉走的，并且每回的感觉并不相同。”

几个小时都是这样度过的，排练一直在摄像机的问题上耗着。尼利脸上化的妆开始走样了，头发也蓬松起来。直到下午五点，他们一次完整过程都没走完。

导演下令吃了晚饭继续开工。他来到尼利面前，心不在焉地把一只胳膊搭在尼利肩上。“六点钟，我们从前到后走一遍，就算错了也别停。然后我把你出错的地方、需要改动的地方以及需要删减的地方给你指出来。在直播之前，你还有时间可以补妆和进行一次简短的休息。”

对尼利而言，最终的彩排像场噩梦。摄像机发出的红光像是不断地在一闪一灭，而那些歌词提示卡在炽热的灯光下变得分外模糊。她想全身心地投入一首歌中，深深地体会它，唱出她心中完美的调子……她应该合上双眼，接着突然间睁开。这里没有美妙的好莱坞的摄像机配合她，录制她的每一个动作；没人负责将最棒的镜头剪接到一块儿。不！她只能配合那些红眼睛怪兽们，找寻那些不断切换的歌词提示板。她把它们跟丢了——她本不该把眼睛合上。它们上哪儿去了？她连哼带唱的蒙混了一句歌词。导演让她继续……神啊！那些卡片儿跑哪儿了？还有，到底是哪一台摄像机？在左侧——是的！它的眼睛是红的。谢天谢地！歌曲唱完了。神啊！接下来怎么办？那些卡片儿上提示的是什么？哦，是的！把安妮和那件产品介绍进来。哦，谢天谢地！安妮已经开始说话了——她长长地出了一口气了。神啊！她应该冲向侧室里面！那个慌慌张张的服务员正在向她招手——这就是那个三分钟换衣时间。换装的时间只有三分钟，并且安妮已经进行了一半了……

“我办不到！”她扯着嗓子说，“我办不到这种事！要是我必须同时留意那些粉笔线和那几个摄像机还得迅速换装，我根本无法把歌唱好。我只有想合眼就合眼，才能找到感觉。而这种事情，我办不到——办不到！”

凯文已经坐在了中控室。他冲下斜梯，配合导演想让她的情绪稳定下来。

“我不想再演了。我会把自己变成一个傻瓜的！”尼利已经泣不成声了。

“尼利，你是个老演员，”导演乞求着说，“只要会场里坐满观众，掌声在你面前响起，你的感觉就全来了。”

“不，”她呜咽着说，“我需要把这种摄像机前的演练进行一周。一下子对付八件事，我无法胜任。我做不到既要确保立在粉笔线以内，又要看摄像机以及那些提示卡。我办不到——我会吹得比风筝更高!”

“尼利。”安妮抱住了她，“想想你在费城时，是如何加入《一飞冲天》进行即兴演出的?”

“我那时一无所有，”尼利哭着说，“只是一个孩子，危及不到什么名誉。我现在是一个明星——要是我没表现好，或演砸了，我就完蛋了。”

“你会没事的。”导演不停地重复。

“不，不！这个节目我演不了!”

“尼利，你必须得演，”安妮坚决地说，“这个节目时间已经付了钱……一小时后，节目就该开始了。”

“我做不了。”她呜咽着说。

“那你就别想再干这一行了。”导演猛然间厉声说道。

“谁稀罕干啊？如果我不再涉足电视演播室，对我而言再早不过了!”

“我指的是所有媒体。”导演冷漠地说。

“谁跟你说的?”

“电视与广播演员联合会。要是你敢像这个样子退出一个演出的话，就属于违约。所有的工会都联合遵守这些规定，包括电视与广播演员联合会、美国演员工会和英国演员工会。”

“若是我突发意外死去了呢?”

他冷冷地笑了一下。“不幸的是，我觉得这个不太可能。”

“难道你们就不能说我是突发喉炎吗?”她恳求道。

导演长吁一口气。“尼利，电视台的医生肯定要为你做健康检查的。电视台为这个节目做了各种渠道的广告——他们投入了巨额资金。你看看，只剩一小时时间了——连节目里的事情，你都不要想了，赶紧去化妆间换衣服，然后休息一会儿。”

尼利回到了化妆间。她赶忙给旅馆打了个电话，和那儿的一个服务员交代了一些事情。过了二十分钟，那个服务员赶到了，他一手递过一个小瓶子，一手接过二十美元小费。尼利盯着那个瓶子。“可爱的红娃娃们，”她轻声说道，“看在老天爷的份儿上，赶紧显灵吧！我眼下全靠你们了。我连酒都给不了你们——那样，他们肯定会说我是故意醉酒的。”她赶紧吞下六颗。“加油，宝贝儿！”她嘴里嘀咕着，身子已经躺下了。“加油……我什么也没吃。你们这些小娃娃们在空腹状态下干得更起劲儿。”

过了十分钟，那种脑袋轻飘飘的熟悉感觉又向她袭来，在她体内一点点渗透着。这可能不够，他们也许会给她灌清咖啡，把她唤醒。她摇摇晃晃地又服下两颗。“加油，娃儿们，把尼利整晕吧，让她变成一个病秧子……”她听见观众们在入场时所发出来的模糊的声音，听到乐师们正在调音。她又吞下了两颗。她依稀可以听见有人在呼唤她的名字，不过她正在向远方飘去……

电视台只好放了一期往日的录影。他们对外宣布由于遇到技术上的难题，尼利·奥哈拉电视剧不能播出了。凯文并未起诉尼利，不过电视台起诉了。他们说，要把尼利作为一个试诉。因为本季度有许多大型电视节目，安排了众多当红明星参演，要是对尼利网开一面的话，将会后患无穷。她得到的惩罚是在各个工作领域被封杀一年——电影、剧院舞台、会所演出以及电视。

她起初毫不在乎。她返回了加州，躲进了泳池里。各大报纸和业内刊物都对她进行了无情地批判。他们批判她反复无常；暗示她染上了酒瘾；他们一直认为她已经完蛋了。

有些时候，她日复一日地躺在在床上，直至管家强行把她带到泳池。有的日子里，她半夜起来，开着车去酒吧里混。她的头发上围着一条大头巾，脸上没有化妆，没有人能认出她来。把自己自然地融入到了那群不知名的人们当中，小酌几口啤酒，和那些人在一起很开心。她无所顾忌；有的是钱；在家闲上一年完全没问题。那件事会被慢慢淡忘，然后她再把身材复原，可能会去百老汇举行一场演出。那一定会很有意思。她将向他们好好展示一番。此间，她可以随心所欲地吃……肆无忌惮地喝。还有美妙的红、黄娃娃们一直伴着她——目前，又增加了一种蓝条纹娃娃！

安妮深深地被尼利的所作所为给吓到了。她的本能反应是随她一起去加州，以尼利目前的精神状态极不适合独处一室。可她不能不顾自己的电视节目合约……还有对凯文的忠诚。她个人对尼利的罢工感到很内疚，毕竟带来了很大的经济损失。凯文不得不支付承包电视时段费、广告费、乐手们的工资和加班费，同时还做不出高水准的节目。

不过几周后，随着每日播出的电视节目开始危机重重，她对尼利心存的那丝忧虑渐渐淡化。她已经开始了新的试妆，有些时候炽热的荧光使她难以忍受。可她从不言弃——其实，她也没别的什么特别想做的事情。

时不时，会有尼利的消息——谣言或是事实——见诸报端。所有人都确信尼利正在有意地进行自我堕落，可安妮无论如何也不能将这个忧心忡忡、伤痕累累的尼利跟往昔那个在第五十二大街的出租屋里面的那个眼睛一闪一闪的女孩联系起来。那个尼利才充满朝气。这个好莱坞创造的魔鬼早晚会消失，而那个活生生的尼利又将归来。

似乎一方水土不可能真的改造一个人。十几年悄然逝去了，在某些方面看，安妮感觉跟她初到纽约时没什么改变。要是她静坐下来，审视自己的话，她就会察觉，纽约已经不再是扣人心弦的仙境。百老汇宛如科尼岛的商业走廊，第四十二大街好似里脊，第五十大道再也让她兴奋不起来了，就连洛克菲勒中心的圣诞巨树在她心中也黯然失色，舞台音乐剧或会所首演给她呈现的还是一成不变的面孔。

可这里还是好过劳伦斯维尔。劳伦斯维尔的人们在“冬眠”的时候，时间已经如流水般逝去了。她所在之处，起码还是有故事发生。不过有些东西已经不属于她。有些时候，她常常凑上镜前，想要对自己有个客观的认识。她已经变了吗？她如今对化妆已经习以为常了——她早期去莫罗科会所时，真的只是略抹一些粉底和口红吗？她如今要是不搽脂抹粉、涂眼影、抹睫毛膏，会觉得跟没穿衣服似的。她的服装仍执着于风格简单、颜色柔和，只是得著名服装设计师的精剪服饰，而珍妮弗送给她的貂皮大衣很早就被遗弃了，取而代之的是一件由纽约一流皮草设计师为她量身定做的貂皮大衣。

不过，曾有一次，稍纵即逝的一刹那，蹉跎的岁月在艾伦眼神中衰竭了。他们在科勒尼会所偶遇。当时，她和凯文一起去的。艾伦向她介绍了下他的妻子，一个魅力四射的年轻女孩，手上戴了一颗很大的长方体钻戒，和艾伦以前送她的那个大小一致。安妮此时心中萌发了一个疯狂想法——可能艾伦的抽屉里塞满了钻戒，有各种规格的戒指，供他出席不同的场合。

她以前经常想象她要是碰见艾伦时，会怎么办、会是什么感觉。就如大部分期待已久的相会一样，在它真发生时，是那么索然无味，一点儿戏剧色彩也没有。艾伦顶上的头发掉得很厉害，不过他依然系着斜纹领带，依然和吉诺同行。时间的车轮给吉诺的脸上留下深深的印迹，许多老年人都会出现的那种习惯性抖动在他身上也显现出来了。他几乎要在她眼前凋零了。

她看出来，艾伦本想表现得漠不关心以及傲慢无礼，可他的双眼却已经涌现出了往日的依恋。“安妮……你看上去好极了。”

“你看上去也挺好，艾伦。”

“我们经常在电视上见到你，对不对，吉诺?”

“是的，当然了。”吉诺回答。

中间突然有一个中断的间隙。神啊！阔别十年再相逢就没一点想说的东西吗?

“我的艾伦每回在广告中看见你时，都会把你指给我看。”艾伦的妻子突然说道。

“听说你们会看，太让我高兴了。大部分人在我出现的时候，总是到冰箱里面取啤酒。”

“不，即使我一向不使用吉琳的化妆品，可是我一直在看。美容师跟我说——”艾伦顶了一下她的胳膊，于是她赶紧闭上了嘴巴。

凯文赶紧来圆场。“我确信每一个如此可爱的年轻女孩都用不着借助化妆品。”

那个女孩的脸一下子红了，高兴地咯咯笑了起来。

“哪张是我们的桌子啊?”吉诺刺耳的抱怨声又来了。“要是我们去莫罗科，而不是这个‘有趣’的地儿的话，肯定用不着跟这样似的闲站着。”

那个服务员领班给凯文递了个眼神，提示他桌子已经给他准备好了。他们含糊了几句“拜拜”。安妮和凯文离开时，吉诺又发起了长篇激烈的评论，批评这里的服务太垃圾，后悔他们没去莫罗科会所。

安妮感觉很心酸。大家各奔东西了，许多年后再相逢——看不出团圆景象，给不了温情回忆，察觉到的只是无尽的心酸，岁月蹉跎，青春和活力已然不再。她很高兴莱恩在英国。她肯定不想这样和他相逢，看见他的头发开始稀疏，陪伴他的是一个很小很没品位的女孩。相反，把它永锁于记忆里更好、更有味道。

她也想起了珍妮弗。珍妮弗也不敢回来吗？在最后一刻，她还是推掉了二十世纪福克斯公司的美差，继续待在了欧洲。她不敢进好莱坞吗？她怎么可能不敢呢？她现在可是欧洲最大牌的明星，她的影片同样风靡美国。银幕上的她看上去美极了。安妮当然知道如何利用灯光创造出神奇，是啊，珍妮弗都三十七了，可她在公众媒体上出现的样子要比实际年龄小十岁，她在美国的形象也不例外。可能她待在欧洲是个明智之举。要是尼利是个普遍例子的话，好莱坞肯定十分恐怖。

十、珍妮弗：璀璨夺目重回好莱坞

一九五七年。珍妮弗过去对好莱坞充满了畏惧——害怕得要命。去年，克洛德迫于半瓶的速可眠、洗胃等严重后果，只好重做打算，没有同二十世纪福克斯公司签约。可是今年，他们又给出了一个极好的报价，而且这回太有利可图了，机不可失。三部片子，税后收入一百万美元，直接汇入瑞银的账号！克洛德当然得跟珍妮弗分摊，那可是净赚五十万美元！她不可能再拒绝了。她已经三十七了，容貌却依旧完好如初——运用得当的灯光完美地覆盖了她脸上的皱纹。克洛德会总揽一切，确保摄像机被罩上薄纱，保证灯光柔和。

当然了，他们必须对付偷拍。在纽约的艾德威尔德①会

① 艾德威尔德：纽约皇后区的一家国际机场，创办于一九四二年，在一九六三年改名为“肯尼迪国际机场”，用以纪念当年遇刺的美国前总统肯尼迪。

聚集大批记者，并且好莱坞还有一个更大的欢迎会。她躲不过闪亮的相机，但克洛德一定能想到办法。她或许可以搞一次嘉宝特色①的入场式——拒绝拍照。

在珍妮弗签约一周后的一天清晨，克洛德走进了她的公寓。

“刚接到电报——钱已汇到。”特德说。

“分别汇入的吗？”她问。

“是的。给，这个账号是你的——将它放入保险箱里。我的，我已经收好了。”

她高兴地在床上伸展着身子。“是不是好极了？去之前，还能享受三个月的假期。我想到卡普里岛②，接着就回纽约。我想披一身黑假发，同安妮一起到处观看演出，好好玩一玩。神啊！又可以说英语了，感觉一定好极了。”

克洛德突然掀开被子，将她从床上拽了下来。接着打开所有的窗户，使外面的光线一下子照亮整个屋子。

“你没疯吧？”她问。

“就这样站着——靠着窗子。”

她浑身冷得瑟瑟发抖。刚到九月份，然而在巴黎的天空中，乌云密布，太阳好不容易才露出脸，感觉那么的虚弱和冰冷。

他长吁一口气：“是的！只能如此了。”

---

① 好莱坞著名影星嘉宝于一九四九年宣布“永远不再拍电影”，当时仅仅 36 岁。她搬到了纽约，从此开始过着离群索居的生活，不接受任何记者和摄影师的近距离拍摄。

② 卡普里岛：意大利那不勒斯湾南部的小岛，风景秀丽，是著名的世界旅游胜地。

“只能怎样了?”

“整容。”

“你真的疯了!”她从他身旁走开，急急忙忙地披上睡袍。

他又将她拖至镜前。“嘿！看看你在日光下是什么样子。不！别抬头，别微笑——看看平静表情下的你。”

“克洛德……我都是带妆出门的，并且我知道怎么让自己看上去最好，再说我这种样子有谁能见到啊?”

“好莱坞！剧组的化妆师和发型设计师……消息很快就会不胫而走。”

“可我还没到人老珠黄，一个三十七的女人，还有这种姿色已经很棒了。”

“可你不像二十七!”

她目不转睛地盯着镜子。是啊，她的下巴底下已经开始皱起，但不那么严重，其实……要是她抬头微笑的话，这种现象立刻就无影无踪了。不过，只要一平静下来，它就会出现。

克洛德称之为“垂肉”。她很清楚他指的是什么——出现在皮肤上的那些无法解释的松弛，可以区分二十岁的人和三十岁的人。其实也算不上皱纹，不过那种紧绷的、年轻的容颜已经逝去。在咖啡馆厅等一些昏暗的灯光下，谁也无法觉察到这类东西……可是它们真真切切地在那儿。可能他说得对。可，苍天啊！三十七就整容！她一想到整容，眼前就会浮现一张张六旬老人那种饱经风霜的脸。她想起自己以前在纽约遇见过的一个睫毛膏很厚、脸色苍白的丑八怪，被周围的人们在背后窃窃私语道：“她都六十五了，做了个面部整容，可一点儿用处都没有。”不！风险太大了。

“克洛德，千万别让好莱坞吓怕。我曾经在那儿住过，不像你说的那么难对付。谁也不敢得罪谁，我能混过去。”

“我要的不是混过去而已！”他大嚷着说，“你现在是性感的欧洲女神。好莱坞所有人都在拭目以待看你如何跟美国的性感女神较量——梦露(Monroe)①、伊丽莎白·泰勒(Elizabeth Taylor)②——那些女孩都还年轻。”

“我不是伊丽莎白·泰勒(Liz Taylor)或玛丽莲·梦露(Marilyn Monroe)，而是珍妮弗·诺斯。我是我自己！”

“你到底是什么？一张脸和一对奶子！仅此而已……一直如此！”

“我已经有七部影片都没再拍过裸戏了！”

“因为那些画面已经深入人心了。就算给你套上粗麻袋，人们也知道里头长什么样。你的每一寸肌肤都已经深入他们的内心，你穿什么在他们面前都跟没穿一样。永远不要以为你还有什么别的值得称赞之处，最好想都不要去想。”

“那这种画面在美国也深入人心了，我的全部影片也都被那里的人看过。”

“珍妮弗，难道你信不过我的眼光吗？”他的言行举止来了个一百八十度大转弯，努力挤出一丝微笑。“你还真有点别的优点。欧洲的艳星数不胜数，可只有你脱颖而出。因为你有个与众不同的特质——很甜美，富有朝气的甜美感，这是任何一个法国女孩都无法企及的。她们能做到激情、顽皮、纯

---

① 梦露(1926—1962)：二十世纪福克斯电影公司签约艺人，代表作品《热情似火》、《七年之痒》。她被评选为美国百年最伟大的女演员第6名。据说，她拍戏爱迟到在圈内是出了名的。

② 伊丽莎白·泰勒(1932—2011)：米高梅电影公司的艺人，代表作《埃及艳后》，两届奥斯卡最佳女演员得主，美国百年最伟大的女演员第7名。

真——可你具有那种美国人的生机和活力。这种生机活力和年轻如影随形，需要一张年轻的脸。虽然你有金发和豪乳，可还得搭配你相貌中蕴含的那种东西，像是纯真模样、少女情怀……以至于圣洁。眼下，你的身体依然美妙非凡——可是你还得再瘦十磅。”

“哦，不！你休想！那正是发生在尼利身上的事。事实上，我每晚都要服用三到四片安眠药来消除那些黑眼圈儿。你别想再让我服用兴奋剂了，我现在体重一百一十八，身高五英尺六——已经很苗条了。”

“拍裸戏是没问题，可他们想把你打造成高端时尚。话又说回来，你用不着服用兴奋剂，我已经安排好了一切。你要到瑞士做安眠疗法。”

“安眠疗法。那是为神经衰弱的人做的，对不对?”

“同时也很有利于减肥，我跟他们说你想要减去十磅。你会进入八天的睡眠，你只用睡觉……一醒就变苗条了，又得到了很好的休息，还会变漂亮。之后，你的皮肤就会变得更松，接着就可以整容了。”

车子飞驰在洛桑的小山丘之间，她突然想到了玛利亚，很想知道她过得怎么样。那些往事仿佛发生于前世，而她却记忆犹新。

那家诊所看上去很漂亮。她使用了一个化名，仅有很少几个值得信赖的人了解她的实际身份。

“别害怕,”主管医生说，“你只用睡觉，每次吃饭我们都会把你唤醒。随时都会有个护士不间断地对你进行护理。你可以吃饭、在屋里活动、上厕所，只是这些都是在你不知不觉中进行。不过，为了避免肺部过度充气，得让你稍微做些运动。护士每隔一小时都会为你翻个身，换一下你的睡眠位置。当你醒来时，你已经减去十磅了。”

珍妮弗笑笑说：“可我的生命从此少了一周。除此之外，在我的印象中，安眠疗法是用来治愈那些情绪紊乱的病人的。”

“很对！当然了，安眠疗法无法治愈已经形成数年之久、早已根深蒂固的情绪紊乱症。针对这种顽固疾病，需要采用精神疗法，甚至是电击。可安眠疗法十分有利于解决情景式沮丧。给你提供一个案例：我们这里正好还有一位来自好莱坞的已婚妇女，是一个大导演的妻子。他们有个小孩子溜进泳池中玩，不小心溺水死了。她万分悲痛，难以面对以后的生活。她老公和她朋友们都对她很同情，她也明白时间可以把她治愈，只是在这之前她实在是过不下去了。她感到自己熬不过那么多年的日日夜夜，等不及记忆模糊的到来。安眠疗法正好解决了这个问题。你听我说，人脑中存在大量记忆小碎片，每一个碎片都代表一个念想或记忆。要是我们不断重复同一个东西，那么这个碎片就会陷得更深，慢慢就根植在脑海中了。演员就是靠这种方式记住台词的。可要是大脑活动中断，那个碎片便会和制作唱片似的，写入大脑，随着时间的推移，就会被遗忘。对孩子的大悲和大爱深深地刻入了这个女人的脑海。三周的安眠疗法将帮她修复伤口。当她苏醒时，她将明白自己早已没有那个孩子了，而且没有了伤害和痛不欲生的苦楚。本来需要五年才能获得宽慰，将在三周以后成真——省下了她未来几年可能要面对的痛苦。”

珍妮弗露出两排洁白的牙齿笑了笑说：“那好，我要是个胖子或者一个痛不欲生的女孩，也会接受那样的三周疗法。可我眼下只想减十磅。”

他点了点头："只需八天就行了。"

真是太容易了。一个满脸笑容的护士给她递了杯香槟。"祝你睡了个好觉、收获一个快乐的心情。"她缓慢地抿了几口。很快来了位年轻的医生。他给她查了查脉搏与血压，接着在她胳膊上缓缓注射了一针药剂。她将杯子放下，体内出现了一种从未有过的感觉，从脚尖开始，慢慢穿过了腿部，涌入臀部……接着，她一下子滑翔到了空中，再也没有了任何知觉。

她很确信自己整整睡了一夜。在她睁开双眼时，太阳已经透过窗户，照亮了这个房间。那名护士端着早餐托盘走了过来。珍妮弗笑着说："他们还说我吃饭的时候是睡着的，你看我这会儿多清醒。"

"可你当时的确是睡着的。"护士哈哈笑了起来。

"有多久了?"

"八天。"

珍妮弗一下子坐起身来。"你是指……"

护士向她点了点头。"这位小姐，您减了十二磅——一百〇六磅。"

"哦，太不可思议了!"珍妮弗惊叫道，"神啊！多伟大的发明啊!"

她返回了巴黎，克洛德高兴坏了。"我早已为你安排好了整容手术。"他说。这回她没再抗议。猛然失去那么多体重，使她看起来万分疲惫。他突然说道，"把衣服脱了。"

她吃惊地看着他，"克洛德——早在几年前我们就已经对彼此心灰意冷了。"

"我对和你做爱一点儿兴趣也没有，"他愤怒地说，"我只是想看看减肥是否对你的身体造成了伤害。"

她脱光了衣服，“什么伤害也没有。再说，这又有什么关系啊？我去美国不是演裸体。”

他用心地把她的胸部审视了一番。“我为你安排了一段时间的荷尔蒙针剂，用以坚挺你的乳房。在你整容手术康复之后，他们就会给你注射。”

“那我得去哪儿做这个美丽的手术呢?”

“这回不是那么好办，可我都安排好了。等明天你到那个整容诊所后，继续用化名。”

克洛德讲得很对，的确不容易。手术时就浑身不适，可最要命的还是术后恢复期间。遭受了六周的隔离；望着自己浮肿且伤痕累累的脸、布满血丝的双眼、两只耳朵后面恶心的黑色缝合线；担心自己能否再回归正常，害怕自己做错了。不过渐渐地，伴随时间一点一滴地流逝，去除了缝合线，疤痕开始从浓重的鲜红色褪色为浅浅的粉红色。她确定它最终会消失得无影无踪。

消肿以后，她变得豪情万丈。克洛德全说对了，整容的成功是毫无疑问的。她怀疑自己二十岁那会儿是否也是如此完美。她看起来不是二十岁，却分外迷人。她的脸上没有一条皱纹，紧绷的皮肤使她的外表看上去完美无瑕。她确信自己经得起好莱坞最严格的审查。

十二月份的一天，阳光明媚，她抵达了艾德威尔德机场。看着闪烁的相机和蜂拥而上的记者，她心里突然十分感激克洛德。她发现有几名女记者目不转睛地看着她，她却笑得更加惬意和自信了。她不再害怕刺眼的阳光，也不再害怕咫尺的一瞥。她确信自己给人感觉相当完美。报纸上也提到了她的相貌，所有报纸都评价她比银幕上的形象有过之而无不及。她坚决要留在纽约一周，和安妮好好叙叙旧。前面几个小时，她们追述了珍妮弗在异国他乡的奇遇以及无数个昙花一现的浪漫故事。终于，安妮向她交代了自己和凯文的关系。

珍妮弗长吁一口气说：“你就算把他说得天花乱坠，我也不想听，只要他不和你结婚，那他就是个败类。”

“无所谓了，”安妮固执地说，“我对他的爱并非出自真心，这样一来反而更好。”

“还在追寻那种柏拉图式的爱?”珍妮弗问，“安妮，依我看，女人不是爱，就是被爱，可是爱和被爱不可兼得。”

“为什么?”

“不知道，只是看上去那条路确实行不通。这你应该知道。艾伦是爱你的，他甚至愿意娶你。还有凯文，他也爱你。然而你随时都可能离开他们任何一个，心里一点难过的感觉都不会有。可你爱的是莱恩……而他很随意地就离开你了。”

“不！我当时太傻了。要是你知道自己要在无数个夜里……即使是现在，我依然睁着眼睛躺在那儿，满脑子回味着以前。我本该是唾手可得的，本该办成那件事的。”

“通过搬回劳伦斯维尔?”

“对。这绝对不会成为永远，而他作为一个作家，他的事业在哪里做，结果都一样。他头一本书受到好评，却不名一文。接着他就该写那种下三烂的充满商业味道的书——那是一种抗争的举动——接着再重复几次，最后变成电影剧本。他在伦敦就是这么干的，回到这儿，一样可以这么干。只是如果他来到纽约就得写电视剧，如果要写电影得去好莱坞。无论如何，我们都可以相聚。我十分惶恐，要是我那时能想通就好了……”

“可哪个男人会像他那样头也不回就走了……安妮，他从未真心爱过你。”

安妮坐直身子，用力挺起下巴，“他爱我，我确信。”

“对。如同艾伦认为你爱他，如同凯文认为你爱他。凯文既然对你一往情深，不可能不想娶你。安妮，要是你确信凯文爱你，就让他娶你。有人爱，在这个世上已经很稀有了，我就从未遇上这种好事儿。”

“哦，振作起来，珍。全欧洲都爱你……如今，美国也是你的囊中之物。”

“他们所爱的只是我的相貌和肉体，不是整个我！这有天壤之别，安妮。”然后她耸耸肩说，“可能是我太不招人喜欢。”

“我爱你，珍——发自内心的。”

珍妮弗笑了，“我相信你是真的。可惜我们不是‘蕾丝’——不然，我们一定会组成一个非凡的组合。”

安妮哈哈大笑。“若我们真的是‘蕾丝’，可能也不会如你所愿。照你所说，一个人爱，一个人被爱。又或许‘蕾丝’会有所不同。”

珍妮弗把目光投向了远方，“不……就连‘蕾丝’，同样是一个人爱，一个人被爱。”她又把目光放在了镜子上，端详着她的脸庞。“不过，你收获了凯文——我拥有了好莱坞。”

“你很满足于自己的成功，是不是?”安妮问。

珍妮弗耸了耸肩，“偶尔如此。可我恨透了这份工作。我从未想当一个职业女性，也不是一心一意要做演员。我经常成为万众瞩目的焦点，起初是那个王子，接着是托尼。到头来归于一处——真真切切全是一场空——王子、托尼或我的事业，一切都是来自于我的这张脸蛋儿和身体。哦，神啊！我只求有个爱我的人，为此我愿意奉上我的生命……”

“你若真的只求这个，珍，你能拥有。我深信不疑。”

珍妮弗一把将安妮的手捉住。“祈祷吧，安妮。我想脱离这个斗得你死我活的演艺圈，只想找个爱我的男人……我想生个小孩儿。眼下为时未晚。祈祷我能遇上合适的男人，如此，我将能够告诉克洛德以及其他每一个人，他们都可以去死了！”

十一、安妮：你们永远不会失去我

一九六零年春，凯文得了一场严重的心脏病。他躺在氧气帐里昏迷了两周，脸色苍白，气息微弱。他刚苏醒，能够开口说话时，一把握住安妮的手。“安妮，我这回能扛过去吗?”

当他看见安妮的手紧紧地握在他手上，并向他点头时，他才放下心来。

“有件事请你答应我，”他用微弱的声音说道，“要是这一回我扛过去了，你可以嫁给我吗?”

她不置可否地挤出一丝微笑，“不要讲话，凯文。只需休息，早日康复。”

凯文的眼泪一下子夺眶而出。“求求你，安妮。我好害怕。我无法独自应付。请你……要是知道你愿意嫁给我，我就能扛过去……这样你就会一直留在我身边。”

“凯文，你必须休息了。你的身体会好的。”

“你想生孩子，可为时已晚，安妮，可是其他的一切我都可以给你。我将卖掉生意……和你去旅行。你只需跟我说，愿意嫁给我，绝不抛弃我。”

她笑了。“那好，凯文。我答应你了。”

她夜以继日地在他床前守护了长达六周时间。在他不断好转期间，接连不断地谈论他们的婚姻，以及他们即将做的事情，还有他会好好弥补对她的亏欠。她越来越顺从了，为何不嫁给凯文？还等什么？她都三十五了——天啊！三十五！怎么过来的啊？你的心还和以前一样，可一眨眼，你就三十五了，时光真是白驹过隙。年复一年，往事已经堆积如山——却又感觉没发生过几件事。她那伟大的爱情和生孩子的愿望已然成为泡影，可祸福相依，她赢得了经济上的独立。她以前的投资翻了一倍还多，而且亨利还为她做了几单其他领域的风投，也很成功。凯文每年也要给她发几百股公司的股票——而且这些股票随时都可以兑换出双倍的现金。钱以后不再是问题了。即使她现在就不上班了——不用凯文帮忙——她就已经成为富婆了。

可是，钱从未成为过她的问题。就连刚起步时，她银行户头就有五千美元。她不跟珍妮弗似的……珍必须给母亲交钱；珍的钱全是辛辛苦苦挣的。她很替珍妮弗感到骄傲，她在好莱坞赢得了空前的成功。她已经主演了五部影片——五部绚丽的彩色影片，歌曲有人代唱，舞蹈也是别人用远景替她跳的，可是特写全是珍妮弗的。她非凡的美丽，她的姓名曾依次加在一个导演和一个大牌男演员前面，最近又征服了一个制片人。可是从她的信件和电话中，安妮知道珍妮弗依然还在找寻。

出院的日期临近了，凯文着手筹划起了他们俩的蜜月，

“你确定你是自愿放弃你的工作的?”他焦虑地问。

“我的工作?”她哈哈笑了起来,“凯文,我的一切成就都是拜你所赐。”

“不,安妮。是我开启了你的模特人生,可剩下的全是你自己修行得来的。你好极了,是公司的聚宝盆。”

“那好,你想什么时候,从公司里拿走这个聚宝盆都行。我想谁离开谁都能活。”

他把她的手紧紧地握在手心。“安妮,我爱你。我会卖掉公司……”

她点了点头,“你现在好好休息吧。等会儿我走了,你可以接着谋划咱俩的蜜月。”

他把她的手攥得更紧了,“必须走吗?”

她轻声说道:“我现在仍然在给你打工,今夜还将有场演出。”

“安妮……我想说——咱俩以后可能再也过不成性生活了。会这样持续很久,可能将成为永远。”

“不要担心这件事,凯文。”

他开始哽咽:“我将要失去你了,我确信!”

她不由自主地感到一阵恶心。病魔的威力实在太可怕了——它夺走了男人身上的尊严。她轻轻地拍着他。“我要一直和你在一起,凯文。我向你保证。”

到了八月份,凯文“王者归来”,坐在他的办公桌后面,跟以往一样矫健,表现出他对这里至关重要。在氧气帐里度过的那些恐惧缠身的日子早已变成依稀的回忆。是的,他那会儿得了冠心病,可还是让他死里逃生了。现在的他比以往更显健康了。充足的休息对他大有裨益,而今他要娶安妮为妻。那是当然!他时常畏惧孤单,要是夜里出了什么事……

“我想尽量为公司做到最好，”他对安妮说，“我要在公司留下一千两百万，继续在董事会担任荣誉主席。公司只要还使用我的名字，那我就得保证它的品质。我估计年初能搞定一切，最迟二月就可以结束。这样如何？但是你若是着急，咱俩立刻就结婚……”

她笑着说：“那么长时间我们都熬过来了，让咱们将这件事做到最好。我想结完婚就去蜜月。”

“那么放在二月份吧！这是我为自己下的最后期限。接着咱们就结婚、开始一次漫长的蜜月之旅，环游世界。”

“真要环游世界吗？我指的是，不只是去伦敦、巴黎还有罗马？还要去中国、日本、印度、希腊、西班牙？”

“所有地方。”他仔细地端详着她，“我发现你在说到西班牙时，两眼放光。那好，咱们就把西班牙玩个底朝天。咱们能在那儿把尼利找出来——我敢保证咱们能找到。”

她时时刻刻都在牵挂着尼利。自从电视节目搞砸了之后，尼利在被封杀的一年里，什么也没干。接着，又上演了一场声势浩大的公关，她签约了一家著名影视公司，在一部彩色大片中担当主演。她身材苗条、容光焕发、热情洋溢，一下子又成了万众瞩目的焦点。这是个重大事件——尼利·奥哈拉回来了。不过随着拍摄进行了几星期之后，那些令人不安的流言蜚语一如往常那样出现在报纸上：尼利延误拍摄进度……尼利的身材走形了……尼利患上了喉炎。接着，爆炸性的新闻——影片夭折了，造成了五十万的巨大损失！尼利又一次被烙上了没有信用、不合作的烙印，竟然还有流言蜚语说她失声了。

十天后，在没有任何征兆的情况下，她走进了安妮所住的公寓。她手头儿没钱，不过她的律师们正着手把她的房子卖了——如此一来，能换一麻袋钱。尽管很害怕自己的生活被打乱，可安妮还是收留了她。安妮被电视节目逼的只能过一种高度集约化的生活。要留出几个小时学剧本，留出时间试衣，留出充足的休息时间，上镜之前还得做美容。

尼利的到来，就如同入场时经历了一场飓风的侵袭。电话铃声不绝于耳；源源不断有记者要来采访；那些粉丝们不断在楼下游荡。可安妮明白尼利离不开她，再说这种事情要不了几周就过去了。

可是，本以为几周就过去了，转眼已经数月之久了，而整座大楼还是乱得跟一锅粥似的。三个侍女都辞职了。尼利在半知半觉中摇摇晃晃地打碎了一个灯泡，砸了一张桌子。安妮只要见一个药瓶就把它倒进下水道，可尼利的药丸源源不断地供给，而且到处都能藏匿。要是她睡觉时不吃药丸的话，就会躺在地板上，眯着眼，抱着一瓶苏格兰威士忌滚来滚去，嘴里不停地骂好莱坞。

凯文坚决要她搬出去住。他将她安置在一家旅馆的套房里，他出钱，让她愿意住到什么时候就住到什么时候。

当尼利的房子换成钱，拿到手里之后，她偷偷去旅馆把账结了。几周后，她出现在了格林尼治村①的警局里。她被指控扰乱公共秩序，因为她总是举办聒噪的派对。看着报纸上的照片，几乎认不出那是她——胖乎乎的、一脸斑点、眼睛发红、蓬乱的头发已经遮住了眼睛。

安妮跑去找到了她。尼利藏在第五大街南部的一座高级

---

① 格林尼治村：是美国纽约西区的一个地名，在这里居住的人大多数都是艺术家、作家等。这里是美国反主流文化的根据地，美国19世纪的妇女争取选举权运动，20世纪60年代的反战，70年代的性解放运动、妇女解放运动、维护同性恋权利的运动在这里进行得最为激烈。

楼宇里面，只是那间公寓看样子是租的。屋里乱七八糟的威士忌空瓶被扔得到处都是，绝大部分的家具都破了，或脏了，或者是被烟头不小心点燃了。从床上那条凌乱的床单可以想象到，尼利搬进来以后就再没换洗过了。

“让我回去和你住吧，安妮。”她喃喃地说，“我有很多钱。只是耐不住寂寞，这才经常在家举办宴会。你瞧瞧那些邋遢鬼们做了什么——我刚刚把这儿租来时，别提多漂亮了。”她十分懊恼地四下张望着。“那个女房东正要起诉我破坏了她的房子，因此我马上就要被撵出这里了……”

“尼利，打起精神来。我已经和你的经理人讲过，你的大名还在——完全能够出演百老汇歌舞剧。”

“不行。我没有信用，他们害怕起用我。”

“也不是不行，只要你出面澄清这件事——做一部剧证明自己靠谱。”

“我唱不出来了，安妮。我没有唱歌的感觉了。”

“照你这个活法，谁也唱不出来。你不应该吸烟，尼利。你比我吸得还要多。听我说，何不住院治疗几天？”

“不行！金(Gold)医生也是这样说的。他是我刚找的心理医生。他想让我住进康涅狄格州的一个昂贵的精神病院，每月一千美元。可我又不是精神病——不过有点儿闷闷不乐而已。”

“我赞同。我的意思是去一家正常医院——比如西奈山①或大医馆。请他们让你摆脱掉那些药丸，调理好你的生活——”

---

① 西奈山医院：美国历史最悠久和最大的教学医院之一，位于纽约，始建于一八五二年。

“不行！让我回去和你住吧！我会好好的，绝不再吃药丸了。我向你发誓。”

安妮早就听她发过这种誓，可她依然承诺她再想想。在她走的时候，她和尼利的医生通了电话。医生也是忧心忡忡，认为找家医院住几周有好处，可不能彻底治愈。尼利需要严格的精神上的治疗。

当天夜里尼利不见了。可能是担心做不到自己所做的承诺，谁也不知道到底是什么原因。她手上有十万多美元，可还是经不起她那样糟蹋，就连这么大一个数目也花不了多长时间。她在伦敦露过面，英国的媒体将她放在了头版，还给予她热烈的欢迎。她到处参加宴会，所到之处无不为她欢呼呐喊。她在帕拉斯剧院[①]预定了演出，可在最后一秒又变卦了。接着，突然之间，西班牙出现了关于她一些事迹的报道，她好像长期住在了那里。她拍了一部影片——事前宣传得很棒，可就是没上映——渐渐地，她又从公众视野中消失了。安妮寄去的信被退回来了，盖章显示“收件人不详”——尼利像是人间蒸发了。

① 帕拉斯剧院：英国伦敦最为著名的一家历史悠久的剧院，始于一九一零年。

十二、珍妮弗：一场有疾而终的婚礼

一九六零年十二月下旬，珍妮弗抵达了纽约，媒体都不知道。她的来电完全出乎安妮意料。

“我必须见你，”她急不可耐地说，“我在雪丽旅馆。”

“我这会儿就过去。发生了什么事？”

“没！事事顺心——太妙了！安妮，我听说凯文准备把公司转手。打算什么时候结婚？”

“我们力求在二月十五号。”

“好极了！我们可以同时举办婚礼。”

“哦，那是！我们可以——什么？珍，你刚才说什么？”

“这会儿就给我过来吧！我正在使用旅馆的电话，我说的话你记住了吗？”

当安妮赶到那里时，珍妮弗已经急不可耐了，“我都备齐了三明治跟可乐，又能够跟以前一样开怀畅谈了。对了，你时间够用吗？”

“一下午呢。珍，他到底是谁啊？快说！”

珍妮弗两眼放光。“哦，安妮，我乐坏了！我连自己下礼拜五就会变成四十岁，都不在乎了。我还能来‘例假’，可见我依然能生宝宝，还有……呃，现在女人四十生孩子也不要紧了。”

四十！听到这个数字，安妮内心为之一颤。珍妮弗都四十了！她看上去好极了。她想到了四十岁的海伦已经人老珠黄，而她的母亲——四十二岁皮肤就已经干瘪。可珍妮弗依然保有非凡的体型和紧凑的肌肤，看样子像是二十五岁。

“你还记不记得在共和党选举大会前夕，我去华盛顿出席了共和党的大集会?”珍妮弗问。

安妮扑哧一声笑了出来。“当然记得了！凯文认为你要为民主党人当选总统负责。”

珍妮弗露出她那两排洁白的牙齿笑着说，“呃！那属于一家电影公司的公关宣传事宜。由于他们将我从克洛德的魔掌中救了出来，所以我愿意他们做一切事情。他们为此付出了昂贵的代价，可是为了取悦我，他们愿意那么做。”她不禁发了一下抖，“从前我必须听从克洛德的摆布，在他眼里我除了是一摊适销的鲜肉以外，什么也不是。也不能说如今的这个影视公司不再利用我了，起码他们处理得更加微妙。他们甚至还把我包装得很有天赋的样子。”说完她便开怀大笑。

“从目前的形势来看，珍——你最近那部影片非常棒。”

“我觉得我表现得不算太差，那是我头一回扮演那么庄重的角色。可那部片子处处碰壁。”

“那不算什么。再大牌的明星也会有偶尔的失败。在上月的排行榜上，你主演的电影票房排在第三名。”

珍妮弗耸耸肩说，“听我说，若是没有碰上他，我现在还处于绝望之中。电影公司歇斯底里地叫嚷着那部影片没赚钱，他们又跑去请最好的作者来为我编新电影剧本……还请了最好的导演……"她耸了耸肩。"可我根本不在乎。今早，我发现眼下又长出两道皱纹，可连这个我都不在乎。"

"他到底是谁啊?"安妮问。

珍妮弗把没碰过一下的三明治推到了一边，抿了一小口可乐。"呃！还记得在华盛顿的那场盛大的舞会吗？他也在场。我们总是在鸡尾酒舞会上相遇，他每次都很亲切，可又不是跟别的男人一样对我大献殷勤。他老是远远地站着，看上去很有礼貌，但是……"

安妮彻底不耐烦了，"珍，他是谁啊?"

珍妮弗的眼睛眯成了一条缝，几乎快要合上了。"温斯顿·亚当斯(Winston Adams)。"她急切地想知道安妮听到以后是什么反应。

安妮表现得无比震惊："你指的是那位议员?"

珍妮弗点了点头。

"你……同温斯顿·亚当斯!"

珍妮弗一跃而起，在屋里转来转去。"是的！温斯顿·亚当斯，高级议员、社交名人、百万富豪——来自一个豪门世家。可是，安妮，哪怕他一个子儿也没有，我都不在乎。我爱上他了。"

安妮将身子靠在了椅背上。温斯顿·亚当斯！他有五十岁上下——相貌堂堂、才华横溢、广受欢迎。"可是，珍，据我所知，他被共和党人们给予了厚望，而且他们正在培养他当——"

珍妮弗点了点头。"他们是这么打算的，可他为了我情愿舍弃一切。"

“你们俩是怎么好上的?”

珍妮弗的眼神中流露出轻柔的光芒，“嗯，正如我所说的那样，我认识了他。我还认识了一群议员，还同他们所有人拍照留念——有些议员太顺从你了，会让你感到大吃一惊，他们演戏比演员们还夸张。不过温斯顿·亚当斯却是个例外——他拒绝跟我合影。”

“这是他的拿手好戏!”安妮说，“用这种方式很容易引起别人的注意。”

珍妮弗摇了摇头。“他确实是认真的。在我走之前的最后一天，造势活动已经收尾，我接到了他打来的电话。他说想和我聊聊——请我吃晚饭。我晚上到了他的住所，本以为有个大聚会，谁知就我们两个人。”

“看来你被他的外表欺骗了，他骨子里还是一个议员。”安妮笑着说。

“不是的，什么也没有发生。我是指，没有性——他连那方面的意思都没有。他的一个下人全程陪护着——也不是监视我们的，就只是在场而已。他跟我解释自己并非故意让我难堪，只是他一向不喜欢做那种事。接着我们就聊了起来，他跟我提了一大堆问题，并且很认真地倾听了我的答复。我们俩说到了巴黎，他年轻时到过索邦大学①，想了解一下巴黎战后恢复得怎么样。”

“那你为何隐瞒了这么久啊?”安妮说，“他那时已经是单身了。”

---

① 索邦大学：始建于一二五七年，是法国所有大学中最有名气的一所高等学府，在欧洲学术界有重要影响，两届诺贝尔奖得主居里夫人就来自该校。

珍妮弗露出她那两排洁白的牙齿愉快地笑着说，“马上就不用再向外界隐瞒了。到上星期为止，他的妻子就逝去两年了，他认为眼下再不会让人说闲话了。”

“哦，是啊！他们俩以前的确很相爱。”

“那只是表面现象，其实也是一场包办婚姻，跟你在劳伦斯维尔的那个婚约如出一辙。他们皆是出自富可敌国的豪门贵族家庭。哦！他当时还觉得自己爱她。可她是个典型的性冷淡——厌恶‘性’。可‘性’并非是我们俩走到一起的决定性因素。”她加快语速说，“我们曾经一同出游长达两个月，他一点儿那方面的意思都没有。我们私下跑到一些偏远的地方相会——肯萨斯市、芝加哥市……我披了一身黑发。之后，他来加州待了一周——我们办了那件事！安妮，他很美妙，很温柔。他爱我，爱我这个人！他一见我的两个乳房，一下子惊呆了——他过去一直以为我的胸部是垫起来的！我在外国拍的那些电影他都没看过。安妮，他是第一个看上我这个人，而非我身体的男人。还有，他很腼腆，起初他竟然害怕摸我的两个乳房。但是我一直在调教他，现如今——哇！”

“他对‘性’开窍了。”安妮面含微笑说。

“开窍——现在看上去就跟是他发明的‘性’似的！可你也很清楚，我在这件事上并不在意，我对他的原始吸引不在这件事情上。还有，安妮，他很想要孩子。他前妻是个马里兰人，是个平胸，身体结实得跟一匹马似的，可就是没生一个孩子。”

“可是，珍，他的岁数可不小了——你从哪儿来的自信，自己想生孩子就能生啊？”

“嗯，我已经流了七次了。我的身体条件早就相当成熟了，只要我愿意，随时可以生。在我跟他提到退出影坛，回家生孩子时，他竟然高兴得都哭了出来。他确实是哭了，安妮。他过去以为自己最想拥有的东西今生已经无法再得到了，那种他真正想要的、高于一切他想要的东西——一个相爱的女人和一群孩子。因此，他才全身心地投入到了工作中。若是我把他的事业毁了，他一点也不会在意。他说，共和党最起码在最近八年不会登上总统的宝座，再说他们也没理由因为议员娶了一个女影星就将他除名。他和我想要的不谋而合——一个家和一群孩子。”

“温斯顿清不清楚你的实际年龄？”

珍妮弗愉快地点了点头。“他高兴极了。话又说回来，我没跟他解释我耳后的褶皱。我是指，不想把他吓住。他可能把我当成了香格里拉①中走出的世外高人。我不在二十多岁的年纪上，他反而非常高兴。他说，如果才二十多岁的话，肯定就该觉得他太老了。而且有一回，我去参观他的农场，在那儿过了个周末，每天都编个麻花辫，完全没化妆。他说我素颜的样子很漂亮。哦，安妮——所有事情都妙不可言！下周，我就回西海岸，把这个‘炸弹’给他们扔过去。我会再演最后一部片子——他们把外景都拍完了，并且戏服也试了——不过这件事就此打住了！随他们怎么叫唤吧！以后，我不会再工作了，谁在乎？反正我已经把整部戏拍完了。”

“你准备什么时间结婚啊？”

“呃，我们打今天晚上起，就要公开露面了。我们一起去看戏，完了以后会同柏尔森(Belson)议员以及他太太一起到

① 香格里拉：西方世界的“世外桃源”代名词，出自著名英国作家詹姆斯·希尔顿(James Hilton)(1900—1954)的畅销书——《消失的地平线》，一九三七年该作品被搬上好莱坞大银幕，该词的英语发音来源于中国藏语。

‘21’会所出席一个晚宴。或许我们明天就要上各大报纸了，温将要羞答答地向他们供述我们俩订婚的消息。”

安妮笑着说：“今晚我或许还能见到你呢，因为我们也会到‘21’会所。不过，我们是去那儿吃晚饭的，是一顿稍晚一点的晚饭，因此在你到那儿之前，我们或许早已在那儿了。肯定还是一顿无聊而漫长的晚饭，陪几个想收购凯文公司的人。”

珍妮弗情不自禁地按着安妮的手说：“哦，好妹妹，妙不妙！我们最终都带着自己中意的、尊敬的男人，成功地、安全地抵达了巅峰。”

安妮的脸上依然在笑，可心里却又涌现出那种似曾相识的失落感。

当她在“21”会所看到他们时，珍妮弗表现出一副热情洋溢的样子，而对于温斯顿·亚当斯议员，你不可否认，他确实相貌不凡。他个头高挑，精剪的一头青灰色头发，腹部平坦，像是日常在健身会所锻炼。珍妮弗走到了他们桌前。经过简单的介绍之后，那位议员阁下便迎上前客套起来。“我感觉我们认识，”他同安妮说道，“我太容易在电视里见到你了——当然，珍妮弗不断在我耳边提到你。”

安妮观察了珍妮弗一个晚上。珍妮弗的目光始终停留在那位议员的脸上，那是一种爱慕的眼神、是女人真情的流露。安妮很羡慕她。再看看凯文：上天保佑又让他好过来了！他那么的友好、善良。哦，神啊！可她为什么就是对他不来电呢？要是能的话，或许早在几年前她就嫁给他了。看看她被莱恩纠缠成什么样子了，甚至主动想要“养”他。可是待在莱恩身边，得到的不只是“性”，每时每刻都想和他在一起，恨不得钻进他的思想里头……哦，神啊！我到底是怎么了，她心里自问道。莱恩这个人已经不复存在了。正如亨利所说，我爱的是一个泡影……

隔日，所有头版新闻都在报道珍妮弗。温斯顿·亚当斯公开了他们的婚礼定于一九六一年岁首。伴随着一阵销魂、兴奋和各种头条新闻，珍妮弗返回了好莱坞，去完成她的收官之作。

一九六一年一月的第一周，珍妮弗就返回了纽约。亚当斯议员还要在华盛顿耽误几天时间，于是安妮先陪伴她去置办嫁妆。

“所有东西都必须有特色，”她坚决地说，“不同寻常，不过——就是说——不能太花哨。你必须帮我，安妮。”

当她们正在伯格多夫百货[①]的试衣间内试衣时，珍妮弗突然间靠倒在墙上说道：“安妮……你身上带阿司匹林了没有？”

她脸色苍白，瞳孔变大。试衣间的服务员赶忙冲出去取阿司匹林。珍妮弗这才坐下来。“不要表现得那么害怕，安妮。”她挤出一丝微笑，“来例假了，它提前了。我想或许是因为太激动了吧。感觉跟刀割似的。”

安妮冷静下来了，“差点儿被你吓死。”

珍妮弗燃上一支香烟。“这会儿好了。不过刚才疼得——真如千刀万剐一般，我想分娩也不过如此。要真和这种感觉一模一样，等我生孩子时，一定请个好医生来做无痛分娩。”

那名试衣间的服务员回来了，带来了阿司匹林，还有一个女服务员领班。她来得十分匆忙，看上去十分关心。

---

① 伯格多夫百货：位于纽约曼哈顿的服装百货公司，走的是高端路线，该百货公司在好莱坞电影里经常出现，十分著名。

“我也经历过，”那个女人说道，“我疼得想上墙。苍天有眼！这家伙一月才一次。”

“你算走运了，”珍妮弗说，“我这段时间每隔两到三周就来一次。”

那个服务员摇摇头说，“您比我那个姐们儿强多了。她进入了更年期，已经好几个月没来了，还以为自己病了。”

珍妮弗精挑细选了三条裙子。那名服务员谢了她一番，还替她的外甥女要了张签名。

晚些时候，当她俩坐在棕榈餐厅用饮料时，安妮偶然问道，“顺便问一下，珍，你最近是什么时候做的体检？”

珍妮弗陷入了深思，“让我想一想，我最后那回是在瑞典做的人流——那里做人流是合法的——已经是四年前的事了。那名医生说我的身体跟石头一样结实呢。”

“呃，检查身体对你不会有害。我的医生水平很高的。”

珍妮弗向她点了点头。“或许我可以去。”

加仑斯(Galens)医生在填写体检单时，表情异常平静坦然。内科检查结束了；她穿上衣服，坐在了他对面，“你像这样多长时间了？”他问。

“个把月了吧。我几乎都没怎么在意，还是安妮把我拽来的。然后，月经开始持续出现是在——十天前。我下周就结婚了，因此我想确认一下是否一切正常。毕竟，我很快就要生小孩儿了。”

他点了点头。“议员现在也在市里吗？”

“还没，他还在华盛顿。下周他才能来。”

“那好，今晚就住进医院来吧。”

“今晚？”珍妮弗掐灭了手里的香烟，“哪里出毛病了吗？”

“一点毛病也没有。如果你不准备下周结婚的话，我就会让你再等等，看看你接下来那个周期的情况怎么样。在你子宫内长了蒂肉，这很普遍。你今晚住进医院，明天做个刮除手术，后天就能够出院了。你会出现几天渗血，可要是你今晚就能住院，等你婚礼当天你就痊愈了。”

安妮一下子警觉起来，她又去找加仑斯医生核实。他并未跟珍妮弗有任何隐瞒，仅仅是个单纯的刮宫术①。她协助珍妮弗打包了一些日用品，跟她一块儿去了医院。

在珍妮弗被医生带走以后，安妮一个人坐在空荡荡的病房里。珍妮弗的身体没有什么大碍，她为此感到很欣慰——珍妮弗太希望能有个孩子了，这也是理所当然的事情。莫名其妙……她们的关系如此亲密无间，珍却从未跟她解释为何当时流了她和托尼的骨肉。

足足等了一个小时，加仑斯医生才从手术室里走出来。安妮猛然间感到有点儿不对劲儿。

“她马上就从麻醉中清醒过来了。”加伦斯医生说。

“结果怎么样？”她询问道，“我看得出来——发现问题了。恐怕不仅仅是蒂肉。”

“的确是蒂肉——和我预料的一模一样。她下体内一点问题也没有。”他说。“可是，在我们的麻醉医生为她测试心跳时，发现她的乳房内有个核桃大的肿瘤。这件事可能她也知道。”

安妮顿感浑身无力，“不过那些肿瘤在许多情况下都是良

① 刮宫术：刮宫术是指在子宫内刮除及收集子宫内膜组织的一种手术。刮宫术危险性很低，可达止血、帮助诊断包括感染、癌症、不育及其他疾病等目的。

性的。我是指——有些仅仅是囊肿①，对吧！”

“我已经将那个肿瘤取出来了，”他很镇定地说，“只是一个微小的手术切口，不会留下显眼的疤。我立即对其进行了活组织检查。安妮，是个恶性肿瘤。她明天还得返院做乳房切除手术。”

安妮吓出来一身冷汗。哦，神啊！为什么偏偏是珍妮弗？偏偏在这个时候？她感到滚烫的泪珠已经滚下了她的脸颊。“你去跟她说，”她哽咽着说，“我说不出口！”

珍妮弗的眼睛渐渐睁开，努力让自己清醒过来。手术已经完成了。她面带微笑，朦朦胧胧地望着自己旁边的那名护士的身影。“手术没什么问题吧？”她问。

“加仑斯医生已经在这儿了。”护士笑容满面地说。

他轻轻地将手放在她的额头。“你醒了？”

“嗯……快跟我说，正如你料想的那样——蒂肉——不是吗？”

“是，很对。‘那里’已经全好了。珍妮弗，你为什么不跟我说你乳房中长了瘤子呢？”

她下意识地将手放在自己的乳房上，碰到了那个小绷带。

“我取出了那个肿瘤。它在你身上多长时间了？”

“我，我不知道……”她又开始头晕了。“可能有一年了吧……有或者更久。”

“你还是再睡一会儿吧，我们可以晚些时候再接着谈。”

透过迷迷糊糊的麻醉，她隐隐约约地体会到一丝畏惧。

---

①囊肿：囊肿是一种良性疾病，它可以长在人体表面，也可以长在内脏里。

她伸手拽住他的胳膊。“什么叫‘晚些时候再接着谈’，谈什么?”

“恐怕你明天还得来这里……还有一个小切除手术。”

“切除手术？具体是什么?”

“我们必须给你做一个‘乳房切除术’。是由理查兹(Richards)医生操作，他可是我们这儿最好的乳腺外科医师。”

“什么叫‘乳房切’——你的话是什么意思?”

“你的乳房必须切除，珍妮弗，那是个恶性肿瘤。”

她使尽浑身力气想要坐起来。“不会！永远不会！哦，神啊——不要!”她一下子晕倒在了床上。因为她的胳膊被注射了一针药剂。

她时断时续地睡着。一段时间以后，她彻底醒了。拽着那名护士，恳求着说，“是一场梦，不是吗？我是在虚无缥缈的梦里梦到了刚才的一切，对不对——他刚才说我乳房怎么了？说啊……”

“现在，你现在……冷静一下。”那名护士轻声说道。

望着这个女人一脸的怜悯，她一下子就明白了刚才不是在梦里。哦，神啊！是真的!

安妮火急火燎地来到凯文办公室里，向他哭诉了这件事。他默默地听完了整件事情，然后问：“加仑斯医生真的说还有治愈的希望?”

安妮不耐烦地盯着他。“还有希望？我所说的话，你听进去一个字儿没?”

“我全听清楚了。她的乳房肯定是保不住了。糟糕透顶了，可这并不意味着她的生命走到了尽头。安妮，有多少妇女完成乳房切除手术后依然活得快乐长寿，你知道吗？及时发现才至关重要。”

她十分感激地望着他。凯文就是这个样子，扛得住事儿，事事都往好处想。他同加仑斯医生通了电话。医生说他有充分的理由给治疗结果做出一个正面的展望，而且理查兹医生也是这样认为的。只是一个很小的肿瘤，再说乳房切除术有极高的成活率。要是肿瘤没有转移的话，预计会很顺利——只是，只有在乳房被切除之后，再做一次淋巴腺测试，才能盖棺定论。

安妮在凯文实事求是的回应之下，心里感到有些安心和平静，于是又返回了医院。珍妮弗目前早已是彻底醒了，可她却表现出一副无动于衷的样子，很是莫名其妙。她紧紧地握住安妮的手，“加仑斯医生已经和温通过电话了，”她轻声细语地说，“他很快就要飞到这里了。”

“他把事情全都跟他说了吗?”她问。

珍妮弗摇摇头说，“我没让他透露半句，我想这件事由我自己来跟他说最为合适。”她冷冷地向那位护士笑了笑说，“我现在很好。你能回避一下，让我同我朋友单独在一起好吗?”

“两小时以内什么也不能让她喝，”那位护士说，“您今晚用不用找个特勤护士值夜?”

“不用了，手术明天才进行，而且加仑斯医生早已为我找了一个二十四小时照看的护士在明天服务。我好得很——请你让我俩独自在一起。”

看见那个护士走了——她一下子从床上跳了下来。

“你想干吗?”安妮吓了一跳。

“我要逃出这个鬼地方——立刻!”

安妮赶紧抓住她的手臂，“珍妮弗，你没疯吧?”

“听我说，他们别想毁了我！温还愿意再接近我吗?”

“你不是说他爱的只是你这个人，不是你的胸。现在不要再做蠢事了。”

可珍妮弗还是站在衣橱前面，开始从里面掏出她的衣服。“我要逃出这里，趁现在还有机会。他已经把毒瘤取出来了——别想把我的胸也摘了！”

“珍妮弗——他们说这是唯一可行的办法。也许另外一个乳房也会感染。”

“我才不管呢！不能为温生儿育女已经倒了八辈子霉了，我可不想残缺不全地去见他。”

“你这样走了无异于自寻死路，你想想这样对温公不公平？就这样和他结了婚，可能过上一年他就得经历这种事情？他前妻当时就是因病去世的。再说这和生儿育女有哪门子关系啊？你依然能够生育。加仑斯医生已经说了你那里好得很。”

“可我不可能再怀上了。加仑斯医生这样说了。妊娠有可能激发卵巢内的恶性肿瘤，因为乳房与卵巢存在着直接关联。其实，他说术后要对我的卵巢做 X 光透视治疗，来避免怀孕！我怎能给温一个不孕、残缺的躯体……”

“你献给他的是你这个人！他所渴望拥有的只是你这个人。听我说——你曾经说过自己最厌恶依靠出卖肉体生活。那好，用你的行动来证明。再说了，要是你那么喜欢孩子，可以领养几个。”

珍妮弗渐渐地重新爬到了床上。

安妮赶忙接着说道，“谁也不会知道——只有你跟温。他会爱你的，不会去在意宝宝们，我对此很有信心。再说领养的孩子和自己生的其实是一样的。不用怕手术，实话实说，珍，现在有止痛药——还能买到很棒的假胸——珍，天塌不下来！”

珍妮弗两眼望着天花板，“知道不，太有趣了。在我这一生的字典里，‘癌’这个字对我而言就代表着毁灭、恐怖、惨不忍睹的东西。如今我自己患上了。有趣之处在于，我所畏惧的不是癌本身，甚至一丝都不畏惧——哪怕这将是一个死亡判决。我真正畏惧的是，它给我与温的生活带来的影响——无法为他生儿育女，还毁了自己的形象。”

“一点儿也看不出来，珍。有的人出了车祸，让自己破了相；有的女人生下来就是平胸。可她们都活得好好的。你呢，口口声声说自己不想靠肉体过活，那好，坚强一点！自信一点——开始证明自己。还有，学着相信温。”

珍妮弗有气无力地笑着说：“好的，那最好还是把这身儿住院服脱了，再给我化个妆。我想在我跟他摊牌时，展现出我最美丽动人的一面。”她坐了起来，开始梳头。当她披上那件儿近乎透明的袍子时，朝下看了看粘着小绷带的那个乳房。“别了！我的小可爱，”她说，“你也许还感觉不到，可在这个世界上剩下的时间已经不多了。”

凯文陪安妮一起来的。温斯顿·亚当斯在七点时分抵达了医院，当时安妮还在。安妮调试好了灯光。珍妮弗看上去跟她在电影里扮演的明星一模一样，一副神采飞扬的样子。经过几句简单地问候，凯文同安妮一起退场了。

他们前脚刚走，温斯顿就急不可耐地冲到床前，一把搂住珍妮弗。“神啊！我差点没被吓死。那个医生阴阳怪气地讲了一通电话——说你得做什么手术，暗指婚礼有可能延期。不过看现在这样子，你美若天仙的……要做哪种手术呢，我的爱人？”

她认认真真地看着他。“太惨了！温，我会变得很丑，也不能再生儿育女了……还有，我——”

“嘘……什么都别说了。”他充满爱恋地望着她，“让我跟你说好吗？为了你，我才跟你说那么一堆事情。我指的是，关于孩子们的事。活到我这个岁数，已经不在乎有没有孩子了。我只想取悦你，看你很想要孩子的样子，我便顺水推舟装作自己也想要。我全部的爱都在你身上——你能不能理解——”

她用力地将他搂住。“哦，温！”她感到万分欣慰，眼泪不由自主地流下了她的脸颊。

他轻轻地抚摸着她的秀发。“你不会是怕我抛弃你吧？哦，我的小美女——我今生今世都不会和你分开。你不觉得是你让我开始懂得什么是生活的吗？”他透过她身上那件近似透明的袍子，吻了吻她的一对乳房。“我只要你——而非孩子，你……你是唯一一个扣动我心弦的女人。神啊！珍妮弗，和你相识以前，我总是怀疑我是否具有那种能力。我之前还将这归咎于埃莉诺(Eleanor)，可怜的埃莉诺——可她并没有错。她没有让我兴致勃发，或许也是我冷落了她。可和你在一起……起先，在咱们初见时，我总回避你——还记不记得？”

她对他点了点头，轻轻地抚摸着他的头，而他的身子正压在她的胸部上。他吻着她颈部紧实的肌肤。“可你扭转了我的观念，使我意识到我不是在逃避你，只是内心有种恐惧，不敢面对自己。在你进入我房间的一刹那，我终于开窍了。不知道什么缘故，我明白了我的人生会因你而变得不同。珍妮弗，你教会了我怎么爱。我永远不能放弃你。”他抚弄起了她的两个乳房，“这两个小家伙是我的小宝贝，”他用柔软的声音说道，“它俩才是我真正欲得的完美无瑕的孩子，让我每晚把脸埋在它俩中间……”他突然停了下来，手碰到了那块儿小绷带。“这是什么东西？我的一个心肝儿被他们做了什么手脚?”

这句话冰封了她的微笑。“没事的，只是里面生了一个很小的囊肿……”

“这儿不会长出疤痕吧!”他着实吓了一跳。

“不会的，温斯顿——他们使用针头将它吸了出来，留不下疤痕。”

“这才是最重要的。让他们把你的卵巢取出去——我不在乎。那不是我所爱——我又看不见你的卵巢，只要他们别碰我的两个心肝儿……”他继续抚爱着她的两个乳房。“那个医生和我通电话时听上去怎么那么严肃？一点儿内情都不跟我透露——只说让我抓紧时间赶来。”

“他——他当时觉得我太想要孩子了——还有……”

“他怎么不直接跟我说要切除你的子宫?”他摇摇头，“这些个医生们——全是悲观主义者。不过，我还是非常高兴自己能来。知道你还安安稳稳的在我怀抱，我现在就可以放心回去了。”他紧紧抱着她，“这段经历我会铭记在心。周五以前我是回不来了。”接着他拿笔写了一串数字。“把这个号码给安妮，叫她在手术完成后打给我。要是我那会儿不在，他们会想办法联系上我的。”

在他出门前，站住回头望着她，扫视着她身上每一寸肌肤，就像从前没见过她一样，“我爱你，珍妮弗……只爱你——你相信我，对不对?”

她微笑着说：“我明白……”

他已经走了很久了，可她的脸上依旧冰封着那个微笑。

加仑斯医生半夜里来了一回。“明早八点进手术室，”他兴高采烈地说：“珍妮弗——你会平安无恙的。”

她笑了。“当然会平安无恙了。”

在凌晨三点，她悄悄地从床上下来，轻轻地推开房门。医院走廊里的光线十分昏暗，可她看到电梯口有一个护士留守。关上门后，她悄无声息地穿上了衣服。谢天谢地！她是穿着便裤和风衣来的——本是用躲避记者偷拍的。她取出一条大头巾蒙住了头发，接着蹑手蹑脚地往大厅走去。

她摸索着墙壁悄悄往外走，最后藏在拱门和墙壁形成的一个放饮水机的角落里。明亮的灯光下，那名值夜的护士正坐在那里，往她的书上记东西。她挡住了通往电梯的必经之路。她只好待在那儿祈祷那名护士今夜的某个时候可以离岗一段时间，祈祷她的藏身之地不会被人发现。

医院里的大钟表来来回回地走着，滴滴答答的声音，在这个深夜里听得格外清楚。那名护士仍然孜孜不倦地在她的书上写着。珍妮弗脸上的汗水沿着脖子顺流而下，内心热浪滚滚，仿佛置身于熔炉周围。该死的——是暖气片。这时，病房里的传呼系统突然响起。哦，谢天谢地！有位患者在按铃，可这名护士依然在埋头记她的东西。她是个聋子吗？对讲机第二次响起，似乎比上次更持久。“赶紧接啊！”珍妮弗在心里吼道。似乎是感受到了珍妮弗的呼唤，对讲机又响了，并且不停地在响。那名护士这才无精打采地站起来，看了一眼箭头指示的房号，便朝大厅走去。

珍妮弗见她走进了病房，于是迅速冲向电梯。不——等电梯说不定得花很长时间，并且动静很大。楼梯……整整八层，她竟然一口气跑了下来。她气喘吁吁地跑到了大堂，小心翼翼地四下扫视着，她并未引起任何人的注意，电梯管理员边吸烟边同那个出纳员闲谈。她跑出了医院，来到了街上，又穿过了若干个街区，才喊了辆出租车。她返回旅馆时，已经是四点钟了。

第二天早上，那名护士发现珍妮弗的病房空空如也，急忙报告了加仑斯医生。医生随即拨打了珍妮弗旅馆的电话，无人应答。他迫不得已，之后请他的助理破门而入。

珍妮弗静静地躺在床上，身着自己最美的衣裳，一脸厚厚的舞台妆，手中攥着一个安眠药的空瓶。身旁放着两张便条。那张给安妮的写道：

安妮——任何一个入殓师都没有我自己为自己化妆化得好看。感谢上天赐予我这些“娃娃”！对不起，我不能在你的婚礼上给你做伴娘了。我爱你。

给温斯顿·亚当斯的便条上说：

亲爱的温——只有我走了——才能保住你的两个心肝儿。你差点儿就帮我实现梦想了，谢谢你！

珍妮弗

对于那张写给他的条子，亚当斯议员只言片语的解释都没有。在媒体的穷追猛打下，他仅仅嘀咕了一句“无可奉告”，草草了事。安妮对此事也是守口如瓶。加仑斯医生拒绝透露珍妮弗得的什么病，唯一可以公布的是，在她去世的前一天，完成了一个小手术。

葬礼简直是场噩梦。疯狂的人群把教堂围了个水泄不通，第五大街的交通陷入了瘫痪；骑警都被调来维护治安以及解决交通拥堵；各大报纸皆撰写了珍妮弗一生的事迹，安妮的相片边也被摆在了报纸头版——而珍妮弗母亲的出现使本来就已经忙得不可开交的局面变得更加复杂。她急切地向那些喜爱捕风捉影的记者们抖出自己女儿的辛酸往事，并努力让自己的话音听上去有些哽咽，以便使故事听起来更逼真，还一一列举了珍妮弗的全部衣裳、皮货及首饰，要求带走。

安妮或许还可以料理珍妮弗母亲的事情，可克洛德·查多特的出现无疑是火上浇油。他搞出了份遗嘱，可紧接着亨利·贝拉米火急火燎地又翻出一份更近的遗嘱，扬言自己是遗产真正的合法继承人。然后，尼利的驾到将葬礼带到了高潮。

尼利没有赶上下葬，几乎要抓狂了。她过去一直在西班牙。当她和安妮住在一起后，立刻成了媒体关注的焦点。新闻报道的重心由珍妮弗开始向尼利倾斜。如今的她魅力四射，瘦得让人心疼。她急不可耐地想接活——可这当然都是后话，必须先让她从珍妮弗死亡的阴影中解脱出来。

奇怪的是，安妮已经走出了阴霾，重新出现在电视上了。她目前仍在录制广告片，公司的新老板极力恳求她留下来，并且开出了更高的薪水。由于在珍妮弗那条爆炸性新闻中担当重要角色，使她的名字家喻户晓。珍妮弗的悲剧延迟了她的婚礼，新选定的日期是四月。

三周后，各种媒体终于风平浪静了。然而，偃旗息鼓了两天，马上又有新的大字标题赫然在目：温斯顿·亚当斯辞去了议员工作。他的情绪正濒临崩溃，意欲度假一年。

各种新的猜疑扑面而来，使得珍妮弗自杀的事件继续升温，持续发酵。加仑斯医生被骚扰得苦不堪言。是的！他将珍妮弗的真实病情透露给了那名议员——不管怎么说，他是她未婚夫，有知情权。不过，这件事只有议员知道，他没有跟媒体透露。

安妮录好了几部广告片，便随凯文飞到了棕榈滩。那是她多年以来过得最开心的几个星期，并且还能躲过尼利的狂躁不安，因为她正在谋划自己的电视首秀。尼利的新经理人在一个热门综艺节目中为她预定了一个特约嘉宾的角色，报酬十分可观。因为是事先录制的，尼利感觉很踏实。

在棕榈滩，安妮也在电视上看了这个节目。尼利表现得十分出色，面面俱到——她的声音很完美，她的形象光芒万丈，她的眼睛又大又闪亮。尼利已经不是小孩了，可她顽皮的本性犹在。颤抖的双唇、胆怯的欢笑、小女孩般的逗乐——全显现出来，让人一览无余。这似乎有些不可思议，可的确比以往有过之而无不及。以前那些“天才人物”、“活生生的传奇”……又开始叫嚷起来了。她这次回归的确引人入胜。最后，她还拿下一部好莱坞影片。

尼利重登高峰。

十三、尼利：精神病院的深度安眠

转眼到了一九六一年。尼利正在漫不经心地往一个包内塞东西。“到那儿以后，我会买许多新衣服。”她跟安妮说道，“我的老天爷啊！离开西班牙时，我已经将大部分物品撇在那里了——现在可以撇在你这儿一些吗?”

“不等你回到这儿，我或许早就结完婚了，尼利。再说了，我准备环游世界。这套房子或许要转租了。”

“那好，看来我得随身携带着它们了。真跟个吉卜赛人似的，四海为家。但这对我也是好事，因为我已经濒临破产了。嘿！珍妮弗的财产是怎么分的啊?”

“全都会归她妈妈所有。那个在巴黎立的遗嘱是个骗局——亨利在里头找出了一些漏洞。克洛德只能从他做代理人时所拍摄的影片再映中收取一半的利润。而其余的遗产全归她妈妈。大部分也就是些首饰和皮货。她的电影还会再映，可那并没多少钱。”

尼利耸耸肩说："听我说，作为一个一点儿才华也没有的女人，她活得已经够滋润了。你觉得她那么做是为什么？我指的是自杀。"

"我早就跟你说了，尼利，我不知道，千真万确。"

"那好，我已经想得八九不离十了。我不觉得她的身体出了什么问题，不是那些谣言——说什么'肺结核'啊，甚至还听到更令人咋舌的谣言，说是什么无药可救的'癌'。依我看，她离开这个世界最真实的原因是她的容颜逝去了。"

"无稽之谈！珍妮弗的美貌当时正处于巅峰。"

"可她的上一部影片输得一败涂地。哦，她的'封山之作'会捞些钱，靠的是宣传造势，并且据我所知，它也不是太火。她的事业一直在下滑，毫无疑问。"

"尼利，她当时已经退出影坛了，正准备结婚。"

"是！在西班牙时，我了解了全部相关的八卦新闻，讲述了她如何一下子撞上了真爱，以及后续的全部八卦。想想清楚吧——那名议员又不是洛克·赫德森(Rock Hudson)①，珍早在嫁给托尼时就已经耐不住寂寞了，况且托尼当时还是风华正茂的。不对！我想她是不敢正视事实。随着一天天老去，她美丽的容颜过不了多久就凋谢光了，但她的心不满足于那个议员，因此才'一走了之'了。看看现在的我，永远用不着担惊受怕。我有才，胖点儿瘦点儿那都不是事儿。你看看人家海伦·劳森，她跟我不一样，当然她还是有些手艺的。由于她唱不出好声音了，只好去西海岸参演一些电视连续剧了。可就算人家唱不了歌了，还是可以活得好好的，因为人家

---

① 洛克·赫德森(1925—1985)：美国著名影视男星，在美国五六十年代红极一时，在万千女性心目中是一个不折不扣的男子汉形象。

有才。”

“海伦是会活得好好的，”安妮放慢语速说，“那是由于她没有真情。她所有的忧愁皆是小孩一样的忧愁，只要得到一个新玩具完全可以抚平。不过，所有人的歌喉——甚至还有你的，尼利——一定要悉心照料。”

“不，我的歌喉出自我的内涵，出自我对事情特殊的感知。并且我长了不少见识——标榜爱你的男人也会离你而去，如花似玉的容颜早晚会付诸东流，孩子们也会长成大人，一切往昔为你所追捧的东西都会让你失望。而你唯一可以指望的，就是你和你的才华。”

尼利于三周后又跑了回来。她已经濒临崩溃了，“安妮——我的歌喉——录到第三天时，就不行了！我不能唱歌了！”

安妮努力想要稳住她的情绪，“有许多歌喉很棒的人……这种事情对歌手而言是家常便饭。”

“不，我完蛋了。”尼利大哭着说，“我见了所有的医生，我喉咙里连个小瘤都没长。他们说我只是紧张。可我不这样认为。上天以此来责罚我对珍的诽谤。那部影片只能夭折了，我也被打回原形了——好莱坞不会再有人要我了。”

“上天不会责罚你，”安妮温和地说，“要真有人要责罚你，那还不都是你自食其果。”

“哦，对啊！我刚找的心理医生跟你说的一样——我有自虐的倾向，老是因为某些幻想的罪孽自虐。真是一派胡言！我根本就不会犯错。”

尼利重新找了个心理医生，马辛格（Massinger）是位德高望重的心理医生。安妮坚决要求和尼利住在一个屋檐下。她坚信通过强化治疗以及友情的关怀一定能挽救尼利。从前，她曾多次好转过。

尼利自己也做了许多努力。她试着让自己洁净一些，也确实没有再糟践那间公寓。可她就是夜不能寐。晚上跟几位音乐人一起外出，回到家就在客厅一坐就是一夜，吞几片速可眠，听几张自己以前的老唱片。

一天清晨，安妮一觉醒来，发觉尼利在客厅里蜷缩着身子，满脸泪水。“我完蛋了，安妮。我想跟唱我的老唱片，结果我跟不上。”

“可是马辛格医生说是紧张引起的。你会找回自己的歌喉的。”

“他说我的紧张来自于好莱坞。因此，我今夜头一回独自一人在这儿尝试，这里没有摄像机，更不是好莱坞。安妮，我的喉咙被锁住了，再也不能唱了。”

“刚过了几周时间，尼利——再等等。”

尼利立起身来。“可能吧！”她钻进了卫生间，吞了几颗药丸。“拿点儿苏格兰威士忌好不好，安妮？不喝酒，那些药丸就没有用。”

安妮给她递了一瓶。这天看来和往常一样了，尼利又被药丸打败了。当天是周日，她的计划是不外出了。她本来约凯文来共进晚餐，本想为尼利做一个虾肉煲。可如今看来，尼利一天都得在睡觉中度过了。

她和凯文通了电话，打算在他那儿玩一天，晚些时候一起去卢桥餐厅①用餐。

尼利听到了关门声。她睡着不容易，可是假装睡着却很

① 卢桥餐厅：是美国最著名的德式餐厅，位于纽约曼哈顿第十四大街，始建于一八八二年，已于一九八六年停业。

容易。每当她饮酒服药时，安妮就会紧张兮兮——怕她自焚或是什么的。尼利坐直身子，重新自斟一杯烈酒，点燃一根香烟。神啊！就剩这一根儿了。想都不用想，肯定是安妮出于安全考虑，将剩下的全收起来了。不过，她马上就睡着了。

她重新将玻璃杯加满，这才意识到自己灌得太猛了。最好是再多来几颗药丸儿，慢慢品着喝。她在枕头下面摸了摸——那儿藏着三个红“娃娃”。她一口吞下它们，缓缓咽下一点儿苏格兰威士忌。药丸终于显灵了——感觉晕沉沉的，可就是无法入眠。她只好又往杯里添酒。真该死！酒快倒尽了，烟也吸完了。那好，可能得再来几个“娃娃”。可她吃得够多了——那会很危险。马辛格医生早就向她发出了警告，总有一天，她的抵抗力会低于正常水平。那又能咋地！既然她的才华业已耗尽，还有何不可呢？还有什么可犹豫的呢？她就剩一万美元了。老天爷啊！不——从西海岸离开时就已经只余下一万美元了，可她又给双胞胎汇去了学费——一千两百美元——接着是看心理医生的费用，二十五美元一天，总共需要三周。她的车旅费也有几百美元。再说她平常来来回回已经支取许多次现金了！她可能还留下五千美元。这些钱还够维持多长时间？而且她又不可能跟安妮过一辈子——安妮下月就该结婚了。老天爷啊！她以后的钱从哪儿来啊？房子也没了——也没保险……或许她该将瓶里余下的药丸全吃光，一了百了。特德必须养活孩子们，再说两个孩子根本不心疼她——她去西海岸见他们时，只听见他们问她要这要那、让她买这买那。

谁也不关心她是活着还是死了，除了上帝，要是世上有上帝的话。

“嘿！上帝！你真在天上吗？”她说，“您是否长着一脸络腮胡子和一头白发？您能理解我说的话吗？跟我说说，到底问题出在哪儿？我并没有太多奢望。我的老天爷啊！我只求有个属于自己的房子和爱自己的男人。我为此付出了很大努力——为什么你总是让它化为灰烬？既然你不想成就我，为什么还赐予我优美的嗓音？为什么又将它带走？”她把剩下的那点儿苏格兰威士忌倒入杯子，将空瓶掷于地板。“嘿！珍——你也在天上吗？你不可能长出两个巨翅飞来飞去，也不可能长出其他东西。可若是存在另外一个世界，你在某处生活着，那或许还能听到我说的话。你有没有体会过我现在的感受？我的老天爷啊！我宁愿去那边陪你……去那儿要比在这儿强。这儿还有什么值得我留恋的？还是日复一日地、夜复一夜地过着——去吉利会所同那群无名小辈鬼混，那群狗东西只想利用我沽名钓誉在人前炫耀，完了还得让我买单。”她将杯中酒一饮而尽。

“我的老天爷啊！我都三十二岁了……老大不小了。一定有某个疯狂的天堂……没有什么狗屁天使和她的竖琴，不过那里肯定没有人世间各种苦难。是啊，就是这样！毕竟，许多名人志士都相信，像总统、克莱儿·布斯·露丝[①]。或许我应该成为一名天主教徒，或诸如此类。我感觉自己天生就是，可是我从未到过教堂。不过，肯定有个叫天堂的地方，珍。看看那些惨死在希特勒魔掌之下的娃娃们，看看那些像海伦·凯勒(Helen Keller)[②]一样天生的聋哑人。假如世上没有天堂，那真是苍天无眼！凭什么海伦·凯勒这种好女人看

① 克莱儿·布斯·露丝(1903—1987)：美国第一位女性驻外大使，多才多艺的作家，最著名的作品是《女性至上》。

② 海伦·凯勒(1880—1968)：美国身心障碍者，教育家，作家，最著名作品是《假如给我三天光明》。

不见光明、听不见声音！如果不将你的一切化为灰烬，凭什么让你什么都拥有！没错！肯定有天堂。看看我姐姐，跟了那个笨蛋查理。要是死后入不了天堂，那凭什么我就该如此成功，我姐姐就该默默无闻地受困于阿斯托利亚①！千真万确。嘿！珍！临死前疼不疼？你怕不怕？让我们待在一起，珍……我要再多服些药丸——加入你们。”

她跑入了卫生间。她曾经将药丸的瓶子隐蔽在浴盐的瓶子后面了。就余下六颗了！她快速将它们咽进肚里。不过，六颗完不成任务。可能得加点儿阿司匹林吧？可能一瓶的阿司匹林能顶替那些药丸吧？该死！就余下五颗了。她全吞了。苏格兰威士忌喝光了，但是安妮还在吧台里给凯文存有几瓶波本威士忌。它可以顶替苏格兰威士忌……她晃晃悠悠地想要走出卫生间——她手中的玻璃杯不小心摔在了瓷砖地板上。哦，老天爷啊……每当她破坏东西时，安妮都会火冒三丈，于是她赶紧俯身拾起那些碎玻璃片儿。它本来只是一只玻璃酒杯，可在安妮眼里，它就跟水晶等一类东西似的。她拾起一块儿锋利的长玻璃片。好家伙，用它来做这件事再合适不过了——只需拿它划一下手腕，就可以给她也来一场类似珍妮弗的葬礼。也会有人为了她起争执吗？特德·卡萨布兰卡会不会争着要埋她，或者她那位不称职的姐姐幡然悔悟争着要她？老天爷啊！想想你以后的日子就要永远封闭在阿斯托利亚那群恶心的公墓里了。为了她的尊严，安妮肯定会据理力争，但她想举办一个史上最大的葬礼……要比珍妮弗的葬礼更大。然而，再没有比珍妮弗的更大了。好的，和珍妮弗的葬礼一样大就行了。可若是不存在天堂与上帝怎么办啊？

① 阿斯托利亚：美国俄勒冈州的一个港口城市。

那么她人是死了，但是无法享受。不过——她拿着碎片儿——若是她没死成，也是异曲同工。恰如过去在好莱坞……他们可能还会恳请她回归影坛，所有人都会自责。接下来，若是她不再紧张，说不定她还能唱歌，一切皆会重归于好……

“来，先喝几口波本。”她自言自语道。于是晃晃悠悠地往吧台走去。她找出了一瓶波本，又寻了一个玻璃杯，满斟了一杯。她拿着那个玻璃片进了卧室。上床以后，她咽下一大口波本，接着便开始观察自己的手腕。她是否只在这边儿划——不划大静脉，要是划了就真死了，要是只在这边儿划个小口儿……划出血即可。她将玻璃片儿插进去很深——划出一条一英寸的口子，好在没触及主脉——太好了！出血了！她躺在床上，眼看着血液慢慢往外冒。老天爷啊！流出好多血，而且冒得很快！嘿！她该不会真切中什么要害了吧！老天爷啊！血流不止了！她抓起了电话。安妮究竟跑哪儿去了？血流得更快了，与此同时，挨千刀的药丸也开始工作了。应该是波本正在发威……

她打给了接线员。一个没一点儿人情味的话音应答的。

“我是尼利·奥哈拉，”她含糊说道，“我快不行了……”

“报一下您的电话号码，好吗？”接线员问。

“电话号码？”她低头看看电话机。两眼一抹黑，“我也不知道……号码簿上没写……我也想不起来了。赶紧来救我。我割腕了……流血了……”

“地址呢？”

“东区第六十二大街，挨着公园。安妮·韦尔斯家……”

“那位电视明星吗？”接线员那原本没一丝人情味的话音突然热情起来。

“对……对……”话筒从尼利手里自由脱落，她双眼已然开始闭合。她努力睁开，神啊！她已经把安妮的铺盖全给污染了。那只手悬空在床边，像死了一样没有一点知觉，血液滴在了安妮金色的地毯上。老天爷啊！安妮不会再让她来这里住了。“求你了，接线员，快点……”到处是血，而且还在流……可她不会死。一个思维如此清晰的人是不可能死的……是要睡着的节奏……不是死亡……仅仅是瞌睡了……混账药丸……总是来得“这么是时候”……

尼利睁开了双眼，立刻又合上了。有一股医院的味道，看来她还活着！于是她开始回忆，门铃，救护车……她又一次睁开了双眼。安妮与凯文正坐于病床对面。安妮一下子蹦起来了，“哦，尼利，你醒过来了！谢天谢地！”

尼利的脸上露出了苍白无力的笑容。“把你房子搞成那个样子，真是太过意不去了。”

“忘掉那件事吧！”

“我这是在哪里？”

“公园北路医院。”

尼利皱了一下鼻子。“怎么不送到大医院啊？据说大医院条件非常好。”

凯文从对面走来，“听我说，小美女，能住在这儿你已经是走了狗屎运了。知道在我与安妮回到家时，他们要将你往哪儿送吗？贝尔维尤医院①！”

尼利努力坐起身。“哦，老天爷啊！我理应住在那里。”

“多亏我和安妮决定回来，她想顺道回来看看你怎么样

① 贝尔维尤医院：纽约市的一家公立医院。

了。我们在楼下看到救护车跟警察。他们想将你送进贝尔维尤医院。这是一条法规——有自杀倾向的人一律要送进贝尔维尤医院，‘关’在那儿观察一段时间。”

“老天爷啊！”

“今天多亏了凯文，”安妮说，“他指着碎在地上的玻璃杯，指出这是个突发事件，并且据理力争。”

凯文皱起眉头。“我给他们每人散了二十元美钞，才使那些人同意我的观点。并且在那争分夺秒的时刻，容不得我们筛选医院——你已经危在旦夕了，这可是最近的医院。”

“我真不是要自杀的。”尼利说。

“呃，你若真要自杀，恐怕现在早就死了。”安妮说。

“我的事情被报道了吗？”

“头版新闻。”安妮拽了一把椅子一直拖到尼利床前，“尼利，你不能再这样下去了，我们得想想怎么扭转。”

尼利一下子热泪盈眶，“我能干什么啊？歌都唱不出来了。”

“归根结底是这儿出了毛病。”凯文边说边敲着自己的脑瓜子，“不是喉咙的问题。”

“那你去告诉我的喉咙，我倒是想唱，但就是唱不出一个音符。”

“那好。在这儿待上几天以后，你就要出院了，那到时候怎么办？”凯文追问着说。

尼利泪眼模糊地说：“我会从安妮的房子里搬出去的——别担心。我准备住进一家旅馆。”

“事情不能再这样发展下去了，尼利……整天服药酗酒。你下回可不会如此幸运！”

尼利在床上伸展开来。“但愿我能美美地睡上一觉——比方说一周时间——那我自然就好了。服药酗酒只能给我两三小时的睡眠，好久都没睡过那种安安稳稳的觉了……”

“安眠疗法!”安妮忽然插进这句话。

凯文与尼利都迷惑不解地看着她。“没错，安眠疗法。”安妮坚定地说。她向他们讲解了珍妮弗在瑞士时，是怎么通过那种方法减肥的，不过安眠疗法是专治情绪紊乱的。

尼利热情高涨。“睡一周！哦，神啊！我敢打赌睡醒以后一定就能唱了。不过，瑞士——那花钱可不会少。”

“要是安眠疗法是合法治疗，那我们这儿肯定也能做。”凯文表态说。

马辛格医生并不赞成安眠疗法。没错，他知道这种疗法。不过在他看来尼利的情绪紊乱早已根深蒂固，只能到精神卫生医院待上最少一年时间。“她不是情境性忧郁导致情绪低落，”他坚决地说，“这女孩处于深度困扰。她的病历显示，早在十年以前她已经有自杀的意念。在她第一次找我时，我就推荐她去精神卫生医院，被她拒绝了。从那时起她就已经完全神经紧张，完全依靠药物了。不过如今她已经别无选择，只能去那儿了。”他建议了几家精神卫生医院。

尼利一口全部拒绝了。“让我尼利·奥哈拉同那些傻子关在一起？绝对不可能，先生。我要做珍妮弗那样的舒适疗法。香槟做开胃酒，护士充满人性，连针头都惹人怜爱……再睡一觉，舒舒服服地睡一觉。”

手忙脚乱地打完一个又一个电话之后，凯文终于锁定了纽约州北部地区的一家规模很大的私人精神卫生院。不错，他们懂得安眠疗法，而且非常乐意收纳和诊治奥哈拉小姐。当然，这件事会最大限度地保密——媒体永远无法知道。

在三月一个温暖舒适的星期天，凯文同安妮一起驱车将尼利送到了太平山庄。在安妮看见那宽敞的院地以及那些精心修剪的草坪时，对治好尼利的病感到信心十足。尼利咽了几颗药丸，给自己打气。

他们步入了一栋巨大的、常青藤覆盖着的都铎式建筑，接着被领进一个摆着近期一些捐助人画像的客厅。哈尔(Hall)医生是这里的领导，他对他们的到来表示了欢迎，还同尼利亲切握手。“我是你的忠实粉丝，奥哈拉小姐。”

尼利冷淡地笑了笑。

“你现在可以先填一下这些表……”

尼利往几张单子上签下自己的大名。“好吧，我们进入安眠疗法吧。”她兴高采烈地说。

哈尔医生按下一个按钮。走进来一个肥胖的白衣女子。哈尔医生介绍道：“这位是我的助手，阿切尔(Archer)医生，待会儿由她带领奥哈拉小姐去病房。”

尼利握着安妮的手说，“我对你真是感激不尽。你一周后会到这儿看我吗？”

安妮向她点了点头。尼利又转身对着凯文说，“谢谢你替我垫付了这次的医疗费！”

凯文摇摇头说，“我本想垫付，只是安妮全拦了，她非要这样不可。”

尼利把目光放在了安妮身上，露出两排牙齿，腼腆、安详地笑着说，“安妮……你总是在我身边，是吧？多谢了。”

“你专心养病，早点儿好起来，尼利。”安妮说。

“我只想好好睡一个大觉。”她搂着阿切尔医生向外走去。

安妮站起来正要离开，哈尔医生清了下喉咙说：“韦尔斯小姐……吉尔摩先生，我们可以谈下这个吗？”

“谈下哪个？”安妮又回到座位上。

“这个你们所说的安眠疗法。我已经同马辛格医生通过电话了，并且我这儿有他送来的奥哈拉小姐以前的就诊记录。安眠疗法并不对症，这你应该知道的。”

“可你刚才说——”安妮迷惑不解地说。

“我是说过我们能够做安眠疗法，可当时我还未经手她的就诊记录，而且尚未接触过她的医生。我们现在仍然可以给她做安眠疗法，可是很不赞成这种治疗。哦！经过这种治疗她或许会焕然一新，甚至可以持续两三周、一个月——之后她还是会旧病复发。最终走向自杀。她已经泥足深陷了，你懂的。但她那么有才华——挽救她是我们的义务。”

“可是该怎么办啊?”安妮问。

“安眠疗法和服用药丸都不可取，因为这个女孩已经形成嗜药性了。嗜用安眠药的严重性，同嗜用其他药物不相上下，并且其治疗难度有过之而无不及，因为这种药丸在世面上很容易被病人得到。这真是太不幸了！相比之下，病人得到可卡因、海洛因、吗啡反而更加困难。在她自杀未遂那天，她进食了五十颗药丸，敢问您知道吗？她那位药剂师已经和我交过底了，当天的前夜，她的药方已经开满了；马辛格医生向来不给她开那种药——每张药方都是由一名新药剂师签的名。发现她时，封装容量五十颗的药瓶没剩下一颗，加上充足的酒精——危险的混搭。然而她还得用割腕完成她的自杀行为，因为她的身体形成了对药物的抗体。”

“那依你之见呢?”凯文发言了。

“我提议使用深度精神疗法。但不用电击——还没到非用不可的地步。我当然不希望她走到这一步，可我认为，通过有效的医疗手段可以让一个目光炯炯、才华横溢的美女重返这个世上。”

“这得花多久？”安妮问。

“起码一年。”

安妮苦笑着说，“你不可能劝服尼利。要是做不了安眠疗法，她很可能说走就走了。”

哈尔医生疲倦地笑了。“她已经在这上面签字了。”他的手在一张纸上敲了敲，“她亲自批准的。不错，她可能觉得这只是签个字而已，不过按照上面所述她起码要在这儿待上三十天。”

“三十天。”安妮十分忧虑地说，“可我很清楚尼利。等过了这三十天，你再也别想劝服她在这儿待下去了。”

“要是我们做不到，可以由你批准。”

“我？”安妮被吓了一跳，“绝不可能！”

哈尔医生微笑着说，“那么到时候我们就会让她接受精神病患者认证。”

“你指的是什么？”

“要是医院的精神病医生觉得她有必要接受更深入的治疗，我们将把此事呈上法庭。到时法庭会邀请三个别的医院的精神病医生会诊，若是他们的看法一致的话，法庭就会批准三个月的治疗时间——而且每隔三个月就会自动再次批准。这种做法我们屡试不爽。”他惬意地说，“这样一来他们的亲朋好友就用不着自责了。”

“可这好像在欺诈她，”安妮反对道：“她本来以为自己来睡一周就行了。我们答应她……”

“韦尔斯小姐，我非常仰慕奥哈拉小姐。她是位了不起的人才。这儿的治疗费是每月一千五百美元，不过全国各地排着队想来的人多如牛毛。由于奥哈拉小姐是位艺术家，我们才优先对待——必须将她治好。为此我恳请您，给她这个机会。”

“可是尼利十分抵触精神病院。”

“奥哈拉小姐目前已经无力决定自己的未来了。其实，要是让她放任自流的话，她是不会有未来的。”

凯文出人意料地做了主，“我认为哈尔医生最了解情况，起码得试试看。”

安妮默默地点头答应了，“何时才能让我们见她呢?”

“两周内恐怕都不行。不过你每天都能和我通电话，我可以给你报告治疗的进展情况。我敢打包票，当你来看望她的时候，她会好许多的。”

他们驱车返城时，安妮默默无语。“每月一千五百美元，还要交一年?”凯文跟她说，“安妮，最好把这件事交给我吧!”

“不用！是我的责任。凯文，我想着……要是我同吉琳签约……每星期能拿两千美元……”

“我们结婚的事情怎么办？旅行呢?”

“既然那么久都等了——再多熬几个月算什么？除此之外，我不能把尼利撇在太平山庄，自己跑去进行那么长的旅行。我必须要去看望她。”

“你不愿意嫁给我，对吗，安妮?”

“我愿意，只是——”

“不！你之所以非得亲自支付尼利的医药费，就是想和我划清界限。”

“凯文，你让我等候了许多年后，才打算娶我，起码得给尼利几个月吧。”

“那好，在尼利的事情搞定前，我们先不度蜜月　　好的，我同意——可我们为何不能成亲？为何你非要继续上班?”

“要是我为尼利买单，我就必须上班。我上回和亨利·贝拉米进行了一次对话，他跟我说，我的身价接近一百万美元了。当然，很大一部分都是账面利润，可它们都是蓝筹股。但如果不启用我的股金，我就无力负担尼利的医药费，那将意味着我必须抛售一部分股票。亨利不愿意我那样干——他觉得美国电话电报公司的股票仍将一路飙升，那样一来，会影响效益。可要是我同吉琳续签一份二十六周合约，我就可以承受尼利的费用了。如此一来，我们就等到明年十月了，那时，尼利估计也快好了。接着咱们就成亲，就去旅行。我答应你。”

凯文把视线推向远方。他必须得同意。该死的尼利——这个小顽童只要一回来，没有一次不祸害人。

安妮长吁一口气：“倒霉的尼利！估计他们现在早已跟她摊牌了。真想知道她能不能接受得了。”

起初，尼利还很耐心地坐在阿切尔医生工作间，十分乏味地回答着那个女人的问题，一根根不停地抽着香烟，盼望着那神圣的针头让她进入一个美妙的梦乡。阿切尔医生工作间里的电话终于响了。尼利想着是哈尔医生在进行授权。阿切尔医生的回答十分简明扼要：“是，医生。没问题，医生。我很乐意。完全赞同。”

尼利张开嘴打起呵欠。他们表示赞同了，真好，赶紧来吧，抓紧时间开始。阿切尔医生在一个按钮上按了一下。尼利盯着这位医生脚上穿的矫形鞋。怎么不是那种好看的白鞋？怎么穿了一双难看的厚牛津鞋？老天爷啊！她可能就是这个命——从小就穿矫形靴。尼利想到这儿突然哈哈大笑起来，阿切尔医生莫名其妙地回头看着她。接着又有一双全新的白鞋进入视野，上身也开始映入眼帘是一套白制服，最后整个人都来到了这个房间。

“这位是奥哈拉小姐，”阿切尔医生说，“将她送至四号楼。”

“是在那儿做安眠疗法吗？”尼利一边跟随那名护士走着，一边热情地问。而护士只是用微笑作答，带她穿过一条条地道。每到达一个入口处，她总会取出那一大串钥匙将门打开，然后她俩刚一通过，就用无缝连接的动作将门锁住。

“嘿——这个鬼地方属于哪里？新泽西[①]？咱们都走了有一英里远了。”

“太平山庄共二十栋大厦，还没算上健身中心和职业疗法大厦，虽然它们看上去是互相独立，可有一条地道将它们纵横贯通。咱们早已出了行政大厦，走过了二号大厦与三号大厦，目前正在走向四号大厦。”护士的话语中自然地流露出一丝东道主的自豪感。

四号大厦跟一个私人小别墅似的。尼利的目光突然落在了那群年龄参差不齐的女人们身上，她们正在一间很大的屋子内观看电视节目。心想，这些人看着再正常不过了。那名护士带她走下一条长廊，走廊两边密布着许许多多小屋。老天爷啊！全是些糟糕的卧室。在第五十二大街，她有间比这里大三倍的卧室。这里的每间小屋都有一张床、一扇窗户、一张书桌、一把椅子。但是她或许正前往上层的豪华套房什么的吧，显而易见，这儿不是进行安眠疗法的场所。

那名护士停在了长廊末尾的一间小屋门前。“您的屋子是这间。”

---

① 新泽西：新泽西州北接纽约州。

尼利想要抗议——可这有什么两样，反正她是来睡觉的，环境不好又有何妨？她爬上床说，“可以了，去把针管拿来吧。”

护士从小屋出去了。几分钟以后，尼利看了下手上的表。真是该死！她们跑哪儿去了？她开始吼叫，“嘿……出什么事儿了！”

突然间，来了两名护士，“有什么需要吗，奥哈拉小姐？”

“我太需要了，我要睡觉了。”

那两名护士莫名其妙地对视着。

“我是到这儿进行安眠疗法的。”尼利重申自己的话。

“您现在处于四号大厦。这里是调养大厦。”

“调养是干什么的？”

“所有新患者都得来这儿待几天，对她们的症状加以评估，才能将她们转送各自相应的科室。”

尼利来到书桌旁，拉开自己的包，从中取出一根烟来。“给我叫哈尔医生。可能有些误会。”

其中一名护士跑上前，把尼利手里的火柴夺走了。

“嘿！你想干什么？”她吼道。

“这儿禁止使用火柴。”

“那我怎么点烟呢？”

那名护士还带走了她的包。“您现在不可以吸烟。有固定的吸烟时间——在监视之下。”

尼利想要夺回自己的包，可惜两手不敌四掌。“给我叫哈尔医生！”她命令道。

“这些正是哈尔医生的命令。”一名护士说，“行了，奥哈拉小姐。等到五点，你能得到两根儿香烟。咱们还是先到外面见见别的病友吧。”

“你说什么？竟然让我在一个精神病院里交友？我可是尼利·奥哈拉——我交朋友要精挑细选。给我叫安妮·韦尔斯或凯文·吉尔摩。真是荒唐！我要离开这里！”她往门口走去。

一名护士拽住了她。“她的表还在手上戴着。”另一名护士说。于是她们强行将那块儿手表从尼利的手臂上解下。

“嘿，这块儿表价值一千美元！”

“我们将确保它万无一失，在您从这儿走出去时，它将连同你的其他私人物品一并归还。”

尼利开始陷入极大的恐慌之中，这种无助造成的恐惧感是她前所未有的。“听我说，叫安妮·韦尔斯。”她转为了恳求。“她能解释这一切。”

又过了半小时。尼利气一阵儿、怕一阵儿，又气又怕。她想来支香烟。那两颗速可眠的药效已经烟消云散了，她如今彻底醒了，内心惧怕无比。她按响了传呼器，来了名护士。这名护士比较礼貌，却遮遮掩掩的：“奥哈拉小姐立刻就能吸烟了，但必须去休息室，而且最好抓紧时间，要是没赶上这个抽烟时段，再想抽烟就得等到九点了。”

“凭什么由你来规定我何时吸烟？”她大嚷着说，“这可不是慈善病房。这儿是收费的——我想被尊重地对待。”

“我们对您很尊重，奥哈拉小姐。换位思考，您也必须遵守太平山庄的规则。”

“我不执行规则，我制定规则！我可是尼利·奥哈拉。”

“我们对此一清二楚，而且对您的作品十分追捧。”

“那就按照我的意思办！”她命令道。

“我们听从哈尔医生与阿切尔医生的命令。”

“那好，叫哈尔医生过来！”她说完掉转身子，背对那名护士。恐惧阵阵啮咬着她的心。莫非哈尔医生想要玩移花接木的把戏。不！肯定是她受惊过度了，是的，只不过是弄乱了。哈尔医生没这个胆量，你想，要是此事东窗事发，安妮和凯文是不会放过他的！

过了十分钟，那名护士又回来了。“奥哈拉小姐，晚饭前要是您还想吸烟，就赶紧出来，只余下十分钟时间了。”

“我才不会跟那些傻子待在一起！”

护士说完就走了。尼利开始在屋里踱来踱去。哎呀！她一定要做这项安眠疗法，得搞些药丸——她的双手不住地颤抖着。老天爷啊！这段时间以来，每隔一小时就得服一对儿“娃娃”才能让身体平静，不过安眠疗法能够终结这一习惯。马辛格医生断定自己已经形成了抗体。老天爷啊！自打从西班牙回来，每天二三十颗药丸算什么啊？谢天谢地！她逃离了西班牙，不然她不病才怪呢。那个叫马德罗(Madela)的医生真是个挨千刀的——是他首次给她注射了杜冷丁[①]……哦，神啊！那种感觉太强烈了，消除了所有烦躁和不安。首次注射，她躺在床上睡了长达六个钟头，感受了那种从未有过的柔和及安乐感。她感到自己能唱得好过以往任何时候；顶得起以前不可企及的音阶；抛开绿“娃娃”依然维持婀娜的身姿；表演得好过所有过往。

当然了，药效散去之后，她感觉异常难受。她该怎样直面下一天、下一个爱人、下一场聚会？不过马德罗医生随时都会治疗她的“背痛”。她在好莱坞的一个拍摄现场学的这一手——称其为“背痛”。X光无法找到它的确切发病位置；剧组的医生有权替你检查身体，却无力驳回这一判定。“背痛”可以给她带来三四天无拘无束的休假，不过这也得同马德罗

---

① 杜冷丁：一种止痛药，医用麻醉剂，为严格管制药品。

医生合作——只有马德罗医生愿意施舍她杜冷丁。在好莱坞她从未受过这种待遇，马德罗医生出手很阔气，每天在她身上注射三次杜冷丁，这种美好的日子整整持续了一年时间。

没过多久，她不再躺在床上消磨时间了。杜冷丁帮她恢复了正常的功能，她下了床，来到夜店里唱歌——她唱得再好不过了。在西班牙时，她演的那部影片——老天爷啊！但愿它能登陆美国。凭借那部影片，她到达了一个新的高峰；她变得婀娜多姿、生机勃勃——只要打了杜冷丁，你再也不用进食任何东西了——她的双眼像灼热的煤炭。没错，因为杜冷丁的药力使得她的瞳孔膨胀，更大更黑，可她的声线……愈加清晰、纯正了。

接踵而来的是财务危机，加州来电了。要是她再不回去抚养那对儿双胞胎，特德就要提起诉讼，夺回抚养权。当时她似乎很愿意自己的两个儿子同他勾搭的那个小骚货一起过！可不久以后，珍妮弗的自杀可谓是雪上加霜，她只好告别了西班牙——告别了杜冷丁。“娃娃”帮了她大忙，可如今她的胃口太大了——起码每日三十颗。三十颗速可眠……神啊！今天她只服用了六颗，距上次吃药已经过去两个小时了。挨千刀的哈尔医生究竟跑哪儿去了？这件事何时才开始进行？

一名护士来通知她吃晚饭。她会乐意去食堂吗？她不乐意！“我想抽支烟，再要几颗速可眠——不少于六颗——直至哈尔医生为我进行安眠疗法。”

她跳到了床上，喉咙直冒火。老天爷啊！一杯饮料，啥都可以……这个微不足道的小牢笼开始使她感到窒息。要是再不抓紧时间吃药的话，她准备离开这儿。没人可以强迫她——这儿不可能是监狱。外面响起了脚步声，她坐起身来。或许这部大戏即将拉开帷幕了。来了一名护士，手里端着一碟晚餐。“奥哈拉小姐，要是您打算在屋里用餐——”

不等那名护士结束口中的话，尼利已经忍无可忍了，她抓起碟子，将其掷向了屋子对面。那名护士躲开了，又一名护士闻声赶来。尼利火冒三丈地说：“我不想用餐，不想进行什么交际，只想睡大觉。快去把我的烟送来——立刻为我进行安眠疗法，否则我可走了啊，真受够了！”

一名身份比其他护士看上去要高贵一点儿的护士控制起局面，“奥哈拉小姐，没有什么安眠疗法。”

“你什么意思?”

“我早已和哈尔医生核实了。不是安眠疗法，不能提供安眠药，您要进行精神病康复治疗。”

“我现在就走!”尼利要出门，却被四只胳膊挡住了。

“松开你们这些肮脏的手!”她尖叫着。“放开我!”她开始拿自己的拳头攻击她们。

一名护士吼出一道命令：“把她带到山楂树去!”

“我想回家!”尼利拼命喊道。又涌来了更多护士，将尼利拽入一条长廊，往里面深入。怎么会发生这种事情？她！尼利·奥哈拉！让四名护士拽着。这种鬼哭狼嚎的呼喊声——出自她之口！在这出移花接木的把戏里，她已经彻底疯了，哪还顾得上什么礼义廉耻啊。

整个行进途中，她和她们的斗争从未平息——首先通过了长廊，接着进入一道道大门，最后来到了又一座大厦，进了另外一个大堂。跑来两名陌生的护士接收了她，把她拖入另一个走廊，来到另一个微不足道的小屋——虽然还在怒火中烧，她仍能找出不同。这间小屋没有小地毯、小窗帘、小书桌，仅有一张床——简直是一个牢房！她被丢在床上。她的便裤磨破了，谢天谢地，她的包里还装了一条。

一名小护士来了，在她身旁坐下。“好了，奥哈拉小姐，用点儿晚餐吧。”

“我想回家!”尼利吼道。

“吃吧，待会儿还要去认识别的病人。”

“我想睡觉。”尼利哽咽了。她感到她被人陷害了，而且她活到现在第一次被害得如此惨烈。她把视线移到了窗户上，没防护栏……是一种别的东西，只有一张隔离屏网，而这种隔离网可以被剪断——可是拿什么剪？她快步走出小屋，跑入一间大休息室。里面的病人们，十分平静地观看着电视节目。她火急火燎地扫视着周围，拿什么去剪断隔离网啊？她望了望书柜，里面放满了书本、拼图……一套国际象棋！她拿起一个走卒，它长着一个小脑袋……要是使劲儿刺，或许可以刺穿屏网。她握着那颗棋子儿又跑回了她的小屋。

那名护士正端坐在她的床上，平静地注视着她的一举一动。想看就看吧，尼利想，我身体更壮——她敢拦我试试。她把窗户推开了，而那名护士一动不动。她拿着那个棋子儿在屏网上不停地刺着、砍着、哽咽着。肯定有某处是个弱点，到底哪儿能够刺穿一个口子，肯定有……

“它是个钢网，”那名护士心平气和地说，“哪怕真的把它破坏了，依然逃不出我们的手心。这儿占地面积足足有二十五公顷，并且大门永远都是紧闭的。”

尼利手里的棋子脱落到了地上。她坐在床沿儿上开始抽泣。那名护士想要安慰她，可是反而哭得愈发凶猛了。她在想安妮与凯文。他俩早已回到纽约了，可能还想着她正惬意地睡着。她想起了安妮的房子。她当初为什么不留在那儿呢？你可以在那儿四处走动，烟想什么时候抽都行，药丸想吃多少都行，也可以饮酒……她想起了好莱坞。老大……他目前正在使唤谁？她想起了特德……加州时间比这儿晚几小时，或许刚三点——那里天气炎热、太阳火辣。特德或许正同媳妇泡泳池，可她——伟大的尼利·奥哈拉，竟然被锁于一所精神病院！她更加歇斯底里地抽泣起来了。

她肯定抽泣超过一小时了，因为在她哭罢以后，回望窗外时，天已黑成一片了。护士长出现了。在她笔挺的制服上插着一个名牌，写得很清楚她是施密特(Schmidt)护士。尼利一眼就断定她看上去像只大野牛，而且是个"蕾丝"。

"奥哈拉小姐，你再不老实，我们可就对你不客气了。"

可以啊，就用这个办法。她一定能够争取到几颗药丸或一针镇静剂。她得给她们点儿颜色！这里规定不可能提供安眠药，而尼利·奥哈拉能改变一切，她将破了这个狗屁规矩！她开始大声嚷嚷起来。

她立即付诸行动，而那名高大威猛的护士重新出现。

"好了，奥哈拉小姐，必须立即停止喧哗。你正在影响别的病人。"

"让她们都给我滚！"尼利惊呼道，她的吼声更大了。

施密特护士朝另外两名护士快速点了下头。她们上前架起尼利的胳膊，拖着她进了走廊。她用力地反抗、踢腿、叫嚷——可惜独臂难挡，毫无还手之力。她被带进一个大型洗澡间儿，施密特护士跟另外两名护士让她脱衣裳。

"什么！想让你们这群'女同志'饱餐一顿！"她大声嚷着。施密特护士又一次点了点头，只见那两名护士野蛮地脱起尼利的衣服。全裸着身子的她依然扯着嗓子吼叫着，却还是被强行按入了一个浴缸。有个庞大的帆布篷遮住了浴缸，她只能露个头，头下放了个枕头。有位护士坐在旁边的桌子后面，桌上放好了现成的铅笔和笔记本。

尼利还是不停地大嚷着。其实，洗澡的感觉蛮好的。泡澡已经是她的一个习惯了，她喜欢让水淹没她的身体。可这次的洗澡水很奇怪——水一直在更新，一边进、一边出，身边全是泡泡。她感到十分惬意。她心里追寻着这种念想，但嘴上还在叫个没完。

施密特护士又一次出现在她眼前，蹲在她身旁，两眼闪烁着和蔼的目光，“奥哈拉小姐，何不放轻松一点儿，试着享受一下泡澡的乐趣呢?”

“把我弄出去!”尼利叫嚣着。

“你叫到什么时候，就让你在浴缸里待到什么时候——除非你在里面睡着了。”

“哈！整个州的水源都用光，也别想让我入眠!”尼利长吁一口气，便朝施密特护士疯狂地呼喊起来。

“曾经有位患者在这个浴缸内泡了长达十五个小时。”施密特护士这样回答她。接着，她站了起来。“我过一小时再来看你，到那时你就会乖很多了。”

一小时后！尼利感到自己的嗓子开始沙哑。她的喉咙受伤了，很想躺下让身子舒服一会儿，可那样一来正好让她们称心如意了。她肚子饿得咕咕叫……还想来根儿香烟、几个“娃娃”。哦，神啊！来点儿“娃娃”！她又开始惊叫，开始咒骂哈尔医生、那些护士、那家医院……骂完之后，便开始哽咽。当她开始哽咽时，她注意到那个坐在桌子后面的小护士把笔放下不写了。哦！我明白了——写下患者所说的每句话，交给那个伟大的哈尔医生过目。你以为眼下终于可以休息了，对吗？但是，你想多了，想休息门儿都没有——有我尼利·奥哈拉在的一天，做梦吧你！

她又一次惊呼起来，使上了她所知道的最具杀伤力的难听话。看着那名小护士在记这些污言秽语时羞红了脸，尼利的内心也很过意不去，毕竟这名小护士还很小——大约十九岁——况且她并没有错……规定又不是她制定的。可是她依然呼喊个不停，抖出了她平生所学的一切污言秽语。与此同时，她还用双膝去顶那个帆布篷子，纵然双膝都磨破了也在所不惜。她猛然间找到了一种方法可以将自己的头滑进帆布篷子里。她潜入了水下。

那名小护士急忙跳了过来，将她的脑袋提了起来，接着又跳回去敲响了警铃。其他护士闻讯赶来，将颈部开口处又紧了紧，使它变得小了一点儿。尼利喊得愈加响亮了……那个小护士记得愈加迅速了……

当尼利钻进帆布篷子底下时，曾注意到在注水口附近有个小洞。于是，尼利一面还是继续叫嚷着，促使那名小护士不住地记着，一面提起一只脚上的大拇指捣着那个小洞。小洞慢慢变成了大洞——没过多久便能够将半个脚掌放进去了。她依然继续大放厥词，以便使那名小护士忙于记录，无暇抬头看她。紧接着，她使出了超人的力量将脚整个伸入了那个洞中，随着膝盖不断提向胸部，只听一声剧烈的破裂声，帆布篷子裂开了。尼利从浴缸内一跃而出。那名护士立刻敲响了警钟，施密特护士领着一群护士冲了进来。浴缸上又套上了一个崭新的帆布篷子，不过尼利还是体会到了一个小小的满足，因为她听到一名护士在小声嘟囔，“第一次见到有人将帆布篷撕破！”

她肯定是要一直叫嚷下去了。又新换了一名护士，她看上去年龄也很小，可她对尼利的满口脏话充耳不闻，眼睛眨也不眨的。尼利沙哑了喉咙……累坏了身体……弄疼了后背……磨破了膝盖……在撕破帆布篷时，好像还弄烂了脚拇指——可她还是继续叫嚷着。门突然打开了，走进来一名医生。他拖着一个高脚凳在浴缸旁坐下。

“晚上好，叫我克莱门茨（Clements）医生。今晚由我巡视。”

她特意看了看他手上戴的那个大表。已经九点啦！她肯定在这个破浴缸内待了将近三小时了。

“有什么可以帮您的吗？”他问道。

我才不疯呢，疯的是他们才对，她想。看看他这个样子，默默地坐在这儿，就跟我们马上就要过完一天了似的。我整个人都被束缚在这个该死的浴缸里，只能伸出一个头，而他竟然大言不惭地问能为我做些什么。

“我能为您效劳吗？”他继续问道。

她把头扭向他，脸上两行泪水刷地一下流了出来，“你算哪门子精神科医生啊？”她透了口气，“你能为我帮忙吗？神啊！这儿所有的医生全知道我来这里是干什么的。你们全都心知肚明，我是被你们设计陷害了。你们信誓旦旦地承诺为我做安眠疗法，就因为我争取我的合法权益，竟被你们残忍地扔进了这个破浴缸！”

“安眠疗法？”从他的表情中可想而知，他是真的一无所知。

“没错，我此行就是这个目的，住上八天，睡上八天。那个龌龊的哈尔医生满口答应了，然而我朋友前脚刚走，嘭！全变了。”

他望了望那名护士，她耸耸肩。于是，他又回头望着尼利，“我只是执行公务的，关于你的事情我全然不知。我只是个巡视的。我明天会向上面提交报告，相信到时候一切都能水落石出。”

“原来如此啊，嗯哼?”她不再大声嚷嚷了，从这名年轻医师眼中她体会到一种受重视的感觉，她或许可以依靠他。“你理应对我施以援手。”她乞求着说，“你之所以学这个不就是为了救人吗? 可你就是如此救我的吗? 搞份儿报告提提我的事情，接着回家躺在你床上睡大觉，而我却要淹在这个浴缸里? 如若你仍是一个有良知的人，你就应该给我弄根儿烟，搞点儿食物，给几颗速可眠，而不应该光做个笔记，就拍屁股走人了。”

他出了浴室。她又练了一回嗓子，努力想喊得大声一点儿。可她的喉咙很疼，人也很累。是否她非停下来不可了……在适宜的水温下，洗澡水不断地吐着泡沫。她或许可以就此睡下——可这样一来，她们就赢了! 谁都必须在浴缸中睡着，然后才能出来。这不适用于尼利·奥哈拉! 要是首战失利，她就全盘皆输了。她更加歇斯底里地吼起来了……

又过了一小时，那名年轻医师又回来了，陪同他的还有施密特护士。他将提包打开，取出某种东西倒入玻璃杯中，交给施密特护士。“我回去以后和哈尔医生商量过了，他也赞同今天晚上不管怎样都得先让她睡着。”

施密特护士将玻璃杯举到尼利嘴唇跟前。“喝了它。”

尼利将头转向一旁，“不放我出去，我什么都不配合。”

“喝了它，”施密特护士轻声细语地说，“喝了它就能睡觉了，我们就会把你捞出去。我向你保证。”

尼利明白了。她们曾说要是她睡不着，就一直不放她出浴缸，可是她们如今让她喝别的东西催眠她，意味着她赢了。还说不给安眠药，嗯哼? 不过，这个冒烟儿似的东西到底是啥，莫非是冰淇淋汽水? 她任由施密特护士将那种东西灌入自己的喉咙，她将那个玻璃杯吸得一干二净。

神啊！这个方子真是太绝了！她觉得那种效果是立竿见影的，真是美妙非凡！她再也不吼叫了。妙不可言的感觉席卷了她整个身体。她们取出了那个帆布篷子……她感到有个人在拿土耳其浴巾摩擦她的身子……协助她披上睡袍……“山楂树的病人都住满了，”施密特护士说，“奥哈拉小姐，你听得清吗？这儿的私人单间被抢占一空了。只有将您安排进宿舍了。”

尼利挥了挥手。一张床，睡觉，这是她现在唯一所求，哪儿还管在什么地方睡。

当她苏醒时，外面漆黑一片。她究竟被送到哪儿了？在一个很长的屋子中，摆放着一长排小床。哦，我的老天爷啊！精神病院！现在几点了？她翻身下床。那位坐在门口的护士赶忙跑来，“怎么了，奥哈拉小姐？”

“这会儿是什么时候？”

“清晨四点钟。”

“我好饿。”

一个盛着牛奶跟脆饼的精致碟子立刻呈现在她眼前。她们把她领到走廊的长椅上坐下，把那些疯子吵醒是万万不可的。牛奶已经喝完了——她现在可以吸根儿烟吗？不行，尽管她们彬彬有礼，但还是不给她烟。呃，她们想要干吗？她无法入眠，更糟糕的是，有人在屋里打呼噜。施密特护士为此深表歉意，过不了几天，就会给她腾出一个私人房间。

尼利又爬回自己的床上。过不了几天！她想等到黎明时分就要离开这个鬼地方。她们没理由不让她跟安妮通电话。

她肯定是睡着了，因为她又一次找回意识时，看见眼前出现了一片忙乱的景象。所有人都已经起来了。来了一位从未见过的护士。

“早安，奥哈拉小姐。起床，把铺位收拾一下，卫生间在大厅下面。”

“自己收拾床铺!”尼利厉声喝道，“请不起我，姐姐！我都十五年时间不用自己收拾床铺了，我可没想从今天开始改变这一习惯。”

“我会为你收拾的。”一个女孩从屋子对面冲了过来，她长了一袭浅褐色的头发，相貌十分好看，“我叫凯萝尔(Carole)。”

“你为什么要整理我的床铺?”尼利问。她注视着这个女孩将床单叠得整整齐齐的。

凯萝尔笑着说，“要是让她们发现你没有收拾，她们会给你登记一个污点。这是你到这里的头一天，你慢慢就会适应。”

“一个污点对我来说意味着什么?”尼利问。

“呃，你不想永远待在山楂树馆，对吧？你要依次升入杉树、榆树、楞树，之后就可以由内诊部转至外诊部。”

“听上去跟升学似的。”

“在某种程度上就是那样。这里病房收纳的都是重症病号。我曾经一路升到了榆树，可是我……出了点儿状况。我已经又在山楂树待了俩月，盼望早日升入杉树。”

尼利随凯萝尔来到了一个大型的洗手间。里面有二十个左右的女人们在刷牙、聊天儿。他们的年龄参差不齐，有些四十岁上下的；有个七十岁左右的，不过看上去很可爱；凯萝尔估计是二十五岁；有六七个女孩和尼利差不多；甚至有几个更要小点儿。她们在一起聊起天儿来，简直跟宿舍里的学生没什么两样。有人给了尼利一把牙刷，有位女勤杂工提着一个大箱子进来了，“注意了，美女们，你们的唇膏都在这儿。”尼利简直不能相信她的双眼。那个盒子内放着二十多支唇膏，分别贴着每个人的姓名。她从中看见了自己的；它出自她的包，只是被贴上了整洁的名字贴。她用过以后，重新交还给了那个女佣。

紧接着，她也被赶到人群中，排队领取衣物。一个女佣交给她一件文胸、几条内裤、几双平底鞋、一条连衣裙和一件衬衫。全是她以前穿过的私人衣物，被贴上了名字，这令她万分惊讶。这些衣物不是她打包带来的，肯定是安妮晚上邮寄过来的。

这说明安妮早就知道她未被进行安眠疗法！

她被吓得呆若木鸡。她缓慢地穿着衣裳，想从一筹莫展的恐惧中找出一条出路。她又随着凯萝尔来到一间大型活动室。阳光溜进窗台，照亮了整个屋子，绘出一幅虚假的欢乐景象。她抬头向墙上的钟表望去，神啊！刚七点半！今天该怎么熬啊？

日班由韦斯顿护士接替了施密特护士。她和施密特护士看上去像是一个模子刻出来的，她手下也有六七个小护士，看上去同样精明强干。尼利和所有人一块儿共进早餐。明晃晃的食堂让人感到欢呼雀跃，四人一桌，到处是来来往往的女侍者在餐桌间快速穿梭。来之前，她信誓旦旦绝不动一粥一饭，可一闻到熏肉和鸡蛋的味道，她的肚子便打了鼓。她饱餐一顿后，便随别的姑娘一起拖着沉重的步伐返回了活动室。

她一口咬定这些都是很优雅的疯子。她意识到那些姑娘们察觉到她了，可她们只是向她微微一笑，那种笑容很客气、很亲切，并未使她感觉有一丝的尴尬。她的样子肯定很难堪，连衣裙必须有根儿带子——以前是有的，可被她们去掉了。绑头发的是根儿绳子，双膝都磨破了，都是昨天夜里在浴缸奋斗出的杰作，现在都成了纪念品了。她盼望自己也能体会那种亲切的友谊和那些女孩互相分享的有趣笑话，看样子，她们都对这里情有独钟。

凯萝尔领她四下认识了一下。老天爷啊！所有人看上去都心智健全、十分正常。她稳稳当当地坐下，等着看下面还会发生什么事情。来了一名护士，所有人都蜂拥而上。她手里抱着一个箱子，嘴里不停地喊出所有人的名字，还有“奥哈拉小姐”。尼利走上前去。老天爷啊！她们分得如此井井有条——就连她的香烟都被打了标签。这名护士给每个女孩分发了两根儿香烟，而另外一名护士在那儿站着替她们点燃。尼利回到座位上，感激涕零地吸起自己十二小时后的首支香烟。刚抽第一口，她感觉头晕眼花；第二口下去，十分满意；再吸第三口，神清气爽。想想看吧，一个每天必须要吸两盒烟的人，打昨天下午开始一根儿烟都没沾。她从凳子上缓缓站起来，凭借着吸烟带给她的清醒，来到韦斯顿护士所坐的桌子前面。

“我想拨一个电话，”她说，“需要去哪儿打？”

“禁止拨打电话。”韦斯顿护士愉快地说。

“那我该如何跟我的朋友取得联系？”

“写信。”

“给我拿支笔，再弄几张纸行吗？”

那名护士看了下手上戴的表。“我看最好是晚会儿再写吧，有位医生在五分钟后要过来看你。”

“是哈尔医生？”

“不，是费尔德曼（Feldman）医生。这仅仅是个定期的体检。”

他是名内科医生，不治精神病。他在她指尖和手臂上采集了一点儿血液，还听了听她的心跳。

她请一名护士为她点燃第二根香烟。走过来一个魅力十足的黑发女孩，“别担心这个体检，他们做这个只想保证你身体健康。要是在为你医治精神疾病时，而你却因为癌或别的什么疾病死了，那他们会很难办的。”

尼利上下打量着这个女孩，她觉得这个女孩若是化妆得体的话，肯定十分好看。她的骨骼架构十分合理，一双黑眼睛炯炯有神。尽管目前她有点重，但过去肯定拥有过很棒的曲线。尼利目测她有三十了吧。

那个女孩在她身边坐下，她手里拿着个方盒子，“我是玛丽·珍（Mary Jane）。我来教教你——下回去健身中心时，买一盒稿纸。只需一美元。”

“可我身上一个子儿都没有。”

玛丽·珍笑着说：“这儿的一切都可以欠——全会记在你的账上。不过，你可以拿它当成一个袖珍钱包用。”她把手里的盒子启开。里面除了稿纸，还有一盒烟。

“你是在哪儿弄到的？”

那个女孩赶紧打了个手势让她安静，“在被亲友探望的时候，你可以和你的亲友坐在一起一个劲儿抽烟。不管是谁来看你，你让她们给你捎个一整条香烟。回来后，将它放在一个隐蔽的地方，那么在抽烟时间，你就能吸上一大把了。”

“可烟是她们点的，要是多于两根，就会被她们察觉到。”

“那些护士们机灵得很。你可以求别人，让你的烟在她们的烟上对火，容许这样做。只是不容许咱们这群精神病使用火柴，那些护士才不管咱们吸多少烟呢，她们知道咱们的生活里需要一些乐子。”

尼利笑着说：“你不是个精神病，是吧？”

“嗯，我来这儿本来是打算报复我老公的，结果事与愿违。他是个狗杂种——腰缠万贯——他跑出去找了个小三儿，想和我离婚，因此，我便装疯卖傻起来——如你所知，精神崩溃那种。铸成了我这辈子最大的错。”

“为什么？”

“我只是服了几个药丸——三个——接着编造了一张自杀遗言。然后我就发现自己被送至了贝尔维尤医院。妈呀！你到那儿，不是疯子也得疯了。一些真疯子围在你身边，尖叫着、哭闹着。我估计自己那时也被吓傻了，也开始尖叫起来，最终也被套上了约束犯人们用的束身衣。因此，由于我的老公养得起，就把我搬到这儿了，我亲笔签的名。之后，等我想要出去时，他却授权继续关我。我都在这儿度过整整五个月了。我曾经已经升入榆树了，那儿的待遇相当好。你在那儿能够抽烟、戴束腰带，甚至还能使用更多化妆用品。可当我知道他授权推迟了我出去的时间，我便彻底崩溃了，狠狠地发了一通脾气。因此我又回到了山楂树。并且，我劝你跟她们好好配合。我就没做到，天天发脾气，绝食，不合作。我曾在那个挨千刀的浴缸泡了三周时间。你只能跟她们打成一片，出去的唯一办法——就是按照她们的办法。我准备扮演一个乖乖女，用不了多久就能升入杉树了，熬上一小会儿，进入榆树，接着是樗树，之后是内诊小屋……接着修成正果，可以出去了。”

突然间，尼利被惊出一身冷汗。“可听上去得熬好几个月呢。”

“估计得一年。”玛丽·珍兴高采烈地说。

“难道你一点儿不在乎吗?”

那个女孩耸了耸肩。“我太在乎了。正因为我太在乎了，于是和他们吼了一周时间。然而你不可能打败他们。他们会将记录展示给你的法律顾问、老公以及你的任何负责人。从书面上看，简直坏透了——‘病人狂笑不止，必须被监管，在浴缸里躺十二小时。’接着，他们就会跟你的法律顾问讲，‘你现在只需再授权三个月的治疗。莫非你不想看见一个目光炯炯有神、身心健康的女孩重回你以及这个社会的怀抱吗?’没错！那些责任人每月只需花费一千五百美元，他们就可以节省自己的时间。因此，我下定决心不再和他们争斗了，我要老老实实地等到出去的那一天。再说，我又输不了什么？我早就无家可归。汉科(Hank)——即我老公——有了别的女人。可起码这样一来，他和她结不了婚，并且每月还要替我出一千五百美元呢。”

“可我在这儿只有八天时间——为了做一个安眠疗法。”

“一个什么?”玛丽·珍用一个奇怪的眼神望着她。

尼利跟玛丽·珍做了个解释。玛丽·珍一下子笑了出来。“这里从未做过你所说的安眠疗法，连阿司匹林都不给。”

“可是昨天夜里，她们给了我某种东西。”尼利得意扬扬地说。

玛丽·珍又忍不住笑出声来，“哎呀！我们必须对你拍手称赞。你真把帆布篷子踢烂了吗？这件事被传得沸沸扬扬，在这里已经人尽皆知了。”

尼利点了点头，“这算什么，我还要来个金蝉脱壳，逃出这个鬼地方。”

玛丽·珍微微一笑。“可以啊，我完全支持你，让我拭目以待你怎么做到。你瞧瞧佩吉(Peggy)——她的老公就是被他们给洗脑了。”

正说着，就看见佩吉朝她们走来。这个女孩年龄在二十五岁上下，是个楚楚动人的金发女郎。“正跟这位小姐讲咱们不堪回首的往事呢?”佩吉问。

“你为何来的这里?”尼利问。

“我来这里是因为我跟个疯子一样疯疯癫癫的。”佩吉高高兴兴地说。

“别听她胡说八道，她才不是疯子呢。”玛丽·珍说，“她接连失掉了俩宝宝，全是夭折。这种事发生在谁身上都会一蹶不振的。”

佩吉强挤出一丝微笑。“我所知道的是，只要瞧见街上的店铺橱窗内的布娃娃，我就会哭泣。来这儿之后，情况更加严重了，期间经历了四十回电击疗法，刚刚感到自己又开始重新做人了。”

尼利被这话吓得心都提到了嗓子眼儿。电击疗法！玛丽·珍看穿了她的心事，“别害怕，就算你真要做电击疗法，还是得获得你的近亲或者责任人的授权才行。”

听了这句话，尼利才放轻松了，“安妮永远不可能授权。”

玛丽·珍又露出了她一贯的笑容，“要是你所说的那个人被他们洗了脑的话，那就不好说了，佩吉的老公就是前车之鉴。当哈尔医生和阿切尔医生准备做他们的工作时，首先会答应他们一切事情。佩吉的老公首次来探望时，她状态很好——只想摆脱这里。她老公乐坏了，他说他立即去诊疗中心为她办理出院。哈！就是这种下场！他这一走就是两周时间，就在他走后紧接着那天，佩吉便开始接受电击疗法。”

“可这是为什么呢?”

佩吉听完后长吁了口气。“我现在不怨恨吉姆(Jim)了。起初，我恨透他了，可如今我懂了。他们向他出示了我的病情记录。我很忧郁，夜不能寐，很爱哭闹——全都是狂躁抑郁症的表现。可是哪个失去了两个宝宝又被圈在这个鬼地方的女人会不哭几声呢？他们告诉吉姆，要是放我回家，我又会精神崩溃，可能这辈子就完了，吉姆信以为真了。吉姆当然想要个开心的老婆，因此他做了授权，把我又交到了他们手里。”

尼利就这样一直聆听着。所有人的故事都大同小异，一个疯子也没有；其实，里面这些人要比她在外面接触到的那些人还要显得正常。正当她听到第七个故事的一半时，那名护士吆喝道：“姑娘们，走了！”

“现在干吗呢?”尼利问。

“到健身中心去。”玛丽·珍跟她解释道。

这些姑娘们站成两个纵队，走在那名护士身后，通过了一条条走廊，又经历了许许多多扇开开锁锁的门；终于抵达了一个大型健身中心。这儿有个羽毛球场、许多乒乓球台，竟然还有张台球桌。在她们进来时，另外一组人正在退场。玛丽·珍还同几个女孩招了招手。

“她们是杉树组的人。八点至八点半是她们在健身中心锻炼的时间，我打招呼的那几个女孩是上周刚从山楂树升入杉树的。”

当其他人正在选择玩羽毛球还是乒乓球时，尼利却坐在场外无动于衷。她去买来一盒稿纸，却拒绝购买运动鞋。她不打算在这儿久留，她这样对她们说。稿纸？呃，她必须写封信给安妮。她万万不可表现出焦虑的样子，因为玛丽·珍对她说，要是露出恐惧的表情，就会被那些人记住拿来对付她。

她们于九点半钟出了健身中心，同时又有另外一组人进来了。紧接着她们被带到了另一座大楼——职业疗法大厦。大家一个劲儿地冲向自己喜欢的项目，那名老师跟她讲解道，她可以做手工镶嵌画或针织或其他一切事情，只要她愿意，做什么都行。她不愿意做任何事情！她在一个墙角坐着。哦，神啊！怎么会这样？她把视线移至窗外，一片片草地正在吐出新绿，突然有一只兔子在草地之间蹦蹦跳跳地穿梭。起码这只小兔子还可以随心所欲地行走，多么自由！这种被约束的感觉已经超出她所能承受的极限。她盯着那位正在耐心教导那些女孩的指导老师，对啊！一到五点钟，那名老师就能够回家了，想干吗干吗。而她现在急需一根香烟、一颗药丸！哦，神啊！只要给一颗药丸，让她做什么都行。她感到汗水已经流到后颈了，头发已然湿透，后背开始痛起来了，现在真是受伤了。她马上就要晕过去了！她小声呜咽起来。那名老师向她冲来。

“我的背。”她哀号着。

“你是在健身中心受的伤吗？”教练全神贯注地看着她。

“不是，背痛是我的老毛病了，这会儿又复发了。”

那个教练刚才那种十分关注的表情立刻烟消云散了，“你的精神医生下午两点钟会对你例行检查，你到时候跟他说吧。”

她就是如此熬了下去。等到她两点钟见到医生时，已经做好了大叫一场的准备。

他是西尔(Seale)医生，长得很瘦，是个红脸。她边说，他边记。她倾诉着满腔怒火——移花接木的卑鄙手段、事先说好的安眠疗法、她遭受的无情摆布。她一根儿接着一根儿地抽烟。在同精神医生会面期间，病人想要多少烟，他们就给多少。

“我真的背痛，”她乞求着说，“求您送我几颗速可眠。”

他接着记下她的话，之后才说，“您用速可眠多久了？”

她彻底耐不住性子了。“哦，行了！不要把这件事想得那么严重。要是你想把吃这种药的人全抓进精神病院，那半个好莱坞、半个麦迪逊大道①以及半个百老汇全都得住这儿。”

“你觉得大白天吃安眠药消痛正常吗？”

“不，我更愿意打一剂杜冷丁。”她说。当她看见他听见这句话后双眉上扬时，立刻高兴起来，“对，杜冷丁。”她笑着说，“我在西班牙的时候想什么时候要都行，每天都能来上两三针，效果好极了，还使我完成了一部影片。因此你可想而知，两颗小小的破速可眠对我而言只是个开胃菜。好了，赶紧的，给我弄上几颗。如果每小时给我两颗，或许我还可以在这儿熬下去。”

“和我谈谈你妈妈吧，奥哈拉小姐。”

“哦，该死！别告诉我咱们要进行弗洛伊德(Freudian)的狗屁学说。听我说，我在加州已经被灌输过一遍了。我投入了五年时间，耗费了两万美元，才让我那位心理医生相信我不记得自己的妈妈。如果咱们还是要从那里谈起的话，我想不等我走出这个鬼地方，我就衰败成一个老太婆了。”

“那好，我派人去加州取你以前的诊断记录。”他说。

“我才不会在这个鬼地方待太久，今晚就要写信告诉我的朋友。”

---

① 麦迪逊大道：美国纽约曼哈顿区的一条著名大街，这里聚集了众多广告公司，已经成了美国广告业的代名词。

“可你最起码要在这里待够三十天。”

“三十天!”

他向她讲解了她所签名的那份文件。她摇摇头说：“真会诈骗啊！他们早就布置好了一切。当我们走进这里时，有谁能想起再让威廉·莫利斯(William Morris)经纪人公司①替你检查文件的细则!”

他立起身。“明天这个时候再见。”

她耸耸肩说：“可以啊，这么说，我要被拴在这儿三十天了。我或许也能挺过去。”接着她猛然说道：“那等三十天之后，我便可以离开了吗?”

“到时候看吧。”他闪烁其词地说。

“你说‘到时候看’是什么意思啊?”

“等过了这个治疗期，我们会评估一下我们的调查报告。要是我们觉得你符合——”

“‘我们’? 这个狗屁‘我们’是什么东西啊? 被关在这儿的人是我，我本人要求离开这里，请问谁有权利妨碍我?”

“奥哈拉小姐，要是您执意要走，而我们觉得您不符合条件，那么我们将同您的责任人沟通，对你而言，这个人是韦尔斯小姐。我们将请她允许再延续您三个月的治疗，要是您不愿意亲自签字，结果就是这样。”

“假如安妮拒绝了呢?”

“那我们照样会想办法让你获得批准，即将您的病情上交到一家公平正义的法庭……”

---

① 威廉·莫利斯经纪人公司：创办于一八九八年，是美国第一家演艺经纪人公司，在中国设有办事处，著名演员章子怡、刘亦菲就是该公司的签约艺人。

她吓呆了，“你们玩的这个欺诈真是天衣无缝啊。”

“不是欺诈，奥哈拉小姐。我们是在治病。要是在病人尚未康复时，我们就把她投入到社会上，结果她在接下来的几个月里结束了自己的生命，或者伤到了其他人……那么，这将败坏我们的名声。要是你在一家内科医院做了手术，你的手术切口尚未痊愈就想出院，那么医生有权制止你。在太平山庄，只有我们的病人具备完全社会责任能力时，我们才欢送她们出院。”

“对——送进老人院。”

医生听罢哈哈大笑，“在我看来，往后还有一条康庄大道等着你，路长着呢。而且在这儿住一两年也不算是荒废。”

“一两年！”她的身体颤抖起来，“不！你给我听着……只有三十天，听见没有，而且是在我非待在这儿不可的前提下。不过，仅此而已了！”

他又一次大笑起来，“现在开始做你的罗夏测验（Rorschach test）①，我们将会从中了解到更多。”

尼利听到这里，再也忍不住了，一把抓起医生的手臂。“你给我听好了，医生，我对那些个测验一窍不通，我读出的墨渍板答案有可能显示出我具有疯子的某种表现，不过我就应该不同凡响，正因为如此我才能当明星。你要是没有点儿不同寻常，你是永远达不到我的高度的。知道为什么吗？要是你在萨蒂斯会所和查森斯会所撒下一张大网，给那儿的人全做个罗夏测验，他们一个都别想漏网，全得被你关上许多年。难道你没有发现？正是那些与众不同的习性把我们打造

---

① 罗夏测验：一种投射技术。它是由瑞士精神病学家罗夏于一九二一年首创的一种测验。

成了明星。”

“我很赞同。要是你说的那种特殊性可以帮助你，当然是再好不过了。可要是适得其反或有可能导致你自杀的话，我们只好介入，改变这种苗头。”

“我没自杀，全是阴差阳错。听我说，要是有个将你奉为上帝的电影公司长年累月地包揽你所有的事情，在我看来就像一个了不起的妈妈似的，为你订机票、草拟演讲稿、摆平媒体舆论……甚至连你的交通罚单都照顾到了，那你慢慢地肯定会对‘她’产生某种依赖。你还会有一种归属感，感觉‘她’是你的保护伞。然后‘她’突然间将一切全扔给你了，你像是被狠狠地抛弃了一样。那种感觉实在是太恐怖了。我感到自己似乎变成了那个一无所有的尼利了。”

“‘一无所有的尼利’是谁呢?”

“埃塞尔·艾格尼丝·奥尼尔，什么脏活都得自己干，内衣要自己洗，什么事情都要亲力亲为。尼利·奥哈拉则完全相反，一切都是现成的，令人尊敬。事情本来就应该这样，你若是个名副其实的人才，那么你就应该一门心思扑在事业上。而我之所以丢了饭碗就是因为不能两者兼顾。”

“可是埃塞尔·艾格尼丝·奥尼尔曾经的确做到了两者兼顾。”他说。

“是的。当你还是十七岁时，你有什么不能做，又没有什么可以失去的。你起步时一穷二白，任何事情都可以放手一搏。可我眼下都三十二了，最近还没有任何工作。我现在是当代传奇式人物，不可以用自己的荣誉冒险，我输不起。这就是为什么我在好莱坞演那部电影时，呆住了、唱不出来了。它是一锤子买卖，我的背后没有了电影公司这个坚强的后盾，没有人规划我的未来，没有人保护我。他们都在利用我，想通过我的大名发一笔一次性财。我很清楚那是部烂片儿，他们心里也跟明镜似的，只是觉得那样能挣钱。我却因此唱不出歌了——我真失去了歌唱的能力。马辛格医生是这样跟我解释的，可是电影公司却将我视为不配合、没信用的人，因此他们就能够逃避责任了。”

“可我觉得你刚才好像说电影公司就像你的妈妈似的。”

她叹了口气，“早就不是了。电视的出现把一切都改变了，老大也不例外。他是个被吓怕了的老头儿，每一个举动都必须报告股东们。我还听说那些股东们想炒了他。哎！一切都时过境迁了。”

“那么你应该与时俱进，提高自己。”

“或许吧！”她表示同意。“可我不可能因此就去委曲求全，因为我是明星，就只能有明星范儿，在任何情况下，都不会有任何改变。”

他带着她往门口走去，“明天咱们接着聊。”

“我要过多久才能见到安妮？”

“两周后。”

两周！尼利返回了中心活动室。她偷偷地将六根儿香烟放进稿纸盒内，接着才将烟盒交还了护士。一根火柴也没有，不过她会想到办法的。

进入了娱乐时间，女孩们有的在写信，有的在玩纸牌。接着又进入了吸烟时间，所有人都是不停地吞云吐雾。尼利给安妮奋笔疾书了一封很长的义愤填膺的信，向她哭诉了这里发生的所有事情，在落笔处写上了希望马上出院的迫切要求。写完后，她将信叠好装入信封内，正待密封。这时，韦斯顿护士朝她走来。“不用封。”她告诫说，“只需在邮票粘贴处标上负责你的医生的姓名即可。他要看你的信，要是他通过了，就会把它邮寄出去。”

尼利大吃一惊。“你是说，西尔医生可以看我写的一切吗？”

“这儿是这么规定的。”

“可这是违法的，每个公民都享有隐私权。”

“我们这样做正是出于对病人的保护。”韦斯顿护士说。

“对病人的保护！你指的是保护这种下流的伎俩吧！”

“不是的，奥哈拉小姐。一个精神失常的病人很容易对她的爱人产生敌意，这种事情在这里时有发生。举个例子，有个女子被她老公送到了这儿。她过去曾经是个忠诚的好老婆，但在她来到这儿以后突然出现错觉，在信里对她的老公说她恨他，还说自己对他出轨了，甚至还说情人是她老公的朋友。这全是假的，但她丈夫何从知晓啊？因此寄信之前需要医生先过目。”韦斯顿护士注意到尼利的手不停地抚摸着信，便知道了她心里在想些什么，于是笑着说，“听我说，若是你在信里写道自己很恨这个地方，哪怕说了西尔医生的坏话，都不用担心。他能够理解，你的信照样可以寄出。他仅仅致力于把你保护好，这才是我们制定这个规则的初衷。”

尼利最终还是把信递给她了。这样一来，西尔医生就会看到她把他比作一个茄子，他跟他的那些狗屁规则全是罪有应得！她双手抱头呆坐在那里。神啊！她必须摆脱这个鬼地方！

玛丽·珍在她的肩膀上敲了敲。“不要这个样子坐，会被她们记作处于忧郁状态之中。”

尼利极其大声地笑了起来。

“千万不能这样笑。”玛丽·珍告诫说，“你这是狂笑。要是想笑，就笑得正常一点儿。还有，不要封闭自己，会被她们记作沉默寡言、不合群……”

“哦，好了!”尼利喊道，“简直是太过分了!”

“你这是实话。你想想他们为什么会每班派六名护士监视我们二十个人？我们一直被她们紧盯着。那两个护士长和那些医生每周都要见两次面，总结出你的病例报告。所有人都在做你的行为记录，包括职业疗法大厦的教练、健身中心的教练……你已经被记了两次差评，一次是在健身中心发火，一次是在职业疗法大厦中不团结合作、不想和大家一起制作一个可爱的小陶瓷烟缸。你必须牢记，到处都是‘大哥’，时时有人监督。”

下午后半晌时，她们又返回了职业疗法大厦，这回尼利着手制作起一个烟盒。“我将把它视为一个一千五百美元的烟盒。”她自言自语道。她兴奋地用砂纸磨平烟盒的木质外表，多么希望那个教练可以关注她。

到了下午五点，所有人都被领进了按摩房——洗淋浴、做按摩、享受瑞典式洗浴服务。从头到尾确实十分享受，只是她心里每一秒都在发恨。别的女孩都把这当成是真实的社会活动，乐在其中，从她们的所作所为可以看出，她们简直把这儿当成了夏令营，这令她感到十分嫉妒。可能对于某些女孩而言，这是在逃离她们枯燥乏味的生活，而这并不是尼利的假期，她对此坚信不疑。她背痛得要命，双手不住地颤抖。要是再不给她来一个“娃娃”的话，她就吼出声来了。一阵阵想吐的巨浪在她的心头冲撞，她几乎要倒下了。可她必须挺住，否则就会被给差评。她紧紧地咬着牙，最终还是冲进了卫生间，秘密地吐了一会儿。完了以后，她又回来洗了个瑞典式淋浴。好的，她要好好配合……持续到安妮来看她。到时候，她必须使安妮相信自己全好了，她一定要于三十天后离开。神啊！要是被羽毛球和艺术还有手工制作交织成的生活束缚一年时间，她肯定会真疯的！

她们在六点钟返回了山楂树馆。所有人围在一起坐着，里面有得是可供阅读的书，还能分到糖。这样看来，她们变得这么胖真是一点儿都不屈。玛丽·珍私下里跟她倾诉，说她五周内重了二十磅。

突然间，那个曾替她收拾床铺的好姑娘——凯萝尔立起身，嚷道，“你这是在侮辱我！”她向她旁边的一个女孩大叫着说。

听见这个突如其来的喊声，那个女孩儿莫名其妙地望着凯萝尔，“凯萝尔，我一直在读书，可从未说只言片语。”

“你刚才说我是个隐性的‘蕾丝’，”凯萝尔固执地说，“我非杀了你不可！”她说完便朝那个女孩扑去。

有两名护士见势不妙，赶紧将她俩分开。在被护士们往外拖行期间，凯萝尔嘴里依然在大放厥词、放声尖叫，两脚不停在空中乱蹬着。

“把她圈在浴缸里泡两天，自然就稳定了。”玛丽·珍这样说道。

“那个女孩有说她什么吗？”尼利问。

玛丽·珍对她摇了摇头。“凯萝尔患有妄想症，虽然长得很楚楚动人，其实她的情况糟透了。她能够几周都非常安分守己，接着冷不防地就开始联想起一些事情来。我看她永远也别想好了，她都在这儿关了整整两年了。”

两年！到时候，你想不疯都难！尼利这回是完全被吓怕了。尽管背痛已经让她开始抽搐了……嗓子也冒烟儿了……可是她还是必须挺住，必须！她身上发生的这一切全是真的吗？神啊！你过去读到的那些因为做了疯事而被送进精神病院的明星们，听上去过得很美好、很轻松，好像还能够进进出出的。她们也掉进了这样的陷阱吗？也遭遇到了这样可怕的事情吗？或者只有她一个人被这样欺诈了？你看着吧，尼利，她在心里暗暗对自己说，你能渡过这一关的。你从一穷二白，一直爬到了顶峰。这件事情算得了什么，你会离开这里的，一定要挺住，宝贝儿。

六点半是晚饭时间。吃完饭，大家洗了个淋浴，之后，有人穿上睡衣，有人穿着睡袍，随处坐着。有几个人在看电视，她也漫不经心地看着电视里放映的一部影片，这让她想起自己曾和那位明星发生过一个短暂的邂逅。神啊！只有外部世界的人才有那种幸运。要是她可以离开这里，一定会好好表现，不会再像以前一样大吵大闹、大发脾气了，甚至每天晚上要两个“娃娃”就心满意足了。藏匿的那些香烟早已被她吸得一根儿不剩了，可是她还需再来一根儿。还好，玛丽·珍背地里给她支援了几根。有几个女孩又向她倾诉她们的亲身经历，她十分敷衍地听着，装出很感兴趣的样子。谁都不是真疯子，全是阴差阳错跑到这儿来的。

十点是睡觉时间，大家都爬上了床。她还是睡在宿舍，没过多久其他女孩开始进入有规律的呼吸，声音不断在她耳边萦绕。这才几点啊，哪个人睡得着啊？每隔半个钟头就有一名护士进来，拿手电筒一张床挨着一张床地检查。她的眼睛始终紧闭着，装作熟睡的样子——若是睡不着，可能会被她说成是作息时间紊乱。钟声响过了十二点、一点，声音清晰可辨。她满脑子都是那些于人是理所当然于己是痴心妄想的事情，例如开着床头灯读书、随意地点燃一根香烟，这些遥不可及的事情。哪怕没有“娃娃”与美酒，她也可以接受，只是眼睁睁地躺在这儿真是可笑至极。老天爷啊！如果今晚可以安然无恙，那么她就真的强大起来了，再也不会被任何事情击垮。

时钟终于跳到了两点。她必须去上厕所了。这种行为会被当作精神失常让她们记录在案吗？神啊！撒尿是天赋人权。于是，她起床走进过道。突然，两名护士跳到她身旁。“出什么事了，奥哈拉小姐？”不！她只不过想撒泡尿，她以前每天夜里都尿尿的。

她进了公厕，此时正有一名护士立在门外等着。哦，神啊！连尿尿都没有隐私……

十四、安妮：猜得透的结局，猜不透的反转

一九六一年。安妮默默地坐在窗前吸着烟。那是一次残忍的探望。尼利用哽咽的声音恳求她，乞求把她早点放出去；哈尔医生、阿切尔医生还有西尔医生都向安妮宣读了检查报告，阐明了尼利的确是精神失常，她患有行走性神经衰弱并有自杀倾向，要是立刻带她走，无异于签署她的死亡判决。在她同医生们交流接触之前，安妮还满口答应尼利，立刻带她离开，但是“事实胜于雄辩”，尼利的泪水无法淹没铁证如山的病检报告。

那双失魂落魄的眼神让她何颜以对，起码还得再待三个月，这让她如何说得出口？她最终还是签署了承诺书，因为凯文一再坚持如此。神啊！她这样做对吗？那些医生们对她说，尼利很早以前就应该来到精神卫生医院了，而且在当今社会，住精神卫生医院并不丢脸，再说，尼利康复后，她的事业将如虎添翼。眼下对尼利是残忍了一点，可是放眼长远，

绝对物有所值。话又说回来，她所住的地方看上去也没她上的那么差劲儿——它是一家美丽的医院。每月一千五百美元，它就应该美丽。可那种乞求的眼神令她的良心感到十分不安。被人关起来肯定很难受，任凭它再舒适也改变不了它是一个监牢的事实。她会于两周后再次探望尼利，可能到那个时候她能更加适应那里。

第二次探望时，安妮发现尼利心情很好。她已经搬入了杉树苑。“我升级了!”安妮刚一进门，就听见了她的尖叫。“我已经能够用画眉的铅笔了，还可以拥有一个书桌，隔天就能得到一盒香烟。你给我带烟了没？好极了！我会将它们放在一个隐蔽的地方。只有护士才能给我们点烟，不过杉树苑一个值夜的护士是我的粉丝。昨晚，她悄悄将我领到休息室，请我观看了一个午夜影院节目里播出的我以前的影片。我们俩吸烟都吸疯了。”

尼利虽然胖了几磅，可气色还是很好的。她还是抱怨背痛和失眠，可她说一定会挺过这三个月时间。她很清楚安妮被那些医生洗脑了，这是他们的惯用手段，对所有人都屡试不爽。虽然她很讨厌这个地儿，不过这儿的女孩个个都很棒。美中不足的是，她渐渐发觉这些女孩并非她过去想象中的完美无缺，还是有些不正常。玛丽·珍是个酒鬼，帕特·杜美——一个交际花，她口口声声说因为她丈夫夺走了她的孩子，才把她送到这里的——原来没有孩子！那名夜勤护士向她透露，帕特·杜美打十六岁起就出入于大大小小许多家精神卫生医院。“和那些疯女人一比，我几乎成了淑女。”尼利激动地大声说，“但是乍一看，她们全都很正常。”

到了五月，尼利又倒退了。尼利凭借她同那名夜勤护士的关系，偷出了一瓶安眠药，而那名护士也因此被医院炒了。

她们在检查她的床铺时，发现她褥子底下藏着安眠药，而且已经只剩下半瓶了。她们想把那瓶药丸没收，尼利和她们大干了一仗。她不停尖叫，还大放厥词，用了十小时的泡浴缸疗法才压住了她的狂怒。结果又被遣返到了山楂树。安妮来探望她时，她表现得郁郁寡欢，一直沉默不语。

安妮持续每周都去探望她，同时还和吉琳化妆品公司签署了新一季的演出合同。凯文早已将公司易主了，然而他仍旧徘徊在演播室附近，这种默不作声的存在要比尖叫着抗议有过之而无不及。

背地里，凯文将一切全归咎于尼利。他对自己说，他很放心安妮对他的忠诚。不管结不结婚，安妮永远都是他的专属。你瞧瞧！想当初他拒绝和她结婚时，安妮发愁了多久。他也知道自己不该如此频繁地来这里瞎转悠，毕竟，新老板全权把关，一切经营良好。可是他实在无所事事，不知道该如何充实自己的时间。他也就是偶尔去找找自己的经理人，每天去刮刮胡子、同自己的律师共进午餐……可这些事情根本用不完一天时间。因此，他便总是跑到演播室里，观看安妮录制电视广告。并且，他每来一回，就对自己保证下不为例。

这一次，他还是像往常那样跟自己保证了同样的事情。已经进入六月了，那天却阴雨连绵，天气分外清冷，严重违反了季节性的自然规律。他一个人在过道里坐着，安妮此时正在演播室彩排。还好，再熬上三周时间，暑假就来临了，演出将要停播一段时间。安妮早就承诺和他一块儿去出游，不过极有可能去汉普顿斯[①]沙滩的敦戴克[②]景点，因为这样一

① 汉普顿斯：美国纽约州长岛的一个海滩，是夏季休息度假的好去处。

② 敦戴克：汉普顿斯沙滩之西汉普顿斯的一个旅游景点，始建于一九四〇年，源于一个豪华旅馆。

来，她仍旧能够每周都去看望尼利。

杰里·理查德森(Jerry Richardson)导演带来一个陌生人。“凯文，我想介绍你认识我的一个朋友，他是我的老伙计，我们在二战中曾经并肩战斗过。这位是凯文·吉尔摩，这位是莱恩·伯克。”

闻听此名令凯文站得像个雕塑似的，一动不动。他们肯定是同一人，因为这个名字并不常用。他的相貌不像一个作家而更像一个演员，体型不错，皮肤黝黑……凯文一下子感觉自己苍老了许多，头发也愈加稀薄了。而伯克却有着一头乌黑浓密的靓发，仅仅鬓角的发丝泛点儿灰色，而且这个王八蛋的脸上还堆满了笑容。凯文虽然有点心神不宁，可也露出一丝微笑，同莱恩握了下手。

“你也要参加这个团队吗?”凯文问。

“不，我是几天前到的纽约。在同杰里吃午餐时，他跟我说我的老朋友——安妮·韦尔斯在这儿上班。于是，我便顺路过来问个好。”

“让我看下她有空没有。”凯文迅速说道，“是我把她挖掘出来的……把她捧成了吉琳女郎。走吧，她现在正在演播室呢。”他拉着伯克的胳膊一同走向演播室。他必须在场，去看看安妮见到这个王八蛋时是什么反应。

安妮此时正在完成最后的彩排，凯文和莱恩只好先在台下坐着。由于强烈的舞台灯光的照射，凯文知道她看不到他俩，于是将自己的目光牢牢地锁定在莱恩身上，先捕捉他的反应。莱恩兴致勃勃地欣赏着彩排。“她在这里干得确实很棒。”他跟凯文说话的语气像是自己发现了新大陆一样意想不到。

“她起步时，就很了不起。”凯文斟酌着说。

“阔别多年，这还是头一次又见到她，之前我一直待在欧洲。”

“她们这会儿休息了。要进去‘问好’吗?”凯文刻意让自己的语气听起来很随意。

“肯定啊!”他从座位上跳出来，跟随凯文往里面走去。在这两位男士靠近时，安妮正忙着同制片人对几处需要改动的地方交换意见。当她察觉到凯文来了时，脸上露出了亲密的微笑，冲他挤了个眼神，好像在说，“马上就结束了。”她头一次瞥见莱恩时，将他一带而过了，不过她的目光立刻又原路返回了，并且增加了一种意外和不敢相信的表情。

“是的，就是我。”他说着脸上露出了一个灿烂的微笑。他走过去将她的双手握在手心。

她淡淡一笑，切切实实地感受到了颤抖的双唇。眼前的莱恩比以往任何时候都更加迷人，让人无法自拔……也不知道是什么原因，她听见自己在说见到他很高兴。

“我们一起坐会儿行吗?”他问，“在这样的光线下工作，肯定把人热死了。还是说，你得接着干活呢?”

“不！其实不瞒你说，在正式录节目之前，我已经没有别的事情要忙了。”

“我还要到办公室处理一点儿事情，”凯文说，“你们何不出去聊上片刻，看样子，你们俩肯定积攒了好多话要互相倾诉。”他点点头，头也不回地走开了。安妮意识到这是他平生迈出的最艰难的步伐。

他僵硬的双肩无声地戳穿了他所表现出来的荣耀和自尊全是在装腔作势，其实他的内心无比痛苦。她内心里充满了对他的同情。他早就被吓怕了，可他外表依然极力地显示出从容不迫的样子。在她将莱恩带往她的化妆室时，内心也在痛苦地挣扎着。他归来了——从天而降，她内心思索着。莫非要我忘掉这杳无音信的十五年，向他张开怀抱？然而，我真真切切地想这么做。甚至只让我这样远远看着，不让我伸手碰他，我已然很难做得到。可是我如今有了凯文……若是没有凯文，我现在会在哪里呢？还有莱恩这么多年都跑到哪儿去了！

他们俩就这样坐进了化妆室里。她请他替自己点燃了香烟，不慌不忙地等着他说话。

“呃，好像你的选择是对的。”莱恩打破了僵局。

“你是指哪方面？”

“纽约……你真正所爱。”他挥舞着一只手臂，指着她身边的一切。“你爱这里的一切，并且你成功了。安妮，我为你感到无比自豪。”

“你也很成功，莱恩。”

“要是单从经济上讲，或者从社会地位上讲，我没有成功。但是从某种角度上讲，你说我成功也不算错，因为我正从事自己挚爱的事业。并且我确信，你没有变，仍是那个曾告诉我‘任何人都应该给自己提供一个做自己喜欢做的事的机会’的那个女孩。”

“你来纽约干吗？”

“我们对你们国家的电视商业非常着迷，而且对你们国家艺术人才队伍的迅速壮大很感兴趣。我们国家一个报社特意派我来采集你们电视领域方方面面的故事——那些凭借一部热播剧就能创收上百万的女明星们，那些通过艰苦奋斗最后办起工厂的斗牛明星们——还有那些通过贩卖指甲油一跃成为财富传奇的女孩。”

她哈哈大笑：“你们那儿没有这些吗？”

“目前还没。哦，我想这个时代马上就到了——我们已经落后你们十年了——但是最起码我能为英伦三岛做好电视入侵之前的准备。”他的脸上露出了微笑。“这些东西和我专注的领域有天壤之别，不过这是一笔意外之财，不仅薪水很高，还能够让我有机会一览美国各州风光。”

“你将在这儿待多长时间？”

“估计六周，我想应该是这样。”

“你去见亨利了没有？”

“我们俩昨天中午一起吃了顿饭。亨利干不动了，想把生意卖了。乔治·贝洛斯正在四处筹钱，如若不然，詹森·哈里斯代理公司就会把亨利的股份买下。”他点燃一支香烟。“我也见了乔治，他看上去很有出息，可是我一点儿都不嫉妒他。他仍旧混在激烈的争斗当中。”

“什么也不是吹出来的那么容易，莱恩。”

“对啊！就连我手头正在尝试的这篇小小的新闻采访稿也是一样。要经过调查，还有一大堆烦死人的数据需要反复审查。我不可能凭空捏造，不过还是乐意为之。”他将身子倒向她跟前，一把捉住她的双手。“那你呢？未婚，无子，亨利还说你仍然是单身。”

她将目光瞥向一边，内心期盼这层厚厚的电视妆，可以掩饰自己羞红的脸蛋儿。

他紧握着她的双手。“我又以一无所有的姿态出现在你面前，”他说，“这仍是我的一件憾事。这个世界上再也找不到你这样的人了，安妮，永远别想找到。”他停顿了一下，接着说，“我很想在这儿出差的这段时间，可以常来看你。要是你不方便，我可以理解——亨利说你跟这位凯文·吉尔摩——”

“你可以来看我，莱恩。”她平静地说。

“好极了！你何时比较方便？”

“要是你想见，明晚就可以。”

“好极了！在哪儿见面？”

“我会给你打电话的。”她匆匆忙忙地说，“明天白天，我有几个预约需要外出。”

他潦草地给她写了自己所住旅馆的名字和电话。她发现他住宿的地方正好和自己的公寓仅三个街区之隔。她笑了笑，承诺明天晚上六点打给他。

“我们吃晚饭的时候再详细计划。”他惬意地说。接着便立起身，“现在，我该走了——我敢肯定在开机之前，你想有时间再打扮一下。我很为你感到自豪。那明天再见……”

她又在原地像个木头人似的坐了许久。莱恩又回来了，一切还是老样子。然而还是有些不同——她已不是二十岁的样子了，岁月改变许多事情。她现在有了凯文。凯文给了她爱和信任，还有事业。他需要我，她想，莱恩此行只是和我问好，我却扮演了一个傻蛋，想要不计前嫌，抹去那么多年对我的不管不问。我明天就给他打电话，就说我太忙了，或许连这个电话也用不着打。让他等去吧，像我等他那样，像我等得那样久。

可是她会见他的，对此，她心如明镜。

吃完晚饭之前，凯文对此事只字未提。晚饭结束以后，他很随意地问了问安妮莱恩这次纽约之行的目的，她将他这次来的任务做了说明。凯文聚精会神地听着，眼睛一直盯着自己那杯白兰地。他接着说：“呃，我如今见到了他本人，就全明白了。芳龄二十的女孩迷上莱恩这种人再正常不过了。当然了，他很显眼——相貌堂堂，还有一股矫揉造作的英伦魅力——不过依我看，一个少不更事的年轻女孩才会觉得他有魅力。”

“对。”她抿了一口饮料。“不过，莱恩迷人之处还有一部分来自于，他不知不觉流露出的一个表情或眼神——”

“哈！别自欺欺人了！”凯文的语气中已经加入了一丝的愤怒，“那个贱人很有自知之明，刻意经营着那种表情和眼神，而且他的这些动作弹无虚发。甚至他还知道如何勾引男人们，他若不是你的莱恩·伯克，我早就看上他了。”

安妮听罢只是笑了笑，伸手想抽出一支烟。

“安妮。”他用急促的语气说，“说句话啊！我正在像电影里表演的那样竭力想冷静处理这件事，可是看在老天的份儿上，帮我一把，给我根儿救命稻草——跟我说他冷冷地撇下了你。”

“不！凯文。要是那样说，我岂不是在说谎。”

“你不会再去跟他见面了，对吗？”

“要是你不让我去，我就不去。”

“可你想去？”他在心底乞求她予以否定。

她避开他的眼睛。“或许去比不去更明智，这于你于我都更为明智。或许我去了以后会发觉，自己以前当成是他的魅力的东西，现在反而成幼稚可笑了。正如你所说，他的容貌很能俘获女人——可我还不清楚现在的莱恩·伯克是个什么样子。可能我从未摸清楚……可能我把他当成了梦里的一个画面。亨利早就这样告诫过我。可要是我们不想错过获得幸福和快乐的机会，那么就必须让我去弄清楚，我指的是我和你。”

“你是指，由于这个王八蛋搞到了某个新闻报道的任务，我的一切就全泡汤了？若是他没接到这个活儿，你永远都不会再见到他了。你对此心知肚明！”

“我当然清楚。凯文，我喜欢你……一往情深。我们患难与共许多年了，谁也分不开我们。不过，莱恩是在我感情最高峰时突然消失的。或许我最后会发现那种感情可以平淡地结束，可是我必须去搞清楚。”

“别去，安妮。别去见他！”这像是一声最后的哀鸣。

“凯文……求你了……”她不安地向饭店的四周环视着。

“安妮。”他慌乱地去摸索安妮的手，有杯水几乎被他碰洒，“安妮，你就是我的命。没了你我就没办法活了。”

“你不会有事的，凯文。”

他终于捕捉到了她的眼睛，“你保证？”

她注意到了他双眼已蒙胧。“我保证。”她痛苦地说。

第二天，她的内心一直摇摆不定。她想取消同莱恩的约会，可抓起了十几次电话，却没拨出去一个。或许一切都已成定局，或许她只需转身离开，这样就一了百了了。他曾向凯文保证留在他身边，可是并未答应不再见莱恩。她必须去见他。

晚上七点钟，他们在利特尔俱乐部相会。安妮刚走进门时，莱恩正坐在吧台前面的凳子上，只见他从凳子上跳了下来，迎上前将她带至一张桌旁。“你可不是那种喜欢坐在吧台的女孩儿。”他说。他们各自要了饮料，之后他便开始目不转睛地打量着她。“安妮，你美极了！真是一点儿也没变。不对，不能那么说。你看上去比以前可爱多了。”

“你的样子保持得也挺好的。”她苦笑着说。

“我总是思念你。”他说，“我有时太渴望你了，就用一些胡编乱造的假象自我安慰。我跟自己说，你早已长成水桶腰了，身边还有六七个抽鼻子的臭娃娃扯着你的裙摆。起码，这样我就可以重回打字机旁了。”

她扑哧一声笑了出来。“哦，莱恩——我过去一直把你想成一个光头了。”

经过这样的玩笑之后，一切都变得轻松自如了。她跟他讲了珍妮弗的事，谨慎回避了事情的真相。不知怎么，她感到珍妮弗的传奇理应保持完好——她美丽的身体不能被癌症玷污。他们还讨论了尼利。亨利早已跟他讲过了，只是他难以置信这种事会跟他眼中那个曾经两眼放光的尼利扯在一起。

“一个如此才华横溢的人，”他说，“她红遍了整个英国。她的影片在好莱坞的众多作品中也是佼佼者。尽管他们给她做了华丽的装饰，可是她艺术家的本真依然脱颖而出。她会挺过来的，对吗？”

安妮的眼前立刻乌云密布。“医生说她有自杀倾向，她这种病根本不能根治。不过她的病情可以控制，经过抢救后也许她还能继续工作，只是自杀的冲动会伴随她一生。这只是医生的推论。”

他叹了口气。“这可能正是我没有做大的真实原因。我有时在想，一切了不起的艺术家都有那么一点儿疯癫。我却表现得太正常了。倒头就睡，喝酒从不过量，连一片儿阿司匹林都从未用过。”

她又被他逗笑了，“我想，我这个人也是个凡夫俗子。我的烟瘾有点儿重，不过酒是一杯倒。虽然我永远不会承认，可我有时真的在看午夜电影时，会看到一半儿就睡过去了。”

他回笑着说：“不，安妮，你是天仙级别——无人能及，真的，这你是知道的。我遇见的那些女孩一个个都会慢慢褪色，谁也无法对抗你在我心中的形象。”

整个晚饭期间，他们聊了聊纽约，以及他看到的这里的变化。他推荐她喝爱尔兰咖啡，她一下子就爱上了这种咖啡。她还在不住地赞美那杯咖啡，他却猛然转向她："一切还是老样子，安妮。我立刻就想抱住你，我觉得咱们并未分手。"

"我很想投入你的怀抱，莱恩。"

他露出两排洁白的牙齿，笑了出来，"就这么定了！不过，我想咱们最好是先买了单，逃离这个鬼地方。"

一切都令人难以置信。她竟然还能躺在他身旁，观看那一个个烟圈儿缭绕于床头灯的光亮之中……没有半点儿踌躇，不需任何铺垫；他们相逢在爱与欲的交融中，对此他们都渴望已久。躺在他的怀里，她一下子体会到了爱的重要——要比被爱更重要。这时，她才明白这是个绕不过的选择。莱恩用他特有的方式在爱她，这种爱够不够？她会怀念凯文那种亲密无私的奉献和对她一往情深的爱吗？要是选择莱恩，她每一秒都得战战兢兢如履薄冰。她能下定决心放弃这一切，去接受这种爱吗？

莱恩的手游走在她全裸的后背，"太爽了，安妮。一如既往。"

"我和你的感觉一样，莱恩，前提是和你做。"

"安妮，还有凯文·吉尔摩。"莱恩轻声说道。他感到她的身体突然僵住了，于是将手游走到她的头上，轻抚着她。"这是众所周知的，宝贝儿。谁不知道他想娶你。"他稍微停了一会儿，"我昨天绝非偶然路过你那儿，这个你是知道的，对吗？我特意去看望杰里·理查德森的。我很想见见这位凯文·吉尔摩，很想见见你。"

她挣脱他，坐起身。"那你想让我怎么办？这些年什么也不干，闲坐着，向上天祈祷让你回到我身边吗？莱恩……一封信、一句话……也没有，什么也没有。”

“安静！”他将手指压在她的两片嘴唇上。“这个我比谁都清楚。我太想给你写信了——哦，神啊！信是写了不少，可惜从未寄出——都怪我太要面子……我对自己说，每出一本书就能替我说出我心里的话。那么我将做回那个征服英雄，从任何人的手里夺回我心爱的女人，不管那个男人是谁。可惜我算不上英雄——凯文·吉尔摩更不是一般人，而是个好人。安妮，我听说他对你死心塌地。”

她沉默以对。

“要是我还有性子的话，打今晚起以后再也不会见你了。”

“莱恩！”从她的语气中听得出她被吓怕了。

他哈哈大笑：“我刚说的是‘要是’我有性子。我恐怕从未有太多性子，再说一见你，连那最后的一点儿也成为泡影了。”接着他正经八百地说，“安妮，我会在这儿恭候，你什么时候想要我都可以得到。不过我能给的只有这些了。”

“你这话是什么意思？”

“这个任务完成之后，我就返回伦敦了。我还有本新书在准备阶段，已完成了初稿。”

“难道不能在这儿写吗？”

“或许能吧。可我无法在这儿生存，起码活得没在那儿好。在那儿，我有一套漂亮的公寓，还能靠写几篇杂文挣点儿零花钱。那是种全然不同的生活方式，不过我很喜欢。”接着他又说了一句：“并且，我赚的那些钱只够供我在打字机前消磨那些惨淡的时间，写点自己喜欢的文字。我活得很孤独，可是总是抱着这样的希望——或许‘这本书’能出名。我相信我的创作，相信我的理想，而这全要归功于你。可是我也因此永远失去了你——不过话又说回来，或许再也没有别的路可走了……”

“为什么没有?”她斩钉截铁地说，“如果我那天在芭伯丽饭店没有多那句嘴——如果我没有逼着你写书——你目前可能已经是全城最大的经理人了，并且我们已经生儿育女了，并且——”

“并且勾心斗角。不！安妮，在你追逐成功时，婚姻根本没有出路。还有，哪怕你当初表现得很温顺，屈服于我那个住到劳伦斯维尔的荒唐想法，或许也同样得不到你刚才所说的那些种种。我想我这种人只适合做独行侠。不过，能有这个机会和你再续前缘，我无比高兴。我会好好珍惜你能给予我的分分秒秒，以便我回归故里后，能够在英国的雨夜里，延伸这段回忆。”说完，莱恩将她抱在怀里，此时，她所有的痛都被那种对他无比神奇的爱蒸发了。

破晓时分，她回到了自己的公寓。刚将钥匙插进房门，就发现从里面射出一道光。

“你怎么舍得这么早就回来呢？太阳还没出来呢。”凯文正坐在客厅吸烟。

她走上前夺走了他嘴里的香烟，“从犯心脏病那日起，你就再没吸过烟。你今天这样做想说明什么?”

他冷冷一笑：“干吗对我的健康那么在乎呢？我看从今夜起，我的未来已经渺茫了。”

“凯文，你为什么跑到我这里?”

“因为我早就知道你跑去和他鬼混了。告诉我！被压抑了那么久的欲望，今晚是不是被他发泄得十分尽兴啊？你们俩是不是一起挂在大吊灯上荡来荡去啊?”

“闭嘴！你再这样说下去对你没什么好处。好了！要是今晚还想睡觉，就赶紧上床吧。”

“你今晚想和我上床吗?”他注意到她听了这句话后，整个人都木在那里了。“要是你做了的话，你就成了所谓的‘湿甲板’。这个外号就是给那样搞的女人起的。呃，你会吗?”

“凯文……从你犯心脏病之后，我们就再没做过了。不是我不愿意——而是我了解你的健康与……”

“与我的岁数是吧，你接着说。”

“不管我和莱恩今晚干了什么，都改变不了我们的感情。”

“难道我理应被戴上绿帽子吗？任凭莱恩怎么蹂躏我的女人，我还得在旁边装白痴?”

“你是我的至交，是我生活中不可或缺的一部分……一个我一往情深的爱人。而莱恩有所不同……”

“可是，这个我无法接受。你只能从中选择。”

“那好，凯文。”她疲倦地说，“要是你执意逼我……”

听到这里，他急忙捉住她的手。“不——不！安妮，别抛下我!”他哽咽起来。她想将他推到一旁；相反她轻抚起他的头。真不敢看见一个男人崩溃的样子。是出于责任抑或是他每况愈下的健康状况和他的岁数?

“凯文，我是不会抛下你的。”

“可你还会继续和他见面，你以为我还能一直眼睁睁地看着你们这样搞下去吗？和他卿卿我我之后又来找我?”

“凯文——”她绞尽脑汁想找出一句恰当的话，“你也知道我和莱恩曾经在一起过，不过他就要回去了。并且他了解你，还说你是个非常好的男人。”

“这便是他英国式的做派。难道你不懂吗？英国人荒淫颓废。他正因为知道你是我的，才想和我共同占有你，想从中寻求刺激。”

她耐着性子，叹着气。真不敢相信凯文会说出这样的话，全是由于他抑制不住的恐惧。“凯文，我会和你在一起。”

“为什么？难道他现在又不想要你了？”

听他这样说，她立刻转身往卧室走去，然后就脱起衣服。真不敢相信！历史又一次重演。一下子，凯文就变成了以前的艾伦·库帕——一样的母牛般表情，一样的孩子般暴怒。一样的莱恩，只会袖手旁观，不求她什么，也不给她什么，眼看着她被撕成两半。她欠凯文多少？虽然她在和他发生性关系时没有什么快感，然而从他们认识到莱恩回来之前，她从未让他操心，更没让他戴一回绿帽子。她的机会多如牛毛——有多少比凯文年轻、有魅力的男人向她求爱，都遭到了她的拒绝。她为他送上了十四载的快乐时光，还抵消不了她对他的亏欠吗？然而凯文太需要她了。他肯定坐在那儿，抽了一夜的烟。她对这种无聊的等待再熟悉不过了。她突然对凯文感到一种心疼和愧疚。哦，神啊！他变得如此苍老，如此受伤。她不能再让他受伤了。

她又返回了客厅。他依旧在原地坐着，两眼瞪着半空，眼神中流露出的是崩溃和失败。

她走过去抱住他，“凯文，我爱你。把衣服脱了，不早了，睡会儿吧。我不是在这儿吗？你要我陪你到什么时候，我就陪你到什么时候。”

他半信半疑地看着她。“你不会再和他见面了吗？真的？”

“真的，凯文。我再也不会见他了。”

她强迫自己不打电话给莱恩，这样子一直持续了两周。她想让他在自己的头脑中消失。尽管他也没有打给她，不过她很清楚莱恩在那儿等着她。但是她还是用尽了她所知道的所有自律办法，让自己挺住了。有几个夜晚，只有她一个人在家，脑袋像着了魔似的，想打电话，想冲到三个街区外他暂住的那家旅馆。这时，她便站到自家的露天阳台上，尽情地呼吸着夜间那温和惬意的空气，观看着满天的星斗。像这样天造地设的美好夜晚，完全是用来让她和莱恩沐浴爱河的，绝不是让你孤单地站立在这儿。必定会有一个凯文打来的电话，对她进行随机检查。他之前从未搞过这种名堂，不过现在他喜欢在不同的时间段无规律地打电话。他经常在离开她的公寓时，直言不讳地说："好了，我的宝贝儿，我要回我的单身宿舍了。今晚要回去洗个热水澡，躺在自己的床上睡觉了。"结果三小时之后，他又悄然无声地进入她的公寓，"我无法入眠。"他说，"我今晚睡在这儿好吗?"看到她一个人在家，他就会露出宽慰的表情。对此，她表示很同情，总是一笑了之。

那天她正和凯文在"21"会所同吉琳的一位新老板坐一起，这时，莱恩突然走了进来。在这个六月下旬夜晚，空气十分闷热，他们不期而遇了。九十华氏度的高温，加上录制了一天的电视广告，她感到身心疲惫。她猛抬头，看到莱恩进了房间，领了一个"性感尤物"——这是凯文对这种女孩的叫法。那名服务员领班把他们领到了屋里的另一个分区，他没有看到她。而她的座位，能够很好地窥视他，并且不被他发现。那个女孩十九岁上下，披着一头乌黑亮丽的齐肩长发，皮肤黝黑，但很显然是故意晒黑的。她有张标致的脸庞，低俗的束身白裙挑逗着她那充满青春活力的身体，细小的吊带扩大了她裸露的肩膀和前胸。她那长得惊人的指甲染着银色的指甲油，不停地和莱恩的手指交织在一起。她专心致志地听他说的每一句话，不时地甩一下她的长发。有一会儿，她说一句什么，莱恩昂首大笑起来。接着他将身子倒向她，轻吻了她的鼻尖。安妮突然感觉身体不适。他不知道同这种女孩共度过多少夜，在那些夜里，她却夜不能寐，渴望着他，思念着他，心想着他独自一人的画面，一心想要给他打个电话……

这么长时间以来，这是她经历的最差劲的一夜了。她被吓了一跳，自己竟然难过得如此之深。自从她和莱恩的爱情结束以后，她再也没有体会到这种深情了。可是眼下她的全部情感似乎被瞬间激活了——那些被她想作只是年轻时的感情——这些情感都没有死亡，仅仅休眠了，等着需要时被激活。她的眼睛死死地锁定莱恩和那女孩，多亏凯文正在深入讨论股票认购的事宜。

最后，这个漫无边际的夜落下帷幕了。在她临走之前，向莱恩望了最后一眼，那时他正一心一意地听那个女孩讲着一个故事。

凯文想和她一起回去，她说自己头痛得厉害，恳求他不要过来了，可他依然坚持非去不可。他们前脚刚踏进她的公寓，他便开口道："我也瞅见他俩了。"

"谁俩？"

"你爱的人跟那位小美人儿。你在那儿坐着，是不是如火焚心啊？"他的语气很不友好，"你现在或许可以换位思考了！"

"凯文，我很累。"

"她可以做你闺女了，安妮。"

"行了吧，凯文——我刚三十六。"

"许多女子十八就生儿育女了。哦，她正好能做你的闺女。听着，我的小心肝儿，你的莱恩宝刀未老。他还有得挑。其实，你想过没有，他是不是念着旧情才施舍了你一夜？出于怜悯，正如你对我的怜悯。那好，高兴一点儿——我们是天造地设的一对儿，你我都是被人遗弃的人。从某些方面来说，我也开始同情你了。你或许还没从那夜的温存中苏醒。不过，那夜只是来自他对你的怜悯和愧疚，才抛给你的嗟来之食。”看着她心痛得连眼色都变黑了，他怒火燃烧得更旺了，“对！仅此而已！他有没有求你舍弃我嫁给他？他当然不会说！他要娶也只会娶一个‘性感尤物’。小姐，你已经不是了！没错，你目前依然是个美妇人，才三十多岁。不过和你拍拖时，你才二十岁，甚至那个时候他都把你甩了。还是老凯文这个好老头儿懂得怜香惜玉，拯救你于水火。还有你的名声和财富全是老凯文给的。”他开始朝大门走去，走着走着又站住了，“正如你所知，我若是乐意，找个二十的姑娘也不在话下。哦，你别害怕，我会忠于你——不过眼下形势已截然不同了。现在，我说了算。你明天去递交你的辞职报告。接下来那一季度，在你上班期间，我再也不去你那儿闲逛了。还有，我们将开始环游世界，还按照我们事先的计划，不过我现在已经不能确定有没有必要在去之前结婚。我必须得三思而后行。”

在他滔滔不绝地讲话期间，她一直目不转睛地瞪着他。他刚一闭嘴，她便说：“凯文，你说得都不是真的。这可不是你的为人。”

“没错，小姐。我终于可以以牙还牙了。我自始至终都为你对我的关心感激不尽，可今晚我看见的那个你让我大跌眼镜。神啊！嫉妒竟可以让你判若两人！你整个人在我面前土崩瓦解了。和那边的‘性感尤物’一比，你刹那间黯然失色了，简直像那残羹剩菜一般。焦虑的纹理刻满了你那张一向光滑平整的脸庞……我挚爱的女神形象在我眼前轰然倒地。只见一个金发落魄女带着嫉妒的眼光，明目张胆地望着她失去的那匹良种马投入到一匹母马驹的怀抱。”

“凯文，请你离开。我知道你不是当真的。”

“不要在我面前假惺惺扮贵妇人。你已经完了！你已经被抛弃了！要不要我给你证明一下啊？这会儿，他应该到家了，迫不及待要把那个性感尤物放倒在床上了。你敢不敢立刻打给他？跟他说，你想去见他。我给你看时间，你会被断然回绝，估计会是全纽约最迅速的回绝。”

她开始走向卧室。他跑步在后面追了过去，将她的身子转了过来，“我话还没讲完，你不要走开。我说的话你当耳边风了吗？一切都完了，不要再装贵妇人了。”

“凯文，你是真恨我，对吗？”

“不，我为你难过，正如你对我那样。”

“要是你真那样想，就请离开——为你好，凯文。”

“哦，不。”他满怀信心地笑着说，“见不到你完全放弃那个王八蛋，我就不回去。”他提起话筒。“给他打电话。我保证你记着他的电话。要是你不给他打，我打。我就跟他说，你被嫉妒气出病了，晚饭一口都没吃。对，我也记住了他的电话。这两周来，你我都被他搞得心烦意乱，是不是？”他又提起话筒，拨起号码。

她将电话从他手里抢走了，他又将她挤到一边，重新夺回了电话。

“凯文！”安妮吼道，但他已经拨通了，正在请旅馆的话务员接通莱恩·伯克房里的电话。

“行了。”他这回又将电话往她手里塞，“和他讲话吧。来吧，否则我说。”

于是，她只好接住电话。电话正在接通莱恩的房间。她向天祈祷，希望他不在家。不能发生这种事，这将是场噩梦。

她听到电话通了……

“哪位?”莱恩在讲话。

“是莱恩?”她说话有点支支吾吾的语气。

突然沉默了一会儿，“是安妮?”

“接着说，”凯文生气地低语道，“跟他说，你想去见他。”

她带着一丝恳求的目光向他望去，而他却做了一个想夺话筒的动作。她赶忙将他的手挡下。“莱恩……我很……想去找你。”

“何时?”

“立刻。”

又是片刻的沉默。接着，他愉快地说：“为我腾出十分钟的准备时间，稍微收拾一下，之后你直接来这儿就行了。”

“谢谢，莱恩。我这就过去。”电话挂了，她望了一眼凯文。他看上去脸色苍白，一副很不高兴的样子。

“对了，”他大喊着说，“我怎么就没想到呢。三个人也可以玩儿——你和莱恩还有那个臭女人。我跟你说过英国人荒淫无度……你只能同意，没有你选择的余地!”

“哦，凯文。”她呜咽着说，“我们都在干吗啊?”

“我才发觉自己那么多年的光阴都荒废于一个贱人身上!竟然还一直冒充淑女。”他扬长而去，出门时还不忘“砰!”的一声将它摔上。

刚开始，她呆若木鸡地站立了片刻，慢慢地，心中的怒气开始让路于悲伤和欣慰交织的感觉。凯文已经下定了决心。神啊！妒忌竟然如此可怕，竟将凯文这位强人转化成了一个精神偏执狂。可她对他没有一丝恨意。突然间，一种无比巨大的欣慰感像海水一样淹没了她的思绪。她感到头重脚轻，如释重负一般。无论她和莱恩结果如何，她永远不会再嫁给凯文了。那段情走到了尽头，从此分道扬镳……她从此解放了！

她补了补妆，快速穿行在那三个街区的路上，向莱恩所住的旅馆走去。

那扇门缓缓打开。“我都快不抱希望了。”莱恩说。

她不由自主地快速扫视着整间房。

“她已经离开了。”他快速说道。

她装作不懂。

“你从‘21’会所离开时，我瞅见你了。我约会的那位光鲜亮丽的美女尖叫着跟我说，‘哦，那位莫不是安妮·韦尔斯！’，她很佩服你在电视上的表现。”

“对！我见你了，莱恩。”

“太好了，不管怎么说，起码把你送到我怀里了！”他走到房子另一头，那儿放了一张牌桌，凑合着被当成一个吧台用。他在桌上调了两杯饮料。“呃，有种演艺界的新模式，你知道不，”他说，“坦白讲，我理解不了。可我的工作不是去追根溯源的。康尼·马斯特斯(Connie Masters)最近推出的两部唱片畅销了数百万张，并且她受到英国社会的广泛欢迎。因此我必须记述她扣人心弦的人生。”

“康尼·马斯特斯是谁?”

“正是我今晚约见的那个迷人精。你可别跟我说，没听过这个人。”安妮听完后，摇摇头。他笑着说，“你我都是迷惘的一代。当我们和别人讨论起歌唱家时，我们都会想起黛娜(Dinah)与埃拉(Ella)或是尼利。不过今日当红的是康尼·马斯特斯。她年仅十九岁，就成了各家电影公司竞相追逐的焦点。不过没有一杯白酒下肚，我真欣赏不了她的唱片。”

她终于笑了。“我也有此感想。每天都有某个闻所未闻的人的名字进入我的耳朵。估计许多年轻人支持她们。”

“呃，我已经给英国媒体和世界音乐爱好者尽绵薄之力了，你的电话使我省去了工作之外的附加劳动。”

“你是指你差一点就跟她上床了？”

“那又有何妨啊？我在这儿干坐着，等一个永远等不来的电话，你知道我有多寂寞吗？可是她近在眼前，依偎在你正在坐着的这个椅子上，跟我说，她只喜欢老男人。你让我怎么办？夜，那么闷热，就这样赶她出去吗？”

安妮哈哈大笑，“好了，莱恩，你哪有你说得那么惨。”

“不，可是这种新一代可以在不知不觉中咬住你，真是条凶猛的小梭鱼。”他从屋子那边回到她跟前，将她从椅子上拉下来。“你如今漂亮、刺激却又危险，然而我站在你身边反而感到很安全。”他吻着她，将她紧紧地搂在怀里。急促的电话铃声将他们突然分开。

她笑着挖苦着说：“那条梭鱼。”

莱恩提起话筒，开始听电话。突然，他眯起眼睛，语气冰冷地说：“我建议您亲自跟这位小姐讲。”他转身，把话筒伸向安妮。像是在回答她无声的提问，他吐字清晰地说：“凯文·吉尔摩。”

“我跟他没什么好说的。”她往后退了几步。

“我看你还是接吧。”他说。她突然察觉在他们进行这些对话时，他压根儿就没捂着话筒，全让凯文听见了。

她战战兢兢地接住话筒，怕被电话给吃了似的，“是凯文？”

“安妮！安妮，请原谅我！我刚才向莱恩·伯克谎称我今晚出事了。可是，我快要疯了！安妮，就当今晚什么也没发生，我说的都是气话，你别当真。安妮，你听着呢吗?”

“凯文，说什么也没用了，我们完了。”

“安妮，拜托了……回家。我当时说的话，没一句是当真的。我不让你辞职了，你接着上你的班……你想干什么干什么——”他的话语哽咽了，“你要是想结婚，我明天就娶你——或者你自己想定在什么日子都行。我彻底放手，一切都听你的。我什么事儿都不管了。拜托了！只是因为看到他跟那个女孩混在一起，你就那么不高兴——你从未用那样的眼神看过我——估计我当时是被气疯了。我想着用你伤我那样的方式伤你。”他真的哽咽了。“拜托了，安妮……我知道自己已经老了。要是你想和莱恩私底下约会，我甚至都不拦你了——只是你别跟我说。你原谅我吧，想做什么都可以，只要别走出我的生活。”他有点喘不过气了。

“凯文，你没事吧?”

“没事儿。我想可能是来时，走路太猛了。我正在你公寓呢，全程跑步过来的。安妮，拜托……你只是莱恩百花丛中的一朵，却是我的一生!”

“凯文……我们等明天再说吧。”

“安妮，我无法入眠。今晚不行，因为我已经知道你就在他那儿，知道你们接下来准备做什么——”她听到他又上气不接下气了。“安妮……拜托。今天晚上……就今天回来一晚。让我睡到另一张床上。只有这样，我才能让自己相信你又回到了我身边。自此以后，我不会再查你了。留在我身边，拜托了，安妮……我斗不过他——我岁数大了，身体也不好。拜托……拜托!”

“那好，凯文。”话筒在她手里重千斤。

“你要走?”他话里保有一丝希望，安妮感到他话里的希望比他眼里的泪水更让人心碎。

“对……立刻。”她把电话挂断了，转身对着莱恩。

“又是走了一半？”说话时，莱恩背对着她，又添了一杯饮料。

“莱恩，你让我怎么办？”

他听了耸了耸肩说，“依我看，问题在于你是想满足谁。是你本人，抑或是你的内疚？你想要什么？开心还是安心？”

“它们有区别吗？”

“当然。安心并非总是出自爱情。我敢肯定你和凯文一起过，会很安心，也不会让自己的良心有任何亏欠。和我一起过，你就得对抗不安的良心。但是另一方面，爱通常都需要奋斗来争取，对吗？”

“你是说，你爱我？”她问。

“我的神啊！必须让我把这几个字制作成霓虹灯让你过目吗？当然了，我爱你！”

“可你不说，我上哪儿知道啊？过去的两周时间里，你从未给我打过一个电话，也没做任何行动来让我相信你。”

“我说的是爱，”他强烈地说，“不是求！爱不能求人施舍。若是爱需要靠人施舍、靠交换、靠条件，那我就不想要爱了。我看不起一切求我施舍爱的人。爱必须主动奉献——爱不能被收买，无论是语言、同情甚至是理性都收买不了。我是不会求你的，安妮。我爱你，这你肯定很清楚。我会爱你到永远——”

“莱恩，你也知道我爱你，无论是过去还是将来！”

“那么咱们还立在这儿将这个话题掷来掷去干吗？你不是来了，我想让你留下。”他的脸上露出了微笑，不过还是立在屋子另一边。

“可是你马上又要返回英国了……”

“凯文一直在美国。”他又笑了。“我在跟你讲爱，你却跟我讲地理。不知怎么的，这种话有种似曾相识的感觉，好像你以前在哪儿说过。”

“可是爱意味着一起打算……长相厮守。”

“爱是一种感情。而你却将它视为一份契约，里面写着不可更改的条款和许多附加的规则。”他走过来，握着她的手。“安妮，现在说这些已经晚了。对，我会回伦敦，在那儿我养成了自己的一套生活方式。你也有你的一切。你或许应该去找凯文，他正好满足了你所追求的生活。尽我所能，也只能再多给你几周时间。”

“我或许能爱上伦敦，莱恩。你心里想过这个吗？”

“安妮，我是个作者——或许成不了最好的作者，可我从事的就是这个职业。而你也不是那个热心的二十岁女孩儿，整天给我打印手写稿。过上一段时间，你就会厌烦，慢慢就发展成了憎恶。”

听到这里，她转过身跑出屋子，冲进大厅，按下了电梯按键。他或许会出来追她。要是他来了——电梯来了。她回头张望了一眼他那间紧紧闭合的、没一点动静的屋门，接着跨进了电梯。

她挪着脚步返回她的公寓大楼。当她抵达那儿时，有意地走过了入口处。她必须理清楚整件事。莱恩是爱她的，只是给不了她未来。凯文很需要她，还能爱她一生一世。凯文将所有事情都明明白白地写进契约里，契约的每一款都满足她的要求——可是，一个自己不爱的一生一世的誓言，他能做得到，可对她又能有什么好处？她总是强迫莱恩向自己求婚，总是催促他。若是他不邀请她去伦敦那又怎样？她可以一直追随他。伦敦并不可怕，世界不会终结。不过那岂不是在求他，莱恩会厌恶的。“爱必须主动奉献”，不是追着不放。

她又拐回来，重新来到大楼入口处。凯文等在上面呢，他很需要她。怎么能因为贪图几周的露水之欢把他给伤了呢？不过，刹那间，她又想起了这数十载和凯文在一起荒废的光阴。莱恩走后，那些日子又要接着过了，可是莱恩目前正在这儿，并且她有机会回到他身边。是的，出路就在这里。用不着催促莱恩，先抓住眼前他能给的这几周。之后，若是凯文还要她，一切照旧，他们顺理成章成了凯文以前说的同呼吸共命运的“被爱遗弃的爱人”。不过在此期间，有莱恩在，她就继续黏着他，分分秒秒，有多久黏多久！

于是，她掉转身子，大步往回走，走着走着变成了奔跑，不停地奔跑，直至来到莱恩下榻的旅馆。乘电梯时，她感觉到非常难受。莱恩把门打开了，把双臂撑在她的腰间，紧密地搂着她。她靠在他怀里说：“莱恩，你在这儿一天，我就陪你一天。不问问题，不问未来，我只要讨好当下咱俩相伴的每一秒。我爱你。”

他用双手捧着她的脸，四目相对，轻声说：“咱们化分钟为小时。我爱你，安妮。”

安妮第二天见到了凯文。看样子他很疲惫。她想要向他解释自己的想法——她必须和莱恩相见。莱恩走后，要是凯文仍想要她……要是不想要……那好，她想得开。

凯文默默地盯着她。慢慢地，他的脸色开始变了，在客厅里踱来踱去。“这到底是为什么，你跟那个英国公马一样堕落！”他汹涌的怒火显然给他注入了强大的力量。他摔门而出，嘴里还叫嚣着让她为这次羞辱买单。

凯文这一回再没哽咽着打电话恳求她。从那天起，他一连好几天像个受伤的孩子，带着各种知名靓女四处抛头露脸。凯文以前最不喜欢逛夜店了，而如今四处搜罗最显眼的台边座位和最貌美的女孩，每次都姗姗来迟，以赢得更多的目光。只要有位小女星来到纽约，凯文和她的名字就会联系在一起。对此，坊间流传着这样一个笑话——凯文读了《名流指南》，就马上冲进机场，和新来的名流预约。

他最后的极端行为是想要吉琳和安妮解约。由于他还是董事会成员，他认为自己有权保护公司形象，况且公司是他一手创办的。他提出安妮已经"上了年纪"，吉琳女郎就该年轻、新颖，要让人有种耳目一新的感觉。

由于他的坚决抗议，迫使董事会召开紧急会议。凯文这次很不幸，在投票中失败了，反而让安妮又获得了一份两年合约，并且合同额上涨了一万美元。值得一提的是，这份合约是电视独家广告，从此以后，她的工作日程不会再被平面媒体广告塞满了，这无疑是安妮在这次取得的又一巨大成功。

安妮对凯文在背后搞的一系列动作都有所察觉，可从未恨过他，事情落到现在这步田地，在她的心里余下的只有抱歉和莫大的悲痛。

随后的几周时间，她和莱恩在一起的时光令她感到无比兴奋，那种愉快的情感是她有史以来从未体验过的。他们一起外出时，安妮经常被她的粉丝们认出来，莱恩对她的出名很享受，而她总是淡化处理，将自己的话题都集中在莱恩的任务上。这套采访稿要怎么呈现呢？她倾听了他对这些采访所期望的呈现手法的初期设想。他并不想严厉批判美国电视行业，不过他想让他的文章带一种轻微的讽刺风格。她看了看他的草稿，总能提出许多建设性的建议。

尽管他们各有各的住处，不过莱恩夜夜都留宿在她的公寓。有天晚上，他说：“我到七点去接你，因为我得先去衣橱换身衣裳。”从那夜起，他们便将他住宿的旅馆戏称“衣橱”。不过随着时间一周周地过去，她很清楚他被派遣的任务即将结束。关于他的归期他自己只字未提，可她很清楚时间流逝在点点滴滴中。她感到绝望正无情地向她靠拢，重重地压在她的身上。

不久，一个七月的傍晚，突然又给了她新希望。

在西村①的花园餐厅里，他们一起共进晚餐。“这真是一个好兆头啊！”莱恩说。他仰望着晴空，脸上洋溢着灿烂的微笑。“我在伦敦对纽约唯一的怀念就是这里迷人的天气。那儿的天气变幻莫测，谁也不敢保证哪天会是这么好的夜，只有雨是必然的。”

“这是你对纽约的头一次好评。”她故意轻声地说。

“我是如此爱你，以至开始去发掘纽约的好处了。”他说，“不过你对雨是怎么看的？如你所知，伦敦的雨很充沛。”

这一刻终于来了！他不想和她分开。她得谨慎些——绝对不能强求什么，得让他心甘情愿。她端详自己烟上的灰头儿。“我从未去过伦敦。”

“考虑一下。”他只说这么简单一句。

她根本就不需要考虑。她将此事同亨利进行了商议。

“没用，那样行不通。”亨利坚决说，“我见过莱恩的公寓。去年我去看过他。他自以为那是一座皇宫，其实没有集中供暖，安妮，只有四间小陋室，连电梯都没有。”

“我现在穷得就剩下钱了，我们买得起最好的套房——”

① 西村：指的是格林尼治村，它被纽约人称为“the Village”，位于纽约的西区。

“你没有从过去的失败中总结教训吗?”亨利一本正经地说,“无人可以支付莱恩的生活开支——必须得让他养你,他才干。”

“那我也愿意。”她意志坚定地说,“他想我住哪儿,我就愿意住哪儿——没他,我也没办法活了,亨利。能陪着他,在哪儿都开心——哪怕是劳伦斯维尔。”

“那你和吉琳的合约怎么办啊?一旦违约,你在电视上的饭碗就砸了。”

“亨利,我的身价多少?”

“过百万。”

“那我为什么还上班?”

“去伦敦你能干吗?”

“陪莱恩过日子。”

“听我说,安妮——你和莱恩都不是一个刚入社会的孩子,可以随意投入一个新的生活。他在那儿把自己封闭在一个小天地里,你要是去了,不会有朋友。人家每日守着打字机——你做什么?”

“不知道——我只知道离开他我就活不下去。”

亨利沉思了片刻,接着说:“出路只有一个——必须把他拴在纽约。”

“可凭什么呢?他被派遣的任务已经完成了。再说,他爱伦敦。”

“拖延时间。多在纽约待一天,他就会对这里多一分适应。我想想啊。我去联系一下芭特出版公司的那些伙计——或许能够让莱恩替他们的杂志写几篇文章。只是这件事得做得滴水不漏,不能让莱恩知道是我们特意安排的。”

“那又有多大益处?”

“起码他能在这儿多待一些时间，你需要时间，时间可以改变一切。”

最终是尼利给了安妮灵感，让她找到了解决问题的方法。安妮每隔两周有一次探望尼利的机会。一天，她一如往常驱车来见尼利。她们坐在一块儿被精心养护的草坪上聊天。天气十分炎热，让人感到不适，只是尼利很想到外面去。尼利比上次又长胖了，不过她康复得很好，这一点无可否认。她目前是在楞树苑，离门诊部只有一步之遥了。

“我一到那儿，”尼利开心地说，“就可以去纽约过周末了。”

“尼利，你觉得他们这样做也没有道理？”

“当然有！这是唯一出路。老天爷啊！你不能像这样被监禁了长达六个月，接着一下子自由了。他们必须一步步释放。首先把你送到门诊小屋，接着在那儿待一个月，期间他们会允许让你到当地乡镇玩一夜，去电影院看看电影或者到美容院做美容。然后要是一切正常，他们就会让你到纽约过个周末看看。到了星期一，你必须赶回来，让他们给你检查一下，看看你有没有出现精神紊乱。再过些时日，他们允许你回家一周。最后，你就康复了，他们就放你走了。只是你每天还得去见他们安排的精神病医生。这是出去后最让人头疼的一件事，让你一直有压力。”

“你指的是工作吗？”安妮问。

“哦，仅仅指压力。在这儿，没一点儿压力。能睡着就睡，要是不能睡着，又有何妨？睡不好，也就是做不好手工课上的马赛克图纹式烟缸，或打输一场羽毛球赛。并且想吃就吃。老天爷啊！我现在重一百六十磅，不过管它呢？对了，安妮，我可以唱了。神啊！我唱得跟金丝雀一样好听。”

“哦，尼利，我真替你高兴。我早就知道你会有这么一天。”

“最难以置信的不只是这件事，还发生了件大事。他们每月都举办一场宴会，场面真的很大。无论男女疯子都擦脸抹粉，全员出动，相会在健身中心，当然，全程都有人监督、陪护。我也是身不由己，必须得去，因为要是不去，就会被记一次差评。呃，他们那儿有个三重奏乐队，有一回，我上台瞎闹了一会儿。很不咋地，主要是因为那位钢琴师是位村民教师，他竟然双手都弹主旋律。我唱着唱着，突然间，有个真疯子擦地移步上前，只见他头发全白，一副疯疯癫癫的样子。据说他是个重疯，之前一直没见过他，因为这类疯子来参加宴会很罕见。他们的病无药可救，要在这儿被监禁一生。哎呀！只有富裕的疯子能住得起这里，而我们那儿，真有那么几个特有钱的。夏娃小屋住的是女重疯，亚当小屋住的是男重疯。当然，他们住在方圆十二英亩之外——其实，宴会之外，我们从未见过一位男性疯子。呃，反正，这个看上去疯得一塌糊涂的男疯子擦地移步而来。这时，一名护士冲上前抓住了他，不过哈尔医生当时也在场，他示意那名护士放开他，让他自由活动。原来，他已经两年没开口讲话了，哈尔医生想看下他想做什么。反正，他缓慢地走向我——我正演唱海伦·劳森的一首经典老歌——他默默地立在那儿。

“我一直唱——我开始演唱自己以前的歌曲——他突然开始和我合唱起来，配合得天衣无缝，一定是你闻所未闻的。太令人陶醉了，我有种想死的冲动。安妮，我兴奋到脊背上了——这个男人真的会唱。并且，他身上流露出某种熟悉的影子。我们俩合唱了足足一小时，全场人都疯狂地拍手——

连哈尔医生和阿切尔医生也不例外。当一切结束之后，这位疯子伸出一只手摸着我的脸蛋儿说，‘尼利，你一直都能唱——你我都是。’接着他又擦地移步回去了。我当时还立在那儿。然后哈尔医生走上前来对我说，‘他已经在这儿住两年了，情况日益严重。这是一个秘密，我们一直守口如瓶，不过我看你们俩认识。请别将此事泄露出去。我们在这里叫他琼斯(Jones)先生。’然而，我一点儿都搞不清楚他到底是谁，不过我已经在这个下贱地方老实够了，如今终于可以骗一回哈尔医生了。因此，我便临场发挥，说，‘我该如何称呼他呢？他管我叫尼利。’接着，哈尔医生说，‘哦，你可以管他叫托尼，不过请加上琼斯。”

“托尼?”安妮听得一头雾水。

“托尼·波勒!”尼利公布说，“他天生患有某种精神病。幸好他和珍妮弗没生孩子，否则生下来的也会是个疯子。”

流产！珍妮弗早就知道了！她一直保守着这一秘密。眼泪忍不住从安妮的眼眶流了出来。

“尼利,”她说，“珍虽然从未向任何人提起过，不过她一定早就知道了。求你了——别向外人泄露。”

“为什么？他早就和珍离婚了。珍已经去世了——你忘了?”

“可是她临死都未向任何人泄露，她想保守这个秘密。看在珍和托尼曾经在一起的份上……求求你了。”

“那好，这种事谁还介意呢?”

“呃，你出院以后，要是把这件事透露出去，或许会引起很大的社会舆论，肯定是个大新闻。不过千万别这么干。托尼只是退出影坛了，当然也有谣言说他去了欧洲，不过谁也不知道，而且至今谁还在乎这个。让这件事就这样过去吧。”

“当然行！”尼利同意地说，“不过我的事肯定瞒不住了。我接了一个活儿，是为一本杂志提供‘两部’故事，这将为我带来两万美元的收入。乔治·贝洛斯正在寻人为我代写。”

“乔治·贝洛斯？他！他是如何同你取得联系的？”

“呃，你肯定看过了那些狗屁专栏。他们隐约其词地透露我长肥了，也唱不了歌了，还有人说我变瘦也唱不了歌了。因此我给他们写信告诉他们蒙了个半对——我长胖了，却比以往更能歌唱了。接着，我请哈尔医生为我录了一张磁带，我把它邮给了亨利·贝拉米，让他在媒体上放放。他肯定是把这件事交给乔治了，因为紧接着乔治就来探望我了，还给我弄了这么个活儿。他还想在我出去后，做我的代理人。你也知道，他想凑钱买亨利的公司。”

“莱恩说，詹森·哈里斯代理公司想收购亨利的公司。”

尼利耸耸肩说：“要是乔治最近几星期能凑齐詹森·哈里斯的报价，公司就是他的了。他或许可以搞定，只要他能够骗到他那位嗜酒如命的老婆一些赃款。她可是身价好几百万。”

安妮听得晕头转向的：“什么嗜酒如命的老婆？乔治根本就没结过婚。”

“乔治这家伙一点儿都不老实。在很早很早的时候，他就已婚了——咱们初次见他时。原来，他同这个贵妇已经有二十年的婚姻关系了。不过，他说把这场婚姻当成了生意。他过去还以为这个女人用不了几年就挂了呢，结果这个女的连自己的肝都伤透了，却依然健在，还牢牢地管着钱袋。我真不知道他准备上哪儿弄钱——除非在接下来的几周，他找机会将她推下山。如果我没看错乔治的话，他是不会介意这么干的。我一向厌恶这个王八蛋。”

“起码人家为你找了这个活儿。”

“哦，他会得到回扣。我跟他说，我急需两万美元。我在这儿的治疗费都是你代缴的，我必须还你。再说，我要是出去了，也需要些钱。不过，我还是希望乔治最后不要得到亨利的公司，他令我毛骨悚然。”

安妮从尼利那儿离开时，心里萌生了一个主意。当她驱车到家时，这个主意被最终定下来了。亨利说她需要时间，这个主意肯定能帮上忙。她将车停在车库，接着就给亨利拨了个电话。她必须和他共进晚餐，立刻见面。他们商量好在第五十三大街的一家小餐厅见面。

“有何不可啊?”她把想法跟亨利讲过以后，他这样说，“让莱恩去写尼利的故事再合适不过了。他是看着尼利成长起来的。不管怎么说，这都将给你再争取至少一个月的时间。”

“不过必须由你向乔治兜售这个主意，再让乔治提供给莱恩，如此一来，这就跟我没有任何关系了。”

莱恩欣然揽下了乔治提供的美差，不过他拒绝到精神病院探望尼利。他想让自己的记忆里留下的永远是以前那个她，永远是那个一脸朝气的小女孩。他固执己见地认为自己必须从那个角度下笔。他在电话里向尼利了解情况，自己写完以后再寄给她核对。尼利对那个故事的叙述方式欣喜若狂。这个故事编写得十分顺利，到了九月底，莱恩已经进入了故事的最后修订阶段了。

十月上旬的一天，亨利又接到了安妮的紧急召见，他们在“21”会所见面。她抛出了自己最新的参考方案，两眼放光。他聚精会神地听她说完，然后他挥舞着双手说：“你真是一支装甲师——可这行不通。”

“为什么?”

“莱恩不想经营一家代理公司。我很清楚这个。莱恩只爱写作。”

“可是亨利，你试一下总可以吧。就跟他说，你不想眼睁睁地看着詹森·哈里斯公司吞掉你用一生的心血经营起来的买卖。求你了——试一下。”

“可是安妮，就算我跟他说，钱是我借给他的，但纸包不住火，最终还得让他知道。”

“等那一刻来临时，我再去发愁好了。亨利，现在一分钟都不能浪费。”

莱恩抿了一口咖啡，认真思考着。“我真是受宠若惊，亨利……可我不是你要找的人。”

一位服务员过来给亨利续了一杯咖啡，等他走开后，亨利才回答说：“听我说，莱恩，我为这个生意奋斗了一生。詹森·哈里斯代理公司不配拥有我建立起来的这支明星队伍。乔治·贝洛斯不该让别人踢走。哦，他们还会继续要他，给他个副主席。可是他们会将他从高层踢下来，安在一个很无关紧要的位置，他早晚会被逼辞职。实不相瞒，我已经几个晚上没睡着觉了。这些就是为什么我情愿自己借钱给你，让你和乔治合买我的公司。”

“可为什么借钱给我？为什么不把钱借给乔治？”

“你觉得乔治为什么到现在还没筹到钱？”

“我想是数目太大了。”

“不。外头都传开了——乔治靠一己之力搞不定这摊生意。他生意做得很好，就是不擅与人沟通。估计得半数的明星会撤出。可要是我交给你——要是我们运作得好，来一场声势浩大的公关宣传……从一些小报的专栏下手，搞出些小道消息……我是怎么三顾茅庐地请你出山……接着把队伍拉起来……听我说，记得你实力的大有人在。”

听完亨利的话，莱恩还是摇了摇头，“非常感谢，真是受宠若惊。不过我只能错失良机了。在伦敦我过得很开心。我不想要经营代理公司带来的压力。我厌倦了职场的钩心斗角，喜爱我的写作。”

“那安妮呢？”

莱恩端详着燃在自己手中的香烟。“她是我唯一的顾虑。她知不知道你对我的邀请？”

“不知。”亨利在心里祈祷自己说的像真的一样，“因为我觉得安妮可能更想让你不带任何压力地做任何决定。”

“可这是笔巨额贷款，亨利。”

“我现在不缺钱，只想退下来休息休息。上次做的心电图显示出我需要休息了，可是我想看着公司继续发展下去。你每年多少还点儿就行了，我不急着要。”

“要是我不接受，会伤你的心吗？”

“我会很伤心的，莱恩。你已经在我最需要你时离开我一次了，我眼下很需要你，我想让你和乔治继续发展我们的公司。”

时间来到了一九六二年。在一月二日的那天，贝拉米—贝洛斯正式更名贝拉米—贝洛斯—伯克。乔治当上了主席，莱恩做了副主席。亨利彻底休息了，可是莱恩非要把他的名字继续留在公司。公司为媒体与客户办了个香槟派对，席间，莱恩向众人宣布第二天要娶安妮小姐，给这个派对喜上加喜。

在聚会进行到高潮时，亨利将安妮拽到一边。他们开了场小会，没有任何人注意到他们。

“明年不得不向他暴露真相了。”亨利轻声嘀咕道。

“为什么一定会被他发觉呢？”安妮问。

“安妮，你明年就得上交联合税了。到时候，他将得知你才是贷款给他、帮他买了这个生意的人。毕竟他还得结算贷款利息，你必须宣布这件事。”

“可是为何那时不能是你借钱给他呢？然后我借钱给你，然后——”

“然后咱俩最后都得被带到国税局。安妮，我没有你那样的闲钱，没有每周两千美元的纯收入，没有人送我吉琳巨额股票，更没有一个亨利·贝拉米一样的伙计许多年前就在美国电报电话公司帮自己投资了十万美元股票，不费吹灰之力就让钱涨了一倍。要是我想赚取资本收益，就不能再拿自己的钱投资了——哦，怎么讲呢，你是不会理解的。可是我不可以用自己的钱，来买自己的生意。顺便跟你说一下，我把你持有的吉琳的所有股票全抛售了。这是最好的选择，因为吉琳的股价已经上涨至其实际价值的三倍了，估计就要大跌了。还有，我把你持有的美国电报电话公司的股票抛了一半。你饿不着，不过从今以后你大部分收入要靠现在这个代理公司了。因此，这可不是闹着玩儿的。莱恩与乔治最好能把生意做大——你的全部家底有四分之三都压在这个生意上。”

“明年，莱恩了解了真相，你认为他会怎样看待这件事？”她问。

“不好说。要是他高兴，要是公司发展得很好并且他也回到自己的老路上了，那他可能会付之一笑。再怎么说，他自己心爱的女孩为了嫁给他，用了点儿诡计，私底下借给他了点儿钱，作为一个男人可能会因为这个生气吗？”

“他对你的感激是我唯一放心不下的。”她说，“他老是说不能令你失望，说你给他提供这个差事是对他莫大的信任。他说自己真心不想接管这个经理人公司，可是为了报答你对他的信任，才不想让你扫兴。”

“我才不信呢。他那么快就向你求婚，根据我的观察，你才是决定因素。”

“可能吧。不管怎样，在问题出现以前，起码我还能享受一年时间。正像你说的那样，或许一点儿问题都不会有。就算有，我也在所不惜。我活着不能没有他，亨利。我已经挣扎了十五年，那真是行尸走肉。如今，只要能让我得到莱恩，收买、说谎、诈骗，我一切都敢干。当这个惊天秘密曝光时，我只能向天祈祷了。”

“听我说，要是我没看错你，到那时你就会怀上宝宝了，而且这个生意也会做得有声有色，莱恩肯定会暗自庆幸你用了些手腕实现了他的理想。”

他们次日在亨利住的公寓举办了婚礼。主婚人由亨利的好友——海尔曼(Hellan)法官担任，乔治和他妻子做了证婚人。安妮与莱恩匆匆忙忙到棕榈滩进行了一次为期四天的蜜月旅行，决定以后住在安妮的房子里。莱恩与乔治每星期除去公司日常开支，每人可以领取七百美元的工资；公司的盈利将保留在公司，并于每一年的末尾进行分红。

两个月之内，莱恩就拿下了几位英国的大明星。其他的代理的演员也有几个被他们撬走了，并且又招了几名员工。莱恩还想在加州设办事处，不过乔治更保守一些。

“让我们仔细评估一下。”乔治说，“我同意咱们现在客户充足。但是真正的大钱来自于对电视节目资源的整合。我们得弄几个大腕儿，把他们捧上电视，牢牢地将这些资源整合在一起。我们需要的是一个个卡洛尔·伯纳特(Carol Burnett)①、丹尼·汤玛斯(Danny Thomas)②、朱迪·加兰(Judy Garland)……”

“我很赞同。”莱恩快速说，“可我们请不起他们。他们一直都有很好的经理人打理。再说，那没一点儿挑战性。我觉得咱们应该打造自己的大腕儿——那才算得上真正的管理。海伦·劳森就是亨利打造的。咱们现在要是能打造一个明星，所有的明星都会争先恐后签约咱们。”

乔治一边听莱恩的豪言壮语，一边审视着那份演员名单。“咱们这儿似乎没有那样的潜力股。”

莱恩想了想说，“要是皮特·谢伊(Peter Shay)同米高梅签的那部影片和那部影片的剧本一样成功的话，咱们必然可以继那部影片之后，再签一个三部影片的合约。咱们或许能够将他打造为——”

乔治听到这里，连忙摇头说道：“他是一名滑稽演员。咱们要的是一个风情万种的男子，或很幽默的演员，或是个女人。再说，皮特总是在这里和英国之间两地跑——你最了解英国人了。不是侮辱，”乔治赶紧补充说，“可无论他们在这里有多成功，他们还是挣了我们的钱又跑回那个多雨的小岛。”

莱恩笑着说：“那个多雨的小岛时髦得很，人们在那儿很开心。”

“没错。故乡是每个游子心灵的港湾。不过那对咱们没什么好处。我目前萌生了一个主意。咱们能争取到一个大人物，要

---

① 卡洛尔·伯纳特(1933—)：美国著名女电影、电视演员，歌手，作家。尤其以电视综艺节目“The Carol Burnett Show”闻名。

② 丹尼·汤玛斯(1912—1991)：美国著名影视明星和制片人，最为人熟知是他的电视情景喜剧《给爸爸让位》。

是把她打造成明星，咱们的前景不可限量。这个人是尼利·奥哈拉。”

莱恩听完后，现出一脸痛苦的表情。“那是白费力气。再说，她目前仍然关在太平山庄。我们必须承认这一点，乔治，她已经完蛋了。”

“尼利这种人物永远完蛋不了。人们都将她视为失败者，觉得从她身上看到的全是悲剧。她让自己毁在了最辉煌的时刻。人们提到她时，就跟她死了似的，觉得她不会再有第二春了。而这些言论反而对咱们很有好处。因为，要是咱们让她回归舞台，并且推上高峰，那么我们就成功了，咱们让不可能成为可能。到了那个时候，你等着看 GAC、CMA[①]、威廉·莫利斯经纪人公司、詹森·哈里斯经理人公司的明星们纷纷投入我们的怀抱吧。他们会想，咱们要是都能把尼利捧得这么红，更何况是他们呢。明星们是很有意思的一类人——才华绰绰有余，忠诚少得可怜。”

可是莱恩还是没有被说服。“可是尼利这个人，不仅是个过时货，还是个随时都可能完蛋的精神病。安妮说她如今胖得惊人——还有，她现在可不是十八岁的姑娘了。”

“她已经三十三岁了，还有，我赞同你说的一切。不过，她依然相当有才华。上周，她在当地一个录音棚里录制了一张歌带，现在就放在我这里。她现在已经转入门诊部，并且她上周还来陪我和我老婆过周末了。她确实肥得跟只猪似的，可人家歌唱得好！”

---

① GAC、CMA：具体名称不详。根据资料显示，美国当今四大艺人经纪公司依次为：CAA、WMA、UTA、ICM。译文中将这两个公司名称保留英文原文，以供有需要的读者参考。

莱恩耸耸肩。“可是想让她瘦身，得一年时间，然而在那种高压之下，她还会像过去那样崩溃掉。”

“不用让她瘦身。重点就在这儿。让她继续胖下去，最要紧的是她的歌声。”

“那咱们怎么打理胖子歌星呢？”

“让她开演唱会。你知道全美巡回演唱会一晚上能挣多少钱吗？莉娜·赫姆（Lena Home）①、加兰（Garland）、利伯雷斯（Liberace）②——他们全发财了。仅仅是好奇心都足以让人们跑来看尼利。她一个人开一年音乐会就能抵消咱们公司所有的开支了。而咱们其余的客户赚的钱就是净利润了。再说，要是咱们能让她坚持演上一年，别的明星就该跑来求着加入咱们公司了。”

“要是你想试一下，随你。”莱恩说，“但是那是你的项目，你专心打造你的美国新宝贝儿，公司的事情就交给我好了。”

“没那么简单。”乔治慢吞吞地说，“她对我不来电，还有我老婆也影响不了尼利。”他稍微停了一会儿。“我媳妇有个嗜酒的毛病。不过尼利对你很有好感，还有你老婆对尼利有很大恩惠，安妮——”

“稍等，”莱恩快速地说道，“安妮在努力工作挣钱，我们最不需要尼利·奥哈拉卷入我们的生活。”

“你要做的只是说服她签约，下面的勾当交给我。我去操纵宣传事宜以及预约演出。带她四处演出的任务都由我顶着。你只要开个好头儿就行了。她目前随时都可以撤出那个精神

---

① 莉娜·赫姆（1917—2010）：美国女歌手、演员、民权活动家、舞蹈家。

② 利伯雷斯（1919—1987）：美国男钢琴家。

病院，我们会为她找个旅馆，开个套间儿。她现在没钱，因此这笔开支全得算在公司账上。其实，咱们要负责她的一切，比如安排她的排练。我们还得给她找个日夜伺候的女佣。我认识一个女人，是名丹麦按摩女，壮得跟头公牛似的，我们花的每分钱都会记账。她一投入工作，我们会从她每次的工资中减去一部分钱，直至我们把当初花在她身上的每分钱收回来。要是她失败的话，我们记的账可以帮我们合法减税。”

“这一场赌确实有点儿大了。”

“我们又不会输多少，就当是花了几千美元宣传，也是值得的。再说，要是她火了，正好可以给安妮还钱了。你老婆一直为她垫医疗费，安妮在她身上花了近两万美元。”

莱恩摇了摇头说：“我不喜欢这样干，可要是你想这么干，我会配合。不过，你要记着这是你的项目。我把前期工作做了，向她提议，不过从那以后，就交给你了。”

乔治点了点头：“看我的吧！我要将咱的小飞船一直送上月球——她将载着我们飞翔。”

安妮拖着疲惫的身躯，艰难地回到公寓，第一件事就是把空调打开。她很后悔那天让女佣放假。天气湿热，出现了破纪录的热浪。她冲到洗澡间，看上去病得不轻。接着，打湿了一条毛巾放在前额，苦笑着。女人害喜都是晨吐，她在心里想着——而我偏偏是夜里疼。她认定自己是怀上了。例假已经晚了十天了。当然了，这个还不能百分之百肯定。到了二月，她的例假更是晚了两周，她同莱恩早已暗自高兴过了——那时，她被一阵抽搐弄醒了，这已经好几次了。这一回，她没再跟莱恩讲。昨天开始呕吐了，两天都是在早晨五点半。哦，求上帝保佑这一切都是真的，她在做祈祷。一切都已经很棒了——如今又来了宝宝！它肯定是个女孩——长得和莱恩一样好看的女孩。

她的幸福甚至令她感到恐惧。没有人像她这样幸福，凭什么她有这个权利。她唯一的一丝不安来自于上缴所得税的时间，莱恩将知道这笔交易的真相。可是生意很兴隆，到时候又添了宝宝，亨利都肯定地认为他会体谅那个骗局。可是，一切有关莱恩的事情都不能想当然。

他们一起去见过了尼利。当时，尼利上前跟他们问好，由于太胖，走起路来左右摇晃。莱恩神秘的微笑也难掩自己的惊讶。由于肥胖，她的身体都走样了——她的两个凸起的脸颊遮住了她的双眼，连她的脖子也找不到了——不过，她却焕发出了往日的热情，更像以前那个尼利了。她那孩子般幼稚的热情，冲破一堆庞大的肥肉，显露在你面前，让你看着着实很不和谐。

尼利当即就签字了。尼利对莱恩说了许多感谢的话，却被莱恩谢绝了，他提名乔治担此重任，盛赞乔治是这个项目的不二人选，尼利气得皱起了鼻子。她很讨厌乔治，不过，由于莱恩和他是全职合作伙伴、安妮是她最要好的朋友，她还是非常乐意签约。一周内，她同克莉丝汀（Christine）一起入住了位于市中心的公寓式旅馆里。克莉丝汀便是乔治看中的那位大块头丹麦女人，让她以后监督尼利。克莉丝汀其实并不胖，只不过身材比较高大——她看上去游过英吉利海峡都没问题。她还发誓要将尼利按摩出一副好身材。

“尼利没必要瘦身。”安妮赶紧说道，“不能在尼利的外貌上，给她施压。她只用把注意力集中在唱歌上。”他们还让克莉丝汀警惕着，别让尼利碰药丸和酒——为了每周的两百美元，克莉丝汀保证可以二十四小时服务。到目前为止，她看来真的践行了自己的誓言。

安妮走出了卫生间。她来到客厅，打开灯，倒了杯白兰地，想用酒来麻醉自己的胃，好让自己好受一点儿。尼利干活很卖力，一天要排练四小时，乔治也逐步发起宣传攻势。尼利的首场音乐会约了多伦多，离纽约相距甚远，防止差评传至纽约。尼利也有机会熟悉下套路。

安妮看着这个房子有些发愁。它是很漂亮，不过要是她怀孕了，那他们必须得换地方了。她必须从吉琳的合约中解放出来，根据法律条款中“不可抗力”的规定。她很愿意自由，这样一来，她就得到了找新公寓以及置办家具的时间。该如何装饰婴儿房？她晕晕的，感到有一丝兴奋涌上心头。哦，神啊！让一切成真吧！

两周后，医院确认她所希望的事情是真的。起初，莱恩还有点接受不了，面对这一消息，他的心头五味杂陈。尽管他也很开心，可这将给他们现在的生活方式带来翻天覆地的变化。安妮不得不在六月下旬离岗——根据推算宝宝要生于一月中旬。安妮的腰围厚了足足一英寸。不过，当安妮告诉他一切都很容易时，他的担心才释然了，并且还和她一起兴奋起来。

他们于六月中旬飞抵了多伦多，去听尼利的音乐会。坐在漆黑的观众席，安妮怕得要死。这次演出意义非凡。乔治与莱恩在意的是他们俩的投资，而安妮考虑的是要是这次亮相失败了，对尼利将是多大的挫败。在后台那会儿，尼利看上去很轻松、很安静。她笑着说自己没有担任何风险，没任何东西可以失去——她还可以回精神病院做烟缸。由于过于紧张，乔治不停地弹着手指；莱恩也忧心忡忡，干脆把眼睛眯了起来。

舞台上的灯光开始变暗，交响乐队突然奏响了尼利的主旋律，那是一首来自她一部电影里的很火的歌。厚厚的幕布渐渐拉开，尼利一个人出现在偌大的舞台之上。她身穿一条朴素的黑色及膝长裙。她的小腿风采依旧，而那条黑裙也能遮挡她部分的肥胖的身体。不过观众席上仍然传出了一声清晰的嘘声。有人不自觉地和她早期电影里的形象联想了起来。尼利也听见了这阵嘘声，她只是露齿一笑。

“我的确胖了。”她衷心地说，“许多声乐家和我一样胖。只是在我这儿，不是让你们听歌剧的。我今天来这儿，是拿我的心给你们放声歌唱的——而我这颗心也很胖很宽广，要是你们喜欢，我要为你们尽情献唱。”

观众席上，顿时响起了震耳欲聋的掌声。尼利还没开唱，就得到了观众们的肯定。尼利的歌声清晰悦耳，真真切切，令人回味无穷。观众们的心神都被麻醉了似的，疯狂地迎接着尼利回归于他们的心间。这样热闹的场面，安妮还是有生以来头一回见。

蒙特利尔的演唱会和多伦多如出一辙。她破了以往所有演唱会的纪录。在底特律，她人还没到，演唱会的门票就已经在几周以前就销售一空了。此时，纽约的各大报纸到处充斥着她要回纽约演出的报道，不过乔治做得更加明智，依然让她四处巡演。纽约公司由莱恩主政，乔治一直带她到处巡回演出直至九月。安妮也获准从吉琳离职，她找到一家大公寓，把自己的自由时间全用到了置办家具上。她的肚子已经鼓得很明显了，她肚子里的小生命每动一次，都给她增加一份喜悦。吉琳公司还想给她放长假，可是她执意要永远离开。尽管她的心已经飞向了未来，不过，当她得知吉琳的政策改为每星期使用不同的女孩时，心里感到美滋滋的，有种小满足。可见，她是不可替代的。

后来，乔治感到尼利回纽约的时机已经成熟了。首映式定于十一月。他们同百老汇某家大型剧院签约了一个每天两场的个人音乐会。在她开唱前一周，合约内的三周音乐会的门票全部被销售一空。

尼利的纽约首演交织着痛苦、忧愁、激动、成功。全场的观众湿润了双眼，疯狂地呐喊欢呼着，欢迎他们任性的孩子重回自己的家。安妮察觉到，尼利的脸上又开始露出一些以前的容貌。虽然她还是很胖，但已经不是那么丑了——克莉丝汀让她减掉了三十磅。虽然她仍有双下巴，但她的脖子又显露出来了。不过，一首歌下来，尼利的歌声奇迹般地让所有人忘掉任何别的东西。

纽约的演出进行到第二周时，问题终于出现了。乔治与莱恩想挑选出最赚钱的项目。其中有电视综艺节目的特邀明星、一部电影、几部百老汇音乐剧，可是莱恩坚决要求接着开音乐会。“最起码再开一年。”他吵着说，“我们或许可以再帮她减掉二十磅，可是我们永远别想让她重塑婀娜的身姿——我们不能冒险让她节食——不过苛刻的表演，再加上克莉丝汀，将会出现奇迹。到那时，我们再提什么电影啊、电视啊。”

“我们必须让她演电影或百老汇音乐剧。”乔治坚持不懈地说，“她拒绝继续四处做演唱会。”

“可是我刚刚签下洛杉矶、旧金山以及伦敦帕拉斯剧院的音乐会表演。”莱恩说。

乔治无奈地耸耸肩说：“我们昨晚干了一仗。她现在占上风了，我们必须正视这个实际情况——她又成了那个烦人精。过去那个耍大牌的毛病又犯了。一点儿人情味儿都没有了，只会和你耍横。她告诉我，她想守在一个固定的地方。依我之见，她真正想要的是有个伟男伺候她过夜。”

“我的神啊！谁会看上这种女人？”莱恩问。

乔治哈哈大笑。“听我说，我这几个月以来一直在为这件事头疼。我们忽视了一点，我们这个‘飞船’是人类的一员。在精神病院，他们可能给她喂了硝石一类的能控制性欲的东西，可如今她已经饥渴难忍了。曾有那么短暂的一段时间，我们有个萨克斯手，可能是个床上好手。他给她带来了一段快乐时光，可惜他从乐队退出了。跑了？依我看，他是为保命才跑的。她玩了几回一夜情，不过如今成了现在这个局面。她跟我说，她想弄套公寓，找个稳定的男人，可以随时发泄。我有预感，詹森·哈里斯代理公司肯定和这件事有牵连，很有可能是他们在背后搞鬼。他们或许已经派了他们公司的某位史蒂夫·斯坦宁(Steve Stunning)，外穿黑色西装，内穿紧裆短裤，吻着她的手，对她发动糖衣炮弹的攻势。我感觉，她正想方设法脱离我们。”

莱恩笑笑说：“让她走！要是詹森·哈里斯代理公司很想把她的合约买走，我们给他们得了——拿五十万美元。”

“这个我也想过。”乔治说，“可是咱们不能在这条鱼儿刚开始咬饵时，就抛弃鱼饵。明天，我要请保罗·艾索姆(Paul Elsom)一起吃午饭。”

莱恩听到这儿，吹了一声口哨，“看来好戏真的要开场了。”

乔治点了点头，“他最近的两部电影一片叫好。要是我们把他签到手，半个好莱坞的明星都得闻风而来的。恰逢美国音乐公司①裁减管理人才，当地市场大门敞开。他们各地的明星最近一直签的都是短期合约。我已经伸出触角了，只是我们的诱饵是尼利，我们必须套牢她。”

“那好，你去降服她，好好哄哄她。”莱恩催促着他。

“我已经尽力去哄了。听我说，莱恩，面对现实吧，老兄。她压根儿就没喜欢过我。起初是权宜之计，她别无选择。可是今时不同往日，她火了，用不着再看我的眼色了。昨晚，她竟然叫我肥猪。你想想，那头奶牛竟然叫我肥猪。得了吧，莱恩——该你出马了。”

莱恩正坐在尼利化妆间。此时，午场演出就要收尾了。他瞪着化妆镜四周贴的那些电报。这一行的所有大腕儿都向她道贺并预祝她越办越好。前台传来了震耳欲聋的掌声，管弦乐队奏响了谢幕的音乐。他绷紧神经，准备应战。

尼利回到了化妆间，看到莱恩坐在里面，她顿感惊喜万分。“谢天谢地，你那位合伙猪去一边儿凉快去了。我们昨夜大干了一仗。”这时，克莉丝汀给她递了一大杯啤酒。她随手接了过来，一饮而尽。“哎呀！味道好极了！来点儿不，莱恩？”

“不用了，谢谢。想吃晚饭吗？”他问。

“太棒了！安妮也一起吗？”

“不，就我们两个。”

她笑开了花，“乔治派你来打头阵的，嗯哼？可是，我还

① 美国音乐公司(1924—2000)：英文全称 Music Corporation of America，是美国一家传媒公司，始于音乐领域，后又将业务拓展到电影、电视领域。在 2000 年被法国威望迪环球集团收购，归于环球音乐集团。

是不想再到处跑了。不过我愿意陪你吃晚餐。在哪儿能吃到美味的焗蜗牛？”

“去露易丝(Louise)吧，露易丝(Louise)什么都有。”

“太好了！在那儿可以蘸酱吗？我想多来点儿蒜蓉奶油，还有黑麦面包，我要把酱全吸干。女歌星的个演就这点儿最好——用不着害怕被男搭档闻到蒜味儿，用不着难为情。”接着，她的情绪又失落了下来，又加了一句，“演出完了之后，仍然不用害怕，因为我一个男人都没有。”

“这一切很快全会有的。”莱恩说，“纽约都被你踩在脚下了。”

“两码事。可我还是没找到一个可以依靠的男人。我特想有个男人。打今儿起，我要精挑细选。纵然我的身材不是十全十美，可也不是奇形怪状。我不只是想找个男人过夜——我想有个关心我的人，一个令我尊敬的人……一个我爱的人。”

“咱们吃吧，吃着蜗牛说着话。”他提议说。

尼利要了二十几只蜗牛。莱恩拨了六只放在盘子里把玩着，专心地听她发牢骚。他必须承认，她抱怨的全是实情——她生活里只有演艺事业，再没有别的什么了。

“尼利。”他伸出胳膊，捉住尼利的手，“换位思考，我很理解你。你只要演完好莱坞、旧金山以及伦敦的几场音乐会，那时我们便将你稳定在这儿，演部电影或举办个百老汇音乐剧。我会加紧寻找机会，一旦有适合的演出，我们在秋季就能推出。百老汇音乐剧会有力地推进你的事业。”

“我的好莱坞及伦敦之行由谁来陪同？”她问。

“自然是乔治。”

“算了吧。”她坚决拒绝了。

“听我说，你和乔治吵过架，可他人不坏。尼利，你今天所取得的一切成就全是拜他所赐。”

“若是我没这个本事，你们谈什么成功。”她绷着脸说。

“那是自然，不过，乔治眼光独到，敢于信赖你。”

“你不信赖我？”

“实话实说，当初我不信。我持怀疑态度。”

“你当时以为我失去了这种能力了？”

“我考虑的不是能力问题。我想着打造你是一件苦差事。在我看来，你要想回归舞台，我就得看着你节食、焦虑、紧张。而在乔治看来，你当时的容貌能够被人们接受。他坚持这样做，结果证明他是对的。”

尼利拿着一片儿面包，本打算去蘸黄油酱，听到这里，她一下子丢下那片儿面包，还将碟子推到了一边，“听你嘴里说的话，我跟个怪人似的。”

“好了，尼利，我什么意思，你懂的。我觉得你妙极了——才华横溢、个性活泼。”

“可惜是胖懒虫，嗯哼？”

“不，只是没有瘦成一根儿芦苇而已。不是你过去在电影中的样子了。”

“长成我这样，我猜不会有哪个男人真会看上我。”她说。“我很清楚在底特律时，我那对双胞胎看我的眼神。神啊！他们俩长得可真帅。真高兴他俩和特德在一起过。在我住进精神病院时，他取得了孩子的抚养权，差点儿把我气死了。不过，我估计他处理得非常好。他的婚姻生活似乎还很稳定，不过，我依然觉得他是个‘两面手’，只是孩子们不清楚这一情况。不过，我再也忘不了他们看我时的脸色。巴迪——他个儿稍高些——他说，‘老天爷啊！妈咪，我在晚间电影节目里观看过你的影片，可你这会儿看着真是不一样了。'"

"你没必要瘦身。"莱恩还在坚持。

"要是我有理由变瘦，那我就能够做到。"她忧伤地说，"剧组的高压依然不能让我瘦下来——可是我可以为爱奉献。就像以前的时候，剧组严令我保持身材，可我还是偷吃。可当我和特德一见钟情后，他想让我减十五磅，就像我说的那样，我做到了。那时因为我心甘情愿，我想让他满意。莱恩，正因如此，我才想待在这里。我想找个男人，我想恋爱。一看见镜子里的那个我，我恨得要死。"

"尼利，你的个性和声音成就了你的一切，跟你的腰围没一点儿关系。"莱恩仍在坚持。

她却还是摇了摇头。"我爱穿好看衣裳，不想每次一登台，都穿那件儿朴素的黑裙。可我却不得不如此，因为它有利于掩盖某些东西。可是我没有瘦身的激励因子，所以必须找个好男人——那么，我就能瘦下来，那么，我就会爱自己。"

"去好莱坞、旧金山及伦敦表演。"他催促着她，"别的东西将纷至沓来。"

她思索了片刻。接着说，"那好……要是你顶替乔治陪同我前去，我就答应。"

"尼利，你让我怎么走得开？"

"听我说，我已经受够乔治了。要是还让我和他那张圆月脸朝夕相对，我非呕吐不可。他连金拉米牌①都不会打。你

① 金拉米牌：英文名称"Gin rummy"由 Elwood T. Baker 和他的儿子 C. Graham Baker 于一九零九年发明，是一个两个人玩的纸牌游戏。使用的是标准的 52 张纸牌，两个人比赛得分，通常设置为 100 分，谁先得到规定的分，谁就赢了。

会打金拉米吗?”

“玩得跟‘希腊人尼克(Nick the Greek)①’似的。可是尼利，我不能走。安妮快临产了，估计六周后就要生了。”

“哦……我把这事儿给忘了。”她猛然又豁然开朗。“将我的音乐会延期。将这几场音乐会放在孩子生下来后再举行，不管怎么说，我还是有权稍事休息的。”

“等孩子生下来以后，我更不能抛下安妮了，不能让他独自抚养一个婴儿。”

“可以让安妮和我们一同前往。听我说，我带过双胞胎，再清楚不过了。头几个月里，只要给他们找个称职的保姆，就万事大吉了。不满三个月的婴儿，连人都不会认。”

“我想想。”他说。

帕拉斯剧院的演出很容易延期，莱恩将其改为二月中旬，可洛杉矶还有旧金山的日期不能改。尼利必须在圣诞节和新年期间开幕。莱恩想方设法不让安妮知道此事，可惜尼利将此事抖搂了出来。

尼利顺路来参观安妮的新公寓。每一处都收拾得恰到好处。安妮产期将至，走起路来笨手笨脚的。她向尼利挨个儿展示了每一间屋子，着重介绍了婴儿室，说的时候脸上洋溢着骄傲的神情。

---

① 尼克(1883—1966)：全名尼克·丹多洛斯，职业赌徒，出生于富裕的希腊地毯商家庭，18 岁大学毕业获得哲学学士学位，崇拜诗人和哲学家，如亚里士多德(Aristotle)和柏拉图(Plato)。他将自己的一生用在了赌博上，是赌博行业的伟大人物。有一次和另一个年轻的赌徒莫斯(Moss)在一场旷日持久的赌博中认输了，他最后说了句，“Mr. Moss，I have to let you go.”这句话成了扑克游戏中的一句术语。

她们最后在书房聊了起来。安妮抿着雪利酒，尼利喝的是啤酒。窗外零星下起了小雪，安妮点燃了火炉。“这是今年的第一炉新火，”安妮说，“尼利，你许一个愿望。”

“为什么！”

“你每次头一回干某件事情时，都会许愿。”

“那我希望你今天晚上就生孩子。”尼利说。

“为什么？离预产期起码还有整整一个月。”

“我也知道。但是你不把孩子生下来，就没办法去洛杉矶，莱恩也就不会去。他要是不去，我也不去。”

安妮知道尼利同乔治发生了争执，可还是首次听说音乐会演出时间有了调整。她认真地听了尼利做的解释。

“但是，就算到二月，我也不会去伦敦。我离不开我的宝贝儿。”她说。

“你可以的，没问题。”尼利反驳说，“那时，它还算不上是人呢。”

“我现在就把她当成人了。”安妮激烈地说，“在她每一次胎动时，我都会在精神上吻一下她。”

“安妮，头几个月，他们只有一个肉体。实话实说，他们在向你微笑什么的全是瞎话——那都是扯淡的。医生都跟我说了。他们能看见的只有光和影。三个月之前，他们认不出你，也不能集中注意力。一个称职的保姆比你更会护理孩子。”

“这个孩子让我等了好久，尼利。一想到我身体里有了属于莱恩的东西、还是用我们俩的爱创造的，一切等待我觉得都值。我永远不会和我们俩的宝宝分开。”

“要是莱恩必须走呢？再怎么说，他也无法一辈子留在纽约。”

“那时，我们会一起走，三个人一起走。”

“不过，没有他，我不会去加州。”

“尼利，拜托……圣诞节时，没有莱恩我过不下去，我这个时候出远门太危险。”

“我呢?”尼利问，“为何一切事情必须为了你？你得到了一切，你总是拥有一切。你到头来，有了钱、有了自己爱的男人，目前又有了宝宝。我已经一无所有了——唯有干活。我又成功了，可我能得到的一切仅此而已。还有，我现在努力干活，还不是为你还钱。”

“尼利，我从未想过让你还钱。”安妮辩驳道。

“这我知道，可是我跟乔治与莱恩说，我想把借你的钱还给你。加州的音乐会演完之后，我就再也不欠你钱了。与此同时，我在为你老公的公司赚钱，你也将会从中受益。”她放眼扫视着这间公寓。“我住的是一个差劲儿的旅馆套房，还有个叫克莉丝汀的变态公牛，每天像看犯人似的管着我。我怕寂寞，唯一所求只是让莱恩陪我去洛杉矶一起度过十天难熬的日子。我一个人不敢面对好莱坞，而且这次是我头回回去。到了那里，人们肯定全在盯着我看，小声嘟哝着说，‘看她胖成啥样了。’而我却得面带微笑，去讨他们喜欢。你或许觉得去那儿演戏很容易。没错，他们是冲着我的才华来的——可是我得面对开场的几分钟，也就是他们嘘声一片的时候。我得找个人在每次表演前激励我。安妮，我真的很需要！要是没有人和和气气地在我面前安慰我，我就会吃克西得林——或饮酒，是白酒，可不是啤酒。那一切都结束了。他们在精神病院时跟我说，我只要一吃药丸儿或暴饮，就只能跟外面的时间说拜拜了！”

“要是莱恩愿意去，我就没什么好说的了。”安妮说。

“你竟然这样说，你比谁都清楚他不想去。”尼利厉声说道。

“不是，尼利，我真是那样想的。让他去好了，我没事儿。”

“不是你没事儿就行了，你要做更多，否则他是不会去的。你必须催他去。否则的话，我就不会去参演了。我随时都会得喉炎。”

莱恩拒绝和安妮分别。他恨透了尼利胁迫的伎俩。“小肥猪别想干涉咱们的生活。”他生气地说，“她或许对公司有点价值，可也不是没她就不行了。”

“不过几个大明星正准备上钩呢，”安妮争辩着说，“乔治跟我说生意正如火如荼呢，可要是尼利走了，这些全成泡影了。她完全可以做出这种事情。她撕毁合约的理由很简单——在她最最需要你为她做个人代理服务时，遭到了你的拒绝。”

“那就让她自由好了。如果我和乔治必须将我们的未来全部寄托在这个肥妞身上，那么我们对自己的能力也太没信心了吧。乔治是怎么想的，我不知道，不过我是越来越不想听到有人说我们必须靠尼利去招引别人。他或许是不自信他有什么东西能够为客户服务，可是亨利·贝拉米敢借给我钱，说明他还是很信任我的。亨利·贝拉米永远不会被一个小小的尼利·奥哈拉支配自己的生活。”

“可是海伦·劳森拿走了他的一部分生活。”安妮给他提了个醒。

“他爱上了海伦，跟这是两码事儿。我们让尼利复活了，这个交易已经很公平了。还有，凭借亨利对我的信任，我完全有能力让她走。我才用不着靠任何人呢。”

在第二天，莱恩比平常回家时间提前了一点儿。他目光冰冷，一副很生气的样子。他自己脱掉外套，两眼瞪着安妮，眼神儿怪怪的。她吃力地从太空椅上慢慢站起来，调起一杯饮料。她嗅到了危机……公司肯定出问题了。他拿过饮料，依旧沉默不语。

“是乔治给你出难题了吗?”她问。

他坐下身子，咕咚咕咚喝了起来。接着聚精会神地打量着她，“你说说，安妮，你认为我应不应该陪尼利去加州?”

她愣住了。突然间，感觉这个问题像个圈套。他看她的方式让她很反感。“我估计在一月中旬前是不会生的。我当然不想过没有你的圣诞节，但我想就事论事……”

“安妮，你跟我说怎么做。”他说话的语调也是怪怪的。

“这取决于你。”她回答道，“无论你做什么决定，我都能理解。”

“不，取决于你。其余所有的事情都已经被你定下来了。跟我说说，咱们的宝宝有多重?我知道它肯定是女孩，因为你早已定下来了。世上有你控制不了的事情吗?”

“莱恩，你说这都是哪儿跟哪儿啊?”

“你!还有贝拉米—贝洛斯—伯克经理人公司。神啊!我肯定已经成为全市的笑料了。我让安妮·韦尔斯包养了。我估计所有人都知道此事，只有我一个人还蒙在鼓里。我刚得知这一情况——尼利向我透露的。”

“尼利?她是怎么知道的?”安妮害怕起来。莱恩这张脸上憋出了一种她从来没有见到过的表情。

“我知道，你们想隐瞒下去。亨利已经向我解释过了。不过，这个秘密早晚都会泄露。我每星期做的费用报告交给亨利后，他签了名以后又转交给了你。所得税申报表上将来会显示的。”

“可尼利是如何得知这件事的?”

“是亨利跟她说的。她好像是跑到他那儿和他讲了目前的问题，想让他去劝你，再让你来说服我陪她去演出。亨利可能在这个时候将那件事搬了出来。他对我说，你肯定让我做能使公司利益最大化的事情，因为出了事儿，损失的是你的钱。尼利迫不及待地冲进公司，告诉了我。当然了，乔治装得很正经八百的，一副很意外的样子。可其实所有人从头到尾都知道得一清二楚，是不是?”

“莱恩，没一个人知道。亨利不该跟尼利透露。不到万不得已，我还不想告诉你。我做这件事只是由于我爱你，想阻止你回英国。”

“你完成得很好。你想买什么都能买！你是从凯文·吉尔摩那儿学的这一套吗？一切都可以用钱衡量——要想买，只需搞清楚它的价格就行了。”

“可我的钱也是你的钱。”她在恐惧中挣扎着，“我这样做全是因为我爱你，想嫁给你，想给你生儿育女——你能理解吗?”

“不！我只理解一件事，乔治得意扬扬地在那儿立着说，‘高兴一点，莱恩，我们坐在一条船上——这是咱们老婆们的生意。’不过，我可不是乔治·贝洛斯。神啊！从今以后，生意将成为头等大事了。你的钱危机重重，我现在得把钱给你挣回来。不过，一些比钱更可贵的东西岌岌可危——我的自豪和自尊。要想将它们重新找回来，只有一条路可走——让你的混账投资驴打滚！”

“莱恩！”她冲上前去搂住了他，可他的身体却还是硬邦邦的。“全是爱，全是为了爱，我才做了这件事。你懂吗?”

“我只懂一件事——贝拉米—贝洛斯—伯克经理人公司将变成全市最棒的经理公司……全球最棒！你替我买下了这个公司，我的女人，你会从投资你的钱中受益。我会向你证明的。头一件事便是定个旅馆，带领咱们猪一样的明星到洛杉矶。让圣诞节见鬼去吧——全速向前冲！”

一九六三年新年这一天，珍妮弗·伯克来到了这个世上。她的降生比预产期提前了整整两周时间，新年前夜，安妮和那位产科医生手忙脚乱了许久。花了足足十五小时才让这个小魔头出来，不过，看着她红着身子、大声啼哭着终于来到她面前时，安妮看到的不是新生儿的皱纹儿和粗糙脸蛋儿——她的眼里只有这个奇迹和这个美丽的小生命。她的力气在这些奇迹中瞬间重生了。

没有莱恩在身边，她过去一直很寂寞。尽管他在加州天天都往家打电话，可是他们之间的隔阂仍然横在那里。从他随意的亲昵用语中，她还是能感觉到这种疏远。他们俩仿佛是被那件事儿用铁门隔开了似的。不过当宝宝出生后，那扇铁门终于被打开了。她在药剂的麻醉中迷迷糊糊地被吵醒了，莱恩的电话来了。她差不多像是赔罪似的说，“她是女孩……”他由衷地欢笑着说，“我高兴极了！我已经太老了，不能和儿子学习足球了。我更喜欢等咱们女儿长成少女时，教她学跳舞。”

在她住院期间，莱恩一天要给她通两三次电话。尼利的洛杉矶演出空前成功，她已经整装待发前往旧金山了。安妮会不会非常在意？也就是说，他还要在外面再耽搁三周时间。

“当然不会。”她迅速说。她再也不想冒险重提任何关于公司以及尼利演出的话题了。现在一切又归于美妙，她可不想再掀起什么波澜了。“到时候，珍妮弗·伯克就成一个老婆子了，不过我会尽最大努力使你了解到她所有的成长轨迹。”她捉弄着他。

“乔治说，他会用宝丽来相机拍几张她的照片。”莱恩说，“照片一晾干，立刻给我邮过来。”

“我才给你邮去一张在医院时拍的照片，她看着跟个老侏儒似的。不过，莱恩，我相信她将长成一个真正的大美女。她是黑头发——虽然还没长出来。”

莱恩在月末坐飞机回到了纽约。小珍妮弗重九磅，身上的皱纹也消失了，皮肤粉嫩、白净，甚是讨莱恩喜爱。他端详着她的小脸儿，微微一笑。“我着实害怕她长得非常像我。”他皱了下眉毛说。“安妮，你应该多使点儿劲儿，我还想着能复印出一个你呢。”

“我确实很用劲了，并且成功了。我可是想让她和你是一个模子刻出来的。”

他是从机场直接冲回家来看她跟宝宝的，现在他必须得去公司。他向她保证道，“今晚，我们一起吃晚饭，好好庆祝一下我们有了女继承人。”

当晚，宝宝的保姆——库辛斯(Cuzins)小姐协助安妮套上一件束腰衣。它穿着很难受，然而笨手笨脚了这么多月了，她想让莱恩重见她的雅致和纤腰。她通过一面镜子端详着自己的身材，心想着，还不算太差。其实，她已经恢复到了正常体重，仅是腰围走样了，不过束腰可算是帮了大忙。再怎么说，她刚生完孩子一个月。不过，谢天谢地，她今晚终于可以与莱恩同床共枕了。他们太久没进行房事了——从她怀孕第七个月就开始断了。想想莱恩该有多可怜啊！医生提醒她说，第一次可能会有点儿痛，不过不要紧。去将莱恩搂在她怀里、去感受和他水乳交融——这些才是至关重要的。

六点时分，莱恩的小秘给安妮来了个电话。莱恩正在一个电影放映现场，问安妮可以七点到丹尼海德薇饭店见他吗？她带着一丝失望挂断了电话。她还幻想着一起在家，调上杯鸡尾酒喝，接着去一个别开生面的地方、一个没有人认识他们的地方吃一顿安静的晚餐。她是很喜欢丹尼海德薇饭店，可是去那儿就预示着所有人都会停在他们桌前，张嘴闭嘴都是生意。平常她并不在乎他们谈生意上的事情，可今晚理应特别一些。

她坐在吧台旁边的一张桌上，默默地等着。再过一刻钟就八点了，她终于等到了莱恩，而此时她已经开始喝第二杯苏格兰威士忌了。莱恩来时还带着自己的两名助手，还有一个叫比尔·麦克(Bill Mack)的电视节目导演。

他冲向安妮，轻吻了下她的嘴唇。“请你原谅我！我们正在国家广播公司观看一张带子，可是被一件该死的事情搅乱了，最后又重看一遍。哦，宝贝儿，你认识吉姆·汉德雷(Jim Handly)与巴迪·霍夫(Bud Hoff)，”他说着将那两个年轻人领到桌前。“你当然也记得比尔(Bill)。”

他们坐了张大桌子，讲起他们刚看过的那个带子——一种全新形式的喜剧节目。从他们的交谈中，安妮推测，带子是比尔·麦克导演的，他很想同“三B”公司签约。人们开始将贝拉米—贝洛斯—伯克经理人公司称作“三B”了。比尔想请他们替他销售这套节目。莱恩看上去热情高涨。他确定自己能够吸引哥伦比亚广播公司和国家广播公司的兴趣，不过主演必须换成乔伊·柯灵(Joey Kling)。乔伊早已跟他们的公司签约了，是今年的喜剧新秀。

“他马上要和尼利在帕拉斯剧院开音乐会了。”莱恩说明了自己的理由。“其实，他随时都会到这里，我跟他说到这儿接我。”

“来接你?”安妮感到很意外，她急忙转身说了这句话。

“哦，我的宝贝儿。”他说得十分真挚，表现出了极大的关注，“这都是在三小时前突发的事情。乔伊准备到华盛顿加入表演。”

“可你没必要去，对吧?”

“我怎么可能不去！尼利现在还以为明晚是她的个演呢，我必须去向她解释，让她知道乔伊和她同台演出的重大意义。”

“我一点儿也不羡慕你。”巴迪·霍夫说。

莱恩微微一笑。“帕拉斯剧院的音乐会上会有其他的节目出现在尼利的节目单上，这件事她是知道的。只是在国内的几个州的演出中，她从未同其他人分享过，到目前为止，一直是她的个演。不过只要我跟她说明一下，乔伊是刚刚同我们签约的……如果你好好说明情况，尼利人还是很不错的。”

今晚，他就要离开！这个意念久久回荡在安妮的脑海里，今晚，他就要离开！

“那你何时回来?”她问。

“两周后。早上起床的第一件事就是给你打电话。你或许还可以飞到那边过周末。小珍妮弗离得开你吗?”

“一定要今晚就走吗，莱恩?”

“今晚必须走了。按照我以前的计划，明天才走。不过，我现在不得不过去安排乔伊的宣传事宜，并且我必须赶在明天早上到那儿。”

在他的计划中，仅仅打算在纽约过一个夜晚！

突然间，乔伊·柯灵的头已经伸进餐厅大门。莱恩朝他挥手示意。“车已经等在外面了，”乔伊大声说道，“可是没有停车位了，不能久留。”

莱恩一跃而起。“去和公司签约吧，巴迪，你的带子我们要了。晚安了，我的宝贝儿——明天我会打电话给你的。哦，巴迪，把安妮送到家，行吗?”

那个周末她没有到华盛顿。库辛斯小姐说没问题，当然可以让她去。可是，莱恩却再没有提起这件事。在周五的电话里，他只说：“明天同一时间，我还会打给你。”

“为什么你不主动向他提起，问问到底出了什么事?”亨利说。

安妮瞪着手里的咖啡杯，似乎是想让神奇的咖啡沫能够显灵，给她一个同样神奇的答复。“因为并没有什么根本问题。”她答道，“只是有点令人捉摸不透的异常。”

亨利·贝拉米叹息着。安妮的脸色看起来有些苍白，身体也消瘦了许多。她打电话非要请他吃晚餐，那话音听上去很绝望的样子。他很怕她向他提出一大堆问题。

“亨利，宝宝都三个月了，而莱恩满打满算仅仅和她待了四天。一天是从加州前往华盛顿的间隙，另外三天是从华盛顿去伦敦之前的间隙。可如今他都已经到伦敦一月之久了。尼利已经取得很大轰动了。我也知道她还有一些后续工作，可是莱恩没理由继续待在那儿。”

“乔治是如何说的呢?”

她付之一笑。“老生常谈。尼利一个人待不下去；莱恩像是她的守护神，只有他能让她言听计从；她是公司的台柱子。”

亨利带着悲伤的微笑说：“一个成功的经理人总是重复同

样的故事，遭罪的永远是他的老婆。”

“可是他们现如今又得到好几个大明星了，公司运营得也很棒。他们还想伺候尼利到什么时候？她如今似乎已经非常适应了，我觉得她已经可以靠自己的双脚站起来了。”

“他们在这个生意场还是初来乍到，安妮。有无数双眼睛在盯着他们。乔治根本就生龙活虎不起来。哦，他在生意场上是个佼佼者，可莱恩才是个更能捕获人性的男子。再说，除了尼利还会有别的明星要伺候。你或许还得面对这些情况。”

“你是指，这种事情将伴随我的一生？”

“等你习惯了，一切就自然了。”他说。

“我不要这样，不会这样的！”

他沉默片刻，接着说：“安妮，好事不可能让你全占。我见过你的那所公寓。那种装修可不少花钱。而莱恩是种大男子主义，他觉得必须花自己的钱。”

“可是亨利——为何他不请我和他一块儿去伦敦？”

亨利端详着他的指甲根。“你还没出国旅行过，安妮。他可能觉得自己得带你四处观光，但是他却必须天天泡在剧院里。那样，你每天无所事事的，也不会有什么意思。”

“要是他能这样和我说的话，我会说，我可以理解他。再说，我自己能够对付得了那种日子，可以去看看风景……赶赶别的场子，只要能让我多见他哪怕一点点都行。”

“别想那么多，他自己早晚会回来的。”

“一周后，他就回来了。可是那又怎样？谁知道尼利到时候还会去哪儿演出？他岂不是又要走。”

“顺其自然吧，‘兵来将挡’，等问题来了，再说吧。”亨利建议道。

十天后，莱恩终于回来了。不过他仅仅待一周时间。尼利正准备在欧洲拍影片。参演这部电影的演员都是顶级明星，计划在法国与意大利开拍。“她靠这部影片发不了财。”他向安妮讲解说，“不过，它将向好莱坞及电视领域发出一个信号——她是能够托付的，因为我不仅仅要成功拍摄这部影片，而且要早于原计划完成。”

“莱恩，带着我，让我和你一起走。”安妮突然说道。

“那样不行。”

“怎么不行?”

“你很清楚，尼利这个人会变得六亲不认。她在伦敦取得了不可思议的成功。你是没见过在那儿获得成功是什么样子，他们对她的忠实让你简直不敢相信。当在大街上看见她时，人们呼喊着她的名字，为了看她一眼，排队等候整整好几个小时。詹森·哈里斯代理公司有两个经理人向她兜售一个大型电视节目。谁都想抢这个香饽饽，并且她都有些动摇了。”

“可是必须忠诚于你跟乔治——你们挽救了她。”

“她早已不欠你、不欠公司一分一厘了，她目前还在赚钱——她在为我们俩赚钱。目前形势完全不同了。她认为我们应该感激她。”

“可是这跟我去不去那儿有什么相干?”

“那会分散我的注意力，尼利会怨恨。”

“尼利会怨恨！我是你老婆，还是她最要好的朋友，她怎会怨恨我啊?”

“现在的形势是她掌握主动权，并且她很清楚这一点。你别忘了，她同意了让乔伊·柯灵参与其中，并且凭借这个，我们为乔伊拿下了下一季度的电视大单。这单买卖每星期将挣十五万美元，并且这单买卖全是我们在打理。也就是说每星期十五万美元，一直持续三十九个星期。并且，这跟尼利密切相关。明年，我们将替尼利争取一个特别的合约——月付，每月二十万美元。因此，目前所有事情全得围着尼利转。要是你去了那儿，我自然得抽出一部分时间陪你。我很想带你到巴黎和罗马——我想陪在你身边。这样我就疏远了尼利。拜托了，宝贝儿，再坚持一下。再用一年时间，我就能够还清你借我的钱了。不过此时，尼利仍是公司的支柱，必须细心呵护。”

“不过我敢确信尼利不会憎恨我的。她还曾经向我提出，让我撇下咱们宝宝也去陪你们。”

“尼利已经……呃，她目前已经不是以前那个她了。她现在唯一考虑的就她自己。安妮，你必须明白过来，你从未在她顺风顺水时和她亲密，每次都是她混不下去的时候，才跑到你身边。那时，她是个人——目前已经不可能那样了。我必须时时刻刻看着她，不让她排挤别人，保证她能准时参演。她重拾了她的操纵欲。而且她的臭脾气又上来了，还好我可以控制局面，让我们祈求这种稳定局面能够持续下去。不过我只能全心全意地服务于她。”

又是三个月，安妮在这段时间里几乎熬不下去了。她陪小珍妮弗的时间太多了，甚至连保姆都没事儿干了，发起了牢骚。尼利在国外取得巨大成功的消息屡屡见诸报端，捷报频频。莱恩偶尔写几封信，电话也减到了一周一次。那部影片拍得很顺利，唯一的小插曲是电影的开头部分需要重新拍了，因为尼利前后对比瘦得太明显了。六月下旬，他就会回家了。接着，又一周过去了，一点儿消息也没有。

七月四日，她给大西洋彼岸拨了一个电话。乔治五世(George V)旅馆的话务员说莱恩在一星期前已经退房，没有换住所。她相信他已经回美国了。对，奥哈拉小姐同一时间也退房了。

她被吓得呆若木鸡。莫非他是乘船返回的？可是，为什么呢，他应该急不可待地想见她和孩子啊？她又给乔治通了一个电话，他听上去闪烁其词似的。对，莱恩跟尼利估计是回来了，但她已经五天没有他们的音讯了。

当天晚上，她一个人躺在床上，想把注意力集中在电视上。可惜，每个节目都索然无味。她最终还是关了电视，拾起几张晨报读起来。猛然间，有一个专栏内闪现出一段话，宛如一串霓虹标示一样醒目：

传奇歌后惊人归来，婀娜的新身段来自她的新欢？可惜她的爱情故事不可能得到一个幸福的结局。她的情人是自己的经理人，他早已娶了自己深爱的美女电视明星。

她突然一阵肚疼。这不可能！不过，莱恩的确说尼利瘦了很多。她感到自己要生病——或是昏厥。等会儿，她在心里默念。那好吧，尼利可能是爱上莱恩了，这并不稀罕。不过并不足以说明莱恩心里有尼利。莱恩或许会与她间隔一臂之远。他可能早就想到会出现这种事，因此才不想让她到欧洲。他是出于对她的保护。莱恩或许正活在一种痛苦中……可是他当下到底在哪里？

她跑到电话机前，冲动之下，她给加州的贝弗利山旅馆打了定人传呼电话。她向天祈祷，希望自己的猜测是错的。话务员接通了。对，莱恩·伯克先生登记了——他已经入住三天了；不，他这会儿不在；对，奥哈拉小姐也在这里登记了房间；她的屋里无人应答。加州时间现在刚九点——想晚点再联系吗？安妮取消了定人传呼电话，倒在了枕头上。他都跑到加州整整三天了！竟然不打电话！她随意穿了身便装，钻进了夜幕之中。

等到了猴年马月，亨利才应门。“神啊！出什么事了?”他睡眼模糊地说着，一边还系着睡衣的腰带。他将安妮引入了客厅，打开灯，指了指身边的一张椅子。“请坐吧，什么事啊?”

安妮的情绪十分激动。“你看过了吧!”她指向扔在地板上那份晨报。“亨利，别在我面前装聋子了。我刚查出来莱恩几天前就已经回国了。他和尼利住在加州。连个电话都不给我打。”

“让我们喝点儿东西。”亨利提议。

“亨利……帮帮我!”她一屁股坐进了椅子里，开始呜咽起来。

他还是一副很镇定的样子，勾兑了一杯苏格兰威士忌，拿到她面前。“你现在先稳定下你的情绪，你得勇敢面对事实。你还想不想拯救你的婚姻?”

“这么说，你也相信了!”

“当然了。我已经知道有些日子了。”

她顿时无语了，只是默默地瞪着他，似乎她在这个世界上最后的一位朋友也背叛了她。

“你现在得学着长大。”他说，“这是意料之中的事。你可以有几个不同的选择，一者，为了保住你的自尊，离开他；二者，要是你实在太想和他在一起了，并且有这个勇气，你还能力挽狂澜，将他抢回来。”

“失去莱恩我也不想活了。”她哽咽着说。

“那就慢慢学会矜持。你要是和他吵架，无异于是在把他往尼利的怀里推。”

“可是她肥得跟猪似的，他不可能喜欢她的。”

“今非昔比了。”他一脸疲惫地说，“我昨晚刚从西海岸回来。我在查森斯会所撞见了尼利与莱恩。她如今长得妙不可言。她差不多就剩一百磅了。”

“尼利?”

“我想，这就是爱的力量吧。在她的头次旅行，也就是洛杉矶之旅中瘦了十磅，或许旧金山与华盛顿之旅又瘦了十磅，欧洲之旅的三个月变了一个魔术。她几乎不进食。我仔细观察过她，她那样子随时都可能一命呜呼。不过，她疯狂迷恋莱恩。她的视线从未离开过他——分分秒秒都盯着他……”

安妮双手捂着脸。“亨利，停！你这是想干吗——要我的命吗?”

“不，我只是想让你了解真相。一旦你提前知晓了事实，你或许就该明白如何应战了。突如其来的变故一定会把你打败。因此，还不如直接面对。你现在需要鼓起勇气了，听好了，真正痛彻心扉——莱恩其实并不抵制她。”

“不……不……”她哀号起来。

“你现在先别再哭哭啼啼了，我们得想个对策。”

她瞪着他，似乎已经再也不相信了。“亨利，你肯定是个疯子！结束了——完蛋了!”

亨利听罢，只是耸耸肩，“好啊。你离婚的事情可以全权交给我。莱恩必须出一笔巨额的赡养费，加上孩子的生活费。我保证一切要求他都会同意的。”

她抽泣得更加猛烈了，“别……别……我不会放弃他的。”

“那就重整旗鼓，喝了你的酒，让我们从长计议。第一个遇上老公出轨的女人不是你，最后一个也不会是你。你只需明白自己最需要什么，是莱恩，还是你的自尊?”

“可是永远不会再是以前的那样了。”

“没错，再也不会了。爱情魔力会渐渐消失。可是，你还会得到他的人。若我对你了解得够透彻的话，当然了，我觉得我对你了解得相当透彻，能得到一点儿莱恩，强于一点儿也没有。”

“亨利，若是他知道我连这个都能接受的话，他还会尊重我吗?”

“关键就在这里。”他火急火燎地说，“一定不能让他得知你早就知道了。要是他得知自己已经东窗事发了，那么你也就只能提出离婚了。这就正中了尼利下怀。听我说……莱恩是无意中卷进来的。你一定得认识到这个。满足自己的控制欲，是一件非常令人兴奋的事，加上时机对头。莱恩需要某种东西来实现自我。安妮啊，莱恩他是个多才多艺的男人。他认为你让他多才多艺的本领付诸东流了，把他骗到了这个新事业里面。他的这种狗屁思想简直是胡扯——要是他确实多才多艺，谁能拦得住他。不过，他现在又开始大显身手了。一个满身肥肉的浊物，在他手里被打磨成了英姿飒爽的明星。而这个明星似乎对他还分外依恋，没有他就无法呼吸。他现在不仅是一个经理人，还是创造者。他感觉自己很杰出，这种感觉很有力量，这种力量没有一个男人可以抗拒。况且尼利在他面前装出一副可怜兮兮的样子。她可怜得就像是一条眼镜蛇，只是不会在他面前表现出来。在莱恩眼中，你很强大，比他更有权势——是他的控制者。事实上，安妮，你连尼利一半强大都没有——这个世界上像尼利这类人是一种坚不可摧的人——可是你的淡定与自信，使莱恩感到他在你面前不像个男人，而在尼利面前他却是雄赳赳的男人。他或许觉得你把他阉割了——而且一次不痛快，你还给人家阉割了两次。头一次，你因为一个城市拒绝了他；这次，你为了得到他，给他买了个公司。”

“都怨你，是你把这件事说给了尼利。”说完，她又抽泣起来。

“当时还是十二月下旬。那时，你和莱恩还很恩爱，而尼利又是你最要好的朋友——我那时大概是这样想的。她知道你最听我的了，于是便跑来找我。她想让我说服你，等孩子出生以后，就随他们一同出去。她抽泣着发誓，要是莱恩不跟她一起去，她也不去，无休止……她说你一点儿都不通情理，仗着自己是身价百万的富婆，对公司的买卖漠不关心，一心想着让莱恩退休。因此我向她解释，她将事情想颠倒了，公司赔的是你的钱。再说，我过不了多长时间，就必须将此事告诉莱恩。我怎么能想到尼利这样一个‘好妹妹’会拿这件事对付你呢？神啊！多少次她跟我说自己欠你的这辈子都还不完，你知不知道？是因为你，莱恩才替她求情，让她重回《一飞冲天》剧组，是你向吉尔·凯斯提议，让她替换苔瑞·金，替她垫付太平山庄医疗费的还是你。我做梦也想不到，尼利这个小姑娘竟然会转身就和你反目成仇，更没想到，她会和你抢莱恩。这对我来说是个天大的错误，不过我的出发点完全是善意的。而你现在唯一能做的事情就是勇敢面对。正因为在你身边，莱恩感到自己不像男子汉，才让尼利有机可乘，把他打造成了一个‘伟男子’。你眼下唯一能做的就是等，等着一切平稳下来。”

“如何做?”她恳求着问。

“稳稳地坐着！别再充当上帝，做上一段时间真正的弱女子。等着尼利内心的眼镜蛇爬出来。莱恩不傻。”他顿了顿。“你是知道的，你和莱恩的结合——开始时就是一个美丽的错。不过，谁让你那么想要他。好了，你已经拥有他了。你已经为他付出了太多太多了，而不能在这个时候认输。你要不断暗示自己，装作什么也没有发生过。这不是一件容易的事情——其实，在许多时候，这基本上是不可能做到的。因为，正如黎明前的黑暗更加恐怖，这样做会使尼利在失宠的前夕，更加得宠。不过，只要你能持之以恒，形势自然会掉转过来。最后，他会憎恨尼利。她会把他阉割了——她对所有男人下手都一样。你应该听说过特德·卡萨布兰卡是怎么抱怨她的。起初，她表现得如甘甜的糖水、如柔软的棉纱，可是正如所有明星那样，她心如钢板，坚硬无比。一段时间以后，要是你耐得起冲撞，那你便成了柔弱的女子。他会觉得以前错怪你了，会心生愧疚，想保护你。然而，你的婚姻会伤痕累累，甚至你那时就不再想要他了——可若是你还想要，那他就是你的了。这是一场勇者胜的战役，但我觉得你能赢。”

“我会努力的。”她疲惫地说，“亨利……我的世界马上要坍塌了。今晚，我觉得或许要用第一个‘娃娃’了。”

“一个什么?”

“一颗速可眠。”她无力地微笑着。“珍妮弗与尼利都称其为‘娃娃’。我这一生从未用过一个这东西，可是今晚，我理应用一颗。我想问问去哪儿能弄点儿。”

他走到自己放药的橱柜前，拿着一个瓶子回来了。“给……够你用两个月了。我自己刚服用了一颗。”

她无力地微笑着说："你也用？"

"我用这个已经二十多年了。干我们这一行，这是标配。服一颗，爬上床。别吸烟。若是你之前从未用过，它见效非常快。"

握着这个瓶子，她离开了亨利家。她的双腿沉重如铅。坐在出租车上，尼利与莱恩的那些讨厌的画面反复出现在她的大脑里。

回到家里以后，她站在卫生间，瞪着那个瓶子注视了良久。瓶内满装着闪亮的、红红的胶囊。她将它们拿出来看了看，又数了数，总共六十五颗。亨利真把她糊住了。可是，有何不可呢？她不打算服输。她的孩子很需要她这个母亲，她的孩子同样需要她把自己的丈夫抢回来。她只求能够逃离几个小时，逃离这个突如其来的厄运，清除这个噩梦。她咽下一颗胶囊。"好了，小'娃娃'。让我瞧瞧关于你的传说是什么样的好法。"她爬上床，顺便拾起那份曾被她掷于地板上的报纸，读了起来。十分钟后，报纸上的文字依稀远去了。好壮观啊……她的头渐渐轻了……慢慢地合上了双眼……

它是一个"娃娃"……她渐渐睡去，明日，她将从长计议。

莱恩于一周后，抵达了纽约。他说，他们飞的是极地航线，之后又去加州小停了几日。她故作吃惊的举动，令他有点意外。他用一种特别的眼光打量着她。"你是指，我去洛杉矶的事情，你还没听说？"

"我上哪儿听说啊？"她问，"我还以为你们滞留在了欧洲。"

听到这里，他赶紧扭转身子，不过他眼神中流露出的惊讶还是让人避之不及，而且被她捕获到了。他还以为这次回来难免惹火烧身，还为此准备了许多种解释——看来全无用武之地了。他们在科勒尼会所一起吃了晚饭，接着在家过了她生孩子以来的首夜。她做得很亲昵很投入。这样做，她付出了很大努力；她其实是想用手抓他，给他身上划下自己的记号，让所有人知道他是属于她的。他和尼利在床上翻云覆雨的情景不断被她的大脑想象出来，令她饱受煎熬。可她用尽全力剥离了那些画面，激情澎湃地回到他的怀中。

他们就这样一起度过了美妙的五个日夜。她甚至开始觉得所有的问题都烟消云散了，过去发生的所有种种都已然成为往事。可是，尼利又来了。她签约了十期月结的电视台特别栏目，必须从八月份起录制，首演定在九月份。不过，七月仍有半月的时间无所事事，因此她来纽约寻欢来了。

那是个星期二。安妮对尼利的到来毫不知情。尼利和莱恩得了几张音乐剧的票，在科帕剧院和一名新男歌手的经理人有个约会。似乎纽约所有的经理人都想替自己的客户谋求一个在尼利的节目中客串的机会。

在五点的时候，莱恩的小秘打过来一个电话。伯克先生和赞助商们开会去了，他不能送她们去剧院了。他派巴迪·霍夫护送她。晚一会儿，他直接到科帕剧院见他们。

安妮从未想过哪儿有什么不正常。她和宝宝玩了会儿，接着惬意地冲了个澡，打扮了下。巴迪来了，将她送到了剧院。当他们赶到科帕剧院时，那名经理人早已在剧院的大厅里找了个好座位等着他们。安妮向那位经理人解释，莱恩有事绊住了，晚一点会来找他们的。

那名经理人听罢，点了点头。“我早就担心他被尼利缠住了，今天来不了了。”

她感到脸上有点儿发热，却装作无动于衷，微笑着说，

“哦，没错……正是这样。尼利是几点到的，巴迪？”她问，努力表现出对这个消息并不意外。

可是，巴迪却似乎有点儿不太舒服。“我感觉大约是中午时候。反正，电话是中午打来的。”

安妮要了杯饮料。“莱恩太可怜了。他还想着尼利待在亚利桑那和她的儿子们玩呢。”她仿佛看到巴迪同那个经理人互相瞥了对方一眼，还是说这是她下意识的想象？这个真相有多少人知道？

她迫使自己将注意力用在看演出上，还给了那个歌手好评。莱恩空空如也的座位似乎正在笑话她。因为他的缺席，她作为一个妻子只好赔着笑脸解释自己丈夫的缺席。她可以看出那名经理人多么的失望，可是那种痛苦和她比起来差之千里。“或许尼利的节目出了点儿状况——她太需要莱恩了。没能看成这场表演，他肯定感到非常遗憾，但是巴迪会向他做个完整的汇报，对吗，巴迪？”

巴迪肯定会了。这两位男士又彼此交换了一个眼神。

当巴迪将她送到她公寓的时候，已是凌晨三点了。她很清楚莱恩不在里面。她轻轻地踮着脚尖儿走了进去，吻了下宝宝，帮她盖了盖身子。宝贝儿，宝贝小珍妮弗。她有自己父亲那样的黑发，和那双蓝眼睛，太美了。她感到嗓子眼儿收缩了一下，泪水哗地流了下来，不——在莱恩回来时，她必须冷静下来，千万不能流眼泪。无论他给出什么样的故事，她必须把苦往心里咽。

她在五点钟时又踮着脚尖儿进了客厅。他或许早就回来了，可能不想把她打扰，偷偷地睡进了书房。可是，客厅跟书房都是没有。哦，神啊！莱恩，你这是为什么啊？尼利——你为何如此对我？她走入浴室，服下一颗红药丸——

在莱恩返回纽约之前，她连续服用了一周的药丸，每日一颗。她当时觉得，只有它能挽救自己的心智。他回来之后，她一颗也没再用过。可是，她想到，如今我们继续吧。感谢天赐的可爱的红药丸，是它们帮她度过了一个个难熬的夜。白天还容易过些；有宝宝，还可以和亨利或别的熟人们一起吃个午饭。

她认识好多个到“21”会所或利特尔会所一起吃午饭的女人。她们和她一样疯狂地想要充实自己的日子。莱恩助手们的媳妇，以及那些导演和公司客户的媳妇们都是一样。不过在尼利和珍妮弗之后，她没再交到过一个真正的女朋友。女人真正的友情只存在于青春岁月。过了三十，更难交到新朋友了——值得分享的愿望、梦想与期待越来越少了。不过，你还是能够找个人充下数，充实一下下午时光，一块儿吃个饭、购物。可那些夜！小珍和库辛斯小姐睡了之后，还有很长一段时间，她发觉自己依然睡不着，心里看到的满是莱恩，他的脸、他的笑貌——想象着他和尼利同床共枕。当她忍无可忍时，便冲向那些忠诚的小红药丸，以那种形式得到解放。尼利与莱恩不一会儿就被安宁的睡眠消除得一干二净。过去那一周就是如此度过的。

可如今，这一切又卷土重来了。她躺上床，想知道尼利准备在这儿待到什么时候。这或许仅仅几天时间。屋子开始离自己远去了，谢天谢地，药丸开始显灵了。

她也不知道自己睡了多长时间，只知道她模糊地感到莱恩出现了，他在屋子里轻轻地做出每一个动作。她用力睁开双眼……天已经大亮了。他去了洗澡间。

“莱恩？”她坐起身来。一看钟表——八点了！他不会是刚到家吧？她看到他的西服扔在椅子上。

他从卫生间走了出来，只穿了一条短裤。他微笑着说："对不起，我把你弄醒了。"

"现在几点了?"

"八点了，我正准备穿衣裳呢。"他迅速走进屋子，坐在那张他碰都没碰一下的床上，想挡住未动过的床铺。他想要装作自己昨晚在那儿睡过!

"你昨晚什么时候睡的啊?"他很随意地问着，顺便穿着鞋子。

"估计是三点吧。"她故意说了谎。讨厌的药丸——她感觉浑身无力。

"我大约是四点到家的，"他用极小的声音说，"看着你睡得跟死猪似的。"

她又倒在了枕头上。

"尼利来纽约了。"他说着，顺手抓起一件新洗的衬衣穿在身上。

"嗯，巴迪跟我说了。"

她很清楚他一定在观察她将作何反应，于是一直合着双眼。

"她和我一块儿去和赞助商会面了。她想在节目形式上做些变更，还有几个问题必须搞定。她想往乐队里多添加几种琴弦乐器，并且想让他们买单，还坚决要求电视网承担一半的线下广告费用。用了几个钟头才搞定。"

直到早晨八点? 她在心里想，但仍然合着双眼。

"接着，我又和那几个赞助商用了夜宵。我必须安抚下他们——下来就是特德·凯利(Ted Kelly)……他这个人嗜酒如命你是知道的。哦，是啊，你还没见过他。他也是公司的人。我陪他在坐在'P. J. '会所直至凌晨三点半，努力稳定他。我想打电话到科帕剧院跟你们打声招呼来着，可是我怕特德会强烈要求加入我们，但他当时早已醉得不成人样了，因此我只好守在那里照料他了。谢天谢地！‘P. J. ’会所四点关门。我直接就回家了。”

哦，神啊！这太让我接受不了了，她想，我必须吼一嗓子。可是，她依旧抿着嘴唇，默不作声。

“你还醒着吗，宝贝儿?”他问。她苍白无力地点着头。他看了之后，微笑着说，“你肯定是对自己关心得太少了，才会把自己累成这个样子。顺便说一下，你今晚和你的那些女朋友们出去找些乐子去吧，我必须带尼利还有几名经理人到西村赶着看一些表演。”

这会儿，药力完全退去，她的脑子终于清醒了。“我可以一起去吗?”

“你不会喜欢那种事情的。”他快速地说，“全是为了生意上的事情。没有一个伙计带自己老婆参加。要是你参加了，就会为它加入社交的味道，这样一来，那些家伙也会带着他们的老婆，那就变成了一个大派对了。带着那么大一堆人，行动会很不方便的。”

“可是尼利也去啊。”她辩驳道。

这句话令他大惊失色。“可是，当然，那是她的节目。一切行动都得听她的。”接着他笑了笑说，“我听到珍妮弗的声音了。她保证是想叫‘爸爸’。我看，我得和我的小美女一块儿吃早饭了。你现在先躺下，继续睡你的觉。”

之后，连续五天晚上都见不到他，每天清晨，只能听到他进屋换衣裳的声音。碰到有些时候，她醒着，就故意相信他也是刚醒。他一进屋，第一件事就是认真地将床铺搞得乱七八糟的，还老是有符合逻辑的托词——需要观看更多表演，需要在公司开会，尼利有部唱片要录，尼利刚录的新歌专辑要试听。她夜夜都要靠服用仁慈的红药丸，遗忘积压在心底的烦恼。

就在第六天，她遇到了一个新危机。莱恩才出门不久，说是又要和特德·凯利在一起，并且只有他们两个人。她装作相信，又倒在枕头上，想睡却睡不着。于是，她又走进了卫生间，服下了另一颗红药丸。

在她醒来时，已经是下午一点了。她打铃叫来女佣，说自己身体不适，想坐在床上吃点面包、喝点儿咖啡。女佣给她端着一个餐盘进来，上面还放着一份下午报。百无聊赖，她翻了起来，翻到了图画副刊——一巨幅画面深深地冲击了她的视觉，是尼利与莱恩。“尼利·奥哈拉小姐和她的经理人莱恩·伯克在莫罗科会所跳舞。”

尼利的样貌好极了。震惊之下，她意识到自己已经很长时间没见尼利了……多长？宝宝生下来之前——过去八九个月了。尼利甚至已经不想掩饰自己与莱恩的风流韵事了。不，她不该用那种眼神——她对视莱恩的眼睛中充满了依恋和亲密。莱恩看样子也很愉快。哦，神啊！这该怎么办呢？他编的谎话被识破了。他真不该跟她说他只和特德·凯利在一起。她拨通了亨利的电话。

“将那份报纸扔了。”他告诉她，“千万不要和他提及此事。你没有看那份报纸也是有可能的。”

“亨利，我无法再这样下去了。”她抽泣着说，“我做不到……”

“你过来一趟，安妮。”他乞求着说，“咱们再合计合计。”

亨利在屋子里来回踱步。“我承认这很艰难。”他说，“我没料到她如此不要脸。我还想着这种事情只在旅行时发生，偶尔偷偷情罢了。我预料到了你会很寂寞，不过真没想到这种事情会在你眼皮底下发生。”

“我该怎么办？我肯定要被全市人民耻笑的。现在连出去吃午餐，我都不敢了。昨天刚刚和别人说，莱恩期盼着尼利早日回加州，他厌恶整天伺候她。我昨天吃午餐时，在三个女人面前说了——她们现在肯定在私底下笑我。我现在连脸都没得要了。”她说着拾起那份报纸。

“我能跟莱恩打个电话吗？”他问，“只像两个朋友之间的聊天，不泄露你在这里……看看我能帮上什么忙？”

安妮摇头说：“莱恩还是会知道的。他很清楚我只信赖你。”

他猛然将手伸向了电话。“你想干吗？”她强烈地问。

“我给尼利打。”他说，“我装作是向她进言，她需要我的意见。你去卧室听分机。”

安妮还是站在原地，看着亨利。他花了片刻工夫赞美尼利新塑的身材以及她在各方面取得的成功。终于，他开始向前推进了，“尼利，那份下午报我刚看过。莱恩·伯克究竟是想干什么啊？”

安妮看不惯亨利那一脸表情。于是，她奔向了卧室，轻轻地从电话机座上提起分机的话筒。

尼利正在讲话。“你听好了，亨利——我爱你，不过，你别管闲事。”

“尼利，”亨利轻声说，“我不信你是这么想的——哪怕你认为自己和安妮没什么情分了，可是你还得维护自己的社会形象。谁都知道莱恩和安妮是夫妻。到目前为止，那些专栏还只是含沙射影地在披露，可这……毕竟，你那些赞助商们一定不想出现一个丑闻，再说，莱恩爱着安妮，他们至今还睡在一张床上。”

“哪有这种事。”尼利大吵着。“他只是在清晨去那儿换身儿衣裳罢了。他迫不及待地想要被她捉住。不过她整天都在睡觉。”

“是你自己一厢情愿以为他想被捉住，尼利。”

“一派胡言！他夜夜在这儿陪我入睡。那些人昨晚在莫罗科会所拍到我们时，他甚至还说，‘这样或许更好，要是照片被曝光了，一切就全浮出水面了。’他真真切切这样说的。只不过他害怕亲自和安妮泄密，担心她一下子接受不了，出什么不测。还有……”尼利顿了顿，“呃……他真心爱他们俩生的那个孩子。”

“尼利，这一切都会报应到你自己身上的。”亨利说，“你不可以随心所欲地拿走任何东西，不能不换位思考别人的痛苦。谁都会遭报应。”

“我可不是谁谁谁!”她歇斯底里地哭喊着，“还有，我想得到什么就能得到什么，只是时间问题。你知道为什么吗?因为，我这一生都在给予。就连我仍是一个小孩儿时……那些混账‘臭皮匠’跳不出舞蹈，是我尼利把局面扭转过来的。我姐夫如今在梅西百货公司做收银——我离开之后，他完全不能适应形势的变化。我为剧组赚了钱，他们却在背后算计我。然而，一切都别想打败我。你比谁都清楚，没有人可以达到我的高度。我用不着墨守成规，因为我超凡脱俗。我跟你说吧，无论是杜冷丁、药丸、精神病院、体重——一切。一切都别想打败我。不过，我现在的一切是莱恩给的。和他守在一起时，我连饭都可以不吃。我如今可以去饮酒、服用瘦身药，哪怕是安眠药也无所谓了。见鬼去吧！亨利，我用我的才华快乐了整个世界，莱恩也快乐了我。我就没权利享受快乐吗？我离不开莱恩。安妮算什么东西啊？”

“你一生中最好的朋友！”

“哦，没错。你给我听着，她过去是幸运的，我给了她那么多美好时光。有我这样的大人物在她身边，她怎么会不喜欢呢？我多有意思啊，还是个大明星。你要是认真起来看她的话，她到底算个什么东西啊？甚至在我还是个孩子的时候，我就比其他人更机灵。对！她看上去很有礼貌，不过也就这点能耐了。她现在算啥？一个过去在电视直播中销售指甲油的干瘪无名小卒，还和某个老恶棍在一张床上睡了许多年。因此，她才搞到了那个男人的钱来买莱恩。现如今，她在丈夫面前扮演善解人意的妻子，扮演自己孩子的圣母玛利亚。然而，我没要她塞给我的钱，因为我很有骨气，靠自己的才能赚钱。她的一生全靠那张优雅的外表过活，而且也已经用到头了。她如今都三十八了，而我才三十四，可是我长什么样并不重要，因为我不是靠长相混饭吃的。要是你还是安妮朋友的话，跟她说一声，让她放莱恩自由。接着，她可以去整个容，或许凯文·吉尔摩或其他笨蛋还要她。她总是能让那些百万富翁们意乱情迷！”接着，只听最后“哼”了一声，尼利把电话摔在了机座上。

安妮将那个话筒缓缓地放在托架上。她走向一面镜子。眼下细小的皱纹今天格外深，嘴上的一圈细小的皱纹十分清晰。真有趣，她还从未真正将自己的长相和莱恩联系在一起，不过——

“从那面镜子前走开！”亨利来到了卧室。“那个小怪兽眼睛以下下巴以上全布满了黑圈圈，我听到她说她还可以饮酒，我真是太高兴了。她的肝要不行了。”

安妮的身体开始不住地抖动。亨利抓着她，“鼓起勇气……她说的话全是造势的。她很清楚我会跟你说。”

“她说得或许有道理，亨利。莱恩或许真的想离开我。”

“莱恩一句话也没说。听我说，安妮——你跟我说他故意将床弄乱。起码他想对你撒谎。他依然在找借口。”

“是在照顾我们过去的情分。”她呜咽起来。

“坚持住，安妮。尼利说，一切都无法让她丧失自己的才华。她说得没错，不过她把自己给忘了。她会自己毁了自己——你等着瞧好了。”

她听了还是摇了摇头，“那都到猴年马月了。我忍不到那个时候。”

“你可以的！我相信你会做到的。你是有素质的人，你能够做到比那个小魔鬼更强大、更坚韧。”

当晚，莱恩连个解释的电话都没打。他一直待在外面，没回家。在半夜里她正要吃药丸时，突然听到宝宝的哭声传了进来。珍这个孩子很乖的——她平时彻夜都在睡觉。肯定有什么事情发生。哦，神啊！库辛斯小姐今夜休假。她赶紧冲进了育婴房。宝宝红着脸，尖叫个不停。安妮慢慢地将她抱出婴儿床。她找了一个安全的发夹。珍有点湿，可是没有一个发夹扎到她。她给她换了一个发夹，还找了一个瓶子给她灌了点水。可是珍不喝，叫得更大声了。她感到她的身体很热。她正在出乳牙——这也算是正常。她给她的小牙龈上涂了点儿止疼药。库辛斯小姐保证那东西有效。然而，小宝宝依然很烦躁，一直在抽泣。然后为了以防万一，她为珍测了体温。一百零三华氏度！她抱起宝宝，冲下楼，来到大客厅，使劲儿敲女佣的门。那位睡意蒙眬的妇女热情地穿上睡袍，抱着正在号啕大哭的宝宝，安妮跑去找医生了。

因为是周五，那名医生的客服告诉她，医生到外地过周末了。但给她提供了一个救助医生的号码。而那名医生的客服说，他还未到岗，不过一小时后就到了。哦，神啊，她想，我该做什么呢？莱恩去哪儿了？她打电话找亨利，可是打不通，他可能也到外地去了。对啊！他在韦斯特波特还有一处住所。莫非所有人都不在？

她毅然拨了尼利登记的那家旅馆的电话。她向话务员告知了自己的身份。等了一会儿，尼利应答了。

“喂，尼利。”安妮努力使她的话音不带任何个人色彩，让自己镇定。“莱恩在你那儿吗？”

“没有。”

“我必须找到他。情况紧急。”

“呃……”尼利打着呵欠。“要是他给我打电话的话，我会跟他说的。”

“尼利，宝宝生病了。”

“叫医生啊。”

“叫了。医生外出过周末了。她叫得很厉害，烧到了一百零三华氏度。”

“别害怕。宝宝们发高烧是常有的事，多数情况下没什么事。给她吃半片儿阿司匹林。”

“但要是莱恩打给你的话，请跟他说一下。”

“肯定，肯定。那么，晚安了。明天我还有歌曲要录音。我必须睡觉了。我那对双胞胎过去也常常发高烧——一点儿事也没有。”电话被挂断了。

她信尼利的话。就算是尼利这样的人，也不可能那么狠心。神啊！莱恩上哪儿去了？

尼利提起话筒，下了命令，不准再打进电话打扰她了。莱恩到底在哪儿？哦，是的，他正在维多利亚旅馆，为她的最新的主题曲填词。他说会在那儿待到两点，才会来她这儿。她要不要打电话和他说宝宝的事儿？啊，没什么大不了的。宝宝发烧是家常便饭。这只是安妮在使用她仅有的可以影响他的手段而已。一个女人能绝望到什么程度？然而，她在这件事情上是不会认输的。在莱恩来这儿时，她就已经睡着了。那么，她就用不着再转告他了。是的，她要在枕边留个便条儿，说她在十二点钟吃了个药丸。看看啊，这会儿是一点十五，要是她被药丸搞晕了的话，在他回来时，她就会把安妮打电话的事儿忘得一干二净，这再正常不过了。他或许就该睡大觉了。又或者，如果她一睡着，他有可能会回去看他的贱人和宝宝。哦，管他呢。她咽下三颗药丸，灌了一杯苏格兰威士忌。好了，那让他回去过一夜吧——她拥有他以后所有的夜。在昏昏欲睡中，她希望自己的新歌能写得好一些。作词者的名字就是她的名字。她用不了多久就会在作家与出版者协会①有很高的排名了。她满意地微笑着，这时药丸开始显灵了。最后，她彻底睡着了。

宝宝在深夜两点钟，终于被急速送往了医院。那名救助医生也到岗了。起初，医生担心是小儿麻痹，不过最终确诊为肺炎。

莱恩看见尼利睡着了，于是便溜达着回自己家了。当他

① 作家与出版者协会：英文全称 American Society of Composers, Authors and Publishers，是美国作曲家、作家与出版者协会。

看见家里的灯亮着时，他吓了一跳，不过好在没看见安妮的身影。伤心的女佣向他咕哝出了整件事情。他飞速离开了公寓，一路狂奔来到了医院。安妮一脸苍白，失魂落魄地坐在候诊室内。她几乎没意识到他的出现。

“宝宝出什么事了，情况怎么样?”他激烈地问道。

“她还躺在氧气帐呢。两名护士在里面陪他。她们不许我进病房。”

“我在和几位歌词作者为尼利的新主题曲写词。我们持续工作到很晚。当我回到家以后，发现你们都不在……”

“几个小时前，我跟尼利通了电话。”她无精打采地说。

“我没有和她在一块儿。”他简直是理直气壮地说，“你为何给她通电话呢?”

“我以为她或许知道你去哪儿了。你都出去整整一周时间了——我估计，你可能正在料理她工作上的事情。”

他十分谨慎地望着她：“一部电视剧的准备工作需要投入很多很多精力。我们坚定地认为她需要一首新主题曲和一个新身份。”

“莱恩，你若不在意的话，我眼下没心情和你讨论尼利的节目。我唯一担心的是我的宝宝，我快要吓死了。”

他把手伸出去，将她的手握在自己手心。这个自然而然的、无意识的动作，却使她感到措手不及。她们曾经真的是彼此深爱的爱人吗？这位仪表非凡的陌生男子以前属于她吗？他如今已是一个陌生人了，法律将她和他绑在一块儿，其实却属于别的女人。可是，她爱他。她很痛苦，却不得不承认她对他的爱。她想要讨厌他，可是若还有可能，她甚至比往昔更渴望他。她早就没了自尊……她永远不会让他离开。当然，除非是他亲口说，他想解脱。哦，神啊！千万别让这种事儿发生！发生了如此大的悲剧才让他回到了她身旁。

时间漫长得无穷无尽。医生终于出来了，他们俩连呼吸都停住了，而那位医生却面带微笑！看来事情会好转了。没错，已经退烧了。感谢上帝，感谢天赐的青霉素，谢天谢地，宝宝的生命出奇地顽强。

每晚七点，莱恩总会来医院。安妮在宝宝病房的隔壁要了间房，日夜待在医院里。莱恩总是时不时偷窥躺在婴儿床上的小美女，还感情丰富地“咯咯”叫着逗她玩儿。他每晚都坚持带安妮去医院楼下的餐厅吃晚餐。他起码可以和她在一起待上两个小时。这样至少会影响到他和尼利在夜里的缠绵，安妮冷酷地想着。

十天之后，他们将小珍妮弗接回家了。莱恩在公寓里摆满了鲜花。他们在自家吃了饭，莱恩一直在和宝宝玩儿。那一夜，他和安妮一起缠绵了一回，这是几周以来的头一回同床共枕。事毕，他们睡在了彼此的臂弯。

早上四点钟，他们家的电话铃响了。安妮先被吵醒了。在一片漆黑中，她摸索着听筒。

原来是尼利。安妮从尼利那模糊不清的话音中，分辨出她是吃过药丸了。“让那个王八蛋听电话。”尼利大吼道。

“他正在睡觉呢，尼利。”

“叫醒他。”

“我不叫。”

“你听见我刚才说的话了。去叫醒他——否则，我就亲自过去叫。”

这时，莱恩也慢慢睁开了双眼。安妮没出声，只动了动嘴唇，表达出尼利名字。他把电话拿走了。

“什么事，尼利?”他压在安妮身上听电话。安妮完全可以听见尼利那尖叫的话音。

“我彻夜都在等你。”她叫喊着。

“宝宝今晚出院。”

“那又如何？你那个宝贝儿七点就睡着了，对吗？”

“今天是她回家的头一晚。”

安妮再也受不了了，只好将眼睛合上。他溜回家和自己结发妻子睡了一晚上觉，竟然还要向别人道歉。

“那好……现在给我回来。”

“尼利，才清晨四点。”

“你最好赶紧给我到这儿。我都咽下七颗药丸了。我还想着再来上十颗呢。”

“尼利！你明天还要接受《生活》杂志的采访，已经给你约好了！”

“让他们都见鬼去吧！你要是不拍拍屁股赶紧到我这儿，我以后哪儿也不会去了！”

“好的，尼利。我会去的。”

安妮睁着眼睛看他下床。我必须坚持下去，她在心里想。他今晚不是自己情愿过去的——她在强迫他。要是我能坚持下去，就会赢得我的首次胜利。她躺回了床上，又把眼睛合上了。他似乎是穿好了行头，来到了她身边。“安妮……你能懂我吗？”

“我懂，你并不想去。”她说。

“安妮——这样对你太残忍了。可我觉得我们必须做点什么。”

胜利一下子化为乌有了。他会不会选择尼利，不要她和宝宝了？

“莱恩，事情都会解决的。”她快速说，“三更半夜做决定不好。”

“可是咱们不可以一直如此下去——你、尼利、我自己。”他说。

“我可以——因为我很清楚，形势不可能一直如此。莱恩，你正左右为难呢。”

“尼利很需要我。她是个了不起的天才，安妮，可惜她不会自律。她必须有人扶持着，而你不用，你很坚强。”

泪水忍不住流出了她的眼眶。“不，我不像你想的那样，其实我一点儿都不坚强。唯一能够使我坚强的，是我对你最深切的爱。”

他不想再听了，扭头便走出了卧室。

新一季电视节目拉开帷幕时，安妮又回到了工作中。亨利将她介绍给了制片人。那是一个新开的讨论式节目。她发现这个节目中的游戏玩起来很简单。那个制片人立刻就和她签约了。这个节目每天都有，这让她可以一直在忙忙碌碌中度过。这样她就没时间去注意莱恩和尼利有多长时间在一起，当然那两个人在一起的时间是越来越长了。

九月下旬，莱恩同尼利一块儿飞往西海岸拍录她的第一幕电视剧了。

尼利的电视剧非常走红。收视率挤进了前十。莱恩也备受称赞，拍摄的全局都由他策划。尼利的号召力令安妮不得不震惊——有几个大明星立刻同乔治与莱恩签约了。《综艺》杂志撰写了“三 B”公司一系列故事——纽约最火的艺人经纪公司。江山都是尼利打下来的。

莱恩抽出时间回了几趟纽约，不过每次都很短暂。在这期间，安妮感到自己有了一线生机。那些被他紧抱的夜晚，她差一点儿就忘了，也是用一样的方式，他也抱过尼利。不过，尼利总是少不了从加州打电话来骚扰。这又使她想起，尼利才是首要的。

圣诞节已经过去好几天了，莱恩终于回纽约了。他给珍妮弗捎来了一大堆小玩具，还给她买了件价格不菲的首饰。她意识到他又一次变身了——和尼利在西海岸过了圣诞节，可又及时返回纽约来同她跟小珍做个类似的庆祝。

才过三天的安稳日子，尼利的电话就来了，命令他立刻返回。安妮静静地坐在书房，拿分机听着他们的对话。

“我过不了多久就去那儿了。”莱恩的话音中糅杂着一丝愤怒。

“今夜！”尼利惊呼，“明天都什么时候了，你知道吗？新年前夜！”

“可是我女儿的生日是元旦啊！”他坚决地说。

“胡扯！今天庆祝——小孩儿不懂其中有什么分别。”

“可是我懂。你现在做个好姑娘吧。你被那么多聚会邀请出席，还有咱们公司的一个帅哥陪护呢。我最迟五号就能到。我必须待在这儿出席《贝莉宝贝儿》的首映式。”

尼利讥笑道：“玛吉·帕克斯（Margie Parks）就是个泡沫，早晚是要破的。”

“去年，我去看她演的《蓝天使》了。”莱恩说，“她的素质很棒。”

“她唱歌时必须借助麦克来提升音量。”尼利执意说。“她唱歌是很好——听着，遇见有人唱得好，我都是最先承认。她把自己的喉咙运用得跟一件乐器一样。可是我听到传言，当时，差点儿在那个演出进纽约之前就把她换了。直到，最后他们决心使用麦克来提升她的音量。她的歌都只会在喉咙里唱。她火不了太久，再过几年就江郎才尽了。若非齐克·

怀特对我进行的栽培，我恐怕也埋没了。”

“可是，公司想和她签。”莱恩执意说，“我必须参加首映式。”

“你是指，你想把自己的时间白白花在服务于她上？”尼利的话似乎是在往绝路上逼。

“当然不是了。乔治也做不来。如今她只是个十九岁的黄花大闺女。她的事情交给巴迪·霍夫打理。他很受女孩们欢迎，他会料理她的一切。”

“巴迪·霍夫就是条臭鱼。”尼利说，“那家伙坐想着自己是女人的天赐佳人。他以及和他一样的那群黑西服、黑领带的家伙，老天爷啊！你公司的哥们儿穿得跟制服似的。不过，我觉得你用得着这样货色的人物……”尼利打了声呵欠。“真是见鬼！药丸们这会儿才发威。你何时来这儿啊？”

“最迟五号。”他承诺道。

“爱不爱我？”

“你懂的，我爱。”他快速说。

“多么爱？”

“无比爱。”

“多过对安妮和你的宝宝的爱？”

“看来是这样。尼利，我现在得挂电话了。安妮还在家。她可以接到这个电话。”

“我很希望她这么干。”

“你喜欢把自己的快乐建立在别人的痛苦之上吗？”

“不，不过要是她知道的话，她便会把你放弃掉。”

“她或许早就知道了。”莱恩说。

“你已经跟她说了？”

“没，不过安妮不是个痴呆——或傻瓜。流言蜚语在纽约传得沸沸扬扬。”

“既然如此，她怎么还不给你自由？”

莱恩听到这里，便默不作声了。

“那好，让她见鬼去吧！我准备打这个电话，亲自告诉她。那么，她必须得给你自由。她若还想存留一丝尊严，就只能这样做。”

“别这样做。”莱恩说。

“我准备——”

“别做！你怎么整都是徒劳。我早就……你明白，我已经和她摊牌了。”

“啥时候？我没听你提过。”

“昨晚刚说的。”

安妮希望她喘气的声音没那么明显。他们还从未像昨夜那样亲昵过。

“结果是什么？”

“一无所有。她仅仅说一切她全知道，不过，她会假装什么也没看见。她说，她永远不会同意和我离婚。”

“好吧，我们一起迫使她同意。我们就在社会上给她来场大风暴。”

“尼利，你以前又不是没用过。那些专栏作家们都爱着你，想方设法保护你。他们不会将他们所见所闻一股脑全盘托出的。”

“我打个电话召开一个发布会，说你我两情相悦，而你老婆想死磕，故意不让我们俩在一起。”

“你知道自己这样做，会对自己的节目带来什么后果吗？合约里有道德约束。你那位赞助商是个卖早餐的。他每天起床早得很，他要枪毙你会很快——”

“谁在乎呢？我们俩可以到欧洲去，再去拍一部影片。”

“尼利，我有个合伙人呢。这样会伤害公司的。我不能只考虑自己。”

“哦，你还想着那个狗屁公司呢。那好，当我赚够了一百万美元，我就替你还钱，到时候，让他们统统见鬼去吧。我要你在日日夜夜，我要你在分分秒秒。”

他扑哧一声笑了出来，“我们五号再见吧，尼利。”

“嘿，先不要忙着挂。明天还给我打电话，在中午，还是老时间。”

“我会打的。”

“爱我不?”

“我很喜欢你。”

接着，所有人都把电话挂了。

历史翻到了一九六四年。《贝莉宝贝儿》是那一期最轰动的音乐剧。安妮观看了那场表演，那个身轻如燕、体型娇小的小姑娘用她狡黠的微笑俘获了观众们的心。只有十九岁的她，一点专业的训练都没经历，却散发出了明星的气质。

“我们太幸运了。”乔治小声说，“莱恩昨晚坚决要签她。今晚之后，纽约所有人都想要她了。”

“这个令人头痛的事儿从严格意义上讲必须交给你了。”莱恩挤压着安妮朝他轻声细语道。

乔治哈哈大笑，“你跟我闹着玩儿的吧？她肯定乐意跟巴迪·霍夫或肯·米歇尔(Ken Mitchell)又或者是咱们公司任何一个服务她的伙计。”

安妮的脑海里又涌现出了另外一夜，在很久很久以前，那时，她还是坐在莱恩身旁，看的是尼利的百老汇首演。当时，她也是一个漂亮的小孩，没有那种暴脾气。十九年以前……安妮在那时就已经爱上了莱恩，她如今依旧在爱。通过监听尼利的那个电话，她觉得自己早就胜利了——然而，不知怎么的，她却觉得这种胜利没有一点味道。莱恩对尼利说谎，说他提出了离婚，实际上，他根本不愿意离开自己。由于尼利内心那个眼镜蛇现在已经现形了，他是不会再愿意和尼利混下去了。明天便是五号，可莱恩压根儿就没提离开的事儿。其实，他倒是说，到八号有场新首映要参加。不过，这是她真胜了，还是局面僵持住了呢？尼利仍然还在——她或许永远都在。尼利的肉体给了他快感吗？和尼利做跟和她做一样吗？她永远不会知晓。

就连拥挤的舞台后面也是和以前的情形一样。玛吉·帕克斯的样貌如此年轻，看上去如此脆弱——她惊叹于自己杰出的新经理人的才华，而前来祝贺的各界名流令她咋舌。

当夜的晚些时候，他们举行了一个首演晚宴，安妮仍旧坐于莱恩与乔治之间。在某一刻，莱恩跑到另外一桌上商议一些生意去了，玛吉挪过来，占了他的座位。“我想跟您说，韦尔斯小姐，我许多年前就是您的粉丝。”

安妮微笑着说：“你是指电视讨论会吗？神啊！那真没什么。”

“哦，我喜欢在电视讨论会上的你，”玛吉坚持说，“不过，你还是吉琳女郎时——我就已经被你迷得神魂颠倒了。在我的记忆里，那时我才十岁，我从我妈的钱包里偷了一美元，买了一支吉琳牌口红。我想要长得和您一样。”

听了这个小女孩的一番话，安妮笑了。突然间，她理解了海伦·劳森当年的感受。年轻以及认为自己能够青春永驻是多么好的一件事情。然而，她也知道，在玛吉·帕克斯看来，自己就象征着成功。她造型优美，嫁给了一个重要人物，在个人领域也小有名气。玛吉打扮得并不算靓丽——她身上穿的那条绿色长裙，掩盖了她身体上几乎所有的亮点，她身上披的黑色丝织外套和安妮以前在布鲁明戴尔百货公司费尽心力搜寻到的是一类。安妮察觉到玛吉在暗自惊叹她身上那件貂皮大衣。可是玛吉知不知道，她靓丽的秀发如今不得不上染发剂？她知不知道她眼底的皱纹不得不通过适当化妆去隐藏？灯光若如今夜一般柔和的话，她的美丽确实很受关注；其实，在她进门的一刹那，她注意到有许多头转向了她。在电视上，她看着很棒，借助适当合理的化妆与灯光，她或许还能再干十五年。不过，她已不再想装嫩了。她还能糊弄谁啊？所有人都知道她的岁数。

玛吉的话如连珠炮似的，莱恩显然是听得厌倦了。又等了一小时，便带着安妮回家了，将玛吉交给乔治照料。当天夜里，莱恩表现出一副很累的样子。

电话话务员转达了许多尼利的留言。他感到不胜其烦，只好给她回了个电话。他并没有想躲避安妮的意思，不过将谈话进行得很短、很冷漠。对，节目很火。对，他们和玛吉·帕克斯演出前就已经签约。玛吉当然还是有那么点儿才华。对，他过几天就离开。

然而玛吉演出的成功如森林大火似的。那场演出制作成的专辑极其畅销，并且有首歌入围了排行榜前十。接着，在四月份，乔治替她签约了一个电视大单，将在下季度每周一期，这一系列节目将由“三 B”公司全权代理。

莱恩继续往返于纽约与加州之间。尼利的节目进展得很好，她又续签了一季合约。“三 B”公司在加州开设了办事处，撬走了詹森·哈里斯代理公司的好几个优秀经纪人。

尼利引领了加州社交的新高潮。她租赁了一栋大房子，雇用了一整套佣人，她的大聚会吸引了所有圈内人士。

正当尼利在摄录当季最后一期节目时，乔治将莱恩召回纽约去了。电视网准备缩减玛吉下一季的节目数量。“你是个富有创意的人。”乔治说，“我把客户推销出去了——现在该你将节目维持下去。”

莱恩悄无声息地撤离了加州。他只给尼利留下一张便条，承诺会在四十八小时后返回。他希望以此避免出现不好收场的局面，他感到这种方式非常安全。反正，三分之二的节目已经录制好了。

莱恩会见了电视网和赞助商。所有事情都搞定了。西海岸的电话终于打来了，导演说尼利情绪很激烈，不过到目前为止还肯合作。莱恩松了口气，下定决心拒绝立刻返回。他带安妮去看戏……他带小珍妮弗到中央公园玩，让她头一回骑上了小马。

回到家里，他们一起在床上躺着看午夜秀节目。突然，电视屏幕切换出一条新闻简讯：“尼利·奥哈拉被紧急送医，有生命危险。”

他还没回过神，乔治的电话就来了。他和加州那边已经通过电话了，被告知尼利可能真的不行了，她吞下了半瓶的安眠药。莱恩赶紧穿上衣服，安妮也已经为他整理好了行李。有一班一点半飞往西海岸的飞机，刚好可以赶上。尼利的节目并未全部录制完毕，不过乔伊·柯灵会飞到那儿接管。他们准备在直播时间，临时拼凑一些节目的花絮。

当莱恩来到病房时，尼利的身子还很弱，两眼深深地陷在眼窝里。她已经挺过来了——没有生命危险了。她向莱恩伸出双臂。“哦，神啊！莱恩，当我发觉……我们结束了。我当时就不想活了！”

“你发觉什么了？”他轻轻地搂着她，轻抚着她的发梢。

“我到拍摄场后，在报纸摘要栏里读到的。报道说你被召回去打造玛吉·帕克斯的明星事业了。”

“因此你就想……”他意外的话音也逐渐消失了。

“听我说，莱恩，我能忍受你偶尔回去和你老婆同房，我甚至也能原谅你找另一个女孩儿做投机买卖——可是我无法容忍你在我的时代，去打造另一个明星。”

“可是尼利，我们公司不可能只经营一个明星。”

“你那个臭公司全是我一手创造的——我同样能够摧毁它。把这句话给我记清楚了！要是我离开了，你们半数的明星都将随我一起离开。小哥儿，你离不了我，因此从现在起，我打一个响指，你就必须乖乖过来！”

莱恩立起身，向外面走去，已经走出了房门。“莱恩！过来！”她喊道。

然而，他继续走出了大厅。

莱恩坐紧接着那次航班返回了纽约。他和乔治召开了一个紧急会议。“有个问题，”莱恩说，“你老婆的钱，你还完了吗？”

乔治咯咯地笑了起来。“不，不，我没打算还。”

“我刚才已经将最后一张支票开给安妮了。我已经无债一身轻了。从现在开始，我将用自己的钱独立承担一切风险。其他一切都别想左右——”

“我的股份可不包括在内。”乔治又笑了。

“那是！就算是这样，我已经想好了，我们必须舍弃尼利。为她去受罪，我们不值。我们已经用不着她了。”

“你不觉得这样会伤到我们吗?”乔治问。

莱恩听罢，摇了摇头。“一点儿都不会。玛吉的节目为我们带来的收益是尼利的两倍——还是个每周秀。不要忘了——我们早已把乔伊·柯灵的名声打响了。尼利最终肯定会化为乌有——或许她还能支撑一两年，不过她的倒台是早晚的事儿——我们不会和她一起倒下。我们对她有再造之恩，也从中获得了应有的回报。在我们蒸蒸日上的时候，将她放弃掉吧。”

“你凭什么以为尼利继续不下去了？那个精神病院将她强化得相当棒。”

莱恩捧腹大笑：“一个一天打两针杜冷丁的人，还能挣扎多长时间?”

“她跟我说那些是维生素。”乔治说。

“维生素！听我说，咱们公司如今已经打造出了一支优秀的队伍。咱俩是一个最强组合，乔治。你擅长推销——你在这方面无人能及——而我很会管理这些客户和员工。咱们不能再将半数力量用来在全国各地来回折腾，给这只章鱼当职业保姆和恋人。神啊！乔治，她喜欢把人活剥生吃掉！只有老天爷晓得安妮这些日子是如何活过来的。总之，咱们和尼利到此为止了。我听说詹森·哈里斯代理公司的埃布·金曼(Abe Kingman)已经冲到那儿和她谈合作了——我们就让人家自由吧。”

乔治咯咯笑着说：“可以，你亲自发报吧。我认为你理应得到这个机会。”

尼利和詹森·哈里斯代理公司签约了，还尖刻地斥责了她以前的经理人能力不济。不过“三 B”公司安然无恙，而且玛吉·帕克斯的节目在九月取得了极大的成功。

尼利新一季度的演出开始了，收视率很好。詹森·哈里斯代理公司派了三个经理人日夜轮流照料着她。

“你认为她还可以吗?”安妮问。

莱恩点了点头。“暂时还可以。不过，她目前正在玩自杀游戏。她承受得太多了——大豪宅、佣人，无拘无束的暴饮，喝起酒来跟江河的流水似的不间断。她又做回了往日的明星，之前她就是因为当上了这样的明星，差点儿要了她的命。”

“要是她倒下了……”安妮情不自禁地感到一丝担忧。她很同情尼利的这种自我毁灭。

“她早晚会有倒下的一天。”莱恩说，“她只能是这个结果。”

“接下来是什么?”

“她还会重新站起来——如此轮回下去，直至她透支自己的身体。这正如内战一样，她用她的情感对抗她的才赋和体力。必须有一方战败，必须消灭掉某种东西。”

时间转眼到了一九六五年。安妮多希望自己没有答应开这个新年前夜聚会。她盯着不计其数的客人——他们往来穿梭不断，电梯里挤满了人，吧台也被围得水泄不通。乔治与莱恩两人合力才将她推进屋里面。开一场自己的聚会不如去参加别人的聚会那么容易。在他人的聚会上，你若是想走，可以说走就走。然而在自己的聚会上，你将一直无法摆脱它。

从百老汇演出上离开的名流们开始陆续到场。时间已过凌晨一点了，她和莱恩在零点时分曾简单地吻了一下，一直到现在就没再见到他的人影儿了。这会儿已经是元月一号——珍的第二次生日。她在拥挤的人海中穿梭着，终于来到过道，又进了婴儿房。借助小夜灯昏暗的灯光，她看到了睡梦中的宝宝那模糊的外形。“新年好！天使。”安妮低语道，“我爱你……哦，神啊，我太爱你了！”她俯下身子在那道干净的小眉毛上吻了一下，接着便静静地走出了那间小屋。客厅里熙熙攘攘的，人们像是在她面前筑起了一道密不透风的墙，而书房也是人满为患，吧台更是挤不动。她进入了卧室，关了房门。不，不能这样——女主人不能溜走。还有，要是门是关着的话，就会有人来敲门。那样子会很失礼的。她将门又推开了，但是把灯熄灭了。这最好不过了。要是门是开着的，灯是灭着的，谁也不会看见她的。她在心底祈祷不会有人闯入。她头都要炸了。

她在床上舒展开了身子。说说笑笑的喊声渐渐远去，连同音乐……某处有个杯子碎了……突然插入一群人的欢笑声……她猛然听到些许脚步声。哦，神啊，有人往这儿来了。她只好说，自己累得不行了，必须躺会儿。两个模糊的轮廓进入了这间屋子。她安静地在床上躺着，盼望着他们早点儿走开。

“关上门。”那个女的低语道。

“胡扯。那更易招人瞩目。”

是莱恩……不过她分辨不出那女孩是谁。

“我爱你，莱恩。”这话音好像在哪儿听过。

“哦，行了吧，你只是个小孩儿。”

“我不管。我爱你。我的节目现在要比上周好多了，全得归功于你在亲自监督所有事情。”他吻住了她的嘴。

“莱恩……你会不会每周都去看我？”

“我会尽力。”

“不要尽力——一定去！”这句话说得很坚定。“莱恩，我目前已经是全公司最值钱的宝贝之一了……”

“玛吉，你想绑架我的爱情吗?”他轻声说。

“尼利·奥哈拉是这样做的吧?”

“我和尼利什么事情都没发生过。”

“哈！不过，无论如何，我们俩之间将会有数不清的故事。神啊，我喜欢你！”

他又吻了她一下，“你现在做回好姑娘。我们赶紧回到聚会上吧，再待下去，就会被发现了。”

安妮一直默不作声地躺在床上，直至他们俩走出房间。接着，她从床上爬起来，拽了拽褶皱的裙子。她出了卧室，跑进了卫生间里，服下一颗红药丸。太不可思议了，她竟然没有一点儿惊慌失措的迹象。现在又来了个玛吉·帕克斯……她开始感到没有上回伤得那么深了。她还是爱莱恩的，不过越来越少了。在尼利离开之后，他比过去任何时候都忠诚了，只是她没有一点儿获胜感。而她内心的某部分东西也伴随尼利走了。她如今终于懂得，一直会有一个尼利或一个玛吉……不过，一次会比一次麻木。之后，她也会一点点失去对莱恩的爱，直至某天，她的爱干涸枯竭——无痛，亦无爱。

她梳理了一下头发，重整了面妆。她看起来挺好的。她有莱恩、美丽的公寓、好看的孩子、一份属于自己的好事业以及纽约这个城市——这全是她以前梦寐以求的。从今以后，她再也不会被重伤。她白天常常可以忙忙碌碌的，每一夜——孤单的一夜又一夜——常常可以和美丽的“娃娃”做伴。她今夜将服用两颗，有何不可呢？不管怎么说，今天是新年前夜！